BASTEI LÜBBE TASCHENBUCH

Weitere Titel der Autorin:

Die Frauen von der Insel
Sturm über Schottland
Träume im Landhaus
Die Früchte der Erde
Die Melodie der Wellen
Die Stürme des Himmels
Im Schatten der Stürme
Schottische Träume

Titel in der Regel auch als E-Book erhältlich

Über die Autorin:

Jessica Stirling wurde in Glasgow geboren und hat zahlreiche Romane geschrieben, die im historischen Schottland spielen und stets zu großen Erfolgen wurden. *STERNE ÜBER SCHOTTLAND* ist ihr achter Roman bei Bastei Lübbe.

Jessica Stirling

STERNE ÜBER SCHOTTLAND

Roman

Aus dem Englischen von
Hans Link

BASTEI
LÜBBE
TASCHENBUCH

BASTEI LÜBBE TASCHENBUCH
Band 16 026

1. Auflage: April 2011

Vollständige Taschenbuchausgabe

Bastei Lübbe Taschenbuch in der Bastei Lübbe GmbH & Co. KG

Deutsche Erstausgabe

Titel der englischen Originalausgabe: »The Fields of Fortune«
Originalverlag: Hodder & Stoughton Ltd.

Titelillustration: shutterstock
Umschlaggestaltung: Gisela Kullowatz
Satz: Urban SatzKonzept, Düsseldorf
Gesetzt aus der Adobe Garamond
Druck und Verarbeitung: GGP Media, Pößneck
Printed in Germany
ISBN 978-3-404-16026-6

TEIL I

EVAS VERMÄCHTNIS

Kapitel 1

Es war seit Langem Tradition in der Familie Templeton, dass Ehen unter der Eiche arrangiert wurden, die den Rasen vor dem Haus beschattete. Unter ihren belaubten Ästen hatte Großvater Großmutter gebeten, seine Frau zu werden. Dreißig Jahre später, nach Großmutters Dahinscheiden, hatte er abermals das Knie gebeugt, ächzend und stöhnend, wie Nicola vermutete, und mit knarrenden Gelenken. Er hatte einer steifen Witwe einen Antrag gemacht, die anstelle jugendlicher Leidenschaft fast zweihundertfünfzig Hektar erstklassiges Weideland in die Verbindung einbrachte, außerdem ein Pachteinkommen von jährlich fast sechshundert Pfund.

Im selben Jahr, 1752, hatte Nicolas Vater, John James Templeton, die junge Miss Morrison eingeladen, mit ihm in den heiligen Stand der Ehe zu treten und das Band der Liebe dadurch zu besiegeln, dass sie ihren Vater überredete, die sieben Bauernhöfe und dreihundertzwanzig Hektar unbebautes Land Craigiehall zu überschreiben. Nur widerstrebend hatte Daddy Morrison diesen Bedingungen zugestimmt. Und soweit Nicola erkennen konnte, war das alles, was die Ehe den Templetons jemals bedeutet hatte – eine Maßnahme zum Erwerb von Land.

Sie ahnte dennoch überhaupt nichts Böses, als an einem schönen Frühlingsmorgen die Kutsche von Sir Charles de Morville in der Einfahrt vorfuhr und Papa in einer neuen, gestreiften Weste und seinem allerbesten Mantel hinauseilte, um den Gentleman zu begrüßen. Er geleitete ihn in den Salon im Erdgeschoss, wo sie fast eine Stunde blieben.

Auch eine üppige Mahlzeit um ein Uhr und – sie hatte das Mahl noch kaum verdaut – ein früher Tee waren für Nicola kein Grund, sich richtig Sorgen zu machen, denn Sir Charles und ihr Vater, Lord Craigiehall, plauderten über Landwirtschaft und Politik, ohne die Ehe auch nur ein einziges Mal zu erwähnen. Erst als Papa mit einem seltsam schelmischen kleinen Lächeln vorschlug, sie solle Sir Charles die uralte Eiche zeigen, an der so viele Geschäfte geschlossen worden waren, dämmerte ihr, dass sie gerade verschachert worden war.

Nicola verbarg ihr Entsetzen und machte sich mit Sir Charles auf den Weg, gefolgt von ihrer Zofe Molly, Sir Charles' Kammerdiener Lassiter und de Morvilles Kutsche, die im Beerdigungstempo die Zufahrt entlangkroch. Vermutlich für den Fall, dachte Nicola, dass ein Gefühlsüberschwang es dem ältlichen Sir Charles unmöglich machte, die kurze Strecke zurück zum Haus zu Fuß zu gehen.

Trotz seiner erhabenen Position als Richter am höchsten Gericht in Schottland und als einer der wichtigsten Grundbesitzer von Ayrshire hatte ihr Vater nicht viel für Besuch übrig. Er veranstaltete gelegentlich während der Gerichtssaison in Edinburgh kleine Dinnerpartys und genoss die Gastfreundschaft der Begüterten, wenn er in seiner Eigenschaft als Richter durchs Land reiste, doch in der Regel zog er es vor, nicht mit seinen Nachbarn zu speisen.

Sir Charles war kein ständiger Besucher Craigiehalls gewesen. Es war keine reguläre Werbung erfolgt, es waren keine *billets doux* ausgetauscht worden, und es hatte seinerseits definitiv nicht den Hauch einer Indiskretion gegeben. Er war ein Gentleman der alten Schule – der sehr alten Schule –, der fest daran glaubte, dass das Geturtel zwischen Verliebten erheblich weniger von Bedeutung war als ein richtiger Ehevertrag.

Nicola nahm an, dass einem Mann, der zwei Ehefrauen begraben, drei Söhne gezeugt und überdies Enkelkinder hatte, die beinahe so alt waren wie sie selbst, nicht leicht Worte der Liebe über die Lippen gingen. Seine Konversation war vage und stockend, im Gegensatz übrigens zu der beinahe brutalen Direktheit von Grant Peters, dem Ehemann ihrer Schwester. Grant hatte alle Versuche Papas vereitelt, seiner stürmischen Werbung um Charlotte ein Ende zu bereiten, indem er das Wort »Liebe« mit einer Vehemenz heraufbeschwor, die Anwälte im Allgemeinen nur dann zeigten, wenn sie ein Plädoyer im Zusammenhang mit einem Kapitalverbrechen hielten.

Sie an Charlottes Stelle hätte vielleicht auch alles für Grant Peters aufgegeben, denn er war stattlich und gut aussehend, hatte kohlschwarze Augen, die einen binnen einer Sekunde taxierten, und einen Schopf dunklen, gewellten Haares, den keine Perücke angemessen im Zaum halten konnte. Er hatte Charlotte im Schutz der Dunkelheit eilends zu der Verehelichungseiche geführt und die entscheidende Frage mit solch rhetorischer Inbrunst gestellt, dass Charlotte nicht recht gewusst hatte, ob sie Ja oder Nein sagen sollte, und lediglich ein Nicken zustande brachte, was dem ungeduldigen jungen Anwalt als Zustimmung anscheinend völlig ausgereicht hatte.

Drei Wochen später waren sie mit einem Minimum an Aufwand in der verfallenen kleinen Kirche in Kirkton vermählt worden und sofort nach Edinburgh zurückgekehrt. Papa hatte sich halsstarrig geweigert, an der Hochzeitsfeier teilzunehmen, und hatte jetzt seit fast einem Jahr kein einziges Wort mehr mit Charlotte gewechselt. Grant Peters sprach er nur an, wenn die Belange des Gerichtshofes es erforderten.

»Nicola – darf ich Sie Nicola nennen?«, erkundigte Sir Charles sich.

»Nun, selbstverständlich«, antwortete Nicola höflich.

»Ich möchte nicht zu ... äh ... aufdringlich erscheinen, aber mir läuft die Zeit davon.« Ihr war bereits aufgefallen, dass Sir Charles selten lateinische Autoren zitierte und niemals französische Phrasen in die Konversation einfließen ließ, wie es die Freunde ihres Vaters aus Edinburgh taten. »Miss Templeton – Nicola –, ich fühle mich verpflichtet zu erklären, dass Sie ... dass Sie heute Abend besonders hinreißend aussehen.«

»Hinreißend?«, wiederholte Nicola. »Wirklich?«

»Voller ... voller Saft und Kraft.«

»Saft? Ah, ja«, sagte Nicola. »Nun, ich danke Ihnen, Sir Charles.«

»Charles – Charles wird genügen. Im Lichte dessen, was zwischen uns ist, sind Sie nicht verpflichtet, mich mit meinem Titel anzusprechen.«

»Was zwischen uns ist?«, fragte Nicola. »Was *ist* denn zwischen uns, Sir?«

»Oh, nichts Unschickliches, das versichere ich Ihnen. War ich zu anmaßend?«

Sir Charles de Morville mochte zwar der wohlhabendste Mann in Nord-Ayrshire sein, aber seine Kniehosen aus Ziegenleder konnten seine knochigen Knie nicht recht bedecken, und selbst die größten Bemühungen seines Schneiders vermochten den schwabbeligen kleinen Schmerbauch nicht zu verbergen.

Nicola hätte ihn lieber gemocht, wäre er ein barscher Handwerker auf der Suche nach einer jungen Ehefrau gewesen, die ihm das Bett wärmte, oder sogar ein verhutzelter Lebemann aus Edinburgh, der es auf eine wohlhabende Braut abgesehen hatte, damit er seine Schulden bezahlen konnte. Wie die Dinge lagen, schien Sir Charles kein Interesse an ihren Tugenden zu haben, und die Aussicht, mit dem reservierten alten Herrn zusammenzuleben, der geistig nicht mehr so recht auf der Höhe war oder es zumindest bald nicht mehr sein würde, erfüllte sie mit Abscheu.

Sie blieb wie angewurzelt stehen und schaute zu Molly hinüber, die hilflos beide Hände hob. Lassiter, der Kammerdiener, verharrte ebenfalls im Schritt, und die Kutsche hielt knarrend an.

»Was gibt es denn, meine Liebe?«, fragte Sir Charles. »Ich darf doch davon ausgehen, dass ich nichts gesagt habe, was Sie beleidigt hätte?«

»Nein«, antwortete Nicola, »aber ich fürchte, Sie stehen im Begriff, dies zu tun.«

»Wie meinen Sie das?«

»Ich meine, dass ich nicht die Absicht habe, Sie zu heiraten, ganz gleich, welche Vereinbarungen Sie mit meinem Vater getroffen haben mögen.«

»Ich habe Sie nicht gebeten, mich zu heiraten.«

»Liegt es nicht in Ihrer Absicht, mir einen Antrag zu machen, sobald wir an der Eiche eingetroffen sind?«

»Nun ... nun, ja. Ich denke, so ist es.«

»Nein«, fuhr sie auf. »Nein, nein, nein.«

»Lord Craigiehall, Ihr Vater, hat mir versichert ...«

»Er mag Ihnen versichern, was immer er möchte, Sir; ich werde Sie nicht heiraten«, erklärte Nicola, »nicht einmal, um meinem Vater zu gefallen.«

Ihre Mutter war direkt nach Nicolas Geburt gestorben, und einige Jahre später war ihr Bruder Jamie von der Schwindsucht befallen worden. Sie hatte aus ihm einen dürren Knaben mit langem Hals und hohen Schultern gemacht, und er hatte mehr aus Erschöpfung denn aus irgendwelchen anderen Gründen die Welt im Alter von zwölf Jahren mit einem Seufzer der Erleichterung verlassen. Dann war Charlotte im vergangenen Sommer gewissermaßen mit Grant Peters durchgebrannt und hatte es Nicola überlassen, Papas Hoffnungen für die Zukunft Craigiehalls zu erfüllen, die anscheinend eine Verehelichung mit seinem hochbetagten Nachbarn einschloss.

»Ah, ja«, erwiderte Sir Charles nickend. »Ich habe Ihrem Vater gesagt, dass es besser sei abzuwarten, bis Sie im Laufe der Zeit die nötige Reife erlangt hätten.«

»Die nötige Reife? Ich bin kein Apfel, den man pflückt«, entgegnete Nicola. »Ich bin durchaus alt genug, um selbst zu wissen, was ich will, Sir. Was immer mein Vater Sie hat glauben machen, ich werde Sie *nicht* heiraten, nur damit Craigiehall einen Erben bekommt.«

»Einen Erben?« Sir Charles drückte eine Hand auf die Brust, wobei seine kurz geschnittenen Nägel rosa im Abendlicht leuchteten. »Von einem Erben war nicht die Rede. Die Zeugung eines Erben könnte vielleicht nicht ... ich meine, ich bin kein junger Mann mehr, Nicola, und die Natur ...« Er machte Anstalten, sie am Ärmel zu berühren, doch sie wich zurück. »Ich werde kein ... ähm ... anspruchsvoller Ehemann sein, das versichere ich Ihnen.«

»Lieben Sie mich nicht?«

»Zweifellos werde ich lernen, es zu tun«, erwiderte er. »Tatsache ist, dass mir nur noch wenige Jahre auf dieser Erde bleiben und ich eine Ehefrau brauche, die mich beschützt.«

»Sie beschützt?«

»Vor dem ewigen Gezänk meiner Söhne.«

»Soll die Rolle der Vermittlerin meine einzige sein, Sir?«

»Sie werden gut versorgt sein.«

»Ich bin bereits gut genug versorgt«, wandte Nicola ein. »Was hat mein Vater Ihnen versprochen? Und was wird er als Gegenleistung erhalten?«

»Das, meine Liebe«, sagte Sir Charles, »braucht Ihre Sorge nicht zu sein.«

»Ich verstehe«, antwortete Nicola. »Ich soll Ihre Frau werden, um Sie vor Ihren Söhnen zu beschützen, werde aber nichts von Wert als Gegenleistung erhalten?«

»Abbaurechte«, gestand Sir Charles widerstrebend.

»Ich bezweifle nicht, dass mein Vater liebend gern Kohle auf Ihrem Land fördern würde, doch er benötigt auch einen passenden Erben für Craigiehall«, erklärte Nicola, »und er wird darauf bestehen, dass er von Ihnen einen Erben bekommt.«

»Das könnte in der Praxis unter Umständen nicht möglich sein.«

»So ein Unsinn!« Nicola hatte keine Erfahrung mit Liebe oder Werbung, aber sie war auf dem Land groß geworden und durchaus vertraut mit den Tatsachen des Lebens. »Es *wird* möglich sein, Sir Charles. Ich werde dafür *sorgen,* dass es möglich ist.«

»Das ist eine überaus unziemliche Bemerkung für eine junge Frau, Miss Templeton. Ich glaube allmählich, dass Sie nicht die unschuldige Blume sind, die Ihr Vater in Ihnen sieht, und in der Tat vielleicht doch *keine* passende Gefährtin abgeben.«

»Gefährtin, Sir Charles?«

»Ehefrau. Ich meine, Ehefrau.«

»Ich bedauere, dass ich es ablehnen muss, entweder Ihre Gefährtin oder Ihre Ehefrau zu werden.«

»Weisen Sie meinen Antrag zurück, Miss Templeton?«

»Allerdings, Sir. Allerdings«, antwortete Nicola.

»Wollen Sie die Angelegenheit nicht genauer überdenken? Darüber reden, mit …«

»Mit meinem Vater?«, fragte Nicola. »Nein, Sir Charles. Meinetwegen kann mein Vater ins Wasser gehen und Sie von mir aus gleich mitnehmen.«

Schockiert taumelte er zurück, zupfte ein Taschentuch aus der Tasche seines Mantels und hielt es sich an die Lippen. Seine Augen verdüsterten sich, und eine seltsame Röte stieg ihm in die Wangen, als hätte ihre Entschiedenheit endlich seine Leidenschaft entfacht.

»Ist das Ihr letztes Wort in der Angelegenheit, Miss Templeton?«

»Das ist es, Sir Charles. Das ist es.«

»Lassiter«, rief er, »hole die Kutsche!«

Es musste ihren Vater beträchtliche Willenskraft gekostet haben, dachte Nicola, nicht zur Tür herausgestürzt zu kommen, als Sir Charles' Kutsche klappernd zur Straße von Ayr gerollt war. Er saß wie ein Fels im Salon, in einem Sessel mit vergoldetem Rahmen, die langen Beine übereinandergeschlagen, das hagere, glatt rasierte Kinn hochgereckt, einen solchen Ausdruck der Strenge auf dem Gesicht, dass ihr nicht zum ersten Mal klar wurde, warum ihn nicht nur Straftäter, sondern auch Gerichtshelfer und Anwälte fürchteten.

»Nun, Mädchen«, begann er, »wo ist er hingefahren?«

»Nach Hause, nehme ich an«, antwortete Nicola.

Hugh Littlejohn, der Aufseher ihres Vaters, und Robertson, sein Kammerdiener, lungerten in der Dunkelheit der Halle herum und zogen auf das Zeichen des Hausherrn hastig die Salontüren zu.

Nicolas Lippen waren trocken, ihr Hals wie ausgedörrt, aber sie unterdrückte ihren Ärger, strich ihre Röcke glatt, nahm auf einem Kanapee in Schwarz und Gold Platz und lehnte sich in die Kissen, als hätten die Ereignisse des Nachmittags sie lediglich gelangweilt.

»Was ist zwischen euch vorgefallen?«, erkundigte sich ihr Vater.

»Ich glaube, du weißt, was zwischen uns vorgefallen ist. Er hat mich gebeten, seine Frau zu werden, und ich habe ihn abgewiesen.«

»Du hast ihn abgewiesen?«, sagte ihr Vater. »Darf ich fragen, warum?«

»Ich verspüre nicht den Wunsch, die Ehefrau eines Mannes zu werden, der mit einem Fuß im Grab steht«, erklärte Nicola. »Ich werde mich nicht einfach im Dienste deiner Interessen verkaufen lassen.«

»Ich darf doch davon ausgehen, dass du nicht beabsichtigst, dem Beispiel deiner Schwester zu folgen und einen mittellosen Emporkömmling zu ehelichen?«

»Grant Peters ist weder ein Emporkömmling, noch ist er mittellos.«

»Peters ist bloß ein selbstsüchtiger Anwalt ohne Rang und Namen. Er wird es zu nichts bringen«, erwiderte ihr Vater. »Vor allem wird er, wenn ich tot bin, nicht einen einzigen Hektar von mir bekommen.« Er beugte sich vor und hob das Kinn, wie bei einer Urteilsverkündung. »Er ist klug genug, wenn es darum geht, Gesetze anzuwenden, das gestehe ich ihm zu, und ich bezweifle nicht, dass er all die Verordnungen und obskuren feudalen Gesetze beherrscht, die ihn in die Lage versetzen werden, Anspruch auf Craigiehall zu erheben.«

»Ich möchte nicht Teil deiner Pläne zur Vergrößerung Craigiehalls sein«, sagte Nicola.

»Wenn du mit meiner Zustimmung heiraten willst, Nicola, wirst du Craigiehall an deine Kinder weitergeben können; dann wirst du mir vielleicht noch dafür danken, dass ich dich vor einem drohenden gewaltigen Gerangel um das Erbe bewahre.«

»Ich bin nicht in der Stimmung, mir Vorträge über die Erbschaftsgesetze anzuhören«, bemerkte Nicola.

»Vielleicht nicht«, sagte ihr Vater. »Es ist jedoch keinem Sterblichen gegeben, seine Zeit auf Erden selbst zu bestimmen; diese Entscheidung liegt allein bei Gott. Glaube mir, wenn ich plötzlich und unerwartet sterbe, dann wird Peters dir nicht einmal das Hemd am Leibe lassen.«

Wie Grant Peters Papas spießige Clique eigentlich unterwandert hatte, war nach wie vor ein gewisses Rätsel. Er war einfach an einem kühlen Winternachmittag nach dem Gottesdienst in St. Giles im Schlepptau von Mr. Arbuthnot, dem Buchhändler, aufgetaucht. Er hatte abgewetztes schwarzes Gabardine getragen, wie ein Almosenempfänger, und somit keine offenkundige Bedrohung dargestellt, einmal davon abgesehen, dass er jung war und überheblicher, als es sein Rang und die Umstände gerechtfertigt hätten. Er hatte

Charlotte brieflich umworben und später auch direkt auf Craigiehall, wenn Papa in seiner Funktion als Richter auf Rundreise gegangen war. Er hatte ihr einen Antrag gemacht, bevor Papa zurückgekehrt war und es hätte verhindern können.

»Warum hasst du Grant Peters so sehr?«

»Weil er ein Emporkömmling ist, der meine Gastfreundschaft ausgenutzt hat, um sich bei deiner Schwester einzuschmeicheln. Ich hatte gehofft, dass Charlotte Arthur oder möglicherweise William de Morville heiraten würde, aber sie waren zu ungeduldig und wollten nicht warten, bis sie erwachsen war. Morgen«, fügte ihr Vater hinzu, »werden wir zu de Morville hinüberfahren und den Schaden wiedergutmachen. Ich bin mir sicher, dass Sir Charles dir geneigter sein wird, wenn du dich für deine Impulsivität entschuldigst. Er hat nämlich eine sehr hohe Meinung von dir.«

»Er hat praktisch überhaupt keine Meinung von mir«, wandte Nicola ein. »Er hat eine sehr hohe Meinung von *dir,* Papa, und ist dir genauso hörig wie alle anderen. Warum bietest du nicht an, die Abbaurechte zu pachten, wenn du sie so unbedingt haben willst? Die nackte Tatsache ist, dass du einen solchen Groll gegen Grant Peters hegst, dass du alles tun wirst, damit er Craigiehall nicht in die Hände bekommt.«

»Habe ich nicht gerade genau das gesagt?«

»Alles – du würdest mich dafür sogar mit einem klapprigen Greis verheiraten. Nun, Papa, ich werde vor diesem abscheulichen alten Burschen nicht kriechen, weder morgen noch an irgendeinem anderen Tag.«

»Du wirst tun, was ich sage, Nicola.«

»Nein, das werde ich nicht. Ich bin achtzehn Jahre alt und durchaus imstande, selbst die Verantwortung für mein Leben und mein Schicksal zu übernehmen.«

»Wie willst du deinen Lebensunterhalt bestreiten?«, fragte ihr

Vater. »Töchter von Gentlemen sind nicht dazu erzogen, für sich selbst zu sorgen. Man erwartet von ihnen, dass sie vernünftige Ehen eingehen.«

»Gewiss würdest du mich nicht hungern lassen?«

»Der Buchstabe des Gesetzes verpflichtet mich, für dein Wohlergehen zu sorgen, bis du einen Ehemann nimmst«, sagte ihr Vater. »Hungern ist kein Thema.«

Plötzlich erhob er sich, eine hoch aufragende Gestalt im Licht, das durch das Fenster hereinfiel. Er hatte sie oder Charlotte nie geschlagen, obwohl er einmal vor vielen Jahren bei Jamie den Rohrstock benutzt hatte, um ihm eine Lektion zu erteilen, deren Moral schon lange in Vergessenheit geraten war.

Mit seinen sechzig Jahren wirkte er nicht alt. Seine Bewegungen waren nicht steif, und trotz tausend auf der Richterbank verbrachter Stunden war sein Rückgrat gerade geblieben. Er schloss die Hände hinter dem Rücken und schob sie unter seinen Rockschoß.

»In Wahrheit bin ich nicht so wohlhabend, wie du dir vielleicht vorstellst«, sagte er. »Es hat seinen Tribut gefordert, dass ich zwischen der Verwaltung meines Gutes und einer Karriere in der Juristerei das Gleichgewicht halten musste. Ich mag Richter beider Roben sein, der schottischen wie der englischen, und einen Ehrentitel haben, doch meine Finanzen sind nicht so solide, wie sie es sein sollten.«

»Sind wir arm, Vater?«, fragte Nicola mit einem Anflug von Spott.

»Arm? Nein, das wohl kaum; nicht bitterarm zumindest. Doch da Jamie von uns gegangen ist und Charlotte sich außerhalb meiner Reichweite befindet, obliegt es dir, Craigiehall eine Zukunft zu sichern, indem du eine anständige Ehe eingehst.«

»Dann such mir einen anständigen Ehemann, einen besseren, jüngeren Ehemann als de Morville!«

»Leichter gesagt als getan. Die Welt ist voller selbstsüchtiger junger Schurken, Nicola, die keinen Penny ihr Eigen nennen können und keine Aussichten haben, die der Rede wert wären. Ich habe mich sehr ins Zeug gelegt, um Sir Charles de Morvilles Interesse zu ermutigen. Was immer du denken magst, er ist in vielerlei Hinsicht der ideale Ehemann für dich.«

Er beugte sich zu ihr vor, und sie sah die Unterseite seines Kinns, seine dünnen Lippen und diese eindrucksvolle Stirn schräg von unten, genau wie damals, als sie noch klein gewesen war und er ins Kinderzimmer geschlüpft kam, um Charlotte und ihr eine gute Nacht zu wünschen. Er hatte recht furchterregend gewirkt im Licht der Kerze, und sie hatte sich oft gewünscht, er sei ein gewöhnlicherer Mann, wie Mr. Trench, der Pächter des Kirkton-Hofs, zum Beispiel. Der war rotwangig und fröhlich und nahm Nanny Airds Zorn in Kauf, wenn er sie nur zum Spaß hochhob und herumwirbelte. Oder wie Mr. Feldspar, der Schuster aus Kilmarnock, der mit einem Karren voller Stiefel und Schuhe die Grafschaft bereiste und stets ein freundliches Wort und ein Karamellbonbon für Charlotte und sie übrig gehabt hatte, obwohl er an Craigiehalls Küchentür nur wenige Aufträge erhielt.

»In vielerlei Hinsicht?«, wiederholte Nicola. »Was denn, zum Beispiel?«

»Aller Voraussicht nach«, erwiderte ihr Vater, »wird Charles de Morville in Bälde gerufen werden, seine Schuld der Natur gegenüber zu begleichen.«

»Seine Schuld der Natur gegenüber?«, fragte Nicola. »Wie *meinst* du das?«

»Ich meine«, erklärte ihr Vater, »dass er binnen eines oder zweier Jahre sterben wird.«

»Um mehr geht es hier nicht?«, rief Nicola. »Du wünschst, dass ich de Morville heirate, damit ich seine Witwe werden kann? Papa, das ist ein unanständiger Vorschlag.«

»Der Vorschlag ist nicht im Mindesten unanständig. Wenn du Sir Charles heiratest, bekommst du deinen Anteil an seinen Ländereien, die du nach Belieben verwalten kannst. Du hast das Recht, deinen eigenen Verwalter zu ernennen, deine eigene Pacht zu beziehen, und du bist ziemlich unabhängig von de Morvilles Söhnen. Mit einem Wort: Was du bekommen hast, wirst du behalten. Dann magst du einen Mann deiner Wahl heiraten, denn einer wohlhabenden jungen Witwe wird es niemals an geeigneten Verehrern mangeln.«

»Und Craigiehall?«

»Craigiehall ist gerettet und größer geworden.«

»Vergrößert durch mein Opfer, meinst du?«

»Ich bitte dich, welche Fehler er auch haben mag, de Morville ist kaum ein Hottentotte. Er wird dich mit Respekt behandeln und dir jede Laune erfüllen.«

»Aber wird er das Anständige tun und *sterben?«,* rief Nicola aus. »Hast du im Ehevertrag ein Datum festgelegt, zu dem er höflicherweise den Geist aufgeben wird?« Sie stemmte die Hände gegen die Brust ihres Vaters und stieß ihn weg. »Was ist, wenn de Morville nicht das Zeitliche segnet? Was, wenn er inkontinent wird und daran nicht stirbt? Soll ich ihn pflegen? Soll ich jede Nacht bei ihm liegen und ihn mit der Wärme meines Körpers am Leben erhalten, wie Sulamith es für König David getan hat?«

»Du hast zu viel Fantasie, Nicola.«

»Ich habe zu viel Gewissen, meinst du«, fuhr Nicola auf.

»Er *ist* zweiundsiebzig Jahre alt.«

»Und ich bin achtzehn. Gütiger Himmel, Papa, bedeute ich dir denn gar nichts?«, fragte Nicola und fügte hinzu, bevor sie in Tränen ausbrechen konnte: »Ich werde jetzt auf mein Zimmer gehen.«

»Wir werden um halb acht zu Abend speisen und ausführlicher über dieses Thema reden.«

»Ich habe keinen Hunger. Ich gehe zu Bett.«

»Nicola!«

»Gute Nacht, Sir.«

»Nicola!«, sagte er noch einmal.

Aber Nicola war bereits gegangen.

Das Licht der sinkenden Sonne spiegelte sich in dem schräg hängenden Wandspiegel, ein trauriger kleiner Regenbogen, gefangen in dem verdunkelten Raum. Das Himmelbett, das sie einst mit Charlotte geteilt hatte, erschien ihr riesig, und jetzt, ohne die vielen Kisten und Kästen ihrer Schwester, wirkte der Raum selbst deprimierend leer. Nicola löste ihre Bänder, schleuderte die Schuhe von den Füßen, warf sich aufs Bett und begrub das Gesicht im Kissen.

Bis jetzt waren ihre Träume von Brautnächten nicht um die Pflichten gekreist, die ein Ehemann von ihr verlangen würde und denen sie nachkommen müsste, sondern um eine Liebe, die eher dem Märchen entsprang als einem Gutshof. Sie hatte Angst, dass Papa sie irgendwie doch dazu bringen würde, Charles de Morville zu heiraten, und sei es auch nur, um Craigiehall für Kinder zu retten, die noch nicht empfangen worden waren und die, wenn man Sir Charles Glauben schenken durfte, vielleicht überhaupt nie empfangen werden würden.

Molly schlüpfte ins Zimmer. Sie war sechs Jahre älter als Nicola und hatte zuerst in der Spülküche gedient und dann als Hausmagd. Nach Nanny Airds Tod hatte man ihr die Sorge für Charlotte und Nicola übertragen. Sie war eine rundliche, rothaarige Frau, deren einfältiges Äußeres einen scharfen Verstand verbarg.

Sie tappte zum Bett, setzte sich auf die Decke und wischte Nicolas Tränen mit einem nicht allzu sauberen Taschentuch fort.

»Was soll ich tun, Molly? Was *kann* ich tun?«, schluchzte Nicola. »Morgen oder übermorgen wird Papa darauf bestehen, dass wir Sir Charles einen Besuch abstatten, er wird mich zwingen, mich zu entschuldigen, und ... und ... es wird alles von vorn anfangen.«

»Aye«, sagte Molly, »aber diesmal werden Sie darauf vorbereitet sein.«

»Tratschen die Dienstboten? Halten sie mich für eine Närrin?«

»Es zählt kein Jota, was die Dienstboten denken«, versicherte Molly ihr. »Jetzt zählt nur, was Sie tun wollen.«

»Du meinst, was Papa will, das ich tue.«

»Sie haben den komischen Kauz einmal abgewiesen, Sie können ihn erneut abweisen.«

»Ich kann ihn nicht weiter abweisen, wenn Papa ein Nein als Antwort nicht gelten lässt.«

»Sir Charles wird bald genug davon haben«, meinte Molly. »Er war von Anfang an nicht allzu scharf darauf. Er hält Sie für zu jung, und er hat Angst, dass er sich Ihretwegen völlig verausgabt.«

Nicola richtete sich auf. »Hat Mr. Lassiter das gesagt?«

»Mr. Lassiter ist viel zu großartig, um mit meinesgleichen zu schwatzen«, erwiderte Molly. »Aber wie ich Ihren Vater kenne, lässt er in der Sache nicht locker. Das Abkommen soll unter Dach und Fach sein, bevor er für die Sommersaison nach Edinburgh fährt.«

»Vielleicht wird er einen anderen Verehrer finden, jemanden, der jünger und reizvoller ist als Charles de Morville. Ich bin nicht unattraktiv, Molly, oder?«

»Sie sind weit davon entfernt, Miss«, versicherte die Zofe. »Doch Seine Lordschaft wird Sie vermutlich in Craigiehall zurücklassen. Er macht sich Sorgen, dass ein Emporkömmling wie Mr. Peters Ihnen den Kopf verdreht und mit Ihnen durchbrennt.«

»Mr. Peters ist kein Emporkömmling; er ist ein angesehener Rechtsanwalt.«

»Kann sein«, antwortete Molly, »aber er ist kein Sir Charles de Morville.«

»Warum hat mein Vater ein solches Interesse an den de Morvilles? Sir Charles mag selbst nach unseren Maßstäben wohlhabend sein, doch er ist nur ein muffiger alter Bauer mit so viel Land, dass er gar nichts mehr damit anzufangen weiß«, sagte Nicola. »Ich habe sämtliche Geschichten über die Morville-Jungen und ihre törichten Zänkereien gehört. Warum Sir Charles sich einbildet, dass eine Vermählung mit mir seine Familie einen wird, ist mir ein Rätsel. Ich nehme an, mein Vater hat ihm das eingeredet und ihn mit juristischen Fachausdrücken irre gemacht. Ich habe Papas Ränke satt, ich habe es satt, in Craigiehall wie in einem Gefängnis eingesperrt zu sein.«

»Dann gehen Sie nach Edinburgh«, meinte Molly. »Da Sie jetzt achtzehn sind, kann Ihr Vater Ihnen nicht mehr die Soldaten hinterherschicken, die Sie zurückholen sollen. Mr. Peters wird Sie aufnehmen, bis sich die Wogen etwas geglättet haben. Es wäre eine prächtige Rache dafür, wie Ihr Vater Mr. Peters behandelt hat, wenn er Ihnen ein oder zwei Wochen lang ein Dach überm Kopf geben würde.«

»Ich kann nicht ohne Papas Erlaubnis fortgehen.«

»Hätte Charlotte auf die Erlaubnis Seiner Lordschaft gewartet, säße sie noch immer hier in Craigiehall oder – noch schlimmer – wäre mit dem alten Sir Charles verheiratet. Wenn Ihr Papa begreift, dass er einen Fehler gemacht hat, wird er Ihnen die Hand zur Versöhnung reichen, Sie werden schon sehen.«

Nicola überlegte einen Moment lang. »Ich werde morgen an Charlotte schreiben.«

»Ich an Ihrer Stelle, Miss Nicola, würde mir den Brief sparen.«

»Wenn du an meiner Stelle wärst, Molly«, sagte Nicola, »was *würdest* du dann tun?«

»Packen und nach Edinburgh aufbrechen, bevor Seine Lordschaft Sie daran hindern kann.«

»Aber ich habe kein Geld, ich besitze keinen einzigen Penny.«

»Ich habe genug für zwei Plätze in der Expresskutsche gespart«, erwiderte Molly.

»Ich könnte unmöglich Geld von dir nehmen, Molly.«

»Geben Sie es mir zurück, wenn wir dort sind.«

»Woher sollte ich das Geld denn nehmen?«

»Mr. Peters wird sich darum kümmern«, erwiderte Molly. »Also, was soll es sein, Miss Nicola? Edinburgh – oder eine weitere Begegnung mit Sir Charles?«

»Edinburgh«, sagte Nicola. »Selbst wenn es sich als das Geringere von zwei Übeln erweist. Ja, Edinburgh, gleich morgen früh.«

Charlotte war überrascht und nicht so ganz erfreut, als sie um halb fünf an einem verregneten Donnerstagnachmittag Nicola und Molly draußen auf dem Treppenabsatz vor sich sah.

Sie hatte gerade zwei Damen von der Wohltätigkeitsstiftung von St. Andrews zu Gast gehabt, die sie mit ihren ermüdenden Tiraden an den Rand vollkommener Apathie gebracht hatten. Außerdem hatte die Einnahme des Tees zu einer derart unzeitigen Stunde ihr die Trostlosigkeit ihres Lebens in den oberen Etagen des gewaltigen Mietshauses am Lawnmarket vor Augen geführt. Graddan's Court war ursprünglich erbaut worden, damit die Stadtverordneten von Edinburgh ein wenig zusätzlichen Raum zum Atmen erhielten, aber nachdem es die wohlhabenderen Familien an die New Town auf der anderen Seite des North Loch verloren hatte, war es zum Quartier für jene geworden, die von den oberen Sprossen der Gesellschaft abgerutscht waren, sowie für jene, die wie der junge Grant Peters beabsichtigten, es in der Welt zu etwas zu bringen.

Charlotte hatte ein Hausmädchen und eine Köchin, und ihr Los im Leben war nicht hart, obwohl sie sich ab und zu einsam fühlte, denn Grant arbeitete viele Stunden am Tag, damit der Geldstrom nicht versiegte, und er hatte keinen großen Freundeskreis. Papa unterhielt ein geräumiges Stadthaus in Crowell's Close oben an den Customhouse Steps, nur einen Katzensprung entfernt, aber seit dem Tag ihrer Vermählung hatte er sich geweigert, sich mit Charlotte in Verbindung zu setzen, geschweige denn, sie zu besuchen.

»Mein liebstes Mädchen«, sagte Charlotte, »was für eine wunderbare Überraschung! Aber sieh mal, du bist ja ganz durchnässt. Seid ihr mit der Postkutsche gereist?«

»Mit dem Flyer«, antwortete Nicola. »Er hat kaum acht Stunden gebraucht.«

Charlotte geleitete sie in die Diele. »Ist Papa bei euch?«

»Nein«, sagte Nicola. »Papa und ich hatten einen schrecklichen Streit, und ich bin weggelaufen. Darf ich für ein Weilchen bei dir wohnen – wenn es dir nicht lästig ist?«

»Natürlich ist es mir nicht lästig«, entgegnete Charlotte. »Ich nehme an, Papa weiß, wo du bist?«

»Ich habe Littlejohn einen Brief übergeben.«

»Hat Littlejohn nicht versucht, dich aufzuhalten?«, fragte Charlotte.

»Im Gegenteil. Er hat unser Gepäck ans Ende der Straße bringen lassen.«

»Wo ist euer Gepäck jetzt?«

»In *Mannering's Hotel* in der New Town, an der Endstation des Flyer«, antwortete Nicola. »Wir sind von dort aus über die Brücke gegangen.«

»Bist du nicht auf die Idee gekommen, einen Träger zu mieten?«

»Für einen Träger hatte ich nicht genügend Geld«, sagte Nicola. »Die Mittel für die Kutsche musste ich mir von Molly borgen.«

»Oh!«, murmelte Charlotte. »Du bist wirklich weggelaufen, nicht wahr? Keine Bange. Grant wird sich um alles kümmern. Also, warum stehen wir in der Diele? Komm in den Salon und lege dein Häubchen und den Umhang ab. Ich werde uns von Jeannie frischen Tee und etwas Brot und Butter bringen lassen. Wir speisen in der Regel um acht oder halb neun zu Abend, je nachdem, wann Grant nach Hause kommt.«

»Wie geht es Grant?«, erkundigte Nicola sich.

»Gut«, antwortete Charlotte. »Also schön.« Dann stieß sie die Tür auf und führte ihre Schwester in den Salon.

Es war nach sieben Uhr, als Grant Peters zurückkehrte. Er begrüßte Nicola herzlich, hörte sich ihre Geschichte an, nickte und ging davon, einen verlässlichen Jungen zu suchen, der ihr Gepäck in *Mannering's Hotel* abholen sollte, während Charlotte die Köchin anwies, weitere Klöße in den Eintopf zu geben, und Jeannie, das Hausmädchen, die Lampen entzündete und den Tisch deckte.

Nicola wusste ein wenig über Grant Peters Stammbaum. Seine Familie hatte es vorgezogen, kein Öl in die Flammen zu gießen und lieber nicht an der Hochzeit in Ayrshire teilzunehmen. Zwei Brüder und eine verwitwete Mutter wohnten auf einem von vier kleinen Bauernhöfen außerhalb von Stirling, die sich in Peters' Besitz befanden. Der älteste Bruder, Roderick, verwaltete die Besitztümer. Der jüngste Bruder, Gillon, hatte im amerikanischen Krieg beim Hochlandregiment gekämpft, aber da er nicht genügend Mittel besaß, um ein anständiges Patent zu erwerben, war er jüngst aus dem Dienst des Königs ausgeschieden.

Grant hatte Latein, Griechisch und Moralphilosophie an den

Universitäten von Edinburgh und Glasgow studiert; anschließend hatte ihn Hercules Mackenzie von der Anwaltsvereinigung Writer to the Signet unter seine Fittiche genommen. Die Ausbildung durch ihn hatte Grant in die Lage versetzt, seine Prüfungen in Zivilrecht zu bestehen, und dem Einfluss seines Mentors war es zu verdanken, dass er in die Anwaltsvereinigung aufgenommen worden war. Allerdings war Grant noch zu jung und verfügte daher noch nicht über die nötigen Beziehungen, um sich die lukrativeren Mandate zu verschaffen.

Der Salon, der gleichzeitig als Speiseraum diente, war herzlich sparsam möbliert. Es gab weder Anrichte noch Vitrine, sondern nur ein Sideboard für Karaffen und Gläser und einen kleinen Eckschrank, in dem das Tischleinen aufbewahrt wurde. Aus der Küche drangen neben Dampfschwaden das Klappern von Töpfen und ab und zu ein wütendes Aufheulen von Mrs. McCluskie, der Köchin; alles in allem ein himmelweiter Unterschied, dachte Nicola, zu dem riesigen, hallenden Speisesaal auf Craigiehall.

Ihr Schwager entkorkte zwei Flaschen Claret und füllte die Gläser. Er war ein massiger Mann, nicht hochgewachsen, aber breit. Sein schweißfeuchtes Gesicht hatte die richtigen Proportionen, mit einem starken Kinn und hohen, flachen Wangenknochen. Er hatte seinen Mantel abgelegt und den schlichten Kragen gelockert, den die meisten Anwälte trugen, obwohl ihre Halskrausen heutzutage, so behauptete ihr Vater, manchmal mehr Rüschen hatten als die Petticoats einer Herzogin.

Grant plauderte lässig über Ernten und Wetter, als wäre das plötzliche Erscheinen seiner Schwägerin in seinem Haus das Natürlichste auf der Welt. Währenddessen musterte Nicola den Ehemann ihrer Schwester mit einem gewissen Maß an Spekulation und fragte sich dabei, ob er wohl einen Freund hatte, zum Beispiel einen Anwaltskollegen, der genauso gut aussehend und aufmerksam war wie er selbst und mit dem er sie vielleicht bekannt machen konnte.

Hammelfleischbrühe und braunes Brot, Rindfleischeintopf mit Zwiebeln und Klößen, Erbsen in einer Beistellschale, ein Orangenpudding, kräftiger Käse und Fladen wurden mit mehreren Gläsern Claret heruntergespült. Als das Abendessen vorüber war und die letzten Krümel vom Tisch gefegt waren, dachte Nicola, dass sie in die gute Stube hinübergehen würden, aber Grant war es anscheinend zufrieden zu bleiben, wo er war.

»Deine Zofe – Molly, nicht wahr? – wird es auf dem Dachboden recht gemütlich haben, obwohl ich befürchte, dass sie sich ein Bett mit Jeannie teilen muss«, sagte er. »Wie lange willst du bei uns bleiben?«

»Ah!«, erwiderte Nicola. »Das kommt darauf an.«

»Worauf?«, fragte Grant. »Auf deinen Vater?«

»Auf dich«, antwortete Nicola.

»Die Gerichtssaison beginnt in einigen Wochen«, erklärte Grant. »Seine Lordschaft wird dich vielleicht vorher holen kommen, aber irgendwie bezweifle ich das. Er wird auf andere Weise zurückschlagen.«

»Auf andere Weise?«, wiederholte Charlotte. »Wie denn?«

Grant überhörte die Frage seiner Frau. Er strich sich eine schwarze Haarlocke aus dem Gesicht, die ihm in die Stirn gefallen war, und sah Nicola direkt an. »Ich nehme an, der Junge wird in Kürze hier sein.«

»Junge?«, fragte Charlotte. »Welcher Junge?«

»Mit dem Gepäck«, sagte Nicola. »Ich glaube, du durchschaust meinen Vater sehr gut, Grant, vor allem, da du die ganze Geschichte noch gar nicht kennst.«

»Was ist denn die ganze Geschichte?«

»Papa drängt mich, Charles de Morville zu heiraten.«

»Und Sir Charles ist nicht nach deinem Geschmack?«

»Himmel, nein! Er ist weit über siebzig und bei schlechter Gesundheit. Außerdem hat er drei Söhne, die sich darum streiten, sein Gut in Besitz zu nehmen.«

»Warum will dein Vater dich mit diesem Mann verheiraten?«

»Die de Morvilles haben Kohle auf ihrem Land«, erklärte Nicola. »Die will Papa haben. Er hatte schon lange die Idee, dass entweder Charlotte oder ich in die Familie de Morville einheiraten sollten, um ihm die Förderrechte zu besorgen.«

»Das ist wahr, Grant. Papa ist schon, seit wir Kinder waren, darauf versessen, die Templetons mit den de Morvilles zu verbinden«, fügte Charlotte hinzu, »obwohl ich es trotzdem seltsam finde, dass er uns nicht ermutigt hat, uns mit den Söhnen der Familie de Morville zu verbinden oder sie zu uns nach Craigiehall einzuladen.«

»Wir waren zu jung für sie«, meinte Nicola. »Sagen wir mal, nicht ganz reif.«

Charlotte schürzte die Lippen und machte sich an ihren Röcken zu schaffen. Sie hatte seit ihrer Eheschließung zugenommen, und ihre Wangen waren mehr als rundlich. Sie hatte schon immer zum Erröten geneigt. Mr. Watson, der Musiklehrer, hatte dies sehr erheiternd gefunden und sie oft geneckt, nur um zu sehen, wie ihr das Blut ins Gesicht stieg. Er hatte sie seine kleine Rothaut genannt, seine kleine Cherokee-Indianerin, was in Charlottes Augen kein großes Kompliment gewesen war, und Nicola hatte die Bemerkung ziemlich geschmacklos gefunden, insbesondere angesichts der militärischen Lage in Amerika.

»Davon habe ich noch gar nichts gehört, Charlotte«, sagte Grant. »Warum hast du es mir nicht erzählt?«

»Ich hatte keinen Grund dazu«, erwiderte sie. »Es war eine Torheit, ein Sturm im Wasserglas, alles vorüber, bevor wir uns kennenlernten.«

»Trotzdem«, meinte Grant stirnrunzelnd, »hättest du es mir sagen sollen.«

»Du denkst doch wohl nicht, ich hätte dich nur geheiratet, um de Morville zu entfliehen«, erwiderte Charlotte mit brennenden Wangen. »Die ganze Affäre war ein verrückter Plan, den mein Vater ersonnen hatte. Papa ist nicht der nüchterne Mann von Vernunft und gutem Urteil, als der er bei Gericht erscheint, musst du wissen.«

»Das beantwortet meine Frage nicht, meine Liebe«, sagte Grant. »Hast du mich nun geheiratet, nur um diesem Burschen aus Ayrshire zu entfliehen, oder nicht?«

»Hör auf«, mischte sich Nicola ein. »Bitte, hör auf!«

Er sah sie an und zog eine Augenbraue hoch. »Womit soll ich aufhören?«

»Sie zu necken«, antwortete Nicola. »Ich weiß, dass du sie neckst, auch wenn Charlotte es nicht erkennt. Sie hat nicht mehr Sympathie für Charles de Morville als ich, aber das bedeutet nicht, dass sie dir nicht willig in die Arme gefallen wäre.«

»Also, Charlotte, ist die Verteidigung deiner Schwester zutreffend und akkurat?«

»Charlotte steht hier nicht vor Gericht«, schaltete Nicola sich erneut ein.

»Muss ich dein Wort darauf akzeptieren, dass die Integrität meiner Frau über jeden Tadel erhaben ist – ohne den Hauch eines Beweises, der deine Behauptung unterstützt?«

»So ist es«, sagte Nicola entschieden.

»Und was ist mit *deiner* Integrität, Miss Templeton?«

»Mit meiner? Ich habe keinen Grund, dich zu belügen.«

»*Quid pro quo:* Willst du damit andeuten, dass Charlotte einen Grund hat?«, fragte Grant, und als er dann bemerkte, wie bekümmert seine Frau war, lachte er und tätschelte Nicola den Arm. »Die Frage deiner Integrität, meine liebe Schwägerin, wird in der Schwebe bleiben müssen, bis sie sich beweisen lässt. Woran kein Zweifel besteht, ist dein Eifer. Ich wünschte, meine Brüder wären genauso begierig darauf, mich zu verteidigen. Und wie du ganz richtig vermutest, ich habe sie nur geneckt.«

Er erhob sich vom Tisch, bückte sich und küsste seine Frau auf die Stirn, dann ging er geschickt um die Stühle herum und legte Nicola beide Hände auf die Schultern. »Du bist in meinem Haus willkommen, so lange du es wünschst, Nicola. Mir ist klar, dass euer Papa beträchtlichen Einfluss in Juristenkreisen hat, aber sei versichert, ich habe nicht die geringste Angst vor ihm. Ich habe ihm ein Mal getrotzt, und es wird mir ein großes Vergnügen sein, dem Ganzen noch die Krone aufzusetzen, indem ich dich hierbehalte, so lange du bleiben möchtest.«

Bei seiner Berührung durchlief sie ein Schauder der Wonne. Zu ihrer Überraschung stellte sie fest, dass sie sich außerdem wünschte, er möge sie küssen, auf die Stirn, auf die Wange, sogar auf den Mund, doch als hätte er erraten, was in ihr vorging, löste er sich abrupt von ihr und ging zur Tür.

»Was?«, fragte Charlotte. »Was ist los?«

»Der Junge«, sagte Grant. »Hast du ihn nicht im Treppenhaus gehört?«

Der »Junge« war ein großer, schlaksiger Bursche von annähernd einem Meter achtzig. Seine Stiefel waren schlammbespritzt, sein Mantel geschwärzt vom Regen, und das Haar klebte ihm am Kopf. Er hatte Nicolas Koffer auf der Schulter über die Brücke und fünf Fluchten schlüpfriger Treppen hinaufgeschleppt und dabei Mollys kleinere Schachtel unter einem Arm gehalten. Er blies die Wangen auf, sog Luft in seine Lungen und beäugte den Gentleman mit einer gewissen Furcht, als argwöhnte er, er könne ihm befehlen, das Gepäck wieder zurückzubringen.

Grant schob eine Hand in seine Tasche und förderte einen Schilling zutage und dann, zur Überraschung des Jungen, einen weiteren. Er ergriff dessen Hand, die so kalt war wie Kabeljau, und legte die Münzen hinein.

»Waren aber nur Sixpence abgemacht, Sir«, sagte der Junge.

»Eine gute Arbeit, ordentlich erledigt, verdient immer ein klein wenig zusätzlich«, entgegnete Grant. »Wenn du dich beeilst, kannst du dir noch eine Pastete bei Mrs. McCauslan besorgen und vielleicht ein Glas Punsch in *Mouser's Taverne*.«

»Aye, Sir, aye. Ich danke Ihnen, Sir. Ich danke Ihnen wirklich«, erwiderte der Junge und schlug sich in einem dankbaren Salut an die Stirn. »Wenn Sie noch mal was getragen haben müssen, Sir, wissen Sie, wo Sie mich finden.«

»Das weiß ich«, entgegnete Grant. »Jetzt lauf, bevor der Pastetenladen schließt.«

Er sah dem Jungen nach, wie er die Treppe hinuntereilte, dann drehte er sich um und rief Molly, die recht prompt erschien.

»Das Zimmer deiner Herrin liegt am entgegengesetzten Ende des Flurs«, sagte er. »Bring ihren Koffer dorthin, packe ihn aus und tue mit ihren Kleidern, was immer du zu tun hast! Du wirst auf dem Dachboden bei der Köchin und Jeannie untergebracht.«

»Aye, Sir«, sagte Molly.

Grant schob abermals die Hand in die Tasche und förderte zwei Guineen zutage.

»Nimm sie, Molly! Gott weiß, du hast sie dir verdient.« Die Dienerin pflückte ihm die Münzen von der Hand und steckte sie in ihre Schürze. »Du hast gut daran getan, sie hierherzubringen.« Dann trat er an ihr vorbei und kehrte in die Stube zurück, um seiner Frau und ihrer hübschen kleinen Schwester zu versichern, dass das Gepäck endlich heil und unbeschadet eingetroffen war.

Kapitel 2

Wenn Gillon Peters für irgendetwas bekannt war, dann gewiss nicht für seine Bescheidenheit. Auf den leisesten Wink oder das Angebot eines Glases erzählte er in schauerlichen Einzelheiten von seinen Taten beim Hochlandregiment, und wenn man unklug genug war, ihn in seiner Wohnung aufzusuchen, zeigte er einem mit Gewissheit den blutbefleckten Tomahawk, mit dem er angeblich auf einem Erkundungsunternehmen an den Ufern des Brandywine zwei Abtrünnige skalpiert hatte. Damen der Stadt, jung wie alt, sogen begierig jedes Wort seiner fragwürdigen Geschichte auf, aber seine Brüder blieben skeptisch, denn, wie Roderick zu bemerken pflegte, Gillon konnte ohne die Hilfe dreier Männer und eines Milchmädchens kein Schaf scheren. Mehrere blutige Schlachten und viele beschwerliche Märsche mit dem zweiundvierzigsten Königlichen Hochlandregiment hatten keine sichtbaren Spuren bei Gillon hinterlassen, bis auf eine saubere kleine Narbe von der Länge eines Fingernagels am rechten Augenwinkel. Sie verlieh Gesichtszügen, die ohnehin schon überheblich genug waren, noch zusätzlich Überheblichkeit. Er war zwei Jahre jünger als Grant und etliche Zentimeter größer. Sein Haar war heller, und seine Augen waren von durchdringendem Blau. Trotz allem war die Verwandtschaft zwischen den Brüdern offenkundig, ihr neckisches Geplänkel war noch nicht von Rivalität befleckt worden.

Grant sah von den Dokumenten auf dem Tisch hoch. »Aha!«, sagte er. »Da bist du ja. Ich habe mich schon gefragt, wann du dich endlich von den Lämmerpferchen lösen kannst. Du bist zurück, vermute ich?«

»Du vermutest richtig«, antwortete Gillon. »Unser lieber Bruder hat mich davongejagt. Er hat mir gesagt, ich solle verduften. Habe Mitleid mit meiner Notlage.«

»Und welche spezielle Notlage wäre das?«, erkundigte sich Grant.

»Die Notlage, keine persönliche Beziehung zu Hammel zu haben, es sei denn, er wäre glasiert mit rotem Johannisbeergelee«, sagte Gillon. »Warum will Roderick nicht zugeben, dass ich nicht zum Bauern geschaffen bin?«

»Er hat auch nicht geglaubt, dass du zum Soldaten geschaffen wärst«, erwiderte Grant. »Allerdings hast du ihm das Gegenteil bewiesen.«

»Das habe ich, nicht wahr?« Gillon grinste. »Wenn Roddy jedoch hofft, dass Zeit und Überredung mich in einen Landwirt verwandeln würden, erliegt er einem traurigen Irrtum.« Er zog sich mit dem Fuß einen Stuhl heran und setzte sich an den Tisch. »Welcher Fall kettet dich an einem so frischen Maimorgen an dein Tintenfass?«

»Eine Erbschaftssache«, erwiderte Grant. »Ich habe den Schriftsatz angefertigt, und sobald die Gerichtssaison eröffnet wird, werde ich Erklärungen und Eingaben folgen lassen.«

»Ist ein hübsches Mädchen im Spiel?«, erkundigte sich Gillon. »Oder eine wohlhabende Witwe?«

»Ich habe keine Ahnung, wie die Antragsteller aussehen«, entgegnete Grant. »Ich bin ihnen nie begegnet und werde es wahrscheinlich auch niemals tun. Es ist kein Spaß, Gillon. Der Fall wird sich wochenlang hinziehen, bevor das Gericht zu einer Entscheidung kommt.«

»Mit einem Wort, der übliche Mist.«

»Mit drei Worten, ja.«

Grant übte seine Tätigkeit größtenteils in Daniel Hornes Weinkeller aus oder, um genau zu sein, in dem großen, hellen Erdgeschoss darüber. An diesem Morgen hatte ihm in aller Frühe sein Sekretär Somerville Papiere und gedruckte Indizes übergeben, die er bis zum Mittagessen um halb zwei bearbeiten würde. Natürlich hätte er das Material mit nach Hause nehmen können – das *Horne's* war bloß eine steile Straße von Graddan's Court entfernt –, aber er hielt es für das Beste, den Schwestern Zeit zum Schwatzen zu lassen.

»Wie ich höre«, sagte Gillon, »hast du einen Gast?«

Grant schaute auf. »Wer hat dir das erzählt?«

Gillon zuckte die Schultern. »In dieser Stadt verbreiten sich Neuigkeiten schneller als Blitze. Tatsächlich habe ich Somerville getroffen und ihn gefragt, wo du sein könntest, und er war ausnahmsweise einmal bemerkenswert entgegenkommend. Ich schätze, er ist genauso aufgeregt über das Erscheinen des Mädchens wie du.«

»Ich bin nicht im Mindesten aufgeregt«, widersprach Grant.

»Vielleicht wird der Zorn des Gerichtspräsidenten dir etwas Wermut in den Wein gießen«, meinte Gillon. »Wie lange ist sie schon bei euch?«

»Erst einen Tag«, antwortete Grant. »Nebenbei bemerkt, ich werde mit Somerville ein Wörtchen über seine lose Zunge reden.«

»Oh, du kannst ihm kaum einen Vorwurf machen, Grant. Eine so wundervolle Nachricht kannst du nicht lange unter der Decke halten.«

»Ich halte sie nicht unter der Decke. Sie besucht Charlotte.«

»Allein und ohne Anstandsdame?«

»Ihre Zofe ist bei ihr«, sagte Grant.

»Aber Papa nicht.«

»Nein, Papa nicht.«

»Soll ich etwa glauben, dass Craigiehall ihr die Erlaubnis gegeben hat, in die Stadt zu reisen und in deinem Haus zu wohnen? Sie hat sich losgerissen, nicht wahr, und ist auf eigene Faust davongaloppiert?«

»Sie ist kein Kind mehr, Gillon, und übrigens auch kein Pferd.«

»Allerdings, das ist sie nicht«, erwiderte Gillon. »Verrate mir eins: Ist sie genauso süß und fügsam wie dein liebes Weib?«

»Sei vorsichtig, Gillon!«

»Ich wollte niemanden beleidigen. Ich habe nichts als größte Wertschätzung für deine Missus, die eine Frau von größter Tugend ist. Was ist nun mit dem Mädchen? Kann man von ihr das Gleiche behaupten?«

»Sie ist, glaube ich, von gutem Charakter – und intelligent.«

»Mit einer dazu passenden Figur?«

»Gillon!«, warnte Grant seinen Bruder. »Das genügt! Was machst du überhaupt hier? Wir waren doch übereingekommen, dass du ein wenig Zeit bei Roderick und Mutter in Heatherbank verbringst. Du warst keine vierzehn Tage fort.«

»Was gibt es in Heatherbank schon für mich zu tun?«, fragte Gillon. »Mutter hat alles und jeden unter ihrer Fuchtel. Ich bin dort bloß im Weg, und offen gesagt, ich habe mich gelangweilt.«

»Es wird höchste Zeit, dass du etwas zu tun findest, etwas, mit dem du vielleicht deine Brötchen verdienen kannst.«

»Ich habe meine Pension«, sagte Gillon, »auch wenn sie nicht gerade üppig ausfällt. Ich werde ›etwas für mich zu tun‹ finden, wie du es ausdrückst, aber alles zu seiner Zeit. Ich habe mich nämlich noch nicht völlig von meiner anstrengenden Zeit beim Militär erholt. Verdiene ich nicht eine kleine Atempause?«

»Die dauert nun schon mehrere Jahre lang, Gillon«, entgegnete Grant. »Ich will nicht, dass Müßiggang dich herunterzieht.«

»Herunter?«, wiederholte Gillon. »Herunter wohin, frage ich dich? Außerdem bin ich nicht so müßig, wie du anscheinend glaubst, Grant. Ich habe durchaus einige Eisen im Feuer.«

»Hofierst du immer noch Claverings Tochter?«

»Julia?« Gillon hielt inne. »Nein, daraus ist leider nichts geworden.«

»Clavering hat ein Machtwort gesprochen, ja?«

»Das Mädchen war mir nicht leidenschaftlich genug.«

»Ha, ha!«, sagte Grant skeptisch. »Und das soll ich dir abnehmen?«

»Allerdings«, erwiderte Gillon. »Und ich bleibe dabei. Übrigens, mir fällt auf, dass du das Thema gewechselt hast. Was ist mit dir und Craigiehalls Töchtern? Du trägst jetzt für beide die Verantwortung. Das grenzt in meinen Augen fast an Habgier.«

»Habgier? Wie das?«

»Ich bitte dich, zwei Rennpferde aus demselben Stall! Wenn das nicht Habgier ist, weiß ich nicht, was es sonst sein kann. Es sei denn ...« Er hielt abermals inne. »Es sei denn natürlich, du hättest die Kleine für mich hierhergeholt.«

»Wenn du Nicola meinst, ich habe sie weder für dich noch für sonst jemanden nach Edinburgh geholt. Sie ist aus freien Stücken gekommen«, widersprach Grant.

Gillon nickte. »Um ihre Schwester zu besuchen?«

»Genau das.«

»Um in deinem Haus zu wohnen, unter deinem Dach, deiner Barmherzigkeit ausgeliefert?«

»Sieh mal«, sagte Grant, »ich habe zu viel Arbeit, um mir dein Gefasel anzuhören. Nicola Templeton ist die Schwester meiner Frau. Ich kann ihr meine Gastfreundschaft nicht verwehren, wie seltsam die Umstände auch sein mögen.«

»Er wird wie der Zorn Gottes über dich kommen, das weißt du, nicht wahr?«

»Ich bin darauf vorbereitet«, entgegnete Grant. »Es gibt jedoch nur wenig, was Lord Craigiehall tun kann, da Nicola achtzehn Jahre alt ist und ich sie nicht gegen ihren Willen festhalte. Er mag schäumen vor Wut und mit ernsten Konsequenzen drohen, aber er kann mir nicht weiter schaden.«

»Er kann deinen Mandanten vor Gericht schaden.«

»Gütiger Gott, Gillon! Dafür ist er als Richter viel zu ehrenhaft.«

»Ich an deiner Stelle wäre mir da nicht so sicher. In jedem Fall ist das Mädchen, wenn sie gegenwärtig Teil deiner Familie ist, auch Teil meiner Familie«, bemerkte Gillon. »Ich habe nichts dagegen, die Last mit dir zu teilen.«

»Last? Welche Last? Was zum Teufel redest du da?«

»Sie braucht Unterhaltung, habe ich nicht recht?«

»Nicola Templeton ist nichts für deinesgleichen, Gillon«, mahnte Grant streng.

»Charlotte Templeton war auch nichts für *deinesgleichen,* lieber Bruder, aber das hat dich nicht daran gehindert, den Tempel zu stürmen – den Templeton zu stürmen, ha? – und mit ihr das Weite zu suchen.«

»Charlotte«, sagte Grant, »ist meine Frau.«

»Wenn du gut genug warst für das eine Templeton-Mädchen, warum sollte ich nicht für das andere gut genug sein?«, fragte Gillon. »Sie ist doch nicht hässlich, oder?«

»Nein, keineswegs, sie ist sogar reizvoll.«

»Umso besser.« Gillon erhob sich von der Bank, zog die Zipfel seiner Weste herunter und schlüpfte wieder in seinen Mantel. »Ich werde dich heute Abend zum Essen besuchen. Du wirst vielleicht Charlotte darauf hinweisen wollen – und erinnere die Köchin daran, dass ich nichts für Zwiebeln übrighabe. Sollen wir sagen, acht Uhr, oder wäre dir halb neun angenehmer?«

Grant seufzte. »Acht Uhr ist mir recht. Wenn du darauf bestehst.«

»Ich bestehe darauf«, erwiderte Gillon. »Ich bin lieber ein unwillkommener Gast als gar keiner. Soll ich meinen Überzieher und meinen scharlachroten Umhang anziehen?«

»Zieh an, was du möchtest«, antwortete Grant. »Nur bring den verdammten Tomahawk nicht mit.« Und mit einem eigenartigen

Gefühl böser Vorahnungen sah er seinem Bruder nach, als dieser den Raum verließ.

Zwölf Monate lag es zurück, seit Nicola das letzte Mal in der Stadt gewesen war, und die ›Auld Reekie‹ hatte in dieser kurzen Zeit mehrere Veränderungen durchlaufen. Zusammen mit Molly schlenderten Charlotte und sie gleich nach dem Frühstück in den Frühlingssonnenschein hinaus und spazierten, die Häubchen fest gegen die frische Brise vom Forth zusammengebunden, hügelabwärts zur Brücke, um sich die letzten Verbesserungen anzuschauen.

Die imposante North Bridge war seit etlichen Jahren für den Verkehr freigegeben, aber es waren noch immer hie und da Arbeiten im Gange. An diesem Morgen fügten Steinmetze die Steine einer neuen Balustrade ein, während Träger, Fuhrmänner und Scharen nicht ganz so nobler Bürger brummend vorbeitrotteten, als wäre Fortschritt bloß ein Hindernis, eigens dazu aufgestellt, sie zu ärgern.

Im Osten lagen die Flussmündung und das Meer, die wellengepeitschte Wasserfläche, der Edinburgh sein launisches Wetter verdankte. Nicola hielt mit der einen Hand ihre Haube fest und mit der anderen Charlottes Arm. Sie hatte den Ausblick schon viele Male gesehen, aber er raubte ihr noch immer den Atem, und an diesem Maimorgen munterte er sie derart auf, dass sie für einen Moment Papa, de Morville und Craigiehall vollkommen vergaß.

Da fragte Molly: »Ist das der Mann, für den ich ihn halte?«

Als Nicola in die Richtung schaute, in die die Zofe wies, sah sie Hugh Littlejohn auf sie zukommen, das Kinn in seinem Kragen verborgen und den Hut – ein hohes, breitkrempiges Ding – heruntergezogen, als wollte er das Gesicht verbergen oder vielleicht auch die vielen Ablenkungen der Stadt nicht an sich herankommen lassen.

»Was tut er in Edinburgh?«, wunderte sich Charlotte.

»Ich glaube, da brauchen wir nicht lange zu raten«, meinte Molly. »Er wird hierhergeschickt worden sein, um Ihnen Bedingungen zu unterbreiten.«

Nicola hatte Mr. Littlejohn immer recht gern gemocht. Sein Vater und seine Onkel waren Gärtner auf Craigiehall gewesen, und seine jüngste Tochter, Faye, war gegenwärtig Küchenmagd. Nicola löste sich von ihrer Schwester und trat vor ihn hin.

»Bist du zum Vergnügen in Edinburgh, Littlejohn, oder wegen irgendwelcher Geschäfte?«

Er schaute auf und sagte, ohne Überraschung zu zeigen: »Wenn ich des Vergnügens wegen hier wäre, Miss Nicola, würde ich es nicht an so einem verdammt belebten Ort wie dem hier suchen. Außerdem habe ich daheim zu dieser Jahreszeit zu viel zu tun, um mich zu amüsieren.«

»Ist Papa bei dir?«, fragte Charlotte.

»Nein, Mistress Peters, ist er nicht. Ich bin sein ... ähm, sein Gesandter.«

»Warum hat er dich geschickt und nicht Robertson?«, erkundigte Charlotte sich.

»Diese Frage müssen Sie Seiner Lordschaft stellen«, antwortete Hugh Littlejohn. »Er war zornig auf mich, weil ich Miss Nicola zum Flyer geholfen habe. Ich schätze, meine Entsendung nach Edinburgh ist seine Art, mich zu bestrafen.«

Mr. Littlejohn trug kein Gepäck bei sich, bis auf eine kleine, abgewetzte lederne Jagdtasche über einer Schulter. Er nahm sie herunter, stöberte darin herum und förderte ein Briefpäckchen zutage, eingewickelt in braunes Papier und versiegelt mit hartem, blauem Wachs. Er hielt es fest in beiden Händen, als befürchtete er, die Brise könne es ihm entreißen.

»Für mich?«, fragte Nicola.

»Für Mr. Grant Peters. Ich soll es in seine Hände legen und nur in seine.«

»Dazu musst du ihn finden«, sagte Charlotte hochfahrend. »Wenn du kannst.«

»Falls nötig, werde ich in seinem Haus warten«, erwiderte Hugh Littlejohn.

Nicola berührte ihn am Ärmel. »Hast du schon gefrühstückt?«

»Ich habe einen Happen im Gasthaus in Peebles gegessen, bevor ich die Kutsche bestiegen habe.«

»Papa hat dich nachts reisen lassen, nicht wahr?«, fragte Nicola. »Mit anderen Worten, er wollte nicht für den Flyer bezahlen? Wirst du heute noch nach Ayrshire zurückkehren?«

»Wenn ich meine Aufgabe erfüllt habe, um vier Uhr, aye.«

»Ich werde den Brief meinem Mann übergeben«, erbot sich Charlotte.

»Nein, Mistress Peters, das wird nicht angehen.«

»Vertraust du mir nicht?«, wollte Charlotte wissen.

»Es ist keine Frage des Vertrauens, Mistress Peters; es ist eine Frage der Pflicht.«

»Also schön«, sagte Charlotte. »Wenn es so sein soll, musst du zu Graddan's Court gehen und auf der Türschwelle sitzen bleiben, bis mein Mann zurückkehrt, was, wie ich hinzufügen könnte, erheblich später als vier Uhr sein wird. Tatsächlich könnte es weit nach Mitternacht werden, falls eine Antwort erforderlich ist, denn mein Mann wird nicht ohne Nachdenken zur Feder greifen.«

»Ich bitte dich, Charlotte! Littlejohn befolgt lediglich Papas Anweisungen«, wandte Nicola ein. »Ich zumindest habe nicht die Absicht, mitten auf einer öffentlichen Hauptstraße ein Gespräch zu führen. Wenn du um sechs Uhr gefrühstückt hast, musst du inzwischen hungrig sein, Littlejohn.« Sie drehte sich zu Charlotte um. »Wo ist er? Wo ist Grant? Er wird nicht im Parlamentsgebäude sein, denn die Gerichte tagen derzeit nicht. Ist er in einem Kaffeehaus oder in einer Taverne irgendwo in der Nähe?«

»Das könnte sein«, antwortete Charlotte widerstrebend.

»Wo?« Nicola hatte im Haus ihres Vaters genug Tischgesprächen gelauscht, um zu wissen, wo Anwälte und Writer zusammenkamen. »*Horne's*, *Dow's* oder das *Slipper?*«

»Nein«, sagte Charlotte, »er ist nicht im *Slipper.* Das *Slipper* mag er nicht.«

»Wo dann?«, beharrte Nicola.

»Im *Horne's*«, räumte Charlotte ein, »es sei denn, er ist ganz woanders.«

»Dann werden wir zu *Horne's* gehen und hoffen, ihn dort anzutreffen.«

»Vielen Dank, Miss Nicola«, sagte Hugh Littlejohn. »Ich gebe zu, dass ich wirklich so bald wie möglich wieder nach Hause fahren möchte. Wo ist dieses Lokal, dieses *Horne's?*«

»Dort oben.« Nicola deutete auf die zackigen Wohnhäuser der Old Town, die den Grat unterhalb des Schlosses säumten. »Hast du genug Atem dafür, Littlejohn?«

»Es ist nicht der Atem, der mir fehlt, Miss Nicola«, erwiderte Hugh Littlejohn.

»Was ist es dann?«, erkundigte sich Charlotte.

»Die Geduld«, antwortete der Aufseher. Dann folgte er zusammen mit Molly Lord Craigiehalls widerspenstigen Töchtern in die Gassen und verqualmten Sträßchen, die das Herz der Stadt schützten.

Charlotte hätte nicht den Mut gehabt, Daniel Hornes Weinkeller allein zu betreten. Der säuerliche Geruch von Bier, Tabak und Rauch sowie die schwache, klebrige Süße von eingelegten Heringen, eine Delikatesse, für die das *Horne's* berühmt war, hätten sie abgeschreckt. Tatsächlich war die Taverne eine der angesehensten in der Nähe des Parliament Square und himmelweit entfernt von den abscheulichen Spelunken, wie sie dicht an dicht in den Gassen von Cowgate und des Grassmarket lagen.

Nicola fasste Charlotte energisch am Arm und zog sie durch die Tür in die riesige, düstere Taverne. Molly und Mr. Littlejohn folgten ihnen, und binnen ein oder zwei Minuten saßen alle vier, die Zofe eingeschlossen, bei Grant an einem Ecktisch. Charlottes Nerven beruhigten sich bei einem Glas süßen Sherrys und einem Zimtkeks, während Grant Papas Brief las, ihn dann auf den Tisch warf und kläglich den Kopf schüttelte.

»Was ist?«, fragte Nicola. »Was ist los, Grant? Was schreibt Papa?«

Molly und Mr. Littlejohn taten so, als wären sie mit den Gedanken anderweitig beschäftigt – Familienangelegenheiten gingen sie nichts an –, aber es war schwierig, Distanz zu wahren, während man dicht nebeneinander an einem Ecktisch saß.

»Ich soll dich mit Mr. Littlejohn nach Craigiehall zurückschicken.«

»Wenn ich nach Ayrshire zurückkehre«, sagte Nicola, »wird Papa dafür sorgen, dass ich dort bleibe, bis ich mich aus lauter Verzweiflung seinem Willen beuge und diesen abscheulichen Mann heirate.«

»Du bist nicht verpflichtet, irgendjemanden zu heiraten«, wandte Grant ein. »Wir sind heutzutage genügend aufgeklärt, um anzuerkennen, dass auch Frauen Rechte haben.«

»Mein Vater ist kein Anhänger dieser Auffassung«, erwiderte Nicola. »Sieh dir nur an, wie er die arme Charlotte behandelt hat, als sie dich geheiratet hat!«

»Das ist wahr«, entgegnete Grant. »Andererseits hatte er nicht die Macht, es zu verhindern. Er mag nach Herzenslust schmollen, doch er kann dich nicht legal – oder auch moralisch – zu etwas zwingen, das du nicht willst.«

»Er wird mich ohne einen Penny verstoßen.«

»Ist das wichtig?«

Charlotte nippte an ihrem Sherry, knabberte an ihrem Keks und bewahrte Stillschweigen.

»Er will einen Erben für Craigiehall«, bemerkte Nicola.

»Und er wird einen bekommen«, sagte Grant. »Zu gegebener Zeit wird er vielleicht mehrere haben.« Er schaute zu Charlotte hinüber, die heftig errötend den Blick abwandte. »In der Zwischenzeit hat er ein Ultimatum ausgesprochen. Entweder sorge ich dafür, dass du mit Mr. Littlejohn in die Nachmittagskutsche nach Ayrshire verfrachtet wirst, oder ...« Er griff nach dem Brief und las daraus vor. »... *oder, Sir, Sie können sie behalten.*«

»Sie behalten?«, wiederholte Charlotte. »Was um alles in der Welt meint er damit?«

»Er meint, dass ich dann die Verantwortung für deine Schwester zu tragen habe.«

»Das ist dumm«, platzte Molly heraus. »Schlicht und einfach dumm.«

»So dumm nun auch wieder nicht, Molly«, widersprach Grant. »Seine Lordschaft ist sich über meine Lebensumstände völlig im Klaren und hegt bedauerlicherweise nach wie vor die Überzeugung, dass ich Charlotte nur geheiratet habe, um Craigiehall in die Hände zu bekommen.«

»Aye, das hat er jedenfalls oft genug gesagt.« Molly ignorierte den warnenden Blick des Aufsehers. »Das ist nichts Vertrauliches, Mr. Peters. Wir alle haben ihn darüber schimpfen hören. Stimmt's, Mr. Littlejohn?«

»Es steht unsereins nicht zu, darüber zu spekulieren, was Seine Lordschaft von Peters hält«, erklärte Hugh Littlejohn streng. »Jetzt halt den Mund, Mädchen, und erinnere dich an deinen Platz!«

»Mein Platz«, sagte Molly, »ist hier bei Miss Nicola.«

»Wie will sie dir deinen Lohn zahlen, wenn Seine Lordschaft

ihr keine Mittel mehr zukommen lässt? Hast du darüber mal nachgedacht, Molly Goodall?«, fragte Mr. Littlejohn.

»Ich brauche keinen Lohn«, sagte Molly. »Ein Bett und ein Happen zu essen genügen mir.«

»Du bist Dienstbotin Seiner Lordschaft«, sagte Hugh Littlejohn, »nicht die Miss Nicolas.«

»Oh, hört auf, hört auf!«, rief Nicola, laut genug, dass sich mehrere Köpfe in ihre Richtung wandten. »Ich kann dir diese Last nicht aufbürden, Grant. Ich werde tun, was mein Vater verlangt.«

»Du meinst, de Morville heiraten?«, fragte Charlotte.

»Nein, das nicht, das gewiss nicht«, erwiderte Nicola. »Ich werde jedoch mit Mr. Littlejohn nach Ayrshire zurückkehren und versuchen, mich mit Vater zu versöhnen.«

»Wenn du das tust«, meldete Grant sich zu Wort, »wirst du nie wieder frei sein. Du hast gezeigt, was in dir steckt, Nicola, und du darfst jetzt nicht den Mut verlieren. Wenn du auf ein Fingerschnippen deines Vaters nach Craigiehall zurückkehrst, wirst du entweder einen Mann seiner Wahl heiraten oder als alte Jungfer sterben.«

»Was für eine schreckliche Bemerkung, Grant«, tadelte Charlotte ihren Mann. »Nicola hat ihren eigenen Kopf, da bin ich mir sicher.«

»Dann soll sie ihn auch benutzen«, erklärte Grant. »Als Erstes dazu, keine voreiligen Schlüsse zu ziehen, was ich tun werde oder nicht, was ich mir leisten kann oder nicht und was eine Last für mich darstellt und was nicht. Nicola, möchtest du mit Mr. Littlejohn nach Ayrshire zurückkehren, oder willst du unter meinem Schutz in Edinburgh bleiben, bis dein Vater zur Vernunft kommt?«

»Das wird eine teuflisch lange Zeit dauern«, murmelte Molly. »Langsam glaube ich, dass ich mich geirrt habe. Er wird niemals die Hand zur Versöhnung ausstrecken.«

»Nicola«, beharrte Grant, »deine Antwort, bitte.«

»Bleiben«, erwiderte Nicola. »Ich werde bleiben, Grant, so lange du mich bleiben lässt.«

»Gut.« Ihr Schwager nickte. »Also, wenn ihr Damen uns entschuldigen wollt, ich werde für Littlejohn etwas zu essen bestellen und meine Antwort – genau genommen *deine* Antwort, Nicola – an Lord Craigiehall verfassen.«

»Sag ihm …«, begann Nicola.

»Was soll ich ihm sagen?«, fragte Grant.

»Dass er mir immer noch viel bedeutet und ich bedauere, dass ich ihm nichts mehr bedeute.«

»Ich glaube, das sagst du ihm besser selbst«, erwiderte Grant. Daraufhin schickte er sie alle recht lässig davon.

Die Verkaufsstände der kleinen Händler quollen über von Frühlingsprodukten, und am oberen Ende der High Street herrschte wirklich und wahrhaftig eine landwirtschaftliche Atmosphäre. Man hatte Vieh über das Pflaster getrieben, und eine Spur brauner Spritzer mischte sich mit zerbrochenen Eiern, Kohlstängeln und zertrampelten Kartoffeln. Es gab auch Schweine, einen ganzen Pferch voll, die alle vor sich hin schnaubten; sie hatten offensichtlich nicht die geringste Ahnung von dem jüngsten Edikt der Stadtverordneten, das Schweinefleisch von öffentlichen Straßen verbannte.

»Was stimmt bloß nicht mit dieser Stadt?«, beklagte sich Charlotte, wobei sie die Worte über ihre Schulter an Nicola richtete, die Mühe hatte, mit ihr Schritt zu halten. »Gibt es denn keine Gesetze und keine Polizisten, die sie durchsetzen? Warum sind diese Händler nicht auf den Märkten, wo sie hingehören? Warum sind sie hier und besudeln unsere hübschen Straßen? Mir wird ganz übel davon.«

»Es ist Handel, Liebste, einfach Handel«, antwortete Nicola.

Charlotte beachtete sie nicht. Sie war, wie Nicola begriff, nicht mehr zu bremsen, obwohl ihre Entrüstung für eine junge Frau, die im ländlichen, rauen Ayrshire groß geworden war, fehl am Platz schien.

»Ich kann mir nicht vorstellen, warum ich hier leben will.« Charlotte raffte ihre Röcke und trat über etwas Unbeschreibliches hinweg. »Kein Wunder, dass Personen von vornehmer Gesinnung den Wunsch verspüren, sich in der New Town niederzulassen. Ich würde Grant ja bitten, auch für uns dort ein Haus zu suchen, aber er schützt Armut vor. Armut! Er kümmert sich keinen Deut um meine Gefühle. Selbst wenn er wochenlang fort ist, um Fälle vor den Gerichten im Land zu vertreten, hat er durchaus nichts dagegen, dass ich eingepfercht wie ein Hühnchen in dieser trostlosen Wohnung zurückbleibe, umgeben von diesem ekelerregenden Gestank.«

»Charlotte«, unterbrach Nicola ihre Schwester, »wohin gehen wir?«

»Nach Hause«, erwiderte Charlotte. »Nach Hause, etwas essen. Ich habe Hunger. Danach werde ich mich ein wenig hinlegen. Ich habe Kopfschmerzen von diesem ganzen Gezänk.«

»Gezänk?« Nicola zupfte ihre Schwester am Ärmel. »Geht es um mich? Bin ich schuld, dass du so erregt bist?«

Charlotte blieb so abrupt stehen, dass Nicola beinahe mit ihr zusammengeprallt wäre, und Molly, die hinterdrein ging, hatte ebenfalls Mühe, einen Zusammenstoß zu vermeiden. »Warum hat er sich nicht mit mir besprochen?«, platzte sie heraus. »Bin ich nicht seine Frau? Ist sein Haus nicht auch mein Haus?«

»Wenn du möchtest, dann gehe ich ...«, begann Nicola. »Wenn du mich nicht hier haben willst ...«

»Oh, bleib, bleib unbedingt.« Sie drohte ihr wütend mit dem Finger. »Ich wünschte nur, er hätte daran gedacht, *mich* zu fragen, bevor er seine Befehle erteilte. Es ist offensichtlich, dass Grant dich hierbehalten will und dass meine Meinung nicht von Belang ist.«

»Charlotte, du bist Grants Frau.«

»In letzter Zeit habe ich mir manches Mal von Herzen gewünscht, ich wäre es nicht.«

»Oh, Charlotte«, sagte Nicola erschrocken. »Ich dachte, du wärest glücklich.«

Charlotte, der plötzlich bewusst wurde, dass ihre Hand noch immer mitten in der Luft hing, verschränkte die Arme vor dem Busen und erklärte: »Ja, das bin ich auch. Natürlich bin ich glücklich. Verzeih mir. Ich habe mir nichts dabei gedacht. Ich brauche nur etwas zu essen, das ist alles.« Dann drehte sie sich auf dem Absatz um und machte sich wieder nach Graddan's Court auf, Nicola und Molly im Schlepptau.

Die Straßen, die Edinburgh mit Ayr verbanden, waren hinreichend instand gesetzt worden, um Platz für schnelle vierspännige Kutschen zu bieten, die die Reisezeit für jene, die den Fahrschein zu bezahlen bereit waren, halbierten. Bedauerlicherweise erstreckten sich diese Fortschritte nicht auf die gewöhnlichen Dienste. Betten für die Nacht in dem schmutzigen kleinen Gasthaus in Peebles kosteten vier Pence, und eine Art Abendessen war für Sixpence zu haben: Also, so berechnete Grant, sparte John James Templeton, selbst wenn man den Fahrpreis dazurechnete, bloß drei Schilling, wenn er seinem Aufseher die lange Route zumutete, und das sah unter den gegebenen Umständen tatsächlich eher nach Geiz denn nach Bosheit aus.

Grant hatte nicht vergessen, dass Littlejohn einer der wenigen Dienstboten von Craigiehall war, die den Zorn Seiner Lordschaft riskiert hatten und in der Kirche in Kirkton aufgetaucht waren, um bei Charlottes Vermählung anwesend zu sein. Aus diesem Grund hatte er den Aufseher zu einem anständigen Essen eingeladen und ihn zum Hof des *White Horse* begleitet, von wo aus er die normale Vier-Uhr-Kutsche zurück nach Ayrshire nehmen konnte.

Im Innenhof des Gasthauses herrschte um diese Stunde des Nachmittags reges Treiben. Tauben gurrten von den Dächern und watschelten über die Pflastersteine, und Möwen, die vom Meeresarm herbeigefegt wurden, zogen am Himmel kreischend ihre Kreise. Lakaien, Träger und Postjungen lümmelten sich rauchend, lachend und schwatzend am Eingangstor. Der Wirt des *Withe Horse*, der Kniehosen mit Schnallen sowie eine gestreifte Schürze trug, stand neben dem Pförtnerhaus, wo er leutselig, ja beinahe salbungsvoll einem jedem einen guten Tag wünschte, der vielleicht versucht sein mochte, sein Etablissement zu betreten.

Vier traurig aussehende Pferde waren vor die Kutsche gespannt, ein flaches Gefährt, das heftig durchhing und seine Fahrgäste ordentlich durchrüttelte. Die Kutsche würde Mr. Littlejohn bis nach Peebles bringen, wo er die Nacht verbringen konnte. Morgen würde er ebenso ungemütlich über die trostlosen Moore von Lanarkshire holpern und, mit etwas Glück, bei Einbruch der Nacht an den Toren von Craigiehall eintreffen.

»Warum hat Seine Lordschaft dir kein Pferd zur Verfügung gestellt?«, wollte Grant wissen.

»Er will Miss Nicola unbedingt heil und gesund zurückbekommen«, antwortete Hugh Littlejohn, »doch er will es nicht so sehr, dass er dafür bezahlen würde, dass es auch schnell geht.«

»Reist er selbst denn nicht auf vornehme Art?«

»Aye, Sir. Er lässt sich von einer privaten Kutsche in die Hauptstadt bringen, aber für gewöhnlich unterbricht er die Reise bei Mistress Ballentine in Salton House.«

»Mistress Ballentine, die Witwe von Lord Ballentine?«, fragte Grant.

»Aye, sie ist die Cousine meines Herrn, Sir, und genauso streng wie er selbst.«

»Streng – würdest du ihn so beurteilen, Littlejohn?«

»Es liegt nicht in meinem Interesse, Seine Lordschaft zu beurteilen.«

»Ist er kein gerechter Arbeitgeber?«

»Das ist er, Sir, ein sehr gerechter Arbeitgeber – wenn auch rigoros.«

»Aber nicht großzügig?«, hakte Grant nach.

Hugh Littlejohn schulterte seine Tasche und schaute auf das Pflaster hinab.

»Du bist sehr loyal, Littlejohn«, bemerkte Grant.

»Ich hoffe, dass sich das in der Tat von mir sagen lässt, Sir.«

»Loyal Seiner Lordschaft gegenüber«, bemerkte Grant. »Und gleichermaßen seinen Töchtern gegenüber.«

»Doch es sind nicht seine Töchter, in deren Diensten ich stehe«, erwiderte Hugh Littlejohn.

»Trotzdem liegen Charlotte und Nicola dir genug am Herzen, dass du auch ihren Interessen dienst, habe ich nicht recht?«

»So gut ich es vermag, Mr. Peters.«

»Hast du meine Werbung um Charlotte nicht gefördert, indem du bei unseren Treffen ein Auge zugedrückt hast, wenn Seine Lordschaft nicht zu Hause war?«, sagte Grant.

Mr. Littlejohn kaute auf seiner Unterlippe und starrte weiterhin auf die Pflastersteine.

»Hast du nicht Nicola und ihrer Zofe geholfen, aus Craigiehall zu fliehen?«

»Ich habe ihnen nicht geholfen, Sir. Ich habe nur ...«

»Was? Auch in diesem Fall ein Auge zugedrückt?«, fragte Grant. »Mir scheint, Littlejohn, dass du trotz deiner Behauptung, Seiner Lordschaft gegenüber loyal zu sein, es nicht völlig billigst, wie er seine Kinder behandelt. Überdies ist durchaus offensichtlich, dass Seine Lordschaft sich hinreichend auf dich verlässt, um dir gewisse Freiräume zu lassen, anderenfalls hätte er dir schon lange gekündigt.«

»Was wollen Sie von mir, Mr. Peters?«

»Mein Brief an Seine Lordschaft wird ihm nicht alles sagen, was er wissen muss. Er ist ein Mann des Gesetzes, und als solcher wird er unbedingt verborgene Lügen entdecken wollen. Mit anderen Worten, er wird dich genau befragen.«

»Davon gehe ich aus, Sir. Aye.«

»Darf ich fragen, was du ihm erzählen wirst?«

Mr. Littlejohn hob den Kopf und sah dem Anwalt in die Augen. »Die Wahrheit, Sir«, antwortete er. »Die Wahrheit, wie ich sie sehe.«

»Und wie«, setzte Grant Peters nach, »siehst du sie?«

»Ich sehe, dass Miss Nicola nicht den Wunsch hat, nach Craigiehall zurückzukehren.«

»Dass sie in diesem Punkt unbeirrbar ist?«

»Nein, Mr. Peters, unbeirrbar kam sie mir nicht vor«, entgegnete Hugh Littlejohn. »Tatsächlich schien sie mir nicht genau zu wissen, was sie am besten tun sollte, Sir.«

»In diesem Punkt«, erwiderte Grant, »befindest du dich im Irrtum. Lass es dir von mir gesagt sein, Littlejohn: Nicola Templeton ist fest entschlossen, nicht nach Craigiehall zurückzukehren.«

Der Aufseher kniff die Augen leicht zusammen, und ihm war anzusehen, dass ihm etwas dämmerte. »In welchem Punkt befinde ich mich noch im Irrtum, Mr. Peters? Was ist mir bisher entgangen?«

»Dass meine Frau ein Kind erwartet?«, versetzte Grant.

»Das ... das ist mir noch nicht aufgefallen, Sir, nein.«

»Hand aufs Herz, es ist so«, antwortete Grant. »Allein aus diesem Grund wünscht meine Frau, dass ihre Schwester in Edinburgh verbleibt, damit sie ihr in den ersten Monaten der Schwangerschaft beisteht.«

»Wann wird das Kind denn erwartet?«

»Um Weihnachten herum.«

»Sagen Sie mir wirklich die Wahrheit, Mr. Peters?«

»Eine Wahrheit, die nicht allgemein bekannt ist, aber dennoch eine Wahrheit.«

»Warum muss ich dann Seiner Lordschaft diese Nachricht überbringen?«

»Weil er dir glauben wird«, sagte Grant. »Er wird dir glauben, weil ich es bewusst vermieden habe, ihn in meinem Brief über das bevorstehende Ereignis in Kenntnis zu setzen. Wenn er weiter in dich dringt, erzähle ihm, dass Molly die Neuigkeit dir gegenüber hat durchsickern lassen.«

»Aus welchem Grund wollen Sie es geheim halten?«, wollte Hugh Littlejohn wissen.

»Das«, antwortete Grant, »ist der Punkt, über den Seine Lordschaft sich Sorgen machen soll.«

»Aye, Sorgen wird er sich tatsächlich machen«, sagte Hugh Littlejohn. »Ich bin nicht allzu scharf darauf, der Überbringer gerade dieser Neuigkeit zu sein, Mr. Peters. Was ist, wenn er einen Beweis verlangt?«

»Das wird er wohl kaum tun, da er weiß, dass du einen solchen Beweis unmöglich erbringen kannst. Es wird ein Fall von *probatio probata* sein, eine Behauptung, die man nicht unverzüglich widerlegen kann.«

»Ist es Ihr Wunsch, Seine Lordschaft zu Ihnen nach Edinburgh zu holen, Mr. Peters?«, fragte Hugh Littlejohn. »Hoffen Sie, dass er herbeieilen wird, um sich selbst davon zu überzeugen?«

»Meine Sorge gilt meiner Frau«, erwiderte Grant. »Sie soll sich in dieser Zeit keine Sorgen machen müssen.«

Hugh Littlejohn zögerte. »Wenn die Dinge so liegen, wie Sie behaupten, Mr. Peters, und das Kind männlich ist, dann ist die Zukunft von Craigiehall nicht länger so ungewiss wie derzeit.«

»Sie ist nicht im Mindesten ungewiss. Ich werde dafür sorgen, dass sie sicher ist.«

»Miss Nicola, Sir, was wird aus Miss Nicola werden?«

»Ich werde mich um sie kümmern, keine Bange.«

Hugh Littlejohn sah, wie ein fetter Tuchhändler seine noch fettere Frau in eine Kutsche verfrachtete, wobei sich das Gefährt schwer nach steuerbord absenkte. »Ich sollte jetzt besser einsteigen, Sir«, bemerkte er. »Die Kutsche bietet ohnehin schon wenig genug Platz.«

»Hast du den Brief?«

»Aye, Sir, gut aufgehoben hier in meiner Tasche.«

»Und alles Übrige?«, wollte Grant wissen.

»Gut aufgehoben hier in meinem Kopf«, antwortete der Aufseher mit etwas, das ein Augenzwinkern sein konnte – oder auch nicht.

Kapitel 3

Nicola döste gerade in ihrem Zimmer, als Getuschel im Flur sie weckte.

»Was macht er hier, Grant?«

»Er ist zum Abendessen gekommen.«

»Hast du ihn eingeladen?«, zischte Charlotte.

»Er hat sich mehr oder weniger selbst eingeladen.«

»Warum hast du mich nicht vorher gewarnt?«

»Es ist mir entfallen.«

»Wie konnte es dir denn entfallen?«

»Ich hatte andere Dinge im Kopf.«

»Was zum Beispiel?«, fragte Charlotte.

»Littlejohn und den Brief ...«

»Und meine Schwester, nehme ich an?«

»Ja, natürlich, deine Schwester – das Wohlergehen deiner Schwester, meine ich.«

Nicola glitt vom Bett und ging auf Zehenspitzen zur Tür. Sie fühlte sich versucht, zu hüsteln oder sich zu räuspern, damit Charlotte wüsste, dass sie da war, aber die Neugier überwog ihre guten Manieren.

»Hast du es ihm erzählt?«, fragte Charlotte.

»Es wem erzählt?«, gab Grant zurück.

»Gillon. Du hast mir versprochen ...«

»Ich habe es niemandem erzählt«, sagte Grant. »Aber dein Zustand kann nicht mehr lange geheim gehalten werden. Es ist nichts, wessen man sich schämen müsste.«

»Versprich mir, dass du es Gillon nicht erzählst.«

»Also schön, ich werde es Gillon nicht erzählen«, antwortete Grant.

»Oder Nicola.«

»Oder Nicola«, wiederholte Grant. »Wo ist sie übrigens?«

Nicola drückte die Hände auf die Brust, damit sie nicht so laut atmete, als jemand zaghaft an die Tür klopfte.

»Nicola, bist du da?«, fragte Charlotte.

Sie nahm ihre Haube ab, zerzauste ihr Haar und brachte ein überzeugendes Gähnen zustande, bevor sie rief: »Wer ist da? Was ist los?« Sie öffnete die Tür einen Spaltbreit und spähte hinaus. »Oh, Charlotte, du bist es. Es tut mir leid. Ich bin auf dem Bett eingeschlafen. Ich habe euch doch nicht vom Abendessen abgehalten, oder?«

»Nein«, sagte Charlotte mit einem Anflug von Argwohn. »Hast du wirklich geschlafen?«

»Es ist die Edinburgher Luft«, antwortete Nicola, »und all diese Fußmärsche. Wie spät ist es? Ist Grant schon zu Hause?«

»Hm, er ist vor einer halben Stunde angekommen. Hast du ihn nicht gehört?«

»Nein, ich habe überhaupt nichts gehört.«

»Wir haben einen unerwarteten Besuch.«

»Wen?«, fragte Nicola, bevor sie listig hinzufügte: »Doch nicht etwa Papa, oder?«

»Nein, nicht Papa«, erwiderte Charlotte. »Grants Bruder.«

»Der Soldat oder der Bauer?«

»Gillon, der Soldat.«

»Dann«, bemerkte Nicola, »sollte ich mich wohl besser anständig herrichten.«

»Ich an deiner Stelle würde mir die Mühe sparen«, versetzte Charlotte und stolzierte den Flur hinunter, ziemlich verschnupft, wie Nicola fand.

Er erhob sich sofort vom Bibliotheksstuhl, schwang ein Bein über die abgenutzte lederne Sitzfläche und drehte sich zu ihr um. Gillon Peters war nicht das, was Nicola erwartet hatte. Charlottes Beschreibungen waren bestenfalls geringschätzig und schlimmstenfalls vernichtend gewesen; er war kein Ungeheuer, kein Kobold. Auf Nicola machte er zunächst den Eindruck eines Mannes, der gleichzeitig würdevoll und liederlich war. Sie hatte gehofft, dass er vielleicht Kleidung in den Farben seines Regiments tragen würde, aber er trug schlicht und einfach saubere, eng anliegende Kniehosen mit kleinen Schnallen und einen Gehrock. Einzig seine Hessenstiefel und die Handschuhe aus hellbraunem Leder, die adrett in einer Epaulette steckten, verrieten den Soldaten.

»Man hat Sie ganz allein gelassen, Sir«, bemerkte Nicola. »Wie überaus nachlässig von meiner Schwester und ihrem Mann.«

»Ganz und gar nicht«, erwiderte Gillon Peters. »Da ich ein Familienmitglied bin, geht man davon aus, dass ich nicht so tief sinke und das Tafelsilber stehle. Wie es jedoch scheint, muss ich mich selbst vorstellen, ohne Empfehlung oder gar Fanfare.« Er verneigte sich. »Lieutenant Gillon Peters, Ihr bescheidener Diener.«

»Nicola Templeton, Sir«. Sie streckte die Hand aus. »Überaus erfreut, Ihre Bekanntschaft zu machen.«

»Schön zu hören.« Gillon Peters ergriff ihre Hand und hielt sie sachte fest. »Ich habe nur wenige Verbündete in diesem Haushalt oder gar in dieser Stadt. Ich baue darauf, dass Sie sich nicht von der vorherrschenden Meinung bezüglich meines Charakters beeinflussen lassen.«

»Ich weiß gar nicht, was Sie meinen, Lieutenant Peters.«

»Natürlich wissen Sie das«, widersprach er. »Ihre liebe Schwester, so groß ihre Vorzüge ja sind, hegt keine besondere Wertschätzung für mich. Um die Wahrheit zu sagen, sie betrachtet mich als eine Art Plage.«

»Ich bin mir sicher, dass das nicht der Fall ist.«

»Wollen Sie damit sagen, dass sie mich in ihren Briefen nicht verunglimpft hat?«

»Sie hat nur sehr wenig von Ihnen erzählt, Sir, abgesehen davon, dass Sie Soldat sind.«

»Leider ein Soldat ohne Waffen, ohne Aufgabe oder Patent. Ich bin, mit einem Wort, in Pension gegangen.« Er sah sich nach dem Lesesessel um. »Ich würde Ihnen ja ein Gläschen anbieten, um Ihren Appetit anzuregen, Miss Templeton, aber es scheint, dass mein Bruder die Flaschen weggeräumt hat.«

»Wo ist Grant eigentlich?«

»In den Keller gegangen. Er sucht wohl einen Wein heraus, der so sauer ist wie er selbst gerade. Ihre Schwester ist, so glaube ich, in der Küche und bespricht sich mit der Köchin. Wenn ich ›Keller‹ sage, meine ich das ganz allgemein, denn in einer Wohnung so hoch oben gibt es keinen Keller. Tatsächlich bewahrt er seinen Wein in einem Käsefach in den Tiefen der Speisekammer auf.«

»Wo Sie, Lieutenant Peters, nicht ohne Weiteres herankönnen?«

Er hatte blaue Augen, durchdringend blau. Einen Moment lang glitzerten sie hart, dann lachte er. »Verunglimpft oder nicht, Miss Templeton, ich bin wohl in Ihren Augen ein Schnorrer. Nun, es ist wahr, dass ich gelegentlich Grant um Gnade bitte, denn ich bin ein sehr hungriger Schnorrer und würde dem armen Kerl die Haare vom Kopf essen, wenn er es zuließe. Und was ist mit Ihnen, haben Sie Hunger?«

»Allerdings, Lieutenant Peters, denn auch bin in gewisser Hinsicht eine Schnorrerin.«

»Wollen wir dann hineingehen und zusammen unser Abendessen erschnorren?«

»Ich sehe keinen Grund, der dagegen spräche«, erwiderte Nicola. »Mein Name ist übrigens Gillon.«

»Und ich bin Nicola.«

»Nicola«, sagte er leise. »Was für ein hübscher Name!« Und genau in dem Moment, als sein Bruder den Raum betrat, bot er ihr den Arm.

Zuerst war es ein durchaus fröhlicher Abend, und das Gespräch war so lebhaft, dass Nicola alle Mühe hatte, damit Schritt zu halten.

Dem Claret folgte Madeira, dem Madeira Portwein, und als die Gesellschaft sich vom Esstisch erhob, strahlte sie gut gelaunt und hatte nicht bemerkt, dass Charlotte, die kaum einen Tropfen getrunken hatte, überhaupt nicht begeistert von Gillons skandalösen Geschichten über seine Abenteuer im amerikanischen Krieg war und sich stattdessen darauf beschränkt hatte, Anweisung zu geben, wann die einzelnen Gänge aufzutragen waren. Einmal verschwand sie sogar für mehrere Minuten, angeblich, um sich mit der Köchin zu besprechen. Sie kehrte mit geröteten Wangen und schwitzend zurück und nahm ohne ein Wort wieder Platz, und als Grant ihre Hand berührte und sich taktvoll erkundigte, ob es ihr denn auch gut gehe, antwortete sie: »Recht gut, vielen Dank«. Daraufhin erteilte sie mit einer knappen Handbewegung Gillon die Erlaubnis, seine humorvolle Geschichte über eine Begegnung zwischen einem gefangenen französischen Hinterwäldler und einem Hochländer zu erzählen, der nur Gälisch sprach.

Nicola beteiligte sich voller Eifer am Gespräch. Es schmeichelte ihr, dass zwei gut aussehende, wohlerzogene junge Männer in ihr offensichtlich etwas anderes sahen als ein unvernünftiges Kind. Eher aus Instinkt als aus Berechnung, flirtete sie ein wenig mit beiden Gentlemen, wenn auch weniger offensichtlich mit Grant, der schließlich verheiratet war.

Im Salon waren frische Kerzen entzündet und neue Kohlen aufs Feuer gelegt worden. Jemand hatte einen Vorhang vors Fenster gezogen, um die Geräusche des bunten Treibens auf der Straße zu dämpfen, ein Treiben, das ab und zu an einen Aufruhr zu grenzen schien. Neben einem Sideboard aus Mahagoni mit einer Messingstange, an dem ein seidener Vorhang hing, hinter dem Gläser und Karaffen aufbewahrt wurden, standen in diesem Raum noch ein rechteckiger Schreibtisch sowie ein massiger, ovaler Tisch. Sofa und Walnusssessel hatten, wie der Bibliotheksstuhl, schon bessere Tage gesehen.

Gillon legte keinen sonderlichen Wert auf Förmlichkeit. Er fasste Nicola am Arm und führte sie tanzend durch den Raum zu dem Sofa hinüber, dann schlug er alle gute Erziehung in den Wind und ließ sich neben sie fallen. Grant machte es Charlotte mit einem Kissen im Rücken im Sessel gemütlich, dann hockte er sich auf den Bibliotheksstuhl, spreizte die Beine und stützte die Unterarme auf das geneigte Lesepult, als wäre er drauf und dran, eine Predigt zu halten. Nicola war sich Gillons an ihrer Seite durchaus bewusst, seines Oberschenkels, der über ihren Rock strich, und sie war sich auch bewusst, dass Grant sie ansah oder möglicherweise seinen arroganten jüngeren Bruder, der den Regeln der Etikette getrotzt und sich den erstrebenswertesten Platz im Haus gesichert hatte.

»Gibt es nichts zu trinken, alter Knabe?«, fragte Gillon. »Geblendet von der Schönheit um dich herum, hast du deine Pflichten als Gastgeber vergessen?«

»Jeannie wird in Kürze eine Terrine hereinbringen«, antwortete Grant.

»Eine Terrine?«, wiederholte Gillon.

»Punsch«, sagte Grant.

»Punsch!«, rief Gillon aus. »Punsch ist keine geeignete Erfrischung für einen Mann mit vielen Talenten.«

»Wenn dir Punsch so sehr missfällt«, erwiderte Grant, »finde ich bestimmt ein wenig Brandy, damit du den Mund hältst. Darf ich dich jedoch daran erinnern, dass wir hier nicht im Reprobates' Club sind? Niemand in dieser Runde ist bereit oder tatsächlich in der Lage, mit dir mitzuhalten, und ich habe auch keinen Lakaien, der dich zu Bett bringt, wenn du umfällst.«

»Ich falle niemals um«, versetzte Gillon. »Außerdem gibt es in dieser Hütte kein Lager, auf die ein Mann sein müdes Haupt betten könnte.« Er hielt inne. »Oder?«

»Nein«, antwortete Charlotte, »gibt es nicht.« Gillon und Nicola hoben den Kopf, als wäre ihre Stimme aus dem Nichts gekommen. »Kein Bett für dich, und es wird auch nach unserem Umzug in ein Haus in der New Town kein Bett für dich geben, du Blödmann.«

»Oho«, sagte Gillon, dem nichts zu dieser Bemerkung einfiel.

»Es sei denn«, fuhr Charlotte fort, »meine Schwester wäre bereit, in ihrem Bett Platz für dich zu machen, was allem Anschein nach vielleicht euch beiden gefallen würde.«

»Charlotte, bitte!«, wandte Grant ein.

»Sieh ihn dir doch an!«, sagte Charlotte. »Und sieh dich doch mal selbst an, wie du um sie herumscharwenzelst, als hättest du noch nie zuvor ein weibliches Wesen gesehen. Übrigens, ich möchte zu dieser späten Stunde keinen Punsch. Ich werde Tee trinken, mein Lieber, vielen Dank.«

Grant räusperte sich. »Sehr schön, dann eben Tee.«

Eine halbe Minute lang herrschte bleiernes Schweigen, schließlich fragte Gillon: »Soll ich das so verstehen, Charlotte, dass du für den Abend genug von meiner Gesellschaft hast?«

»Sie ist erschöpft, das ist alles«, sagte Grant.

»Ich bin nicht erschöpft«, widersprach Charlotte. »Ich bin müde, ich bin es müde, Gillons Prahlereien zuzuhören, und müde zuzusehen, wie ihr alle ihm schöntut.«

»Ich glaube«, erklärte Gillon und stand auf, »ich sollte jetzt besser gehen.«

»Warum bist du so unhöflich zu Lieutenant Peters?«, hörte Nicola sich fragen. »Was ist los mit dir, Charlotte? Wenn es dir nicht gefällt, uns hier zu haben ...«

»Wie lange willst du eigentlich bleiben?«, fiel Charlotte ihr ins Wort. »Etwa den ganzen Sommer über, damit du zusehen kannst, wie ich fett und hässlich werde?«

»Oh!«, murmelte Gillon und setzte sich wieder hin. »Ich verstehe.«

Charlotte stürzte sich auf ihn. »Du verstehst, du Teufel? Was verstehst du? Eine hässliche Frau, die mit jedem Tag hässlicher wird. Sei auf der Hut, Gillon Peters, oder diese meine exquisite kleine Schwester, in die du so vernarrt bist, wird bald genauso abscheulich werden, wie ich es bin!«

»Was?«, fragte Nicola zutiefst erschrocken. »Was ist denn los?«

Gillon seufzte und sagte: »Es ist das Vermächtnis der Eva.«

»Sie erwartet ein Kind, Nicola, das ist alles«, bemerkte Grant.

»Das ist alles!«, kreischte Charlotte. *»Das ist alles!* Ist es nicht genug, dass du mich aus meinem Heim fortgeholt, mich meinem Vater entfremdet und in diesen elenden Dachboden gebracht hast, um deine schmutzigen Gelüste zu befriedigen? Jetzt musst du dich auch noch über meinen Zustand lustig machen und aller Welt davon erzählen!«

»Um fair zu sein, Charlotte«, warf Gillon ein, »Grant hat nichts erzählt ...«

»Tee«, unterbrach Charlotte ihn. »Ich will meinen Tee. Würde mir bitte jemand meinen Tee holen?«

Dann schlug sie die Hände vors Gesicht und brach in Tränen aus.

Molly nahm das Tuch von Charlottes Stirn, hob ihren Kopf vom Kissen und hielt ihr das Glas mit dem Stärkungsmittel an die Lippen.

»Nun, nun«, sagte sie. »Sie fühlen sich bestimmt bald besser. Es ist vollkommen natürlich und nichts, wovor man Angst haben muss.«

»Woher willst du das wissen?«, fragte Charlotte. »Du hast noch nie ein Kind bekommen.«

»Stimmt schon«, antwortete Molly, »aber meine Mutter hat zu ihrer Zeit jede Menge zur Welt gebracht, und jedes Einzelne hat ihr in den ersten Monaten übel zu schaffen gemacht.«

»Monate?«, wiederholte Charlotte. »Monate, sagst du?«

»Trinken Sie noch was von dem Stärkungsmittel.«

Charlotte nippte an dem Glas.

»Was ist das, Molly?«, wollte sie kleinlaut wissen. »Das Stärkungsmittel, meine ich.«

»Gerstenwasser«, erklärte Molly.

Charlotte richtete sich auf. »Habe ich Fieber?«

»Ihnen ist ein klein wenig heiß, das ist alles.«

»Bin ich ... ich meine, stoße ich es ab?«

»Nein, nein«, beruhigte Molly sie. »Es ist sicher und geborgen.«

»Wie kannst du da so gewiss sein?«

»Ich habe zu oft eine Fehlgeburt erlebt, um noch Zweifel zu haben.«

Charlotte stützte sich auf einen Ellbogen, nahm Molly das Glas aus der Hand und leerte den Inhalt. Sie spähte zu ihrer Schwester hinüber, die mucksmäuschenstill in einer Ecke des Schlafzimmers saß.

»Nun, Nicola«, begann sie, »bist du hergekommen, um dich an meinem Zustand zu weiden?«

»Ich bin hier für den Fall, dass du mich brauchst«, erwiderte Nicola. »Ich werde gehen, wenn du willst.«

Charlotte schüttelte den Kopf. »Es tut mir leid. Ich hätte mich nicht so auf dich stürzen sollen. Es ist nicht deine Schuld.«

Molly stellte das Glas und die Schale neben die Öllampe auf den Tisch und legte auch das Tuch dazu. Das Schlafzimmer war, wie viele andere im alten Teil der Stadt auch, als Empfangszimmer möbliert, und rund um das Bett standen Stühle, Fußhocker und sogar ein Kartentisch. Grant und Charlotte frühstückten an diesem Tisch, und im Winter zogen sie sich lieber hierher zurück als in den Salon, um Karten und andere Spiele zu spielen.

»Wo ist er?«, erkundigte Charlotte sich. »Gillon – ist er schon gegangen?«

»Er unterhält sich mit Grant«, antwortete Nicola. »Er macht sich große Sorgen um dich.«

»Gillon Peters macht sich keine Sorgen um mich.« Charlottes Stimme wurde kräftiger. »Er macht sich nur um sich selbst Sorgen.«

»Ich glaube, du tust ihm unrecht«, wandte Nicola ein.

»Und ich glaube, dass du dich von ihm hast blenden lassen.«

»Ich finde ihn tatsächlich amüsant, das gebe ich zu.«

»Keiner der Männer in dieser Familie ist irgendwie amüsant«, sagte Charlotte. »Merke dir meine Worte, Nicola, oder du wirst es bereuen.«

Charlottes Kleid, die Petticoats und das Mieder lagen achtlos auf dem Boden verstreut, und die Rüschen ihres Nachthemdes waren verdreht und sahen aus wie eine Reihe von Zähnen, die an ihrem Hals knabberten. Nicola erhob sich, trat ans Bett und ergriff die Hand ihrer Schwester.

»Ist dein Zustand von einer Hebamme oder einem Arzt bestätigt worden?«, fragte sie.

»Nein«, antwortete Charlotte.

»Es wäre nämlich gut, die Meinung eines Arztes einzuholen.«

»Oh, darauf wird Grant bestimmt bestehen«, erwiderte Charlotte, »bevor er die traurige Nachricht überall herumposaunt.«

»Du meinst, bevor er es Papa erzählt?«

»Ja, genau das meine ich«, antwortete Charlotte.

Grant schickte Jeannie und die Köchin zu Bett, bevor er die Brandyflasche hervorholte, dann führte er Gillon aus dem Salon in den Speiseraum, entzündete zwei Kerzen und setzte sich mit seinem Bruder an den Tisch, die Flasche zwischen ihnen.

»Wärst du nicht lieber bei deiner Frau?«, fragte Gillon.

»Molly und Nicola werden sich um sie kümmern.«

»Vorsicht ist die Mutter der Porzellankiste, hm?«, bemerkte Gillon. »Ich nehme an, sie ist schwanger?«

»Alle Anzeichen weisen darauf hin.«

»Und das Urteil des Arztes?«

»Ich durfte bislang noch keinen Arzt hinzuziehen.«

»Ist es ihr peinlich«, wollte Gillon wissen, »oder schämt sie sich?«

»Ich glaube, sie hat Angst«, entgegnete Grant.

»Wenn ich eine Frau wäre, wäre ich vielleicht selbst ein klein wenig kribbelig«, meinte Gillon. »Aber du bist schon ein Schlitzohr, sie so schnell dick zu machen.«

»Der Natur lässt sich nicht trotzen.«

»Wenn ich mich nicht sehr irre, macht Charlotte dich und nicht die Natur verantwortlich für etwas, das in ihren Augen wohl eine Tragödie ist«, sagte Gillon. »Hat sie denn nicht die leiseste Ahnung von Empfängnis?«

»Sie ist nicht besonders leidenschaftlich veranlagt.«

»Auf mich macht sie einen durchaus leidenschaftlichen Eindruck«, entgegnete Gillon, »wenn man den Ausbruch des heutigen Abends zum Maßstab nimmt.«

»Charlotte ist keine Xanthippe, wenn du das andeuten willst.«

»Will ich nicht.« Gillon griff nach der Flasche. »Ich an deiner Stelle hätte mich jedoch um die spätere Ausgabe bemüht, glaube ich.«

»Die spätere Ausgabe?«

»Nicola.« Er goss Brandy in sein Glas und hielt die Flasche seinem Bruder hin, der stirnrunzelnd den Kopf schüttelte. »Sei es, wie es sei, du bist mir diesmal zuvorgekommen, du Hund! Jetzt habe ich doch keinerlei Hoffnung mehr, Boden gutzumachen, nachdem du Craigiehall ein Enkelkind präsentieren wirst. Hast du es ihm schon mitgeteilt?«

»Ich habe Littlejohn einen Brief für ihn mitgegeben.«

»Ohne Charlottes Wissen?«, hakte Gillon nach.

»Ja.«

»Sehr klug«, erwiderte Gillon. »Hast du Littlejohn bestochen, er soll behaupten, die Dienstmagd habe es durchblicken lassen, und der Zustand sei bestätigt worden? *Fait accompli?*«

»Mehr oder weniger«, gab Grant zu.

»Ich bin sehr gespannt darauf, wie Seine Lordschaft darauf reagiert«, meinte Gillon. »Nur wenige Männer, und das gilt selbst für Richter, können den Verlockungen eines Enkelkindes widerstehen. Vielleicht wird er dir jetzt verzeihen, dass du ihm seine Tochter gestohlen hast, und dich mit einem Anteil an Craigiehall belohnen.«

»Einem Anteil?«, wiederholte Grant.

»Oh, du willst alles, nicht wahr?«

»Zumindest würde ich wissen, was ich damit anfangen soll«, sagte Grant und goss nun doch etwas Brandy in sein Glas.

Gillon lachte. »Verrate mir eins: Wann beginnen die Gerichte wieder zu tagen?«

»Am elften Juni.«

»Und bis dahin muss Seine Lordschaft nach Edinburgh zurückgekehrt sein?«

»So sieht es aus«, sagte Grant.

»Dann habe ich nur noch einen Monat und obendrein einen kurzen.«

»Einen Monat – um was zu tun?«, wollte Grant wissen.

»Um die spätere Ausgabe zu umgarnen.«

»Nicola?«, fragte Grant. »Welchen Sinn hat es jetzt noch, sie zu umgarnen, wenn ich dir nach deinem eigenen Eingeständnis mehrere Längen voraus bin?«

»Kurz vor dem Ziel sind schon andere gestrauchelt«, versetzte Gillon. »Das muss ich schließlich wissen. Immerhin ist es durchaus möglich, dass Charlotte die Anforderungen nicht erfüllt. Sie könnte eine Tochter zur Welt bringen, und wo wirst du dann sein?«

»Genau dort, wo ich jetzt bin.«

»Mit einem zusätzlichen Esser in der Familie«, wandte Gillon ein. »Und Charlotte, die nach einem Haus in der New Town jammern wird. Veränderte Umstände, mein lieber Freund, verlangen eine veränderte Strategie.«

»Deinerseits oder meinerseits?«

»Meinerseits natürlich. Du hast dir bereits dein Bett gemacht und dir eine Frau ausgesucht, mit der du es teilst«, erwiderte Gillon. »Ich bin immer noch ein freier Mann und kann um jedes Mädchen meiner Wahl werben.«

»Wenn du Nicola meinst«, sagte Grant, »kannst du sie nach Herzenslust umwerben, Gillon, doch du wirst sie niemals bekommen, nicht in einem Monat, nicht in einem Jahr und schon gar nicht in zehn Jahren. Sie ist viel zu vernünftig, um auf deine Tricks hereinzufallen.«

»Wirklich?«, fragte Gillon. »Nun, mein lieber Bruder, lass uns herausfinden, ob dein Urteil Bestand hat, ja?«

»Ja«, erwiderte Grant säuerlich. »Lass es uns herausfinden.« Und mit diesen Worten stieß er über der Kerzenflamme widerstrebend mit Gillon an.

Kapitel 4

Kein Wunder, dachte John James nicht zum ersten Mal, dass seine Cousine Isabella Ballentine so wenige Besucher empfing. Die Straße, die sich über die Moore in die Wildnis von Clydesdale wand, war, gelinde gesagt, in einem abscheulichen Zustand und stellte selbst im Hochsommer eine ernsthafte Herausforderung für Mensch und Tier dar. Während die Kutsche sich rüttelte und schüttelte, sich bald in diese, bald in jene Richtung neigte und die kahle Silhouette von Salton House allmählich in Sicht kam, malträtierte sie darüber hinaus bei jedem Stoß noch seine Leber, und seine Eingeweide fühlten sich an, als wären sie wie Färbergarn in die Länge gezogen worden.

Die unangenehme Fahrt war kaum die Schuld seines Kutschers. Auch konnte er Robertson nicht dafür tadeln, dass er während der letzten Meilen den Kopf aus dem Fenster streckte, nachdem er um Erlaubnis gebeten hatte, denn sein Kammerdiener hatte wie gewöhnlich die fleckige Färbung einer Kröte angenommen.

Wenn irgendjemanden ein Vorwurf traf, dann war es Isabella. Der Gleichgültigkeit seiner Cousine und der Trägheit ihrer Pächter war es zu verdanken, dass nichts unternommen worden war, um den weit verzweigten Besitz zu verbessern, den ihr Ehemann, Clarence, vor dreißig Jahren erworben hatte, bevor er einen Sitz im Parlament von Westminster eingenommen und einen großen Teil des Familienvermögens verschwendet hatte, weil er lieber in London leben wollte.

Beim Anblick der Anhöhe hinterm Haus verzog John James das Gesicht; die ungleichmäßig gepflanzten Bäume legten Zeugnis von Vernachlässigung und verpassten Gelegenheiten ab. Ein Viertel des Salton'schen Landes war rau und sumpfig, doch der größere Teil bestand aus festem, tiefem Ton, der bei richtiger Entwässerung gute Ernten hätte hergeben können. So aber gab es nichts zu bewundern an diesem Besitz, sah man einmal von den Ozeanen von Gras ab, das sich unter dem Wind beugte und auf dem einige wenige magere Rinder weideten. John James hatte sich erboten, Littlejohn herzuschicken, um Verbesserungen vorzunehmen, doch seine Cousine hatte seine Kritik abgetan und darauf hingewiesen, dass die Söhne ihrer betagten Pächter keine Neigung zeigten, in Sumpf und Heide herumzuplatschen, und lieber zur See gingen, sobald sie alt genug dazu waren.

Isabella mochte halsstarrig sein, aber sie war keine völlige Närrin.

Ihre ältere Tochter, Olivia, war mit einem Herzog verheiratet und führte ein vornehmes Leben in Glostershire, während die andere, Ariadne, Gattin eines Staatssekretärs bei der Admiralität war. Der »junge« Willie, inzwischen Ende dreißig, hatte den Sitz seines Vaters in Westminster erworben, zusammen mit einem eleganten Herrenhaus in der Nähe von St. James's, und weigerte sich beharrlich, nach Schottland zurückzukehren und sich um sein trauriges Erbe zu kümmern oder gar um seine verwitwete Mutter. Warum, so erklärte Isabella, sollte sie sich daher damit aufreiben, eine Mitgift für Kinder zu errichten, die nicht nur gut versorgt waren, sondern für die Schottland auch so weit nördlich von Eden lag – womit sie London meinte –, dass es beinahe nicht mehr auf der Landkarte verzeichnet war?

Salton House mochte zwar aus der Ferne imposant wirken, war jedoch schäbig und unbequem, ein spindelförmiges Gebäude, das höher als breit war. Und der Turm, der sich so gefährlich über den Innenhof neigte, war dermaßen aus dem Lot, dass er weniger eine Erinnerung an die Tage der Überfälle von jenseits der Grenze darstellte, sondern eher ein Denkmal für einen vergessenen Architekten war, der kein Auge für gerade Linien, dafür jedoch eine Vorliebe für starke Getränke gehabt hatte.

Der einzige Teil des Hauses, den John James bewunderte, war streng genommen gar keiner, sondern ein kleiner, abgeschiedener Rosengarten, der direkt an die Mauer des Salons grenzte. »Meine Zuflucht«, nannte Isabella den Garten. »Meine Eremitage, mein Rückzugsort«, und hier verbrachte sie den größten Teil der zehn oder zwanzig Tage, aus denen ein schottischer Sommer bestand.

Die Kutsche holperte über zerbrochene Pflastersteine in den Innenhof hinein und kam zum Stehen. Ohne auf Robertsons zitternde Hand zu achten, stieg John James aus dem Gefährt und reckte die Arme über dem Kopf, um sein verkrampftes Rückgrat zu lockern. Dann schaute er zum Bogen der Haupttür hinüber. Er mochte seine Cousine und sie ihn, aber heute erwartete ihn kein Willkommen.

Immer noch zittrig, begann Robertson, das Gepäck auszuladen, während McNair, der Kutscher, sein Bestes tat, um das erschöpfte Pferd daran zu hindern, aus lauter Dankbarkeit in die Knie zu gehen.

»Holla!«, rief Seine Lordschaft. »Ist niemand hier, der uns aufwartet?«

Auf Craigiehall hätte die Ankunft eines unangemeldeten Gefährts die Dienstboten dazu veranlasst, aus allen Richtungen herbeizulaufen, mit Robertson an der Spitze. Hier in Salton jedoch waren sowohl Neugier als auch gutes Benehmen unbekannt.

John James öffnete den Mund und wollte abermals rufen, doch da knarrte die große, wettergegerbte Tür, und Dougie, der einzige Lakai Ihrer Ladyschaft, spähte argwöhnisch durch den Spalt. »Aye, Sie sind es, Sir, ja, nicht wahr?«, sagte er, während er die Tür aufzog. Seine Hose war nicht zugeknöpft, seine Weste ebenso wenig, und er trug keine Perücke. In der rechten Hand hatte er einen Zinntopf und in der linken ein Stück Rindfleisch. »Äh, war gerade beim Abendessen.«

John James knirschte mit den Zähnen, eine Geste, in der jeder Anwalt in Edinburgh die Ankündigung einer Todesstrafe erkannt hätte.

»Wo«, fragte John James so gelassen wie möglich, »ist Ihre Ladyschaft?«

»Sie erwartet Sie nicht, aber ...«

»Verdammt, Mann, wo ist sie?«

»Im Garten, glaub ich. Soll ich sie holen?«

»Natürlich sollst du sie holen!«

»Dann seh ich mal, ob sie Gäste empfängt«, meinte Dougie und verschwand ohne Verbeugung wieder in die Halle.

In genau diesem Moment erschien Isabella in der kleinen Tür, die von den Stallungen in den Garten führte. Mit einer Stimme, die so warm war, dass sie hätte Butter schmelzen können, rief sie aus: »Johnnie! Wie schön, dich zu sehen!«, und kam herbei, um ihn zu küssen. »Ich habe dich nicht so bald erwartet. Haben wir schon Juni?«

»Nein, meine Liebe«, sagte John James. »Mai, immer noch Mai. Dies ist übrigens kein offizieller Besuch. Ich bin einer Eingebung gefolgt und hergekommen.«

»Ich habe keine Zimmer vorbereitet und herzlich wenig in der Speisekammer.«

»Das ist ohne Belang«, beruhigte John James sie. »Ich bin hier, weil ich Rat suche, nicht Gastfreundschaft.«

»Rat?«, fragte Isabella. »Welchen Rat könnte eine arme alte Frau einem großen Mann wie dir geben, einem Mann, vor dem die Welt das Haupt neigt?«

»Oh, hör auf damit, Isa«, erwiderte er. »Wenn ich das Bedürfnis nach Schmeichelei habe ...«

»Was bei dir häufig der Fall ist«, warf Isabella ein.

»Wenn ich das Bedürfnis nach Schmeichelei habe, was nicht der Fall ist, würde ich nicht hierherkommen«, sagte John James. »Du kennst mich zu gut, viel zu gut.«

»Aye, seit du in Strampelanzügen gesteckt hast«, pflichtete Isabella Ballentine ihm bei, »und ich dir mit Großmutters Taschentuch den Sabber vom Mund gewischt habe.« Sie legte ihm einen Arm um die Taille und führte ihn nicht zur Tür, sondern in den Schutz der Stallungen. »Wie lange wirst du bleiben, Johnnie?«

»Eine Nacht, mehr Zeit kann ich nicht erübrigen.«

»Eine Nacht?« Isabellas Stimme hallte in dem feuchten Raum wider. »Es muss eine sehr wichtige Angelegenheit sein, dass du Craigiehall für nur eine einzige Nacht verlässt.«

»Allerdings«, bekräftigte John James. »Sehr wichtig.«

»Ich verstehe«, sagte Isabella. »Geht es wieder um Charlotte – oder um Nicola?«

»Nicola. Sie ist davongelaufen.«

»Davongelaufen, sagst du? Mit einem Mann?«

»Mit ihrer Zofe. Nach Edinburgh.«

»Oh, Johnnie«, erwiderte Isabella. »Wirst du denn niemals dazulernen?«

»Dazulernen? Was dazulernen?«

Sie nahm den Arm von seiner Taille und griff nach seiner Hand, als wäre er noch immer ein Kind im Strampelanzug. Isabella führte ihn in den Rosengarten und sagte: »Komm, wir werden im Freien ein wenig essen, während ich dich wieder einmal daran erinnere, dass junge Frauen ihren eigenen Gesetzen folgen. Musst du vorher Pipi machen?«

»Nein, Isa«, antwortete John James mürrisch, »ich muss nicht Pipi machen, aber trotzdem danke«, und er folgte seiner Cousine unterwürfig in ihr Heiligtum.

Jeder bescheidene Fußsoldat des Hochlandregiments hätte einem sagen können, dass Impulsivität Gillon Peters' Stärke und Schwäche zugleich war. Er war auf dem Marsch nach German Town der Erste im Wald und der Erste mit dem Bajonett gewesen, als die Amerikaner von hinten angegriffen hatten; doch er hatte offen über General Howe geschimpft, dessen Zaudern es dem unermüdlichen Washington ermöglicht hatte, zu fliehen und seine zersprengte Armee wieder aufzubauen. Hätte man die Angelegenheit in Lieutenant Peters' Hände gelegt – so ging die Geschichte –, wäre er den Amerikanern nachgejagt und hätte jeden Einzelnen von ihnen an Ort und Stelle niedergemetzelt. Und als wäre das noch nicht genug, kursierte in den Reihen das Gerücht, dass es ursprünglich Gillon Peters' Idee gewesen sei, den Acushnet zu überqueren und die Schiffe der Freibeuter zu vernichten, die vor New Plymouth gelegen hatten, obwohl es General Grey war, der das Lob für diese Expedition einheimste, und Gillon Peters mysteriöserweise in den Depeschen überhaupt nicht erwähnt wurde.

Schade, dass Nicola Templeton niemanden kannte, der mit Lieutenant Peters in Amerika gekämpft hatte, und so blieb ihr zumindest anfangs nichts anderes übrig, als ihn beim Wort zu nehmen.

Sie hatte kaum einen zweiten Frühstücksmuffin mit Butter bestrichen, als er mit einem Korb voller Orangen und einem kleinen Sträußchen Frühlingsblumen in Graddan's Court auftauchte. Nachdem er, ohne auch nur um Erlaubnis zu bitten, ins Schlafzimmer gerauscht war, machte er eine schwungvolle Verbeugung vor Charlotte, die noch im Bett lag, und kippte die Orangen auf die Decke.

»*Pour vous, Madame*«, sagte er, »in der Hoffnung, dass diese saftigen Kugeln als Zeichen meiner Zerknirschung gewertet und deine Vergebung versüßen werden.«

Charlotte zog den Morgenmantel über der Brust zusammen, richtete sich in den Kissen auf und starrte die Früchte böse an.

»Verschrumpelt«, sagte sie.

»Nur ein klein wenig«, erwiderte Gillon unverzagt. »Vielleicht wärst du auch verschrumpelt, wenn du im Lagerraum eines Frachtschiffs von der Küste Spaniens hierhergereist wärest.«

»Spanien!«, sagte Charlotte. »Die waren nicht mal in der Nähe von Spanien. Wo hast du sie so früh im Jahr gefunden? In der Orangerie von Castle Cuprigg?«

»Wie infernalisch undankbar du doch bist, Charlotte«, versetzte Gillon. »Selbst wenn sie nicht weiter südlich gewesen sind als im Glaspalast von Cuprigg, haben sie mich ein hübsches Sümmchen gekostet. Wenn du sie nicht willst ...« Er zuckte die Schultern.

»Der Saft ist bestimmt eine wohlschmeckende Zutat zu einem Stärkungstrank.«

Charlotte zog ihren Frühstücksteller näher heran, griff nach einem honigtriefenden Muffin und stopfte ihn sich in den Mund. Grinsend beugte sich Gillon über das Bett, wobei er das Sträußchen hinter dem Rücken hielt, und küsste seine Schwägerin auf die Stirn, bevor sie protestieren konnte.

»Wie geht es meinem kleinen Neffen heute Morgen?«, erkundigte er sich.

Charlottes Wangen liefen scharlachrot an. »Deinem kleinen ... w-was?«, stammelte sie.

»Dem kommenden Erben, dem kleinen Prinzen in Wartestellung, dem Baby.«

»Woher soll ich das wissen?«

»Nun«, antwortete Gillon, »wenn du es nicht weißt, wer dann? Ich hoffe nur, er mag Muffins.«

Dann trat er lachend vom Bett zurück und präsentierte Nicola mit einer weniger theatralischen Verbeugung als zuvor das Sträußchen.

Sie nahm es entgegen, schnupperte an den weichen, gelben Blütenblättern, stellte es zwischen die Teekanne und das Marmeladenschälchen auf den Kartentisch und dankte ihm für seine Aufmerksamkeit.

»Gillon?«, fragte Charlotte.

Er drehte sich um. »Madame?«

»Hast du schon gefrühstückt?«

»Das habe ich in der Tat. Vor Stunden.«

»Warum bist du dann hier?«

»Um meine Aufwartung zu machen«, erklärte Gillon.

»Falls du auf der Suche nach Grant bist, kommst du zu spät«, erwiderte Charlotte. »Er ist weg, zu einem Treffen mit Mackenzie.«

»Oh, je«, sagte Gillon, »was für ein Jammer! Ich hatte gehofft, ihn um Erlaubnis bitten zu können, Nicola die Sehenswürdigkeiten der Stadt zu zeigen.«

»Sehenswürdigkeiten?«, wiederholte Charlotte. »Welche Sehenswürdigkeiten? Edinburgh ist keine fremde Stadt für sie. Sie kennt bereits alle Sehenswürdigkeiten.«

»Ich wäre entzückt, Sie zu begleiten, Mr. Peters«, schaltete Nicola sich ein, »das heißt, falls die Einladung an meine Adresse geht.«

Gillon schüttelte den Kopf. »Ich bin ein kühner Bursche, Miss Templeton, aber so kühn denn doch nicht. Sie stehen leider in der Obhut meines Bruders, und es würde jedwede Anstandsregeln über den Haufen werfen, wenn ich Sie ohne seine Genehmigung durch die Straßen geleiten würde. Es sei denn …«, er schaute zum Bett, »es sei denn, Madame Peters wäre in Abwesenheit ihres Ehemannes bereit, als Ersatz einzuspringen.«

»Gütiger Gott!«, blaffte Charlotte. »Hör auf zu faseln! Wenn du nichts Besseres mit dir anzufangen weißt, Gillon, und du dich für ein Stündchen gedulden kannst, während ich mich ankleide, darfst du Nicola und mich ins Observatorium begleiten.«

»Ins Observatorium?«, fragte Gillon. »Zu welchem Zweck?«

»Natürlich, um Beobachtungen anzustellen«, antwortete Charlotte.

»Du bist nicht in der Verfassung, auf einen Hügel zu steigen, Liebste«, meinte Nicola. »Außerdem ist das Wetter wechselhaft, und der Wind wird dich ermüden. Man kann Mr. Peters gewiss zutrauen, sich um mich zu kümmern.«

»Ich würde es ihm nicht einmal zutrauen, sich um ein Schwein zu kümmern«, widersprach Charlotte. »Wenn du jedoch fest entschlossen bist, mich wie eine Invalide zu behandeln, dann geh meinetwegen – aber nimm Molly mit.«

»Gewiss hat Molly kein Interesse daran, Beobachtungen anzustellen«, warf Gillon ein.

»Sie wird, auf mein Geheiß hin, *dich* beobachten«, entgegnete Charlotte. »Sie wird mir über jeden Verstoß gegen die Benimmregeln deinerseits berichten, ebenso über die geringste Unschicklichkeit meiner Schwester gegenüber.«

»Und du wirst was tun?«, fragte Gillon. »Grant informieren?«

»Genau das«, erklärte Charlotte.

»Und was wird er tun? Mir auf die Knöchel schlagen und Nicola in ihr Zimmer sperren?«

»Charlotte«, sagte Nicola und erhob sich, »ich bin nicht nach Edinburgh gekommen, um ein strenges Regiment gegen ein anderes einzutauschen. Wenn du es wünschst, werde ich Molly mitnehmen, doch ich werde nicht dulden, dass du mir darüber hinaus vorschreibst, was ich tun darf und was nicht.«

»Oh, du warst schon als Kind halsstarrig«, erwiderte Charlotte. »Immer hattest du deinen eigenen Kopf.«

»Nicht ich bin diejenige, die hinter Papas Rücken von einem Fremden umworben wurde«, rief Nicola ihr ins Gedächtnis. »Nicht ich bin diejenige, die heimlich geheiratet hat.«

»Es war kein Geheimnis.«

»Vielleicht nicht«, meinte Gillon. »Wenn ich die Tochter Lord

Craigiehalls dem großen Mann direkt unter der Nase weggestohlen hätte, hätte man mich als Schuft gebrandmarkt. Aber es war Grant, der dich zu dieser Torheit verführte, und Grant kann nichts falsch machen, nicht wahr?«

»Torheit? Du betrachtest die Ehe als Torheit?« Charlotte richtete sich in den Kissen auf, griff nach einer Orange und warf sie ihm an den Kopf. »Hältst du meinen gegenwärtigen Zustand ebenfalls für Torheit?«

Gillon fing die Orange auf und warf sie wieder zurück aufs Bett. »Nein, meine liebe Charlotte, in meinen Augen ist dein gegenwärtiger Zustand lediglich das natürliche Ergebnis einer im Himmel geschlossenen Ehe.«

»Einer im Himmel geschlossene Ehe! Siehst du unsere Verbindung so, Gillon Peters? Wenn ja, bist du ein größerer Narr, als ich gedacht hatte.« Sie holte tief Luft und legte sich wieder hin. »Außerdem hättest du gar nicht den Mut gehabt, mich zu umwerben, oder?« Sie legte den Kopf kokett aufs Kissen. »Nun, hättest du?«

»Nein, meine Liebe«, antwortete Gillon. »Den Mut hätte ich vermutlich nicht gehabt.«

»Du und dein kostbarer Tomahawk«, bemerkte Charlotte selbstgefällig. »Es bedurfte eines Mannes voller Leidenschaft, um mich zu umwerben und zu gewinnen; eines besseren Mannes, als du jemals einer sein wirst, ganz gleich, wie viele Rothäute du in den Kolonien abgeschlachtet hast.«

Nicola wollte schon auf die Ungereimtheiten in der Argumentation ihrer Schwester hinweisen, aber sie war zu erpicht darauf, aus dem Haus zu kommen. Sie strich sich einige Krümel vom Rock und sagte: »Ich werde meinen Mantel und mein Häubchen holen und Molly von unserem Plan erzählen, obwohl ich immer noch glaube, dass es besser wäre, sie hierzulassen, Liebste, falls du sie brauchst.«

»Ich brauche Molly Goodalls Hilfe nicht, um mich auszuruhen«, erwiderte Charlotte. »Du darfst jedoch Jeannie anweisen, das Frühstücksgeschirr abzuräumen und das Bettzeug aufzuschütteln, während ich mich um andere notwendige Dinge kümmere.«

»Gewiss«, sagte Nicola und trat, ihren Strauß vorsichtig in der Hand, in den Flur, dicht gefolgt von dem jungen Lieutenant Peters.

Isabellas Figur war noch genauso gut, wie sie es vor vierzig Jahren gewesen war, als die Franzosenjacke in Mode gekommen war. Das Kleidungsstück saß noch immer wie angegossen, aber die Knotenknöpfe und Quasten waren vom Alter verblichen, und wie John James bemerkte, hatte der Besatz ihres kleinen Chip-Huts seit einem Jahrzehnt oder mehr keine Nadel mehr gesehen. Er fiel ihr wie ein Korkenzieherlöckchen über ein Auge, sodass sie ab und zu die Lippen verzog und ihn zur Seite blies.

Obwohl ihr Kleid schlampig war, war sie noch immer von Kopf bis Fuß eine Dame.

Großvater Templeton war stets auf Anstand bedacht gewesen, und Isabellas Mutter, die verstorbene und betrauerte Tante Hankin, war so kultiviert gewesen, dass sie nur austrat, wenn sie zuvor saubere Handschuhe und eine makellose Leinenschürze übergestreift hatte, die sie ablegte, sobald sie ihr Geschäft erledigt hatte. Es gab Zeiten, da dachte John James, dass Tante Hankins Geist in Charlotte weiterlebte. Seine ältere Tochter war in Kleinigkeiten stets ungewöhnlich heikel gewesen, und im Monat ihrer ersten Blutung war sie so hysterisch geworden, dass ein Arzt aus Ayr gerufen worden war, der ihr beruhigende Elixiere verabreichen musste. Wie, so fragte er sich unbehaglich, war sie mit den schmutzigen Realitäten der Ehe fertig geworden, und wie würde sie die Unbilden einer Schwangerschaft ertragen?

»Ist es wahr, Johnnie?« Isabella machte sich über ein Stück kalte Kalbfleischpastete her. »Ist die Schwangerschaft bestätigt worden, oder ist sie, sagen wir, ein Gerücht?«

»Du meinst Hysterie?« John James griff nach dem Senftopf. »Nein, Isa, ich bezweifle, dass Peters sich von einem Phantom täuschen lassen würde. Die Schwangerschaft ist durchaus real.«

»Aber weder er noch Charlotte haben dir die Neuigkeit direkt übermittelt?«

»So ist es«, antwortete John James. »Ich habe es von Littlejohn gehört, der es seinerseits von der Zofe weiß, Molly Goodall, die, wenn man sich auf vergangene Erfahrungen verlassen kann, alles über meine Mädchen weiß.«

Isabella tupfte sich mit einer Serviette die Lippen ab und schaute zu den Buchen hinauf, die über die hohe Mauer des Gartens lugten. Die Bäume waren in Bewegung, und frische Blätter flatterten in der Brise, die über das kahle Land des Salton-Moors strich. Im Garten regte sich jedoch kein Lüftchen, und die späte Frühlingssonne war so mild, dass sie das Mittagessen geradeso gut an den Ufern des Mittelmeeres hätten zu sich nehmen können.

Sie richtete ihre Aufmerksamkeit wieder auf den Tisch mit den eisernen Beinen, goss ein wenig mehr deutschen Wein in die alten Kristallgläser und fragte: »Peters hat in seinem Brief kein Kind erwähnt?«

»Nein.«

»Charlottes Zustand würde gewiss erklären, warum Nicola in aller Eile nach Edinburgh gereist ist, ohne deine Erlaubnis einzuholen.«

»Nicola hat kein Schreiben von Charlotte erhalten.«

»Zumindest keines, von dem du weißt?«, fragte Isabella.

Dies musste John James einräumen. »Keines, von dem ich weiß.« Er schüttelte den Kopf. »Was auch immer sich seither zugetragen haben mag, Nicola ist nach Edinburgh geflüchtet, um mich zu verärgern.«

»Aber sie hat die Dienerin mitgenommen, nicht wahr?«

»Ohne Goodall geht sie nirgendwo hin. Tatsächlich war es Goodall, die den Fahrpreis für den Flyer zusammengekratzt hat.«

»Hat Littlejohn dir das erzählt?«

»Nach ein wenig gutem Zureden, ja.«

»Verrate mir eins«, sagte Isabella, »verschwören die Dienstboten sich auch gegen dich?«

»Sie haben keinen Grund, sich gegen mich zu verschwören«, antwortete John James. »Ich habe sie immer gut behandelt. Was willst du andeuten, Isabella? Heraus damit!«

»Die Zeiten ändern sich, Johnnie«, sagte Isabella. »Ein Vater kann nicht länger über seine Kinder bestimmen, als wären sie ein Teil seines Besitzes. Mir scheint, dass die Dienstboten seit Jamies Dahinscheiden den Mädchen möglicherweise mehr Familie sind, als du es bist, wenn man bedenkt, wie häufig du fern von daheim bist.«

»Ich bin nicht fern«, meinte John James und fügte dann hinzu: »Oder?«

»Warum hast du Nicola nicht vorgewarnt, dass de Morville sich für sie interessiert?«

»Ich war mir nicht im Mindesten sicher, dass Sir Charles sich für sie interessierte.«

»Ich habe den Eindruck«, sprach Isabella weiter, »dass Charles de Morville und Lord Craigiehall aus dem gleichen Holz sind, womit ich meine, dass dir die Wünsche anderer bis zu einem gewissen Grad gleichgültig sind und du dich nur für dein Erbe interessierst.«

»Was mehr ist, als man von dir sagen kann, Isabella.«

»Sei es, wie es sei«, fuhr seine Cousine fort, »du hast dir in den Kopf gesetzt, dir einen Teil des Besitzes de Morvilles zu verschaffen ...«

»Nur die Abbaurechte«, unterbrach John James sie. »De Morville wird sich nicht von einem einzigen fruchtbaren Hektar trennen, so viel steht fest, aber die Kohle, die unter seinem Land liegt, ist ein halbes Vermögen wert und wird gegenwärtig aufgrund schlechter Verwaltung und eines Mangels an Kapitalinvestitionen verschwendet.«

»Wie viel würde es dich kosten, die Rechte zu erwerben?«

»Mehr, als ich mir leisten kann.«

»Mehr als die Liebe einer Tochter?«, fragte Isabella.

John James stutzte kurz. »Nicola braucht einen Ehemann.«

»Glaubt sie, dass sie einen Ehemann braucht?«

»Sie weiß nicht, was sie braucht. Sie hat ein Alter erreicht, in dem Frivolität gesunden Menschenverstand überwiegt. Nimm zum Beispiel Charlotte ...«

»Nein«, fiel Isabella ihm scharf ins Wort. »Charlotte ist nicht das Problem.«

»Du hast gut reden«, bemerkte John James. »Du hattest niemals das Missgeschick, Grant Peters kennenzulernen. Nimm mein Wort darauf, er ist ein gieriger, ehrgeiziger Emporkömmling.«

»Wie Großpapa?«

»Nicht im Mindesten wie Großpapa«, widersprach John James.

»Ich bitte dich, Johnnie, wie sehr wir ihn auch geliebt haben mögen, Großvater Templeton war ein habgieriger alter Schurke.«

»Der aus Liebe geheiratet hat.«

»Wie kannst du dir sicher sein, dass der junge Mr. Peters nicht ebenfalls aus Liebe geheiratet hat?«, versetzte Isabella. »Ist Charlotte so unattraktiv, dass ein junger Mann sie nur heiraten würde, um Craigiehall in die Hände zu bekommen?«

»Ich bin auf der Suche nach Rat zu dir gekommen, nicht um an mir herumnörgeln zu lassen.«

»Herumnörgeln, ja?«, sagte Isabella. »Verrate mir, mein liebster Johnnie, was du wirklich willst? Jemanden, der Jamie ersetzt? Das ist unmöglich. Wenn Charlotte ein Kind erwartet und das Kind männlich ist, wird er dein Erbe und der zukünftige Laird von Craigiehall sein. Wenn du jedoch nichts gegen deine Entfremdung von Charlotte unternimmst, wirst du keinen Einfluss darauf haben, wie das Kind erzogen wird, und du wirst Craigiehall einem Fremden übergeben.«

»Grant Peters, aye.«

»Trotzdem wird Charlottes Sohn – dein Enkelsohn – ehelich geboren werden. Wie sieht das Gesetz in dieser Angelegenheit aus?«

»Einfach ausgedrückt«, erklärte John James, »treten in Ermangelung eines Sohnes Töchter das Erbe an, nicht die Älteste ganz allein, wie es bei Söhnen der Fall ist, sondern das Erbe wird zu gleichen Teilen aufgeteilt. Charlotte und Nicola werden den Besitz untereinander aufteilen – es sei denn, ein männliches Enkelkind wird förmlich erklärt.«

»Förmlich erklärt?«, wiederholte Isabella.

»Töchter hin, Töchter her«, sprach John James weiter, »ich kann, wenn es mir beliebt, jedweden erblichen Besitz durch förmliche Erklärung an ein männliches Enkelkind weitergeben.«

»Was ist, wenn das Kind nicht alt genug ist, um zu erben?«

»Das Kind kann mit dem ersten vollen Atemzug erben«, erwiderte John James. »Der Besitz – Craigiehall – wird in diesem Falle von Treuhändern verwaltet, bis der Junge volljährig ist.«

»Wer benennt die Treuhänder?«

»Das tue ich – vorausgesetzt, ich werde nicht plötzlich dahingerafft.«

»Dann solltest du besser an dein Schreibpult eilen, nicht wahr?«

»So etwas sollte man nicht überstürzen, Isa! Ich werde sehr sorgfältig entscheiden, wem ich Craigiehall anvertraue – einer Person oder mehreren Personen, die jung genug sind, um mich um etliche Jahre zu überleben, und die hinreichende Kenntnisse der Verwaltung besitzen, damit das Gut nicht zugrunde geht oder seine Gewinne abgezweigt werden.«

»Womit du Mr. Peters meinst?«

»Natürlich!«

Die Bäume über der Mauer erbebten in einem weiteren Windstoß, und beinahe unmerklich ging der Nachmittag in den Abend über. Auf seinem Teller lagen noch immer zwei dicke Scheiben Roastbeef, aber John James hatte den Appetit verloren. Seine Cousine war kein Orakel, keine Kassandra, doch in ihren Augen stand ein ferner Ausdruck, der auf eine Inspiration hindeutete. Er musterte sie argwöhnisch und schwieg.

Schließlich ergriff sie das Wort. »Es gibt noch eine andere Möglichkeit, Peters' Pläne zu vereiteln.«

»Ach ja?«, fragte John James. »Mir fällt spontan keine ein.«

»Du könntest wieder heiraten.«

»Ha!« John James lachte. »Wer würde einen alten Mann wie mich nehmen?«

»Du bist nicht älter als sechzig, mein Lieber«, beschied Isabella ihn, »und soweit ich sehen kann, strotzt du vor Gesundheit. Habe ich nicht recht?«

»Nun ja, ich bin wohl noch recht gut beisammen.«

»Gut genug für eine Ehefrau, die dir ein Kind schenkt?«

»Hm, ja, vielleicht. Was habe ich jedoch einer Frau zu bieten, die auf dem Höhepunkt ihres Lebens und zudem noch fruchtbar ist?«

Isabella zog ihren Stuhl dichter an den Tisch und bedeutete ihrem Cousin, das Gleiche zu tun. Sie blies den herabhängenden Hutbesatz weg, dann nahm sie den Hut ab, legte die Stirn auf den beeindruckenden Schädel ihres Vetters und flüsterte: »Wenn ich vierzig Jahre jünger wäre, Johnnie, würde ich dich selbst nehmen. Das würde all unsere Probleme lösen, nicht wahr? Du müsstest dir nie wieder etwas von mir borgen. Vor allem aber hättest du einen Erben für Craigiehall, und nicht einmal der gerissene Mr. Peters könnte es dir dann entreißen.«

»Ich fühle mich geschmeichelt, Isa«, erwiderte John James sanft. »Aber du bist keine zwanzig mehr und kannst mir leider keinen Erben schenken.«

Ohne zu lächeln, lehnte sie sich plötzlich zurück. »Ich weiß«, sagte sie. »Ich weiß. Du musst eine andere finden.«

»Eine wie dich werde ich niemals finden.« John James war selbst von seiner Galanterie überrascht. »Dennoch hast du mir Stoff zum Nachdenken gegeben.«

»Such dir eine Ehefrau, Johnnie! Such dir eine Ehefrau und mach ihr ein Kind«, sagte Isabella. »Wenn sie zufällig reich ist, umso besser.«

»Du meinst, ich soll den jungen Grant Peters auf seinem eigenen Feld schlagen?«

»Genau das«, antwortete Isabella, »und du solltest dich besser beeilen.«

Sie waren beide jung und flink und legten daher die Strecke vom Canongate zu dem neuen Gehweg, der sich den Carlton Hill hinaufschlängelte, in hervorragender Zeit zurück. Der Hügel war, wie viele Wahrzeichen Edinburghs, so durchsetzt von Bauarbeiten, dass er dem Innenhof eines Steinmetzes ähnelte. Hier gab es Steinfundamente, dort waren es Erdhügel, und überall auf den Hängen trugen seltsame Männer in schwarzen Mänteln mit Seitennaht und hohen Hüten Seile und Holzpfähle. Überall standen bereits Schilder, und ein großes, gemaltes Schild am westlichen Rand warnte Unbefugte, dass dieser Teil des Grundstücks nicht länger öffentlich sei und dass jeder, der sich den Grabungsarbeiten oder gar dem Felsvorsprung nähere, Leib und Leben aufs Spiel setze.

»Was wir uns ansehen …« Gillon hielt inne, um wieder zu Atem zu kommen, »… ist überhaupt kein Observatorium, sondern lediglich ein weiteres privates Unternehmen, eine glorreiche Vision von athenischer Pracht, die wie so viele Pläne in diesem geplagten Land recht bald scheitern wird.«

»Ich hätte Sie nicht für einen Zyniker gehalten, Mr. Peters«, bemerkte Nicola.

»Oh, ich bin nicht zynisch, Nicola. Wenn ich überhaupt etwas bin, dann ein Stoiker. Ich bezweifle noch, dass der halbe Hektar Boden, den der Stadtrat dem Projekt zugebilligt hat, jemals bebaut wird. Auch wenn er ein Fellow der Royal Society und ein Optiker *extraordinaire ist*, glaube ich nicht, dass dieser Optiker aus Leith namens Mr. Short, der versprochen hat, uns mit seinem optischen Apparat alle Wunder des Himmels zu offenbaren, sich jemals mit den Forderungen der akademischen Bruderschaft abfinden wird, geschweige denn mit dem Widerstreben des Magistrats, für das Projekt auch nur einen Farthing freizugeben, ganz gleich, wie laut sie ihre Zustimmung hinausposaunen. Es wird eine weitere traurige Geschichte eines Griffs nach den Sternen sein, von Versprechen, die gemacht und gebrochen wurden, von Geld, das gegeben und vergeudet wurde, und am Ende wird nicht mehr übrig bleiben als eine Ansammlung unvollendeter Ruinen, die, wie ich vielleicht schlussendlich hinzufügen könnte, lediglich als ein symbolisches Denkmal an das Schicksal unserer Nation Bestand haben.«

»Dann sind Sie also kein Patriot, Lieutenant Peters?«

»Gillon, Sie müssen wirklich lernen, mich Gillon zu nennen. Nein.« Er seufzte. »Formell gesehen bin ich kein Patriot. Was mich jedoch nicht daran hindert, mich zu erheben und unser hügeliges kleines Land gegen jeden zu verteidigen, der es verunglimpft, denn wie jeder gebürtige Schotte bin ich auch ein wandelnder Widerspruch in sich.«

Nicola lachte. »Das glaube ich Ihnen nicht.«

»Das ist Ihr gutes Recht, *Mademoiselle,* Ihr Privileg, und es demonstriert eine Weisheit, die Ihre Jahre bei Weitem übersteigt.«

»Warum haben Sie mich dann hierhergebracht, wenn es gar kein Observatorium gibt?«

Gillon wandte sich von ihr ab und bedeckte das Gesicht mit einer Hand. Einen Moment lang stellte sie sich vor, dass ihre Frage irgendeine tiefe, mysteriöse Wunde in ihm geöffnet hatte, dann begriff sie, dass er lachte.

Sie berührte ihn an der Schulter, während auch in ihr ein Gelächter aufstieg. »Was finden Sie so amüsant?«, erkundigte sie sich.

Er fuhr herum und legte ihr seinerseits eine Hand auf die Schulter. Einen Augenblick lang standen sie so in perfekter Harmonie, im Gleichgewicht wie gut geschmiedete Statuen, bevor es aus ihm herausplatzte: »Ich habe Sie hierhergebracht, liebe Nicola, um mit Ihnen allein zu sein.«

»Allein?«, wiederholte sie. »Auf Carlton Hill, auf dieser Baustelle?«

»Was beweist, wie verblendet ein Mann sein kann, wenn er sich zu einer Dame hingezogen fühlt.«

»Oh«, erwiderte Nicola, »dann fühlen Sie sich also zu mir hingezogen, Mr. Peters?«

»Gillon. Gillon«, korrigierte er sie. »Ja, so ist es, obwohl ich mich nach dieser unseligen ›Charade‹ frage, ob Sie mir jemals wieder gewogen sein werden.«

»›Charade‹? Dieses Wort habe ich noch nie gehört. Was bedeutet es?«

»Es ist ein französisches Wort und wurde gerade erst eingeführt. Eine Charade ist ein Spiel, ein Rätselspiel, bei dem Bedeutungen mit Gesten ausgedrückt werden.«

»Haben Sie schon jemals dabei zugesehen, Mr. Peters, oder es selbst gespielt?«

»Weder noch«, antwortete Gillon.

»Haben Sie mich an diesen einsamen Ort gelockt, um dieses neue französische Spiel zu spielen, diese ›Charade‹?«, fragte sie sarkastisch.

»In gewisser Weise.«

»Darf Molly auch mitspielen?« Sie deutete auf den unteren Hang des Hügels, wo Molly Goodall im Gras saß und auf die Stadt hinausschaute.

»Unbedingt, Molly darf das Spiel spielen«, sagte Gillon. »Aber sie darf nicht mit uns spielen. Sie muss sich ihren eigenen Partner suchen.«

»Ich verstehe«, entgegnete Nicola. »Es ist ein Spiel für zwei Personen.«

»Eine männliche, eine weibliche.«

»Ich glaube, das ist überhaupt kein neues Spiel«, bemerkte Nicola. »Ich denke, dieses Spiel ist so alt wie der Hügel, auf dem wir stehen. Und was noch mehr ist: Ich glaube, es ist keine französische, sondern eine universelle Erfindung. Ich glaube, Sie flirten mit mir, Mr. Peters. Ist das nicht eine bessere Art, es zu beschreiben: Flirten – ein Rätselspiel, bei dem versteckte Bedeutungen mit Gesten ausgedrückt werden?«

Gillon Peters stemmte die Hände in die Hüften, bog den Rücken durch und lachte so laut und herzhaft, dass mehrere Arbeiter den Kopf aus den Löchern im Boden streckten und ein Gentleman mit hohem Hut beinahe seinen Maßstock fallen ließ. Trotz ihres Taktgefühls schaute Molly erschrocken zu ihnen herauf.

»Oh-ah-ha!«, rief Gillon schließlich. »Wie ich sehe, bin ich dabei, mit einem gerissenen kleinen Biest die Klingen zu kreuzen. Ich fürchte, ich muss vorsichtig sein, Nicola, oder Sie werden jeden Zug, den ich in meinem Repertoire habe, parieren.«

»Also«, sagte Nicola, »*haben* Sie dieses Spiel schon einmal gespielt. Sie sind sehr versiert darin und betrachten sich als Experten. Nun, Mr. Peters, verraten Sie mir doch – was ist das Ziel des Spiels? Was ist sein Ausgang? Woher wissen Sie, wann Sie eine Runde gewonnen haben?«

»Ich darf davon ausgehen, dass wir nicht über die französische Erfindung diskutieren?«

»Nein«, bekräftigte Nicola, »über die andere Sache, die Metapher.«

»Wie kalt das klingt, wie grammatisch.«

»Sie haben meine Frage nicht beantwortet«, wandte Nicola ein.

»Ich würde es als einen ersten kleinen Sieg betrachten«, erklärte Gillon vorsichtig, »wenn Sie mich zum Beispiel bei meinem Taufnamen nennen würden, der folgendermaßen lautet ...«

»Gillon«, beendete Nicola seinen Satz. »So, bitte sehr. Sie sind auf dem besten Weg.«

»Wirklich? Zu welchem Ziel?«

»Wenn ich mich nicht irre«, sagte Nicola, »werden Sie sich zurückziehen – nicht weit, gerade einen Schritt zur Seite oder nach hinten. Sie werden Interesse an der Landschaft heucheln und mich auf die Pracht der Auld Reekie hinweisen, während Sie im Laufe Ihrer Erklärungen mir eine Hand zuerst auf den Ellbogen und dann, wenn ich keinen Protest erhebe oder es scheinbar nicht bemerkt habe, um die Taille legen.«

»Verblüfft«, sagte Gillon. »Ich bin ehrlich verblüfft.«

»Falls ich mich gegen das erste Manöver wehre – was ich natürlich ganz unaufgeregt täte –, werden Sie sich nicht versucht fühlen anzunehmen, ich sei ein Mädchen, dem es an Tugend gebricht, und daher würden Sie nicht sofort dazu übergehen, mir einen Arm um die Taille zu legen.«

»Damit Sie nicht nach Ihrer Dienerin rufen, die Sie retten soll?«

»Was ich vielleicht täte – nämlich so«, sagte Nicola, dann senkte sie die Stimme zu einem schwachen Flüstern und rief: *»Molly, Molly, rette mich, rette mich.«*

»Ha!«, machte Gillon. »Eine exzellente Darstellung, Nicola, und sehr verwirrend für Ihren Gegner, der, armer Teufel, der er ist, nicht wüsste, ob Sie vorrücken oder sich zurückziehen. Ich applaudiere Ihrem Scharfblick. Haben Sie diese Tricks in Ayr gelernt? Falls ja, dann habe ich das amouröse Leben dieser Grafschaft falsch eingeschätzt.«

»Ich bin, Sir, meines Vaters Tochter«, sagte Nicola. »Ich habe diese ›Tricks‹, wie Sie es ausdrücken, gelernt, indem ich das Verhalten junger Männer beobachtete – und das Verhalten nicht mehr so junger Männer –, wenn sie sich dem anderen Geschlecht näherten. Mir ist zum Beispiel aufgefallen, welche Wirkung die ›Charade‹ Ihres Bruders auf meine Schwester hatte und dass sie, weniger wachsam als ich, darauf hineingefallen ist; schon erstaunlich, wie sie erst zurückwich und sich dann Hals über Kopf in die Ehe stürzte.«

»Ist die Ehe dann das Ziel?«

»Für die Frau«, antwortete Nicola, »ja, ich glaube, so ist es.«

»Und für den Mann?«

»Auf dieser Seite könnte es andere Ziele geben, andere Ablenkungen.«

»Was wäre, wenn ich Ihnen erklärte, dass es sich nicht immer so verhält?«

»Ich würde Ihnen nicht zwangsläufig Glauben schenken«, antwortete Nicola. »Es ist schließlich ein Rätsel, das sich nicht ohne Opfer lösen lässt.«

»Opfer?«, fragte Gillon. »Ein seltsames Wort in diesem Zusammenhang.«

»Wäre das Wort ›Liebe‹ passender?«

»Erschreckender«, sagte Gillon. »Zumindest für einige Gentlemen.«

»Aber nicht für Sie?«

Gillon hob das Kinn und musterte sie, wie er vielleicht eine kleine, farbenfrohe Echse gemustert hätte, die er im Gras gefunden hatte. »Auf diese Frage habe ich keine Antwort.«

»Wie ich geargwöhnt habe«, erwiderte Nicola. »Wenn Sie eine Antwort für mich haben, Gillon, werden wir wieder ›Charade‹ spielen. In der Zwischenzeit müssen Sie sich mit einer Geste bescheiden, die möglicherweise überhaupt keine Bedeutung hat.« Dann stellte sie sich auf die Zehenspitzen, küsste ihn auf die Wange, raffte lachend ihre Röcke, ging den Hang hinunter und trat den langen Spaziergang nach Hause an der Seite Mollys an.

Kapitel 5

Sie waren kaum zehn Minuten aus Salton zurück, da machte sich John James auch schon daran, seinen Aufbruch aus Craigiehall vorzubereiten, volle vierzehn Tage vor der Eröffnung der Gerichtssaison.

Robertson wurde zu seinem großen Verdruss nach Edinburgh entsandt, nicht nur um die Wohnung in Crowell's Close für die vorzeitige Ankunft Seiner Lordschaft herzurichten, sondern auch, um einer Handvoll Personen, die sein Herr als Bündnispartner betrachtete, Briefe zu übergeben. Nicht der Geringste in diesem merkwürdigen Personenkreis war der geschätzte medizinische Proktologe, William Graythorn, M. D., der John James während mehrerer höchst unangenehmer Begegnungen mit Hämorrhoiden und einem länger andauernden morgendlichen Harnröhrenausfluss medizinisch versorgt hatte. Letzteres wäre bei jedem anderen Mann vielleicht einem unglückseligen Fall von sexueller Ausschweifung zur Last gelegt worden, hatte bei John James jedoch nichts Verderbteres zur Ursache gehabt als der Verzehr eines verdorbenen Fasans.

Als der Vermittler solcher Wunder der Heilkunst stand William Graythorn in Diensten Seiner Lordschaft und erhielt dafür eine jährliche Vorauszahlung von zwanzig Pfund. Allerdings hatte er in den vergangenen Jahren herzlich wenig getan, um sich seine Hafergrütze auch zu verdienen, obwohl sich das allen Anzeichen nach demnächst ändern würde.

»Wer?«, fragte Charlotte und richtete sich im Bett auf.

»Er sagt, er ist Arzt, Ma'am«, antwortete Jeannie.

»Ein Arzt? Mr. Peters hat mir nichts davon erzählt, dass er einen Arzt hinzugezogen hat. Wo ist Mr. Peters eigentlich?«

»Ausgegangen, Ma'am. Er ist schon früh weg.«

»Und meine Schwester?«

»Ebenfalls ausgegangen.«

»Mit Mr. Grant?«

»Mit Mr. Gillon, Ma'am. Sie haben gesagt, ich soll Sie nicht wecken.«

»Wie spät ist es?«, fragte Charlotte.

»Fast Viertel vor elf.«

Jetzt war Charlotte hellwach, und ein jähes Gefühl der Verlassenheit durchfuhr sie. Während sie aufrecht in dem zerwühlten Bett saß, die Vorhänge gegen das sommerliche Sonnenlicht zugezogen, hatte sie sich noch nie so vollkommen allein gefühlt. Mit großen Augen betrachtete sie die knochige kleine Dienerin, die nervös in der Türöffnung stand und auf Anweisungen ihrer Herrin wartete; dann krampfte sich unter der Schicht aus Kilts, Decke und Laken heftig ihr Bauch zusammen, was sich auch nicht durch die Freisetzung abscheulich riechenden Gases lindern ließ. Außerdem verspürte sie das dringende Bedürfnis, Wasser zu lassen, was abrupt von dem noch dringenderen Bedürfnis, sich zu übergeben, verdrängt wurde. Sie keuchte, schluckte und hielt sich eine Hand an die Kehle, wodurch sie sich die Würdelosigkeit ersparen wollte, sich vor ihrer Dienerin zu übergeben.

»Sie brauchen Ihr Frühstück, Mistress Peters«, sagte Jeannie. »Ich werd's gleich bringen. Aber was soll ich mit dem Herrn anstellen?«

»Wo ... wo ist er jetzt?«, brachte Charlotte heraus.

»Ich hab ihn in den Salon geführt, wo er sich jetz' die Beine in den Bauch steht. Ist nicht besonders begeistert drüber.«

Charlotte schluckte abermals, schloss die Finger über ihrer Luftröhre und beschwor mit Macht ihren spärlichen Vorrat an Tempelton'schem Mumm herauf, bevor sie erwiderte: »Bring ihn herein, Jeannie. Und wenn du schon mal dabei bist, bring mir auch ... bring mir eine ... eine Schüssel.«

»Eine Schüssel wovon, Ma'am?«, fragte Jeannie.

»Eine Schüssel ... eine Schüssel ... eine *leere* Schüssel«, rief Charlotte, dann warf sie sich über den Rand des großen Himmelbetts und erbrach sich auf den Teppich.

Im hügeligen Edinburgh fand man nur herzlich wenige Mietdroschken, obwohl Charlotte und sie als Kinder häufig in Sänften gesessen hatten, die breitschultrige Hochländer durch die Stadt geschleppt hatten. Waren also diese großen Droschken Mangelware, gab es die gedrungenen kleinen städtischen Kutschen zuhauf, und nahezu jede Taverne oder Schenke verfügte über eine Station, von wo aus Fahrgäste, wie Gillon es ausdrückte, zu »nah verstreuten« Orten fahren konnten.

Auf dem Innenhof von Morgan O'Tooles *Champion's Inn* standen vier solcher Kutschen inmitten von Karren mit hohen Seitenteilen, zerbrochenen Kisten und verfaulendem Stroh fertig angespannt bereit.

»Wohin führen Sie mich heute, Gillon?«, fragte Nicola.

»Psst!« Gillon legte einen Finger an die Lippen. »Es ist ein Rätsel und eine Überraschung.«

»Wär eine Überraschung, wenn's mehr als einen Sixpence kosten würde«, murrte Molly, die die täglichen Ausflüge inzwischen ermüdend fand. »Höchstwahrscheinlich ist es Leith.«

»Weißt du das wirklich ganz genau, Molly?«, fragte Gillon. »Hast du das Zweite Gesicht?«

»Steht da drüben auf der Tafel«, bemerkte Molly. »*Leith.*«

Mit einem kalten Lächeln lief Gillon um die hintere Seite des schäbigen Gefährts herum und wechselte einige Worte mit dem Kutscher, als hoffte er noch immer, die Überraschung für Nicola retten zu können. Er zählte zehn Kupfermünzen aus seiner Börse ab, um den Preis für alle vier Plätze zu bezahlen, denn er wollte eine enge Kutsche nicht mit einem Fremden teilen. Er hätte mit Freuden das Dreifache bezahlt, um Molly Goodall loszuwerden, deren sogenannte »Diskretion« lediglich ein anderer Ausdruck dafür war, dass sie an ihnen klebte wie ein Blutegel. Gillon bugsierte die Dienerin in die Kutsche, dann legte er beide Hände um Nicolas Taille und half ihr in das enge, feucht riechende Innere des Gefährts.

»Sie werden nicht viel kriegen für Ihr Geld, Mr. Gillon.« Molly verschränkte die Arme vor dem Busen und ließ sich schmollend in eine Ecke sinken. »Nur gut, dass wir nicht lange hier drin sitzen, sonst würden wir alle ersticken.«

»Zugegeben, es ist nicht die Kutsche des Meliadus.« Mit diesen Worten wandte Gillon sich an Nicola. »Aber für eine kurze Fahrt lässt es sich wohl aushalten.«

»Natürlich lässt es sich aushalten«, erwiderte Nicola. »Haben Sie heute wieder eine Abtei oder einen Haufen uralter Ruinen ausgewählt, um unser Interesse zu erregen, Gillon?«

Molly schnaubte. Schlingernd setzte sich die Kutsche in Bewegung. Der Fahrer trieb die Pferde an und lenkte die Kutsche vorsichtig aus dem Innenhof des Gasthauses.

Gillon warf einen kurzen Blick auf die Dienerin, die so tat, als schaute sie aus dem winzigen Fenster, obwohl das Glas so schlammverschmiert war, dass es kaum Tageslicht einließ. Er verlagerte sein Gewicht, drückte das Knie gegen Nicolas hübschen, geblümten Überrock und legte ihr eine Hand auf den Arm.

»Vielleicht«, begann er, »sollte ich Ihnen eine Augenbinde umlegen, damit Sie das Rätsel nicht zu früh lösen.«

»*Mir* einen Schal um die Augen zu binden, dazu wird es eines besseren Mannes bedürfen, als Sie einer sind, Mr. Gillon«, sagte Molly.

»Molly«, befahl Nicola, »bitte, sei still!«

Das Pferd trabte den Hügel hinab, wobei sich die Kutsche stark nach unten neigte.

Gillon schob eine Hand durch den Stoff von Nicolas Überrock. Sie rückte nicht von ihm ab. Er fädelte seine Finger zwischen ihre. »Ich wünschte, ich könnte Ihre aufreizende Dienerin knebeln *und* ihr eine Augenbinde umlegen«, flüsterte er. »Werden wir denn niemals allein sein?«

»Was würden Sie tun, wenn wir allein wären?«, fragte Nicola.

»Einen Kuss stehlen natürlich.«

»Glauben Sie, dass gestohlene Küsse die süßesten sind?«, versetzte Nicola.

»Glauben Sie es?«, entgegnete Gillon, immer noch im Flüsterton.

»Für ein Urteil fehlt mir jegliche Erfahrung«, antwortete Nicola.

Gillon schwieg für einen Moment, dann sagte er: »Warum *müssen* wir diese Frau überallhin mitnehmen?«

»Weil Ihr Bruder darauf besteht«, erklärte Nicola.

»Mein Bruder und – wenn ich Sie daran erinnern darf – auch Ihre Schwester.«

Nicola wich ein oder zwei Zentimeter zurück. »Jetzt haben Sie es verdorben.«

»Ach, ja?«, sagte Gillon stirnrunzelnd.

»Ich habe ein schlechtes Gewissen, weil ich die arme Charlotte allein gelassen habe.«

»Als Sie die arme Charlotte verließen, hat sie tief und fest geschlafen«, rief Gillon ihr ins Gedächtnis zurück. »Was sollen wir tun, Nicola? Den ganzen Tag an ihrem Bett hocken und uns ihr Schnarchen anhören?«

»Charlotte schnarcht nicht«, widersprach Nicola. »Oder?«

»Woher soll ich das wissen?«, fragte Gillon. »Haben Sie wirklich ein schlechtes Gewissen, weil Sie sie allein gelassen haben?«

»Allerdings«, antwortete Nicola. »Sie fühlt sich überhaupt nicht gut.«

»Mein Bruder scheint nicht besonders besorgt zu sein.«

»Ich bin davon überzeugt, dass er durchaus besorgt ist«, sagte Nicola. »Er lässt es sich nur nicht anmerken.«

»Das könnte in der Tat der Wahrheit entsprechen«, erwiderte Gillon. »Grant und ich sind uns in dieser Hinsicht nicht ähnlich. Ich kann nicht anders, ich trage das Herz stets auf der Zunge.«

»Haben Sie mir nicht erzählt, Sie seien ein Stoiker?«

»Auch Stoiker können sich verlieben«, meinte Gillon und drückte ihre Hand.

»Leith«, rief Molly aus. »Ha, wusst' ich doch, dass wir nach Leith fahren! Was gibt es an diesem dreckigen Ort zu tun?«

»Wir könnten zum Beispiel einen Spaziergang auf dem steinernen Pier machen«, sagte Nicola, »die vielen verschiedenen Schiffe bewundern, die im Hafen vor Anker liegen, und zusehen, wie die Seeleute Fracht ausladen. Papa hat uns einmal nachmittags dorthin mitgenommen, damit wir etwas über Handel und Gewerbe lernen. Man findet dort alles, Produkte jeglicher Art von Fabriken aus allen Ländern der Welt. Oh, Molly – die köstlichen Gerüche, die von den Gewürzlagerhäusern und den Zuckerhäusern kommen und von den Speichern, wo die Kaffeebohnen gelagert werden. Ich habe es nie vergessen.« Sie richtete sich auf und tätschelte, ohne sich von Mollys Missbilligung beirren zu lassen, Gillon spielerisch die Wange. »Das ist so viel besser als eine Wiese voller geschnitzter Steine oder die Ruinen eines Nonnenklosters oder … oder irgendetwas. Danke, Gillon, für eine wunderbare Überraschung.«

Und Molly, die noch immer finster die Stirn runzelte, schnaubte abermals.

Südlich der Grey Friars' Church in der Nähe des George's Square, knapp außerhalb der Reichweite der Rechtsprechung des Stadtrats, residierte Hercules Mackenzie in einem großen Herrenhaus, von dessen Fenstern aus man einen Blick auf die Häuser der oberen Zehntausend hatte. Lords und Ladys, Herzöge, Herzoginnen, Viscounts und Gräfinnen, selbst einige vornehme Persönlichkeiten ohne nennenswerten Stammbaum waren jüngst vor dem hohlen Geschwätz hierher geflüchtet, das die Errichtung der New Town auf der anderen Seite des Schlossbergs umgab. Hercules Mackenzie war zwar kein Aristokrat, aber er war zweifellos wohlhabend und vornehm. Von den Wohnräumen im Erdgeschoss seines Hauses in der Rankin Street aus führte er eine erstaunliche Anzahl legaler Geschäfte im Auftrag der Säulen der Gesellschaft und eine noch erstaunlichere Anzahl von Geschäften für arme Leute, die kaum etwas zu beißen hatten.

Vor etwa zwanzig Jahren war er ein überaus vielversprechender Prozessanwalt gewesen, dessen Verständnis für die Fallstricke des schottischen Gesetzes so manche Kammer gelehrter Richter in die Knie gezwungen hatte. Was jedoch Hercules seinerseits in die Knie gezwungen hatte, war kein juristischer Irrtum gewesen, sondern ein Zusammentreffen von niedriger Herkunft und zügellosem Leben, denn im Alter von einunddreißig Jahren hatte das verwegene Genie Asthma bekommen. Die Krankheit hatte sich als so schwer und hartnäckig erwiesen, dass der junge Hercules nur noch unter äußerster Anstrengung zu atmen vermochte und daher kaum noch eine Gerichtsverhandlung durchstehen konnte, beides Anzeichen dafür, dass sein Leben und erst recht seine Karriere durchaus in Gefahr sein konnten.

Chirurgen, Ärzte, Quacksalber jeglicher Couleur, Experten in botanischer Heilkunst und auch Heiler, die mit Gebeten und Fastenkuren arbeiteten, hatten sich bemüht, Hercules von seiner verheerenden Krankheit zu befreien, doch waren sämtliche Bemühungen fehlgeschlagen. Seine Verlobte hatte die Verbindung gelöst. Seine Geliebte hatte ihn wegen eines betagten Textilkaufmanns verlassen. Seine überlebende Schwester, Eunice, eine Xanthippe reinsten Wassers, hatte sich geweigert, ihn in ihr Haus zu lassen, weil sie Angst hatte, er könne ihre Kinder anstecken, und seine sogenannten Anwaltsbrüder hatten ihn keines einzigen Blickes gewürdigt, wenn sie ins Parlamentsgebäude geeilt waren. Ein Mann von geringerer Entschlossenheit und Charakterstärke hätte sich vielleicht einfach hingelegt und wäre an dieser Wendung der Ereignisse gestorben, aber Hercules war aus einem anderen Holz geschnitzt. Er hatte sich auf einem netten kleinen Gutshof im ländlichen Stirlingshire verkrochen, wo saubere Luft, frisches Gemüse und die zarte Pflege von Margo Peters, der Witwe des Gutsbesitzers, nicht nur seine Gesundheit wiederhergestellt hatten, sondern auch seinen Ehrgeiz.

Sechs Monate später war er, immer noch keuchend, nach Edinburgh zurückgekehrt, obwohl sein Gebrechen ihm letztlich nur noch wenig zu schaffen machte. Er arbeitete jetzt nicht mehr als Prozessanwalt, sondern als beratender Anwalt, als Writer to the Signet, ein Richtungswechsel, der ihn im Laufe der Jahre reich gemacht und ihm schließlich das Herrenhaus in der Rankin Street eingebracht hatte, wo er an jenem Morgen Ende Mai seinen jungen Schützling Grant Peters willkommen hieß, und zwar mit – metaphorisch gesprochen – weit offenen Armen.

Der Raum war so breit wie eine Versammlungshalle und ausstaffiert mit einer Velourstapete, einem türkischen Teppich und einem Kamingitter von der Größe eines Fallgatters. Ferner fanden sich dort drei Sesselgruppen, ein gestreiftes Sofa und dicht am Feuer ein riesiger, gut gepolsterter Lehnstuhl, der, wenn auch nur mit knapper Not, dem riesigen, gut gepolsterten Mr. Mackenzie Platz bot.

»Grant«, sagte er und schlug sich mit beiden Händen auf die Schenkel. »So wahr ich lebe und atme, es gibt keinen anderen Mann in Edinburgh, den ich zu diese Stunde des Morgens lieber sehen würde.«

»Wenn man bedenkt, dass ich hergerufen wurde, Hercules, steht es Ihnen nicht gut zu Gesicht, Überraschung über mein Erscheinen zu bekunden. Wenn es der Streitfall Fifeshire ist, der Ihnen Kopfzerbrechen bereitet ...«

»Nein, nein«, unterbrach Hercules ihn. »Ich höre, dass die Petitionen allesamt in Ordnung sind und Sie den Fall mit Ihrer üblichen Beredsamkeit darlegen, sodass das hohe Gericht von der Schäbigkeit der Forderung unseres Mandanten abgelenkt ist.«

»Schäbig ist er auch seinem Wesen nach, obwohl unser Mandant da anderer Ansicht ist.«

»Unsere Honorare sind aber alles andere als schäbig, was?«

»Das ist das wahrste Wort, das ich seit dem Frühstück gehört habe.« Grant setzte sich auf das gestreifte Sofa und schlug, da er sich in der Gesellschaft des Anwalts überaus wohlfühlte, die Beine übereinander und lehnte sich in die Kissen. »Haben Sie dann einen weiteren Fall für mich, einen, der Ihrer Aufmerksamkeit vielleicht würdiger ist?«

»Würdig einzig meiner Aufmerksamkeit«, antwortete Hercules. »Ich bin von einem gewissen Mr. Bunting, einem Anwalt und Writer in der Gemeinde Galston in der Grafschaft Ayr, gebeten worden, die Verkaufsurkunde für einen Teil Land abzufassen – einen ziemlich großen Teil Land, der gegenwärtig zum Besitz von Sir Charles de Morville gehört.«

Grant beugte sich vor. »Verkauf oder Pacht?«

»Verkauf.«

»An Craigiehall?«

»Nein«, antwortete Hercules Mackenzie. »Nicht an Craigiehall.«

»An wen denn?«

»An eine Firma, die sich hinter dem Namen Westmore Coal and Mineral Trading Office verbirgt.«

»Gibt es eine solche Firma denn?«

»Allerdings gibt es die«, sagte Hercules. »In Glasgow.«

»Ich habe noch nie davon gehört«, meinte Grant. »Wie viele Schuten haben sie?«

»Keine einzige«, antwortete Hercules mit einem Anflug von Häme. »Keine Schute, keine Wagen, keine Arbeiter, keine nennenswerten rückverfolgbaren Vermögenswerte. Das Westmore Coal and Mineral Trading Office scheint gegenwärtig aus vier Karren, acht Pferden und einer Hütte auf einem kleinen Grundstück etwas westlich des Broomielaw zu bestehen, wobei die Hütte, wie ich vermute, das Büro darstellt.«

»Dann ist es in der Tat eine Tarnung«, stellte Grant fest. »Wie sind Sie an Ihre Fakten gekommen, Hercules – wenn die Antwort nicht das Vertrauen Ihres Mandanten infrage stellt?«

»Ich habe einen meiner Schreiber nach Glasgow geschickt, um der Sache auf den Grund zu gehen.«

»Und was hat er gefunden?«

»Vier Karren, acht Pferde ...«

»Und eine Hütte«, ergänzte Grant nickend. »Steckt Craigiehall dahinter?«

»Ich hatte gehofft, dass Sie mir das vielleicht sagen könnten«, bemerkte Hercules.

»Der Anwalt in Galston, welches Licht kann er auf das Rätsel werfen?«

»Überhaupt keins«, sagte Hercules. »Oder wenn er es kann, so will er nicht.«

»Hat de Morville die Abbaurechte zum Verkauf angeboten?«

»Wenn ja, wurde die Sache privat abgewickelt, unter Ausschluss der Öffentlichkeit«, erwiderte Hercules. »Angesichts der Papiere, die ich bereits erhalten habe, übertrifft die Summe, die für das Land und seine Bodenschätze bezahlt wurde, bei Weitem das, was de Morville vielleicht erwartet hat. Vermutlich haben eine oder mehrere Personen ein so unerhörtes Angebot gemacht, dass der alte Knabe nicht widerstehen konnte.«

»Aber warum sollte er überhaupt verkaufen?«

»Ärger«, antwortete Hercules. Grant hatte ihm die Geschichte von de Morvilles Heiratsantrag und Nicolas Ablehnung erzählt. »Ärger darüber, abgewiesen zu werden.«

»Nach allem, was ich über ihn gehört habe«, meinte Grant, »ist de Morville viel zu dickköpfig, um einen Groll zu hegen. Wir können daraus jedoch schlussfolgern, dass Lord Craigiehall *nicht* der neue Besitzer von de Morvilles Kohlevorkommen sein wird.«

»Darüber wird er nicht erfreut sein«, sagte Hercules. »Übrigens, Craigiehall könnte sich die Summe, die de Morville angeboten wurde, gar nicht leisten. Daher kann man wohl mit Sicherheit davon ausgehen, dass er nicht der Hintermann der Westmore Company ist.«

»Er könnte sich doch Geld leihen.«

»Nur ein Narr würde Craigiehall Geld leihen«, sagte Hercules Mackenzie. »Ganz unter uns, Grant, den Gerüchten nach steht es mit seinen Finanzen nicht zum Besten.«

»Die Ernten waren in den letzten Jahren schlecht«, erwiderte Grant, »aber gewiss sind seine Pachtverträge nach wie vor in Ordnung?«

»Also kann ich davon ausgehen, dass die Töchter nichts über die Angelegenheiten ihres Vaters wissen?«

»Ach so«, meinte Grant. »Haben Sie mich heute Morgen hergerufen, um Informationen aus mir herauszuholen?« Er schüttelte den Kopf. »Seien Sie versichert, Hercules, die Mädchen wissen nicht das Geringste über Templetons Finanzen. Er würde sich ihnen niemals anvertrauen. Niemals.«

»Weil sie Frauen sind.«

»Weil er sich mit ihnen überworfen hat«, widersprach Grant.

»Und auch mit Ihnen?«

»Das ist kein Geheimnis«, erwiderte Grant. »Was soll ich für Sie tun?«

»Absolut gar nichts.« Wieder schlug Hercules sich auf die Schenkel. »Bunting und ich sind mehr als fähig, die Urkunden wasserdicht abzufassen, sodass diese streitsüchtigen Söhne von de Morville sie nicht anfechten können.«

»Es könnte sein«, sagte Grant, »dass Sie die Identität des Käufers im weiteren Verlauf des Verfahrens herausfinden.«

»Und es könnte auch nicht sein«, entgegnete Hercules. »Land, das für den Abbau von Kohle genutzt wird, ist nicht mit Steuern belegt, und die Namen der teilnehmenden Partner müssen von Gesetzes wegen nicht im Kaufvertrag eingetragen werden, wenn die Summe bei Abschluss des Handels zur Gänze bezahlt wird.«

»Wird die Summe zur Gänze bezahlt werden?«

»Bunting zufolge ja.«

»Dann müssen wir abwarten«, meinte Grant, »wer Kohle auf dem Land abbaut und wie viel Kapital in das Unternehmen investiert wird. Ich frage mich, ob Craigiehall diese Neuigkeit schon gehört hat.«

»Natürlich könnte er andere, drängendere Angelegenheiten im Kopf haben.«

»Sie meinen Charlotte?«

»Wie geht es Ihrer lieben Gemahlin?«, erkundigte sich Hercules.

»Den Umständen entsprechend gut.«

»Ein Erbe für Craigiehall?«, sagte Hercules mit einem sehnsüchtigen Lächeln. »Wie sehr ich den unwürdigen alten Teufel doch beneide! Es gibt Zeiten, da ich es bedauere, niemals eine Ehefrau genommen zu haben; nicht um der Vergnügen des ehelichen Bettes willen, die meines Erachtens beträchtlich überschätzt werden, sondern um des Vergnügens, Kinder zu haben und jetzt, in der Abenddämmerung meines Lebens, Enkelkinder, die sich um meine Knie versammeln und mir angemessenen Respekt erweisen.«

»Ist es zu spät, eine Frau zu nehmen, Hercules?«

»Oh, viel zu spät«, antwortete Hercules. »Mrs. Dalgleish bekäme einen fürchterlichen Anfall, wenn ich ein anderes weibliches Wesen in ihr Königreich holte; keine Ehefrau könnte mich jemals so gut versorgen wie meine Haushälterin. Außerdem gibt es nur eine einzige Frau, der ich je mein Herz geschenkt hatte, und sie ist jüngst verwitwet. Ist Ihre Mutter wohlauf?«

Grant grinste. »Sie erfreut sich bester Gesundheit, danke der Nachfrage.«

Hercules rutschte auf seinem Sessel vor. »Wissen Sie, warum ich Sie heute Morgen hierher eingeladen habe, Grant?«

»Um mich zu warnen?«

»Aye, um Sie zu warnen. Wenn Craigiehall seinen Töchtern schon wegen ihres Ungehorsams zürnt, wird er vor Wut toben, wenn die Neuigkeit über den Verlust der Abbaurechte seine Ohren erreicht. Und Sie, mein lieber Junge, werden dafür verantwortlich gemacht werden.«

»Ich bin Craigiehalls Meinung nach immer verantwortlich«, sagte Grant. »Ich danke Ihnen jedoch für Ihre Aufmerksamkeit, Hercules, und für die Informationen. Wenn Ihnen irgendetwas über den rätselhaften Käufer zu Ohren kommen sollte ...«

»Werden Sie der Erste sein, der davon erfährt«, versprach Hercules. Er hievte sich ein oder zwei Zentimeter vom Sessel hoch und hielt Grant die Hand hin. »Viel Glück«, sagte er.

»Ja.« Grant schüttelte die gewaltige Faust seines Mentors. »Ich fürchte, dass ich vielleicht ein wenig Glück brauchen werde, wenn Craigiehall nach Edinburgh zurückkehrt.«

»Oh, Sie wissen es nicht?«, fragte Hercules.

»Was soll ich wissen?«

»Er ist gestern Nacht eingetroffen«, erwiderte Hercules.

Das *Nine-Headed Eel* war das beliebteste der vielen Speiselokale, die jüngst in der Gegend um den Hafen von Leith herum wie Pilze aus dem Boden geschossen waren. Es gehörte einem ehemaligen Seemann mit Namen Lucky Findlater und war nicht, wie Molly befürchtet hatte, ein gepriesenes Bordell, sondern vielmehr ein lärmender Treffpunkt für Möchtegern-Dandys, die auf der Suche nach Zerstreuung die Promenaden des Seehafens entlangschlenderten.

Das steinerne Gebäude war fast nicht von dem Signalturm zu unterscheiden, der aus dem Innern der Mole herauswuchs, und die Häuser ringsumher bewohnten noch immer grobschlächtige, schlichte Kaufleute, die Gillon zufolge so gewitzt waren, dass sie selbst aus dem Verkauf eines Strangs Blasentang oder einer zerbrochenen Scheidenmuschel noch Gewinn zogen.

Als Gillon die Damen darüber in Kenntnis setzte, dass er jetzt gern essen wolle, mochten weder Nicola noch Molly seine Wahl der Taverne infrage stellen. Nachdem sie zwei Stunden lang in flottem Tempo an den Ufern des Leith entlanggegangen waren, war ihr Appetit so groß, dass Molly, die immer frischweg von der Leber sprach, behauptete, sie würde sich genötigt fühlen, an ihren Fäustlingen zu kauen, wenn Mr. Gillon ihnen nicht recht bald etwas zu essen verschaffte.

Mr. Gillon, der nach wie vor ohne Punkt und Komma schwatzte, bahnte sich einen Weg durch das Gewirr aus Fischständen und erhöhten Fußsteigen, und zwar mit einer Selbstverständlichkeit, die Nicola Templeton keineswegs entging. Sie hielt sich an seinem Arm fest und überließ es Molly, wie immer hinterdrein zu tuckern.

»Ist der Gedanke nicht seltsam«, schwärmte Gillon, »dass vieles von dem, was wir heute Morgen gesehen haben, einst unkultivierte Wildnis war, die den Galeeren der römischen Legionen Schutz bot, während sie an unsere Ufer kamen; dass es hier einst nur Stechginster und Geißklee gab und Elche, Rehe und weiße Bullenkälber herunterkamen, um in sprachloser Einsamkeit in den Untiefen zu trinken?«

»Sprachlose Einsamkeit«, rief Molly von hinten. »Wäre es nicht eine Barmherzigkeit gewesen, in jenen Tagen hier zu sein, Sir?«

Gillon überhörte den Seitenhieb der Dienerin.

Inspiriert durch die salzige Brise, die das Wasser des Hafens leicht aufwühlte und die Fährboote des Fife erschreckend auf und ab hüpfen ließ, war er in voller, herrlicher Fahrt und glaubte wahrhaft, dass er das Mädchen an seiner Seite mit seinen witzigen Erzählungen über die einheimische Geschichte beeindruckt hatte. Vieles davon hatte er aus dem Stegreif erfunden. Er hatte schon lange den Wunsch gehegt, eine Frau hierherzubringen, denn es gab nur wenige bessere Orte, um ein unerfahrenes Mädchen zu umwerben und seine Sache voranzutreiben, was immer diese Sache auch sein mochte. Wenn er doch nur für eine halbe Stunde oder so die unverschämte Zofe hätte loswerden können, dann hätte er Craigiehalls Tochter vielleicht mit seinem Charme dermaßen überschütten können, dass sie sich, wie Charlotte bei seinem Bruder, Hals über Kopf in ihn verliebt hätte.

Er führte sie um die Ecke des *Eel* in die Brise und sah entzückt, wie die kleine Nikki Templeton lachend ihr Häubchen festhielt und sich mühte, ihre Röcke und Unterröcke dort zu halten, wo sie hingehörten.

Er zeigte auf das schwere Holzschild, das über ihren Köpfen baumelte.

»Das *Nine-Headed Eel*«, sagte er. »Das Neunauge mit anderen Worten. Diese Spezies existierte einst im Übermaß in den Lachsteichen des Flusses, aber aus irgendeinem unbekannten Grund ist ihre Zahl in den letzten Jahren enorm zurückgegangen. Allerdings«, er legte Nicola einen Arm um die Taille, »gibt es noch immer Hummer und Krabben zum Genießen, außerdem Muscheln und, wie ich hinzufügen muss, Lachs aus dem Meer und jede Art von Fisch, die unseren Gaumen kitzeln kann.«

»Mein Gaumen kitzelt schon beim bloßen Gedanken daran«, versetzte Nicola.

»Wollen wir hineingehen?«, fragte Gillon.

»Wenn Sie möchten«, antwortete Nicola.

Gillon öffnete die Tür und führte das Mädchen und ihre Zofe in die Taverne.

Er kannte das *Eel* gut, wohl ein wenig zu gut. Im obersten Stockwerk, in einem alten Schnürboden, hatte er beim Kartenspiel mit anderen Müßiggängern aus der Stadt viel von seiner schwer verdienten Pension verloren. Einzig und allein wegen eines berauschenden Erfolgs beim Poker im April war er nicht untergegangen und hatte sich Lucky Findlaters Schlägertrupp vom Hals halten können. Gegenwärtig stand er bei dem Wirt jedoch in gutem Ansehen, und es würde seinem Ruf nicht schaden, in der Gesellschaft einer liebreizenden jungen Erbin gesehen zu werden, deren Verbindung mit dem wohlhabenden Lord Craigiehall den Taugenichtsen, die den Salon bevölkerten, nicht entgehen würde.

Er hob die Hand, um Lucky Findlater zu begrüßen, und bedeutete ihm, dass er seine Gäste nach oben bringen wolle, in den »vornehmen« Speisesaal. Dort waren die Tische mit weißem Leinen gedeckt, und ein lang gestrecktes Fenster mit einem Mittelpfosten bot einen exzellenten Blick auf den Hafen. Und das Beste von allem war: Hinter einem hölzernen Wandschirm befand sich ein Hinterzimmer, in dem Kammerdiener und andere Dienstboten abgesetzt wurden, während ihre Herren und Herrinnen ein wenig Ungestörtheit genossen.

Der Wirt erwiderte Gillons Zeichen mit einem verschlagenen Grinsen und einer Geste, die Molly ein missbilligendes Knurren entlockte. Gillon schob die Frauen vor sich her, und als sie so durch den Raum gingen, vergaßen zu seiner Befriedigung einige Gentlemen an mehreren Tischen ihre Gabeln und Gläser und musterten die bezaubernde junge Dame, Peters' jüngste Eroberung, wie sie zur Treppe trippelte.

Gillon hatte jedoch kaum einen Fuß auf die unterste Stufe gesetzt, als eine vertraute Stimme seinen Namen rief. Er blieb wie angewurzelt stehen, drehte sich um und spähte auf einen Mann hinab, der allein an einem Tisch unter der Treppe speiste.

»Gillon, ich bin es.«

»Gott im Himmel!«, rief Gillon Peters aus. »Ausgerechnet du!«

Einige Stufen über ihm drehten Molly und Nicola sich ebenfalls um und schauten auf den Mann hinab, der sich von der Bank erhob und in ihr Blickfeld trat.

Er war außerordentlich groß, dünn wie eine Angelrute und trug weder Hut noch Perücke. Sein Haar war braun und gelockt, nicht kurz geschoren oder auch nur zusammengebunden, eine Frisur ohne jedwede Schnörkel, dachte Nicola, die perfekt zu seinem Gehabe passte.

Gewaltig aus der Fassung gebracht, streckte Gillon haltsuchend die Hand aus, dann riss er sich zusammen und holte Nicola herunter. »Miss Nicola Templeton«, stellte er vor. »Mein ... ah ... mein Bruder, Grants Bruder, unser bäuerlicher Bruder ... Roderick.«

Die Wohnräume in Crowell's Close waren übersät von Koffern und Körben, und der lange Tisch im jakobinischen Stil in der Mitte des Wohnzimmers war überladen mit Dokumenten, Büchern und Perückenschachteln und den richterlichen Roben, die Robertson zum Lüften ausgebreitet hatte. Überall im Haus summte es wie in einem Bienenstock; Robertson erteilte mit schroffer Stimme einem Schwarm von Dienstboten Befehle, die anscheinend verärgert darüber waren, dass man sie herbeigerufen hatte, um Seiner Lordschaft aufzuwarten, obwohl es noch zwei Wochen bis zur Eröffnung der Sommersaison hin waren.

Inmitten all dieses Treibens saß der große Lord Craigiehall reglos und gelassen da, während ein Tischler mit Säge und Holzhammer den Kaminsims neu verschalte und ein Gardinenmacher, der gefährlich auf einem Stuhl am Fenster balancierte, eine fadenscheinige Vorhangschnur durch eine Kordel mit Quasten ersetzte.

Es herrschte ein ungeheures Getöse, und William Graythorn, M. D., war ziemlich bestürzt darüber, dass Seine Lordschaft die Handwerker nicht außer Hörweite geschickt hatte. Schließlich handelte es sich um ein privates, um nicht zu sagen *delikates* Gesprächsthema.

»Ist sie nun schwanger oder nicht?«, fragte Seine Lordschaft.

»Die Beweise lassen darauf schließen, dass die junge Dame tatsächlich ein Kind erwartet«, gab William Graythorn zur Antwort.

»Haben Sie sie untersucht oder nicht?«

»Ich habe sie untersucht, Sir.« Graythorn war es nicht gewohnt, dass sein Wort angezweifelt wurde, nicht einmal von vornehmen Gentlemen. »Ich habe sie gründlich untersucht.«

»Und dennoch bestehen Zweifel?«

»Ein Hauch von Zweifel, ja«, gab Graythorn zu.

»Ist sie gesund?«

»Kerngesund.«

»Aber Sie können nicht mit Gewissheit sagen, ob sie schwanger ist?«

»Nicht mit absoluter Gewissheit.«

»Ich nehme an, dass meine Tochter Ihre Bemühungen nicht freundlich aufgenommen hat.«

»Nein, Lord Craigiehall, allerdings nicht.«

»Hat sie sich beklagt?«

»Ja.«

»Hat ihre Widerspenstigkeit Sie daran gehindert, eine komplette Untersuchung vorzunehmen?«

Der Tischler, der vor dem Kamin kniete, hielt seinen Holzhammer in der Schwebe, und der Gardinenmacher beugte sich so weit von dem Fenster nach hinten, dass er Gefahr lief herabzufallen.

Dr. Graythorn drückte die Schultern durch, legte die langen, weißen Finger vor der Brust zusammen wie ein Pfarrer beim Gebet und sah dem gelehrten Richter direkt in die Augen. Im Laufe seiner vieljährigen Erfahrung mit der Geburtshilfe war er selten einem Ehemann oder eben auch einem Vater begegnet, der großes Interesse am weiblichen Reproduktionssystem gezeigt hätte oder an dem, was während der Entbindung hinter dem sorgfältig aufgerichteten Schirm aus Laken und Decken vorging.

Bedauerlicherweise ließ sich das Gleiche nicht von den Laienmitgliedern des Old-Fellows-Club sagen, die voller hinterhältiger Fragen in Bezug auf die intimen Körperteile von Frauen waren und durchblicken ließen, dass es dem Doktor wohl außerordentliches Vergnügen bereiten musste, mit solchen verborgenen Schätzen zu tun zu haben. Nichts, so versicherte er seinen lüsternen Inquisitoren, könnte von der Wahrheit weiter entfernt sein, und wenn man ihn bedrängte, ließ er eine lange, flammende Rede vom Stapel, voller abstoßender Einzelheiten, sodass das Funkeln in ihren Augen rasch erlosch und ihnen das Blut aus den frechen Wangen wich.

»Soll ich fortfahren?«, erkundigte der Arzt sich.

»Ja«, antwortete Craigiehall stur.

»Die Untersuchung verläuft folgendermaßen: Der mit Pomade bestrichene Zeigefinger wird in die – ähm – die Vagina eingeführt, und das *os internum* sowie der Gebärmutterhals werden abgetastet, und in diesem Fall, heute Morgen, auch in das Rektum, um zu überprüfen, ob der *Fundus* gedehnt war.«

»Und, war er es?«

»Nicht in nennenswertem Maße.«

»Kein Wunder, dass Charlotte sich beklagt hat«, bemerkte Seine Lordschaft. »Sprechen Sie weiter.«

»In Übereinstimmung mit der anerkannten Praxis«, fuhr Graythorn fort, »habe ich meine Untersuchung durchgeführt, nachdem Blase und Rektum geleert waren und auch der Magen leer war. Nach einigem Überreden stimmte Ihre To... die Patientin der Untersuchung in stehender Haltung zu.«

»In stehender Haltung? Warum?«

»In dieser Position hängt der Uterus tiefer in die Vagina, und so gering das Gewicht ja auch sein mag, es lässt sich ertasten. In manchen Fällen spürt man eine Spannung in der Vagina.«

»So war es auch bei Charlotte?«

»Nein, nicht eindeutig. Daher, Sir, meine Ungewissheit.«

»Wann werden Sie in der Lage sein, mir ohne den Schatten eines Zweifels zu sagen, dass meine Tochter geschwängert wurde?«

»Im vierten Monat.«

»Zu spät«, entgegnete Craigiehall.

»Allerdings«, fuhr Graythorn fort, »wenn meine Meinung auch nur den geringsten Wert hat, können Sie wohl davon ausgehen, dass Ihrer Lordschaft Tochter in den dritten Monat kommt und kurz vor Weihnachten von einem Kind entbunden werden wird.«

»Soll ich mich auf Ihre Vermutung verlassen, Graythorn?«

»Diese Entscheidung, Sir, liegt bei Ihnen. Die Medizin ist

keine präzise Wissenschaft. Dic menschliche Anatomie, insbesondere die der Frau, weist viele Anomalien auf. Aber alle Anzeichen sprechen dafür, dass Mrs. Peters ihrem Ehemann noch vor Ende des Jahres einen Erben präsentieren wird.«

»Wie hat Mr. Peters die Neuigkeit aufgenommen?«

»Mr. Peters war nicht zugegen. Er war nicht im Haus.«

»Nicola, Mrs. Peters' Schwester, war sie ...?«

»Sie war ebenfalls abwesend.«

»Ich verstehe«, sagte Craigiehall.

Er sah zuerst den Gardinenmacher an, der sich unverzüglich gegen das Fensterglas drückte und sich beinahe mit einer Schlaufe der Kordel erhängte. Als Nächstes betrachtete er den Tischler, der begann, mit seinem Holzhammer draufloszuhämmern. Lord Craigiehall schien das Getöse kaum wahrzunehmen, geschweige denn die Handwerker. Er wirkte, so fand Graythorn, wie ein Mann unter Schock.

»Wenn das alles ist, Sir, werde ich mich entfernen«, sagte der Arzt.

»Ja«, erwiderte Seine Lordschaft geistesabwesend. »Tun Sie das!«

Dr. Graythorn griff nach der Tasche mit den Werkzeugen seines Gewerbes und ging, ohne den Handwerkern auch nur einen flüchtigen Blick zu gönnen, dankbar auf die Tür zu. Er hatte sie fast erreicht, als Craigiehall nach ihm rief.

Er hielt inne und drehte sich um. »Euer Lordschaft?«

»Meine Tochter – Charlotte – hat sie geweint?«

»Aye, Sir«, informierte ihn der Arzt. »Sie hat geweint.«

»Wozu sie auch alle Veranlassung hat«, murmelte Craigiehall, »wozu sie auch alle Veranlassung hat.« Und mit einer kleinen Drehung des Handgelenks entließ er den braven Doktor ein zweites Mal.

Kapitel 6

»Rinder?«, fragte Gillon. »Der Kauf von Rindern hat dich nach Leith geführt? Sollen wir dir das etwa glauben?«

»Welchen Grund könnte ich sonst dafür haben, hier zu sein?«, sagte Roderick Peters. »Der Kauf von Rindern ist durchaus genügend riskant, um mein Bedürfnis an Aufregung zu stillen. Ich muss nicht dreißig Meilen reisen und mich zu dir an den Spieltisch setzen.«

»Ist es ein Bulle, den Sie gekauft haben, Mr. Peters?«, erkundigte Nicola sich.

»Aye, Miss Templeton, ein reinblütiger Banffshire- Longhorn-Bulle, zur Verbesserung unseres Bestands.«

»Für mehr Milch oder zu Mastzwecken?«, fragte Nicola.

»Es wird weniger Milch geben, aber dafür fettere, was unseren Buttererertrag verbessert«, erläuterte ihr Roderick. »Der Bulle ist ein Dreijähriger, und ich habe ihn zu einem Schnäppchenpreis erstanden. Ich transportiere das Tier per Schiff von Portsoy aus, statt ihn mit einer bunt zusammengewürfelten Herde die lange Fahrt machen zu lassen. Ich weiß, wie nachlässig Treiber sein können, und mir ist es lieber, wenn mein Bursche frisch daheim eintrifft.«

»Ich habe gehört, dass einige Züchter aus Banffshire ihre Rinder jetzt den ganzen Weg nach London per Schiff transportieren«, meinte Nicola, »aber bei diesem frischen Wetter wird Ihr Bursche nach seiner kurzen Seereise wahrscheinlich ziemlich geschafft sein.«

»Er wird komfortabel eingepfercht und angebunden«, sagte

Roderick. »Ich habe ein Wiesenstück angemietet, auf dem er sich ausruhen kann, bevor wir die Rückfahrt nach Heatherbank antreten.«

»Wir?«, hakte Gillon nach. »Wer ist denn noch bei dir?«

»McAllan und sein Sohn.«

»Hättest du nicht in der Nähe einen Bullen kaufen können?«, wollte Gillon wissen.

»Keinen mit einem ordentlichen Stammbaum, nicht zu diesem Preis«, antwortete Roderick. »Es war Mamas Wunsch, dass wir die Herde stärken, und du weißt, wie begabt sie ist, ein Schnäppchen zu entdecken.«

Gillon nickte trübsinnig, als wäre ihm die Geschäftstüchtigkeit seiner Mutter schon lange ein Stachel im Fleisch gewesen. Nicola spürte, dass diese zufällige Begegnung ihn nicht besonders freute, und noch weniger freute es ihn, dass sie seinen Bruder eingeladen hatte, mit ihnen zu speisen.

Roderick hatte seine Schale mit Fischeintopf, sein Glas und die Flasche genommen und war ihnen nach oben gefolgt. Sie saßen jetzt an einem Tisch vor dem großen Fenster und aßen und tranken wie alte Freunde. Wie seltsam, dachte Nicola, dass sie noch vor einer Woche keine interessanten jungen Männer gekannt hatte. Jetzt kannte sie drei, drei einnehmende Brüder, die so sehr verschieden voneinander waren wie Tag und Nacht. Roderick Peters war nicht einschüchternd wie Grant, aber auch nicht so geschwätzig und zielstrebig wie Gillon; er machte auf sie den Eindruck eines Mannes, der wusste, was er wollte und wie er es zur rechten Zeit bekam.

»Wie viele Tiere haben Sie auf Ihren Wiesen?«, erkundigte sie sich.

»Dreißig Milchkühe und doppelt so viel Mastvieh. Wir verkaufen unsere Milch in Stirling und unsere Buttermilch in Falkirk.«

»Sie haben auch Schafe, nicht wahr?«

»Aye, eine kleine Herde Blackface. Sie gedeihen recht gut auf der Heide am Hügel, aber kurz nach Martini holen wir sie auf eine näher gelegene Weide herunter, damit nicht schweres Wetter dazu führt, dass die Mutterschafe zu früh lammen.«

Gillon klapperte ungeduldig mit dem Löffel in seiner Schale. »Ich bitte dich, Roddy«, sagte er. »Hatten wir nicht schon genug Landwirtschaft, dass du sie auch noch an den Esstisch mitnehmen musst, wie Dung an deinen Stiefeln? Was hast du übrigens mit McAllan und seinem Sohn gemacht?«

»Ich habe gedacht, du hättest keine Lust mehr auf Landwirtschaft«, bemerkte Roderick.

»Gillon vielleicht, aber ich schon«, erklärte Nicola. »Mein Vater ...«

»Besitzt die Hälfte von Ayrshire«, warf Gillon ein. »Oh, da wir gerade von Martini reden, du wirst in Kürze Onkel werden.«

»Doch gewiss nicht das Mädchen von Clavering?«, fragte Roderick.

»Was! Julia? Gütiger Himmel, nein!«, rief Gillon. »Grant ... – ich meine, Charlotte ... erwartet ein Kind. Es soll, so glauben wir, um Weihnachten herum kommen.«

»Das wird Mama freuen«, erwiderte Roderick. »Sie hat sich schon lange ein Enkelkind gewünscht, das sie so richtig verwöhnen kann. Ist Ihre Schwester wohlauf, Miss Templeton?«

»Morgens ein wenig unpässlich, das ist alles«, antwortete Nicola.

»Ich nehme an, das war zu erwarten«, sagte Roderick.

»Haben Sie Kinder, Mr. Peters?«, hörte Nicola sich fragen.

»Er doch nicht«, warf Gillon ein. »Er ist zu beschäftigt, um eine Ehefrau zu finden, zu beschäftigt und viel zu empfindlich.«

»Empfindlich?«, wiederholte Nicola.

»Wählerisch«, sagte Gillon. »Milchmägde sind selten Damen.«

»Wie meinen Sie das?«, hakte Nicola nach.

»Mein Bruder meint, dass vornehme Damen nicht den Wunsch haben, einen bescheidenen Bauern zu heiraten«, erklärte Roderick Peters.

»Was ist mit Gourlays Tochter?«, fragte Gillon. »Sie hat sich dir praktisch an den Hals geworfen, und du hast sie nicht im Mindesten beachtet.«

»Lizzie Gourlay war nichts für mich.« Diese Wendung des Gespräches schien Roderick nicht im Mindesten peinlich zu sein. »Außerdem liegt das alles Jahre zurück, da war ich gerade erst den Kinderschuhen entwachsen.«

»Du bist niemals ein Kind gewesen«, widersprach Gillon. »Du warst schon bei der Geburt in mittleren Jahren.«

Roderick zuckte die Schultern. »Irgendjemand musste sich um Mutter kümmern und den Besitz verwalten, während du gegen Rothäute gekämpft hast und Grant sich in einen Anwalt verwandelte.« Er nahm einen Bissen von seinem Fischeintopf, zog eine Gräte zwischen seinen Zähnen hervor und wischte sie an seiner Serviette ab. »Genug von deinen Verleumdungen, Gillon. Was ist mit dir? Was führt dich am hellen Tag nach Leith?«

»Ich zeige Mrs. Templeton die Sehenswürdigkeiten«, antwortete Gillon.

»Welche Sehenswürdigkeiten gibt es denn in Leith?«, fragte Roderick. »Es ist nicht viel mehr als ein funktionierender Hafen.«

»Er ist eine angenehme Abwechslung von Kirchenruinen, glauben Sie mir«, bemerkte Nicola. »Gillon war so freundlich, für meine Unterhaltung zu sorgen, doch was ich gern sehen würde, ist ein Bulle, der von einem Fischerboot abgeladen wird. Ich kann mir nicht vorstellen, wie das zuwege gebracht wird.«

»Mit einigen Schwierigkeiten.« Roderick nahm eine Uhr aus der Tasche seiner Weste und warf einen Blick darauf. »Wenn Sie hier noch eine Stunde verweilen möchten, sollten Boot und Tier eintreffen, wenn die Flut ihren Höhepunkt erreicht.«

»Nein«, widersprach Gillon. »Wir müssen nach Edinburgh zurück.«

»Warum?«, wollte Nicola wissen.

»Falls Ihre Schwester uns braucht.«

»Haben Sie nicht gesagt, Charlotte könnte sich um sich selbst kümmern?«, bemerkte Nicola. »Eine Stunde oder so wird keinen Unterschied machen. Wir haben bis spät in den Abend hinein Licht. Außerdem bin ich nicht einmal annähernd fertig mit meinem Essen, und bis es so weit ist . . .«

»Deine Pläne wurden durchkreuzt, Gillon, gründlich durchkreuzt«, bemerkte Roderick Peters und brach zur beträchtlichen Verärgerung seines Bruders in ein Gelächter aus.

Wäre er je darum gebeten worden, eine Maxime oder eine Lebensregel zu nennen, die seinen Charakter zusammenfasste, hätte John James Templeton, ohne zu erröten, erklärt, dass er ein Mann sei, der niemals etwas anfasste, ohne es auch zu Ende zu bringen. Die meisten seiner Freunde und Bekannten hätten sich über einen solch pompösen Unfug köstlich amüsiert, und Lady Valerie Oliphant wäre zweifelsohne die Erste dabei gewesen. Lady Valerie war die Gattin von Sir Archibald Oliphant, dessen Ruhm als gebildeter Mann nur von der Tatsache übertroffen wurde, so viel Geld zu haben, dass er nicht wusste, was er damit anfangen sollte. Daher gab er es großzügig für alle möglichen exzentrischen Vorhaben aus, unter anderem finanzierte er damit Theater-Ensembles, die seine abscheulichen, gereimten Stücke aufführten.

Lady Valeries Beschäftigungen waren etwas weniger exzentrisch und erheblich weniger öffentlicher Natur. Ihre Leidenschaft galt nicht den Künsten, sondern dem Kartenspiel und der Organisation von Bällen, und wenn Sir Archie so freundlich war, die Stadt zu verlassen, stürzte sie sich auf jeden passenden jungen Gentleman, der so unklug war, ihren Weg zu kreuzen. Und da dies Edinburgh war, gab es keinen Mangel an jungen Gentlemen, die der Dame nur allzu gern entgegenkamen, denn sie war trotz ihres fortgeschrittenen Alters – sie ging stark auf die fünfzig zu – noch immer schlank und von tadellosem Äußeren.

Auf John James hatte sich Lady Valerie niemals gestürzt, und als die Gerüchteküche Unsinn über die jüngste Eroberung Ihrer Ladyschaft ausspie, hielt er sich die Ohren zu und tat so, als wäre sie allen Beweisen zum Trotz lediglich das Opfer von Salontratsch geworden. Er kannte sie seit vielen Jahren und war seit jener Nacht vor langer Zeit in gewisser Weise mit ihr befreundet, als sie ihm das erste Mal beim Whist in einem Privatzimmer über *Fortune's Taverne* das Fell über die Ohren gezogen hatte. Seine regelmäßigen verlorenen Kartenspiele mit der entzückenden Lady Oliphant waren nicht nur zu einer Gewohnheit geworden, sondern zu einem Ersatz für andere, weniger käufliche Begierden.

Jetzt jedoch war nicht Mitternacht bei *Fortune's*, sondern Teezeit im neuen Stadthaus der Oliphants auf dem Broughton Square.

Den Hut in der Hand, näherte John James sich der Dame. Ihr Antwortschreiben auf seine Bitte um eine Unterredung steckte in seinem fleckenlosen, seidenen Wams, und die französische Perücke, die er seit Jahren nicht mehr getragen hatte, sprühte frischen Puder in alle Richtungen, während er eine elegante Verneigung machte. Das kleine Mädchen, Oliphants jüngstes Wunderkind, hörte sofort auf zu spielen, und als das Klimpern des Pianos erstarb, drehten sich zehn oder zwölf Köpfe, und zehn oder zwölf Augenpaare funkelten John James an, als wäre er von einem Arm des silbernen Kerzenleuchters gefallen.

Hinter John James feixte ein Lakai in voller Livree und mit schneeweißer Perücke über das Unbehagen Seiner Lordschaft und verkündete mit einer Stimme, die so sonor war wie die des Adjutanten eines Bischofs, einen Namen und ratterte anschließend, ohne Luft zu holen, sämtliche Ränge und Titel Seiner Lordschaft herunter, während der arme alte John James mit geröteten Wangen und schnaubend wie ein Pferd in einem Auktionsring dastand.

»Lord Craigiehall«, sagte Lady Valerie endlich, erhob sich von einem silberfarbenen Stuhl und ging mit ausgestreckten Händen auf ihn zu. »Welch eine Ehre für uns, dass Sie ebenfalls zu Mademoiselle Cadells kleinem Vortrag hereinschauen! Ich habe Sie nicht erwartet.«

Er fühlte sich versucht, sie am Schlafittchen zu packen und aus dem Raum zu führen, denn es war offensichtlich, dass sie die Sache so eingefädelt hatte, dass er wie ein Idiot dastand. Stattdessen ergriff er ihre Hand, beugte sich darüber und küsste die Stickerei ihres Handschuhs. Dann sah er ihr in die hellblauen Augen und zischte: »Ich wurde nicht darüber informiert, dass Sie für heute Nachmittag eine musikalische Darbietung veranstalten würden, Valerie. Ansonsten hätte ich Sie zu einem günstigeren Zeitpunkt besucht.«

»Habe ich das nicht erwähnt?«, fragte sie mit großen Augen. »Habe ich in meinem Brief nicht geschrieben ...«

»Nein, haben Sie nicht.«

Über ihre Schulter hinweg sah er durch die wippende Straußenfeder ihres Haarschmucks die Leute miteinander tuscheln. Er kannte sie alle, zumindest die meisten von ihnen, denn kaum einer von ihnen befand sich auf der sonnigen Seite der sechzig, und zusammengenommen repräsentierten sie die Crème der alten Gesellschaft Edinburghs.

Da waren der kleine Johnny Pritchard, Earl of Drumore,

außerdem Lady Athelstane und ihre hinfällige Schwester, eine alte Jungfer, dazu dieser hochbetagte Halsabschneider mit dem kurz geschorenen Haar, Admiral Staines, der wahrscheinlich mehr Interesse an dem kleinen Mädchen hatte als an der musikalischen Darbietung. Von Valeries Ehemann war jedoch keine Spur zu entdecken, eine kleine Gnade, für die John James dankbar war.

»Wie nachlässig von mir«, sagte Valerie. »Doch wie dem auch sei, da Sie einmal hier sind, nehmen Sie doch Platz. Der Vortrag ist beinahe vorüber, und wir werden in Bälde den Tee einnehmen.«

»Ich bin nicht zum Teetrinken hergekommen«, entgegnete John James, »auch nicht zum Musikhören. Ich verschwinde lieber, Valerie, damit das Kind fortfahren kann. Ich werde ein andermal vorsprechen.«

»Warum *haben* Sie bei mir vorgesprochen, Sir? Wollten Sie sich an meiner Schönheit weiden oder mir bezahlen, was mir zusteht?«

Das Mädchen hockte wie eine kleine Taube am Piano, und Staines, dieses Ungeheuer, war hinübergeschlendert, um mit ihm zu flirten. Zwei Dienstmädchen am Fenster kicherten verstohlen, und ein sehr alter Gentleman, Sanderson mit Namen, war bereits eingeschlafen, den Kopf auf Lady Athelstanes Schulter gebettet.

John James war sich wohl bewusst, dass er gegen die guten Sitten verstoßen hatte und den Fortgang der nachmittäglichen Unterhaltung nicht lange verzögern durfte. Außerdem war ihm bewusst, dass Valerie Oliphant im Besitz von Schuldscheinen auf seinen Namen war, die sich auf beinahe eintausend Pfund beliefen, und dass es daher nicht ratsam wäre, sie zu erzürnen.

»Ich bin hier«, sagte er, »weil Sie mich eingeladen haben, wie Sie sich vielleicht erinnern.«

»Ich habe Sie frühestens in einer Woche in Edinburgh erwartet.«

»Ich bin vorzeitig in der Stadt eingetroffen.«

»Um Ihre Schulden zu begleichen?«, erkundigte die Dame sich gewinnend. »Um Ihr Gewissen zu erleichtern, Lord Craigiehall, oder um einige weitere Kohlen aufs Feuer zu legen?« Sie benötigte keine Antwort, sondern fuhr herum und rief: »Ich bitte um Vergebung, ich muss mich für einige Minuten entschuldigen, um mich einer plötzlichen geschäftlichen Angelegenheit zu widmen. Fleur, meine Liebste, fahre doch bitte fort!«

Wie ein Automat begann das Mädchen von Neuem zu spielen. Dabei machte es an genau der Stelle in der Komposition weiter, an der es aufgehört hatte. Lady Valerie ergriff den Arm Seiner Lordschaft, zog ihn schnell aus dem Raum in den Flur, nickte einem Lakaien zu, der ihnen die Tür öffnen sollte, und führte John James direkt in Sir Archies Bibliothek, wo sie allein sein würden.

Der Bulle war ein schönes, geschecktes Tier von fünf oder sechs Zentnern, mit langem Körper, kurzen Beinen und, so sagte Roderick Peters, einwandfreiem Knochenbau. Er hatte jedoch ein prächtiges Paar Hörner und eine Stimme, die so laut war, dass sein unglückliches Gebrüll seine Ankunft ankündigte, lange bevor die Schmack die Segel reffte und in den Hafen stakte. Dabei lockte sie eine kleine Schar von Zuschauern, darunter Nicola, auf den Kai, die sich den Spaß nicht entgehen lassen wollten.

Wie aus dem Nichts tauchten Rodericks Treiber, McAllan und sein Junge, auf. Der Mann war klein und drahtig und von Sonne und Wind walnussbraun gebrannt. Der Junge, viel größer als sein Vater, hielt einen kräftigen Eschenstock und einen langen Spieß in den Händen. Sie schälten sich aus ihren Mänteln, banden sich ihre Hemdsärmel hoch und legten eine Nervosität an den Tag, die zu Nicolas Überraschung auch auf Roderick übergriff.

Der Bulle war in einem kleinen Pferch aus ungehobeltem Holz eingesperrt. Mit einer Kette, die sich durch seinen Nasenring zog, war er an einen eisernen Haken gebunden. Auf dem offenen Deck befanden sich neun merkwürdig sanftmütige, hagere Ochsen, die bloß stampften und husteten, während das Boot breitseits an den Kai gebracht und an Bug und Heck festgemacht wurde.

Der Kapitän hatte anscheinend schon früher mit lebender Fracht zu tun gehabt. Er brüllte seiner Mannschaft, die sich im Rhythmus des Bootes bewegte, Befehle zu, woraufhin die Männer vier schwere Planken ausfuhren und mit Seilen an Pfählen auf dem Kai sicherten.

»Gehören die ebenfalls Ihnen, Roderick?«, erkundigte Nicola sich. »Ich meine, die Ochsen?«

»Aye«, antwortete er kurz angebunden, dann verließ er sie, lief den Kai entlang und sprang wie ein Hirsch auf das Deck des Bootes.

Die McAllans, Vater und Sohn, stellten sich an den Kopf der Rampe, und Roderick trieb den ersten Ochsen auf die Planken und jagte ihn auf den Kai. Die übrigen folgten rutschend und schlitternd, während Roddy Peters sie mit Schlägen und Hieben dazu brachte, hintereinander herzulaufen. Sobald sie einmal in Bewegung waren, trieb der Instinkt sie weiter. Sie trotteten artig auf den Kai, wo Daddy McAllan sie in Empfang nahm und über das Kopfsteinpflaster in die Straßen der Stadt lenkte.

Nicola hatte schon früher den Umgang mit Vieh beobachtet, aber noch nie war jemand dabei so geschickt vorgegangen.

Während sie Roderick Peters bei der Arbeit zuschaute, entdeckte sie an ihm einen Anflug von Ähnlichkeit mit seinen Brüdern; Beweglichkeit und Zielstrebigkeit und eine gewisse Lebhaftigkeit, die ihn mehr mit Gillon als mit Grant verband. Alle drei waren auf unterschiedliche Weise klug und unbeeindruckt vom förmlichen Verhalten, das die vornehme Gesellschaft ihren Söhnen aufzwang. Nicola konnte sich nicht vorstellen, dass de Morvilles Söhne mit einer Herde arbeiten würden oder dass einer der jungen Anwälte, die ihr Vater ab und zu ins Haus ließ, es jemals mit einem Bullen aufnähme.

Gillon hinter ihr verlagerte sein Gewicht auf den anderen Fuß, und Molly, die Knöchel in den Mund gestopft, entfloh ein leises Stöhnen, als Roderick Peters mithilfe zweier Seeleute den schweren Balken des Pferchs herunterhob und den Männern bedeutete, dass sie sich entfernen konnten. Er duckte sich unter den schwarzen Spitzen der Hörner des Bullen hindurch, hockte sich zwischen seine Vorderbeine und löste die Kette. Dann wickelte er sie um die Faust und den Unterarm, als wäre es ein Strang Wolle, bevor er sich erneut duckte und unter dem Bauch des Bullen hervorkam und den großen, gehörnten Kopf an der verkürzten Kette festhielt.

Einen Moment lang stand er dem Tier Auge in Auge gegenüber, in Reichweite der Hörner und nah genug, dessen Atem zu spüren. Der Bulle riss den Kopf hoch und stieß ein klagendes Gebrüll aus, wobei er anmutig trippelte wie ein Fohlen. Dann ließ er sich von dem Mann auf die Planken führen. Er schlug einmal aus, nur ein einziges Mal, und stampfte wild mit dem Huf auf. Roderick verkürzte die Kette und zog ihn noch näher heran. Rein kräftemäßig konnte er es nicht mit dem Bullen aufnehmen, aber Nicola begriff, dass er das Kommando über das Tier übernommen hatte und es zugleich abschirmte und beherrschte. Während er selbst rückwärts ging, führte er den Bullen die Planken hinauf und auf den Kai, und die Zuschauer pfiffen und applaudierten, als hätte er diese Leistung einzig zu ihrer Unterhaltung vollbracht.

»Meine Güte!«, murmelte Molly neben Nicola. »Ist das nicht was, worüber man staunen muss? So was habe ich auf Craigiehall noch nie gesehen.«

»Eines Tages«, bemerkte Gillon mit dünner Stimme, »wird er es einmal zu oft getan haben und für seine Torheit zahlen.«

»Sehen Sie darin Torheit, Gillon?«, fragte Nicola. »Für mich ist es Mut.«

»Sie sind leicht zu beeindrucken, Nicola«, sagte Gillon. »Verglichen mit einigen Dingen, die ich gesehen und getan habe …«

Als der Banffshire-Bulle dann den Kopf senkte und Roderick ihn festhielt, schloss er den Mund und ging schmollend davon, und Roderick ließ, mit einem Blick und einem Nicken zu Nicola hinüber, die Kette locker und führte den Bullen zu der Stallung am Stadtrand.

Sir Archie Oliphant behauptete, dass seine kreativen Kräfte einzig durch völlige Stille entfesselt würden. Aus diesem Grund war die Bibliothekstür dick mit Samt ausgeschlagen und mit Leder eingefasst, um den Lärm auszusperren. Sie schloss sich mit einem leisen Aufprall, der die reglose Luft im Raum aufwühlte wie eine Fliege, die auf Melasse landete. Fast noch ehe die Tür sich geschlossen hatte, platzte John James mit der Angelegenheit heraus, die ihn hergeführt hatte.

»Eine Braut?«, rief Lady Valerie. »Sie bitten mich, eine Braut für Sie zu suchen?«

»Eine Ehefrau«, korrigierte John James sie grimmig. »Keine Braut als solche.«

»Kommen Sie mir nicht mit Haarspaltereien, Craigiehall! Zuerst eine Braut und dann eine Ehefrau; ist das nicht die natürliche Ordnung der Dinge? In der Tat, steht in unserem aufgeklärten Zeitalter am Anfang nicht eine Geliebte?«

»Ich weiß nicht, wie die Sache anfängt.«

»Aber nicht einmal Sie, John James, können vergessen haben, wie sie endet«, sagte Lady Valerie. »Leiden Sie unter einem Versagen des Gedächtnisses, oder hat Ihr Empfindungsvermögen mit zunehmendem Alter gelitten?«

»Alter?«, fragte John James stirnrunzelnd. »So alt bin ich nun auch wieder nicht.«

»Auch nicht so arm, wie Sie immer tun, trotz der Summe, die Sie mir schulden«, bemerkte Valerie. »Warum bedürfen Sie meiner Hilfe, Sir? Reicht Ihr Rang nicht aus, um sich ohne mein Zutun eine rundliche junge Erbin vom Regal zu pflücken?«

»Eigentlich – nein. Mein Ruf ...«

»Ruf! Oh!«, rief Valerie. »Sie sind einfach ebenso eitel wie all die anderen Gockel, die durch die Hauptstraße stolzieren und unter ihren Hutkrempen hervorspähen, um zu sehen, welche junge Maid sich von ihrer gut geschnittenen Kleidung beeindrucken lässt.« Sie berührte ihn an der Schulter, und John James zuckte zusammen. »Gehen Sie nach St. Giles – was Sie meines Wissens nach sowieso tun –, besuchen Sie den Gottesdienst, Sir, und spionieren Sie die Schönheiten dort aus. Wenn sie eine entdecken, die Ihren Gefallen findet, treten Sie an ihre Mama heran, den Hut in der Hand, und stellen sich vor. Sie werden es natürlich nicht nötig haben, sich der Frau Mama vorzustellen, denn diese wird nur allzu gut wissen, wer Sie sind, und bei dem bloßen Gedanken erzittern, dass Sie sich dazu herabgelassen haben, das Wort an sie zu richten. In der Tat, wenn Sie bekannt werden lassen, dass Sie ein Interesse an ihrer Tochter gefasst haben, würde es mich nicht überraschen, wenn sie auf der Stelle ohnmächtig würde.«

»Die Angelegenheit«, sagte John James, »ist keine Schrulle, Valerie. Ich muss eine Ehefrau finden, die mir Kinder zur Welt bringt – und dies mit einiger Dringlichkeit.«

»Liegt die Dringlichkeit im Liebesakt oder der daraus resultierenden Schwangerschaft?«

»Pardon?«

»Wenn ein Feuer im Blut alles ist, was Sie plagt, Sir, kann ich Ihnen mehrere diskrete Damen vorschlagen, die bereit wären ...«

»Ich brauche keine Mätresse, Valerie. Ich brauche eine Ehefrau.«

»Gibt es niemanden in Ihrer Bekanntschaft in Ayrshire, der Ihren Anforderungen ...«

»Ich habe keine ›Bekanntschaften‹«, unterbrach John James sie erneut, »weder in Ayrshire noch in Edinburgh. Das ist die Krux. Warum sonst wäre ich zu Ihnen gekommen? Meine Cousine hat es vorgeschlagen, denn wie es scheint, wissen Sie über jeden und alles, was in dieser Stadt vorgeht, Bescheid.«

»Suchen Sie eine Frau mit Vermögen?«

»Nein, zum Donnerwetter!«, erwiderte John James. Dann schloss er einen Moment lang die Augen und fügte ruhiger hinzu: »Wenn sie natürlich Besitz hat oder die Aussicht auf eine Mitgift, wäre ich nicht abgeneigt, aber das notwendige Element, das entscheidende, liegt darin, dass sie sanft und wohlerzogen und jung genug sein muss, mir ein gesundes Kind zu schenken.«

»Einen Erben?«

»Ja.«

»Um den armen kleinen Jamie zu ersetzen?«

»Ja.«

»Um das Erbe Ihren Töchtern vorenthalten zu können?«

»Um die Wahrheit zu sagen, ja.«

»Nun«, erwiderte Lady Valerie, »so seltsam es scheinen mag, doch ich habe keine Liste passender Kandidatinnen zur Hand.«

»Aber können Sie mir helfen? Ich meine – werden Sie es tun?«

Sie trat von ihm weg und schlenderte langsam durch den großen Raum, vorbei an den schwer beladenen Bücherregalen und dem Fenster mit dem Vorhang davor und wieder vorbei an Archies riesigem Schreibtisch mit seinen silbernen Kerzenleuchtern, den frisch gefüllten Tintenfässern und geschärften Federkielen.

Sie bewegte sich leichtfüßig, eine Hand erhoben, den Zeigefinger auf die Lippen gedrückt, als wollte sie Kritik zurückhalten oder vielleicht Gelächter unterdrücken.

John James sah ihr wortlos zu.

Er hatte sie immer bewundert und auf seine eigene steife Weise sogar ein wenig begehrt. Jetzt dämmerte ihm plötzlich, dass Lady Valerie, selbst wenn sie frei gewesen wäre – zum Beispiel verwitwet –, zu alt war, um seinem Zweck zu genügen, und er begriff jäh, dass er Valerie gerade aufgefordert hatte, ihn in eine Ehe mit einer Frau zu führen, die nicht viel älter war als Charlotte, einer Frau, die sich vielleicht als ebenso halsstarrig, frivol und unreif erweisen konnte wie seine Tochter.

Valerie hielt inne, eine Hand noch immer erhoben, hinter sich das gedämpfte Licht vom verhüllten Fenster; die Straußenfeder ihres Haarschmucks hüpfte auf und ab.

»Ja, Lord Craigiehall«, sagte sie. »Um unserer Freundschaft willen – wobei wir nicht vergessen wollen, dass Sie ohnehin bereits in meiner Schuld stehen –, werde ich Ihnen helfen, eine Ehefrau zu finden.«

»Darf ich fragen ...«, setzte er an.

»Wie?«, sagte Lady Valerie. »Das bleibt abzuwarten. Sie müssen mir jedoch eines versprechen, John James.«

»Und das ist?«, erkundigte er sich.

»Ihre Mitarbeit«, antwortete sie. »Ihre volle, nimmermüde, zweifelsfreie Verfolgung der ganzen Angelegenheit. Ich lasse mich von Ihnen weder zum Narren machen, noch werde ich dulden, dass Sie meine Pläne durchkreuzen oder mich beleidigen, sobald das Spiel begonnen hat.«

»Ich verstehe«, sagte er.

»Wirklich?«, entgegnete sie. »Ich frage mich, ich frage mich wirklich, ob Sie das tun.« Dann berührte sie ihn flüchtig an der Wange und klopfte an die gepolsterte Tür, womit sie dem Lakaien das Zeichen gab, dass er öffnen möge, damit sie zu ihren Gästen zurückkehren konnte.

Die Kutsche hatte kaum den Bezirk um den Hafen von Leith verlassen, als Molly auch schon einschlief.

Sie kauerte sich in eine Ecke und schnurrte wie eine Katze, die rundliche Wange an das Glas gelegt. Nicola brachte es nicht übers Herz, sie zu wecken. Außerdem brauchte sie jetzt keine Anstandsdame. Alle Zeichen deuteten darauf hin, dass ihr keine Gefahr drohte, von Gillon Peters belästigt zu werden, der größeres Interesse an der Betrachtung der vorbeiziehenden Landschaft zu haben schien als an einem Gespräch, geschweige denn einer Verführung. Nicola war eher erleichtert als enttäuscht. Sie hatte jede Neigung verloren zu flirten, insbesondere mit Gillon Peters, dessen mürrisches Verhalten an diesem Nachmittag sie gründlich verärgert hatte.

Sie lehnte sich zurück und schloss die Augen, während die Kutsche den ersten der lang gestreckten Hügel erreichte, die zur Stadt hinaufführten. Nicola fragte sich, wo Roderick war, Roderick und sein Banffshire-Bulle. Sie fragte sich, ob er an sie dachte, und wenn ja, welchen Eindruck sie auf ihn gemacht hatte. Es gab so vieles, was sie nicht wusste, nicht nur über Roderick Peters, sondern auch darüber, wie junge Frauen sich in Gesellschaft eines Mannes benehmen sollten, der so offensichtlich sich selbst genügte.

Sie öffnete die Augen und bemerkte: »Sie haben gewusst, dass er dort sein würde, nicht wahr?«

»Pardon?«, sagte Gillon so distanziert, als wäre sie eine Fremde.

»Sie haben gewusst, dass Roderick heute in Leith sein würde«, wiederholte Nicola. »Lügen Sie mich nicht an, Gillon! Es war eine wunderbare Überraschung und ein großes Vergnügen, Ihren

Bruder kennenzulernen und ihn bei der Arbeit zu beobachten.«

»Tatsache ist, ich habe nicht gewusst, dass er dort sein würde«, erwiderte Gillon. »Es war ein bloßer Zufall. Angesichts des Umstandes, dass Roderick den Gutshof nur selten verlässt und ich kaum je einmal in Leith bin, dürfen Sie versichert sein, dass es lediglich Pech war.«

Oder Schicksal, dachte Nicola, oder Schicksal.

Kapitel 7

Ihr Vater war, dem Himmel sei Dank, niemals ein hingebungsvoller »Predigtjäger« gewesen, wie so viele Männer seines Standes. Es entsprach nicht seinem Naturell, am Sonntag vom Morgengrauen bis zur Abenddämmerung von Kirche zu Kirche zu eilen und dem Schwadronieren des neuesten umstrittenen Hitzkopfs oder den maßvolleren Predigten berühmter Pfaffen aus Edinburgh zu lauschen. Er besuchte die Kirche mehr aus einem Pflichtgefühl heraus als aus Frömmigkeit, und weil er nicht gerne früh aufstand, besuchte er mit seiner kleinen Schar den Nachmittagsgottesdienst in der New Church inmitten des großen verfallenden Gebäudekomplexes von St. Giles.

Da er ein Mann des Stolzes wie auch der Gewohnheit war, belegte er unweigerlich immer denselben gepolsterten Stuhl in der Bank, die für Richter des Hohen Gerichts reserviert war. So manches Mal hatten Charlotte und Nicola neben ihm gesessen, zu nah an der Kanzel, um zu kichern, zu plappern oder zu posieren, und bei Weitem zu nahe den Gräbern längst verstorbener protestantischer Barone, deren Abbilder mit dem missbilligenden Ausdruck in den Kindheitsträumen der armen Charlotte herumgespukt hatten.

Es war für niemanden im Graddan's Court eine Überraschung, als Charlotte, die sich inzwischen von ihrer ernüchternden Erfahrung mit Dr. Graythorn erholt hatte, an jenem düsteren Sonntag früh aufstand, herzhaft frühstückte, sich von Jeannie beim Ankleiden helfen ließ und in den Salon schlenderte, wo Grant einige Papiere bearbeitete und Nicola eine eselsohrige Ausgabe des *Scots*

Magazine las. Charlotte verkündete, dass sie alle, ob es ihnen nun gefalle oder nicht, in die Kirche gehen würden.

Grant schaute von seinen Papieren auf, zog eine Augenbraue hoch und sagte: »Gewiss, meine Liebe. Gehen wir nicht immer zur Kirche?«

»Ich fühle mich jedoch nicht gut genug, um zur Tronkirche zu gehen.«

»Daher«, erklärte Grant, »gehen wir über die Straße zu St. Giles.« Er sah Nicola an, die das Gesicht verzog, als wollte sie sagen: »Ich hab's ja gewusst«. Dann erhob er sich vom Tisch, nahm seine Frau in die Arme, drückte ihr einen versöhnlichen Kuss auf die Stirn und meinte: »Also St. Giles, Charlotte. Komm, wir werden gemeinsam vor Gott treten, vor Gott und Mr. Smellybelly und alle anderen Würdenträger, die dort zufällig heute Nachmittag beten.«

»Ich weiß nicht, was du meinst«, entgegnete Charlotte.

»Natürlich nicht«, erwiderte Grant und zwinkerte Nicola zu. »Natürlich nicht«, und ließ es für den Augenblick damit bewenden.

Die Reformation hatte, so behauptete ihr Vater, der Pracht von St. Giles ein Ende bereitet. Als standhafter Presbyterianer beklagte er die Tatsache, dass die vier großen Messingsäulen, die in früheren Zeitaltern den Hochaltar gestützt hatten, eingeschmolzen worden waren, um eine Kanone daraus zu machen. Zudem sei der einst so ruhige Bezirk um die Kirche so verweltlicht, dass Geschäfte, die nachts verschlossen werden konnten – die berühmten Luckenbooths –, jetzt die Substanz des Baus selbst verschlangen. Hölzerne Pultdächer knabberten an den Stützpfeilern und fraßen das Maßwerk der Fenster auf, und durch die Buden der Buchbinder, Uhrmacher und Verkäufer von Süßwaren, Spielzeugen und Schuhen war die Straße dermaßen heruntergekommen, dass man sich praktisch den Hals verrenken musste, um den majestätischen Laternenturm überhaupt noch zu sehen.

Charlotte hatte kein Interesse an den Ungerechtigkeiten der Vergangenheit, und Grant, der nicht viel Umgang pflegte mit Buchverkäufern und Druckern, die ihr Gewerbe auf seiner Türschwelle betrieben, schätzte Bequemlichkeit mehr als Geschichte. Aber Nicola missfiel die primitive Unterteilung des prächtigen, überwölbten Inneren der Kirche, obwohl sie mindestens ein Jahrhundert vor ihrer Geburt vollendet worden war, und als sie ihrer Schwester und ihrem Schwager durch das schmale Querschiff und die Überreste des Gangs folgte, legte sich ein vertrauter Sonntagstrübsinn über sie.

Molly, Jeannie und die Köchin gesellten sich pflichtschuldigst zum Strom der Dienstboten, der die hinteren Reihen der New Church besetzte, während Nicola hinter Grant und Charlotte zu der für Fremde reservierten Bank am Fuß der Kanzel ging.

Sie wusste, warum ihre Schwester darauf bestanden hatte, den Nachmittagsgottesdienst zu besuchen, und warum sie St. Giles der Tronkirche vorgezogen hatte. Ihr war nicht daran gelegen, die aufgeklärte Predigt des gut aussehenden, wenn auch mit einem übel riechenden Namen bedachten jungen Pfarrers, Mr. Smellie, zu hören; sie wollte sich direkt vor Papas Nase aufpflanzen, der daher gut vier Stunden den Anblick seiner älteren Tochter Seite an Seite mit ihrem schurkischen Ehemann würde ertragen und seine Wut darüber würde nähren müssen, dass die Natur so unfein gewesen war, Craigiehall ein Enkelkind zu präsentieren.

Es war natürlich Papas eigene Schuld, dass er Dr. Graythorn zum Graddan's Court geschickt hatte, um die Schwangerschaft zu bestätigen. Grant war über die Kühnheit Seiner Lordschaft eher erheitert denn verärgert gewesen. Zu dieser seiner Erheiterung hatte darüber hinaus ungemein beigetragen, dass Nicola in Leith Roderick über den Weg gelaufen war, und er hatte beträchtliches

Interesse an der Frage gezeigt, was sein bäuerlicher Bruder getrieben und welchen Eindruck er auf sie gemacht habe.

In der New Church gab es keine bekannten Gesichter; Nicola erkannte lediglich einige der Dekane, Stadtverordneten und Richter, die die Bänke mit den hohen Rückenlehnen besetzt hielten. In den nächstgelegenen Reihen plauderten Anwälte und Writer of the Signet begeistert miteinander, denn ihre Hingabe an theologische Angelegenheiten wurde nur von ihrer Liebe zur Selbstdarstellung übertroffen.

Sie sah ihrem Vater nicht in die Augen.

Stattdessen glättete sie die Röcke, faltete die Hände und bat den Herrn, ihr die Missetaten zu verzeihen und sie auf den Pfad der Erleuchtung zu führen. Dabei hielt sie den Kopf gesenkt, das Gesicht versteckt unter dem Rand ihrer Haube, bis eine Bewegung um sie herum das Eintreffen des Predigers und seines Bibelträgers anzeigte.

Und dann blickte sie auf.

Ihr Vater saß auf dem geschnitzten Stuhl und tat keineswegs so, als sähe er sie nicht. Sein unversöhnlicher Blick haftete auf ihr oder vielmehr auf Charlotte. Er starrte seine Töchter auch dann weiterhin an, nachdem der Bibelträger seine Aufgaben erledigt und der junge Mr. Smellie seinen Platz vor dem Altar eingenommen hatte und alle Kirchgänger sich für die Fürbitten erhoben. Er starrte sie während der feierlichen Intonierung an und weigerte sich, die Mädchen zu grüßen oder auf ihre Anwesenheit zu reagieren, selbst als Charlotte den Rücken durchdrückte, das Band ihres langen Mantels löste, die beiden rundlichen Hände auf den Bauch legte und nicht ohne Boshaftigkeit grinste.

Nicola hatte angenommen, dass er durch eine der zahlreichen Türen in den Mauern der alten Kathedrale verschwinden würde, aber so feige war er denn doch nicht. Er kam schließlich durch den Gang des nördlichen Querschiffs, wo Robertson allein wartete, da die übrigen Dienstboten Craigiehalls zurück zum Haus gescheucht worden waren. Molly lungerte dort ebenfalls herum, genau wie Jeannie, die nicht wusste, was sie sonst tun sollte, außerdem eine ganze Schar weiterer Dienstboten sowie Ehefrauen und Töchter, Pferde, Kutschen und Sänften.

Grant lehnte an der Säule neben der Treppe und plauderte mit einem anderen Anwalt, während Charlotte und Nicola nervös ein oder zwei Meter entfernt warteten. Der kleine Johnny Pritchard blieb stehen, um ihnen einen guten Tag zu wünschen, ebenso Lady Brancombe, und die Töchter eines Writers, dessen Namen Nicola vergessen hatte, verweilten lange genug, um ihre Bewunderung für Charlottes Hut und Nicolas Schuhe auszudrücken, bevor sie kichernd zu ihren Eltern davonliefen.

Nach dem langen Gottesdienst ging Papa sehr steifbeinig, sah aber sehr gut und würdevoll aus, dachte Nicola, obwohl seine altmodische französische Perücke merkwürdigerweise nicht zu seinem Charakter zu passen schien. Er verneigte sich bald in diese, bald in jene Richtung, ohne zu lächeln, dann kam er, gefolgt von Robertson, die Treppe herunter und baute sich vor seinen Töchtern auf.

»Darf ich dich zum Tee einladen, Papa?«, fragte Charlotte.

»Nein, darfst du nicht.«

»Es gibt Brown Bread und Mohnkuchen.«

»Dr. Graythorn hat mich davon in Kenntnis gesetzt, dass du ein Kind erwartest.«

»Nicht hier und jetzt, Papa«, sagte Charlotte mit erstaunlicher Kühnheit, wie Nicola fand. Es war gut über ein Jahr her, seit Charlotte und Papa ein Wort miteinander gewechselt hatten, und in dieser Zeit hatte sich, aus welchen Gründen auch immer, das Gleichgewicht zwischen ihnen verschoben. »Ich sehe der Mutterschaft gegen Ende des Monats Dezember entgegen.«

»Hm«, machte ihr Vater durch die Nase und schaute auf Nicola hinab. »Verstehe ich es recht, dass du nicht beabsichtigst, nach Hause zurückzukehren, womit ich Craigiehall meine, und dass du, bis deine Schwester entbunden hat, von Peters' Großzügigkeit abhängig bleiben willst?«

»Ich werde nicht nach Craigiehall zurückkehren«, antwortete Nicola, »und mich als Gegenleistung für einige Wagen Kohle mit Sir Charles de Morville verheiraten lassen.«

»Hast du von dem Zustand deiner Schwester gewusst, als du davongelaufen bist?«

»Nein, ich habe nichts davon gewusst«, sagte Nicola. »Aber da ich hier bin und sie mich freundlich aufgenommen haben, beabsichtige ich jetzt auch zu bleiben – zumindest bis Neujahr und wahrscheinlich darüber hinaus.«

»Du wirst also in diesem Sommer überhaupt nicht nach Ayrshire zurückkehren?«

»Nein. Es sei denn, wir werden auf anständige Weise eingeladen«, entgegnete Nicola.

»Wir?«, wiederholte ihr Vater.

»Charlotte und Grant sind ebenfalls Teil unserer Familie.«

»Dann ist es also eine Verschwörung?«

»Es ist keine Verschwörung, Sir«, bemerkte Grant, der nun hinter Seiner Lordschaft stand. »Wenn Sie jedoch beabsichtigen, von einer wahren Verschwörung zu erfahren, und es Ihnen widerstrebt, den Tee in meinem Haus einzunehmen, könnten Sie sich vielleicht dazu herablassen, ein kleines Stück mit mir gehen, sodass wir unter vier Augen reden können.«

»Warum sollte ich mit Ihnen irgendwo hingehen, Peters?«, fragte ihr Vater.

»Weil ich, Lord Craigiehall, Neuigkeiten für Sie habe.«

»Meine Töchter betreffend?«

»Nein, Sir. Ihren Nachbarn in Ayrshire betreffend.«

»Was hat mein Nachbar in Ayrshire mit Ihnen zu tun?«

»Absolut gar nichts«, erwiderte Grant. »Ich bin lediglich der Überbringer von Neuigkeiten.«

»Neuigkeiten zu welchem Thema?«

»Abbaurechte«, erwiderte Grant.

Nicola sah, wie ihr Vater sich versteifte und die Brauen hochzog. Er zögerte eine Sekunde lang, bevor er antwortete: »In diesem Fall *werde* ich ein kleines Stück mit Ihnen gehen, Mr. Peters.«

»Bring die Damen nach Hause, Molly, wenn du so gut sein willst!«, ordnete Grant an.

»Aye, Mr. Peters.«

»Sieh zu, dass der Tee aufgesetzt wird und bereit ist, denn ich habe Durst.«

»Aye, Mr. Peters. Werden wir lange auf Sie warten müssen, Sir?«

»Nein, nicht lange«, erwiderte Grant.

Gillon öffnete die Augen und betrachtete die Fratze, die aus dem Balken über seinem Bett hervordrang. Sie blickte mit einem bösartigen Grinsen auf ihn herab, als erbaute sie sich an seiner Empfindlichkeit. Er blinzelte ein Mal und dann noch ein Mal. Seine Augen waren so klebrig wie Eigelb. Das Gesicht, das sich aus der Maserung geformt hatte, verschwand nicht, aber in dem trostlosen Nachmittagslicht, das durch das ungeputzte Fenster fiel, nahm es eine teuflische Klarheit an. Gillon schloss die Augen und ließ den Kopf in das Polster sinken, das, wie er voller Ekel bemerkte, feucht war und säuerlich roch, wo er sich darüber erbrochen hatte. Stöhnend schwang er die Beine aus dem Bett und tastete nach dem Boden. Er wagte es nicht aufzuschauen, denn er wusste, dass das Gesicht im Dachbalken noch immer dort sein würde, eine Erinnerung an Albträume, die keine noch so große Menge an starken Getränken zerstreuen konnte. Träume von toten Männern, Indianern wie Franzosen, vor langer Zeit niedergemetzelt und begraben, jedoch nicht willens, still in ihren Gräbern liegen zu bleiben.

Während er so dasaß und die Arme schlaff zwischen den Knien herabhängen ließ, starrte er zu Boden und versuchte, sich daran zu erinnern, wie er, abgefüllt bis zum Rand mit Portwein und Brandy, vom Reprobates' Club nach Hause zurückgekommen war.

Da er keinen Kammerdiener hatte, der ihm aufwarten konnte, hatte er sich von den anderen Clubgenossen aus dem Gebiet des West Bow verabschiedet und – das fiel ihm nun wieder ein – ein Mädchen in den engen Gassen entdeckt, das mit ihm hatte gehen wollen. Er konnte sich nicht daran erinnern, wie sie geheißen oder wie sie ausgesehen hatte, nur dass ihre Schenkel warm an seinem Bauch gelegen hatten, dass ihr Haar nach Essig gerochen und dass er es ihr trotz seiner larmoyanten Stimmung ein oder zwei Mal gut besorgt hatte.

Während er nun teilnahmslos auf der Matratze saß, zog er sein Hemd hoch, betrachtete seine Männlichkeit und überzeugte sich davon, dass anscheinend alles in Ordnung war. Dann stolperte er zu dem Schrank, in dem er den Nachttopf aufbewahrte. Er erleichterte sich lautstark, ließ sich danach auf einen Stuhl fallen und schaute sich in der winzigen Dachkammer um.

Schuhe, Strümpfe, Wams und Kniehosen lagen auf dem Boden verstreut, wo er sie in der vergangenen Nacht hingeworfen hatte. Er griff sich sein Wams, tastete die Taschen ab und fand sie leer. Er pflückte seine Kniehosen vom Boden, steckte die Finger in die verborgene Tasche im Taillenbund und fand auch diese leer.

Nun stürzte er quer durch den Raum, zerrte seinen Paletot herab und durchstöberte die Taschen, wobei er sogar das Futter nach außen drehte. Nichts, nichts außer dem Pfropf einer Tabakspfeife und einem einzigen braunen Penny, der sich in der Stickerei verheddert hatte. Er schloss die Faust um den Penny und schleuderte den Paletot an die Wand.

Ausgeraubt! Dieses Miststück hatte ihn ausgeraubt. Sie hatte ihn seines Taschentuchs beraubt, seiner Schnupftabaksdose, seiner Uhr mitsamt der Uhrtasche sowie seines gesamten Bargelds.

Ein einziger Penny war alles, was ihm von seinen Ersparnissen geblieben war, nachdem er eine Woche lang fruchtlos um das Templeton-Mädchen geworben hatte, nachdem er seinen Anteil an der Rechnung im Club beglichen hatte, was ihn jetzt, da er darüber nachdachte, den fünften Teil von sechs Pfund gekostet hatte. Begonnen hatte er die Woche mit fast neun Pfund in der Tasche, und drei Pfund hatte er gespart, die er an einem Abend bei *Fortune's* setzen wollte; jetzt hatte er alles verloren.

Fluchend hockte er sich auf die Fersen.

Am Montag war seine Miete fällig. Mrs. McCracken würde ächzend die Treppe heraufkommen und mit einem gezierten Lächeln einen langen Vortrag über die Unbilden der Witwenschaft halten und die Notwendigkeit, Körper und Seele zusammenzuhalten, und dass sie so viele Schulden zu begleichen habe und ihm nicht einmal für eine Woche länger Kredit gewähren könne, obwohl es sie zutiefst bekümmere, dies zu sagen, und obwohl es ihren stämmigen Sohn Donald noch mehr bekümmern würde, falls er jemals davon hören sollte, was, wie Gillon aus Erfahrung wusste, einen Besuch von Donald bedeutete, bevor der Tag sich dem Ende geneigt hätte.

Die Mietzahlung, oder -nichtzahlung, war ein kleineres Problem. Er hatte darauf gebaut, genug zu gewinnen, um seine eilige Werbung um Craigiehalls Tochter fortzusetzen. Schade nur, dass Nicola Templeton kein geistig beschränktes Kind mit großen staunenden Augen war wie die meisten der vielversprechenden jungen Mädchen, die er umschmeichelte. Sie hatte so herzlich auf die Begegnung mit seinem bäuerlichen Bruder reagiert, dass er einen beängstigenden Verlust von Vertrauen in seine Fähigkeit verspürt hatte, ihr Sand in die Augen streuen zu können. Roddy hatte ihn schon immer eingeschüchtert, ebenso Grant, denn Gillon wusste, dass er es mit seinen Brüdern nicht aufnehmen konnte und einer Frau wenig zu bieten hatte, außer einem verblassten Ruf und einem munteren Ersatz für Liebe.

In der Teebüchse befand sich ein letzter Rest Tee. In der Keksdose lagen zwei altbackene Haferkekse, im Kessel stand ein Zoll Wasser, und im Kamin lagen einige wenige verkohlte Brocken, alles in allem vielleicht ausreichend für ein sehr frugales Frühstück. Er erwog, zum Graddan's Court zu gehen und bei Grant zu schnorren, aber er war noch nicht bereit, Nicola jetzt schon unter die Augen zu treten. Außerdem war es Sonntag, und dem Stand der Sonne nach zu urteilen, früher Nachmittag. Wenn Grant mit der Familie den Gottesdienst in Tron besuchte, würden sie frühestens um sechs zurückkehren.

Also ließ Gillon sich in seinem besudelten Hemd vor dem Kamin nieder, sortierte brauchbare Kohlen aus und suchte nach ein wenig Brennholz. Zu seiner Zeit hatte er Feuer mit weniger vielversprechenden Materialien entzündet, und aufgemuntert von diesem Gedanken, hatte er gerade seine Überlegungen darauf gerichtet, wie er sich aus seiner gegenwärtigen Zwangslage befreien könnte, als an der Tür ein gebieterisches Klopfen ertönte.

Voller Furcht, dass er einmal rund um die Uhr geschlafen haben könnte und Mrs. McCracken ihren Sohn bereits herbeigerufen hatte, um ihn auf die Straße zu setzen, krächzte er: »Wer da? Wer ist dort?«

»Richte ich das Wort an Lieutenant Gillon Peters, ehemals vom Königlichen Hoflandregiment?«

Gillon zögerte. »Wer will das wissen?«

»Spreche ich nun mit ihm oder nicht ...«

»Ja, ja, ich bin Gillon Peters.«

»Ich habe einen Brief für Sie, Sir.«

»Einen Brief?«, fragte Gillon argwöhnisch. »Schieben Sie ihn unter der Tür durch.«

»Das geht nicht, Sir«, sagte die Stimme. »Es wird eine Antwort benötigt.«

Also stopfte Gillon sich das Hemd zwischen die Schenkel, legte den Daumen auf den Riegel und öffnete die Tür einen Spaltbreit. »Verrate mir, von wem ist dieser Brief?«

»Lady Valerie Oliphant«, erwiderte der hochnäsige junge Lakai.

»Ich kann mir nicht vorstellen«, sagte Grant, einen Bissen Mohnkuchen im Mund, »dass es lange ein Geheimnis bleiben wird. Es würde mich nicht überraschen, wenn noch vor Ende des Monats eine Notiz im *Courant* erscheinen würde. In der Zwischenzeit wäre ich euch dankbar, wenn ihr außerhalb dieser vier Wände nichts davon erwähnen würdet.«

»Der Besitzer bleibt jedoch der große Unbekannte?«, fragte Nicola.

»Allerdings«, antwortete Grant. »Seinem Ärger nach zu urteilen – der zweifellos ungeheuchelt war –, weiß dein Vater nichts von dem Verkauf.«

»Er war also völlig außer sich?«, erkundigte sich Charlotte.

Grant nickte. »Völlig.«

»Und eilt unverzüglich nach Craigiehall zurück?«

»Das möchte ich bezweifeln«, erwiderte Grant. »Ich glaube, ich habe ihn davon überzeugt, dass mein Informant über jeden Zweifel erhaben und die Kutsche bereits abgefahren ist.«

»Das hat er *dir* geglaubt, ja?«, sagte Charlotte. »Dafür sollten wir wohl dankbar sein.«

»Ich möchte nicht zu viel da hineininterpretieren, meine Liebe«, wandte Grant ein. »Bestenfalls kann man sagen, dass dein Papa die Schuld nicht dem Boten gegeben hat, wie sehr er sich auch über die Botschaft selbst erregt haben mag.«

Charlotte hackte mit einem silbernen Dorn auf einen Zuckerklumpen ein und löffelte die Bröckchen in ihre Teetasse. »Natürlich war Mackenzie deine Quelle.«

»Dein Vater hat mich nicht danach gefragt, und ich habe es ihm nicht erzählt, aber er hat wohl erraten, dass Hercules am ehesten Wind von dem Verkauf bekommen hat.«

»Kohleabbau«, meinte Charlotte und schnalzte mit der Zunge. »Dieses ganze Theater um Kohleabbau! Ich weiß nicht, wohin es mit der Welt noch gehen wird.«

»Es gibt«, sagte Grant, »gewisse Gentlemen in der Gesellschaft, die fest davon überzeugt sind, dass Kohle in nicht allzu ferner Zukunft mehr wert sein wird als Gold.«

»Warum hat de Morville das Land verkauft und nicht einfach die Rechte verpachtet?«, fragte Nicola.

Grant zuckte die Schultern. »Vielleicht, um seinen Söhnen eins auszuwischen.«

»Vielleicht«, meinte Charlotte, »hat er sich so darüber aufgeregt, Nicola verloren zu haben, dass er beschlossen hat, sich die Sache vom Hals zu schaffen, und zwar nicht, um seinen Söhnen, sondern um Papa eins auszuwischen.«

»Oder er hat eine andere Ehefrau gefunden«, überlegte Nicola laut.

Charlotte setzte klirrend ihre Teetasse ab. »Oh, auf diesen Gedanken bin ich überhaupt nicht gekommen!«

»Eine Ehefrau, deren Vater genügend Kapital besitzt, um das Potenzial eines Kohlevorkommens auszubeuten«, sagte Nicola.

»Jetzt legst du aber ziemlich viel Fantasie an den Tag«, meinte Grant.

»Warum sonst sollte er verkaufen?«, fragte Charlotte.

»Wegen des Geldes«, antwortete Grant.

»Sir Charles gilt als einer der wohlhabendsten Männer in der Grafschaft Ayr«, wandte Nicola ein. »Warum braucht er Geld?«

»Um mehr Land zu kaufen«, sagte Grant.

»Mehr Land? Du meinst, noch ein weiteres Gut?«, hakte Nicola nach.

Grant nickte.

»Großer Gott!«, explodierte Charlotte. »Sprichst du von Craigiehall?«

Grant nickte abermals.

»Papa liebt Craigiehall. Er wird es niemals weggeben«, erklärte Charlotte. »Oh, Grant, glaubst du, er würde Craigiehall verkaufen, nur damit wir es nicht erben können?«

»Ich bezweifle, dass er derart verdreht ist«, entgegnete Grant. »Es geht jedoch das Gerücht – wirklich, es ist nicht mehr als Tratsch –, dass dein Vater bei der Kreditaufnahme an seine Grenzen gestoßen ist.«

»Unsinn!«, rief Charlotte. »Craigiehall besitzt ein Pachtbuch, um das die Hälfte der Gentlemen in Schottland Papa beneiden. Außerdem hat er seine Gerichtshonorare und offiziellen Einkünfte. Wie kann er da bankrott sein?«

»Ich habe nicht behauptet, dass er pleite sei«, beruhigte Grant sie gelassen.

»Mir gegenüber hat er so etwas angedeutet«, sagte Nicola.

»Wann?«, fragte Charlotte.

»Kurz nachdem ich de Morville abgewiesen hatte.«

»Warum hast du mir nichts davon erzählt?«

»Ich habe nicht viel darum gegeben«, erwiderte Nicola. »Ich habe angenommen, er übertreibt.«

Charlotte schüttelte den Kopf. »Ich kann nicht glauben, dass Papa arm ist.«

»Der Ausdruck ist natürlich relativ«, sagte Grant. »Beruhige dich, Charlotte! Dein Vater wäre nicht der erste Gentleman, der einen Teil seines Besitzes abgeben muss, um den Rest auf eine solide Basis zu stellen. Schau dir Lord Keppel zum Beispiel an, er ...«

»Ich schere mich nicht um Keppel«, unterbrach Charlotte ihn. »Craigiehall gehört mir, und ich will nicht, dass es zerschnitten wird wie ein Käse! Du weißt besser als ich, Grant, was geschieht, wenn ein Besitz aufgeteilt wird. Die besten Teile werden verkauft, und der Rest geht schnell vor die Hunde.«

»Nicht, wenn der Besitz gut verwaltet wird«, widersprach Grant.

»Nun, wenn du ihn verwalten würdest, mein Liebster«, sagte Charlotte, »würdest du gewiss dafür sorgen, dass er das Zehnfache abwirft.«

»Littlejohn ist ein guter Aufseher«, erklärte Grant. »Was Craigiehall fehlt, ist nicht Verwaltung, sondern Richtung.«

Nicola hatte das unbehagliche Gefühl, dass Grant und ihre Schwester schon viele Male über die Zukunft Craigiehalls gesprochen hatten. Bisher hatte sie keinen Gedanken daran verschwendet, was aus ihr werden und was die Zukunft vielleicht für sie bereithalten würde. Sie war davon ausgegangen, gut versorgt zu sein. Charlotte war jedoch nicht länger die törichte, unterwürfige junge Frau, die Craigiehall wegen einer glücklichen Ehe verlassen hatte. Sie war nicht Grant Peters' Schachfigur, sondern seine Partnerin in jedem Sinne des Wortes. Vielleicht, dachte Nicola, war die Einschätzung ihres Vaters von Grants Absichten zutreffender gewesen, als sie angenommen hatte, und möglicherweise hatte sie mit ihrer Flucht nach Edinburgh Grant Peters direkt in die Hände gespielt.

»Der Verkauf von de Morvilles Land an einen unbekannten

Käufer ist nicht so unbedeutend, wie du es dir vielleicht vorstellst, Charlotte«, erklärte Grant Peters. »Er könnte sich tatsächlich zu unseren Gunsten auswirken, wenn dein Vater dadurch gedrängt wird, seine Position zu überdenken. Er hat sich heute Nachmittag nicht abgewandt, hat dich nicht zurückgewiesen. Er hat hinreichendes Interesse an dem, was du in deinem Bauch trägst, um einen Arzt zu schicken, der dich untersucht, und er kann nicht gänzlich unzufrieden mit mir sein, dass ich ihm eine so wichtige Nachricht mitgeteilt habe. Verstehst du nicht, Liebste? Dein Vater wird sich noch weiter isolieren, wenn er überstürzt oder aus Verärgerung heraus handelt. Er hat niemanden, an den er sich wenden kann, nicht wahr?«

»Seine Cousine, nehme ich an«, sagte Charlotte.

»Diese Eremitin!«, erwiderte Grant. »Was kann sie ihm bieten?«

»Das ist wahr«, gab Charlotte zu. »Sie kann sich nicht einmal um ihre eigenen Angelegenheiten kümmern.«

»Es ist nur eine Frage der Zeit«, fuhr Grant fort, »bis dein Vater gezwungen wird, sich der Tatsache zu stellen, dass er niemanden hat, an den er sich gefahrlos wenden kann – niemanden außer uns.«

»Und Nicola natürlich«, bemerkte Charlotte.

»Ah, ja, natürlich«, erwiderte Grant und lehnte sich zurück. »Und Nicola.«

Es war alles sehr dramatisch, dachte Gillon, typisch für die Art, wie die Oliphants ihre Angelegenheiten handhabten; Sir Archie mochte man als hirnlosen Exzentriker abtun, aber Lady Valerie war gefährlich lästig. Er näherte sich der zweispännigen Kutsche vor den verschlossenen Toren des alten Friedhofs von St. Ninian's mit einiger Vorsicht. Der Uhr zufolge war noch immer früher Abend, aber dichter Nebel war vom Forth herbeigeweht, und das

Tageslicht verblasste schnell. Die Kutsche wirkte auf der leeren Straße wie eine Silhouette. Es war ein schnelles Gespann mit riesigen Rädern und hohem Bug und, so hatte er gehört, einem Kupferbeschlag, um die Fahrgäste vor Straßenräubern zu schützen. Auf dem Tritt standen jedoch keine Lakaien, und der Fahrer hob auch nicht den Kopf, als Gillon bei den Schlachthöfen herauskam, nervös nach links und rechts schaute und auf das Gefährt zuging.

Die Kutschenlaternen brannten nicht. Die Fenster waren mit gerüschtem Samt verhangen. Nichts regte sich, weder in der Kutsche noch draußen, nichts bis auf den Arm des Kutschers, als er mit dem unteren Ende seiner Peitsche auf das Dach klopfte.

Die Tür der Kutsche schwang auf.

Eine behandschuhte Hand winkte ihn herein.

Dritter Akt, vierte Szene von *The Elopement,* aufgeführt von Didiers Ensemble im Theatre Royal in der vergangenen Saison, dachte Gillon. Dann schüttelte er kläglich den Kopf und kletterte in die Kutsche der Oliphants, wo Lady Valerie auf ihn wartete, ohne Magd und natürlich ohne Gatten.

Sie hatte sich in eine Ecke gedrückt und ihren pelzbesetzten Mantel hochgezogen, um ihr Gesicht zu verbergen, als fürchtete sie, er könne in Raserei verfallen, wenn sie ihm ihre volle Schönheit zeigte. Er hatte natürlich schon früher mit ihr zu tun gehabt, eine einzige aufreibende Begegnung im Garten eines Austernsalons in der Nähe des Fleshmarket, als sie nach einem langen Abend am Kartentisch beide erhitzt und erregt gewesen waren. Am Kartentisch waren sie sich seither noch mehrere Male begegnet, aber zu seiner Enttäuschung schien es, dass einmal genug für Ihre Ladyschaft war, die jüngere, weniger schwatzhafte Gentlemen bevorzugte.

»Madam«, sagte Gillon mit gesenkter Stimme, »Sie haben nach mir geschickt.«

»Sind Sie allein gekommen?«

»Ja.«

»Niemand ist Ihnen gefolgt?«

»Nein, ich bin jedweder Verfolgung ausgewichen.«

»Gut«, erklärte sie. »Glänzend. Man darf uns nicht zusammen sehen.«

»Wirklich?«, fragte Gillon. »Warum nicht?«

»Ich brauche Sie.«

»Ach ja?«, entgegnete Gillon.

Sie ließ den Umhang sinken und zupfte ein Stückchen Fell mit der Fingerspitze von der Zunge. In einer Schale auf einem Regalbrett über ihrem Kopf trieb eine kleine, flache Kerze, in deren Licht er gerade noch ihre glitzernden Augen und ihre glänzenden Lippen erkennen konnte. Sie sah um zehn Jahre jünger aus und beinahe begehrenswert. Er hatte jedoch den ganzen Tag über lediglich zwei altbackene Haferkekse gegessen und befürchtete, dass ein Knurren in seinen Eingeweiden die Stimmung vielleicht zerstören und diese Tatsache verraten könnte.

»Wie viel ist an der Geschichte, dass die Frau Ihres Bruders ein Kind erwartet?«

Vollkommen verblüfft zögerte Gillon. »Ja, Charlotte ist … ah … guter Hoffnung.«

»Ihr Bruder ist der Vater, nicht wahr?«

»Was?«, murmelte Gillon. »Ja, natürlich. Warum fragen Sie?«

»Ich dachte, vielleicht hätten Sie Ihren Samen ganz unbescheiden verstreut.«

»Charlotte ist der Inbegriff der Standhaftigkeit«, erwiderte Gillon, »und ich habe durchaus genug Feingefühl, um nicht die frisch gebackene Ehefrau meines Bruders zu verführen.«

»Papperlapapp! Wir sind beide weltgewandt genug, um zu wissen, dass so etwas selbst Damen von hoher Gesinnung aus ehrenwerten Familien widerfährt. Und Ihnen, mein lieber Lieutenant Peters, mangelt es weder an Überzeugungskraft noch an Charme.«

»Grant ist der Vater, daran besteht kein Zweifel.«

»Was ist mit dem anderen Mädchen, der jüngeren Tochter – Nicola, nicht wahr?«

»Was soll mit ihr sein?«

»Ist sie schon Ihren Schlichen erlegen?«

»Meinen Schlichen?«, wiederholte Gillon. »Miss Templeton – die jüngere Schwester – ist Gast im Haus meines Bruders. Mir wurde die Aufgabe zugewiesen, mich um ihr Wohlergehen zu kümmern, wenn mein Bruder bei Gericht zu tun hat.«

Lady Valerie kicherte verschlagen. »Glauben Sie, dass es im Sinne ihres Wohlergehens ist, wenn Sie sie zu Lucky Findlater am Ufer in Leith bringen?«

»Ha!«, sagte Gillon. »Man hat mich entdeckt, ja?«

»Angesichts der Tatsache, dass Sie sie in der Stadt herumgeführt haben und dass Spieler noch mehr zu Tratsch neigen als Fischweiber, überrascht es Sie da, dass die Kunde von Ihren Tändeleien an meine Ohren gedrungen ist?«

»Wahrscheinlich nicht«, erwiderte Gillon. »Dennoch verstehe ich nicht, warum Ihre Ladyschaft sich für mich oder meine Familie interessiert.«

»Nicht für Sie«, sagte Lady Valerie, »auch nicht für Ihre Familie.«

»Warum haben Sie mich dann hierhergeholt?«

»Wollen wir sagen, um Ihren Eifer auf die Probe zu stellen?«

Gillon war sich ganz und gar nicht sicher, ob er einer Prüfung seines Eifers gewachsen war. Er erinnerte sich nur allzu lebhaft daran, wie gierig Lady Oliphant im Garten hinter dem Austernrestaurant gewesen war und welche Schmerzen er noch Tage danach verspürt hatte. Er schwankte, hin- und hergerissen zwischen dem Wunsch, diesem einflussreichen Drachen zu gefallen, und der Furcht, dass er mit der Situation nicht fertig werden konnte.

Sie kicherte abermals, sehr leise diesmal. »Ich habe Sie oft genug an den Tischen beobachtet, um zu dem Schluss zu gelangen, dass Sie nichts dagegen haben, Risiken einzugehen.« Sie warf den Umhang beiseite, und er sah, dass sie darunter nicht, wie es sich für den Sonntag gehörte, nüchterne, graue Seide trug, sondern ein feines Reitgewand in einer Farbe, die zu ihren Augen passte. »Haben Sie jemals mit Lord Craigiehall Whist gespielt?«

»Seine Lordschaft und ich bewegen uns nicht in denselben Kreisen«, erwiderte Gillon. »Er spielt nur in vornehmer Gesellschaft, wie ich gehört habe, und manchmal bei formellen Winterversammlungen.«

»Dann kennen Sie ihn also nicht besonders gut?«

»Ich kenne ihn überhaupt nicht«, antwortete Gillon.

»Und doch ist Ihr Bruder mit seiner älteren Tochter verheiratet«, sagte Lady Valerie, »und allem Anschein nach umwerben Sie die jüngere.«

»Ich umwerbe sie nicht ...«

»Lassen wir das dahingestellt sein«, unterbrach Lady Valerie. »Sie und Ihr Bruder, wollen Sie sich nicht durch die Verbindung mit den Töchtern Seiner Lordschaft einen Zugriff auf Craigiehall sichern?«

»Ich kann daran nichts Unehrenhaftes entdecken«, entgegnete Gillon. »Liebe ist schließlich der große Gleichmacher.«

»Liebe – ha!«, sagte Lady Valerie. »*Heirat* ist der große Gleichmacher.«

Gillon räusperte sich. »Dann heiratet man also nicht aus Liebe?«

»Einige Frauen vielleicht. Einige törichte Frauen«, erwiderte Lady Valerie. »Und, so nehme ich an, auch einige schwache und törichte Männer. Aber jene von uns, die von überragenderen Leidenschaften beherrscht werden, achten darauf, nicht von Amors vergiftetem Pfeil getroffen zu werden. Sind Sie in Nicola Templeton verliebt, Lieutenant?«

»Ich ... ich bewundere sie sehr.«

»Ist sie in Sie verliebt?«

»Ich bin optimistisch, dass ihre Gefühle sich vielleicht in diese Richtung neigen.«

»Wie weit wird sie sich neigen müssen, bevor sie fällt?«, wollte Lady Valerie wissen.

»Wenn ich eine Tugend besitze, dann ist es Geduld«, sagte Gillon überzeugt.

»Sie können es sich nicht leisten, Geduld zu haben, lieber Gillon, nicht, wenn die Frau Ihres Bruders bereits schwanger ist. Setzen Sie darauf, dass sie eine Tochter zur Welt bringen wird?«

»Ich habe nur sehr wenig darüber nachgedacht.«

»Papperlapapp!«, entgegnete Lady Valerie. »Papperlapapp! Ich wette, Sie haben an kaum etwas anderes gedacht, seit Ihr Bruder die Führung übernommen hat.«

»Selbst wenn das der Fall wäre«, meinte Gillon, »verstehe ich nicht, was das Sie angeht, Lady Valerie. Ich habe Lord Craigiehall für Ihren Freund gehalten.«

»Das ist er auch«, bestätigte die Frau, »in gewisser Weise.«

»Er hat Sie gebeten, sich um seinetwillen einzuschalten?«

»Mich einzuschalten? Oh«, sagte sie, »um Sie daran zu hindern, seine jüngere Tochter zu umwerben? Nein, nein, mein lieber Lieutenant, das ist nicht der Grund, warum ich dieses Treffen arrangiert habe. Tatsächlich bin ich hier, um Ihnen zu helfen.«

»Um was zu tun?«, erkundigte sich Gillon.

»Ihr Ziel zu erreichen.«

Und da beugte Gillon sich vor und fragte: »Wie?«

TEIL 2

DIE PERFEKTE BRAUT

Kapitel 8

Draußen in den ländlichen Gerichtsbezirken paradierten die ernannten Lords of Session nach wie vor durch die Straßen, um die Macht des Gesetzes zu demonstrieren und in allem Pomp die großzügige Gastfreundschaft ihrer provinziellen Gastgeber zu erwidern. In der Hauptstadt hingegen waren die Feierlichkeiten, die einmal die Eröffnung der Gerichtssaison begleitet hatten, drastisch zusammengestrichen worden. Das Ereignis wurde jetzt lediglich durch eine zwielichtige Versammlung von Peers und Richtern in wallenden Roben und Allongeperücken begangen, die in die prunkvolle Halle schlurften, wo einst das schottische Parlament zusammengekommen war, bevor durch die Union of Crowns, die Vereinigung der Kronen, die Macht nach London verlagert wurde. Unendlich ermüdende Gebete und Proklamationen wurden schnell vom juristischen Tagesgeschäft abgelöst.

Jene unglücklichen Anwälte, die derzeit keine Fälle hatten, klapperten die Promenaden und Wartezimmer in der Hoffnung ab, dass ein freundlicher Vermittler ihnen ein wenig Arbeit zuschanzen möge. Grant Peters hatte das jedoch nicht nötig. Er hatte mehr als genug Fälle zu bearbeiten. Keiner war von besonderer Bedeutung, und er erwartete nicht, dass man ihn anweisen würde, seine Argumente mündlich vorzutragen. Heutzutage wurde alles schriftlich erledigt, und den größten Teil seiner Zeit verbrachte er damit, Petitionen zu schreiben oder zu diktieren, während Somerville, sein Sekretär, unter der Last von Memoranden, Vertragsabsprachen, Eingaben und Antworten, die an den Richter weitergeleitet werden mussten, fast zusammenbrach.

Zufällig war Craigiehall für die erste Woche der Saison zum Lord Ordinary ernannt worden. Als er in die Halle spähte, sah Grant ihn, majestätisch in Perücke und Robe, auf einem Stuhl sitzen, dem einstigen Thron des Herrschers.

Auf langen Eichentischen wurden ihm Petitionen vorgelegt, und die Gerichtsschreiber tanzten wie Affen umher, während Seine Lordschaft mit Stempel, Siegel und Unterschrift die Arbeiten des Morgens erledigte.

Grant wollte gerade aus der Halle schlüpfen, als Lord Craigiehall ihn zu seiner Überraschung beim Namen rief und Mr. Leonard, Seiner Lordschaft oberster Sekretär, sich wie ein Wiesel durch das Labyrinth der Dokumente wand und an ihn herantrat.

»Seine Lordschaft wünscht Sie zu sprechen.«

»Was?«, fragte Grant. »Sofort?«

»Aye, Mr. Peters. Sofort.«

Grant folgte dem kleinen Mann zwischen Bänken und Tischen hindurch, während die Gerichtsschreiber in ihrem Tun innehielten, um diese seltsame Wendung der Ereignisse zu beobachten.

Neugierig, aber nicht eingeschüchtert kam Grant zu der Stufe, die den Richter etwa dreißig Zentimeter über den Boden erhob. Er schaute zu seinem Schwiegervater auf, der seine Robe raffte, seine gewaltige Perücke mit einer Hand gerade rückte, sich tief vorbeugte und mit einer Stimme, die kaum lauter war als ein Flüstern, fragte: »Was gibt es Neues, Peters?«

»Es gibt keine weiteren Neuigkeiten, Euer Lordschaft. Charlotte ist wohlauf, und Nicola ...«

»Aus Ayrshire, meine ich. Neuigkeiten von de Morvilles Transaktion.«

»Nichts, Sir, kein Wort.«

»Hat Mackenzie nichts gehört?«

»Nichts, Euer Lordschaft.«

»Wissen Sie das ganz sicher?«

»So sicher ich mir nur sein kann, Sir«, antwortete Grant. »Was ist mit Ihrem Aufseher, Mr. Littlejohn? Sind ihm keine Gerüchte zu Ohren gekommen?«

»Es scheint, dass dieser Anwalt in Galston verschlossener ist als eine Auster«, erwiderte Seine Lordschaft. »Er lässt nicht durchblicken, wer seine Mandanten sind.«

»Man kann ihn nicht dazu zwingen, Sir.«

»Nein, das kann man nicht; noch kann man ihn anscheinend bestechen.«

»Bestechen?«, fragte Grant, lauter, als er beabsichtigt hatte.

»›Bewegen‹ ist vielleicht ein besserer Ausdruck«, meinte Lord Craigiehall. »Wie dem auch sei, Littlejohn hatte keinen Erfolg. Werden Sie hingehen? Werden Sie diesen Bunting befragen und herausfinden, was zum Teufel da vorgeht?«

»Ich bin nicht frei, Euer Lordschaft. Ich habe vier Petitionen vor ...«

»Somerville kann sich für ein oder zwei Tage darum kümmern, nicht wahr?«, bemerkte Lord Craigiehall. »Wenn Sie wünschen, werde ich Sie für Ihre Tätigkeit in meinem Namen bezahlen.«

»Nein, Euer Lordschaft«, lehnte Grant ab. »Eine Bezahlung wird nicht notwendig sein.«

»Aber werden Sie es tun? Sie werden hinfahren?«

»Wenn Euer Lordschaft darauf bestehen«, sagte Grant, »werde ich es tun.«

»Bald?«, hakte Craigiehall nach.

»Ich breche noch heute Nachmittag auf«, antwortete Grant.

»Nun, mein Lieber«, sagte Charlotte und richtete sich im Bett auf, »das ist gewiss ein Schritt in die richtige Richtung. Es scheint, als begänne mein Vater, dir zu vertrauen.«

»Es ist nicht so, als vertraute er mir mehr«, erwiderte Grant. »Vielmehr vertraut er allen anderen noch weniger.«

»Ich bin mir nicht sicher, ob ich das verstehe«, meinte Charlotte.

An diesem Dienstagmorgen hatte Nicola lange geschlafen. Da Gillon sie jetzt fallen gelassen hatte – sie hatte ihn seit fast zwei Wochen nicht mehr zu Gesicht bekommen –, bestand für sie kein Grund, das Bett zum Morgengrauen zu verlassen. Noch immer mit einem Morgenmantel bekleidet, hatte sie müßig bei einem späten Frühstück in Charlottes Zimmer gesessen, als Grant hereingeplatzt war, um ihnen die Neuigkeit zu eröffnen, dass Papa ihn mit der Aufgabe betraut habe, eine dringende persönliche Angelegenheit für ihn zu erledigen.

»Es bedeutet«, erklärte Grant, »dass ich jetzt ins Gefecht geworfen werde, da Hugh Littlejohn keine Informationen über den Verkauf des Kohlefeldes erlangen und wohl den Anwalt in Galston auch nicht bestechen konnte.«

»Warum du?«, wollte Charlotte wissen. »Warum nicht zum Beispiel Robertson oder …«

»Weil Grant Anwalt ist«, warf Nicola ein, »ein Anwalt aus Edinburgh und obendrein ein Verwandter, und weil er deshalb vielleicht den Burschen in Galston auf eine Weise einschüchtern kann, wie ein Diener das nicht zuwege brächte.«

»Jetzt hast du mich vollkommen verwirrt«, beklagte sich Charlotte. »Wie lange wirst du fort sein, Liebster?«

»Drei oder vier Tage«, antwortete Grant.

»Was ist mit deinen Mandanten?«, erkundigte Charlotte sich.

»Dein Vater wird seine Zwischenbescheide Somerville übermitteln, und Somerville wird die Informationen über Mr. Mackenzie an die Mandanten weiterleiten. Dein Vater wird überdies dafür sorgen, dass ich nicht aufgefordert werde, persönlich einen Fall vorzutragen.« Grant setzte sich an den Kartentisch und nahm sich einen Muffin. »Ich breche heute Nachmittag auf und fahre direkt nach Ayr und von dort aus weiter nach Galston. Ich mache bei Bunting einen Termin für Donnerstagmorgen und kehre am Freitag mit dem Flyer zurück.«

»Willst du nicht nach Glasgow fahren?«, fragte Nicola.

»Nach Glasgow?«, wiederholte Grant. »Warum sollte ich nach Glasgow fahren wollen?«

»Hat die Firma nicht dort ihre Büros?«, wollte Nicola wissen.

Grant hielt inne, seinen Muffin ein oder zwei Zentimeter vor den Lippen, und sah verblüfft aus.

»Es gibt keine Büros, nur eine Art Hütte«, sagte er.

»Bist du dir dessen sicher?«, hakte Nicola nach.

»Nun, Hercules hat mir erzählt ...«

»Wie lange ist das her?«, unterbrach Nicola ihn. »Fast vierzehn Tage, nicht wahr? Da hat der Käufer sein Personal vielleicht inzwischen beisammen.«

»Was verstehst du von Personalangelegenheiten?«, fragte Charlotte gereizt.

»Wenn Papa Grant diese Sache anvertraut hat, erwartet er, dass Grant gründlich ist, das weiß ich genau«, erwiderte Nicola. »Wenn der Anwalt in Galston sich weiterhin stur zeigt, dann wird Grant nichts zu berichten haben. Müsste ich die Sache handhaben ...«

»Glücklicherweise musst du die Sache nicht handhaben«, fiel Charlotte ihr ins Wort. »Und jetzt sei still.«

»Nein«, sagte Grant. »Lass sie weitersprechen. Was würdest du tun, Nicola?«

»Ich würde zuerst nach Glasgow fahren und diese ... diese Hütte inspizieren und nachsehen, ob da irgendwas vor sich geht. Dann würde ich nach Kirkton fahren, mir in Mr. Jacksons Mietstall ein Pferd leihen und an dem bewaldeten Hügel entlangreiten, von dem aus man einen Blick auf den nördlichen Teil von de Morvilles Besitz hat.«

»Du würdest unbefugt sein Land betreten?«, fragte Charlotte.

»Der Hügel beginnt auf Craigiehall, und dort gibt es keinen Grenzzaun. Selbst ohne ein Fernglas kann man vom Wald aus das Kohlefeld deutlich erkennen.«

»Woher weißt du das?«, erkundigte sich Grant.

»Ich bin mit Molly dort gewesen.«

»Und mit einem Fernglas?«, hakte Grant nach.

»Nein, für ein Picknick.«

»Und wo, wenn du mir das bitte verraten möchtest, war ich zu der Zeit?«, wollte Charlotte wissen.

»Hier in Edinburgh.«

»Wann hat dieses Picknick stattgefunden?«, fragte Grant.

»Im vergangenen Herbst, an einem wunderschönen Tag im September.«

»Dann weißt du also, wie der Abbau aussieht?«, erkundigte Grant sich.

»Ja«, bestätigte Nicola. »Es gibt herzlich wenig zu sehen, bis auf einige Wagen und einen sehr kurzen, hölzernen Steg, der nie fertiggestellt wurde.«

»Inzwischen könnte es jedoch mehr zu sehen geben«, meinte Grant.

»Du könntest eine Nacht in Craigiehall verbringen«, schlug Nicola vor.

»Gütiger Himmel!«, rief Charlotte. »Wenn er das tut, wird Papa einen Anfall bekommen.«

»Nicht, wenn ich ebenfalls dort bin«, sagte Nicola. »In meiner Begleitung wird man ihn auf Craigiehall willkommen heißen. Würdest du Craigiehall nicht gern wiedersehen, Grant?«

»Ja. Allerdings«, sagte Grant.

Er legte seinen Muffin unangerührt zurück auf den Teller und stand auf.

Charlotte hievte sich aus den Polstern hoch und rang die Hände. »Soll ich allein hier zurückbleiben, während du mit meiner Schwester durchs Land gondelst?«

»Du bist schon früher allein hier zurückgeblieben. Wenn ich einen Fall in Perth verhandle«, sagte Grant, »kannst du tagelang ohne mich überleben. Außerdem wird sich Molly um dich kümmern.«

»In meinem Zustand? Was ist, wenn Räuber ...«

»Wir leben nicht auf der Straße«, fiel Grant ihr schroff ins Wort. »Molly wird – ganz zu schweigen von der Stadtwache – sich um jedwede Räuber kümmern, die zufällig unsere Treppe hinaufsteigen. Räuber!« Er schüttelte den Kopf. »Hör mal, Charlotte, diese Gelegenheit ist zu gut, um sie ungenutzt verstreichen zu lassen, und Nicola hat mir die Augen für die Vorteile geöffnet, die es hätte, wenn ich sie mitnehme.«

»Ohne eine Anstandsdame?«, fragte Charlotte.

»Sie ist meine Schwägerin«, erklärte Grant.

»Trotzdem ist sie ein junges, unverheiratetes Mädchen, und ...«

»Vertraust du mir nicht, Charlotte?«, unterbrach Grant sie.

»Nun, ich ... ja, ich ...«

»Dann wäre das also geregelt.« Er klopfte Nicola auf die Schulter. »Lass Molly einen Koffer packen! Wir werden heute Mittag nach Glasgow aufbrechen.«

Lady Valerie hatte ihm eine Guinee angeboten, und Gillon hatte angenommen und damit sozusagen seine Seele für mehr verkauft, als sie wert war. Mit einem ordentlichen Abendessen im Bauch hatte er in jener Nacht gut geschlafen und war am Montag aufgestanden, hatte Mrs. McCracken auf der obersten Treppenstufe gegrüßt und seine Miete bezahlt, woraufhin er sich auf den Weg zum *Nine-Headed Eel* gemacht hatte, um seinen kleinen Glücksfall in ein ordentliches Arbeitskapital zu verwandeln.

Es war keine leichte Aufgabe, Geld an den Spieltischen anzuhäufen, aber für beinahe zwei Wochen hatte er die kühne Seite seiner Natur gezügelt und nicht nur Klugheit walten lassen, sondern auch Geschicklichkeit. An einem Abend beim Pokerspiel war er Gast bei den Offizieren des fünfundzwanzigsten Infanterieregiments in Mr. Walkers Taverne auf der Royal Mile gewesen und hatte ihnen die Hosen so gründlich ausgezogen, dass sie, nur halb im Scherz, damit gedroht hatten, ihn verhaften und in Eisen legen zu lassen.

Währenddessen hatte er sich von Graddan's Court ferngehalten und zu seiner Überraschung festgestellt, dass er das hübsche Gesicht der jungen Miss Templeton einigermaßen vermisste. Daher war er eher zahm als keck, als er an der Tür zu Grants Wohnräumen erschien, um mit seiner Werbung von Neuem zu beginnen.

»Weggefahren?«, fragte er. »Wohin?«

»Nach Ayrshire«, antwortete Charlotte.

Gillon tastete nach einem Stuhl. »Ich hätte nicht wegbleiben sollen, ohne ein Wort über meine Absichten zu verlieren. Warum hat sie nicht auf mich gewartet? Ich nehme an, sie ist nach Hause gefahren, um ein gebrochenes Herz zu pflegen.«

»Du schmeichelst dir, Gillon«, entgegnete Charlotte. »Sie ist mit Grant gefahren, um eine Angelegenheit für meinen Papa zu erledigen.«

»Mit Grant?«, wiederholte Gillon. »Nach Craigiehall?«

»Ja«, bestätigte Charlotte. »Nach Craigiehall, unter anderem. Wo hast du dich während der letzten Wochen versteckt?«

»Ich musste mich um eigene Angelegenheiten kümmern«, erwiderte Gillon. »Hat dein Vater Grant verziehen, dass er dich gestohlen hat?«

Charlotte schüttelte den Kopf. »Nur zum Teil, und obendrein zu einem kleinen Teil.«

»Welcher Natur ist die Angelegenheit, die der Aufmerksamkeit meines Bruders bedarf?«

»Das darf ich nicht sagen«, gab Charlotte zur Antwort. »Es ist eine Familienangelegenheit, die dich nichts angeht.«

»Geht sie Lord Craigiehall etwas an?«

»Habe ich das nicht gesagt?«

»Sie hat mit dem Besitz zu tun?«

»Vielleicht.«

Sie saßen im Salon. Die Sonne fiel durch das Fenster und erhellte den Raum. Staubflöckchen schwebten in der Luft. Charlotte hatte den Tee früh am Nachmittag genommen. Das Teegeschirr stand noch auf dem Tisch, und in Charlottes Mundwinkel klebten Krümel. Gillon verspürte einen beinahe überwältigenden Drang, sein Taschentuch hervorzuziehen und die Krümel wegzuwischen, doch er lehnte sich auf dem Stuhl zurück und schob die Fäuste unter die Achseln. Er hatte sein bestes Hemd reinigen lassen und mit Gin die Flecken von seinen Kniehosen entfernt. Er hatte sogar einen Barbier gerufen, der ihn rasiert und der ihm das Haar geschnitten hatte, und er war davon überzeugt, nie besser ausgesehen zu haben.

»Es muss sehr hart für dich sein, meine Liebe«, bemerkte er.

»Hart?«, fragte Charlotte. »Wie meinst du das?«

»Ich meine, in deinem Zustand allein gelassen zu werden, während mein Bruder mit deiner hübschen kleinen Schwester durchs Land reist.«

»Ja«, bestätigte Charlotte, »es ist hart.«

»Ziemlich rücksichtslos von Grant, wenn du mich fragst.«

»Es ist eine Gelegenheit, die wir nicht ungenutzt lassen können.«

»Trotzdem«, wandte Gillon ein, »wenn du meine Frau wärst ...« Er hielt inne.

»Wenn ich deine Frau wäre, was ich Gott sei Dank nicht bin, was würdest du dann tun?«

»Ich würde dich nicht allein lassen, nicht eine einzige Minute, aus keinem Grund.«

Charlotte bemühte sich, herablassend zu bleiben, doch der Anflug eines Lächelns deutete an, dass die Schmeichelei sich ausgezahlt hatte. Er sah, wie sie auf dem Stuhl hin- und herrutschte, und fuhr glatt weiter: »Wenn ich dein Ehemann wäre, könnte ich keine Nacht schlafen, ohne dich in den Armen zu halten.«

»Ich glaube, jetzt bist du zu weit gegangen, Gillon«, sagte Charlotte mit einem Tonfall, der andeutete, dass er noch nicht weit genug gegangen war. »Das ist eine höchst ungehörige Bemerkung einer verheirateten Dame gegenüber. Außerdem, hast du nicht ein Auge auf Nicola geworfen?«

»Wenn es so ist«, erwiderte Gillon, »dann nur, weil die Schwester, die ich wahrhaft begehre, bereits von meinem Bruder für sich gefordert wurde.«

»Gillon Peters! Also wirklich!«

Sie errötete, und bevor sie weiter protestieren konnte, erhob er sich von seinem Stuhl, zog sein Taschentuch hervor – das glücklicherweise makellos war –, beugte sich über den Teetisch und tupfte ihr die Krümel von den Lippen.

Sie schaute zu ihm auf, erschrocken und flehentlich.

Er beugte sich noch tiefer über sie und küsste sie. Dann kitzelte er die weichen Härchen in ihrem Nacken. Sie erschauerte wie ein Hund, der sich das Wasser aus dem Fell schüttelt. Danach zog er sich zurück und blies die Wangen auf, als hätte der Kuss auch sein Blut in Wallung gebracht, stopfte das Taschentuch in seine Tasche und trat wie ein ehrenwerter Gentleman ans Fenster, damit sie Zeit hätte, den unerwarteten Augenblick der Intimität auszukosten und sich davon zu erholen.

»Charlotte«, begann er, ohne sich vom Fenster umzudrehen,

»die Umstände, die uns voneinander fern halten, sind eherne Türen und können leider nicht zerbrochen werden. Du sollst jedoch verstehen, dass ich meinen Bruder nicht um die Ländereien von Craigiehall beneide, die dein Vater ihm überlassen will. Worum ich ihn beneide …«, er hielt inne und drehte sich um, »… das bist du.«

»Oh, Gillon!«

»Ich mag mich dafür entscheiden, mein Leben Nicola zu schenken, falls sie mich haben will, aber ich kann ihr niemals mein Herz schenken, zumindest nicht mein ganzes Herz. Ein spezieller Teil davon wird immer dir vorbehalten sein.«

»Oh, Gillon, Liebster!«

»Da, das Wort ist gefallen! Ich werde es nie wieder erwähnen.«

Er kehrte vom Fenster zurück und stellte sich hinter sie, sodass sie gezwungen war, sich ein wenig zu drehen, um zu ihm aufzuschauen. Ihre Wangen waren dunkelrot, ihre Augen feucht. Er machte Anstalten, als wollte er sie berühren, dann hielt er sich zurück.

»Oh, Gillon, ich hatte ja keine Ahnung, dass du so für mich empfindest«, sagte Charlotte. »Es … es tut mir leid, so leid für dich … wie du leidest.«

»Ich habe mich mit der Situation abgefunden«, erwiderte er und fügte hastig hinzu: »Nicht dass es deshalb leichter würde, sie zu ertragen. Vielleicht sollte ich besser gehen, bevor ich mich vergesse.«

»Nein!«, protestierte sie. »Bleib bei mir, bitte. Ich werde nach frischem Tee läuten, und wir … wir werden plaudern.«

»Wenn das dein Wunsch ist, Charlotte.« Gillon zog sich einen Stuhl heran. »Worüber werden wir plaudern? Über das Wetter? Den Zustand der Nation? Alles, ich flehe dich an, nur nicht über das Geheimnis, das wir miteinander teilen.«

Sie schaute auf ihren Schoß hinab. »Ich ... ich weiß es nicht.«

»Nun«, sagte er, so unterwürfig wie möglich, »nur um einen Anfang zu machen – warum erzählst du mir nicht, wohin Nicola gefahren ist, wann sie zurückkehren wird und was um alles in der Welt sie mit Grant auf Craigiehall tut.«

»Ja«, antwortete Charlotte mit einem Seufzer, »ja, warum nicht?« Und binnen einer Stunde hatte sie ihm alles erzählt, was er und Lady Oliphant über die Leidenschaft ihres Vaters für Kohlefelder wissen mussten, und eine Menge mehr obendrein.

Der Nachmittag ging in den Abend über. Die Kutsche, beladen mit Passagieren und Gepäck, holperte ohne Unterlass durch eine Reihe kleiner Städte und Dörfer. Geschäftsleute und Damen von zweifelhaftem Ruf saßen Schulter an Schulter mit ordinären Händlern. Einer davon ließ sich in einem Dialekt, der zu kehlig war, um ihn verstehen zu können, über seinen finanziellen Wert aus. Ein kleines Mädchen, nicht älter als zehn, das nach einem Aufenthalt bei einer Tante in Edinburgh nach Glasgow zurückkehrte, plauderte fröhlich mit Nicola, bis seine Amme – oder war es seine Gouvernante? – es anfuhr, es solle den Mund halten. Irgendwann schlief das Kind ein, und kurz danach nickte auch Nicola ein, den Kopf an Grants Schulter gebettet. Als sie erwachte, war das Licht des Tages erloschen, sie hatten grüne Felder und Hecken hinter sich gelassen, und die Kutsche rollte durch eine Hölle aus schwärzlichen Mietskasernen.

Nicola spähte durch das Fenster in die Düsternis, während eine Reihe klösterlich aussehender Gebäude vorbeizog und das Gefährt sich so heftig neigte, dass die Passagiere durchgeschüttelt wurden wie Würfel in einem Becher.

Das Mädchen, aufgeschreckt aus seinem Schlummer, kreischte laut auf.

»Es ist die Bell o' the Brae, das ist alles«, erklärte die Amme der Kleinen. »Setz dich gerade hin und richte deine Kleider. Wir werden bald zu Hause sein.« Und einige Minuten später durchbrach das Horn des Postjungen das Getöse, und die Kutsche kam schlingernd im Innenhof des *Tontine* zum Stehen. Das Hotel war ein hohes, dreistöckiges Gebäude aus weiß getünchtem Stein und bemaltem Holz und durchsetzt mit Fenstern, die das Licht der Fackeln im Innenhof zurückwarfen.

Nicola war noch nie zuvor in Glasgow gewesen. Ihre ersten Eindrücke waren keineswegs günstig. In der Luft lagen der Gestank nach Teer und Pferdedung und ein seltsam erdiger Geruch, der vermutlich vom nahen Fluss kam.

In der Halle ging es genauso laut zu wie im Innenhof; Bier- und Schankkellner sowie Träger wuselten um eine Gruppe von Männern, Frauen und Dienern herum, die allesamt ihre Aufmerksamkeit forderten. Nicola sah sich nach dem kleinen Mädchen und seiner Amme um, aber die beiden waren in die Nacht verschwunden. Wann immer die Tür sich öffnete, drang heiße, übel riechende Luft herein, und irgendwo draußen in der Dunkelheit spielte ein Fiedler eine feurige Hochlandmelodie.

Sie suchte Grants Arm und drückte sich an ihn, während er nach einem dienstbaren Geist Ausschau hielt und sich dazu bald in diese, bald in jene Richtung wandte.

Bei ihrer Berührung drehte er sich um und sagte lächelnd: »Willkommen in Glasgow, Nicola. In der Tat, willkommen in Glasgow!«

Gillon war nicht gerade in Hochform. Nachdem er Charlotte am vergangenen Abend verlassen hatte, war er ins West Bow gegangen, ein vergeblicher Versuch, die Schlampe aufzuspüren, die ihn ausgeraubt hatte. Erst weit nach zwei Uhr morgens hatte er sich aufs Bett geworfen und war daher einigermaßen verärgert, als ihn um sieben ein Lakai mit einem Brief von Valerie Oliphant weckte. Jetzt, kurz nach neun, gebürstet, rasiert und beinahe präsentabel, lungerte er auf dem Fußweg herum, der um die Blumenbeete in den Broughton Gardens führte, und wartete auf das Eintreffen der Dame.

Der Rasen und die Fußwege waren bevölkert von Ammen, kleinen Kindern, ältlichen Damen, Herren und Kammerdienern, und durch die eisernen Tore kam eine farbenprächtige Schar von Lakaien und Mägden in Begleitung eines Rudels aus sechs oder acht kleinen, sehr lautstarken Hunden, die ohne Disziplin oder Zurückhaltung zwischen den Setzlingen umherjagten. An ihrer Spitze gingen Lady Oliphant und ein kleines Mädchen, das wie eine Milchmagd gekleidet war, obwohl Gillon noch nie eine Milchmagd gesehen hatte, die Slipper aus Ziegenleder und mit Spitze besetzte Pantalons getragen hätte.

»Nun, wenn das nicht Lieutenant Peters ist«, rief Ihre Ladyschaft, während die kleinen, immer noch kläffenden Hunde auf ihn zugestürmt kamen. »Ist das nicht ein erfreulicher Zufall, Sir, da ich unbedingt ein Wort mit Ihnen reden möchte?«

Gillon widerstand der Versuchung, den flauschigen Biestern, deren Aufmerksamkeiten seine Kniehosen in Mitleidenschaft zu ziehen drohten, einen Tritt zu versetzen.

»Platz!«, sagte er mit grimmigem Lächeln. »Platz.«

»Beachten Sie sie nicht, Lieutenant, und sie werden schon bald das Interesse verlieren.«

Lakaien und Mägde blieben stehen. Das Mädchen, das doch kein Kind mehr war, sank vor ihm in einen hübschen Knicks.

»Mein Mündel«, erklärte Lady Valerie. »Mademoiselle Cadell.«

»Monsieur.«

»Mademoiselle.«

»Jackson«, begann Ihre Ladyschaft, »treibe die Hunde zusammen und bringe sie und Miss Cadell zum Springbrunnen. Ich werde in Kürze nachkommen.«

Der Lakai, ein hagerer, älterer Mann, der sich in seiner fliederfarbenen Uniform nicht recht wohlzufühlen schien, gab eine Art Zirpen von sich, auf das die Hunde und das Mädchen sofort reagierten. Sie gingen mit dem Rest des Gefolges den Pfad hinunter und ließen Gillon und Lady Valerie endlich allein.

»In Wirklichkeit ist Fleur Cadell nicht mein Mündel«, berichtete Lady Valerie. »Sie ist lediglich das neueste Straßenkind, das mein Mann aus London mitgebracht hat. Sie ist jedoch musikalisch talentiert und stellt eine angenehme Ergänzung unseres Haushalts dar.«

»Ist sie nicht eine Spur zu unreif für unsere Zwecke?«, bemerkte Gillon. »Ich weiß nicht recht, ob Lord Craigiehall die Gelüste des Admirals nach blutjungen Mädchen teilt, ganz gleich, wie groß ihr musikalisches Talent sein mag.«

»Er tut es nicht, da bin mir sicher«, versetzte Lady Valerie. »Im Lichte dessen, was Sie jüngst entdeckt haben – damit meine ich das zwanghafte Streben Seiner Lordschaft nach Kohle sowie die Fortschritte Ihres Bruders beim Griff nach Craigiehall –, glaube ich jedoch, dass wir unsere Schritte beschleunigen müssen. Fleur hat eine Tante ...«

»Aha!«, machte Gillon. »A-ha!«

»Die Frau gehört gegenwärtig zu Mr. Didiers Gesellschaft ...«

»Eine Schauspielerin, meinen Sie?«

»Eine recht talentierte.« Ihre Ladyschaft schätzte es gar nicht, unterbrochen zu werden. »Und sie ist auch, wie mein Gatte mir mitteilt, von auffallender Schönheit und großem Charme. Ich glaube es ihm aufs Wort. Welche Fehler er auch sonst haben mag, beim weiblichen Geschlecht hat Sir Archibald stets einen untadeligen Geschmack bewiesen.«

»Wo ist die Frau jetzt?«

»In London.«

»Kann man sie herbeizitieren?«

»Man kann. Mein Mann und Didier sind enge Freunde.«

»Ist sie Französin?«, wollte Gillon wissen.

»Nein«, antwortete Lady Valerie. »Sie ist, wie ich, von gutem sächsischem Geblüt.«

»Ich verstehe.« Gillon nickte. »Ich nehme an, diese ›Tante‹ könnte in engerer Beziehung zu *la petite mademoiselle* stehen, als sie zugeben will. *N'est ce pas?«*

»Selbst wenn das der Fall sein sollte, wird das Kind kein Hindernis darstellen«, sagte Lady Valerie. »Wirklich, wenn ich Fleur als mein Mündel präsentiere, wird Lord Craigiehall vielleicht nicht so argwöhnisch sein, wie er es andernfalls vielleicht wäre.«

»Wer ist diese Schauspielerin?«

»Madelaine Young ist der Name, den sie bevorzugt.«

»Wie rasch kann man sie nach Edinburgh holen?«

»Binnen eines Monats«, antwortete Lady Valerie.

»Bevor die Gerichte für die Herbstpause schließen?«

»Oh ja, gewiss.«

»Ist sie im Royal aufgetreten?«

»Anscheinend nicht«, sagte Lady Valerie, »auch sonst nirgendwo in Edinburgh.«

»Craigiehall wird sich nämlich nicht mit einer aktiven Schauspielerin verbinden.«

»Dessen bin ich mir durchaus bewusst«, entgegnete Lady Valerie. »Das ist der Punkt, an dem Sie ins Spiel kommen. Ihre Aufgabe, mein lieber Lieutenant, wird es sein, die beiden miteinander bekannt zu machen.«

»Aber ich bin Craigiehall noch nie von Angesicht zu Angesicht begegnet.«

»Umso besser.«

»Was schlagen Sie vor, wo diese Vorstellung stattfinden soll?«, fragte Gillon.

»Ich bitte Sie, Sir, lassen Sie ein klein wenig Ihre Fantasie spielen, zeigen Sie ein bisschen kämpferischen Einfallsreichtum! Betrachten Sie es als einen Feldzug, der geplant und vorbereitet sein will. Wo kann man Craigiehall in den Sommermonaten antreffen, wenn die Sitzungen geschlossen sind?«

»Bei Gericht«, antwortete Gillon. »Ich könnte sie vielleicht als Straftäterin präsentieren.«

Lady Valerie lächelte nicht einmal.

»Er besucht getreulich jeden Sonntag den Nachmittagsgottesdienst in der New Church, glaube ich«, fügte Gillon hastig hinzu. »Außerdem beehrt er regelmäßig die Buchhandlung Atkinson's auf der Royal Mile mit seiner Anwesenheit. Nein, das ist zu willkürlich. Würde er zu einem Konzert erscheinen, wenn Sie ihn einladen, was meinen Sie?«

»John James hat nicht das leiseste Interesse an Musik«, entgegnete Lady Valerie.

»Dann Karten«, schlug Gillon vor. »Unser gelehrter Freund wird einer Einladung zu einem freundschaftlichen Abend beim Kartenspiel im Haus einer vornehmen Dame nicht widerstehen können.«

»Und Mrs. Young?«

»Oh, sie ist doch Witwe, nicht wahr?«

»Das ist sie – oder das behauptet sie zu sein.«

»Wunderbar«, sagte Gillon. »Ich werde sie kurz nach ihrer Ankunft treffen, und wir werden uns eine Strategie zurechtlegen. Das heißt, falls das Ihre Billigung findet?«

»Das tut es«, entgegnete Lady Valerie. »Werden Sie die Dame an den Tisch mitbringen?«

»Ja. Es wird jedoch notwendig sein, dass ich meine Identität offenbare und zugebe, Grant Peters' Bruder zu sein.«

»Sein Bruder, der Taugenichts.«

»Ganz recht!«, stimmte Gillon zu. »Wenn die Witwe all das ist, was Sie von ihr behaupten, dann spielt es vielleicht keine Rolle, wer sie mitbringt. In der Tat, es könnte ihren Reiz erhöhen, wenn Craigiehall glaubt, sie wäre eher ein *bel esprit* als eine bloße Abenteurerin. Setzen Sie mich in Kenntnis, wenn Mrs. Young eintrifft, und wir werden vorgehen wie besprochen. Falls«, fügte er taktvoll hinzu, »das Ihre Billigung findet, Lady Valerie?«

»Das tut es«, bestätigte sie. »Also, jetzt muss ich zu meinen Hunden, bevor sie Chaos anrichten.«

Ungeachtet der Tatsache, dass er an ihren Brüsten gesaugt und die aristokratische Spalte penetriert hatte, wagte Gillon es nicht, sie zu berühren, denn zumindest bei hellem Tageslicht war sie eine Dame von Rang. Er trat einen halben Schritt vor. »Warten Sie!«

»Was gibt es noch, Gillon?«

»Warum tun Sie das, Lady Valerie? Warum sind Sie so erpicht darauf, Lord Craigiehall in die Knie zu zwingen?«

»Ich habe meine Gründe.«

»Wollen Sie sie mir nicht offenbaren? Ich bin schließlich Ihr Komplize.«

»John James Templeton schuldet mir eine beträchtliche Summe.«

»Ich bitte um Vergebung«, sagte Gillon, »aber das ist nicht Grund genug.«

»Also schön«, erwiderte sie. »Ich handle im Auftrag eines Freundes, eines besseren Freundes, als Craigiehall verdient. Außerdem verachte ich den Mann dafür, wie er seine Töchter behandelt, nur weil sie das Missgeschick haben, weiblichen Geschlechts zu sein.«

»Er ist nicht ungebührlich hart zu ihnen«, wandte Gillon ein, »und gewiss nicht so grausam wie manche vornehme Gentlemen, deren Namen ich nennen könnte. Er mag Charlottes Heirat mit meinem Bruder nicht gutheißen, aber er hat sie nicht heulend aus der Kirche zerren lassen. Und was Nicola betrifft …«

»Sie müssen Lord Craigiehall nicht in Schutz nehmen, Gillon, das hat er nicht nötig«, unterbrach Lady Valerie. »Ich habe Ihnen meine Gründe genannt. Wenn Ihnen das nicht genügt, mögen Sie den Rest der Tatsache zuschreiben, dass ich dafür bekannt bin, mich gern irgendwo einzumischen.«

»Dann ist es für Sie nur ein Zeitvertreib?«, fragte Gillon stirnrunzelnd.

»Alles ist für mich nur ein Zeitvertreib, junger Mann. Und nun wünsche ich Ihnen noch einen guten Morgen.«

»Guten Morgen, Lady Valerie«, sagte Gillon und sah zu, wie die Frau zu den Springbrunnen davonrauschte, um ihre Hunde und Diener und den rüschengeschmückten kleinen Schützling einzusammeln, den Archie zu ihrer aller Unterhaltung aus London mitgebracht hatte.

Kapitel 9

Das Bett war sauber und der Raum luftig. Trotzdem schlief Nicola nicht besonders gut. Grant und sie hatten in dem scheunenähnlichen Gastraum fettige Koteletts zu Abend gegessen, und das Fleisch lag ihr wie ein Stein im Magen. Es erschien ihr unnatürlich, allein in einem fremden Zimmer zu sein, ohne Molly, die sie beschützte.

Über den Türmchen der Stadt brach die Morgendämmerung herein, bevor Nicola in einen unruhigen Schlummer versank, und nicht lange danach wurde sie vom Lärm früher Reisender geweckt, die in aller Herrgottsfrühe aufstanden. Also ergab sie sich den Umständen, stieg ebenfalls aus dem Bett, wusch sich das Gesicht, bürstete und frisierte ihr Haar, zog frische Wäsche und ein schlichtes Tageskleid an und wartete bereits, als Grant an ihre Tür klopfte.

Sie frühstückten in dem trostlosen Gastraum, stellten das Gepäck in ein Kämmerchen im Erdgeschoss und beglichen die Rechnung. Dann machten sie sich auf den Weg zum Broomielaw.

Bleicher Sonnenschein durchdrang den Dunst, und der Fluss glänzte wie poliertes Zinn. Es fiel Nicola schwer zu glauben, dass dieser Fluss derselbe war, der die breite, von Wellen gepeitschte Meeresbucht vor den Toren Craigiehalls bildete, denn hier war der Clyde so flach wie eine Untertasse voller Milch. Kühe standen friedlich mitten im Wasser, Frauen wuschen Kleider, Männer fischten, Karren und Pferde spritzten durch die Untiefen, und eine Anzahl Schuten war im Kiesbett auf Grund gegangen. Flussabwärts waren einige Anzeichen für Industrie zu erkennen. Am Ufer des Wassers erhoben sich Gerüste, und zwei oder drei käferähnliche Kähne wurden entladen.

In der Nähe, auf einem rautenförmigen Grundstück oberhalb der Flutlinie, befanden sich vier oder fünf pechschwarze Haufen Kohle sowie eine kleine Holzhütte. Ein ausgemergelter Esel graste auf dem Feldweg zwischen den Kohlehaufen, und ein nicht weniger magerer Hund schnüffelte hinter der Hütte auf dem Boden, hob das Bein und ließ Wasser. Auf einem Hocker neben der Tür der Hütte saß ein sehr kleiner, sehr alter Mann, auf dem Kopf einen zerbeulten Dreispitz. Er trug einen abgenutzten Gehrock und anscheinend fünf wollene Westen, verfütterte Brotkrumen an einen Schwarm Spatzen und schaute nicht auf, als die Vögel davonstoben.

»Spreche ich mit dem Besitzer der Westmore Coal and Mineral Company?«, fragte Grant.

Sehr bedächtig schürzte der alte Mann die Lippen und spie ein Bröckchen schaumigen, weißen Speichels auf den Boden, gefährlich nahe an Grants Schuhen.

Grant ließ sich nicht einschüchtern. »Nun, wie ist es?«

Schließlich gab der alte Mann Antwort. »Nein!«

»Wer sind Sie dann?«

»Wachmann.«

»Wo wohnen Sie?«

»Da drin«, sagte der Alte mit einer ruckartigen Bewegung des Daumens.

»Sie schlafen also in der Hütte, ja?«

»Aye.«

»Ich nehme an, um die Kohlehaufen zu bewachen?«

»Aye, damit keine Bettler stehlen kommen. Scheuch sie weg«, knurrte der Alte. »Hetz den Hund auf sie.« Der Alte hob den Kopf und musterte zuerst Grant und dann mit einiger Unverfrorenheit Nicola. Er war, begriff sie, der Besitzer dieses geschwärzten Fleckchens Erde und zu alt, um sich darum zu scheren, was irgendjemand von ihm denken mochte.

»Ich darf doch davon ausgehen«, sagte Grant, »dass Sie den Hund nicht auf uns hetzen.«

»Könnt sein«, brummelte der Alte. »Kommt drauf an.«

»Worauf kommt es an?«, wollte Grant wissen.

Der alte Mann stellte den Teller auf den Boden und streckte die Hand aus.

Grant fischte einen Schilling aus seiner Tasche und legte ihn sachte in die schmuddelige Hand. »Wo könnte ich den Besitzer finden?«

»Er ist mit den Karren weg.«

»Kohle aus der Grube holen?«

»Aye.«

»Wo ist die Grube?«

»Knightswood.«

»Wie weit ist das von hier aus?«

Der alte Mann zuckte die Schultern. »Acht Meilen oder zehn.«

»Wann wird Ihr Herr zurückkehren?«, forschte Grant weiter.

»Er is' nich' mein Herr. Er is' mein Jung'.«

»Oh, er arbeitet für Sie, ja?«

»Mein Jung', mein Jung'. Mein Sohn.«

»Ich verstehe«, sagte Grant. »Dann *sind* Sie also der Besitzer?«

»Ich seh ihn hier nie mehr.«

»Wen?«

»Walter.«

»Walter?«, fragte Grant. »Wer zum Teufel ist Walter?«

»Walter Bunting«, erklärte der alte Mann und spuckte abermals aus.

»Bunting!« Grant sah Nicola an. »Mr. Bunting aus Galston?«

»Ich seh ihn nie mehr«, wiederholte der alte Mann. »Kommt nie mehr vorbei.«

Grant, der vor dem Hocker stand, nahm noch einen Schilling aus seiner Tasche und hielt ihn zwischen Finger und Daumen. »Wie bezahlt er dann seine Kohle?«

»Er begleicht die Rechnungen für die Gruben mit Schecks«, antwortete der alte Mann.

»Wie bezahlen Sie ihn?«, fragte Grant geduldig.

»Wir nehmen, was uns zusteht. Der Junge bringt den Rest vom Geld zur Bank.«

»Wie viel Geld ist das, sagen wir, pro Woche?«

»Darf ich nich' sagen.«

Grant schob dem Alten die Münze in die Faust. »Wie viel?«

»Dreißig Schilling. Fünfunddreißig im tiefsten Winter.«

»Wie viele Männer sind hier angestellt?«

»Vier für die Pferde, zwei mit dem Spaten.«

»Wie viele Pferde stehen hier im Stall?«

»Acht.«

»Soll ich Ihnen wirklich glauben, dass Mr. Bunting Ihnen die Verwaltung seines Geschäftes ohne jedwede Überwachung überlässt?«

»Glauben Sie doch, was Sie wollen«, entgegnete der Alte. »Tickt.«

»Tickt?«, wiederholte Grant verwirrt.

»Tickt wie ein Uhrwerk, das niemals aufgezogen werden muss.« Der Alte stand auf und trat den Hocker weg. »Und mehr sag ich nich', bis der Junge zurück is'.«

»Wann könnte das sein?«, wollte Grant wissen.

»Wenn die Tide wechselt.«

»Und wann wechselt die Tide?«

»Eine Stunde nach meiner Essenszeit.«

»Vielen Dank«, sagte Grant. »Sie waren außerordentlich hilfreich.«

»War ich das?«, sagte der alte Mann stirnrunzelnd.

»Allerdings«, antwortete Grant, dann drehte er sich um und führte Nicola davon.

»Wohin gehen wir?«, fragte sie, sobald sie außer Hörweite waren.

»Zurück zum *Tontine*. Da holen wir unser Gepäck und mieten eine Chaise, die uns nach Ayr bringt«, erklärte Grant. »Es hat keinen Sinn, weiter Zeit zu verschwenden.«

»Wäre es nicht besser, auf die Rückkehr des Jungen zu warten? Aus ihm bekommen wir vielleicht mehr heraus als aus seinem Vater.«

»Andererseits«, erwiderte Grant, »vielleicht auch nicht. Es ist nur allzu klar, dass der alte Mann nichts über de Morville oder den Kauf einer Kohlemine in Ayrshire weiß. Ich bezweifle, dass der Junge mehr wissen wird. Es ist ein kleines Familienunternehmen, das, wie der alte Knabe es ausdrückt, ›tickt wie ein Uhrwerk‹. Wer immer es von Bunting gekauft hat, hat sich bisher nicht in seine Verwaltung eingemischt.«

»Es gibt eine Frage, die du dem alten Knaben nicht gestellt hast und die vielleicht eine interessante Antwort ergeben hätte«, meinte Nicola.

»Oh!«, sagte Grant. »Und welche Frage ist das?«

»Wie viele Söhne er hat«, entgegnete Nicola.

Während die Chaise die Einfahrt zum Haus hinunterrollte, wuchs Nicolas Anspannung. Obwohl sie nicht viel länger als einen Monat fort gewesen war, schien sich der Besitz verändert zu haben. Die Bäume trugen dichtes Laub, und das Getreide reifte auf den Feldern. Die untergehende Sonne schärfte die Umrisse des Hauses, aber in den Fenstern brannte kein Licht, und die Tür unter dem Bogen des Portikus war geschlossen.

Die Chaise hielt auf dem Kies an, und Grant half Nicola beim Aussteigen. Sie blieb unsicher vor der Tür stehen, während Grant sich um das Gepäck kümmerte und den Fahrer bezahlte. Sie wartete darauf, dass Robertson herbeigeeilt kam, um sie zu begrüßen, aber der Kammerdiener war ebenfalls in Edinburgh, und in Abwesenheit ihres Vaters wirkte das Haus weniger schlafend als vielmehr verlassen.

Zu dieser Stunde eines Sommerabends hatte es sich Mrs. McGrouther, die Haushälterin, für gewöhnlich in ihrem winzigen Salon hinter den Küchen gemütlich gemacht oder ging mit einer der Mägde spazieren, und Hugh Littlejohn saß wahrscheinlich mit seiner Frau im Cottage beim Abendessen.

»Vielleicht sind sie alle nach Ayr spaziert, um dem frivolen Leben zu frönen«, meinte Grant, »aber wahrscheinlicher ist, dass sie beim ersten Anzeichen meines Auftauchens in die Hügel geflüchtet sind, als wäre ich ein Gote und wollte plündern.«

»Wenn du ein Gote wärst«, wandte Nicola ein, »wären sie geblieben und hätten gekämpft.«

»Sind sie so loyal?«

»Meinem Vater gegenüber, ja«, bestätigte Nicola.

Der Fahrer wendete die Chaise und fuhr winkend und grüßend die Einfahrt wieder hinauf.

»Der Fahrpreis«, fragte Nicola, »war er hoch?«

»Sehr hoch«, antwortete Grant.

»Mein Vater wird dafür sorgen, dass du für deine Ausgaben entschädigt wirst.«

»Ein gutes Abendessen wird Entschädigung genug sein«, meinte Grant, dann trat er in den Portikus und zog an dem eisernen Glockenzug.

Nicola hörte tief im Haus das Echo widerhallen. Vor ihrem inneren Auge sah sie Mägde und Lakaien erschrocken vom Tisch unter der Treppe aufspringen, oder, wenn sie in der Bibliothek oder im Wohnzimmer geflirtet hatten (sie wusste sehr wohl, was die Dienstboten trieben, wenn Robertson nicht im Haus war), an Knöpfen und Schnüren fummeln, aus Furcht, der Herr sei zurückgekehrt. Dann wurde die Tür geöffnet, und Gregory, der jüngste Lakai, stand mit großen Augen und rotem Gesicht vor ihnen.

»Ah, Miss Nicola«, sagte er, »sind Sie es persönlich?«

»Ich bin es persönlich, Gregory.«

»Und ... und ein Mann?«

»Der Mann ist Mr. Peters, Miss Charlottes Ehemann. Wir haben in der Nachbarschaft geschäftlich zu tun und würden für ein oder zwei Nächte bleiben. Wir brauchen ein Abendessen, und jemand muss unsere Zimmer herrichten. Wo ist Mrs. McGrouther?«

Die Magd, die Gregory in die Halle gefolgt war, eilte die Treppe hinunter, wobei sie mit höchster Lautstärke rief: »Mrs. McGrouther, Mrs. McGrouther!«

»Da du der Einzige bist, der uns aufwarten kann, Gregory«, fuhr Nicola fort, »magst du das Gepäck hereinholen und nach oben tragen. Anschließend suche jemanden, der ins Gästezimmer heißes Wasser und frische Handtücher bringt und ebenfalls in mein Zimmer, mein altes Zimmer.«

»Aye, Miss Nicola«, sagte Gregory. Er tat so, als zöge er den Hut, obwohl er weder einen solchen noch eine Perücke trug, schob sich an Mr. Peters vorbei und holte die Taschen vom Kies. Im gleichen Moment tauchte Mrs. McGrouther schnaubend und nicht allzu erfreut aus dem Flur auf, der zur Treppe führte.

»Seine Lordschaft hat mir nicht Bescheid gesagt«, blaffte sie. »Wir sind schlecht vorbereitet auf unerwartete Gäste.«

»Ich bin kein Gast, Mrs. McGrouther«, erwiderte Nicola. »Und auch keine Fremde. Anwalt Peters und ich sind im Auftrag meines Vaters hier, um für ihn eine geschäftliche Angelegenheit zu erledigen. Wenn es dir jedoch nicht passt, würdest du uns vielleicht lieber in einem Gasthaus unterbringen oder sogar in den Ställen bei den Pferden?«

»Es ist nicht nötig, sarkastisch zu werden, Miss Nicola«, versetzte die Frau. »Was immer Sie benötigen, Sie werden es bekommen.«

»Dann ein Abendessen«, sagte Nicola. »In einer Stunde.«

»Fleisch oder Fisch?«, fragte die Frau.

»Ist der Fisch frisch?«

»Frisch aus dem Meer heute Morgen.«

»Dann Fisch«, entschied Nicola. »Wir werden im Speisezimmer essen. Aber hole mir zuerst eine Magd, denn ich war den ganzen Tag unterwegs und wünsche, mich umzuziehen.«

»Und Mr. Peters«, erkundigte sich die Haushälterin, »wird er einen Diener benötigen?«

Grant schüttelte den Kopf, und Nicola antwortete: »Nur für seine Stiefel und das auch erst morgen früh. In der Zwischenzeit schicke einen Jungen zu Mr. Littlejohn hinüber und lass ihm mitteilen, dass wir hier sind und dass wir uns über seine Gesellschaft beim Frühstück freuen würden.«

»Um wie viel Uhr?«, fragte die Haushälterin.

»Sieben«, erklärte Nicola, ohne zu zögern, dann schob sie Grant vor sich her und führte ihn in das Schlafzimmer im oberen Stockwerk.

Ein vertrauliches Gespräch in dem überwölbten Speisezimmer kam nicht infrage, insbesondere, da an den Wänden Dienstboten standen, die die Ohren spitzten, um jede Indiskretion mitzubekommen, die sich vielleicht für Tratsch verwenden ließe.

Grant plauderte beiläufig über die letzte Steuererhöhung, die Westminster verfügt hatte, und dass schottische Grundbesitzer, kleine wie große, davon betroffen sein würden. Er trank wenig, ließ jedoch der Linsensuppe, dem Fischeintopf und dem Aprikosenkuchen, die Mrs. McGrouther aus der Küche geschickt hatte, Gerechtigkeit widerfahren. Nicola dachte, dass er sich auf dem Stuhl ihres Vaters am Kopfende des langen Tisches vollkommen behaglich fühlte.

»Findest du die Vorstellung einer universellen Grundbesitzabgabe amüsant, Nicola?«

»Was?«, fragte sie. »Nein, ich bitte um Verzeihung. Ich habe an andere Dinge gedacht.«

»Daran, was wir morgen tun müssen?«

»Ja, daran«, antwortete Nicola vage.

Grant tupfte sich mit einer Serviette die Lippen ab. »Ich habe angenommen, dass du vielleicht an meinen Bruder gedacht hast, der dich anscheinend als verlorenen Fall betrachtet.«

»Ich bin mir ganz und gar nicht sicher, ob es mir gefällt, ein verlorener Fall zu sein.«

»Andererseits, wenn man Gillon so gut kennt wie ich«, fuhr Grant fort, »könnte es sein, dass seine Mittel erschöpft sind. Es würde mich nicht überraschen, wenn er wieder auftauchte und dort weitermachte, wo er aufgehört hat. Verrate mir, magst du ihn?«

Nicola schaute den Lakaien an, der in respektvollem Abstand hinter ihrem Stuhl stand, dann beugte sie sich vor und sagte: »Ich habe keinen Grund, ihn nicht zu mögen. Er ist amüsant und aufmerksam.«

»Ist das alles, was du von einem Verehrer erwartest?«

»Gillon ist kein Verehrer. Oder?«

»Er betrachtet sich als einen.«

»Grant, das ist kein passendes Thema für eine Konversation beim Abendessen.«

»Nein«, stimmte er zu, »vielleicht nicht, zumindest nicht hier im Haus deines Vaters. Was hältst du von Roderick?«

»Ich halte ihn für einen sehr aktiven Mann.«

»Aktiv und gerissen«, sagte Grant. »Mutter und er geben ein formidables Paar ab.«

»Formidabel?«, wiederholte Nicola, hin- und hergerissen zwischen dem Wunsch, mehr über Roderick und seine »formidable« Mutter zu erfahren, und dem Wissen, dass die Diener jedes Wort gierig aufsogen.

»Will man in diesen harten Zeiten einen kleinen Besitz zusammenhalten, erfordert das ein gewisses Maß an Skrupellosigkeit«, fuhr Grant fort. »Wenn die Pächter den hohen Maßstäben meiner Mutter nicht entsprechen, sucht sie sie persönlich auf, und wehe ihnen, wenn sie es künftig nicht besser machen. Roderick ist ein klein wenig verständnisvoller. Er lässt ihnen, wenn die Ernten spärlich ausfallen oder ein harter Winter lange anhält, ein gewisses Maß an Spielraum bei der Zahlung der Pacht. Es ist anscheinend eine gerechte Politik, denn wir haben seit vielen Jahren keinen Pächterwechsel mehr gehabt.«

»Es wird niemand vertrieben?«

»Ich könnte mich an keinen erinnern.«

»Vom Sohn an den Vater, vom Vater an den Sohn?«, fragte Nicola. »Mit anderen Worten, es tickt?«

Grant lachte. »Aye, ich nehme an, das bringt es auf den Punkt.«

»Ich würde deinen Hof eines Tages gern sehen«, meinte Nicola.

»Es ist nicht mein Hof«, sagte Grant. »Ich habe meinen Anteil an Heatherbank gegen meinen Anwaltsruhm eingetauscht. Mam und Roderick ist es nicht leichtgefallen, meine Neigung zur Gelehrsamkeit zu finanzieren. Es war Teil unserer Vereinbarung, dass ich als Gegenleistung für eine Ausbildung auf jedweden Anspruch auf den Besitz verzichte. Heatherbank gehört Roderick und seinen Nachfahren. Ich werde nichts davon abbekommen.«

»Was ist mit Gillon?«

»Er erbt nur dann, wenn Roderick ohne einen Erben stirbt.«

»Eine Situation, die Gillons Geduld gewiss auf eine harte Probe stellt.«

»Allerdings. Roderick gibt gut acht, unserem lieben kleinen Bruder niemals den Rücken zuzukehren, falls die Versuchung zu stark werden sollte, ihn zu ermorden«, sagte Grant. »Wenn Heatherbank jemals in Gillons Hände fällt, wird er es binnen eines Jahres verlieren.«

»Es verlieren?«, hakte Nicola nach.

»Er wird es Furche um Furche an den Spieltischen vertändeln.«

»Du hast offensichtlich keine hohe Meinung von deinem lieben jüngeren Bruder.«

»Er ist ein Halunke, Nicola, ein Halunke reinsten Wassers.«

»Gewiss würde er keinen Mord begehen?«

»Nein, nein, natürlich nicht«, antwortete Grant. »Er hat viel zu große Angst davor, am Ende eines Seils zu tanzen, um jemanden zu ermorden, selbst Roderick. Außerdem hat er Roddy genauso gern wie ich, obwohl man das nicht meinen sollte, wenn man ihn manchmal so reden hört.«

»Also traf die Einschätzung meines Vaters zu; du hast keinerlei Perspektiven?«

»Ich habe meinen Verstand und meine Honorare. Damit kann ich mir eine Zukunft aufbauen«, entgegnete Grant.

»Und Charlotte.«

»Oh ja, gewiss – und Charlotte.«

»Wenn sie gegen Weihnachten ein männliches Kind zur Welt bringt, hast du vielleicht eine größere Zukunft, als du erwartet hattest«, sagte Nicola. »Es sei denn, du hattest genau das erwartet, als du meine Schwester zur Ehe überredet hast.«

»Hat Gillon dir diese Idee in den Kopf gesetzt?«

»Das brauchte er gar nicht«, antwortete Nicola. »Es ist glasklar, dass deine Ehe mit Charlotte nur ein Mittel zum Zweck ist.«

»In diesem Punkt, meine liebe Nicola, befindest du dich im Irrtum, und es ist ein großer Irrtum.«

»Ich hoffe um deinetwillen, dass es so ist«, erwiderte Nicola.

»Nicola«, sagte er, »ist das eine Drohung?«

»Ich habe nur das Interesse meiner Schwester im Auge, so wie du hier in Craigiehall bist, um meinem Interesse zu dienen.«

»Deinem?«

»Dem Interesse meines Vaters, meine ich.«

»Ah, Nicola, Nicola«, erwiderte Grant Peters kopfschüttelnd. »Wie ich sehe, habe ich dich falsch eingeschätzt. Vielleicht sollte ich *dir* besser nicht allzu oft den Rücken zukehren.«

»Zumindest würde ich besser aussehen als dein armer jüngerer Bruder, wenn ich auf dem Grassmarket hänge und mit den Beinen strample«, sagte Nicola. »Ich bin keine Bedrohung für dich, Grant. Charlotte hat ihre Wahl getroffen. Ich hoffe nur, dass es für uns alle die richtige war.«

»Ich hatte bisher den Eindruck, dass du mich nach Ayrshire begleiten wolltest, um mir die Freude deiner Gesellschaft zuteilwerden zu lassen«, entgegnete Grant. »Jetzt sehe ich, dass deine Motive zielgerichteter sind.«

»Die Interessen meines Vaters sind auch die meinen«, erwiderte Nicola. »Du wärst gut beraten, das im Hinterkopf zu behalten, wenn wir uns morgen mit Mr. Bunting treffen.«

»Oh, das werde ich, Nicola«, sagte Grant. »Sei gewiss, das werde ich.«

Hugh Littlejohn plauderte gerade in der Halle mit Grant, als Nicola zum Frühstück herunterkam. Ein Junge war bereits nach Galston geschickt worden, der Mr. Bunting einen Brief überbringen und ihn darum bitten sollte, sich um die Mittagsstunde für ein Gespräch bereitzuhalten. Craigiehalls Chaise würde Grant und sie zu dem Termin bringen, eine Fahrt, die an einem trockenen Sommermorgen nicht mehr als zwei Stunden in Anspruch nahm. Die Affäre mit de Morville verwirrte Mr. Littlejohn. Er hatte vom Hügel aus die Kohleminen ausspioniert und keinerlei Veränderungen wahrgenommen. Wenn der neue Besitzer beabsichtigte, aus seinem Kauf Profit zu schlagen, hatte er es gewiss nicht eilig damit. Von dem mysteriösen Walter Bunting hatte Mr. Littlejohn nur wenig Interessantes erfahren, abgesehen von der Tatsache, dass der Anwalt seit vielen Jahren in Galston lebte. Er war anscheinend aktiver Freimaurer in der Loge von Kilmarnock, und die meisten seiner Fälle betrafen Testamente, Eigentumsurkunden und die Beilegung geringfügiger Dispute unter Webern und Bauern in den Gemeinden nördlich von Craigiehall und kamen über diese Verbindung zustande.

»Hat er eine Gattin?«, fragte Nicola.

»Meines Wissens hat er nie geheiratet«, antwortete Mr. Littlejohn. »Er lebt in einem Steinhaus zwischen der neuen Schule und der alten Kirche, zusammen mit seiner Mutter, einer Frau fortgeschrittenen Alters, und einer Haushälterin. Mehr, Miss Nicola, kann ich Ihnen nicht sagen, denn ich bin dem Mann nie begegnet.«

»Sie haben Ihre Sache sehr gut gemacht, Mr. Littlejohn«, bemerkte Grant. »Wie sind Sie an all diese Informationen gekommen?«

»Auf dem Jahrmarkt in Kilmarnock«, sagte Hugh Littlejohn. »Es ist erstaunlich, wie ein oder zwei Schlückchen selbst die verschlossensten Zungen lösen.«

»Ich darf davon ausgehen, dass du diese Neuigkeit an meinen Vater weitergegeben hast?«

»Das habe ich, Miss Nicola, aber es hat ihm nicht gereicht.«

»Ja«, stimmte Nicola ihm zu. »Der Verlust der Kohleminen hat ihn sehr hart getroffen, obwohl ich mir nicht vorstellen kann, warum.«

»Er ist zu sehr daran gewöhnt, seinen Willen durchzusetzen«, meinte Grant. »Ein weit verbreiteter Fehler bei Gentlemen von Rang.«

»Wünschen Sie auszureiten, um sich die Minen anzusehen, Sir?«, fragte Hugh Littlejohn.

»Wann waren Sie das letzte Mal dort?«

»Am Dienstagnachmittag.«

»Dann nein«, entgegnete Grant. »Es wird nicht notwendig sein. Wir werden frühstücken und Ihr Angebot annehmen und eine Chaise benutzen, sodass wir ein wenig früher als angekündigt bei Mr. Bunting sind.«

»Soll ich die Chaise warten lassen, damit Sie sie zurückbringt?«

»Nein, danke«, sagte Grant. »Schließlich führt die große Straße durch Galston, und unser Gespräch mit Bunting wird vielleicht nicht lange dauern. Deshalb werden wir versuchen, uns einen Platz in einer Nachmittagskutsche zu sichern, und nach Edinburgh zurückkehren. Nicola?«

»Unbedingt«, pflichtete sie ihm bei. »Wenn unsere Angelegenheit geregelt ist, lass uns sofort nach Hause fahren.«

Trotz ihrer frühzeitigen Ankunft hielt Mr. Walter Bunting bereits am Tor seiner massiven, steinernen Villa Ausschau nach ihnen. Er war rund wie ein Fass und trug eine riesige Lockenperücke, die seinem Gesicht das Aussehen eines freundlichen Löwen verlieh. Sein Mantel war aus einem grellen Tuch geschnitten, und seine Kniehosen wurden von bestickten Hosenträgern in einem Stil gehalten, der seit zwanzig Jahren aus der Mode war. Als Grant und Nicola am Tor aus der Chaise stiegen, zog er ein Taschentuch von der Größe einer Tischdecke hervor und schwenkte es, als fürchtete er, sie könnten ihn nicht bemerken. Dann öffnete er das Tor und trabte, immer noch das Taschentuch schwenkend, auf die Straße hinaus, um sie zu begrüßen.

»Mr. Peters, Sir, es ist mir eine Ehre, in der Tat. Und Miss Templeton. Ich bin schon lange ein großer Bewunderer der Plädoyers Ihres Vaters. Bitte, bitte, kommen Sie doch hier entlang.«

Er führte sie über einen gepflasterten Weg durch einen Garten, der von Büschen und Blumen nur so strotzte. In der schmalen Tür auf der obersten der vier Stufen stand eine grau gewandete Frau, die wie ein lang gezogenes Tröpfchen aussah und von zwei kurzhaarigen Katzen flankiert war.

»Das ist Tibby, und das ist Tabby«, gurrte Mr. Bunting, »und die große ist Mrs. Phipps, die sich um uns alle kümmert. Habe ich nicht recht, meine Liebste?«

»Meine Liebste« weigerte sich zu antworten. Sie drehte sich auf dem Absatz um und verschwand in den Tiefen des Hauses, während die Katzen gerade lange genug verweilten, um die Eindringlinge anzufauchen, bevor auch sie sich davonschlichen.

»Sie wird zu Mutter gegangen sein, um ihr aufzuwarten«, meinte Mr. Bunting. »Mutter geht es heute nicht allzu gut, und sie wird zum Tee nicht zu uns kommen. Sie werden doch den Tee hier einnehmen, Miss Templeton, ja? Und Sie, Mr. Peters, ein Schlückchen zur Wiederbelebung nach der Reise?«

»Tee wäre mir sehr recht, vielen Dank, Mr. Bunting«, sagte Grant. »Für Alkohol ist es noch ein wenig früh am Tag.«

»Ho, dann stammen Sie nicht aus Ayrshire, Sir, das erkenne ich sofort, denn für einen Mann aus Ayrshire ist es nie zu früh am Tag, um sich ein Schlückchen zu genehmigen. Kommen Sie, hier entlang geht es zu meinem Salon.«

Im Gegensatz zum Garten war das Haus trostlos. Es roch,

dachte Nicola, nach gekochtem Kohl, in den sich ein anderer Duft mischte, der sie an Hustentropfen erinnerte. Der Salon, in dem Mr. Bunting seine Geschäfte regelte, lag rechts von der Haustür. Möbliert war er mit einem Stehpult, einem hohen Hocker, einem kleinen Tisch und drei unverglasten Bücherregalen, die randvoll waren mit in Kalbsleder gebundenen Bänden. Vier identische Ledersessel, mit niedrigem Rücken und schlechter Polsterung, beanspruchten den Rest des Raumes.

Nicola blieb nichts anderes, als sich einen Weg durch die Möbel zu bahnen und dicht am Kamin, in dem glücklicherweise kein Feuer brannte, Platz zu nehmen. Mr. Bunting zog einen Sessel für Grant zurecht und setzte sich seinerseits in einen anderen, sodass er und seine Gäste einander an den Knien berührten.

Das Servieren von Tee und Haferkuchen durch die Haushälterin erforderte einiges an Schlurfen und Jonglieren, bevor Mr. Bunting die mürrische Frau mit einer hochtrabenden Geste entließ und, den Mund voller Haferkuchen, sagte: »Da wir jetzt der Höflichkeit Genüge getan und etwas im Magen haben, mein lieber Sir, wollen wir uns dem zuwenden, was Sie hierhergeführt hat, nicht wahr?«

Die Beine dicht gegen das Kamingitter gepresst, Tasse und Unterteller an die Brust gedrückt, erwiderte Grant: »Zunächst einmal, Mr. Bunting, darf ich mich erkundigen, woher Sie wussten, dass es sich bei der Dame in meiner Begleitung um Lord Craigiehalls Tochter handelt?«

»Ihr Brief ...«, echauffierte sich Mr. Bunting.

»In meinem Brief wurde Miss Templeton nicht erwähnt«, unterbrach Grant ihn.

»Der Junge, Ihr Bote ...«

»Aha, er hat es Ihnen erzählt, ja?«

»Aye, ja, er hat es mir erzählt.«

»Aus welchem Grund hätte er es Ihnen erzählen sollen?«

Mr. Buntings strahlte nun nicht mehr übers ganze Gesicht, und er wirkte auch weniger leutselig als zuvor. »Ich bitte um Vergebung, Mr. Peters«, begann er, »aber es fällt mir schwer zu glauben, dass Sie von Edinburgh hergekommen sind, nur um mir wegen Miss Templeton zuzusetzen.«

»Hat Ihr Vater es Ihnen gesagt?«, hakte Grant nach.

»Mein ... mein Vater?«

»Hat Ihr Vater es für nötig befunden, einen Brief zu schreiben und ihn eilends von Glasgow herbringen zu lassen?«

»Ich habe keine Ahnung, wovon Sie sprechen, Mr. Peters.«

»Vielleicht war es Ihr Bruder, der Ihnen geschrieben hat; der Bruder, der gleichzeitig als Fuhrmann und Buchhalter fungiert und dafür sorgt, dass Ihre Profite sicher auf Ihr Konto bei der Royal Bank eingezahlt werden? Es ist doch die Royal Bank, oder?«

»Hören Sie, Sir, es missfällt mir, behandelt zu werden wie ein gemeiner Dieb, der vor Gericht um sein Leben kämpft«, sagte Mr. Bunting. »Meine Finanzen und erst recht meine familiären Angelegenheiten gehen Sie nichts an.«

»Oh, doch, Mr. Bunting. Allerdings tun sie das«, widersprach Grant. Er hatte sich weder von dem drolligen Äußeren noch von dem leutseligen Gehabe des Writers täuschen lassen. Nun stellte er Teetasse und Unterteller auf einen kleinen Tisch hinter sich und wäre, wie Nicola dachte, aufgestanden und im Raum auf und ab gegangen, wenn dafür genug Platz gewesen wäre. Sie sah, wie sich an den Rändern von Mr. Buntings Löwenmähnenperücke Schweiß bildete.

»Ist es nicht ein glücklicher Umstand für Sie, dass Ihr Vater seinen Groll lange genug beiseitegeschoben hat, um Sie über unser Interesse an Ihren Angelegenheiten zu informieren?«, fuhr Grant fort. »Warum, Mr. Bunting, erweisen Sie ihm nicht den Respekt, der ihm als Vater gebührt? Warum lassen Sie ihn wie ein Hund in einer dreckigen Hütte am Fluss hausen?«

Mr. Bunting schürzte die Lippen und blies die Wangen so sehr auf, dass Nicola dachte, er könne womöglich explodieren. Dann platzte er heraus: »Er verdient es nicht besser.«

»Ich verstehe. Sie bestrafen ihn also, ja?«

»Das geht Sie nichts an, Peters. Das geht Sie verdammt noch mal nichts an.«

Nicola empfand Mitleid mit dem Provinzanwalt, dessen Ruf in der Gemeinde des nördlichen Ayrshire auf Heimlichtuerei und Täuschung beruhte und dessen Honorare lediglich Butter auf dem Brot eines Geschäfts waren, das mit Kohleförderung zu tun hatte und das an den Ufern des Clyde fröhlich vor sich hin tickte.

»Welches Verbrechen hat er begangen, Mr. Bunting, dass Sie ihn zum Exil verurteilt haben?«, fuhr Grant fort. »Ist er ein Trinker? Hat er Sie als Kind geschlagen? Hat er Ihre Mutter misshandelt – oder betrachten Sie ihn lediglich als eine Peinlichkeit, nachdem Sie in Ihrem Gewerbe zu glorreichen Höhen aufgestiegen sind?«

»Wie können Sie es wagen, Sir! Wie können Sie es wagen!«, rief Mr. Bunting.

Grant beugte sich vor und nahm Walter Bunting Teetasse und Unterteller ab. »Ich wüsste gern, welcher Anteil des Verkaufshonorars in die Tasche Ihres Vaters wandert. Haben Sie in den Kaufvertrag geschrieben, dass Ihr Vater und Ihr Bruder vom neuen Besitzer der Westmore Company eingestellt werden?«

»Der neue Besitzer?«, fragte Mr. Bunting. »Was soll das Gerede über einen …«

»Tun Sie nicht so begriffsstutzig, Mr. Bunting!«, fiel Grant ihm ins Wort. »Soll ich wirklich glauben, dass eine Firma, die gerade einmal dreißig Schilling die Woche an Gewinn abwirft, irgendjemanden zum Kauf verlocken würde?«

»Mackenzie hat es Ihnen erzählt?«

»Natürlich hat er es mir erzählt«, antwortete Grant.

»Dann hat er mein Vertrauen missbraucht.«

»In Anbetracht der Tatsache, dass Sie kein Sterbenswörtchen darüber verloren haben, nicht nur im Auftrag Ihres Mandanten tätig gewesen zu sein, sondern auch aus eigenem finanziellen Interesse am Ausgang des Verkaufs, wären Sie, Sir, wohl gut beraten, nicht über einen Vertrauensmissbrauch zu schwadronieren. Auf dem Papier, Mr. Bunting, besitzt Ihre Firma ein beträchtliches Stück Land, das früher de Morville gehörte.«

»Was ich mit meiner Firma mache, geht Sie ...«

»Irgendjemand«, fuhr Grant fort, »hat die Westmore Coal gekauft, um den Erwerb von de Morvilles Feldern zu verschleiern. Ich nehme an, dass der Transfer der Firma an den neuen Besitzer durch ein privates Arrangement zwischen Ihnen und unbekannten Personen geschlossen wurde und dass diese unbekannten Personen den Wunsch hatten, dass der Vertrag für den Kauf von de Morvilles Kohlefeld von einer erfahreneren Hand aufgesetzt wurde als der Ihren, weswegen Mr. Mackenzie in die Angelegenheit verwickelt wurde. Habe ich recht, Sir?«

»Ich sage gar nichts, Mr. Peters. Kein Wort.«

»Wer hat den Vorschlag gemacht, Hercules Mackenzie zu engagieren, Sie oder Ihr Mandant?«

»Sie werden kein einziges Wort mehr von mir hören«, sagte Walter Bunting.

Grant hielt noch immer Buntings Teetasse mitsamt Unterteller in der Hand. Er streckte sie, ohne dass ihm die Arme gezittert hätten, Nicola entgegen, die ihm beides abnahm und auf den Tisch stellte. »Sie, Bunting«, fragte Grant, »oder Ihr Mandant?«

Die Veränderung kam ebenso prompt wie unerwartet; Mr. Bunting war plötzlich wieder ganz der Alte. Er lehnte sich im Sessel zurück, schlug die Füße übereinander, legte beide Hände auf seinen üppigen Bauch und lächelte gönnerhaft. »Nun, nun, mein lieber Peters«, sagte er, »Sie können fechten, so viel Sie wollen, aber ich lasse mich nicht von einem üblen Seitenhieb erwischen. Wenn ich zugebe, dass mein Mandant Mackenzie ausgesucht hat, können Sie vielleicht zu Recht annehmen, dass mein Mandant schon früher Geschäfte mit Hercules Mackenzie gemacht hat und dass sein Name sich in Mackenzies Kartei finden wird. Nun, Sir, ich mag kein durchtriebener Anwalt aus Edinburgh sein, der an sonnigen Nachmittagen im Parlamentsgebäude herumstolziert, doch ich erkenne durchaus eine Fallgrube, wenn ich eine sehe. Hercules Mackenzie ist mein zeitweiliger Vermittler, mehr nicht.«

»Was ist, wenn ich Ihnen sage, dass ich einen Mandanten habe, der das gegenwärtige Angebot für den Kauf von de Morvilles Kohlefeldern überbieten möchte?«

Mr. Bunting lachte leise und schüttelte den Kopf. »Zu spät, Mr. Peters. Der Verkauf ist abgewickelt, und es gibt kein Zurück. Außerdem bezweifele ich, dass Lord Craigiehall – um mal einen beliebigen Namen ins Spiel zu bringen – in der Lage wäre, die Summe, die Sir Charles de Morville erhalten hat, aufzubringen oder gar zu überbieten. Denken Sie, de Morville würde sich von einem Hektar Land für weniger als eine fürstliche Summe trennen?«

»Eine fürstliche Summe, hm?«, wiederholte Grant. »Ist das ein Fingerzeig, Mr. Bunting, eine Andeutung, dass unsere erhabene Majestät ein Stück Land in der Grafschaft Ayr erworben hat?«

Mr. Bunting legte einen Finger auf die Lippen.

»Pst, Sir«, sagte er, »oder Sie sind schuld, wenn ich wegen Hochverrats gehängt werde.«

»Ich wäre gern schuld, wenn Sie wegen eines erheblich geringeren Vergehens als Hochverrat gehängt würden«, entgegnete Grant. »Wer immer Sie als Vertreter in dieser Sache ausgesucht hat, er hat eine gute Wahl getroffen. Ich werde keine vernünftige Antwort aus Ihnen herausholen, nicht wahr?«

»Nein, Sir, weder Sie noch Mr. Mackenzie noch Lord Craigiehall.«

»Ist es ein Bruder, ein Freimaurerkollege?«, hakte Grant schnell nach.

»Ich frage mich, wo Tibby geblieben ist. In der Regel kann sie einen Fisch riechen.«

»Sind Sie offen für Bestechung?«

»Tabby dagegen bevorzugt Fleisch.«

»Wie viel Fleisch?«

»Sie ist sehr wählerisch, Mr. Peters. Außerdem ist die Speisekammer voll.«

»Ja«, antwortete Grant grimmig, »das hatte ich befürchtet.«

Die Kutsche, die sie an der Kreuzung auflas, hatte schon bessere Tage gesehen. Die Türangeln waren ausgeleiert, und die Türen klapperten wie verrückt. Der Wind pfiff durch einen Riss auf der Unterseite des Daches, und ein abgerissener Fetzen dessen, was einst Auskleidung gewesen war, flatterte umher, bis Grant, der nicht allzu guter Stimmung war, die Geduld verlor, sich auf den Sitz kniete und ihn ganz abriss. Keiner der Fahrgäste beklagte sich, und eine zarte, kleine Frau mit einem Hänfling in einem Bastkäfig auf dem Schoß applaudierte, als Grant die Überreste aus dem offenen Fenster warf und sich wieder setzte.

Trotz ihrer Schäbigkeit war die Kutsche gut gefedert, und es hing auch niemand an der Außenseite, sodass sie gut vorankamen. Grant war voller Hoffnung, beim nächsten Zwischenstopp vielleicht eine Chaise mieten zu können, die sie noch in dieser Nacht nach Edinburgh brächte. Nicola hatte den Eindruck, dass er verzweifelt darauf bedacht war, wieder nach Hause zu kommen, obwohl sie nicht fragte, ob seine Eile seinen Grund darin hatte, dass er ihrer Gesellschaft müde war, oder ob er einfach wieder mit Charlotte zusammen sein wollte.

Er saß mürrisch und unruhig neben ihr und hatte anscheinend kein Verlangen nach Konversation. Sie waren zehn oder zwölf Meilen gefahren, bevor er sich zu ihr umwandte und fragte: »Meinst du, ich hätte ihn härter anfassen sollen?«

»Ich meine, du hast ihn so hart angefasst, wie du konntest.«

»Jedoch nicht hart genug, um seine Entschlossenheit zu durchbrechen.«

Sie begriff, dass er an seinem Unvermögen litt, ihres Vaters Wünsche zu erfüllen, und seine Begegnung mit dem Provinzanwalt als Niederlage ansah.

»Du hast gewisse Tatsachen ans Licht gebracht, die du meinem Vater präsentieren kannst, Tatsachen, von denen er zuvor nichts wusste«, meinte sie.

»Aber nicht genug, nicht genug.«

»Es ist alles, was Bunting dir geben wollte«, sagte Nicola. »Er ist der Fels in der Brandung. Unerschütterlich. Mehr kann man zum gegenwärtigen Zeitpunkt nicht ausrichten.«

»Gillon hätte es besser gemacht.«

»Gillon?«

»Aye, er hätte Bunting ein Messer an den Hals gesetzt.«

»Das ist nicht deine Art, nicht ... nicht anwaltsmäßig.«

»Anwaltsmäßig?«, fragte Grant. »Meinst du, dass Vernunft und Logik die einzigen Mittel sind, um solche Angelegenheiten zu klären? Nein, Nicola, es gibt Zeiten, da kann ein Knüppel oder ein scharfes Messer effektiver sein als eine rationale Debatte.«

»Es ist mein Vater, der irrational ist«, wandte Nicola ein. »Bunting hat nichts Unrechtes getan. Wenn er seinen Vater und seinen Bruder nach Glasgow verbannen will, was geht uns das an? Wenn er den Wunsch hat, seine Firma zu verkaufen, welches Gesetz sollte ihn daran hindern? Wenn er darauf beharrt, seinen Mandanten und dessen Verlangen nach Geheimhaltung zu respektieren, dann muss man seine Loyalität doch einfach bewundern.«

»Verteidigst du Bunting und schlägst dich auf seine Seite statt auf meine?«

»In dieser Angelegenheit gibt es keine zwei Seiten«, widersprach Nicola. »Es geht nicht darum, wer den stärkeren Willen hat, Grant. Mein Vater hat Charles de Morvilles Kohlegruben loslassen müssen, so wenig er sie auch wirklich in der Hand gehabt haben mochte. Das Rätsel, das wahre Rätsel, ist nicht die Frage, wer den Boden gekauft hat, sondern warum Papa überhaupt so zwanghaft darauf versessen war, die Kohlegrube an sich zu bringen, dass er dafür seine Tochter verkauft hätte.«

»Er will seinen Besitz vergrößern«, sagte Grant. »Das ist die Kraft, die das Mühlrad eines jeden vornehmen Grundbesitzers antreibt, der jemals auf Erden gewandelt ist.«

»Nun«, erwiderte Nicola, »Papa hat verloren. Die Kohlegruben sind an jemand anderen gegangen, an jemanden mit einer größeren treibenden Kraft hinter sich und vielleicht einem größeren Mühlrad.«

»Aber wer?«, sagte Grant. »Verdammt noch mal, Nicola, wer?«

»Weißt du, Grant«, erwiderte Nicola, »ich stelle fest, dass mich das nicht länger interessiert.«

»Du interessierst dich nicht länger für Craigiehall?« Grant zog die Augenbrauen hoch. »Craigiehall ist deine Zukunft, Nicola, deine Zukunft und meine.«

»Das«, entgegnete Nicola, »ist etwas, woran ich langsam zweifle.«

Grant sah sie einen trostlosen Augenblick lang an, öffnete den Mund, als wollte er eine Erklärung fordern, besann sich dann jedoch eines Besseren, rückte von ihr ab, verschränkte die Arme vor der Brust und verfiel abermals in mürrisches Schweigen. Er schmollte noch immer, als sie kurz vor Mitternacht Graddan's Court erreichten, und Nicola, müde, mutlos und Grants Schweigsamkeit reichlich überdrüssig, lehnte das Angebot eines späten Abendessens ab, überließ es Charlotte, mit der Laune ihres Ehemannes fertig zu werden, und zog sich unverzüglich ins Bett zurück.

Kapitel 10

Nicola litt unter Langeweile, unter einer so quälenden Langeweile, dass sie sogar Gillon mit offenen Armen willkommen geheißen hätte, hätte er sich zu einem Besuch herabgelassen. Am Graddan's Court war jedoch von Grants jüngerem Bruder weit und breit nichts zu sehen, nicht einmal ein kleiner Brief, der seine Abwesenheit entschuldigt hätte. Er hatte sich schlicht und einfach in Luft aufgelöst. Als sie allen Mut zusammennahm, um Grant beim Abendessen zu fragen, ob er etwas von Gillon gehört habe, bekam sie eine schroffe Antwort. Grant war immer noch mürrisch und konnte sich kaum dazu überwinden, höflich zu seiner Frau zu sein, geschweige denn zu seiner Schwägerin. Da sie inzwischen nicht mehr an morgendlicher Übelkeit litt, war auch Charlotte gelangweilt und übellaunig. Ältliche Damen von Wohltätigkeitsstiftungen, die ohne Einladung vorsprachen, wurden barsch wieder weggeschickt, und beharrliche Seelen, die sie am Sonntag in der Kirche ansprachen, trafen auf Sarkasmus oder Geringschätzung.

Das Wetter machte die Sache auch nicht besser. Den ganzen Juni über regnete es unermüdlich, und Jeannie und Molly waren vollauf damit beschäftigt, das Feuer zu schüren, um die jämmerliche Feuchtigkeit in Schach zu halten. Gossen quollen über wie Flüsse, aus Dachtraufen spritzten Wasserfontänen, in Senken und Hohlräumen bildeten sich riesige Lachen, und die Abflüsse, die das North Loch geleert hatten, waren so überlastet, dass es schien, als würde das Wasser wieder einmal das Antlitz der Erde bedecken oder zumindest jenen Teil davon, der die alte Stadt von der neuen trennte.

»Hearts?«, fragte Charlotte. »Oder Cribbage? Was soll es sein?«

»Ich glaube«, antwortete Nicola, »dass ich heute Nachmittag lieber lesen würde.«

»Wenn du so muffig sein willst, was soll ich dann tun?«

»Du könntest doch nähen.«

»Nähen? Ich habe es satt zu nähen«, sagte Charlotte. »Wenn ich recht darüber nachdenke, habe ich es auch satt, Karten zu spielen. Lies mir vor, Nicola!«

»Nein.«

»Was liest du überhaupt?«

»*The Pilgrims' Progress.*«

»Oh, dieses Buch habe ich bereits gelesen«, erklärte Charlotte.

»Nein, hast du nicht«, widersprach Nicola. »Du glaubst nur, du hättest es gelesen. Papa hat es Jaimie laut vorgelesen, als es ihm schlecht ging. Wir haben von der Treppe aus gelauscht, bis Nanny Aird uns ins Bett verfrachtet hat.«

»Warum hat Papa eigentlich uns niemals vorgelesen?«, fragte Charlotte.

»Vielleicht war er der Meinung, dass Bunyan keine passende Kost für Mädchen wäre.«

»Er hat uns niemals was vorgelesen.«

»Nur die Bibel«, sagte Nicola.

»Und die auch nicht oft«, meinte Charlotte.

Sie hatten spät gefrühstückt, früh zu Mittag gegessen und freuten sich auf den Tee, und sie zogen jede Mahlzeit in die Länge, als wollten sie einen Markierungspunkt in den öden Tag setzen.

»Abaddon«, sagte Charlotte. »Früher hat er mir Angst gemacht.«

»Ja, und der Riese Verzweiflung ebenfalls«, fügte Nicola hinzu und klappte das Buch zu. »Früher hat uns alles Angst gemacht, Charlotte.«

»Das tut es noch immer«, erwiderte ihre Schwester. »Ich habe mir stets vorgestellt, wir würden in der Zweifelsburg leben und Papa wäre der Riese Verzweiflung. Ich frage mich, was Jaimie davon gehalten hat.«

»Ich nehme an, das Versprechen der Himmlischen Stadt hat ihn getröstet.«

»Wenn Papa so weit gekommen ist«, sagte Charlotte, dann fügte sie abrupt hinzu: »Wo ist er eigentlich? Warum besucht er uns nicht?«

»Papa?«, fragte Nicola. »Er hat bei Gericht zu tun und ist trotz Grants Bemühungen noch immer verschnupft.«

»Ich meine nicht Papa«, erklärte Charlotte. »Ich meine Gillon.«

Nicola rutschte unbehaglich auf ihrem Stuhl hin und her. »Ich glaube, er hat mich aufgegeben.«

»Ist das Grund genug, auch *mich* aufzugeben?«, versetzte Charlotte. »Er ist nämlich seit Langem in mich verliebt.«

»Oh!«, sagte Nicola. »Nein, das habe ich nicht gewusst.«

»Wenn er mich kennengelernt hätte, bevor Grant ... Oh, welchen Sinn hat das?« Charlotte wedelte mit den Händen. »Man kann die Uhr nicht zurückdrehen.«

»Bist du in Gillon verliebt?«, erkundigte Nicola sich vorsichtig.

»Da er dich aufgegeben hat, macht er sich zweifellos an irgendein Mädchen heran, das ein Vermögen besitzt und kein Hirn im Kopf hat.«

»Du hast meine Frage nicht beantwortet«, beharrte Nicola.

»Ich habe keine Antwort, keine richtige jedenfalls«, erwiderte Charlotte. »Ich habe ihn niemals ermutigt, wenn es das ist, was du meinst.« Sie hielt inne. »Trotzdem, es ist schmeichelhaft zu wissen, dass ich jemandem am Herzen liege.«

»Du liegst *mir* am Herzen«, sagte Nicola. »Grant liegst du am Herzen.«

»Wirklich?«, fragte Charlotte. »Er hat eine seltsame Art, das zu zeigen. Warum spricht er nicht mit mir – oder auch mit dir –, sondern brummt bloß mürrisch? Was ist auf Craigiehall passiert, Nicola? Hat er Annäherungsversuche bei dir unternommen?«

»Großer Gott, nein!«, rief Nicola.

»Ich genüge ihm nicht«, murmelte Charlotte. »Er verachtet mich.«

»Er ist in einer sehr düsteren Stimmung, das gebe ich zu«, räumte Nicola ein, »doch er verachtet dich nicht, Charlotte. Er ist enttäuscht, das ist alles.«

»Von mir, von mir enttäuscht?«

»Er hat wohl gehofft, bei Papa ein wenig weiterzukommen und die Wogen zu glätten, bevor das Baby geboren wird. Dass er dem Anwalt in Galston keinen Namen entlocken konnte, hat seinen Stolz verletzt.«

»Weißt du, wo er wohnt?«, fragte Charlotte.

»Wer?«

»Gillon! Weißt du, wo er Quartier bezogen hat?«

»Nein.«

»Grant weiß es auch nicht, oder wenn doch, will er es mir nicht verraten«, sagte Charlotte. »Wenn wir seine Adresse hätten, könnten wir ihm vielleicht einen Brief schicken und ihn einladen, mit uns zu speisen – oder du könntest ihn besuchen.«

»Bei diesem abscheulichen Wetter?«, fragte Nicola im Bemühen, unbefangen zu erscheinen.

»Ich will ihn wiedersehen. Ich will ein wenig Frohsinn in meinem Leben, Nicola. Ist das so unrecht von mir?«

»Ich habe geglaubt, du kannst Gillon Peters nicht ausstehen«, bemerkte Nicola.

»Ich tue so, als könnte ich ihn nicht leiden«, räumte Charlotte ein. »Welchen Sinn hat das jedoch, wenn Grant jedwedes Interesse an mir verloren hat und wir Tag um Tag hier sitzen und nichts anderes zu tun haben, als Cribbage zu spielen und Sinnsprüche zu sticken, die niemand braucht oder will?«

Es lag Nicola auf der Zunge, ihrer Schwester ins Gedächtnis zu rufen, dass sie verheiratet sei und ein Kind erwarte und dass Gillon Peters, so amüsant er auch sein mochte, wohl kaum eine Lösung für ihre Probleme wäre. Sie wusste durchaus, dass jeder Kutscher, der seinen Fahrpreis wert war, Gillon bald in einer der Tavernen aufspüren würde, in denen Karten gespielt wurde, aber diesen Gedanken behielt sie für sich.

»Vielleicht ist er nach Heatherbank gefahren«, überlegte sie laut.

»Wenn er das getan hätte«, sagte Charlotte, »dann wüsste Grant davon. Er bekommt regelmäßig Briefe von Roderick.«

»In diesem Fall«, schlug Nicola vor, »könnten wir doch vielleicht an Roderick schreiben?«

»Ha!«, meinte Charlotte vernichtend. »Als würde uns das was helfen! Diese Brüder halten zusammen wie Pech und Schwefel. Außerdem liebt Gillon das Landleben nicht, erst recht nicht bei nassem Wetter. Ich wette, er hat eine andere Erbin gefunden, der er den Hof macht, nachdem du ihn so grausam abgewiesen hast.«

»Ich habe ihn nicht abgewiesen«, widersprach Nicola.

»Wo ist er dann?«, fragte Charlotte. »Und mit wem ist er zusammen?« Und als sie keine intelligente Antwort von ihrer Schwester erhielt, läutete sie die Glocke, um Molly herbeizurufen, die weitere Kohlen auf das Feuer legen sollte.

Gillon hatte sich irgendwie vorgestellt, dass sie vom Format der prächtigen Mrs. Bellamy oder der vollbusigen Miss Lundy wäre, Schauspielerinnen, die die Träume seiner Jugend erhitzt hatten, aber auf den ersten Blick war Madelaine Young lediglich ein schmächtiges Mädchen, das ihn von der Figur her, wenn auch nicht vom Aussehen, ziemlich an Nicola Templeton erinnerte.

Sobald sie an der Tür der Kutsche erschien, beeilten sich drei eifrige männliche Fahrgäste, ihr behilflich zu sein. So dankbar war sie für ihre Aufmerksamkeiten, dass sie die Kapuze ihres Umhangs zurückwarf und jeden Gentleman mit einem Lächeln von solcher Süße und Herzlichkeit beglückte, dass es beinahe so gut war wie ein Kuss. Griechin, dachte Gillon, oder Italienerin? Einzig fremdländisches Blut konnte die glänzenden, dunklen Augen erklären, die das blasse Gesicht mit dem scharf ausgeprägten Kinn beherrschten und beinahe einen kleinen Mund mit prallen Lippen vergessen ließen, der sich zu seinem Erstaunen weit wie eine Wasserlilie öffnete, sobald ihr Blick auf das Mädchen gefallen war, das sich an Gillons Hand klammerte.

»Fleur, Fleur, mein Liebling!«, rief sie. »Was haben sie mit dir gemacht?«

»Tante, Tante.« Das Mädchen sprang über den Hof und warf sich Mrs. Young in die Arme. »Oh, Tante Maddy, ich freue mich ja so, dich endlich zu sehen!«

Überschwemmungen im Norden Yorkshires hatten die Ankunft der Londoner Kutsche verzögert. In Begleitung des Mädchens und zweier Lakaien in der Livree der Oliphants hatte Gillon, wie es ihm vorgekommen war, eine Ewigkeit im Hof des *Mannering's Hotel* gewartet.

»Fleur, Fleur, was bist du gewachsen!« Mrs. Young hielt ihre Nichte eine Armeslänge von sich weg und musterte sie. »Du bist schöner denn je. Oh, wie sehr ich dich vermisst habe!«

»Ich habe dich ebenfalls vermisst.« Fleur begrub den Kopf in dem Umhang ihrer Tante, der von der Reise völlig verschmutzt war. »Ich habe gewartet und gewartet, und nur Lieutenant Peters war zu meiner Unterhaltung da. Ich habe gedacht, die Fluten hätten dich vielleicht mitgerissen, und ich habe letzte

Nacht gar nicht schlafen können, so sehr habe ich um dich geweint.«

»Nun, trockne deine Tränen, mein Liebling, denn jetzt bin ich ja hier«, sagte Madelaine Young, »und meine Abenteuer auf der Straße haben mir nichts anhaben können. Wir werden heute Nacht beide tief und fest schlafen, da wir wieder zusammen sind.«

»Allerdings, allerdings«, stimmte das Mädchen ihr zu.

Dann griff sie nach der Hand ihrer Tante und führte sie zu Gillon, der schwungvoll den Hut vom Kopf nahm und die winzige Schauspielerin mit einer Verneigung begrüßte.

»Madame«, sagte er, »seien Sie mir tausendfach willkommen in unserer schönen Stadt.«

»Sie sind Peters, nicht wahr?«

»Der bin ich, Madame, der bin ich.«

»Ich danke Ihnen, Sir, dass Sie auf meine Nichte achtgegeben haben.«

»Sie ist ein entzückendes ... aah ... Kind und hat mir nichts als Freude bereitet«, erwiderte Gillon, dann befahl er den Lakaien mit militärischer Effizienz, sich um Mrs. Youngs Gepäck zu kümmern und es in die wartende Kutsche zu laden. »Wir werden Sie im Handumdrehen nach Hause bringen, Ma'am. Lady Valeries Haus, wo Freunde und warme Feuer sie erwarten, ist gleich um die Ecke.«

»Und ein Bad«, sagte Maddy. »Ich muss ein Bad nehmen, ich muss einfach.«

Trotz des Regens und des ganzen Treibens um ihn her war Gillon hingerissen von einer Vision der elfengleichen Schauspielerin, wie sie sich nackt aus Lady Valeries elegantem, mit Kupfer ausgekleidetem Badezuber erhob. Er räusperte sich und legte Fleur eine Hand auf die Schulter, bevor er die Damen hastig durch die Menge geleitete, während die mit dem Gepäck beladenen Lakaien hinterhertrotteten.

Sobald sich die Tür der Kutsche geschlossen hatte, beugte Madelaine Young sich über den Sitz und fragte: »Sie sind also der Gauner, der Experte im Beschwindeln?«

»Was?« Ihre Unverblümtheit verblüffte Gillon. »Ist diese Art von Rufmord jetzt schon bis nach London vorgedrungen?«

»Die Kunde über Ihre ungewöhnlichen Fähigkeiten ist bis an meine Ohren gedrungen«, erklärte Madelaine Young, »und das, Mr. Peters, ist alles, was zählt.«

»Ich verstehe«, sagte Gillon. »Briefe?«

Die Frau nickte. »Briefe.«

»Von Lady Valerie?«,

»Und von Sir Archie.«

»Ich kann nicht behaupten, mit Sir Archie besonders gut bekannt zu sein«, bemerkte Gillon.

Die Kutsche schaukelte, als die Lakaien das Gepäck aufluden. Gillon streckte eine Hand aus, um sich festzuhalten, und im nächsten Moment war sie bedeckt von den zierlichen Fingern der Dame.

»Sind Sie mit Lady Valerie näher bekannt?«, erkundigte sie sich.

»Bis zu einem gewissen Grad.« Gillon warf einen Blick auf Fleur, die sich auf den Schoß ihrer Tante kuschelte. »Wir sind, sagen wir mal, alte Freunde, aber heutzutage kreuzen sich unsere Pfade in der Regel nur am Kartentisch.«

»Ich habe gehört, dass wir Partner sein sollen – das heißt, am Kartentisch.«

»Was ist, wenn ich so kühn sein darf, Ihr Fachgebiet?«, fragte Gillon.

»Crim Con«, erwiderte die Frau. »Wissen Sie, was das bedeutet?«

»Nicht genau«, antwortete Gillon.

»Das ist die Abkürzung der Anwälte für ›criminal conversation‹.«

»›Criminal conversation‹?«, wiederholte Gillon. »Wirklich?«

»Mit anderen Worten«, sagte die Frau, »eine Beschönigung für Ehebruch.«

»Oh!«, entfuhr es Gillon. »Wie spezialisiert man sich auf Ehebruch?«

»›Verführung‹ würde es vielleicht besser ausdrücken.«

»Ah, ja«, meinte Gillon, »das verstehe ich.«

Die Kutsche schaukelte abermals und setzte sich in Bewegung. Madelaine zog die Hand zurück und schenkte ihm ein strahlendes Lächeln.

»Werden Sie heute Abend mit uns speisen?«

»Nein«, antwortete Gillon. »Ich bin nicht gut genug, um mit den Oliphants zu speisen.«

»Warum denn das nicht?«

»Ich bin kein Blaustrumpf.«

»Ebenso wenig wie ich«, entgegnete die Frau.

»Trotzdem besitzen Sie offensichtlich die Fähigkeit, die Illusion zu erzeugen, eine von ihnen zu sein. Ihre talentierte Nichte hat unterdessen den Weg für Ihre Ankunft bereitet, und man wird Sie als diejenige akzeptieren, die Sie zu sein behaupten, insbesondere, da Sie sich Valerie Oliphants Unterstützung erfreuen. Mich wird man in solchen Kreisen niemals akzeptieren«, fuhr Gillon fort. »Ich verhehle nicht, dass ich Karten dem Klatsch und Tratsch vorziehe. Außerdem habe ich keinen Hintern in der Hose.«

»Aber genügend, um zu tun, was Lady Valerie von Ihnen verlangt?«

»Dafür reicht's allemal, oh ja«, bestätigte Gillon. »Wenn die Karten verdeckt ausgeteilt werden, sind alle Männer gleich.«

»Und Frauen ebenfalls?«

»Und Frauen ebenfalls.«

»Wir sind aus dem gleichen Holz geschnitzt, glaube ich«,

bemerkte Madelaine. »Ein Paar, das gut zusammenpasst. Wir werden unser Glück schon machen, Lieutenant Peters, und diesen noblen Lord in die Knie zwingen.«

»Doch nicht meinen Admiral?« Fleur richtete sich auf.

»Nein, mein Liebling, nicht deinen Admiral, wer das auch immer sein mag. Wir sprechen von einem ganz anderen Gentleman.«

»Einem mit Geld?«, fragte das Mädchen.

»Reich wie Krösus, so erzählt man mir«, antwortete Madelaine.

»So reich wie unser Mr. Billington?«

Madelaine lachte. »Nein, gar so reich denn doch nicht.«

Fleur kicherte und kuschelte sich wieder in den Schoß ihrer Tante, während Gillon darüber nachsann, was das genau für ein Ränkespiel war, in das er hineingestolpert war, und wer am Ende von diesem seltsamen Spiel profitieren würde.

Es dauerte nicht lange, bis die Nachricht die Runde gemacht hatte, dass Archie Oliphant eine schöne Engländerin in die Stadt geholt hatte. Schon bald kursierten reichlich Gerüchte, sie sei eine entfernte Verwandte der Königin oder vielleicht ein Kind des verstorbenen Marquis von Rockingham oder gar eine Nachfahrin der im Exil lebenden Stuart-Könige, und sie sei heimlich in Paris und London erzogen worden, eine Prinzessin der hoffnungslosen Fälle. Wie derart lächerliche Spekulationen in der pragmatischen Welt der Edinburgher Gesellschaft Fuß fassen konnten, war unerklärlich, aber die Freunde und Bekannten der Oliphants hatten zu viel Sinn für eine gute Geschichte, um der Wahrheit zu gestatten, sich dem Geschwätz in den Weg zu stellen.

Eine bekannte Tatsache war, dass Mrs. Young einst Schauspielerin in M. Didiers Londoner Truppe gewesen war, denn der

Admiral hatte sie bei einer Aufführung in der Drury Lane gesehen. Mit ihrer Gestaltung von Shakespeares Cleopatra hatte sie ein gewisses Maß an Berühmtheit erlangt und seit ihrem Auftritt in Thomas Zurichs *Salome* war sie recht berüchtigt. Danach war sie von der Bildfläche verschwunden.

An welchem Punkt ihrer Laufbahn sie Mr. Young geheiratet hatte, wer er war und wie und wann er gestorben war – all das war nicht bekannt, und Sir Archie und Lady Valerie drückten sich zu diesen Punkten aufreizend vage aus. Was spielte das für eine Rolle?, erklärte der Admiral. Jetzt war sie hier, und wenn sie kein Spross aus blauem Blut war, würde er seinen Hut essen, mitsamt Litzen und allem, denn die liebreizende Mrs. Young besaß alle Eigenschaften, die eine Dame ausmachten, namentlich Geist, Charme und natürlich eine unvergleichliche, wenn auch unkonventionelle Schönheit.

Als gegen Ende des Monats der Regen nachließ, verkündete Lady Valerie, dass sie Musikabende veranstalten werde, um das bemerkenswerte Talent der kleinen Fleur Cadell zu zeigen und Mrs. Young in die kultivierte Gesellschaft einzuführen, Letzteres mithilfe einer Lesung aus Sir Archibalds jüngstem Versepos, *Fingals Rückkehr*. Einladungen ergingen an die oberen Zehntausend, was zwar nicht Gillon Peters einschloss, aber den hochfahrenden, unmusikalischen Lord Craigiehall, der zu seinem Bedauern wegen dringender Geschäfte bei Gericht absagen musste.

Und dringend waren die Geschäfte in der Tat: ein Strafprozess der Krone, in dem es darum ging, ob zwei Schwestern während einer Auseinandersetzung um die Bezahlung für ein Glas Schnaps die Ehefrau eines Schankwirts auf dem Saltmarket von Glasgow vorsätzlich ermordet hatten oder nicht. Das Opfer war anscheinend gestoßen worden oder gestolpert, mit dem Hinterkopf gegen die Wand geschlagen und hatte sich daraufhin nicht wieder geregt.

Grant Peters, Anwalt der Angeklagten, stellte den Antrag, den Schwestern getrennt den Prozess zu machen, damit die Jüngere zur Verteidigung der Älteren aussagen konnte. Lord Craigiehall wollte nichts davon wissen, und die Verhandlung zog sich bis weit nach drei Uhr morgens hin, als trotz Mr. Peters' eloquenter Ansprache an die Geschworenen beide Mädchen für schuldig befunden und dazu verurteilt wurden, auf dem Grassmarket gehängt zu werden, woraufhin ihre Leichen zur Sektion an den Anatomieprofessor der Universität übergeben werden sollten. Kein Wunder, dass Lord Craigiehall zu müde war, um an diesem Abend einer musikalischen Soiree beizuwohnen, oder dass Mr. Grant Peters daheim mürrisch und wortkarg war.

Am dritten Tag des neuen Monats wurde Grant aus der Bibliothek der Anwälte in den Umkleideraum der Richter gerufen, wo Lord Craigiehall, immer noch ausgezehrt und erschöpft, für die Verhandlung eines weiteren Kapitalverbrechens ausstaffiert wurde.

Seine Lordschaft knabberte an dünnen Scheiben kalten Roastbeefs, als Grant eintraf. Er winkte seine Schreiber und Bediensteten davon, stützte sich auf die Tischkante, konsultierte seine Taschenuhr und sagte: »Ich verspüre nicht den Wunsch, ein Kind von sechzehn Jahren baumeln zu sehen, Peters, doch die Geschworenen haben aus irgendeinem unerfindlichen Grund darauf bestanden. Ich an Ihrer Stelle würde für das jüngere Mädchen, Annie, beim König beantragen, Gnade vor Recht ergehen zu lassen.«

»Ich habe die Angelegenheit bereits mit Mr. Mackenzie erörtert«, sagte Grant. »Die Beweise waren nicht ...«

»Ja, ja, Peters. Ich habe die Beweise ebenfalls gehört, jedes einzelne verflixte Wort. Ich bin nicht verpflichtet, Ihnen einen Rat zu einer Entscheidung zu geben, die bereits besiegelt ist, aber ich schlage vor, dass Sie einzig um das Leben des jüngeren Mädchens bitten.«

»Und die Ältere hängen lasse?«

»Das lässt sich nicht ändern«, erwiderte Lord Craigiehall. »Sie ist zweiundzwanzig Jahre alt und muss den Preis für ihr hitziges Temperament zahlen. Die Ratgeber des Königs werden nicht beide Mädchen begnadigen. Wenn Sie Ihre Petition jedoch richtig vorbringen, bin ich davon überzeugt, dass der Anstand obsiegen und die Jüngere der beiden straffrei davonkommen wird. Beraten Sie sich unbedingt mit Mr. Mackenzie, aber auch mit dem zweiten Kronanwalt, der bestimmt nicht hartherzig ist.«

»Vielen Dank für Ihren Rat, Sir«, erwiderte Grant. »Ich werde ihn genau befolgen.«

»Besser eine als beide«, bemerkte Lord Craigiehall, dann fügte er hinzu: »Übrigens, Peters, wer ist diese Frau, diese Madelaine Young, die die Oliphants uns so unbedingt aufhalsen wollen?«

»Ich habe wirklich keine Ahnung, Euer Lordschaft.«

»Ich bitte Sie, auf der Promenade muss doch darüber geredet werden.«

»Die Leute sagen, sie sei die Enkeltochter von Bonnie Prince Charlie, und ihre Söhne, falls sie welche hat, würden eines Tages den Thron erben.« Grant schnaubte. »Das, Sir, sind die gehaltvollen Ansichten, die meine Standesgenossen auf der Promenade vertreten.«

Seine Lordschaft neigte das lange Kinn, und die Andeutung eines Lächelns umspielte seine Mundwinkel. »Wissen sie nicht, dass die jakobitische Sache tot und begraben ist? Ich gehe doch davon aus, dass sie nicht über Hochverrat reden.«

»Zum größten Teil reden sie Unsinn«, entgegnete Grant. »Ich habe nur wenig über die Frau gehört, nur dass sie Schauspielerin ist. Ich bin versucht zu glauben, dass Sir Archibald sie vielleicht in Dienst genommen hat, um sein neuestes Drama aufzupolieren.«

»Dann ist sie also Schauspielerin und keine vermögende Dame?«, fragte Lord Craigiehall.

»Sie könnte durchaus beides sein«, antwortete Grant. »Ein Mangel an Durchblick bei der Frage, was eine Dame ausmacht, ist der Preis, den wir für das Leben in aufgeklärten Zeiten zahlen.«

»Wohl wahr, Peters«, gab Seine Lordschaft zurück. »Ist das alles, was Sie mir erzählen können?«

»Ja«, bestätigte Grant.

»Dann dürfen Sie jetzt gehen und meinen Schreiber und meinen Robenmeister hereinschicken.«

»Ja, Euer Lordschaft«, erwiderte Grant und verließ mit nicht geringerer Verwirrung den großen Lord Craigiehall, der sich auf einen weiteren langen Tag am Richtertisch vorbereitete.

Erst als sie die oberste Stufe der Treppe des Zollhauses erreichten und Charlotte innehielt, um wieder zu Atem zu kommen, begriff Nicola, dass hinter dem Ausflug mehr steckte, als ihre Schwester ihr hatte weismachen wollen.

Bis zu diesem Moment hatte Nicola unter dem Eindruck gestanden, dass Charlotte jetzt, da der Regen aufgehört hatte und die Straßen trockneten, lediglich ein wenig frische Luft und Bewegung wollte. Sie hatte absolut nichts dagegen gehabt, die stickige Wohnung am Graddan's Court zu verlassen, und eilig ein Sommerkleid und ein Musselinhäubchen übergestreift, bevor sie eifrig die Treppe hinunter ins Sonnenlicht gelaufen war, Charlotte hinterher und Molly im Schlepptau.

Sie waren nicht die einzigen eleganten Damen, die an diesem strahlenden Julinachmittag unterwegs waren. Der Lawnmarket und der Castle Hill Walk waren so farbenprächtig wie Rosengärten von all den jungen Mädchen und Frauen, die sich in ihrem besten Sonntagsstaat zeigten. Sie flanierten auf und ab und kamen dann, Charlotte noch immer ihnen beiden voran, am hinteren Teil des Zollhauses heraus und stiegen die steile Treppe hinauf.

»Ah«, sagte Charlotte unschuldig, »siehst du, wo wir sind, Liebste?«

»Aye«, antwortete Molly, obwohl die Frage nicht an sie gerichtet gewesen war. »Bis nach Hause ist es nur ein Katzensprung, und es ist schon fast Essenszeit.«

»Ich frage mich, ob Papa heute zu Hause speist«, bemerkte Charlotte.

»Ich halte das für äußerst unwahrscheinlich«, sagte Nicola. »Und ich habe nicht die Absicht, ihn zu besuchen, um es herauszufinden.«

»Ich bitte dich, Nicola«, begann Charlotte, »er ist schließlich unser Papa. Er würde uns kaum die Tür weisen.«

»Da wär ich mir nicht so sicher, Miss Charlotte«, wandte Molly unbehaglich ein.

»Wo wir schon mal in der Nähe sind ...«

»Wir leben in der Nähe«, rief Nicola ihr ins Gedächtnis.

»Wo wir schon mal hier sind, wäre es nur höflich, auf einen Sprung vorbeizuschauen«, erklärte Charlotte und spitzte die Lippen auf eine Art, in der Nicola Sturheit erkannte. »Ich habe mich entschieden. Wir werden zu Crowell's Close gehen und ihm unsere Aufwartung machen.«

»Hat Grant dir diese Idee in den Kopf gesetzt?«, wollte Nicola wissen.

»Gütiger Himmel, nein!«, rief Charlotte. »Hältst du mich für Grants Marionette? Ich habe durchaus einen eigenen Kopf.« Sie hielt inne, immer noch ein wenig schwer atmend. »Ich habe in letzter Zeit viel über diese Angelegenheit nachgedacht und bin zu dem Schluss gekommen, dass es ungerecht ist, Papa die Schuld an dem Bruch zwischen uns zu geben. Es ist außerdem ungerecht zu erwarten, dass Grant die Dinge für uns in Ordnung bringt.«

»Für uns?«, fragte Nicola.

»Ich bin jetzt fast im vierten Monat schwanger«, stellte Charlotte fest. »Mein Verlangen ist größer als deins.«

»Wenn du eine Versöhnung meinst ...«, begann Nicola.

»Allerdings meine ich eine Versöhnung«, sagte Charlotte. »Was du auch getan hast, um Papa zu kränken, es wird Zeit für eine Wiedergutmachung.«

»Was ich auch getan habe?«, wiederholte Nicola. »*Ich* habe keinen Schurken geheiratet.«

»Ist es das, was du von meinem Ehemann denkst? Nachdem er dich aufgenommen und ernährt hat, ohne einen Penny für deinen Unterhalt zu verlangen, hast du die Frechheit, ihn einen Schurken zu nennen?«

»Papa betrachtet ihn als einen Schurken, nicht ich«, wandte Nicola ein.

»Dann«, entgegnete Charlotte und raffte ihre Röcke, »wird es höchste Zeit, Papa dazu zu bringen, seine Meinung zu ändern. Ich werde ihn aufsuchen und ihm genau das sagen. Komm mit oder lass es bleiben, Nicola, ganz wie du willst.«

»Sie gehen besser mit, Miss«, flüsterte Molly. »Sonst wird's nur Ärger geben.«

»Oder es wird trotzdem Ärger geben«, murmelte Nicola und beeilte sich, um ihre Schwester einzuholen, die bereits am Eingang von Crowell's Close verschwunden war.

Robertson lächelte nicht, er runzelte auch nicht die Stirn, aber er senkte die Lider und musterte die Frauen auf der Türschwelle so kalt wie Fremde. »Ja?«, sagte er.

»Ist mein Vater zu Hause?«, fragte Charlotte.

»Seine Lordschaft ist zu Hause.«

»Richte ihm aus, dass wir hier sind!«, verlangte Charlotte.

Die Sonne, die durch ein Oberlicht fiel, beleuchtete den geräumigen Flur. Dieses Fenster hatte Nicola immer schon gestört. Sie verstand nach wie vor nicht, wie ein Architekt drei Stockwerke unter dem Dach ein Oberlicht aus Buntglas anbringen konnte. Während sie das eingefärbte Glas betrachtete, fühlte sie sich wieder wie ein Kind. Verwirrt und beschämt hoffte sie halb, dass Robertson sie abweisen würde.

»Erwartet Seine Lordschaft Sie?«, erkundigte der Kammerdiener sich.

»Nein«, gestand Charlotte. »Sei bitte so freundlich und teile ihm mit, dass wir hier sind.«

»Seine Lordschaft hat Gesellschaft.«

»Gesellschaft?«, wiederholte Charlotte. »Wen?«

»Dr. Graythorn.«

Charlotte zuckte zusammen.

»Fühlt mein Vater sich unwohl?«, wollte Nicola wissen.

»Nein, er ist nicht krank, Miss Nicola, aber er hat wieder die halbe Nacht bei Gericht verbracht und ist erschöpft«, sagte Robertson, dann beugte er sich vor und riet ihnen: »Sie kommen besser ein andermal wieder her.«

»Sind mein Vater und Dr. Graythorn beim Essen?«, beharrte Charlotte.

»Nein, sie nehmen den Tee ein«, erwiderte Robertson.

»Dann werden wir das Gleiche tun«, erklärte Charlotte, versetzte Robertson einen kleinen Stoß mit dem Ellbogen und trat an ihm vorbei in die Halle. »Wo ist er?«

»Im Frühstückszimmer«, räumte Robertson ein. »Ich werde Sie anmelden.«

»Bemühe dich nicht«, sagte Charlotte. »Ich kenne den Weg.«

Dicht gefolgt von Nicola, stürmte sie durch die Halle und die Tür ins Frühstückszimmer, wo ihr Vater, in Morgenmantel und Pantoffeln, an einem Stück trockenem Toast knabberte, während ihn Dr. Graythorn mit ganz und gar nicht nur forensischem Interesse über den Rand seiner Teetasse hinweg beobachtete.

»Charlotte«, sagte John James ohne einen Anflug von Überraschung, »was bringt dich dazu, einfach so hereinzuplatzen, während ich mein Frühstück einnehme? Bedarfst du der Aufmerksamkeit des Arztes?«

»Nein, Papa«, gab Charlotte zurück. »Ich bedarf deiner Aufmerksamkeit.«

»In der Tat!« John James legte den Toaststreifen beiseite und wiederholte: »In der Tat!«

»Dann gehe ich jetzt, Sir«, erklärte Dr. Graythorn. »Mit Ihrer Erlaubnis.«

»Nein, nein, Graythorn, bleiben Sie, bleiben Sie bitte. Sie kennen meine Töchter doch.«

»Allerdings, Sir, aber ... aber die Angelegenheit zwischen Ihnen und Ihren Töchtern könnte ... ah ... privater Natur sein.«

»Ist sie das, Charlotte?«, fragte John James. »Geht es um eine private Angelegenheit?«

Es war typisch für ihren Vater, vollkommen ungerührt zu bleiben, dachte Nicola, eine Gewohnheit, die er in vielen Jahren, während er über Verbrecher zu Gericht gesessen hatte, erworben hatte. Er wirkte jedoch erschöpft, und ohne eine Perücke, die sein spärliches weißes Haar verbarg, schien er den siebzig näher zu sein als den sechzig. Ein kleiner Stich der Sorge durchzuckte sie, und sie zog einen Stuhl zu sich heran, setzte sich an den Tisch und griff nach seiner Hand, während der Arzt Charlotte zu dem kleinen Sofa führte.

John James erlaubte Nicola, ihre Hand für einen Moment auf seiner liegen zu lassen, dann wiederholte er seine Frage. »Ist es eine private Angelegenheit, Charlotte?«

»Nein, Papa, das ist es nicht.«

»Hängt es mit dem Kind zusammen?«

»Dem Kind?«, fragte Charlotte. »Oh, dem Baby?«

»Ja«, bestätigte John James mit einem Seufzen, »dem Baby.«

»Es geht mir so gut, wie man es in meinem Zustand erwarten kann.«

»Finden Sie, dass sie gut aussieht, Graythorn?«, wollte John James wissen.

»Das tut sie, Euer Lordschaft, soweit ich das erkennen kann, ohne ...«

»Schon gut!«, fiel John James ihm ins Wort. »Wenn es nicht um das Baby geht, geht es dann zufällig um deinen Ehemann, der dich hierhergeschickt hat?«

»Wir waren in der Nähe«, stellte Nicola fest, »und haben beschlossen vorbeizuschauen, um uns nach deiner Gesundheit zu erkundigen, Papa, das ist alles.«

»Ich erfreue mich bester Gesundheit, herzlichen Dank, Nicola. Habe ich nicht recht, Graythorn?«

»Tja, ich ...«

»Na also«, sagte John James. »Nun, Charlotte, was deinen Ehemann betrifft: Er hat auf mich den Eindruck eines Anwalts gemacht, der seine Mandanten gut vertritt, selbst wenn sie manchmal für ihre Verbrechen hängen müssen. Weniger beeindruckt bin ich von seinem absoluten Mangel an Interesse für die Angelegenheiten unserer Familie.«

»Es war nicht Grants Schuld«, verteidigte Nicola ihren Schwager. »Ich war ebenfalls dort, Papa. Ich habe mit eigenen Augen gesehen, wie Mr. Bunting ihn übertölpelt hat.«

»Hältst du jetzt ein Plädoyer für Peters, Nicola?«

»Ich bitte dich nur, Vernunft anzunehmen.«

»Es gibt keinen vernünftigeren Mann in Schottland als mich«, stellte John James fest. »Ich bin das Herz und die Seele der Vernunft. Habe ich nicht recht, Graythorn?«

»Sie stehen tatsächlich in diesem Ruf, Sir.«

»Ich bin vor langer Zeit zu dem vernünftigen Schluss gekommen, dass Mr. Peters sich keinen Deut um die Zukunft von Craigiehall schert, es sei denn, die Zukunft von Craigiehall wird in seinen Händen liegen. Glaubst du etwa, Charlotte, dass das Unvermögen deines Ehemannes zu tun, worum ich ihn gebeten habe, meine Meinung auch nur um ein Jota verändert hat?«

»Ich glaube wirklich, Euer Lordschaft, dass ich mich verabschieden sollte«, warf der Doktor ein.

»Unsinn, Mann, Unsinn!«, widersprach John James. »Wir werden jetzt Tee trinken und wie versprochen um fünf Uhr mit Mr. Meegan und Mr. Richard aus dem Royal Hospital speisen, damit wir unser Gespräch über Kapital als ein Anhäufen von erworbenen Verdiensten sowie seinen Einfluss auf das Wohl und Wehe einer Gesellschaft fortsetzen können.«

»Wenn das Ihr Wunsch ist, Lord Craigiehall«, erwiderte der Arzt.

»Es ist nicht nur mein Wunsch, sondern auch meine Absicht«, erklärte John James. »Ich habe heute nichts Wichtiges zu tun, und nach den Anstrengungen der Nacht – ich meine, bei Gericht – freue ich mich auf eine lebhafte Debatte über ein interessantes Thema.« Er hielt inne, dann fügte er hinzu: »Nicola, bist du noch immer nicht geneigt, nach Hause zurückzukehren? Ist es nicht allmählich ernüchternd, ein Kuckuck in Grant Peters' Nest zu sein?«

»Nein, Papa, ist es nicht«, antwortete Nicola. »Außerdem braucht Charlotte mich.«

»Ich nehme an, um sie vor Peters' Gleichgültigkeit zu bewahren.«

»Mein Mann ... mein Mann ist nicht ...«, plusterte Charlotte sich auf.

»Wenn überhaupt, dann um sie vor deiner Gleichgültigkeit zu

bewahren, Papa«, sagte Nicola. »Willst du nicht anerkennen, dass wir jetzt erwachsen sind und du uns nicht länger vorschreiben kannst, wie wir unser Leben zu führen haben?«

»Du, du zumindest bist noch immer ein Kind«, erklärte John James.

»Jedoch alt genug, um zu heiraten«, bemerkte Nicola.

»Heiraten?«, sagte John James. »Ist der Zweck deines Besuches der, mich darüber zu informieren, dass du irgendeinem Emporkömmling aus Edinburgh verfallen bist?«

»Der Zweck unseres Besuches«, erklärte Nicola, »ist das Bemühen um eine Versöhnung.«

»Ha, wusste ich doch, dass Peters dahintersteckt!« John James zog seinen Morgenmantel fest über der Brust zusammen und lachte. »Sehen Sie, Graythorn, was dabei herauskommt, wenn man einen Besitz zu seiner Verfügung hat und bloß Töchter die Nachfolge übernehmen können? Sie dürfen sich glücklich schätzen, Mann, dass Sie keine Kinder haben, die Ihnen die späten Lebensjahre vergällen.«

»Meine Kinder sind beide im Säuglingsalter gestorben«, erwiderte Graythorn. »Gott und meine Gattin haben verfügt, dass es keine weiteren geben würde.«

»Das wusste ich nicht, alter Knabe, sonst hätte ich nicht davon gesprochen.« John James hatte den Anstand innezuhalten. »Allerdings«, fuhr er an Charlotte gewandt fort, »bin ich, das versichere ich dir, deinem Mann durchaus ebenbürtig, wenn es darum geht, gesetzliche Bestimmungen über Nachfolge *ad longum* durchzusetzen. Danach kann und werde ich verhindern, dass der geschätzte Mr. Peters seine Ziele erreicht. Wenn Gott mir noch einige weitere Jahre schenkt, werde ich dafür sorgen, dass Craigiehall in der Familie Templeton verbleibt und nicht zum Spielzeug für Kleinbauern wird. Falls ihr, du und dein Mann – und du ebenfalls, Nicola –, bereit seid, euch mit dieser Tatsache abzufinden, dann werde ich euch nur allzu freudig an meinem Tisch willkommen heißen, und auch, Charlotte, höflich zu deinem Gatten sein.«

»Was ist mit meinem Baby, deinem Enkelkind?«, fragte Charlotte. »Soll er ...«

»Falls es ein ›er‹ ist«, warf John James ein, »und nicht ein weiteres verflixtes weibliches Wesen.«

»... soll er dann ohne einen Penny bleiben?«

»Das wird er nicht, nicht einmal annähernd.«

»Was du meinst, ist, dass er kein Templeton sein wird«, sagte Nicola.

»Aye, Nicola, das ist der springende Punkt. Er wird kein Templeton sein. Es wird Peters obliegen, sich um das Wohlergehen seiner Kinder zu kümmern, so wie ich mich um das Wohlergehen der meinen gekümmert habe.«

»Du hast dich um uns gekümmert?« Charlotte sprang auf. »Du hast uns nie geliebt. Wir haben dir niemals etwas bedeutet. Es war Jamie, Jamie, immer nur Jamie«, rief sie. »Es war nicht unsere Schuld, dass dein kostbarer Jamie gestorben ist.«

»Nun, nun«, sagte Dr. Graythorn und hielt Charlotte am Unterarm fest, »erregen Sie sich nicht, bitte, oder die Konsequenzen ...«

»Zum Kuckuck mit den Konsequenzen!«, tobte Charlotte und entriss ihm den Arm. »Es würde dir ungemein gefallen, Papa, wenn ich mein Baby hier und jetzt verlieren würde, nicht wahr? Wenn ich ihn auf deinem Teppich gebären und dir erlauben würde, ihm zuzusehen, wie er das Leben aushaucht, nach Luft schnappend wie ein armer kleiner Fisch auf dem Land? Nun, verdammt sollst du sein, ich werde mein Kind austragen, dir zum Trotz, und ein prächtiges, gesundes Baby zur Welt bringen, das du niemals sehen, niemals in den Armen halten wirst. Und wenn du gebrechlich und sterbend in deinem Bett in Craigiehall liegst, kannst du zu deinen Geistern aufsehen, dass sie dich trösten, denn du wirst weder mein Gesicht noch das von Nicola an deinem Bett sehen, noch wirst du die Stimmen deiner Enkelkinder hören, welchen Namen sie auch tragen mögen.«

Erschrocken über die Vehemenz des Ausbruchs seiner Tochter, schien es, dass John James aufspringen und sich zerknirscht entschuldigen wollte, aber dann verhärteten sich seine Züge wieder, und er reckte trotzig das Kinn hoch, obwohl Nicola nicht sicher war, ob er damit Charlotte oder seine eigene sentimentale Schwäche bestrafen wollte.

»Nicola«, sagte ihr Vater, »bring deine Schwester hinaus!«

»Ich brauche nicht weggebracht zu werden«, erklärte Charlotte. »Ich kann durchaus auf eigenen Füßen gehen, und genau das beabsichtige ich zu tun.« Sie raffte ihre Röcke und richtete ihr Häubchen. »Komm, Nicola. Wir haben Lord Craigiehalls Gastfreundschaft lange genug ausgenutzt. Deinen Arm, wenn du so gut sein willst.«

Nicola erhob sich und reichte Charlotte den Arm.

Sie spürte, wie die Hand ihrer Schwester sich um ihren Ellbogen schloss, als sie auf die Tür zugingen. Dr. Graythorn, dem das Ganze recht zugesetzt hatte, war auf den Beinen, aber Papa blieb sitzen, den Kopf hochmütig abgewandt.

»Lebe wohl, Vater«, rief Charlotte über die Schulter. »Wenn wir uns das nächste Mal treffen, wird es vielleicht in der Hölle sein«, und dann, bevor ihr Papa antworten konnte, wies sie Robertson an, die Tür zur Straße zu öffnen und sie ins Freie hinauszulassen.

Kapitel 11

Whist war John James' einziges Hobby. Er betrachtete sich nicht als richtigen Spieler und hatte keine besondere Vorliebe für andere Glücksspiele, aber die strengen Regeln und Berechnungen des Whist-Spiels hatten etwas so Zwingendes, dass er sich vor einigen Jahren einer Gruppe von Anwälten angeschlossen hatte, die sich während der Gerichtssaison jeden Freitagabend bei *Fortune's* zum Kartenspielen und Essen trafen. Dort schärfte er seine Fähigkeiten und verlor kaum je einmal mehr, als er sich leisten konnte. Und wirklich galt eine seiner schönsten Erinnerungen dem Abend, als er sechs Guineen auf einen Streich von dem unverschämten jungen Boswell gewonnen hatte, Lord Auchinlecks Sohn. Das war, bevor Boswell einen gewissen Ruhm für seine Schreiberei erlangt hatte und er, John James Templeton, zum Richter ernannt worden war, was ihn dazu gezwungen hatte, größere Umsicht walten zu lassen, wo und mit wem er spielte.

Versammlungen zum Kartenspiel in der Baron's Hall waren durchaus etwas Ehrbares, selbst für einen Mann seines Ranges, und er hatte so manche glückliche Stunde als Partner vornehmer Damen und Herren bei Spielen um einen Penny den Punkt und Sixpence den Rubber verbracht. Dann war er aus heiterem Himmel von Sir Archie eingeladen worden, an einer von Lady Valeries privaten Kartenpartys in ihrem riesigen Salon teilzunehmen, wo das Essen aus Trüffeln und *foie gras* bestand, das Frühstück um vier Uhr morgens serviert wurde und die Einsätze derart schwindelnde Höhen erreichten, dass es ihm den Atem verschlug.

Kein Neuling hatte Zutritt zu Valeries innerem Zirkel. Kleine alte Damen, die so gebrechlich waren, dass sie kaum aufrecht stehen konnten, und Gentlemen, so betagt, dass sie mit Noah hätten fahren können, erwiesen sich als Furcht erregende Gegner, die beim Punktezählen zum ersten Hahnenschrei noch ebenso geschickt waren wie um Mitternacht. Natürlich war Lady Valerie die Königin unter ihnen. John James hatte gehört, dass sie, nicht zufrieden damit, ihre Gäste daheim zu betrügen, ihre Nächte in Tavernen und Kaffeehäusern verbrachte, wo sie Wetten mit Gesindel abschloss, ein gefährlicher und anspruchsvoller Zeitvertreib, den Sir Archie anscheinend billigte.

Es war jedoch immer ein Vergnügen, der Partner Ihrer Ladyschaft zu sein, es mit ihr aufnehmen zu dürfen. Als daher die gedruckte Karte mit der Einladung kam, schob John James seine Papiere beiseite, puderte seine Perücke, sagte alle Termine ab und ging über die Brücke zu dem großen Haus auf dem Broughton Square. Im Kopf hatte er dabei bloß noch Fünfen, Vieren und Trümpfe und die Überlegung, wie er, so Gott wollte, die Dame überlisten könnte, auf dass sie verlor.

Der warme Wind, der an diesem Sommerabend vom Forth wehte, schreckte ihn nicht ab. Er hielt seinen Hut fest und schritt so forsch aus wie ein junger Galan. Die letzten Verhandlungen, bei denen er den Vorsitz geführt hatte, waren anstrengend gewesen und hatten sich in die Länge gezogen, und der Streit mit seinen Töchtern, insbesondere mit Charlotte, hatte seine Nerven so sehr strapaziert, dass er nicht mehr richtig schlafen konnte. Er war nervös, übellaunig und erfüllt von seltsamen bösen Ahnungen, die, hätte er es nur gewusst, mehr mit seiner Einsamkeit zu tun hatten als mit der unsicheren Zukunft Craigiehalls.

Als jedoch Bradley, der Butler der Oliphants, ihm Hut und Handschuhe abnahm und er die breite Treppe hinaufstieg, den in Gold gehaltenen Raum betrat und sah, dass die Vorhänge bereits zugezogen, die Kronleuchter entzündet und die vier Tische fürs Kartenspiel hergerichtet waren, besserte sich seine Laune dermaßen, dass er beinahe vor Freude tanzte.

»Lord Craigiehall, wie schön!«, rief Lady Valerie von der anderen Seite des Raumes. »Müssen Sie heute Abend niemanden zum Galgen verurteilen?«

»Glücklicherweise nicht heute Abend, Euer Ladyschaft«, antwortete er, »und wenn es so wäre, würde ich dafür sorgen, dass er recht schnell gehängt würde, denn wer könnte einer Einladung zum Whist bei Ihnen widerstehen?«

»Nicht Sie, John James«, brüllte Admirals Staines. »Kommen Sie, wir wollen ein Fass aufmachen und es bis zum Grund leeren!«

»Das Fass überlasse ich gern Ihnen. Ein klarer Kopf ist mir lieber als ein geleertes Fass, insbesondere, wenn ich gegen die Marine spielen soll.«

John James sah sich unauffällig im Raum um, um die Stärke der Gegner einzuschätzen. Basil Stokes, der Neffe des Earl of Inchinnan, unterhielt sich mit Miss Montgomerie, der einzigen noch lebenden Tochter eines ehemaligen britischen Botschafters; die Dame war mindestens achtzig, wenn nicht älter. Die Witwe von Sir Lawrence Lawton, der vor dem Amerikanischen Krieg ein Vermögen mit dem Import von Baumwolle gemacht hatte, war auch kein Frühlingslamm mehr, jedoch mit einem Gehirn wie ein Fangeisen gesegnet, und sie verdiente es, mit Respekt behandelt zu werden. Evelyn Totterdale, ebenfalls Witwe, gerissen, aber flatterhaft, und Mr. Raglan Pierce, ein Bierbrauer, dem etliche Vollblüter gehörten, waren beide äußerst risikofreudig, und der alte Colm Leland, der irische Peer ...

John James blinzelte und straffte die Schultern, als wäre er im Begriff, sich in die Lüfte zu erheben, denn dort saß im Gespräch mit dem alten Colm eine junge Frau, die er noch nie gesehen hatte; eine Wildfremde, perfekt in jeder Hinsicht, zart und wohlgeformt und hübsch wie eine Elfe, den Kopf in höflichem Gelächter in den Nacken gelegt, die dunklen Augen inbrünstig und funkelnd, als sie seinen Blick auffing und einen Moment festhielt.

»Wer ... wer, bitte, ist das?«, hörte er sich fragen.

»Die Tante des musikalischen Kindes, die jüngst aus London hier eingetroffen ist«, gab der Admiral zur Antwort. »Haben Sie nicht die Gerüchte gehört, die sich um sie ranken, Craigiehall? Ist das Parlamentsgebäude taub geworden?«

»Aha!«, brachte John James heraus. »Das ist also die berüchtigte Madelaine Young.«

»Oh, ich bitte Sie, Sir«, sagte der Admiral, »berüchtigt ist sie wohl kaum. Sie mag einen etwas schlechten Ruf haben, als intrigant gelten, doch sie ist eine durchaus ehrbare Frau, das versichere ich Ihnen, und sehr lebhaft.«

»Ich entnehme Ihren Worten, dass Sie persönlich mit ihr bekannt sind?«

»Wir haben uns miteinander unterhalten«, gab der Admiral zu.

John James riskierte einen weiteren Blick auf die Schauspielerin. Sie war noch immer ganz versunken in das Gespräch mit dem irischen Peer, doch nicht so versunken, dass ihr John James' Interesse entgangen wäre, und mit den flatterhaften kleinen Bewegungen ihres Fächers schien sie ihn heranzuwinken und gleichzeitig wegzustoßen.

»Ich habe sie außerdem auf der Bühne gesehen«, fuhr der Admiral fort. »Dreimal, um genau zu sein.«

»Wo?« John James riss sich widerstrebend von der Betrachtung der gefeierten Fremden los. »In welchem Stück?«

»In der Lane, Drury Lane. In – ähm – Zurichs Version der *Salome.*«

»*Salome?*«, wiederholte John James. »Gütiger Himmel! War sie . . .?«

»Begabt«, antwortete der Admiral. »Sehr begabt.«

»Der Gentleman, der sich um sie kümmert«, hakte John James nach, »ist das ihr Gatte?«

»Kein Gatte. Sie ist verwitwet, glaube ich. Der Bursche, der sich an sie geheftet hat, ist einer von Valeries Streunern. Soldat oder ehemaliger Soldat. Kürzlich aus den Kriegen heimgekehrt. Peters mit Namen.«

»Peters?«, fragte John James. »Gillon Peters?«

»Aye, aye, etwas in der Art«, murmelte der Admiral, der abrupt das Interesse an John James verlor, als die kleine Fleur Cadell in den Raum geführt wurde, um ihrer Tante einen Gutenachtkuss zu geben.

Die Karten wurden gezogen, um Plätze und Partner zuzuweisen. Zu Gillons Erleichterung bekam er als Partner »Brauer« Pierce, nicht Craigiehall. Nach einer Unterbrechung fürs Abendessen um halb elf würden abermals Karten gezogen und neue Partner zugeteilt werden, und mit einem einfachen Taschenspielertrick würde er dafür sorgen, dass Craigiehall und Maddy Young zusammenkamen, bevor der Einsatz erhöht und das Spiel ernsthaft beginnen würde.

Während der ersten kurzen Etappe hielt Gillon sich recht gut. Er gewann in neun Runden sieben Pfund und achtzehn Schilling, und das alles ohne faulen Zauber. Aus dem Augenwinkel konnte er Craigiehall sehen, hochgewachsen und distinguiert auf eine hagere Art und Weise, und Madelaine an einem anderen Tisch, lachend, immer lachend. Er hatte geglaubt, dass er sich in so reicher Gesellschaft wie berauscht fühlen würde, aber während die Sonne hinter den Vorhängen unterging und die Uhren der New

Town die Minuten bis zum Abendessen heruntertickten, legte sich ihm allmählich die Last der Verantwortung schwer auf die Schultern.

Valerie, Maddy und er hatten am vergangenen Nachmittag ein paar Runden gespielt, wobei Fleur mit fast wahnsinnigem Eifer Craigiehalls Platz eingenommen hatte. Er hatte ihnen keinen Hinweis darauf gegeben, wann er die Karten manipuliert und wann er nach Lust und Laune ausgeteilt hatte – und es hatte ihn gefreut, als die Damen Erstaunen bekundet und seine Geschicklichkeit gerühmt hatten.

»Wo haben Sie so schlaue Tricks gelernt?«, hatte Maddy gefragt.

»An Bord des Schiffes, das die Hochländer von Greenock nach Staten Island gebracht hat«, hatte er wahrheitsgemäß geantwortet. »Wir jüngeren Offiziere hatten einen langen Raum für uns, doch es war ein Grobian aus den Mannschaftsquartieren, der mir diese Tricks beigebracht hat. Ein wilder Mensch, der nur um Haaresbreite dem Galgen entronnen war, und er wäre nicht für das Regiment rekrutiert worden, hätte nicht ein so großer Bedarf an Soldaten geherrscht.«

Die Frauen hatten darauf gebrannt, mehr von seinen Abenteuern auf See zu hören, aber er hatte höflich das Thema gewechselt, nicht aus Bescheidenheit, sondern aus Furcht davor, zu viel über sich selbst preiszugeben. Wie hätte er ihnen auch erzählen können, dass er einzig wegen der fettigen Spielkarten während dieser höllischen, zehnwöchigen Seereise zu den Ufern New Yorks nicht den Verstand verloren hatte? Dass es ihm bei den atlantischen Stürmen die Eingeweide herausgerissen hatte und er aus Furcht vor dem Ertrinken in sein Polster geweint hatte? Und dass der Grobian, Weaver, ihn dadurch aus seiner Verzweiflung gerissen hatte, dass er ihm zeigte, wie man Karten und Würfel manipulierte, woraufhin er Stunde um Stunde um Stunde im feuchten Halbdunkel des Aufenthaltsraums der Mannschaft Asse, Könige und Buben angestarrt und ausgeteilt und abgehoben hatte, während seine Gefährten tranken, sich erbrachen und stritten?

»Lord Craigiehall«, sagte er. »Ich bin ...«

»Ich weiß, wer Sie sind«, fiel Craigiehall ihm ins Wort. »Was wollen Sie?«

»Lady Valerie hat mich gebeten, Ihnen ein Spiel anzubieten.«

Das Abendessen war beinahe vorüber – es dauerte niemals lange –, und der gelehrte Richter, der sich soeben mit einer Serviette Soße vom Kinn tupfte, schaute auf die Karten hinab, die Gillon ihm auf der flachen Hand hinhielt: vier Farben, Pik vorn, in Folge Asse bis zur Vier, gerade Werte mit geraden, ungerade mit ungeraden.

»Sie haben keinerlei Ähnlichkeit mit Ihrem Bruder«, bemerkte Craigiehall.

»Allerdings nicht, Sir«, erwiderte Gillon, »was wahrscheinlich gut so ist, wenn man bedenkt, dass uns außer der Verwandtschaft nichts weiter verbindet und wir uns vom Charakter her überhaupt nicht ähnlich sind.«

»Sie sind Soldat, nicht wahr?«

»Jetzt nicht mehr. Ich habe mit dem Hochlandregiment in Amerika gekämpft, aber ich gestehe, dass ich kein Verlangen danach habe, meine Winter in einer Baracke in Nova Scotia mit Müßiggang zu vertun. Ich habe mein Patent zurückgegeben.« Dann fügte er hinzu: »Möchten Sie abheben, Lord Craigiehall, oder soll ich sie wegstecken?«

Der gelehrte Richter war unsicher. Er streckte die Hand aus, dann zog er sie wieder zurück. Er schaute auf und sah sich im Raum um, bis sein Blick auf Madelaine Young fiel, die mit einer silbernen Gabel Erdbeeren aß und einer langatmigen Geschichte Basil Stokes lauschte, den Maddys Frohsinn wie alle anderen

Männer im Raum auch angesteckt hatte und dem sichtlich daran gelegen war, sie zu beeindrucken.

»Lord Craigiehall?«, fragte Gillon leise.

»Was? Ja, unbedingt.« Seine Lordschaft nahm eine Herz-Vier oben vom Stapel und hielt sie hoch. »Mein Partner, wer ist mein Partner?«

»Mrs. Young, glaube ich«, sagte Gillon.

Und hörte Seine Lordschaft zu seiner Befriedigung seufzen.

Als gegen vier Uhr ein schläfriger Lakai die Vorhänge aufzog und erstes schwaches Sonnenlicht in den Salon fiel, war John James um fast sechzig Pfund reicher. Das Geld, wenn auch willkommen, war weniger wichtig als die erstaunliche Freundschaft, die er mit Mrs. Young geschlossen hatte, deren Karten auf so magische Weise zu seinen eigenen gepasst hatten und die so scharfsinnig seinen Hinweisen mit Trümpfen und Stichen gefolgt war, Runde um Runde, sehr zur Verblüffung von Grant Peters' Bruder und seiner unglücklichen Partnerin, Lady Valerie Oliphant.

Als die Punkte zusammengezählt und die Spiele ausgewertet waren und die Spieler sich erhoben hatten, um zur Toilette oder zu den Kaffeekannen zu gehen, befand John James sich in einem Zustand, der einer Euphorie nahekam. Er hatte nicht nur Mr. Peters' Bruder und die unermüdliche Lady Valerie übertrumpft, er hatte auch zweifellos die schöne Fremde beeindruckt und sich den kleinen Kuss ehrlich verdient, den sie ihm hinter ihrem Fächer gab, bevor sie Erschöpfung vorschützte und sich verabschiedete, um zu Bett zu gehen.

Er selbst war nicht müde, nicht im Geringsten – und er war ausgehungert.

Er aß rasch hintereinander drei gebutterte Muffins und trank Kaffee, während er hoch aufgerichtet, stark und gut aussehend, wie er dachte, zwischen den ermatteten älteren Herrschaften am Frühstückstisch stand, denn zu dieser Stunde ließ selbst der General ein wenig die Schultern hängen. Er bemerkte in einer Ecke Valerie und Gillon Peters, die miteinander stritten, und sah, wie Peters auf dem Absatz kehrtmachte und sich schmollend zurückzog. Da packte er die Gelegenheit beim Schopf und eilte durch den Raum, um einen Moment allein mit Ihrer Ladyschaft zu sprechen.

»Glück«, sagte sie. »Oh, Craigiehall, Sie hatten heute Nacht das Glück des Teufels.«

»Im Hinblick auf die Karten mag das der Wahrheit entsprechen«, erwiderte John James, »aber es war nicht das Glück, das Mrs. Young an meinen Tisch führte, nicht wahr?«

Lady Valerie sah ihn bestürzt an. »Nicht Glück? Was war es dann?«

»Ich war fast so weit gekommen zu glauben, dass Sie Ihr Versprechen vergessen hätten.«

»Mein Versprechen?«, fragte Lady Valerie. »Welches Versprechen soll das gewesen sein?«

»Mir eine Braut zu suchen. Wie hat Sir Archie ein solches Juwel entdeckt?«

»Madelaine – oh, Sie meinen Madelaine«, sagte Lady Valerie. »Archie hat sie nicht Ihretwegen hergebracht, John James, falls es das ist, was Sie annehmen!«

»Was soll ich denn sonst annehmen? Sie ist so ... so ideal.«

»Madelaine Young ist Schauspielerin und Witwe mit herzlich wenig Besitz. Und sie hat ein Kind – eine Nichte –, die bei jedem ehelichen Arrangement eingeschlossen werden müsste.«

»Ist das Kind ihres?«, wollte John James wissen. »Das würde mir nicht allzu viel ausmachen.«

»Das Kind, so glaube ich, ist die uneheliche Tochter ihrer Schwester, und zum Zeitpunkt ihrer Geburt war diese Schwester selbst kaum mehr als ein Kind.«

»Wo ist die Schwester jetzt?«

»Sie ist bei Fleurs Geburt gestorben. In Calais.«

»Calais?«

»Der Vater war ein französischer Lebemann, dem das Mädchen nach Frankreich gefolgt ist, nachdem er sie verlassen hatte.«

»Und Madelaines Vater?«

»John James, lassen Sie's gut sein, ich bitte Sie. Wahrhaftig, sie ist nichts für Sie.«

»Ist sie mit Peters zusammen, dem Soldaten? Ist sie etwas für *ihn?*«

»Nein, nein.« Ihre Ladyschaft schüttelte nachdrücklich den Kopf. »Sie hat mehr Verstand, als sich auf Gedeih und Verderb einem mittellosen Soldaten an den Hals zu werfen. Ihr Gatte – möge er in Frieden ruhen – hat mit französischen Weinen gehandelt. Er ist nur wenige Monate nach dem Ehegelöbnis plötzlich verstorben. Es gab keine leiblichen Nachkommen.«

»Wenn er Weinhändler war, muss er ihr doch etwas hinterlassen haben?«

»Söhne«, sagte Lady Valerie. »Er hatte Söhne aus einer früheren Ehe. Die übliche traurige Geschichte; die Söhne haben alles für sich gefordert und Maddy auf die Straße geworfen. Sie musste sich allein durchschlagen.«

»Arme Frau«, erwiderte John James. »Sie hat viel Unglück erlebt für einen so ... nun ... einen so jungen Menschen. Wie alt ist sie übrigens?«

»Es reicht, John James. Ich werde keine weiteren Fragen beantworten.« Ihre Ladyschaft drückte sich ein Handgelenk auf die Stirn. »Es ist vier Uhr morgens. Ich bin bis auf die Knochen müde, und mein Kopf schmerzt. Ein Versprechen ist jedoch ein Versprechen. Wenn Sie mir eine Atempause gönnen, werde ich eine Dame für Sie ausgraben, die Ihren Anforderungen besser genügt, Anforderungen, zu denen, wenn ich mich recht entsinne,

Sanftheit, Wohlerzogenheit und hinreichende Jugend zählten, um Craigiehall zu einem Erben zu verhelfen.«

»In der Zwischenzeit, Valerie«, begann John James von Neuem, »würde es da schaden, wenn ich Ihrem Hausgast meine Karte schickte?«

»Ihre Karte?«

»Wenn ich sie zum Beispiel zum Abendessen einladen würde?«

»Mir würde es nicht schaden, Craigiehall«, versetzte Lady Valerie, »aber ich fürchte, *Ihnen* wird es nichts nutzen.«

John James öffnete den Mund und wollte eine weitere Frage stellen, dann besann er sich eines Besseren, verneigte sich und dankte Ihrer Ladyschaft für die großzügige Gastfreundschaft. Nachdem er sich noch einen weiteren Muffin gestohlen hatte, den er unterwegs verzehren würde, holte er sich Hut und Handschuhe aus der Halle und schlenderte durch die warme Sommerluft nach Hause zurück, wobei er vor sich hin summte wie eine Biene im Klee.

Kapitel 12

Es dauerte nicht lange, bis durchsickerte, dass der biedere Lord Craigiehall in Gesellschaft der rätselhaften Mrs. Young gesehen worden sei, die zu Gast im Stadthaus Sir Archie Oliphants weilte. Man entdeckte die beiden beim Whist bei *Fortune's*, und ein oder zwei Tage später sah man sie ganz offen in den Broughton Gardens promenieren, begleitet nur von einer Dienerin. Was Lady Oliphant und erst recht ihr Gatte von der ungehörigen Freundschaft hielten, war Gegenstand von Spekulationen, aber zumindest den schlecht informierten Kreisen schien es, als wäre Ihre Ladyschaft nicht gegen diese Freundschaft, denn im Laufe des Monats war die Chaise des Richters häufig in den Ställen hinter dem Haus der Oliphants zu sehen.

Es hieß überdies, dass der alte Knabe auf wundersame Weise sanfter geworden sei, was sich nur allzu deutlich bei seinen Urteilen zeigte. Glücklich war in der Tat der Verbrecher, dessen Fall in jenen ersten Gerichtstagen des Hochsommers verhandelt wurde, als Craigiehall schwitzend und lächelnd der Verteidigung beinahe das Plädoyer abnahm und sich während einer späten Sitzung fast mit Dunbar prügelte, dem Lord Advocate, und ihn ohne Entschuldigung bezichtigte, wie ein Ghul nach dem Blut des Angeklagten zu schreien, obwohl der arme Bursche, ein Viehdieb, doch ganz offenkundig Opfer eines Missverständnisses sei.

»Wenn die Hälfte von dem, was uns zu Ohren kommt, der Wahrheit entspricht«, sagte Nicola, »fürchte ich, dass Papa den Verstand verloren haben könnte. Glaubst du, wir haben ihn so weit getrieben?«

»Wohin getrieben? Dass er sich zum Idioten macht?«, entgegnete Charlotte. »Er war schon immer ein Idiot, weißt du das nicht? Mir, mir tut es nicht leid, wenn es jetzt öffentlich bekannt wird.«

»Öffentlich bekannt?«, fragte Nicola. »Das wohl kaum, Charlotte.«

»Denk an meine Worte!«, erwiderte Charlotte. »Es wird nicht lange dauern, bis Einzelheiten im *Courant* stehen werden, und einer unserer Satiriker wird ein Gedicht über ihn verfassen und den Namen dabei kaum verändern. Wenn Papa sich nicht bessert, wird er zum Gespött der Leute werden – was natürlich genau das ist, was er verdient.«

»Du bist sehr hart gegen ihn, Charlotte«, wandte Nicola ein. »Warum sollte er nicht die Gesellschaft einer Frau genießen? Mutters Tod liegt schließlich achtzehn Jahre zurück. Macht Grant sich Sorgen, dass diese englische Person ihre Netze nach Papa auswerfen könnte?«

»Ihre Netze nach ihm auswerfen?«, wiederholte Charlotte. »Gott im Himmel, Nicola, er ist alt genug, um ihr Vater zu sein! Und sie hat ein Kind – ein Kind von zweifelhafter Herkunft, wie ich vielleicht hinzufügen darf, und besitzt obendrein nicht einen einzigen Penny. Papa mag wahnsinnig sein, aber so wahnsinnig ist er nicht, um sich von einer Frau ohne Herkunft einfangen zu lassen, die, so höre ich, nicht eine Krone besitzt oder einen Hektar Grund und Boden, den sie in die Verbindung einbringen könnte.«

»Sie ist offenbar eine recht ordentliche Whist-Spielerin«, wandte Nicola ein.

»Wer hat dir das gesagt?«

»Grant.«

»Das ist mehr, als er mir erzählt hat«, bemerkte Charlotte. »Er erzählt mir heutzutage kaum noch etwas. Wie hast du es aus ihm herausgelockt?«

»Ich brauchte es nicht aus ihm herauszulocken«, entgegnete Nicola. »Einer von Hercules Mackenzies Gehilfen ist Papa und dieser Frau an den Spieltischen bei *Fortune's* begegnet. Die Hälfte der jungen Anwälte Edinburghs geht zum Spielen dorthin. Wie auch immer also die Dinge zwischen Papa und Mrs. Young tatsächlich stehen, wir können wohl davon ausgehen, dass er die Beziehung keinesfalls geheim halten will.«

»Schlechte Gesellschaft.« Charlotte schüttelte stirnrunzelnd den Kopf. »Er ist in schlechte Gesellschaft geraten. Niemals wäre ich auf die Idee gekommen, dass ich den Tag erleben würde, da Papa zum Gegenstand von Klatsch und Tratsch wird. Ich wette, Lady Oliphant steckt dahinter. Dieses Herumdilettieren mit Kunst und Literatur kann einen Menschen schon sehr verderben, musst du wissen.«

»Die Oliphants waren schon immer exzentrisch«, sagte Nicola.

»Und Unruhestifter«, ergänzte Charlotte. »Valerie Oliphant ist berühmt dafür, Unheil zu stiften. Im Lichte dessen, was du mir erzählt hast, werde ich vielleicht ein Wort mit Grant sprechen, um herauszufinden, was er in dieser Hinsicht zu unternehmen gedenkt.«

»Was kann Grant denn schon unternehmen?«, fragte Nicola. »Wirklich, es geht uns nichts an.«

»Wenn nicht uns, wen dann, ich bitte dich? Ich würde Papa durchaus zutrauen, wieder zu heiraten, nur um uns eins auszuwischen. Großvater hat es getan.«

»Großvater hat geheiratet, um Land zu erwerben«, widersprach Nicola. »Ich wünschte wirklich, du würdest stimmiger argumentieren. Wenn diese Frau, wie du behauptest, tatsächlich ein mittelloser Emporkömmling ist, wird Papa sie sofort durchschauen.«

»Es sei denn, er hat sich verliebt«, sagte Charlotte. »Er wäre nicht der erste alte Narr, der sich von weiblichem Charme blenden lässt.«

»Papa mag vieles sein«, widersprach Nicola, »aber ein Narr ist er nicht.«

»Wer argumentiert jetzt unstimmig?«, fragte Charlotte. »Entweder hat er den Verstand verloren oder eben nicht«

»Für einen Mann in Papas Position wäre es nicht unvernünftig, sich eine Mätresse zu nehmen«, bemerkte Nicola. »Es überrascht mich einigermaßen, dass er das nicht schon längst getan hat.«.

»Eine Mätresse?«, rief Charlotte. »Wie abscheulich!«

»Papa ist bereits Richter beider Roben und wird wohl kaum noch höher aufsteigen. Was sollte ihn denn sonst noch außer Craigiehall beschäftigen?«, sagte Nicola. »Wir können uns kaum beklagen, wenn er nach ein wenig weiblicher Gesellschaft sucht, die ihm seine Tage verschönt.«

»Ähm«, machte Charlotte. »Ja, aber eine Mätresse ist eine Sache und eine Ehefrau eine ganz andere. Ich finde es trotzdem abscheulich.«

»Die Gerichtssaison ist bald vorüber«, erklärte Nicola. »Papa wird entweder nach Craigiehall zurückkehren oder auf Rundreise gehen. Vielleicht wird die Affäre damit ein Ende finden.«

»Er würde sie doch nicht nach Craigiehall einladen, oder? Kannst du dir den Ausdruck auf Mrs. McGrouthers Gesicht vorstellen, wenn Papa mit einer Mätresse am Arm nach Hause käme? Das würde im ganzen Haushalt einen Aufruhr geben. So weit wird es doch nicht kommen, oder?«

»Nein«, beruhigte Nicola sie. »So weit wird es nicht kommen, da bin ich mir sicher.«

»Dann«, erklärte Charlotte, »werden wir die Angelegenheit auf sich beruhen lassen, denn mir ist heiß, ich habe Durst und brauche eine Erfrischung.« Sie zog am Glockenstrang.

Zwei oder drei Minuten später klingelte sie abermals, ungeduldig diesmal. Molly erschien ohne ihre Haube in der Tür.

»Wo hast du denn gesteckt?«, fragte Charlotte. »Und wo ist Jeannie?«

»Fühlt sich nicht wohl, Miss«, antwortete Molly. »Ehrlich gesagt, geht's ihr ganz erbärmlich. Ihr ist furchtbar schlecht, alles dreht sich in ihrem Kopf, und sie schwitzt wie eine Sau. Ich hab sie ins Bett geschickt.«

»Ist es ihre Zeit des Monats?«, erkundigte sich Charlotte.

»Nein, Miss, sie sagt, das ist es nicht«, antwortete Molly.

»Dann simuliert sie«, stellte Charlotte fest. »Was meint die Köchin?«

»Die Köchin meint ...«

»Schon gut, Molly«, schaltete Nicola sich ein. »Nicht verzweifeln. Erzähle uns bitte, was die Köchin gesagt hat!«

»Die Köchin sagt, Sie sollen besser nach einem Arzt schicken. Schnell.«

»Was stimmt nicht mit dem Kind, Maddy?«, fragte Gillon. »Ich darf doch davon ausgehen, dass es nichts Ernstes ist.«

»Natürlich ist es nichts Ernstes«, antwortete Valerie Oliphant. »Es ist eine Sommergrippe, mehr nicht. Wenn sie ihr in die Brust zieht, werden wir medizinischen Rat einholen, aber glauben Sie mir, es besteht kein Grund zur Sorge.«

»Machen Sie sich Sorgen, Maddy?«, erkundigte Gillon sich.

»Ja, ein wenig«, gestand Madelaine Young.

Es war kühl im Salon der Oliphants. Die Fenster waren seit dem frühen Morgen geöffnet, und jetzt, da die Sonne tiefer am Himmel stand, brachte die Brise, die von den schattigen Gärten hereinwehte, Erleichterung von der drückenden Hitze, obwohl man immer noch den Staub ertragen musste, den Dunggestank von den Ställen und den Höllenlärm von den Straßen, den kein Geld der Welt dämpfen konnte. Gillon bemerkte den Lärm und den Staub kaum; er war einfach nur glücklich, hier zu sein, bei Maddy und in dem eleganten Haus auf dem Broughton Square.

Nackt und ohne jegliche Decke hatte er sich Nacht um Nacht in dem Bett in seinem winzigen Zimmer hin und her gewälzt; auch hatte er keine Erholung in den schäbigen Tavernen entlang des Cowgate gefunden, die er allein aufgesucht hatte, um zu trinken und zu spielen, während er auf einen Ruf der anmaßenden Lady Valerie gewartet hatte, deren »Plan« ihn von seinen Lieblingsplätzen ferngehalten und seiner holprigen Werbung um Nicola Templeton ein und für alle Mal ein Ende bereitet hatte.

Wochenlang hatte er weder Nicola noch Grant gesehen. Er hatte es sich zur Gewohnheit gemacht, in den Gassen abseits des Parlamentsgebäudes herumzulungern, damit er nicht seinem Bruder über den Weg lief. Und als er am vergangenen Montagnachmittag Nicola, Charlotte und die Magd gesehen hatte, wie sie auf die Brücke zugegangen waren, war er davongeschlüpft, bevor sie ihn bemerkt hatten, denn durch die Annahme von Valerie Oliphants Auftrag war Nicola Templeton für ihn unerreichbar geworden.

Auf der anderen Seite war die verlogene Madelaine Young eine Frau nach seinem Geschmack, und in ihrer Gegenwart verspürte er nicht den Drang, so zu tun, als wäre er ein Gentleman. Die Vorstellung erbitterte ihn, dass sie ihre Nächte mit Craigiehall verbrachte und dass er für sie lediglich ein Komplize war.

»Spielen Sie nun Karten, Gillon, oder nicht?«, fragte Lady Valerie.

»Dann geben Sie her!«, sagte Gillon und streckte die Hand aus.

»Ich bin doch nicht verrückt«, entgegnete Lady Valerie. »Ich habe gesehen, was Sie mit den Spielkarten veranstalten können, junger Mann, und denke nicht daran, mich beim Pokern betrügen zu lassen. Ich werde geben.«

»Spielt Craigiehall Poker?«, wollte Gillon wissen.

»Nur Whist«, antwortete Madelaine. »Und er ist ein hervorragender Spieler.«

»Wirklich?«, gab Gillon zurück. »Sind Sie gut darin, seiner Führung zu folgen?«

»Ich bin gut darin, ihn dies glauben zu lassen«, erwiderte Madelaine.

Gillon betrachtete das Lilienmuster auf der Rückseite seiner Karten. Er war es nicht gewohnt, mit ungezinkten Karten zu spielen. Er neigte sie, musterte sie einen Moment lang und setzte dann, als hätte er nur ein niedriges Pärchen.

Lady Valerie überbot ihn sofort. Madelaine ließ ihre Karten mit Bild nach unten liegen und sagte: »Blind.«

»Sind Sie sich sicher, meine Liebe?«, fragte Lady Valerie.

»Ganz sicher, vielen Dank«, entgegnete Maddy.

»Wo ist übrigens Sir Archie?«, erkundigte Gillon sich.

»Nach London gefahren, um nach einem passenden Fingal-Darsteller zu suchen«, antwortete Valerie.

»Ist das Stück endlich fertig?«, wollte Maddy wissen.

»Es wird niemals fertig«, erklärte Valerie. »Es ist, fürchte ich, ein Lebenswerk – wie Penelopes Wandteppich. Wir werden es im Oktober oder November privat aufführen. Danach wird mein Gatte, wie ich ihn kenne, das verflixte Teil überarbeiten, verändern und ganz allgemein daran herumzupfen, bevor er es der Öffentlichkeit präsentiert – falls das überhaupt jemals geschieht.«

»Werden Sie im Oktober noch hier sein, Madelaine?«, fragte Gillon.

»Wo sonst sollte ich sein?«, gab Maddy zurück.

»In Craigiehall vielleicht«, schlug Gillon vor. »Als Schlossherrin von Craigiehall.«

»Seien Sie nicht ungeduldig, Gillon«, warf Lady Valerie ein. »Lord Craigiehall muss langsam geröstet werden. Vier Schillinge, bieten Sie mit?«

»Ja«, bekräftigte Gillon. »Madelaine?«

»Blind, immer noch blind.«

Die Partie schritt voran. Karten wurden ausgeteilt, Einsätze erhöht. Maddy hatte trotz ihres Wagemuts nur Luschen, und Gillon verlor zwölf Schilling an Lady Oliphant. Er sah zu, wie Ihre Ladyschaft die Karten einsammelte und in die Schachtel schob. Das Spiel interessierte ihn nicht, und er verspürte keinerlei Drang, eine der Frauen zu besiegen oder von ihrer Durchschaubarkeit zu profitieren. Er konnte die Zeichen für einen Betrug so deutlich lesen, wie er einen Text aus der Bibel las, denn Frauen hatten zu viele Rüschen, mit denen sie spielen konnten, und verließen sich zu sehr auf die Kunst des Flirtens, um wirklich geschickt zu bluffen. »Wie lange geht es Fleur schon so schlecht?«, fragte er.

»Seit drei Tagen«, antwortete Maddy.

»Hat sie Fieber?«

»Sie hat eine Erkältung«, blaffte Lady Valerie. »Wollen Sie freundlicherweise ...«

»Ihr ist abwechselnd heiß und kalt«, sagte Maddy, »und sie klagt über Kopfschmerzen.«

»Und trinkt viel, will aber nicht essen?«, forschte Gillon nach.

»Ja, das stimmt.«

»Wo befindet sie sich?«

»Oben«, erwiderte Maddy.

»Können Sie sie nicht schnarchen hören?«, fragte Valerie und schickte sich an, erneut auszuteilen.

»Einen Moment, Euer Ladyschaft, bitte!« Gillon schob seinen Stuhl zurück. »Wenn es Ihnen recht ist, Madelaine, könnte ich Sie vielleicht begleiten, um nach Ihrer Nichte zu sehen?«

»Ha!«, schnaubte Ihre Ladyschaft. »Dann teilen Sie also die Vorliebe des Admirals für junge Mädchen? Das hätte ich nicht von Ihnen gedacht, Gillon. Es ist nicht nötig, dass Sie sich bemühen. Meine Kammerzofe ist bei dem Kind.«

Madelaine war bereits aufgestanden.

»Was ist los, Gillon? Was befürchten Sie?«

»Er befürchtet gar nichts«, stellte Valerie fest. »Er versucht lediglich, Sie zu beeindrucken.«

Gillon legte eine Hand auf Madelaines Ärmel. »Bringen Sie mich zu ihr.«

Und ungeachtet der Proteste Ihrer Ladyschaft führte Maddy ihn nach oben.

»Pocken?«, rief Charlotte mit kreideweißem Gesicht. »Nein, es können nicht die Pocken sein!«

»Ich habe nicht den geringsten Zweifel daran«, sagte Dr. Graythorn, »dass Ihre Dienerin sich angesteckt hat. Haben Sie nicht bemerkt, dass die Menschen in Scharen in die Notaufnahme des Royal Infirmary strömen, um ihre Säuglinge impfen zu lassen? Die Krankheit wütet schon seit einiger Zeit in gewissen Stadtvierteln.«

»Was wird aus uns werden? Werden wir sterben?«, fragte Charlotte.

»Beruhigen Sie sich bitte, Mrs. Peters«, erwiderte Dr. Graythorn. »Die Dienerin – Jeannie, nicht wahr? – wird höchstwahrscheinlich nicht an der Krankheit sterben. Wenn der Erregerstamm nicht ungewöhnlich virulent oder die Person sehr geschwächt ist, führt die Erkrankung bei Erwachsenen selten zum Tod. Haben Sie die Krankheit nicht als kleines Kind gehabt?«

»Ich hab sie gehabt, Sir«, warf Molly ein. »War nicht weiter schlimm und hat keine Narben hinterlassen.«

»Miss Templeton?«

»Nein, nicht dass ich mich erinnern könnte.«

»Keine von Ihnen wurde geimpft?«

»Mein Vater hielt nichts von Impfungen«, erwiderte Nicola.

»Er behauptete, es verstieße gegen Gottes Willen, die Haut mit infiziertem Material zu durchstoßen.«

»Eine altmodische Einstellung, wenn ich das so sagen darf«, bemerkte Dr. Graythorn. »Richtig ausgeführt, ist die Impfung eine gute Verteidigung gegen die schlimmeren Formen der Krankheit. Wenn Sie wünschen, werde ich Sie beide jetzt impfen. Ich habe Proben von getrocknetem Gewebe in meiner Tasche. Es geht ganz schnell. Wenn man jedoch bedenkt, dass Sie dieselbe Luft atmen wie Ihre kleine Dienerin, könnte es sein ...«

»Zu spät, es ist zu spät«, sagte Charlotte. »Oh Gott! Wir sind verloren.«

»Charlotte, um Himmels willen, sei still!«, schalt Nicola. »Wir müssen zuerst an Jeannies Wohlergehen denken. Was kann man für sie tun, Dr. Graythorn?«

»Sie zeigt noch keinen Ausschlag«, sagte der Arzt. »Wenn es so weit ist, wird das Fieber abklingen, und ich werde anhand der Färbung der Pusteln erkennen, wie schwer die Krankheit ist. Ein Glück, dass Sie mich gerufen haben und nicht irgendeinen Quacksalber, der das arme kleine Geschöpf zur Ader gelassen und damit das Wirken der Natur unterdrückt hätte. Ein Tee aus Zitronenmelisse und Gerstenwasser werden als Heilmittel ausreichen, und das Mädchen sollte aufstehen, sobald es sich im Bett aufrichten und Beine und Füße waschen lassen kann.«

»Ich werde dafür sorgen, Sir«, sagte Molly.

»Und wer wird sich um mich kümmern?«, fragte Charlotte. »Wir müssen Jeannie zurück zu ihrer Familie in Pennicuik schicken. Sollen die sich um sie kümmern!«

Graythorn schüttelte den Kopf. »Es wäre ihrer Gesundheit nicht zuträglich, eine Reise unternehmen, wie kurz sie auch sein mag. Ich muss sogar darauf bestehen, dass sie nicht transportiert wird, bis die Krankheit ihren Lauf genommen hat.«

»Wie lange wird das dauern?«, wollte Nicola wissen.

»Wenn es keine Komplikationen gibt, drei bis vier Wochen.«

»Sie soll nicht transportiert werden?«, wiederholte Charlotte. »Ich habe am Straßenrand Frauen mit Kindern im Arm gesehen, von denen der Eiter nur so heruntertropfte. Der Transport hat *ihnen* nicht geschadet.«

»Erwarten Sie von mir, dass ich Ihre Dienerin am Straßenrand absetze?«, fragte Graythorn. »Pocken lassen sich am besten durch umsichtige Pflege kurieren.«

»Dann das Royal Infirmary?«, schlug Charlotte verzweifelt vor.

»Dort sind keine Betten mehr frei«, sagte der Arzt. »Die Krankheit hat sich noch nicht zur Epidemie ausgeweitet, aber es könnte bald dazu kommen. Dann wird Panik ausbrechen, und die Leute werden fluchtartig die Stadt verlassen.«

»Die Stadt verlassen?«, fragte Charlotte. »Ja, wir müssen sofort die Stadt verlassen.«

»Und wohin gehen?«, wollte Nicola wissen. »Nach Craigiehall?«

»Nein«, sagte Charlotte. »Nein, ich werde nicht nach Craigiehall zurückkehren, wie sehr die Umstände mich auch in diese Richtung drängen mögen.«

»Wohin dann?«, hakte Nicola nach.

Aber Charlotte, die in Tränen ausbrach, hatte auf diese Frage keine Antwort.

Sie war vor Anbruch der Nacht verschwunden. Sie hatte die Hälfte ihrer Diener mitgenommen, alle Hunde und reichlich Gepäck und war in der vierspännigen Kutsche aus den Ställen gefahren, ohne einen Blick zurück oder ein Wort des Abschieds.

»Ich gehe davon aus«, sagte Gillon, »dass Ihre Ladyschaft zu ihrem Landsitz in Kingsley unterwegs ist, wo Archie sich bei seiner Rückkehr aus London zu ihr gesellen wird.«

»Sie hat nichts davon erwähnt«, erwiderte Maddy, »aber wenn Kingsley in der Grafschaft Perth liegt, dann habe ich sie einmal davon sprechen hören, glaube ich.«

Sie waren allein im Salon und schauten durch ein halb geöffnetes Fenster auf die Staubwolken, die die davonrollende Kutsche zurückließ. Auf dem Tisch waren Karten und Münzen verstreut, und der Stuhl, den Lady Valerie in ihrer Hast umgeworfen hatte, lag noch immer auf dem polierten Boden. Gillon hob ihn auf und stellte ihn an seinen Platz zurück. Dann sammelte er die Karten ein und legte sie in die Schmuckschatulle, aus der Ihre Ladyschaft sie genommen hatte, bevor er die Kronen und Schillinge in zwei Haufen teilte und nickend bemerkte: »Ich glaube, so ist es gerecht.«

Madelaine ließ die Münzen in die Börse an ihrer Taille fallen. »Pocken«, sagte sie. »Wie konnte ich die Anzeichen übersehen?«

»Ich nehme an, Sie haben Fälle in London gesehen?«

»Viel zu viele«, antwortete Maddy. »Meine Schwester ist daran gestorben, als sie vier Jahre alt war. Ich habe mich ebenfalls angesteckt, aber mein Vater hat mich geheilt.«

»Wie hat er Sie geheilt?«

»Mithilfe von Gebeten.«

»Gebete?«, fragte Gillon überrascht.

»Er war Prediger in Nottingham.« Madelaine zögerte. »Ein Methodist. Soweit ich weiß, könnte er noch immer dort leben.«

»Hat er Sie verstoßen?«

»Ich habe mich selbst verstoßen«, erklärte Maddy. »Ich bin einem Mann nach London gefolgt, weil ich annahm, dass er mich liebte, was er, vielleicht zum Glück, nicht tat – zumindest nicht genug, um seine Frau und seine Familie zu verlassen.«

»War er ebenfalls Methodist?«, erkundigte sich Gillon.

»Nein, er ist umhergereist und hat aus einem Wagen religiöse Traktate verkauft und Erlösung gepredigt, wann immer sich eine Gelegenheit dazu bot. Er predigte und betete und tändelte mit jedem jungen Mädchen, das töricht genug war, sich von seinem Eheversprechen täuschen zu lassen.«

»Haben Sie sein Kind erwartet, als Sie nach London aufgebrochen sind?«, fragte Gillon.

Sie schüttelte den Kopf. »Nein, kein Kind.«

»Fleur ...«, begann Gillon, dann besann er sich eines Besseren und wechselte seine Taktik. »Fleur wird mehr Aufmerksamkeit benötigen, als wir ihr zukommen lassen können. Ich habe die Pocken in einem Armeelager wüten sehen. Ich habe Männer auf dem Marsch versorgt, die so übersät von Pusteln waren, dass sie aussahen wie Fichtenzapfen, doch um ehrlich zu sein, nicht alle haben meine grobe Behandlung überlebt.«

»Sind Sie immun, Gillon?«

»Ich hatte eine Begegnung mit dem Schurken, aye«, bestätigte Gillon.

»Dann müssen Sie bei mir bleiben.«

»Was? Hier? Oh, nein«, sagte Gillon.

»Haben Sie Angst, dass die Diener bei Lady Valerie tratschen werden?«

»Zum Teil, ja«, gab Gillon zu. »Der Butler ...«

»Bradley.«

»Aye, ich ziehe es vor, mich nicht mit Bradley anzulegen. Er wird Anweisungen bekommen haben, selbst wenn wir keine bekommen haben. Er wird Ihnen sagen, was Valerie von Ihnen erwartet, und vermutlich ist es ihr Wunsch, dass Sie hierbleiben, bis die Krise endgültig vorüber ist und Ihre Ladyschaft nach Edinburgh zurückkehren kann, ohne befürchten zu müssen, dass ihre Züge von einer Krankheit entstellt werden, die weder die ästhetische noch die moralische Neigung hat, einen Unterschied zwischen einer Dirne und einer Adeligen zu machen.«

»Beredt«, meinte Madelaine, »wenn auch nicht taktvoll.«

»Ich mache mir keine Sorgen um Valerie Oliphant oder ihren unberechenbaren Ehemann«, sagte Gillon. »Ich mache mir nur um Sie Sorgen, und natürlich um Fleur. Es muss unbedingt ein guter Arzt nach dem Mädchen sehen, und zwar unverzüglich.«

»Verlässliche Ärzte kosten Geld.«

»Ich habe ein wenig Geld«, erwiderte Gillon, »aber im Gegensatz zu Ihnen habe ich keine mächtigen Freunde.«

»Sie meinen Craigiehall?«

»Ja«, sagte Gillon dünn. »Wen sonst?«

Es war ein langer, heißer und trüber Tag bei Gericht gewesen, und Grant war nicht in der Stimmung, zu Hause zu essen und sich das Gezänk seiner Frau anzuhören. Er hatte eine Einladung erhalten, Hercules Mackenzie zu einer Stunde aufzusuchen, die ein Abendessen versprach, und sobald er seinen letzten Änderungsantrag gestellt hatte, bat er Somerville, eine Sänfte für ihn zu rufen, die ihn zum George's Square tragen sollte.

Er ließ sich in das Segeltuch sinken und beobachtete bei geschlossener Tür und geöffnetem Fenster den Jungen – denn er war kaum mehr als das –, wie er die Stangen der Sänfte ergriff und in perfekter Harmonie mit dem stämmigen Hochländer hinter sich ausrief: »Los, Daddy.« Im nächsten Moment wurde Grant auch schon hochgehoben.

Es war ein seltsames, aber nicht unangenehmes Gefühl, in gemächlichem Tempo getragen zu werden, ein Gefühl, an das er sich nie recht gewöhnt hatte. Die Hitze machte ihn leicht benommen, und er schloss die Augen und entspannte sich, während die Träger aus dem Herzen der Stadt hinaustrabten.

Zuerst hatte er versucht, die boshaften Gerüchte zu ignorieren, die im Parlamentsgebäude und in den Tavernen und Cafés in seiner Nähe die Runde machten. Er hatte niemals viel mit den Oliphants zu tun gehabt, eigentlich sogar überhaupt nichts, und dass eine Schauspielerin aus London, mochte sie auch hübsch sein, eingetroffen war, war kaum zu ihm durchgedrungen. Erst als der Name seines Schwiegervaters in einem nicht gerade beiläufigen Gespräch mit Somerville gefallen war, hatte er begriffen, dass unter dem ganzen Rauch vielleicht doch ein Feuer loderte. Und als Lord Craigiehall, der stets für seine Rechtschaffenheit bekannt gewesen war, den Lord Advocate Dunbar attackiert und öffentlich der Blutgier bezichtigt hatte, war Grant hellhörig geworden.

Skandale waren, wie er wusste, wie ein kunstvolles Uhrwerk, das, einmal aufgezogen, ebenso unbarmherzig dahintickte wie die Zeit selbst. Es war jedoch noch zu früh, um vorherzusagen, wie sich diese Wendung der Ereignisse auf seine Beziehung zu seinem Schwiegervater auswirken würde. Er hatte Gillon brieflich um ein Treffen gebeten, denn der war einmal ein intimer Freund der Oliphants gewesen. Aber sein Bruder hatte nicht geantwortet, und Grant war nichts anderes übrig geblieben, als Charlotte und Nicola auf das Thema anzusprechen, und sei es auch aus keinem anderen Grund als dem, dass er die Last seiner Sorge mit ihnen teilen wollte.

Die Sonne, die sich gen Westen neigte, spiegelte sich blendend auf den vorspringenden Fenstern des Herrenhauses. Als Grant aus der Sänfte stieg, zog er die Krempe seines Hutes herunter. Er bezahlte die Träger und ging, seine Gerichtstasche über der Schulter, den Pfad entlang, der zu Hercules' Haustür führte.

Er wurde unverzüglich eingelassen, man nahm ihm Tasche und Hut ab und führte ihn direkt in das Speisezimmer im Erdgeschoss.

Die vier Gentlemen am Tisch hatten sich bereits über Krüge mit eiskaltem Bier hergemacht, die in Keramiktöpfen auf der Anrichte standen. Wie Hercules mitten in einer Hitzewelle an eine solche Menge Eis gekommen war, überstieg Grants Vorstellungsvermögen. Er nahm einen Humpen von dem Butler entgegen, und um seine Sorge ebenso wie seinen Durst zu lindern, leerte er den Inhalt in einem einzigen Zug. Dann stieß er höflich in die geschlossene Faust auf, bevor er sich auf den letzten freien Stuhl setzte und mit einem unterwürfigen Nicken, das beinahe eine Verbeugung war, nicht nur Hercules einen guten Abend wünschte, sondern auch den Lords Buller, Marsh und Dunbar, drei der mächtigsten Männer in schottischen Gerichtskreisen.

»Gentlemen«, sagte Hercules leicht keuchend, »da Mr. Peters jetzt zu uns gestoßen ist, können wir vielleicht mit dem Essen beginnen. Ich habe mir die Freiheit genommen, heute Abend kalte Speisen zu bestellen und nur deutsche Weine zu servieren. Sollte irgendjemand jedoch heißes Fleisch und vollmundigen Burgunder bevorzugen, braucht er nur etwas zu sagen. Meine Köchin steht mit geheiztem Ofen und zischender Pfanne bereit, und meine Kellertür ist immer geöffnet.«

Die Entscheidung wurde mit der Dramatik eines Geschworenenspruchs verkündet.

»Kalte Speisen«, sagte Buller.

»Kalte«, stimmte Marsh ihm zu.

»Kalte Speisen sind genau das Richtige«, erklärte Dunbar.

»Grant?«, fragte Hercules. »Was ist mit Ihnen?«

Aller Augen richteten sich auf den unerfahrenen jungen Anwalt.

»Kalte Speisen, unbedingt, Hercules.«

»Einstimmig«, sagte Buller.

»Einstimmig«, wiederholte Marsh.

Und Dunbar nickte zustimmend.

Tante und Nichte teilten sich ein großes Bett in einem kleinen Zimmer im dritten Stockwerk. Die Magd, die Lady Valerie damit betraut hatte, sich um das Mädchen zu kümmern, war geflohen oder von Bradley, dem Butler, dessen Autorität absolut war, hinauskomplimentiert worden. Auf seine Anweisung hin hatte man ein Feuer entzündet und das Fenster mit einem schweren Samtvorhang verhängt, um nicht nur Licht, sondern auch Luft fernzuhalten.

Als der Arzt und Lord Craigiehall eintrafen, war die arme kleine Fleur nicht die einzige Person im Krankenzimmer, die keuchte und schwitzte. Gillon hatte Mantel, Wams und Halstuch abgelegt und die Schnüre seines Hemdes geöffnet, und Madelaine trug nur noch eine Wolljacke und einen Unterrock, eine derart spärliche Bekleidung, dass Seine Lordschaft schockiert war.

»Was geht hier vor?«, rief er. »Sie, Peters, was tun Sie hier?«

»Lieutenant Peters ist derjenige, der nach Ihnen geschickt hat«, sagte Maddy. »Es war sein Vorschlag, Dr. Graythorn zu rufen und Sie in Kenntnis zu setzen von unserem unglückseligen . . .«

»Ja, ja, ganz recht!«, fiel Lord Craigiehall ihr ins Wort. »Wo ist Ihre Ladyschaft?«

»Abgereist«, antwortete Maddy. »Sie hatte solche Angst um ihre Gesundheit, dass sie sofort auf und davon ist, sobald Lieutenant Peters das Wort ›Pocken‹ geflüstert hat.«

Graythorn trat ans Bett, und nach einer kurzen Untersuchung der kleinen Patientin, die wie ein Leichnam unter den Laken lag, fuhr er herum und verlangte wütend zu wissen, wer Anweisung gegeben habe, das Fenster zu schließen und das Feuer zu entzünden. »Sie, Sir?«, blaffte er. »Ist das Ihre Vorstellung von einer der Gesundheit förderlichen Atmosphäre?«

»Nicht meine Vorstellung«, entgegnete Gillon. »Es geschah ohne mein Wissen.«

»Nun, Mann«, sagte Graythorn, »machen Sie es sofort ungeschehen, bevor das Kind und wir alle hier ersticken.«

Gillon riss den Vorhang von der Stange und warf das Fenster auf. Er schleuderte das Tuch in eine Ecke, dann kniete er sich vor den Kamin, harkte die Kohlen zusammen und goss Wasser aus dem Waschkrug darüber, woraufhin eine zischende Wolke aus rauem, weißem Rauch aufstieg. Lord Craigiehall hustete und hielt sich ein Taschentuch an die Nase, während Graythorn das Bettzeug zurückschlug, seinen Mantel auszog und Fleur damit Luft zufächelte.

»Sind es die Pocken?«, fragte Maddy.

»Natürlich«, antwortete Graythorn, wobei er immer noch mit seinem Mantel wedelte. »Welcher Schwachsinnige ist auf den Gedanken gekommen, ein pustulöses Fieber mit Hitze und Sauerstoffmangel kurieren zu wollen? Mein Gott! Es überrascht mich, dass Sie sie nicht umgebracht haben.«

»Wenn Sie damit fertig sind, uns mit Asche zu bestäuben, Peters«, sagte Lord Craigiehall, »wären Sie vielleicht so freundlich, Dr. Graythorn abzulösen, der zweifellos einen anstrengenden Tag im Krankenhaus hinter sich hat?«

Gillon griff nach seiner Jacke, schob Graythorn beiseite und fächelte seinerseits Fleur Luft zu, während der Arzt die Patientin untersuchte. Madelaine und Lord Craigiehall sahen einander mit mehr Sorge als Verlegenheit an, obwohl Fleur die Kontrolle über Blase und Gedärme verloren hatte und ihr Nachthemd besudelt war.

Graythorn löste den Kragen des Nachthemds, zog es dem Mädchen über die Schultern, streifte es ihm schließlich geschickt über die Füße und hielt es von sich weg. Madelaine nahm es ihm ab. Gillon schaute den Richter an, um festzustellen, welche Wirkung der Anblick eines nackten kleinen Mädchens auf ihn haben würde, aber Craigiehalls Miene zeigte keinen Anflug von Erregung.

Fleur war wie ihre Tante von schmalem Knochenbau, doch sie war, überlegte Gillon, nicht mehr ganz so jung, wie sie vorgegeben hatte. Ihre Brüste waren deutlich zu erkennen, ihr Bauch und ihre Hüften bereits wie die einer Frau geformt, und ihre intimen Körperteile durch dichtes, dunkelblondes Haar geschützt, das von Urin verfilzt war. Er verspürte keinen Anflug von Begierde, einzig Überraschung darüber, dass Graythorn jeglichen professionellen Anstand in den Wind geschlagen hatte, indem er die Kranke dem Blick zweier unverheirateter Männer aussetzte.

»Schauen Sie«, sagte Graythorn, »die Pöckchen sind gerade im Entstehen. Die Krankheit befindet sich im zweiten Stadium. Fliegender Puls und eine trockene Haut deuten darauf hin, dass sie nicht hinreichend plethorisch ist, um von einem Aderlass zu profitieren. Mit zunehmender Intensität des Ausbruchs wird sie, glaube ich, weniger verwirrt und unruhiger werden. Ich lasse Ihnen ein Glas Mohnsirup da, falls die Erregung zu groß werden sollte. Ruhe und Frieden sind von größter Bedeutung. Ist eine Dienerin im Haus, die bei ihr sitzen kann?«

»Ich werde mich zu ihr setzen«, sagte Madelaine.

»Sie dürfen nicht das Risiko einer Ansteckung eingehen, Madelaine«, widersprach Lord Craigiehall. »Es ginge ganz und gar nicht an, wenn Sie ebenfalls erkrankten.«

»Davor habe ich keine Angst«, stellte Madelaine fest.

»Ich auch nicht«, sagte Gillon. »Ich meine, falls pflegerischer Beistand vonnöten sein sollte.«

Lord Craigiehall hob den Kopf und starrte Gillon an, die Augen hart von Argwohn. »Sie?«, fragte er. »In welcher Beziehung stehen Sie zu diesem Mädchen?«

»Ich bin ein Freund, Sir, das ist alles«, antwortete Gillon. »Ein Freund in Zeiten der Not.«

»Ebenso wie Sie selbst sich als Freund erwiesen haben, John James«, bemerkte Maddy. »Ich hatte nicht erwartet, dass Sie persönlich kommen würden. Wenn wir alle wieder wohlauf sind, muss ich einen Weg finden, Ihnen Ihre Freundlichkeit zu vergelten.«

»Hm«, murmelte John James, dann zuckte er zusammen, als Fleur, nackt wie eine Nymphe, plötzlich die Augen aufschlug, das gerötete Gesicht zu ihm hindrehte und ausrief: »Papa? Papa? Bist du das?«

Moorhuhn, geräucherter Schinken, pochierter Lachs und hart gekochte Eier wurden auf gewaltigen, silbernen Tabletts serviert und mit gekühltem Wein und eiskaltem Bier heruntergespült. Als Buller um Gin bat, reichte man ihm eine Flasche vom besten Dutch Blue und einen Krug Wasser, damit er sich seine Erfrischung selbst mischen konnte, was er mit Behagen tat. Es waren nicht die Manieren der Männer oder ihre Aufnahmefähigkeit für alkoholische Getränke, die Grant beunruhigten, sondern vielmehr das Entzücken, mit dem sie die Knochen alter Skandale abnagten, während sie sich mehr oder weniger verschleiert der Frage näherten, die sie wirklich beschäftigte.

Er zupfte gerade behutsam mit der Schneide seines Messers die Schale von einem hart gekochten Ei, als Dunbar schließlich zur Sache kam.

»Für Sie wird es ein Winter im Theater werden, junger Mann, nicht wahr?«, bemerkte Dunbar bedächtig. »Ich habe die ersten Theaterplakate noch nicht gesehen, aber das Stück wird, könnte ich mir vorstellen, in Richtung Komödie gehen.«

»Im Theater?«, fragte Grant. »Ich gehe selten ins Theater, Sir, es sei denn, meine Frau besteht darauf.«

»Oder Ihr Schwiegervater?«, hakte Marsh nach. Er war so dünn, dass er schon ausgemergelt wirkte. Er trug eine gebleichte Perücke, die so eng saß, dass sie der Mütze eines Schuljungen ähnelte, außerdem sprach er schnell und piepsig wie ein Vogel und hatte die Angewohnheit, jede Feststellung mit einem leisen Kichern zu beenden.

»Mir ist nicht klar, worauf Sie hinauswollen, Euer Lordschaft«, entgegnete Grant. »Nach meinem besten Wissen ist mein Schwiegervater kein häufiger Gast im Theater.«

»Die Zeiten ändern sich, und die Menschen ändern sich mit ihnen«, sagte Dunbar.

»Spielen Sie Whist, Mr. Peters?«, erkundigte sich Buller, während er sich mit einer Serviette Gin vom Kinn tupfte. »Besuchen Sie zum Beispiel die Versammlungen in der Baron Hall?«

Grant legte das halb geschälte Ei beiseite. »Nein, Sir, ich spiele nicht Whist.«

»Sie scheinen nur wenig mit Lord Craigiehall gemeinsam zu haben«, bemerkte Dunbar. »Bis auf die familiäre Verbindung.«

»Es ist kein Geheimnis, meine Herren, dass meine Beziehung zu Seiner Lordschaft kaum herzlich zu nennen ist.« Grant hielt inne. »Wenn Sie über das Verhalten Seiner Lordschaft in den letzten Wochen beunruhigt sind und hoffen, dass ich ein Licht darauf werfen kann, dann muss ich Sie leider enttäuschen. Ich tappe genauso sehr im Dunkeln wie Sie.«

Die Richter sahen einander ein wenig besorgt an.

»Habe ich Sie nicht gewarnt, dass Peters' Direktheit ein Charakterzug ist und nicht lediglich die Schliche eines Anwalts?«, sagte Hercules. »Kommen Sie, Grant, Sie wissen, warum wir hier sind und was Seine Lordschaft von Ihnen will.«

»Ich besitze nicht das Vertrauen Seiner Lordschaft«, entgegnete Grant.

»Aber Sie haben seine Töchter«, meinte Buller.

»Das ist wahr, Sir«, räumte Grant ein.

»Und Frauen reden – he, he«, lachte Marsh.

»Meine Gattin und ihre Schwester sind genauso verwirrt wie

ich und wissen genauso wenig wie ich, was Lord Craigiehall im Schilde führt. Ich meine ...« Grant unterbrach sich jäh.

»Was *meinen* Sie?«, wollte Hercules wissen.

Grant spielte einen Moment lang mit der Eierschale auf seinem Teller, bevor er den Sprung ins kalte Wasser wagte. »Steht die Kompetenz meines Schwiegervaters in Zweifel?«

»Nun steht die Erhebung einer solchen Anschuldigung durchaus in unserer Macht«, antwortete Dunbar. »Aber noch sind wir weit davon entfernt, Seine Lordschaft zur Rechenschaft ziehen zu wollen. Bisher gibt es keinen Grund, der so etwas rechtfertigen würde. Wollten wir den Ruf eines unserer größten Juristen basierend auf bloßen Gerüchten in den Schmutz ziehen, wäre die Integrität der Justiz beschädigt.«

»Er hat Sie in einer öffentlichen Sitzung beleidigt, Mann«, bemerkte Buller.

»Und entgegen der Zeugenaussagen und trotz meiner hartnäckigen Proteste«, piepste Marsh, »hat er diesem verdammten Viehdieb den Galgen erspart. Ist das die Tat eines Mannes, der sich im Vollbesitz seiner geistigen Kräfte befindet – he?«

»Das«, erklärte Hercules, »ist eine Frage des Gesetzes und seiner Interpretation, Charlie. Ich habe mir die Mitschrift der Verhandlung angesehen, und ich glaube, dass Craigiehalls Bemerkungen an die Geschworenen nicht gänzlich der Menschlichkeit entbehrten.«

»Der Angeklagte hat weder um Milde gebeten noch welche verdient«, wandte Dunbar ein.

»Genug, meine Herren, das reicht«, warf Hercules ein. »Wenn ein kleines Fehlurteil bei einer einzigen Verhandlung Craigiehalls einziger Irrtum war, dann wäre es nicht notwendig gewesen, dass wir uns heute Abend hier treffen.«

»Es ist diese Frau, nicht wahr?«, fragte Grant.

»Ja«, antwortete Buller, »es ist diese Frau.«

»Und das Glücksspiel«, ergänzte Marsh.

»Es ist gut und schön, wenn junge Frischlinge vom Reprobates' Club abendliche Unterhaltung bei *Fortune's* suchen – das haben wir zu unserer Zeit alle getan –, aber wenn ein Mann in Craigiehalls Position seine Integrität aufs Spiel setzt, dann ist das etwas ganz anderes«, stellte Lord Buller fest.

»Und er hat sich an eine Hure gehängt – he?«

»Mrs. Young ist wohl kaum eine Hure«, wandte Grant ein. »Sie ist Hausgast bei Sir Archibald Oliphant.«

»Eine Hure, die mit einer Hure verkehrt, wenn Sie mich fragen«, warf Marsh ein. »Wir kennen alle den Ruf von Oliphants Gattin. Wäre da nicht Archies Titel, würde sie, die Röcke bis zur Taille hochgezogen, auf den Straßen des Cowgate entlangstolzieren.«

»Nun, nun, Charlie«, meinte Hercules, »Sie wollen ein gottesfürchtiger Christ sein und werfen Steine in alle Richtungen! Wissen Sie genau, dass Sie keine eigenen Sünden zu verbergen haben?«

»Keine, die ich mit Ihnen erörtern möchte, Hercules«, erwiderte Marsh. »Gewiss keine, die meinen Rang entehren würden.«

»Bisher hat Lord Craigiehall sich nicht unehrenhaft verhalten«, sagte Grant.

»Oh, Sie treten jetzt für ihn ein, ja?«, fragte Buller.

»Ich verleihe einer Meinung Ausdruck, Sir, einer Meinung, die auf Beweisen fußt, die sich wiederum auf Tatsachen gründen«, erklärte Grant. »Meines Wissens nach gibt es keine Vorschrift, die einem Mitglied der Richterschaft verbietet, Whist zu spielen oder sich gar der Gesellschaft einer jungen Frau zu erfreuen. Es gibt, wie wir bestimmt alle wissen, viel schlimmere Dinge, die hinter verschlossenen Türen vorgehen. Warum sind Sie so erpicht darauf, den Ruf meines Schwiegervaters zu zerstören?«

»Nein, Junge, nein«, protestierte Buller. »Sie zäumen das Pferd von hinten auf! Uns geht es darum, Craigiehalls Ruf zu verteidigen, nicht darum, ihn zu zerstören. Obwohl wir innerhalb wie außerhalb des Parlamentsgebäudes nicht immer einer Meinung mit ihm sind, ist es unsere Pflicht, ihn davor zu bewahren, sich in Schande zu stürzen.«

»Was«, entgegnete Grant, »wollen Sie da von mir?«

»Sie sollen ihn warnen«, antwortete Dunbar.

»Ihn warnen?«, wiederholte Grant. »Ich bin der letzte Mensch, auf den Lord Craigiehall hören wird. Er betrachtet mich als einen Lumpen, der ihm seine Tochter gestohlen hat. Er wird mir kaum die Uhrzeit verraten, geschweige denn auf irgendetwas hören, das ich zu ihm sagen könnte, insbesondere bei einem so heiklen Thema. Warum spricht ihn nicht einer von Ihnen darauf an? Sie sind schließlich seine Kollegen und Berater. Auf Sie wird er eher hören als auf mich.«

»Wenn keine Warnung«, meinte Buller, »dann vielleicht ein leises Wort ins Ohr?«

»Ich habe Ihnen doch bereits erklärt«, erwiderte Grant, »dass wir keine enge Beziehung zueinander haben.«

»Aber er vertraut Ihnen«, sagte Hercules. »Wenn er Ihnen nicht vertraute, hätte er Sie nicht losgeschickt, damit Sie sich um diese private Angelegenheit in Ayrshire kümmern.«

»In dieser Angelegenheit«, erklärte Grant, »habe ich ihn enttäuscht, wie Sie sehr gut wissen.«

»Also wollen Sie ihn nicht noch einmal enttäuschen – he?«, fragte Marsh.

Grant konnte seine Verärgerung nicht verbergen. »Wovor haben Sie Angst, meine Herren? Warum soll er diese dumme Sache innerhalb der Familie regeln?«

»Aus genau dem Grund, dass es bis jetzt eine Familienangelegenheit ist«, erklärte Hercules. »Die Herren wünschen, dass es auch so bleibt.«

»Aye«, bestätigte Dunbar. »Noch ein einziger weiterer wilder Ausbruch bei Gericht, eine einzige Verunglimpfung der Kompetenz eines anderen Lords, und uns bleibt keine andere Wahl, als Craigiehall einer Überprüfung zu unterziehen, und sobald dies geschehen ist, wird es für keinen von uns mehr ein Zurück geben, am wenigsten für Craigiehall.«

»Er befindet sich auf einer abschüssigen Bahn«, stellte Marsh fest. »Man muss ihm gut zureden, vom Abgrund zurückzutreten, bevor es zu spät ist.«

»John James Templeton«, sagte Grant, »hat nichts getan, nichts, was Ihre Zurechtweisung verdiente. Großer Gott im Himmel, er hat seit dem Tod seiner Gattin ein tadelloses Leben geführt. Er hatte nicht mal eine Mätresse.«

»Er hat den Lord Advocate beleidigt«, bemerkte Buller.

»Wenn es noch einmal geschieht«, warf Dunbar ein, »fordere ich ihn, da können Sie Gift drauf nehmen.«

»Fordern?«, wiederholte Grant. »Was – zu einem Duell?«

»Vielleicht«, antwortete Dunbar.

»Aber er ist ein alter Mann!«, protestierte Grant.

»Seine Hand ist ruhig genug, um die Karten zu halten«, versetzte Buller.

»Und daher kann er auch eine Pistole spannen«, meinte Marsh.

Grant stieß einen Pfiff aus, um seiner Ungläubigkeit Ausdruck zu verleihen. »Der Lord Advocate erschießt im kalten Licht der Morgendämmerung auf den Meadows einen Richter? Nun, Sir, das wäre ein Skandal, der die Nation erschüttern würde.«

»So weit wird es nicht kommen«, beschwichtigte Hercules. »Nicht, wenn Sie tun, worum wir Sie gebeten haben. Betrachten Sie es als eine Prüfung Ihrer Überzeugungskraft, Ihrer Fähigkeiten als Anwalt.«

»Was nicht vergessen werden wird«, sagte Dunbar.

»Und was nicht ohne Lohn bleiben wird«, ergänzte Buller.

Grant schwieg lange Sekunden. Er war sich vollauf im Klaren darüber, dass diese Gentlemen, die großen Wichtigtuer der schottischen Justiz, seine Karriere zerstören oder aber in illustre Höhen führen konnten. Was er nicht verstand, war die Frage, wie er Einfluss auf seinen Schwiegervater nehmen sollte, oder, noch verwirrender, warum sie eine so hinterhältige Methode gewählt hatten, um einen noblen Lord wieder auf Kurs zu bringen.

Er schaute auf und sagte: »Ich tu's, meine Herren. Zumindest tue ich, was ich kann.«

»Ein guter Mann«, sagte Hercules erleichtert. »Ein guter Mann«, und er hob ein Glas, um einen Trinkspruch auf die Klugheit seines Schützlings auszubringen.

Kapitel 13

Rumpelnd fuhr die Kutsche aus dem Hof des Mannering's durch einen frühmorgendlichen Dunst, der Charlotte zufolge nicht nach Pferden und Holzrauch stank, sondern nach Krankheit. Sie band sich ein großes Baumwolltaschentuch vor Mund und Nase, das sie auch in dem Gasthaus in Kirkliston nicht ablegen wollte, wo sie das Frühstück einnahmen, obwohl sie durchaus unter dem Spitzensaum am Brot knabberte und Tee trank. Trotz der Behinderung gelang es ihr also recht gut, dachte Nicola, nicht zu kurz zu kommen.

Sie aßen an einem aufgebockten Tisch im Freien. Allmählich löste sich der Dunst auf, und sie schauten über den Forth hinweg zur Küste von Fife und zu den hohen Hügeln von Perth und Stirling, blau und fern im Westen. Sie reisten ohne Dienerin, denn sie hatten Molly zurückgelassen, damit sie sich um Jeannie kümmerte und dafür sorgte, dass es Mr. Peters in Abwesenheit seiner Gattin an nichts mangelte.

»Heatherbank«, hatte Grant gesagt, und Nicolas Herz hatte einen kleinen Satz getan. »Ich werde euch nach Heatherbank schicken. Die Luft dort ist sauber, und sollte eine von euch doch am Fieber erkranken, wird meine Mutter da sein und euch pflegen. Es sei denn, ihr wollt lieber auf Craigiehall Zuflucht suchen.«

»Nein!«, hatte Nicola gerufen, und Charlotte hatte die Hände gehoben und gefaucht: »Nur über meine Leiche«, womit das Thema ein für alle Mal erledigt gewesen war.

Sie brauchten den ganzen Morgen und fast den gesamten Vormittag, um die schlechte Straße hinter sich zu bringen, die Edinburgh mit Stirling verband. Es war früher Abend, als sie in dem Gasthaus in King's Park eintrafen, und nach einigem Hin und Her beauftragten sie einen Jungen, die sechs Meilen bis nach Heatherbank zu reiten und den Brief zu überbringen, den Grant an Roderick geschrieben hatte.

Nicola war begeistert vom Anblick des Felsens mit seiner uralten Burg auf dem Gipfel, der sich aus der Ebene erhob. Hier oder irgendwo in der Nähe hatte König David II. Hof gehalten, und Wallace und Bruce hatten ihre berühmten Schlachten gegen die Engländer gefochten. Weniger beeindruckt war Nicola von der Anzahl Spelunken an den gewundenen Straßen der Stadt, und am wenigsten gefiel ihr das Gasthaus von King's Park selbst, wo das Personal an den Zapfhähnen aus grobschlächtigen Soldaten bestand, die sich einer üblen Sprache befleißigten und die den Bemerkungen der Leute zufolge als Invaliden aus dem Dienst geschieden waren, Zuflucht in der Burg gefunden hatten und ihre jämmerlichen Pensionen vertranken.

Charlotte und sie setzten sich in den Garten oder in das, was als »Garten«, bezeichnet wurde. Es gab keinen Tee, keinen Mohnkuchen und auch keine frisch gebackenen Scones, also keine der Annehmlichkeiten, die die neuen Gasthäuser in Edinburgh zu bieten hatten. Sie tranken lauwarmes Bier und aßen Haferkuchen sowie nach nichts schmeckenden Käse, während sie darauf warteten, dass Roderick sie abholte. Eine Stunde verstrich, dann noch eine, und die Berge im Norden, wo das Hochland begann, waren kühl und düster geworden, bevor der Botenjunge zurückkehrte.

Charlotte sprang auf. »Hast du Mr. Peters den Brief ausgehändigt?«

»Aye«, antwortete der Junge frech. »Keine Antwort.«

Er war bereits bezahlt worden, und da er die Frauen so einschätzte, dass kein zusätzliches Geld für ihn herausspringen würde, fühlte er sich nicht verpflichtet, höflich zu sein.

»Warte!«, sagte Charlotte in einem Tonfall, den nicht einmal ein Botenjunge aus Stirlingshire zu ignorieren wagte. »Hast du Mr. Peters den Brief persönlich übergeben?«

»Hab ihn der Frau am Farmtor gegeben.«

»War Mr. Peters nicht zu Hause?«, fragte Nicola.

»Nein, nur die Frau.«

»Wo war Mr. Peters?«, forschte Nicola weiter nach.

Der Junge schnalzte mit der Zunge und schüttelte angesichts ihrer Unwissenheit den Kopf. »Der hat natürlich das Heu reingeholt«, antwortete er, dann tippte er sich an die Mütze und führte das erschöpfte Pferd zum Stall davon.

»Will uns Roderick etwa hier sitzen lassen, bis sein kostbares Heu zusammengerecht und eingefahren ist?«, fragte Charlotte.

»Er wird sicher bald kommen«, erwiderte Nicola.

Aber noch eine halbe Stunde verstrich, bevor auf der staubigen Straße, die sich durch die Ebene schlängelte, ein Wagen erschien und den Hang zum Gasthaus hinaufrollte.

»Ist er das?«, wollte Nicola wissen. »Ist das Roderick?«

»Nein«, antwortete Charlotte. »Sie ist es.«

»Sie?«, wiederholte Nicola.

»Meine Schwiegermutter«, sagte Charlotte. »Die verflixte heilige Margo.«

Das Treffen der Lords of Session im Council House im Parlamentsgebäude war einberufen worden, um über einen heiklen juristischen Punkt zu debattieren, der die Delegierten bis weit nach der Teezeit beschäftigte.

Es war ungewöhnlich warm in dem hohen Raum, und irgendwann zwischendrin hatte John James das Gefühl, als würde er gleich in Ohnmacht fallen. Aus jeder Pore seines Körpers sickerte Schweiß, der ihm nur deshalb nicht in die Augen rann, weil er sich mit seinem großen roten Taschentuch ständig die Stirn abtupfte. Er schenkte Bullers Erörterungen kaum Beachtung, ebenso wenig Marshs und Lord Sandimans Gefasel. Letzterer stand jetzt in seinem siebzigsten Jahr, und aus seinem Mund tröpfelte wie aus einem defekten Wasserhahn ein lateinischer Sinnspruch nach dem anderen.

»Craigiehall?«

»Hm?«

»Fühlen Sie sich nicht wohl, Mann? Sind Sie krank?«

»Nein.«

»Dann seien Sie bitte so freundlich, Lord Sandimans Frage zu beantworten.«

»Improbior multo quam de quo diximus ante; quando blandior haec, tanto vehementius morde.« John James hätte schwören können, dass er Sandiman aus Lucilius' *Gesetz der zwölf Tafeln* zitieren hörte – *»Sie ist viel verderbter als er, über den wir zuvor gesprochen haben; je mehr sie schmeichelt, desto kräftiger beißt sie zu«* –, aber selbst wenn es sein Leben gegolten hätte, es war ihm ein absolutes Rätsel, welche Relevanz diese Worte für die Angelegenheit hatten, die sie gerade erörterten.

Er hielt einen Moment lang inne, dann sagte er: »Der edle Lord bedarf weniger einer Antwort als einer Zustimmung. Ich zumindest bin nach wie vor nicht davon überzeugt, dass wir den Punkt erreicht haben, an dem eine Zustimmung möglich ist, zumindest in den Einzelheiten.«

»Was?«, fragte Buller. »Schlagen Sie eine umfangreichere Erörterung von Quellen und Präzedenzfällen vor, bevor wir fortfahren?«

John James hatte nichts Derartiges im Sinn gehabt; er hatte lediglich Zeit schinden wollen.

Trotzdem erwiderte er: »Das ist richtig, Sir, das tue ich – was nicht bedeuten soll, dass der Lord Advocate bei seiner Vorbereitung des Papiers etwa nachlässig gewesen wäre. Nur bedarf es meiner Meinung nach minimaler Anpassungen, bevor wir die Gesetzesänderung guten Gewissens mit unserer Unterschrift besiegeln können.«

»Ein gutes Argument«, bemerkte Dunbar zu John James' großer Überraschung. »Ich werde meine Schreiber anweisen, sich eingehender mit den ursprünglichen Quellen zu beschäftigen, und wenn Sie einverstanden sind, werden wir uns der Angelegenheit am ersten Montag des Monats erneut zuwenden.«

»Einverstanden?«, fragte Buller.

»Einverstanden. Einverstanden«, kam die Antwort.

Eine Stunde später stand John James aufrecht in einem hölzernen Zuber in seinem Schlafzimmer, bekleidet nur mit seinem Badehemd. Er seufzte genüsslich, während ihm Robertson kühles Wasser aus einem riesigen irdenen Krug über den Rücken goss.

»Besser, Sir?«

»Viel besser«, erwiderte John James. »Heute Nachmittag glaubte ich für kurze Zeit, dass ich das Zeitliche segnen würde.«

»Aye, es ist heute wirklich heiß, Sir.« Robertson kippte den Krug abermals. »Soll ich die Seife und die Bürste hierlassen, damit Sie ein Weilchen sitzen bleiben können?«

»Gleich«, sagte John James. »Hast du den Gehrock mit den runden Manschetten und die kurz geschnittene Weste herausgelegt?«

»Jawohl, Sir, und die Kniehosen samt Trägern ebenfalls.« Robertson spritzte Wasser auf die Oberschenkel seines Herrn. »Werden Sie heute Abend zum Essen ausgehen, Euer Lordschaft?«

»Ja. Ich gehe zu Lady Oliphant – obwohl Ihre Ladyschaft auf dem Land weilt.«

Robertson stützte den Krug anmutig auf seine Hüfte, wie eine Statue des Aquarius. »Und die andere Dame, Sir, die mit dem kranken Kind?«

»Ach, Robertson!«, sagte John James ohne Groll. »Ist es meine Gesundheit, um die du dich sorgst, oder meine Moral? Du musst dir in keinem der beiden Fälle Sorgen machen. Ich werde nur lange genug bleiben, um diesen selbstherrlichen Butler in seine Schranken zu weisen und etwas von Sir Archies Wein zu kosten. Ich habe morgen eine Verhandlung und muss früh zu Bett gehen.«

»Soll ich die Chaise vorfahren lassen, Euer Lordschaft?«

»Nein. Da es jetzt kühler wird, will ich lieber zu Fuß gehen.« Er sah sich nach seinem Kammerdiener um. »Verrate mir, Robertson, hast du Angst vor Ansteckung?«

»Ich gestehe, Sir, dass ich mich auf Craigiehall sicherer fühlen würde.«

»Die Sommersaison wird bald vorüber sein, und dann können wir nach Hause fahren.«

»Aye, Sir«, sagte Robertson. »Werden wir ...?«

Ohne Vorwarnung flog die Tür auf, und Isabella Ballentine betrat das Schlafzimmer, eine ängstlich sie umflatternde Dienerin dicht auf den Fersen.

Und ziemlich hübsche Fersen waren es, dachte John James ziemlich unpassend, während er einen Arm vor die Brust schlug, sich eine Hand zwischen die Beine legte und ausrief: »Isa, was zum Teufel tust *du* hier?«

Mutter Peters war eine sehr kräftige Frau mit vollem Busen, breiten Schultern und so muskulösen Oberarmen, dass die Nähte ihres Kleides fast platzen wollten. Sie hatte eine flache, seltsam gebogene Nase und breite, schräg stehende Wangenknochen, und sie trug das Haar kurz geschnitten wie ein junges Mädchen. Sie lenkte den Wagen dicht an die Bank heran und zügelte das Pferd. Mehrere Männer erschienen in der Tür des Gasthauses, und zwei

Stalljungen kamen herbeigelaufen, um einen Blick auf die Matrone von Heatherbank zu werfen, die vom Wagen sprang und die Arme um Charlotte schlang, als wollte sie ihre Schwiegertochter hochheben und wie eine Garbe Hafer auf den Wagen werfen.

Mit einer trällernden Stimme, die so gar nicht zu ihrem Erscheinungsbild passte, sagte sie: »Ah, meine Liebe, wir werden dich und deine kostbare Fracht im Handumdrehen sicher zu Hause haben.«

Die Männer – Soldaten – zwitscherten und gurrten. »Also, Margo«, rief einer der Männer. »Wenn die hübschen Mädchen uns gesagt hätten, dass sie mit Ihnen verwandt sind, hätten wir sie richtig geknuddelt.«

»Halt dein schmutziges Maul, McLean!«, rief Margo Peters. »Oder ich werd dir eins reinpfeifen!«

»Eins reinpfeifen, Margo?«, rief ein anderer Mann. »Na, wenn das mal nich' 'ne Drohung is'!« Und alle, Margo eingeschlossen, lachten.

»Du, Stoner, du dämlicher Hund«, sagte sie, »leg das Gepäck der Mädchen auf meinen Wagen. Nach einem Tag im Heu bin ich todmüde.«

»Im Heu, ja, Margo? Waren Sie wieder mit dem alten Tam im Heu?«

»Ich geb dir gleich ›alter Tam‹!«, sagte Margo. »Ich habe bessere Männer als ihn müde gemacht, im Heu und sonst wo. Jetzt beeil dich, wenn du diese Sixpence willst.«

Charlotte klammerte sich weiter an ihre Schwiegermutter, während Stoner und McLean die Taschen in den Wagen hoben, bevor sie sich Nicola auf eine Weise näherten, die zwar nicht bedrohlich, aber gewiss auch nicht höflich war. Die beiden waren ein grobschlächtiges Paar, ungepflegt und unrasiert, bekleidet mit Teilen einer Regimentsuniform, darunter auch, wie Nicola auffiel, Schwerter und Scheiden. Sie rochen stark nach Bier und

Schweiß, und als sie sich grinsend neben sie stellten, sah sie, dass keiner der beiden Männer auch nur einen einzigen gesunden Zahn im Mund hatte.

»Sie sind die Nächste, Miss«, sagte Stoner. Dann hockte er sich auf alle viere vor den Wagen, damit Nicola auf seinen Rücken treten und auf die Ladefläche des Wagens steigen konnte.

Es gab weder eine Bank noch eine Kiste, auf die sie sich setzen konnte, nur ein Kissen aus frisch gemähtem Heu in einer Ecke. Eher erheitert als verlegen breitete sie ihre Röcke aus und ließ sich ins Heu sinken, während Margo Charlotte beim Aufsteigen half.

Stoner sprang hoch, zupfte an seiner abgetragenen Mütze und zwinkerte ihnen zu.

»Aye, Miss, Sie sind leicht wie eine Hahnenfeder«, bemerkte er. »Wann immer Sie wollen, können Sie mich als Trittstein benutzen.«

»Vielen Dank, Mr. Stoner«, erwiderte Nicola. »Ich werde es mir merken.«

Eine Münze wechselte den Besitzer, dann ließ Mutter Peters den Wagen mit einem Zungenschnalzen und einem Rütteln am Zügel wenden und fuhr die Straße hinunter, die sie durch die Abenddämmerung zu dem Bauernhof weit außerhalb der Ebene von Stirling bringen würde.

»Um Himmels willen, Johnny, beende endlich deine Waschungen!«, sagte Isabella. »Wenn ich passender gekleidet wäre und keine Lähmung in den Handgelenken hätte, würde ich dir den Rücken schrubben wie früher.«

»Als ich drei Jahre alt war«, entgegnete John James mit zusammengebissenen Zähnen.

»Ich nehme an, Robertson ist einen Wandschirm holen gegangen«, bemerkte Isabella. »Vielleicht ist das ganz gut so, denn du gibst in nassem Baumwolltuch kein sehr attraktives Erscheinungsbild ab.«

»Isabella«, seufzte John James, »was tust du in Edinburgh?«

»Dich besuchen.«

»Mitten im Sommer, während in der Stadt die Pocken umgehen?«

»Ich habe mir Sorgen um dich gemacht«, erwiderte Isabella.

Sie schien nicht gewillt, sich abzuwenden. John James war versucht, sich aus Gründen der Schicklichkeit in den Zuber sinken zu lassen, aber er dachte daran, dass seine langen Unterschenkel trotzdem aus dem Wasser ragen würden und wie unbeholfen, um nicht zu sagen würdelos, er in dieser Haltung aussähe.

»Robertson«, brüllte er, »bist du schon fündig geworden?«

»Aye, Sir. Hier ist er.« Der Kammerdiener schob sich mit einem Wandschirm aus dem Salon in den Armen durch die Tür. Er zog ihn in die Mitte des Schlafzimmers und stellte ihn mit einer Entschuldigung an Mrs. Ballentine vor dem Badezuber auf. »Ihre Kleider, Lord Craigiehall?«

»Ja, meine Kleider. Natürlich meine Kleider«, blaffte John James. »Isa, möchtest du Tee ... oder irgendetwas?«

»Weder noch, vielen Dank.« Isabella setzte sich auf einen Stuhl. »Vielleicht wäre jedoch jemand so freundlich, meine Schachteln aus der Halle zu holen und in mein Zimmer zu bringen.«

»Dein Zimmer?«, fragte John James. »Willst du denn bleiben?«

»Ich bin nicht den ganzen Weg von Salton hierhergekommen, nur um dir beim Baden zuzusehen, Johnny. Ja, ich bleibe, aber ich verspreche dir, dass du mich nicht lange zu ertragen brauchst«, versicherte Isabella ihm. »Ich habe geschäftlich in der Stadt zu tun, doch sobald das erledigt ist, kehre ich nach Hause zurück.«

»Ich habe gedacht, du wärst gekommen, um mich zu besuchen?«

»Das ist richtig«, sagte Isabella. »Ich bin hier, nicht wahr?«

»Warum hast du mich nicht vorgewarnt?«

»Für den Fall, dass du einen anderen Gast hättest. Hast du einen anderen Gast?«

»Hm?«, sagte John James. »Was soll das nun wieder heißen?«

»Wie ich höre, hast du eine neue Freundin.«

»Wo in Gottes Namen hast du dieses Gerücht her?«

»Gerücht? Ist es ein Gerücht? Ich dachte, du hättest meinen Rat vielleicht befolgt und dir eine Braut gesucht.«

»Pah!«, entfuhr es John James. »Frauen! Darf man sich nicht mit einer weiblichen Person ein unschuldiges Whist-Spiel gönnen, ohne dass es zum Altar führt?«

»Führt es denn zum Altar?«

»Natürlich nicht.«

»Dann ins Schlafgemach?«

»Isabella«, begann John James, »es gibt Zeiten, da bezweifle ich, dass wir auch nur entfernt miteinander verwandt sind. Wie kannst du so ... so ungehobelt sein? Denkst du, ich würde eine Dame ausnutzen, die ich gerade erst kennengelernt habe?« Er schob den Kopf über den Rand des Wandschirms. »Wo ist dieser Bursche mit meinen Kleidern?«

»Hast du dich auch ordentlich abgetrocknet?«

»Verdammt, Isa, *ja.*«

Robertson brachte ein Bündel Kleidung herein und verschwand mit einer weiteren Entschuldigung an Mrs. Ballentine hinter dem Wandschirm.

Vor sich hin summend, wartete Isabella, bis ihr Cousin hinter dem Sichtschutz hervorkam, prächtig gewandet, wenn auch ein wenig feucht.

Als John James dann wirklich auftauchte, wobei Robertson sich noch immer an den Bändern seines Hemdes zu schaffen machte, fragte sie: »Wirst du sie heute Abend besuchen?«

»Und wenn es so wäre?«, erwiderte Seine Lordschaft. »Was geht es dich ...«

»Ich werde dich begleiten«, fiel Isabella ihm ins Wort.

»Bist du nach deiner Reise nicht müde?«

»Ich bin niemals zu müde, um auf dich aufzupassen, Johnny.«

»Auf mich aufpassen? Wie meinst du das?«

»Wo wohnt diese Frau?«

John James schob Robertson weg. Dann schaute er streng an seiner langen Templeton-Nase herab und sagte: »Ich habe das Gefühl, dass du nicht nur bereits weißt, wo sie wohnt, sondern auch, wer sie ist und welche Farbe ihre Strümpfe haben. Was führst du im Schilde, Isa? Ich brauche deine Zustimmung nicht.«

»Wozu, Johnny?«, erkundigte Isabella sich. »Um dich zu verlieben?«

»Du kannst mich nicht begleiten. In dem Haus grassiert die Krankheit.«

»In Valerie Oliphants Haus?«

»Siehst du. Ich hatte recht. Du weißt Bescheid.«

»Ja, mein Lieber, aber die Frage ist: du auch?«

»Ich auch?«

»Weißt du Bescheid?«, sagte Isabella.

Robertson räusperte sich und erkundigte sich taktvoll: »Soll ich die Chaise jetzt vorfahren lassen, Euer Lordschaft?«

»Vielleicht wäre dies das Beste«, antwortete John James. »Und da du schon dabei bist, zeige bitte dieser Frau, die in alles ihre Nase stecken muss, ihr Zimmer.«

Isabella Ballentine schaute unbeeindruckt zu ihrem Cousin auf. »Werden wir also doch in dem Haus, in dem die Krankheit grassiert, zu Abend essen?«, wollte sie wissen.

»Aye, das werden wir tun«, gab John James zurück. »Wenn du dich dem gewachsen fühlst.«

»Werde ich deine Liebste kennenlernen?«

»Ja, verdammt, Isa, du wirst meine Liebste kennenlernen.«

»Dann fühle ich mich dem gewachsen«, erklärte Isabella, stand schnell auf und küsste ihn wie ein kleiner Judas auf die Wange.

»Tut mir leid«, sagte Gillon. »Kann nicht bleiben. Muss los. Komme zu spät zu einer Verabredung zum Abendessen.« Der Griff, mit dem Grant seinen Arm festhielt, erinnerte ein wenig an den Schraubstock eines Zimmermanns. »Stimmt irgendetwas nicht, alter Knabe? Geht es Charlotte gut?«

»Wo zum Teufel hast du gesteckt?«, fragte Grant. »Wir haben dich wochenlang nicht zu Gesicht bekommen.«

»War beschäftigt«, antwortete Gillon. »Eisen im Feuer. Ist Nicola wohlauf?«

Er war ohne entsprechende Vorsichtsmaßnahmen aus dem Haus geeilt, und Grant, der an der Mauer herumgelungert hatte, hatte ihn gepackt, bevor er sich davonstehlen konnte. Zu Grants Glück hatte er sein Schwert nicht dabeigehabt, ansonsten wäre sein Bruder jetzt tot. Er riss abermals an seinem Arm, doch Grant hielt ihn fest.

»Du bist uns aus dem Weg gegangen, habe ich nicht recht?«, fragte Grant.

»Gewiss nicht«, sagte Gillon. »Bin bei Nicola in Ungnade gefallen. Und meiner eigenen Wege gegangen, um ... ah ... meine Wunden zu lecken.«

»Blödsinn!«, entgegnete Grant. »Du hast gespielt.«

»Stimmt, ja, das stimmt. In diesem Punkt bin ich schuldig. Also, wenn du bitte so freundlich sein würdest, ich muss wirklich weiter.«

»Wohin willst du?«, hakte Grant nach. »In die New Town?«

»Nun, Tatsache ist ...«

»Ich werde dich begleiten.«

»Wirst du nicht zu Hause erwartet? Wird Charlotte nicht ...«

»Ich habe Nicola und sie weggeschickt.«

»Oh!«, sagte Gillon, dann fügte er mit schrillerer Stimme hinzu: »Oh! Nach Craigiehall?«

»Heatherbank.«

»Meine Güte! Das ist riskant!«

»Riskant?«, fragte Grant. »Was soll daran riskant sein?«

»Mutter«, antwortete Gillon.

»Sie wird sich bestens um die beiden kümmern.«

»Ist Charlotte krank?«, wollte Gillon wissen.

»Nein, doch ich habe Pocken im Haus – die Küchenmagd –, und ich hielt es für das Beste, die Damen aufs Land zu schicken, wo ihnen nichts geschehen kann.« Er ließ Gillons Arm los. »Diese drängende Angelegenheit, dieses Abendessen, das zu versäumen du dir nicht leisten kannst, wird es dich zufällig in Sir Archie Oliphants Haus führen?«

»In diese Richtung, ja«, bestätigte Gillon.

»Dann«, erklärte Grant, »werde ich dich begleiten.«

»Wenn du darauf bestehst«, sagte Gillon.

»Und unterwegs wirst du mit mir reden.«

»Wirklich?«, erwiderte Gillon. »Reden worüber?«

»Gelehrte Richter und hübsche Schauspielerinnen.«

»Oh, ist das alles?«, fragte Gillon kühn. »Was möchtest du denn gern wissen?«

Das Carse – oder die Ebene – von Stirling war einst Sumpfland gewesen, erklärte Mutter Peters, und die Felder der Lennox Hills bestanden aus Lehm und Torferde und boten angeblich das beste Weideland in Schottland. Nicola kam der Gedanke, dass Mrs. Peters vielleicht versuchte, den Rang ihres Sohnes zu rechtfertigen, indem sie mit der Qualität des Landes prahlte, aber ihr hätten Lehm und Torferde oder die Größe von Peters Besitz gleichgültiger nicht sein können.

Sie lag friedlich auf dem Bett aus warmem Heu und sah zu, wie die blauen Hügel sich tintenschwarz färbten, während Mutter Peters, einen Arm um Charlottes Taille gelegt, in ihrem ländlichen Singsang unaufhörlich drauflosplapperte und Viehzucht mit Geschichte vermischte, bis ihre Worte so nichtssagend und besänftigend wurden wie ein Wiegenlied und Nicola einschlief.

Sie erwachte davon, dass jemand ihr das Gesicht leckte, sanfte, kleine Küsse einer weichen, nassen Zunge. Dann hörte sie jemanden lachen, und eine Männerstimme sagte: »Komm jetzt weg da, Pup, bevor ich dir den Stock zu schmecken gebe.« Die Zunge verschwand, und Nicola öffnete die Augen und sah sein Gesicht dort, verkehrt herum, an seiner Seite den Hund, dem die Zunge aus dem Maul hing wie ein Keks oder ein leckerer Markknochen.

Sie strich sich Heu von der Brust und richtete sich auf. »Sind wir da?«, fragte sie schläfrig.

»Aye, Nicola«, sagte Roderick, »Sie sind endlich hier bei mir.«

Bradley, der Butler, war furchtbar wütend, obwohl er sich einige Mühe gab, es nicht zu zeigen. Da sein Herr und seine Herrin beide die Stadt verlassen hatten, hatte er offensichtlich erwartet, den Rest des Sommers nach Herzenslust die jungen Lakaien schikanieren und die zarten Gefühle der Dienerinnen verletzen zu können – mit anderen Worten, seine Position zu missbrauchen, seine Macht auszuüben und sich ganz allgemein wie ein Tyrann aufzuführen.

Früher einmal, vor vielen Jahren, hatte Isabella eine Haushälterin von gleichem Schrot und Korn in Diensten gehabt, eine schmallippige, stirnrunzelnde, strenge Zuchtmeisterin, die das

Personal von Salton House mit eiserner Faust beherrscht hatte und vielleicht auch die Herrin beherrscht hätte, hätte Isabella der Sache nicht einen Riegel vorgeschoben. Als Clarence nach London aufgebrochen war, hatte sie darauf bestanden, dass die Haushälterin ihn begleitete, eine Strafe, die ihr Gatte durchaus verdiente.

Isabella brauchte nicht lange, bis sie begriffen hatte, dass das hübsche kleine Geschöpf, das ihren Cousin verzaubert hatte, voller Ehrfurcht vor dem Butler war. Wie geschickt Mistress Young auch mit den Wimpern klimpern und mit ihren feinknochigen Händen wedeln mochte, sie machte keinen Eindruck auf den Dienstboten, der, so dachte Isabella, den Hausgast wahrscheinlich nicht nur als entsetzlich lästig betrachtete, sondern auch als eine Person von herzlich wenig Klasse.

Bei Lord Craigiehall lagen die Dinge natürlich anders. Wie sehr der Butler auch insgeheim schäumen mochte, er wagte nicht, sich den Anweisungen Seiner Lordschaft zu widersetzen, die, wie Isabella bemerkte, nicht als Bitten formuliert wurden, sondern als Befehle.

Sie mochte John James behandeln, als wäre er noch immer ein kleiner Junge, aber es berührte sie in der Seele und in anderen, weniger mystischen Regionen, zu sehen, wie ihr Cousin Archie Oliphants Haushalt befehligte, als wäre es sein eigener, und nur wenige Minuten nach seiner Ankunft nicht nur das Abendessen organisiert hatte, sondern auch ein Hühnchen fürs Krankenzimmer. Zudem hatte er eine Dienerin beauftragt, sich um Mistress Youngs Bedürfnisse zu kümmern.

Nachdem alle miteinander bekannt gemacht worden waren und die Frau so weit gegangen war, einen Knicks zu vollführen, fragte Isabella: »Wie geht es Ihrer Tochter heute, Mrs. Young?«

»Sie ist meine Nichte, und sie fühlt sich gar nicht wohl. Da die Pocken sich jetzt ausbilden, macht sie sich große Sorgen um ihr Aussehen, und sie ist sehr ungehalten und rastlos.«

»Hat Dr. Graythorn heute Morgen vorbeigeschaut?«, erkundigte John James sich.

»Ja. Er schien erfreut zu sein über die Heftigkeit des Ausbruchs, was er als gutes Zeichen wertet.«

»Seine Methode ist ziemlich modern, Madelaine, aber er hat große Erfahrung«, sagte John James. »Welche Behandlung hat er empfohlen?«

»Er hat einen lindernden Einlauf verordnet und darauf bestanden, dass die arme Fleur im Zimmer umhergeht – natürlich gestützt von einer Dienerin –, was ihr dabei helfen soll, die Blase zu entleeren.«

»Wirkt es?«, fragte John James.

»Ja«, bestätigte die Frau. »Ziemlich heftig.«

»Und Sie, Maddy, wie halten Sie sich?«, wollte John James weiter wissen.

»So gut man es erwarten kann«, antwortete die Frau. »Ich freue mich jedoch, Sie zu sehen, denn es ist einsam hier, und ich bin immer dankbar für Ihre Gesellschaft.«

Sie legte den Kopf schräg, wie Isabella bemerkte, und warf ihrem Cousin einen Blick aus ihren dunklen Augen zu, woraufhin dieser sich wand wie ein Wurm an einem Angelhaken. Die Dankbarkeit der jungen Frau erfüllte ihn gleichzeitig mit Stolz und Verwirrung, obwohl sich in diese Dankbarkeit, so dachte Isabella, eine winzige Spur Berechnung mischte, wovon John James natürlich nichts mitbekam.

Sie konnte ihrem Cousin kaum einen Vorwurf machen, dass er von Mrs. Young so eingenommen war. Die Frau war ungewöhnlich hübsch und meisterte die Kunst des Flirtens so vortrefflich, dass es überhaupt nicht wie ein Flirt wirkte. Wenn die englische Witwe es sich tatsächlich zum Ziel gesetzt hatte, die zweite Lady Craigiehall zu werden, würde sie eine formidable Gegnerin abgeben, denn sie würde nicht wie eines dieser Mädchen wirken, die nur des Vorteils wegen verheiratet wurden, zumindest nicht auf einen sechzig Jahre alten Einsiedler, dessen einzige Ablenkung während der letzten zehn oder zwölf Jahre schwere Verluste beim Kartenspiel gewesen waren.

»Wenn Ihre Nichte für den Augenblick versorgt ist«, begann John James, »wollen wir uns dann in Lady Valeries Salon zurückziehen und eine kleine Erfrischung zu uns nehmen, während das Abendessen zubereitet wird?«

»Oh, das wäre schön«, sagte Mrs. Young. »Falls Sie damit einverstanden sind, Lady ...«

»Ballentine.« Dann fügte Isabella hinzu: »Aber ich habe jetzt keinen Titel mehr, Mrs. Young. Ich bin, wie Sie, eine ganze einfache und gewöhnliche Witwe.«

»Oh, nein«, widersprach Madelaine Young, »Sie sind alles andere als einfach.«

»Und wie Sie entdecken werden, alles andere als gewöhnlich«, bemerkte John James und reichte beiden Damen einen Arm, bevor er dem Lakaien mit einem Nicken zu verstehen gab, er solle die Tür zum Salon öffnen.

Madelaine begriff schnell, dass sie es der schäbig gekleideten Witwe ebenso wie Archie Oliphant zu verdanken hatte, nach Edinburgh geholt worden zu sein, wo sie die Aussicht hatte, neue und schwindelerregende gesellschaftliche Höhen zu erklimmen.

Fleur hatte ihr natürlich den Weg geebnet. Ohne Fleurs musikalisches Talent und ihre Fähigkeit, wohlhabende Herren glauben zu machen, sie sei bloß ein Kind, wären sie am Ende gewiss von einem Musikhallenclown abhängig geworden, denn früher oder später hätte sie sich eingestehen müssen, dass ihre produktiven Jahre vorüber waren. Dann hätte sie Fleur gehen lassen müssen, was ihr nicht nur das Herz gebrochen, sondern auch ihren

Träumen ein Ende bereitet hätte, einen Mann zu finden, der sie sowohl glücklich als auch reich machte.

Oberflächlich betrachtet hatte die Konversation im Salon, die die Stunde vor dem Abendessen füllte, nichts Bemühtes. Wie wenig anziehend Isabella Ballentine auch äußerlich erscheinen mochte, so hatte sie Verstand genug, um unter einen harmlosen Austausch von Höflichkeiten eine Reihe von Fragen zu mischen, die so listig und bohrend waren, dass Maddy ihnen nur mit Mühe ausweichen konnte. In einer anderen Situation hätte sie das Wortgefecht anregend gefunden, aber sie war ganz matt von der Sorge um Fleur, und ständig kreiste die Frage in ihr, wie sich die Krankheit auf ihre Zukunft auswirken würde.

Daher war sie erleichtert, als Bradley verkündete, dass im Speisezimmer das Essen aufgetragen worden sei, und noch größer war ihre Erleichterung, als der Butler einen Moment später zurückkehrte, um Lord Craigiehall davon in Kenntnis zu setzen, dass Lieutenant Gillon Peters vom Hochlandregiment unten wartete.

»Hm!« John James war bereits aufgestanden. »Was soll ich tun, Madelaine? Soll ich ihn wegschicken?«

»Nein«, hörte Maddy sich antworten. »Bitte, lassen Sie ihn hereinbringen.«

»Der Soldatenbruder deines Schwiegersohns?«, warf Isabella ein. »Oh, ich wünsche mir schon so lange, ihn kennenzulernen.«

»Ach ja?«, fragte John James. »Darf ich fragen, warum?«

»Um aus erster Hand zu erfahren, wie es uns gelungen ist, den Krieg in den Kolonien zu verlieren.«

»Nun, ich bezweifle, dass Gillon Peters auch nur weiß, dass der Krieg verloren ist«, versetzte John James, »oder wenn er es weiß, wird er es nicht zugeben. Allerdings …«

»Lade ihn ein, mit uns zu speisen«, sagte Isabella, »falls er nicht bereits gegessen hat.«

»Ich bin mir ziemlich sicher, dass er noch nicht gegessen hat«, erwiderte John James. »Wenn er also für sein Abendessen singen soll, Isa, dann soll es so sein.« Mit diesen Worten gab er dem finster dreinblickenden Butler das Zeichen, Gillon aus der Halle hereinzuführen.

TEIL 3

FELDER DES SCHICKSALS

Kapitel 14

All das, was Nicola an Heatherbank so liebte, war Charlotte verhasst. Sie hasste es, den engen Dachboden mit ihrer Schwester teilen zu müssen, sie hasste die starken Gerüche von Kuhställen und Scheunen. Sie hasste krähende Hähne, brüllende Kühe und die allzu gut gelaunten Rufe der Milchmägde im Morgengrauen; sie hasste auch das Durcheinander der großen Küche mit dem irdenen Boden, die ständig voller Dampf war; sie hasste die alten, graubärtigen Hunde, die auf Türschwellen lagen, und die maunzenden Katzen auf den Fenstersimsen. Vor allem aber hasste Charlotte ihre Schwiegermutter, die in ihren Augen der personifizierte Widerspruch in sich war: eine alte Vettel, die gleichzeitig sanft und vulgär war und die alle, Roderick eingeschlossen, anbeteten.

Charlotte war noch nie einem Menschen wie Margo Peters begegnet, ebenso Nicola. Obwohl sie in einer bäuerlichen Gemeinschaft aufgewachsen waren, hatten sie doch alle Annehmlichkeiten des großen Hauses von Craigiehall genossen, und erst jetzt wurde Nicola klar, wie hart das Leben für die Pächter ihres Vaters sein musste und warum sie und Charlotte niemals Papa und Mr. Littlejohn auf ihren Inspektionsrunden hatten begleiten dürfen.

Von der ersten Stunde – einer sehr frühen Stunde – ihres ersten Tages auf Heatherbank erlebte sie ein berauschendes Gefühl von Freiheit. Sie war bereits wach, als eine kleine Buttermagd mit rundlichem Gesicht die Tür des Dachbodens mit dem Knie aufstieß und mit einem fröhlichen Morgengruß lautstark einen Wasserkrug auf den Tisch am Fenster setzte. Das Mädchen zog die zerlumpte Gardine zurück, die vergebens das Tageslicht abzuhalten versuchte, und beugte sich, die Hände in die Hüften gestemmt, über Charlotte, bevor sie sagte: »Sie müssen jetzt aufstehen und frühstücken, Miss.«

»Frühstücken?«, wiederholte Charlotte benommen. »Wie spät ist es denn?«

»Nach fünf, Miss«, antwortete das Mädchen.

Charlotte blickte finster über den Rand des Lakens. »Sollst du meine Magd sein?«

»Nein, nein, Miss. Ich schöpfe den Rahm ab.«

»Was?«, fragte Charlotte und stieß Nicola an. »Was redet sie da?«

»Wir haben Sommer«, erklärte Nicola. »Das Melken wird im Sommer sehr früh am Morgen erledigt.«

»Aye, Miss«, bekräftigte das Mädchen. »Und wir sind spät dran. Und Mistress Peters ist nicht glücklich. Sie sagt, Sie müssen aufstehen, wenn Sie Ihr Frühstück wollen.«

»Gott im Himmel!«, stieß Charlotte hervor. »Frühstück – um fünf Uhr morgens?«

Es gab keine Muffins, keinen Toast, keine zierlichen kleinen Tassen mit gekochter Milch und erst recht keine Marmelade. In der Küche war keine Spur von Margo oder Roderick zu entdecken, nur ein alter Mann in einem schmuddeligen Kittel kniete am Feuer und briet Schinken auf einem Rost. Er hatte eine Drahtgabel in der Hand, und nachdem er eine Speckschnitte aufgespießt hatte, schob er sie auf einen Teller auf seinen Knien, stand auf, stellte ihn vor Charlotte hin und präsentierte wenige Sekunden später Nicola einen zweiten.

»Tee, die Damen?«, fragte er.

»Wenn du so freundlich sein würdest«, antwortete Nicola.

Der Tee wurde direkt aus dem Kessel in Tassen ohne Unterteller gegossen; außerdem war er so stark, dass sich Nicolas Mund zusammenzog. Sie sah zu, wie ihre Schwester an dem Gebräu nippte – und es ausspie.

»Was ist *das* denn?«, fragte Charlotte.

»Schießpulver«, sagte der alte Mann und zwinkerte Nicola zu.

»Es schmeckt wie Schießpulver«, stellte Charlotte fest. »Gibt es keinen Tee?«

»Es ist Tee, Misses, grüner Tee.«

»Schmeckt ja widerlich!«, rief Charlotte angewidert.

»Ist aber großartig für die Verdauung«, erwiderte der alte Mann.

Nicola wappnete sich und nahm noch einen Schluck. Ihre Augen weiteten sich, als hätte die Flüssigkeit ihr Gehirn mit Licht überflutet. Sie griff nach der Speckscheibe und nagte das Fett von der Rinde, während Charlotte mit unverhohlenem Entsetzen zusah, wie ihre Schwester alle guten Manieren über Bord warf. Ein riesiger Haferlaib, groß wie ein Wagenrad, wurde vor sie hingelegt, außerdem ein Klumpen Butter in einer Schale mit Deckel.

»Brot, die Damen?«

»Vielen Dank, ja«, sagte Nicola.

Der alte Mann schnitt eine Scheibe ab.

»Wo ist Mrs. Peters?«, erkundigte sich Charlotte.

»Draußen im Kuhstall.«

»Hol sie her!«

»Nein, meine Dame, sie ist im Moment bestimmt viel zu beschäftigt.«

»Weißt du, wer ich bin?«

»Aye, Sie sind Grants Frau.«

»Und wer, wenn ich fragen darf, bist du?«, fragte Charlotte.

»Grants Großvater.«

»Oh!« Charlotte zögerte. »Sie sind sein Großvater?«

Er zwinkerte Nicola abermals zu, die den Schinken verzehrt hatte und sich nun über Brot und Butter hermachte, als hätte sie eine Woche nichts mehr zu essen bekommen.

»Aye«, sagte er. »Allerdings, der bin ich.«

»Wie heißen Sie, Sir?«, erkundigte Nicola sich.

»Ralston«, antwortete er. »Duncan Ralston.«

»Dann sind Sie Mrs. Peters Vater, nicht wahr?«, fragte Charlotte.

»Nun, das hat ihre Mutter mir jedenfalls erzählt.«

»Wie alt sind Sie, Mr. Ralston?«, wollte Nicola wissen, denn sie vermutete zu Recht, dass er stolz auf seine Jahre war.

Er legte eine Hand hinter den Kopf und zupfte an dem Kranz weißen Haares herum, der ihm über den Kragen hing. »Dreiundachtzig«, erwiderte er. »Und immer noch bildhübsch, eh?«

Nicola lachte. »Sie verdrehen den Mädeln auf dem Markt bestimmt nach wie vor den Kopf.«

»Aye, sie drehen sich angewidert weg«, bemerkte er. »Essen Sie auf, meine Damen, denn ich soll Sie auf dem Hof herumführen und Ihnen die besten Spazierwege zeigen.«

»Spazierwege?«, wiederholte Charlotte.

»Margo sagt, Sie sollen spazieren gehen, damit Sie bald nicht mehr so fett sind.«

»Fett!«, rief Charlotte aus.

»Margo sagt, Spaziergänge seien gut für Damen in Ihrer Verfassung.«

»Oh, das sagt sie, ja?«, bemerkte Charlotte.

»Bewegung und reichlich gute frische Luft«, stellte Mr. Ralston fest, »das ist Margos Rezept für gesunde Babys.«

»Nun, ich bin nicht hier, um mich zu bewegen«, erklärte Charlotte. »Ich bin hier, um mich auszuruhen.«

»Keine Ruhe in diesem Haushalt«, erwiderte Duncan Ralston.

»Wenn Sie mit dem Frühstück fertig sind, kommen Sie mit, und ich zeige Ihnen, wo Sie Ihre Eimer leeren können.«

»Unsere Eimer leeren?«, fragte Charlotte. »Darum kümmert sich doch sicher die Magd, nicht wahr?«

»Magd? Welche Magd?«, versetzte Duncan Ralston. »Ich übernehm ja ab und zu das Kochen, wenn Margo anderswo beschäftigt ist, aber ich bin der Einzige hier für solche Arbeiten, und ich bin keine Magd. Daher werden Sie Ihre Eimer selbst ausleeren müssen, oder Sie müssen sie für die Fliegen stehen lassen, und da hat Margo bestimmt was gegen.«

Charlotte schürzte die Lippen. »Ich verstehe. Wir sollen hier also behandelt werden wie Gefangene, ja? Nun, seien Sie versichert, wenn mein Gatte davon erfährt, wird es ihm bestimmt nicht gefallen.«

»Es wird Grant gefallen, Sie sicher auf dem Land zu wissen«, widersprach Duncan Ralston. »Er vertraut darauf, dass seine Mutter tut, was das Beste für Sie und sein Kind ist. Besser ein klein wenig Unbequemlichkeit, meine Dame, als eine Bekanntschaft mit den Pocken, hm? Kommen Sie, holen Sie jetzt Ihre Nachttöpfe, und ich zeige Ihnen die Grube.«

»Die Grube?«, fragte Charlotte. »Oh, ich kann es kaum erwarten!«

Butter und Käse, Wolle, Hammelfleisch und Mastvieh waren die Hauptstützen von Heatherbanks Wirtschaft, und die Pächter beglichen ihren Zehnten sowohl in Arbeitsstunden als auch durch Naturalleistungen. Der Kontrast zu Craigiehalls traditionellen Methoden – die nur ihr Vater für »modern« hielt – beeindruckte Nicola, und sie befragte Mr. Ralston eingehend, während er sie durch die Nebengebäude führte.

Charlotte hatte natürlich keinerlei Interesse an landwirtschaftlichen Dingen. Sie war zu angewidert vom Gestank des Kuhstalls, um sich hineinzuwagen, obwohl die verflixte heilige Margo drüben hinter einer Kuh saß, an den Zitzen zog und fröhlich vor sich hin fluchte.

Mr. Ralston führte sie hinaus, damit sie den Gemüsegarten bewundern konnten.

Das Carse erstreckte sich dahin, so weit das Auge reichte, und nur der Burgfelsen ragte in der Ferne aus der Ebene heraus. Hinter dem Bauernhaus wuchsen im Norden entlang des gewundenen Flusses Weiden und Weißdornsträucher, und die Luft war so klar, dass Nicola hoch oben auf dem heidebewachsenen Hügel im Süden einzelne Schafe erkennen konnte, weiß wie Gänseblümchen, und dazu, in prachtvoller Einsamkeit gelegen, den Turm der alten Pfarrkirche. Allerdings konnte nicht einmal Mr. Ralston erklären, weshalb die Kirche nicht im Dorf errichtet worden war, sondern am Rand des Moors.

»Aye, es wird heute wieder ein schöner Tag werden«, bemerkte Duncan Ralston mit einem Seufzer der Zufriedenheit. »Vor dem Einbruch der Nacht werden sie das letzte Heu getrocknet haben.«

»Dann hatten Sie dieses Jahr also eine gute Heuernte?«, erkundigte Nicola sich.

Charlotte zupfte sich einige klebrige weiße Blütenblätter vom Rock. Sie hatte kaum ein Wort gesprochen, seit sie die Küche verlassen hatten, und vermittelte den deutlichen Eindruck, dass sie alles, Mr. Ralston eingeschlossen, entschieden abstoßend fand.

»Aye, eine bessere Ernte als letztes Jahr«, bestätigte Mr. Ralston.

»Ist Roderick auch dort?«, wollte Nicola wissen. »Im Heu?«

»Höchstwahrscheinlich«, antwortete Duncan Ralston mit einem seltsamen kleinen Seitenblick.

Nach einer taktvollen Pause fragte Nicola weiter: »Wo *ist* das Heufeld eigentlich?«

»Folgen Sie dem Fußweg vorbei an der Grube, Mädchen, und wenn Sie den Fluss sehen, liegt es auf der linken Seite.«

»Ist das weit?«

»Nein, nicht viel mehr als eine Viertelmeile«, antwortete Duncan Ralston. »Ich würd Sie ja selbst dorthinführen, aber die alten Beine bringen mich vielleicht nicht mehr zurück.«

»Der neue Bulle«, sagte Nicola, »ich werde ihm doch wohl nicht begegnen, oder?«

»Nein, nein«, meinte Mr. Ralston. »Er ist sicher in seinem eigenen Pferch eingesperrt. Wenn irgendwelche kleinen Bullen herbeigetrabt kommen, um Sie zu begrüßen, schwenken Sie einfach Ihre Haube, und sie werden eher ängstlich als neugierig sein.«

»Charlotte«, schlug Nicola vor, »wollen wir am Fluss entlanggehen?«

»Gehen!«, rief Charlotte. »Wohl kaum! Ha!«

»Was möchtest du denn tun?«

»Ich ziehe mich auf mein Zimmer zurück und schreibe an meinen Mann«, erklärte Charlotte, drehte sich auf dem Absatz um und eilte auf das Bauernhaus zu, ohne auch nur ein Dankeschön oder ein Wort des Abschieds zu murmeln.

Das Heufeld war von einer Hecke, nicht aber von einem Zaun umgeben. Das Tor an der vorderen Ecke, von Steinen offen gehalten, wurde von einem lebhaften, schwarz-weißen Collie bewacht, der warnend bellte, bevor sie herankam, und ihr schnuppernd und sabbernd die Schnauze in die Hand drückte. Das Vieh, das Nicola von dem Weidenwäldchen gefolgt war, galoppierte wie wild über das Feld davon, bevor es sich in sicherem Abstand zusammendrängte, um die seltsame Kreatur in dem zitronengelben Kleid zu betrachten, deren Erscheinen sie so sehr fasziniert hatte.

Auf dem Heufeld waren zwei Frauen und zwei Männer bei der Arbeit. Die Männer waren mit langstieligen, hölzernen Rechen bewaffnet, die Frauen mit Gerten. Die Männer wendeten das Heu, und die Frauen, die ihnen folgten, schichteten es zu hohen Garben, die in der Sonne schnell trocknen würden, überlegte Nicola. Mehr als die Hälfte des Feldes war bereits abgeerntet und lag nackt in der Hitze da, während Möwen, Krähen und Tauben in den Stoppeln pickten und eine Wolke von Insekten darüber schwebte.

Sie atmete den süßlichen Duft von gemähtem Heu ein, lehnte sich an das Tor, den Collie hechelnd neben sich, und sah zu, wie Roderick das Gras mit einer Sense mähte, eine Tätigkeit, die mühelos aussah, obwohl Nicola vom Gegenteil überzeugt war. Sie fand es nicht im Geringsten ungewöhnlich, dass ein Grundbesitzer sein Heu selbst einholte. Roderick Peters schien nicht anders zu sein als der Mann an seiner Seite und hätte, so dachte sie, der Ehemann der Frau sein können, die ihm mit nackten Beinen und von der Sonne gebräunter Haut über das Feld folgte.

Dann hatten die Heumacher das Ende der Bahn erreichte und drehten nach einem Innehalten um, das nicht länger dauerte als ein Blinzeln, und kehrten zu ihr zurück.

Nicola nahm ihre Haube ab und winkte.

Roddy hob den Rechen und begrüßte sie, bevor er im nächsten Moment rief: »Essenszeit, Nicola. Wir werden beim Essen reden.«

Erfreut über dieses Versprechen, winkte sie abermals, dann machte sie sich auf den Weg über die Weide zum Fluss hinüber und ließ Roddy allein, damit er weiterarbeiten konnte.

John James unterdrückte ein Stöhnen, als er bei seinem Eintritt ins Frühstückszimmer feststellte, dass seine Cousine bereits dort war, sich über eine Schale mit Rührei hermachte und mit einer der kleinen Dienerinnen plauderte, die beim Erscheinen ihres Herrn errötend in die Küche zurückhuschte.

Isabella schaute auf und schenkte ihm ein Lächeln, bei dem sich ihre Grübchen zeigten.

»Für einen Mann am Rande des Ruins, Johnny«, bemerkte sie, »lässt du es dir recht gut gehen. Kaffee?« Sie schenkte ihm aus der Kanne mit der langen Tülle ein und schob die Tasse über den Tisch zu ihm hinüber.

Er war bereits für seine Verhandlung gekleidet. Marsh, ein notorischer Hypochonder, hatte sich krankgemeldet, und er, Craigiehall, hatte den Kürzeren gezogen und musste den zusätzlichen Dienst übernehmen. Heute würde es einen anderen Ablauf geben, dessen war er gewiss, denn eine Anzahl von Anwälten hatte bereits Aufschub beantragt und sich mit Frauen und Kindern aufs Land begeben, um der stickigen Hitze und der Gefahr der Ansteckung zu entgehen.

»Ich stehe nicht am Rand des Ruins, Isa«, widersprach er. »Ich bin knapp bei Kasse, aber nicht bankrott, trotz der Summen, die ich dir schulde und die ich dir bis zum Ende des Jahres nach und nach zurückzahlen werde.«

»Ich würde mir dieses Versprechen vor Zeugen schriftlich geben und unterzeichnen lassen, wenn ich der Ansicht wäre, es würde auch nur das Geringste nutzen«, meinte Isabella. »Wie viel bist du denn Lady Oliphant schuldig, das heißt, abgesehen von einem Entschuldigungsschreiben, weil du ihr Stadthaus in Beschlag nimmst und deine Mätresse dort bewirtest?«

»Ich habe bereits an Lady Valerie geschrieben«, sagte John James. »Unter den gegebenen Umständen bezweifle ich, dass sie mein Tun als einen Verstoß gegen die Etikette betrachten wird.«

Er griff nach einem Muffin und bestrich es mit Butter. »Sie hat schließlich ohne Gewissensbisse ihre Hausgäste im Stich gelassen.«

»Mir hat der junge Mann übrigens gut gefallen.« Isabella gab Pfeffer auf ihre Eier und wedelte nachdrücklich mit ihrem Löffel. »Ist er dein Rivale?«

»Mein Rivale! Mach dich nicht lächerlich.«

»Er ist gewiss sehr einnehmend«, sprach Isabella weiter. »Wenn ich dreißig Jahre jünger wäre, hätte ich vielleicht selbst ein Auge auf ihn geworfen.«

»Er ist ein noch größerer Schurke als sein Bruder«, erklärte John James. »Er tut nichts, aber auch gar nichts, um seinen Lebensunterhalt zu verdienen; er beschäftigt sich ausschließlich mit dem Glücksspiel. Und seine Pension – die genügt kaum, um eine Katze zu erhalten, geschweige denn eine Ehefrau.«

»Ich würde in ihm nicht zwangsläufig einen Ehemann sehen«, erwiderte Isabella. »Ich habe mehr als genug Mittel, um ihn mir als Schoßtier zu halten.«

»Ich wünschte, du würdest nicht so reden«, beklagte sich John James. »Ich weiß nicht, was in letzter Zeit über dich gekommen ist. Außerdem hattest du vor dreißig Jahren nicht mehr als ein paar Pennys, die du dein Eigen nennen konntest. Wenn Großvater dir keine Mitgift gegeben hätte ...«

»Hätte ich Clarence nicht geheiratet. Vierzig Jahre, Johnny, vierzig Jahre.«

»Gott, du hast recht.«

»Also, ist Gillon Peters dein Rivale?«

John James setzte seine Kaffeetasse ab und hielt inne, um über seine Antwort nachzudenken.

Schließlich sagte er: »Besser mein Rivale als mein Schwiegersohn.«

»Oh, Gillon umwirbt Nicola, ja?«

»Er hatte, so habe ich Grund anzunehmen, Ambitionen in dieser Richtung«, erwiderte John James, »bis die Respekt einflößende Mrs. Young auf der Bildfläche erschienen ist.«

»Hast du Valerie Oliphant überredet, nach ihr zu schicken?«

»Nein, nein, nein«, sagte John James hastig. »Derartige Manöver übersteigen meine Vorstellungskraft, Isa, aber andererseits bin ich als einfaches männliches Wesen nicht so verschlagen wie die Vertreterinnen deines Geschlechts.«

»Betrachtest du mich als verschlagen, Johnny?«

»Nicht schlimmer als alle anderen.«

»Valerie Oliphant ist verschlagen«, erklärte Isabella, »und die liebreizende Mrs. Young ist es noch mehr, könnte ich mir vorstellen. Ich bin bloß eine Amateurin in solcher Gesellschaft. Denk an meine Worte, Johnny! Diese hübsche kleine Witwe gehört dir, wenn du nur willst, aber ich an deiner Stelle würde den Lieutenant genau im Auge behalten. Wenn ich die Zeichen richtig deute, wird er sich schnell in deine Schauspielerin verliebt haben. Du musst vielleicht um sie kämpfen.«

»Es geht nicht an, dass ein Mann in meiner Position um eine Frau kämpft.«

»Dann wirst du sie verlieren.«

»Gillon Peters ist keine Bedrohung für mich«, sagte John James. »Oder?«

Isabella kratzte den Rest Rührei aus der Schale und lutschte ihn von ihrem kleinen Silberlöffel. »In was für ein Wirrwarr du dich da begeben hast, Johnny!«, bemerkte sie. »Du hast Schulden bei mindestens zwei Frauen, du hast deine Töchter verloren, und du hast nicht den Mumm, um die Frau zu kämpfen, die du liebst.«

»Ich liebe niemanden«, widersprach John James hochtrabend.

»Nein, und das, glaube ich, ist dein Problem«, sagte seine Cousine. »Um wie viel Uhr hast du deinen großen Auftritt im Parlamentsgebäude?«

»Bald«, antwortete John James und rief: »Robertson, Robertson«, damit sein vertrauter Kammerdiener kam und ihn rettete.

Es war noch keine elf Uhr, als das Mittagessen serviert wurde. Ein Satiriker hätte vielleicht das französische Wort »Buffet« für das Mahl verwendet, aber für Charlotte war es bloß ein heilloses Durcheinander. Da standen Pfannen mit lauwarmem Eintopf, schlaffe Salatköpfe, ein Topf Suppe, zwei Laibe Haferbrot und ein gewaltiges Stück Käse, dessen Gestank der Mischung von Gerüchen, die sie bei ihrem Erscheinen im unteren Stockwerk begrüßten, die Krone aufsetzte.

Das Problem war, sie hatte Hunger und konnte nicht leugnen, dass ihr der Magen knurrte und das Wasser im Mund zusammenlief, wie widerwärtig der Geruch auch sein mochte, der bis zu ihrem Versteck auf dem Dachboden hinaufgedrungen war.

In der Kommode in dem kleinen Raum, der wohl der Salon sein sollte, hatte sie Papier gefunden, vergilbt und ziemlich fettig, und einen stumpfen Bleistift. Sie hatte ihre Schätze die schiefe kleine Treppe zum Dachboden hinaufgetragen, wo das Bett ungemacht und der Boden ungefegt waren und ihre und Nicolas Habseligkeiten noch immer dort lagen, wo sie sie am vergangenen Abend hingeworfen hatten.

Dann hatte sie das einzige anständige Möbelstück auf dem Dachboden herausgezogen, einen Stuhl mit geflochtener Sitzfläche, hatte sich daraufgesetzt und das Fensterbrett als Schreibtisch benutzt, um einen langen, wenig vernünftigen Brief an Grant zu schreiben. Sie verlangte, er solle herkommen, sie abholen und auf irgendeine Weise zu einem zuträglicheren Ort bringen, wo sie vor Anker gehen konnte, bis die Flut der Ansteckung zurückgegangen war. Sie wusste, sie musste eine Möglichkeit finden, den Brief zu versiegeln, bevor sie ihn jemandem übergab, der ihn zur

Kutschstation in Stirling brachte, aber sie hatte zu großen Hunger, um sich richtig auf das Problem zu konzentrieren.

Mr. Ralston hatte das Kommando über das Bier – es gab anscheinend keinen Tee – und verteilte an jeden einen Humpen voll, lehnte jedoch resolut jegliche Bitten um einen weiteren Becher ab.

Charlotte trat mit gespielter Unterwürfigkeit an den alten Mann heran. »Dürfte ich bitte auch welches bekommen?«

»Aye, Mädchen, das dürfen Sie.«

Er füllte einen Becher mit der hellbraunen Flüssigkeit und reichte ihn ihr. Sie erinnerte sich an ihre Manieren und dankte ihm, bevor sie das Bier entgegennahm und trank.

Es war schwach, bitter und sehr erfrischend.

Sie ging zum Tisch und betrachtete das Durcheinander, das nun seltsamerweise eine winzige Spur weniger heillos erschien als auf den ersten Blick. Ein junger Mann säbelte ein Stück Brot ab und bestrich es dick mit Bratensoße. Er biss hinein und sagte: »Bei Gott, ist das gut!« Dann hielt er Charlotte den Leckerbissen hin. »Wollen Sie mal probieren, Mrs. Peters?«

Charlotte prallte zurück. »Nein ... ah ... danke. Woher kennen Sie meinen Namen?«

»Alle kennen Ihren Namen, Mrs. Peters. Sie sind doch die, die Margo zur Großmutter machen wird, noch bevor das Jahr um ist. In dem Kleinen in Ihrem Bauch ist ein Achtel vom alten Mr. Ralston.«

Oh Gott, dachte Charlotte mit einem Schaudern, *er hat recht!*

Sie schnitt sich eine Scheibe Brot und ein Stück Käse ab und ging nach draußen, wo vier weibliche Hofangestellte im Gras picknickten. Sobald sie erschien, erstarb das Geplapper der Frauen. Vier Augenpaare folgten ihr, während sie nach einem Platz zum Sitzen Ausschau hielt, vier Augenpaare, die durch ihre Röcke und Unterröcke anscheinend direkt in ihren Bauch sahen.

Das leise kleine »Aaah«, das von den jungen Frauen kam, war, wie sie wusste, eine Reaktion auf das Ding in ihr, Margos Enkelkind, das noch zu wenig entwickelt war, um seine Anwesenheit kundzutun, bis auf eine schwache Schwellung unter ihren Kleidern.

»Setzen Sie sich hierher, Mrs. Peters, setzen Sie sich hierher.«

»Nee, nee, setzen Sie sich neben mich, Mrs. Peters, setzen Sie sich neben mich.«

»Lasst die arme Frau in Ruhe«, sagte Margo. »Sie wird sich hinsetzen, wo sie möchte.«

Das Gras im Schatten des Kuhstalls war zertrampelt und voller Unkraut. Es gab keine Bänke oder Tische, nur zwei oder drei Melkschemel, die in Charlottes Augen gefährlich wackelig aussahen. Sie jonglierte mit dem Becher, dem Brot und dem Käse, und einen Moment später ließ sie sich zaghaft neben Margo Peters auf dem Boden nieder.

»Achte nicht auf diese dummen Gänse«, riet ihre Schwiegermutter ihr. »Man sollte meinen, sie hätten noch nie zuvor eine trächtige Kuh gesehen.«

»Eine Kuh?«, fragte Charlotte.

»Eine Redensart, Liebes«, sagte Margo. »Du wirst dich an meine grobe Ausdrucksweise gewöhnen müssen. Ich bin schon ein bisschen zu betagt, um mich noch gewählt auszudrücken. Bist du glücklich hier?« Charlotte nickte, obwohl sie sich vorkam wie eine Strohpuppe, die Beine so von sich gestreckt und nichts im Rücken. »Hier«, fuhr Margo Peters fort. »Lehn dich an mich.« Und sie bot ihr den breiten Rücken dar.

Charlotte konnte die Frau riechen, ein seltsamer Geruch, nicht säuerlich oder ungesund. Sie konnte auch die Wärme des Körpers ihrer Schwiegermutter spüren, und obwohl sie es eigentlich nicht wollte, kuschelte sie sich an Margos Rücken. Als sie endlich bequem saß, machte sie sich über Brot und Käse her.

»Fühlst du dich auch wohl?«, erkundigte sich die Frau. »Kein Anzeichen von Fieber?«

»Nein«, antwortete Charlotte. »Mir ist heiß, aber ich habe kein Fieber.«

»Warum hast du deine Schwester nicht auf ihrem Spaziergang begleitet?«, fragte Margo.

»Ich musste einen Brief schreiben.«

»An Grant?«

»Ja.«

»Ich nehme an, jemand soll ihn zur Post bringen«, bemerkte Margo.

»Ich habe kein Kuvert«, sagte Charlotte.

»Roderick hat ebenfalls einen Brief für Grant, daher kann man sie im selben Kuvert versiegeln. Gib Roddy deinen Brief.«

»Ich ... nun ... ja, das werde ich tun«, antwortete Charlotte. »Wo ist ... ah ... Roddy?«

»Im Heu.«

»Kommt er nicht zum Essen?«

»Nicht, wenn das Wetter gut ist«, antwortete Margo.

Charlotte hörte auf zu kauen und schaute sich um.

»Ist meine Schwester auch dort?«, fragte sie. »Bei Roderick?«

»Aye«, erwiderte Margo. »Draußen auf dem Feld bei Roddy.«

Der Ausbruch der Pocken hatte den beschaulichen Lauf der Sommersaison unterbrochen, und sowohl bei Gericht als auch in der Stadt herrschte ein Gefühl von Dringlichkeit, das beinahe an Panik grenzte. Jeannie, die Dienerin der Peters', befand sich in den Fängen eines sekundären Fiebers, aber Dr. Graythorn, der spät am vergangenen Abend vorbeigeschaut hatte, war der Meinung, dass die Pusteln nicht schwarz werden und sich nicht auf dem Gesicht zeigen würden und dass die Patientin das

Schlimmste bald hinter sich gebracht habe. Als Vorsichtsmaßnahme hatte er Molly gezeigt, wie sie die weichen, gelben Pusteln mit einer erhitzten Nadel durchstoßen und die widerwärtige Flüssigkeit mit trockenem Mull herausziehen konnte. Weder die Köchin noch Grant brachten es über sich, bei dieser Prozedur zuzuschauen.

Grant hatte mit Hercules gespeist und später bei *Horne's* mit Somerville zu Abend gegessen, bevor er in einem stillen Eckchen die eidlichen Aussagen einer ganzen Woche diktiert hatte, die er bei Gericht vorlegen wollte. Gepeinigt hatte ihn unterdessen nicht die Sorge um Charlotte oder Nicola, sondern die Last, die Hercules ihm auferlegt hatte, eine Last, die durch seine Begegnung mit Gillon nicht im Mindesten geringer geworden war.

Das heiße Wetter hatte nachgelassen, und eine willkommene Brise wehte zwischen den Säulen, während er über die Promenade im Parlamentsgebäude ging und eine Vielzahl von Einleitungen zu dem Thema durchprobierte, das ihn beschäftigte: das Verhalten seines Schwiegervaters. Er legte den Weg gerade ein zweites Mal zurück, als er zu seinem Entsetzen beinahe mit dem großen Lord Craigiehall selbst zusammengestoßen wäre, der anscheinend aus dem Gebäude geschlüpft war, um etwas frische Luft zu schnappen und einen Apfel zu essen, während seine Schreiber versuchten, die Vielzahl an Fällen neu zu ordnen und die wesentlichen Dokumente zusammenzusuchen.

Von allen Verstößen gegen die Etikette, die Craigiehall begangen hatte – herzlich wenige tatsächlich –, erschien Grant das Verlassen der Halle in Robe und Perücke der abscheulichste zu sein. Er blieb jäh stehen, blinzelte und wäre zwischen den Säulen davongeschlichen, hätte ihn sein Schwiegervater nicht entdeckt, das Kerngehäuse des Apfels fortgeworfen, sich die Hände an seiner Robe abgewischt und ihn begrüßt wie einen lange verschollenen Bruder.

»Grant, mein lieber Freund!«, rief er. »Welche Neuigkeiten bringen Sie mir aus den unteren Regionen?«

»Den unteren Regionen, Euer Lordschaft?«

»Dieser Unterwelt, in der Anwälte weilen, wenn sie nicht bei Gericht sind.«

Der alte Mann, begriff Grant, hatte einen Scherz gemacht. Er blinzelte abermals, und nachdem er sich umgeschaut hatte, um festzustellen, wer sie möglicherweise beobachtete, trat er an seinen Schwiegervater heran.

Lord Craigiehall lehnte sich an die Wand neben der kleinen Tür, die in die Richterkammer führte. Er hatte die Haltung eines Faulenzers, entspannt, die Beine gespreizt, die Hände in die Taschen unter seiner verzierten Robe geschoben.

»Sie haben Ihre Damen aus der Stadt gebracht, hat mir Graythorn berichtet«, fuhr er fort. »Man kann gar nicht vorsichtig genug sein, nicht wahr? Ich glaube, Sie haben die beiden auf Ihren Bauernhof geschickt. Das wird meinen Mädchen ungeheuer guttun. Ich habe gestern Abend mit Ihrem Bruder gespeist.«

»Gillon?«

»Aye, mit dem Soldaten.«

Grant konzentrierte sich und fragte: »Whist?«

»Um genau zu sein, nein«, erwiderte Craigiehall. »Nicht eine Karte wurde ausgeteilt, obwohl ich das Vergnügen hatte, den jungen Gillon in letzter Zeit bei mehreren Gelegenheiten zu übertrumpfen. Wir sind zu einer Mission der Barmherzigkeit in Lady Oliphants Haus zusammengekommen.«

»War sie ... ich meine, war Mrs. Young zugegen?«

»Oh, ja.« Bei der Erwähnung dieses Namens lächelte Seine Lordschaft. »Mrs. Young war zugegen. Die arme Frau! Ihre Nichte liegt auf dem Krankenbett darnieder, und sie ist gar nicht sie selbst – ich meine Mrs. Young, nicht die Nichte. Ich hätte die beiden ja zur Genesung nach Craigiehall bringen lassen, wäre das

Mädchen in der Verfassung zu reisen, was es leider nicht ist, zumindest noch nicht.«

»Ah!«, sagte Grant. »Ah!«

»Warum runzeln Sie die Stirn?«, fragte Seine Lordschaft. »Missbilligen Sie das Vorhaben?«

»Es ist nicht an mir, etwas zu billigen oder zu missbilligen«, erwiderte Grant.

»Gillon hat es mir erzählt.«

»Er hat Ihnen was erzählt, Sir?«

»Dass Sie meine Freundschaft mit Mrs. Young nicht gutheißen.« Seine Lordschaft warf den Kopf in den Nacken, umklammerte seine Perücke und lachte. »Mir scheint, dass niemand die arme Maddy mag.«

»Es geht nicht um Maddy«, platzte Grant heraus. »Sie sind es, der uns Sorgen bereitet.«

»Ich? Warum? Ich bin Witwer, nicht wahr, und ein Freigeist!«

»Lord Dunbar denkt nicht so.«

»Dunbar, dieser selbstherrliche Narr!«

»Euer Lordschaft, wirklich! Dunbar ist schließlich der Lord Advocate.«

»Man muss seine Position respektieren, wenn auch nicht seine Anschauungen, nehme ich an?«

Mehrere junge Anwälte eilten in Begleitung von Schreibern vorbei und verneigten sich vor Craigiehall, der auf die gleiche Weise antwortete, wobei er noch immer seine turmhohe Perücke festhielt. Grant trat näher an seinen Schwiegervater heran, so nah, dass dieser die Beine einzog und sich aufrichtete, wie ein Dieb, den ein Mitglied der Wache zur Rede stellt.

»Es ist eine Frage des äußeren Anscheins, Sir«, sagte Grant, bevor ihn der Mut verließ. »Dunbar und andere sind gegen Sie; ich weiß nicht, warum. Sie missbilligen Ihr Verhalten in jüngster Zeit.«

»Mein Verhalten?«

»Sie haben den Wunsch, Sie vor Klatsch und Tratsch zu bewahren – oder zumindest behaupten sie das.«

»Wem haben sie das gesagt? Ihnen?«

»Aye, Euer Lordschaft, mir. Sie wollen unbedingt einen Skandal vermeiden.«

»Was in Gottes Namen bringt sie zu der Ansicht, dass ein wenig Kartenspielen mit einer Dame einen Skandal auslösen wird?«

»Darf ich fragen, Sir«, hörte Grant sich sagen, »wer Sie mit Mrs. Young bekannt gemacht hat? War es zufällig mein Bruder?«

»Ich erkenne die Bedeutung dieser Frage nicht.«

»War es Gillon, Lord Craigiehall?«

»Er war, glaube ich, an diesem Abend an den Tischen«, antwortete Seine Lordschaft. »Wollen Sie damit andeuten, dass Ihr Bruder und Mrs. Young einander schon früher kannten? Wenn das so wäre, was hätte das mit mir zu tun?«

»Mit dem größten Respekt, Lord Craigiehall, ich gebe lediglich die Sorgen gewisser Mitglieder der Bruderschaft weiter.«

»Der Bruderschaft? Ha, eine schöne Bruderschaft!«, entgegnete Seine Lordschaft. »Heraus damit, Peters, was reden sie über mich?« Dann fuhr er fort, ohne eine Antwort abzuwarten: »Buller, nehme ich an, Buller, Marsh und Dunbar stecken hinter den Verleumdungen. Benutzen sie Sie als Gesandten, weil sie Angst haben, mich direkt anzusprechen?«

»Ich glaube, Sir, es wäre ihnen lieber, wenn die Angelegenheit nicht Eingang in die Bücher fände.«

»Also haben sie Sie damit beauftragt, ihre schmutzige Arbeit zu erledigen, hm?« Die gute Laune Seiner Lordschaft war verflogen. »Warum? Weil Sie mein Schwiegersohn sind? Weil Ihre Lordschaften gern so tun möchten, als wäre mein Privatleben eine Familienangelegenheit? Was es, verdammt noch mal, ganz eindeutig ist.«

»Ich stimme Ihnen von ganzem Herzen zu, Sir«, sagte Grant so unterwürfig, wie sein Wesen es gestattete. »Ich habe diesen merkwürdigen Auftrag nicht gewollt. Er wurde mir gegen meinen Willen aufgebürdet.«

»Zweifellos auf Mackenzies Vorschlag hin?«

»Mackenzie hatte das Gefühl, dass Takt ...«

»Takt!« Seine Lordschaft spie das Wort förmlich aus. »Takt! Nun, bei Gott, Mr. Peters, ich werde ihnen etwas von Takt erzählen! Ich werde ihnen etwas zum Reden geben, glauben Sie mir! Wenn Dunbar meint, er könne mich aus dem Amt hebeln, indem er hinter meinem Rücken Verleumdungen verbreitet, dann hat er sich gründlich getäuscht.« Zu Grants Erstaunen packte sein Schwiegervater ihn am Kragen und zog ihn so dicht heran, dass einige Tropfen wütenden Speichels von Seiner Lordschaft Lippen ihn trafen. »Wenn ich bei Gericht bin, bin ich Craigiehall, und ich versehe meine Pflichten gerecht und diene meinem König, wie ich es immer getan habe. Aber wenn ich diese infernalische Perücke und diese arschkratzenden Roben ablege, bin ich niemandem Rechenschaft schuldig, Ihnen nicht und meinen Töchtern nicht, nicht einmal meiner Cousine und schon gar nicht diesem ränkeschmiedenden Stück Pferdescheiße Dunbar.«

»Euer Lordschaft?«, machte sich ein zitternder Schreiber von der Tür her bemerkbar.

»*Was?*«, rief Lord Craigiehall. »*Was gibt es jetzt schon wieder?*«

»Wir sind ... ah ... wir sind versammelt, Sir, und ... ah... bereit anzufangen.«

Seine Lordschaft ließ Grants Kragen los und strich mit einer Geste, die nicht im Mindesten entschuldigend war, den zerdrückten Stoff platt. Seine Nasenflügel bebten, während er die Luft einsog, dann sagte er mit einer Stimme, die zitterte wie eine Geigensaite: »Und ich bin es ebenfalls, Peters. Ich bin es ebenfalls.« Dann raffte er seine Roben, rauschte an dem Gerichtsschreiber vorbei und verschwand außer Sicht.

Der Segeltuchsack, den Margo ihr mitgegeben hatte, war schwer. Er enthielt nicht nur Brot und Käse, sondern auch eine große grüne Glasflasche mit Bier. Als sie das Heufeld erreichte, völlig verschwitzt und außer Atem, regte sich in Nicola der Verdacht, dass sie zu weich und wohlerzogen war, um jemals eine gute Ehefrau für einen Bauern abzugeben. Sie stellte den Sack im Schatten der Hecke am anderen Ende des Feldes ins Gras und packte die Sachen aus, wobei ihr die Frauen misstrauisch zusahen.

Der Mann, Calum, ging davon, um außer Sichtweite Wasser zu lassen, und Roderick, der auf dem Boden kniete, bot ihr keine Hilfe an, während sie einige Messingtassen sowie den Käse und das Brot aus dem Sack holte, die Margo mit ihren nicht allzu sauberen Händen eingepackt hatte. Außerdem befanden sich in dem Segeltuchsack mehrere dicke Streifen kaltes Hammelfleisch, die Nicola auf das gestreifte Tuch legte, in das sie eingewickelt gewesen waren. Die Frauen, die ebenfalls knieten, beäugten das Essen, griffen aber nicht zu, und selbst der Collie, der Nicola vom Tor aus das Geleit gegeben hatte, lag leise hechelnd zu Rodericks Füßen im Gras.

»Nun esst doch!«, sagte Roddy. »Um Gottes willen, Marie, du bestehst doch auch sonst nicht auf einem Zeremoniell, wenn das Mittagessen hergebracht wird.«

»Dann werden wir also kein Gebet sprechen?«, fragte Marie.

»Möchtest du denn, dass ich eins spreche?«, fragte Roderick zurück.

»Nein, aber ich hab gedacht, die Dame braucht vielleicht eins.«

»Die Dame braucht keins, da bin ich mir sicher«, erklärte Roderick entschieden, jedoch nicht allzu streng. »Miss Templeton wird schon nicht vor Schreck umfallen, wenn du dir einfach etwas nimmst und es verschlingst wie gewöhnlich.« Er griff nach dem dicksten Streifen Hammelfleisch und warf ihn dem Collie hin, der ihn geschickt mitten in der Luft auffing und halb verschlungen hatte, bevor seine Pfoten den Boden wieder berührten. »Hier, Cathy«, fuhr er fort, dann zog er den Korken aus der Glasflasche und reichte sie der älteren der Frauen. »Ich sehe doch, dass du nach einem Schluck gierst, also tu dir keinen Zwang an.«

Cathy hatte dickes, ergrauendes Haar, ein kantiges Kinn und große Finger mit stumpfen Spitzen. Sie ergriff die Flasche, setzte sie an und nahm mehrere Schlucke, bevor sie sie an Marie weiterreichte, die sie nicht weniger geschickt handhabte.

Beide Frauen trugen lose Röcke aus schottischem Tuch und Baumwollkittel. Ihre Mieder waren unverschnürt, und sie hatten kein Korsett an. Ihr Dekolletee glänzte von Schweiß und war sonnengebräunt, aber weder sie noch Roderick schienen sich darum zu scheren, und als Calum hinter der Hecke hervorkam, interessierte er sich mehr für das Essen als für die Frauen.

Er griff nach einem Streifen Hammelfleisch und einer Scheibe Brot, dann setzte er sich im Schneidersitz ein oder zwei Meter von den anderen entfernt hin und begann ziemlich geziert zu essen. Er war ein Mann von ungefähr fünfzig, schätzte Nicola, wettergegerbt und klapperdürr. Sie fragte sich, ob Cathy vielleicht seine Frau war, doch er sprach weder mit ihr noch mit irgendjemandem sonst, obwohl sein Schweigen nicht mürrisch oder bedrohlich war.

»Werden Sie heute Abend fertig?«, erkundigte Nicola sich.

»Ja, Gott sei Dank«, antwortete Roderick. »Kommt wirklich selten vor, dass es nicht in Strömen gießt, wenn wir gerade unsere Sensen schärfen, stimmt's, Calum?«

»Aye.«

»Wir werden die Speicher in diesem Jahr bis zum Bersten füllen können. Wenn Gerste und Mais stehen, brauchen wir keine Angst zu haben, dass das Vieh auf den Feldern verhungert oder die Kühe im kommenden Winter austrocknen, denn es wird mehr Futter und Streu als genug geben.«

»Wenn die Ernte gut wird«, sagte Marie. »Aber es wär kein richtiger Sommer, wenn's nicht wie aus Kübeln gießen würde und die Ernte hinüber wäre.«

»Was für eine Pessimistin du doch bist!«, bemerkte Roderick.

»Winter sind hart, ganz gleich, wie die Ernte ausfällt«, stellte Cathy fest.

Nicola, die an einem Stück Käse knabberte, fragte: »Werden eure Felder überflutet?«

Die Frauen schauten auf, überrascht, dass sie direkt angesprochen wurden. Bevor sie Antwort gaben, sahen sie Roderick an.

»Von den Hügeln fließt das Wasser recht gut ab«, erwiderte Marie, »und das gilt auch für das Carse.«

»Aber der Fluss tritt über die Ufer und überschwemmt die Wiese«, sagte Cathy.

»Manchmal kann man nur noch die Wipfel der Weiden sehen«, warf Marie ein.

»Im vorletzten Jahr haben wir drei späte Kälber verloren«, erzählte Cathy.

»Ertrunken«, fügte Marie hinzu. »Weggeschwemmt, bevor Mr. Roddy sie erreichen konnte. Arme kleine Dinger!«

»Habt ihr die Kadaver gefunden?«, erkundigte sich Nicola.

»Waren völlig angeschwollen«, antwortete Cathy.

»So angeschwollen, dass nicht mal die Hunde sie fressen mochten«, ergänzte Marie.

Sie war eine hübsche junge Frau, dachte Nicola, mit flachsblondem Haar und wohlgeformter Figur. Ihre Augen waren meergrün und scharf. Das kurze Gespräch hatte ihr genug Selbstvertrauen gegeben, um zu fragen: »Wie sollen wir Sie eigentlich anreden? Schließlich hat man uns gesagt, dass Sie für ein Weilchen bleiben werden.«

»Nicola genügt«, antwortete Nicola.

»Miss Nicola wäre wohl besser«, widersprach Roderick. »Miss Nicola.«

»Na gut, Miss Nicola«, fuhr Marie fort, »möchten Sie einmal von unserem Bier kosten?« Woraufhin sie ihr mit einer schwungvollen Geste die Flasche hinhielt.

John James war so beschäftigt mit seinen eigenen Angelegenheiten, dass ihm nicht in den Sinn kam zu fragen, was seine Cousine in die Stadt geführt hatte. Er stolzierte in den Salon und brüllte nach Robertson, er solle ihm einen Brandy holen und frische Wäsche bereitlegen. Seine Cousine, die erst eine halbe Stunde zuvor zu Crowell's Close zurückgekehrt war, nippte bereits an ihrem Tee.

Tee! John James fragte sich, ob es denn kein Entrinnen vor dem ständigen Teetrinken gäbe, vor dem Klappern der Löffel und der bedächtigen Prozedur von Servieren, Trinken und Abräumen.

Er riss Mantel und Halstuch herunter und warf beides über einen der kleinen, vergoldeten Stühle, die er zusammen mit der Wohnung gemietet hatte. John James verabscheute die hübschen zierlichen Stühle, die nicht geeignet zu sein schienen, einer einzigen männlichen Pobacke Platz zu bieten, geschweige denn zweien, und die in der Tat ausschließlich für die schmaleren Hinterteile von Frauen und Mädchen hergestellt sein mochten.

»Guten Abend, Johnny«, begrüßte Isabella ihn. »Darf ich aus deinem Verhalten schließen, dass es kein guter Tag bei Gericht war?«

»Es war ein ganz hervorragender Tag bei Gericht«, knurrte John James.

»Das Verkünden von vernünftigen Urteilen scheint deine Geduld jedoch arg strapaziert zu haben, ganz zu schweigen von deinen Manieren.«

»Ich bin nicht in der Stimmung für eine deiner Moralpredigten, Isa.«

»Eine Tasse Tee wird dich beruhigen, da bin ich mir sicher.«

John James betrachtete wütend das Teegeschirr, dann stemmte er die Hände in die Hüften und brüllte abermals nach Robertson, er solle ihm Brandy bringen.

Der Kammerdiener erschien wie von Zauberhand und präsentierte ein Tablett mit einem Glas darauf. John James ergriff es, leerte die feurige Flüssigkeit und befahl Robertson dann, nicht wirklich beschwichtigt, ihm ein weiteres Glas einzuschenken.

»Falls du beabsichtigst, heute Abend noch einer Frau den Hof zu machen, Johnny, darf ich vielleicht darauf hinweisen, dass starker Alkohol und schlechte Laune üble Bettgenossen abgeben«, sagte Isabella geziert. »Deine englische Witwe hat trotz ihrer Welterfahrenheit vielleicht keine Lust, von einem Verehrer umschmeichelt zu werden, der zu betrunken ist, um aufrecht zu stehen.«

Der Brandy lag auf John James' Zunge und brannte ein wenig. Er ließ ihn langsam die Kehle hinunterlaufen, bevor er sich seiner unerschütterlichen Cousine zuwandte. »Willst du damit andeuten, dass ich nicht Manns genug bin, ein Gläschen zu vertragen?«

»Oh, bitte, bitte, Johnny«, sagte Isabella, »versuche nicht zu beweisen, dass ich mich irre. Ich habe Männlichkeit noch nie mit einer Fähigkeit gleichgesetzt, gewaltige Mengen starker Alkoholika zu konsumieren. Du bist sowohl von deinem Wesen her als auch aus Gewohnheit maßvoll – eine Haltung, die ich jedenfalls bevorzuge.«

»So seltsam es dir erscheinen mag, aber es ist nicht mein

Lebensziel, dir zu gefallen, Isa«, bemerkte John James. »Übrigens auch nicht sonst jemandem. Ich habe es satt, satt bis zum Tod, erklärt zu bekommen, dass ich dieses tun und jenes lassen muss, dass ich mich auf eine bestimmte Weise benehmen muss und niemals ich selbst sein darf.«

»Du selbst?«, fragte Isabella. »Welches spezielle Selbst sollte das sein?«

»Wie bitte?«

»Bist du Templeton von Craigiehall, ein Grundbesitzer aus Ayrshire, oder der noble Lord Craigiehall, Säule des Gerichts im Parlamentsgebäude?«

»Nun, wahrscheinlich beides.«

»Bist du ein Dämon am Kartentisch, ein einsamer Witwer, ein distanzierter Vater oder im Herzen immer noch ein Junge, der so tut, als wäre er ein Mann? Bist du all das für alle Menschen oder keins davon, John James, keins davon in den Augen jener, die dich lieben und respektieren? Sag mir die Wahrheit! Betrachtest du dich als Versager oder als Betrüger?«

Er zögerte. »Wofür hältst du mich denn?«

»Oh nein!« Isabella drohte ihm spielerisch mit dem Finger. »*Ich* weiß, was du bist, Johnny. Meine Frage ist – wofür hältst *du* dich?«

Er war sich bewusst, dass Robertson zaudernd an der Tür stand, das silberne Tablett in der einen und die Brandyflasche in der anderen Hand. Für den Bruchteil einer Sekunde fühlte er sich versucht, die Frage an seinen Kammerdiener weiterzugeben, der ihn letztlich viele Jahre in allen oder den meisten seiner mannigfaltigen Rollen studiert hatte. Er war jedoch noch immer Robertsons Herr, und der Kammerdiener würde ihm als loyaler Bediensteter nur erzählen, was sein Herr gern hören wollte. Er konnte ebenso wenig darauf vertrauen, dass Robertson ihm die Wahrheit sagte, wie er dieses Vertrauen in Grant Peters oder

Charlotte setzen konnte oder am Ende in Isabella, obwohl sie ihn viel länger kannte als irgendjemand sonst.

Er grinste schief und erwiderte: »Ich muss ausführlicher über deine Frage nachdenken, meine liebe Isabella, denn darauf müsste ich mich einlassen, müsste Fakten von Meinungen trennen.«

»Bist du jetzt wieder ein Richter?«

»Aye«, bekräftigte John James. »Das bin ich. Ich habe so manchen Mann gesehen, der von Geschworenen verurteilt wurde, die einen Teil der Wahrheit nicht vom anderen unterscheiden konnten. In der Zwischenzeit werde ich, wie du ganz richtig vermutest, bei Mrs. Young vorsprechen, obwohl ich es dir überlasse zu entscheiden, ob ich das tue, um mich nach der Gesundheit ihrer Nichte zu erkundigen oder um die Dame vom rechten Wege abzubringen.« Er machte eine förmliche Verbeugung vor seiner Cousine. »Ich bin jetzt ruhiger und immer noch nüchtern, und dafür, dass das auch so geblieben ist, danke ich dir.«

»Darf ich dich nicht begleiten?«, fragte Isabella.

»Nicht heute Abend, Isa«, erwiderte Lord Craigiehall. »Heute Abend möchte ich Maddy ganz für mich selbst haben – welches ›Selbst‹ das auch immer sein mag.«

»Johnny«, sagte Isabella, »sei vorsichtig!«

»Bin ich jemals etwas anderes, meine Liebe?«, bemerkte Seine Lordschaft und eilte in sein Schlafzimmer, um sich umzukleiden.

Kapitel 15

Obwohl Nicola zu der Auffassung gelangt war, dass wahre Liebe natürlich manchmal Umwege nehmen musste, schienen ihre ersten Tage auf Heatherbank diese Redensart Lügen zu strafen. Roderick war beinahe übertrieben rücksichtsvoll, eine nahezu perfekte Mischung aus Gillon und Grant; er zeigte Gillons Charme ohne dessen Geschwätzigkeit und Grants Vorsicht ohne dessen Launen. Er blieb tagein, tagaus derselbe, ausgeglichen, gerecht und immer beherrscht, und er tolerierte sogar Charlottes ständige Klagen mit bemerkenswertem Gleichmut.

Es blieb Margo und ihrem schroffen alten Vater vorbehalten, Charlotte zurechtzustutzen.

Die junge Frau reagierte jedoch nicht freundlich auf die Zurechtweisungen.

Die Mägde in der Milchkammer wurden häufig Zeugen der Wortwechsel zwischen der älteren Mrs. Peters und der jüngeren, ein seltsames Duett von Ausrufen und Antworten, gewürzt von einem gelegentlichen Fluch und einem darauf folgenden Aufschrei der Empörung: »Oh! Oh! Oh! Wie kannst du es wagen, so mit mir zu sprechen!« Dann stolzierte Charlotte auf ihr Zimmer, um einen zornigen Brief an ihren Gatten zu schreiben, der sich aber in Schweigen hüllte, was zu einem weiteren Dorn in ihrem Fleisch geworden war.

»Ist das die Post?«, fragte sie. »Ist kein Brief für mich dabei? Was denkt sich der Mann bloß? Wenn er nicht in der nächsten Woche antwortet, werde ich mich nach Hause begeben. Zum Teufel mit ihm! Und zum Teufel mit den Pocken!«

»Nee, nee«, sagte Mr. Ralston zu ihr. »Dafür ist es noch zu früh, Mädchen.«

»Woher wollen Sie wissen, ob es zu früh ist oder nicht? Haben Sie einen Brieffreund in Edinburgh, der Ihnen die jüngsten Neuigkeiten schreibt? Verraten Sie mir, Mr. Ralston, haben Sie jemals einen Fuß nach Edinburgh gesetzt?«

»Ein oder zwei Mal«, antwortete Duncan Ralston. »Aber ich kann die Zeitung ebenso gut lesen wie alle anderen, und nach allem, was man so hört, wütet die Krankheit noch immer in der Stadt. Wenn Sie meinen Worten nicht glauben wollen, können Sie ja Ihren Daddy bitten, Sie von hier wegzuholen.«

»Das werde ich nicht tun. Ich habe meinen Vater auf immer und ewig aus meinem Leben verbannt!«

»Auf immer vielleicht, auf ewig wohl kaum«, widersprach Margo ihr. »Man soll den Tag nie vor dem Abend loben.«

»Du magst ja viel von klugen Sprüchen verstehen, Margo, doch ich bezweifle, dass du viel von der Erbitterung weißt, die zwischen Lord Craigiehall und mir herrscht.«

»Ich weiß mehr, als du ahnst, meine Liebe«, entgegnete Margo. »Ich weiß zum Beispiel, dass er dir nie verziehen hat, dass du meinen Sohn geheiratet hast. Übrigens, hast du die Eier schon sortiert?«

»Nein, habe ich nicht.«

»Dann solltest du dich besser beeilen, bevor der Wagen abfährt.«

»Eier!«, rief Charlotte. »Was soll ich denn mit den Eiern machen?«

»Die Schalen säubern und die Eier in den Korb legen«, sagte Duncan Ralston, »genau wie Sie es gestern gemacht haben.«

»Bin ich dazu geworden?«, jammerte Charlotte. »Zu einer Magd auf einem Bauernhof, die für nichts anderes taugt, als den Dreck von den Eierschalen abzuwischen?«

In Anbetracht des Schweigens ihres Gatten und in Ermangelung einer besseren Beschäftigung griff sie jedoch nach einem Tuch und der Sammelschachtel, die mit Stroh ausgepolstert war, und machte sich daran, ziemlich vorsichtig die Eier zu reinigen und in einen Bastkorb zu packen, während der alte Duncan ein Lächeln verbarg und sie beaufsichtigte und Margo mit einem kläglichen Schnauben davonging, um andernorts auf dem Bauernhof ihre Arbeit zu verrichten.

Nicola war zu vernünftig, um anzunehmen, dass die Arbeiten auf einem Bauernhof keine besonderen Fähigkeiten verlangten. Sie legte großen Eifer an den Tag, als Roderick ihr zeigte, wie man Rahm abschöpfte, das Butterfass bediente – was sie sehr ermüdend fand – und den zähen Quark in dem Käsetrog harkte. Eines Abends führte er sie sogar in den Kuhstall und überredete seine Mutter zur großen Erheiterung der anderen Mädchen, sie einmal das Melken versuchen zu lassen. Das war viel schwieriger, als Nicola erwartet hatte, obwohl sie keine Angst vor Rindern hatte und nicht wie Charlotte vor dem Geruch und Dreck zurückschreckte.

Ihr fielen die niederen Arbeiten wie das Wasserschleppen von der Pumpe, das Drapieren der Laken auf der Hecke und das Ausschrubben der Kochtöpfe leichter, und sie war recht stolz auf die wässrigen, roten Blasen, die ihre Finger zierten. Als Roderick ihre Hände in schwachem Essig badete und eine Kompresse aus Kamillenblüten auflegte, entfuhr ihr kaum mehr als ein leises Aufstöhnen, das halb Schmerz, halb Wonne war. Weniger heiter stimmten sie die Sommersprossen, die auf ihren Wangen erschienen, und die Hautfetzchen, die sich auf ihrem Nasenrücken abschälten, und wenn sie allein bei Kerzenlicht auf dem Dachboden saß, rieb sie sich mit einer fettigen, süß duftenden Salbe ein, die

Cathy ihr zugesteckt hatte, um den Schaden zu lindern, den allzu viel Sonne auf der Haut anrichtete.

Trotz ihres Spitznamens war Margo Peters keine gottlose Heidin. Jeden Abend nach dem Essen bestand sie darauf, dass sich alle im Gebet die Hände reichten, und ließ einen der Männer einen Abschnitt aus der Bibel vorlesen. Außerdem kümmerte sie sich nicht nur um das Wohlergehen ihrer Pächter, sondern auch um die Kranken und Alten der Gemeinde Heatherbank. Einmal die Woche schickte sie ihren Vater mit dem Ponywagen aus, Butter, Milch und Eier ins Pfarrhaus neben der Kirche hoch auf dem Hügel zu bringen. Kein Bettler oder fahrender Händler wurde jemals an der Tür des Bauernhauses abgewiesen, und Margo nahm sich stets Zeit, mit ihnen zu plaudern, während sie eine Schale Suppe oder einen Teller Eintopf verschlangen, sodass das Geld, ein Sixpencestück oder ein Schilling, das sie ihnen anschließend in die Hand drückte, eher nach Gastfreundschaft aussah als nach Barmherzigkeit.

Die Kühe respektierten die schottischen Sonntagsrituale allerdings nicht und verwandelten einfach weiter Gras in Milch. Margo hatte einen Plan ersonnen, der es einem Drittel ihrer Arbeiter ermöglichte, am Sonntagmorgen seine besten Kleider anzulegen und den Gottesdienst in der Pfarrkirche zu besuchen, während die Übrigen daheimblieben und die notwendigen Arbeiten erledigten.

Als sich der dritte Sonntag im Monat näherte, legte sich ein Gefühl der Erwartung über den Haushalt der Peters.

»Was werden Sie anziehen, Nicola?«, fragte Margo. »Haben Sie ein schönes Gewand, nicht allzu schwer, und eine hübsche Haube? Es wird trocken bleiben, sagt Daddy, daher können wir in die Kirche gehen, ohne befürchten zu müssen, nasse Füße zu bekommen. Aber sind Ihre Schuhe auch gut besohlt? Der Pfad den Hügel hinauf ist nämlich steil und steinig.«

»Ich habe halbhohe Schuhe«, antwortete Nicola. »Die werden wohl reichen.«

»Ich werde Schwarz tragen«, erklärte Charlotte. »Ich trage sonntags immer Schwarz.«

»Es ist ein wenig zu warm für Schwarz«, wandte Margo ein. »Aber Gott weiß, mir bleibt nichts anderes übrig, als das alte braune Ding anzuziehen, in dem ich immer schwitze wie ein Schwein.«

»Oh, ich werde einfach meinen Umhang aus purpurfarbenem Samt umlegen und meine sämtlichen Orden anstecken, wie gewöhnlich«, bemerkte Duncan Ralston, während er an seiner Tonpfeife zog. »Was ist mit dir, Roddy; das scharlachrote Cape und die blauen Satinhosen?«

»Orden?«, fragte Charlotte und richtete sich ein wenig auf. »Haben Sie Orden?«

»Ein Orden dafür, dass er die geradeste Furche auf dem Jahrmarkt von Thornhill gepflügt hat«, sagte Margo. »Und den hat er im Jahr der schlechten Ernte bekommen. Achte nicht auf sein Geschwätz, Charlotte! Er gibt wieder den Narren.«

»Satinhosen würden Ihnen gut stehen, Roderick«, bemerkte Nicola. »Vielleicht in Himmelblau?«

»Preußischblau«, sagte Roddy. »Ich möchte nicht aussehen wie ein Schausteller.«

»In Satinhosen«, meinte Mr. Ralston, »wärst du Schausteller genug, mein Junge.«

Und alle bis auf Charlotte lachten.

Der Ponywagen rollte früh vom Hof, eine gute halbe Stunde, bevor die anderen sich auf den Weg machten. Duncan Ralston hielt die Zügel, mit Charlotte an seiner Seite. Es war noch immer trocken, doch die drückende Hitze hatte sich ein wenig gelegt, ein böiger Wind fegte Wolkenstreifen über die Gipfel der Berge, und Mr. Ralston sagte einen Wetterumschwung voraus.

Das Wetter schien Margo kaum zu interessieren. Sie versammelte ihre kleine Schar im Innenhof und sorgte dafür, dass jedes Kind eine Hand hatte, an der es sich festhalten konnte, sowie ein Pfefferminzbonbon, das ihm den Gang versüßte.

Cathy und Marie waren beide mit von der Partie, jede mit einem Kind neben sich.

»Wo sind ihre Gatten?«, flüsterte Nicola.

»Cathys Mann ist Jude«, antwortete Roderick. »Er betet mit anderen Anhängern seines Glaubens in Stirling und bleibt ansonsten für sich.«

»Und Marie?«

»Sie hat keinen Gatten.«

»Was ist mit den Kindern? Gehören sie Cathy?«

»Das Mädchen, ja«, sagte Roderick. »Ein Nesthäkchen, die Jüngste von sechs.«

»Und der kleine Junge?«

»Er gehört Marie.«

»Wo ist der Vater des Jungen?«

Roderick antwortete mit einem Schulterzucken, das nicht ganz locker war, dann zog er eine Uhr aus der Tasche und warf einen Blick darauf. »Beeile dich, Mutter«, sagte er, »oder wir werden zu spät kommen, und Mr. Devlin wird dich von der Kanzel aus schelten.«

»Das würde er nicht wagen«, entgegnete Margo Peters.

Die daheimbleibenden Diener winkten, während die kräftige Frau ihre kleine Truppe aus dem Hof und auf den Pfad führte, der schnurgerade zwischen Hecken und uralten Trockensteinmauern verlief, Mauern, so erklärte Roderick Nicola, die einst vielleicht die Route der römischen Legionen markiert hatten, während sie nach Norden marschiert waren, um die piktischen Stämme zu bekämpfen. Sie wartete darauf, dass er weitersprach, wie Gillon es getan hätte, aber Roderick war es zufrieden, dieses Stück Geschichte für sich stehen zu lassen.

Er trug kräftige, auf Hochglanz polierte Stulpenstiefel, einen schlichten, zweireihigen Mantel und zu Nicolas Enttäuschung lange Kniehosen aus Tuch, nicht aus Satin.

Sie fühlte sich seltsam in ihrem Edinburgher Sonntagsstaat. Die Frauen um sie herum trugen saubere, geflickte Kleider, die sie mit Bändern und billiger Spitze geschmückt hatten, und selbst Margo, deren Haube so groß war wie eine Getreidegarbe, hatte sich für einen Mantel entschieden, der eher ein Umhängetuch war als etwas anderes, und trug dazu eine Musselinjacke und eine ausgewaschene, dunkelgrüne Schärpe.

Es gab keine Ordnung in den Reihen, sobald sie die Ebene hinter sich gelassen hatten, und eins der kleineren Kinder, das vom Laufen bereits müde war, musste das letzte steile Stück getragen werden. Als Nicola sich umschaute, erbot sie sich, zurückzubleiben und zu helfen, doch Roderick sagte scharf: »Nein, das wäre nicht klug«, und sie bekam mit, wie Marie, den dunkelhaarigen kleinen Jungen an der Schulter, ihnen ein Zeichen gab, alles sei in Ordnung. Dabei spürte Nicola eher, als dass sie es sah, wie Roderick nickte.

Kurz bevor sie den Gipfel des Hügels erreichten, erhaschte Nicola durch die Bäume einen Blick auf die weiß getünchten Cottages des Dorfes und sah Charlotte und Mr. Ralston auf einer Bank draußen vor der Mühle sitzen, hinter der der Bach verlief. Sie tranken Dünnbier und plauderten mit Mr. Thompson, dem Müller, und seiner Frau. Zu Nicolas Überraschung lachte Charlotte lebhaft, und als sie ihre Schwester bemerkte, winkte sie, bevor sie sich zusammen mit Mr. Ralston erhob und der kleinen Prozession die letzten hundert Meter zur Kirche folgte.

Die Kirche trotzte allen Winden, die da wehten, und ihr dicker

Turm mit den stumpfen Kanten ragte in den Himmel auf, nichts hinter sich als die Heide. Auf dem Pfad lagen Schafsköttel, auf dem Friedhof waren Kaninchen zu entdecken, und ein Turmfalke drehte am Himmel seine Kreise, ganz so, als wäre die Kirche dem Farn und der Heide entsprungen wie einer der Steine, die die Alten angebetet hatten. Nicola spürte die Macht der alten Religionen um sich herum, das Dach der Liebe eines unsichtbaren Gottes, denn die ländliche kleine Kirche hatte etwas Beständiges, das der verfallende Steinhaufen von St. Giles der Pracht geopfert und das ihre Heimatkirche in Ayrshire durch schäbiges Gezänk eingebüßt hatten.

Sie schlüpfte durch die Tür und folgte Margo zu den Bänken auf der linken Seite des Ganges. Die Peters' hatten keine eigene Bank, anders als der Heritor, der Großgrundbesitzer, dessen spezieller Platz um drei Meter erhöht war und über den Altar hinweg direkt zur Kanzel hinüberblickte. Sir Ranald McIver war anscheinend nicht zugegen, und auf der Bank saßen lediglich drei Frauen, seine Gattin und ihre Schwestern, die in dem kräftigen Licht vom Fenster hinter ihnen wie Geister zu schweben schienen. Eine Galerie gab es nicht. Dienstboten und Kinder saßen eingepfercht in einer Art Rang, geteilt von einem breiten Gang, in dem die kleinsten Kinder die Beine ausstrecken oder umherkrabbeln konnten, wenn die feierliche Wucht der Worte zu viel für sie wurde.

Mr. Devlin war, wie sein Name vermuten ließ, Ire, ein Flüchtling aus Ulster, ein hochgewachsener, rundlicher Mann in den Fünfzigern mit frischem Gesicht und einem Gehabe, das weder arrogant noch dogmatisch war. Er sprach die Gemeinde in demselben vertraulichen Tonfall an, in dem er auch seine Gebete an den Herrn richtete, als wäre Gott irgendwie unter ihnen, und er schlüpfte bescheiden und unbemerkt in die Kirche, bevor die Kirchenältesten die Türen schlossen.

Während der Gebete seufzte Margo von Zeit zu Zeit und murmelte leise vor sich hin: »Aye, Herr, aye. Amen. Amen.« Roderick, Schulter an Schulter mit seiner Mutter, Knie an Knie mit Nicola, neigte den Kopf und betete mit fest geschlossenen Augen. Nicola fragte sich, wofür er so inbrünstig betete, denn es schien, dass Roderick Peters bereits mit allem gesegnet war, was er brauchte, um glücklich zu sein. Auch sie presste jedoch die Augen fest zusammen und sandte ihre kleine, selbstsüchtige Botschaft gen Himmel, in der Hoffnung, dass Gott in seiner unendlichen Barmherzigkeit ihr den Wunsch erfüllen und ihr nicht nur Frieden, sondern auch Liebe schenken würde.

Die Örtlichkeiten für den Pastor und die Kirchenältesten reichten bei Weitem nicht für die vielen Besucher aus. Sobald der Gottesdienst vorüber war und die Türen geöffnet wurden, zog es die meisten Kirchgänger zu den Trockensteinmauern hinüber, die den Friedhof umgaben; die Herren strebten in die eine Richtung, die Damen und die kleinen Kinder in die andere, um sich in den hohen Farnen rings um das Moor zu erleichtern. Als alles wieder bescheiden und sittsam zugehen konnte, versammelten die Leute sich draußen vor der Kirche, um einander zu begrüßen und zu plaudern, oder sie suchten, mit den Gedanken schon beim Essen, Karren und Wagen auf oder bereiteten sich innerlich auf den langen Fußmarsch nach Hause vor.

Margo hatte es nicht eilig. Sie unterhielt sich ausgiebig mit dem Pfarrer, den Ältesten und verschiedenen Dorfbewohnern und selbst mit den drei dünnen Frauen des Heritor, die stehen blieben, um sie zu begrüßen, bevor sie in ihre Kutsche stiegen.

Von Mr. Ralston, Charlotte und den Kindern war nichts zu sehen, aber Marie stand wartend am Rand der Menge und beobachtete Roderick, der offenbar beinahe so beliebt war wie seine

Mutter. Ein halbes Dutzend Mädchen und Frauen verschiedener Altersstufen umringte ihn fröhlich plappernd. Nicht allzu verstimmt darüber, im Mittelpunkt der Aufmerksamkeit zu stehen, lächelte er und nickte und beantwortete alle an ihn gerichteten Fragen, Fragen, die sich, wie Nicola vermutete, vielleicht um sie selbst drehten.

Sie erwog, vorzutreten und sich vorzustellen, besann sich jedoch dann eines Besseren. Als sie einen Schritt rückwärts machte, wäre sie fast mit Marie zusammengestoßen.

»Kommen Sie, Miss Nicola«, sagte die Frau. »Ich bringe Sie zur Mühle runter. Die anderen sind auch schon da. Roddy wird Sie dort finden, wenn er genug davon hat, angebetet zu werden.«

»Ist es immer so?«, fragte Nicola.

»Immer – und manchmal sogar noch schlimmer.«

»Alles unverheiratete Frauen, vermute ich?«, hakte Nicola nach.

»Aye, verzweifelt auf der Suche nach einem Mann«, bestätigte Marie, »obwohl einige von ihnen zu alt sind und andere zu jung, um zu wissen, was sie mit einem Mann anfangen sollten, selbst wenn sie einen finden. Mr. Peters ist nichts für sie und wird es niemals sein.«

»Hat Mr. Peters kein Interesse daran, eine Ehefrau zu finden?«

»Keine von uns – keine von ihnen ist gut genug.«

»Ich hätte nicht gedacht, dass Mr. Peters so wählerisch ist«, bemerkte Nicola.

»Nicht er ist es, der seine Frau auswählen wird«, erwiderte Marie. »Seine Mammy hat das erste und das letzte Wort – und Margo ist nicht leicht zufriedenzustellen.«

»Hat Roderick denn gar nichts in der Angelegenheit zu sagen?«

»Herzlich wenig«, antwortete Marie.

Sie verließen die Menge und gingen den steilen Pfad hinunter, der dem Flüsschen folgte. Der Mühlturm erhob sich über die Kiefern, und das Plätschern vom Mühlrad war angenehm zu hören. Das Pony, das noch nicht vor den Wagen gespannt war, tat sich an den üppigen Gräsern am Rand des Mühlbachs gütlich. Kinder hatten sich an der Treppe des Müllerhauses versammelt und aßen Gerstenkuchen und tranken Milch. Duncan Ralston, Charlotte und Cathy gönnten sich ein Glas Bier und einen Scherz mit Mr. Thompson, der allem Anschein nach ein fröhlicher Bursche war und gern Gesellschaft hatte.

Der dunkelhaarige kleine Junge saß auf Duncan Ralstons Schoß, einen Gerstenkuchen in der Faust.

»Wie heißt dein Sohn?«, erkundigte Nicola sich.

»Iain«, antwortete Marie.

»Ist er nach seinem Vater benannt?«

»Er ist nach niemandem benannt außer nach sich selbst«, erwiderte Marie.

Nicola war vernünftig genug, die Frage nicht zu stellen, die ihr Marie gewiss verübeln würde und ihr wahrscheinlich eine Antwort eingebracht hätte, die sie nicht hören wollte.

Stattdessen bemerkte sie: »Er ist ein hübscher, kräftiger kleiner Junge.«

»Das ist er, das ist er«, pflichtete Marie ihr bei. Dann ließ sie Nicola ziemlich abrupt stehen und begab sich auf die Suche nach einem Getränk.

Über den Bergen hatten sich fedrige Wolken zusammengezogen. Ein Donnergrollen wehte über das Carse, getragen von einem Wind, der an Bäumen und Hecken rüttelte und Nachzügler dazu veranlasste, sich zu beeilen, damit sie noch vor dem Regen ins Trockene kämen. Der Ponywagen, beladen mit Kindern und Frauen, darunter auch Margo, war etwa zwanzig Minuten zuvor vorbeigerollt, aber Nicola konnte ihn noch immer sehen, einsam auf der breiten Fläche der Ebene, und dahinter, kräftig leuchtend in der hereinbrechenden Düsternis des späten Nachmittags, das Bauernhaus, seine Nebengebäude und die winzige, kahle Heuwiese, die offenbar nicht einen Tag zu früh abgeerntet worden war.

Allein auf weiter Flur, ging sie gemächlich Arm in Arm mit Roderick ihres Weges. Sie vermieden das Thema von Maries Sohn und dessen Vater und sprachen über Predigten, trostlose Sonntage und das Versprechen auf ewiges Leben.

»Ich habe dieses Hin und Her auf unserer Welt immer gemocht«, bemerkte Roderick. »Hügel und Täler, Lochs und Bäche, Flüsse, Bäume und Gras – und den Himmel, diesen sich immerzu verändernden Himmel. Einzig ein großzügiger Gott kann solche Dinge geschaffen und uns zum Geschenk gemacht haben.«

»Ihrer Meinung nach ist dies also Eden?«, fragte Nicola.

»Aye, ich glaube schon.«

»Ein Eden ohne Giftschlange?«

»Nein, es gibt überall Vipern, selbst hier«, sagte Roderick. »Man muss nur achtgeben, dass man nicht darauftritt.«

»Wie macht man das?«, fragte Nicola. »Mit Beten und Fasten?«

»Mit Wachsamkeit«, erwiderte Roderick. »Wachsamkeit und Schuldgefühlen.«

»Schuldgefühlen?«

»Indem man das Gefühl der Scham bei sich zulässt.«

»Scham!«, rief Nicola. »Wie seltsam! Meinen Sie Schuldgefühle wie in der Redensart ›Gebranntes Kind scheut das Feuer‹, oder meinen Sie die Scham, die die Seele auffrisst?«

»Ein weites Feld, Nicola, ein weites Feld«, entgegnete Roderick.

»Weite schreckt mich nicht. Haben Sie keine Antwort für mich?«

»Ich fürchte, keine, die Sie zufriedenstellen würde.«

»Ihr Bruder kennt keine Scham.«

»Meinen Sie Grant?«, fragte Roderick

»Gillon. Ich bezweifle, dass er in seinem ganzen Leben jemals einen Augenblick der Scham oder zumindest des schlechten Gewissens erfahren hat.«

»Da wäre ich mir nicht so sicher. Auch hätte ich es nicht gar so eilig damit, den armen Gillon zu verdammen.«

»Ich verdamme ihn nicht«, sagte Nicola. »Eigentlich beneide ich ihn sogar.«

»Jetzt überraschen Sie mich.«

»Er führt ein so tadelloses Leben – im Kopf.«

»Vielleicht. Aber was ist mit seinem Herzen?«, gab Roderick zurück.

»Ich bin mir gar nicht so sicher, dass er ein Herz hat.«

»In diesem Punkt«, widersprach Roderick, »befinden Sie sich durchaus im Irrtum. Doch was ist mit Grant? Beneiden Sie ihn nicht? Er arbeitet seine Fälle mit solcher Umsicht aus, dass ihm kaum jemals ein Fehler unterläuft. Es besteht nur ein geringes Risiko, dass Grant je einmal auf eine Viper treten wird, es sei denn, um sie zu zerquetschen, bevor sie beißt.«

»Sie haben eine hohe Meinung von Ihren Brüdern, nicht wahr?«

»Allerdings, obwohl ich nicht blind für ihre Schwächen bin.«

»Was denken *sie* von Ihnen?«, fragte Nicola.

»Grant denkt, ich sei ... nun, edel. Und Gillon hält mich für einen Narren.«

»Dann ist Gillon der Narr«, sagte Nicola.

»Vielen Dank für das Kompliment«, erwiderte Roderick. »Ich bin jedoch ganz und gar nicht edel, weder in Gedanken noch in Taten. Ich habe viele Dinge getan, für die ich mich schäme.«

Nicola hielt inne. »Was denn zum Beispiel?«

Er lachte. »Nein, nein, Nicola. Ich falle nicht auf Ihre Tricks herein! Die Zeit ist noch nicht reif für Geständnisse. Wenn Sie meine Geheimnisse erraten wollen, müssen Sie geduldig sein, wirklich, sehr geduldig.«

»Sind Ihre Geheimnisse es wert, erraten zu werden, Mr. Peters?«

»Sind es die Ihren, Miss Templeton?«

Einige Regentropfen fielen vom Himmel, und das Donnergrollen war jetzt näher. Roderick ergriff ihre Hand und rannte los. Sie raffte die Röcke und eilte hinter ihm her.

Regen klatschte ihr auf die Stirn und durchlöcherte die staubige Oberfläche des Pfades. Der Wagen war nicht mehr zu sehen. Das Bauernhaus und die Nebengebäude lagen wie unter einem Schleier, und die Luft war jetzt unruhig und kalt. Sie klammerte sich an Roddys Hand und rannte, bis sie außer Atem war, dann konnte sie an der Ecke des Pfades, wo er zum Bauernhaus abzweigte, nicht mehr weiter und blieb stehen. Auch Roderick hielt im Laufen inne. Er zog sie an sich, und bevor sie wieder zu Atem kam, riss er sich den Hut vom Kopf und küsste sie; sein Mund war nass auf ihren Lippen, sein Haar nass auf ihren Wangen. Er küsste sie ohne Hast und mit einer seltsam losgelösten Leidenschaft, die sie beunruhigend fand.

»So«, sagte er und ließ sie los. »Jetzt haben wir beide ein Geheimnis.«

»Ein Geheimnis, das wir teilen«, erwiderte Nicola. »Ja.« Dann nahm sie seinen Arm und begleitete ihn gemessenen Schrittes in den Innenhof, wo Margo Peters in der Tür zum Kuhstall ängstlich darauf wartete, dass ihr Sohn unversehrt zu ihr zurückkehrte.

»Wenn ich Gillon geheiratet hätte«, bemerkte Charlotte, »wäre ich jetzt nicht in dieser misslichen Lage.«

»Gillon geheiratet?«, fragte Nicola. »Du kannst ihn nicht ausstehen.«

»Gillon hätte mich nicht im Stich gelassen. Er ist ein Gentleman.«

»Grant ist ein Gentleman«, erklärte Nicola. »Grant ist außerdem dein Gatte.«

»Zufall«, sagte Charlotte. »Reiner Zufall.«

»Was für ein Unsinn!«, rief Nicola und hob den Kopf vom Kissen. »Wie viel Bier hast du heute Nachmittag getrunken? Es scheint dein Gehirn vernebelt zu haben.«

»Wenn ich das Glück gehabt hätte, Gillon zuerst zu begegnen ...«

»Oh, hör auf!«, unterbrach Nicola sie. »Wenn du Gillon Peters zuerst begegnet wärest, hättest du ihn mit einer Ohrfeige seiner Wege geschickt. Wann ist diese Leidenschaft für unseren Soldaten über dich gekommen, Charlotte?«

»Gillon hätte mich nicht hierhergeschickt, damit ich so leide.«

»Ich bitte dich, du kannst Grant kaum einen Vorwurf daraus machen, dass er uns aus der Stadt geschickt hat. Wenn ich mich recht erinnere, hast du darauf bestanden.«

»Ich will nach Hause.«

»Wenn du hier so unglücklich bist, wird Papa dich aufnehmen ...«

»Nach Hause in Edinburgh. Warum schreibt Grant mir nicht?«

»Weil er bei Gericht zu tun hat und Geld verdient, wo er nur kann.«

»Ich meine Gillon«, erwiderte Charlotte.

»Was, willst du mir etwa sagen, du hättest auch an Gillon geschrieben?«

»Nein, aber er muss wissen, wo ich bin und wie sehr ich leide.«

»Du leidest nicht, Charlotte. Uns geht es hier richtig gut.«

»Dir vielleicht«, gab Charlotte zurück. »Dir mit deinem Bauernliebsten.«

»Liebsten!« Nicola richtete sich auf und warf das Bettzeug in alle Richtungen. »Wenn du damit andeuten willst, dass Roderick Peters und ich – dass wir etwas Ungehöriges getan ...«

»Es ist nur eine Frage der Zeit«, stellte Charlotte fest. »Jeder Narr kann sehen, dass er dich begehrt und du so bezaubert von ihm bist, dass du alles tun wirst, was er von dir verlangt. Es ist nur ein kleiner Schritt vom Ausschrubben von Töpfen und dem Entrahmen von Milch bis zum Heben deiner Röcke, bevor du dich in den Dreck wirfst.«

»Wie kannst du es wagen, so etwas zu sagen?«

»Ich wage es, das zu sagen, weil es die Wahrheit ist. Ich habe die Mädchen reden hören.«

»Die Mädchen?«, wiederholte Nicola. »Die Mägde, meinst du? Und was reden die Mägde, bitte schön? Was erzählen die Mädchen über mich?«

»Es geht darum, was sie über Roderick erzählen«, versetzte Charlotte. »Sie sagen, er ist voller Leidenschaft und sucht sein Vergnügen, wo er nur kann. Sie sagen, er ist nur deshalb noch nicht verheiratet, weil seine Mutter bei seinen Eskapaden ein Auge zudrückt und ihm nicht erlauben wird, eine Frau ohne Mitgift zu nehmen.«

»Also kann er mich nicht heiraten, weil ich keine Mitgift habe?«

»Hat er von Ehe geredet?«, fragte Charlotte.

»Natürlich hat er nicht von Ehe geredet.«

»Er umwirbt dich nicht, Nicola«, erklärte Charlotte. »Er verführt dich.«

»Hat Grant dich verführt?«

»Was? Nein, natürlich nicht. Das war – das war Liebe.«

»Eine Liebe, die sich bereits verflüchtigt hat, wie es scheint«, erwiderte Nicola.

»Wie grausam von dir! Ich habe mich in Grant verliebt.«

»Liebst du ihn immer noch?«

Charlotte antwortete nicht sofort, dann sagte sie schniefend und tränenreich: »Ich will nach Hause. Ich finde es abscheulich hier. Ich will, dass er herkommt und mich heimbringt. Ich will meinen Ehemann. Das ist alles, was ich will – meinen Ehemann.«

Nicola seufzte. Sie sammelte Laken und Decken vom Boden auf und legte sie über ihre Schwester. »Nun, nun«, sagte sie. »Der Sommer wird bald vorüber sein. Grant wird dich holen kommen, er wird uns beide holen kommen. Er wird genauso erpicht darauf sein, dich wieder zu Hause zu haben, wie du selbst es bist.«

»Meinst du?«, fragte Charlotte. »Meinst du, dass er mich immer noch liebt?«

»Ja«, antwortete Nicola besänftigend. »Da bin mir sicher«, obwohl sie sich Rodericks jetzt weniger sicher war und darüber nachgrübelte, warum er sie an jenem Nachmittag im Regen geküsst hatte.

Kapitel 16

Es kam John James nicht in den Sinn, dass er seine Cousine vermissen könnte, nachdem sie nach Salton House zurückgekehrt war. Vor ihrem Aufbruch hatte sie ihm das Versprechen abgenommen, regelmäßig zu schreiben, und wenn die Gerichte für die Sommerpause schlossen, würde er auf dem Rückweg nach Craigiehall bei ihr vorbeischauen und persönlich einen Bericht über den Fortgang seiner »Romanze« mit der liebreizenden Madelaine Young abgeben. Es widerstrebte ihm keineswegs, bei der Verfolgung seines Ziels die Hilfe seiner Cousine in Anspruch zu nehmen, und er wünschte, sie wäre länger geblieben, sodass sie wie ein guter General Tag für Tag, wenn nicht gar Stunde für Stunde, sein Vorrücken auf die Zitadelle der Ehe hätte dirigieren können.

Kämpfe, hatte Isabella ihm gesagt – wenn auch nicht mit so vielen Worten –, kämpfe um die Frau, die du liebst. Und er war entschlossen gewesen, genau das zu tun. Die Wahrheit war jedoch, dass er nicht wusste, wie man kämpfte, wie man eine Witwe umwarb, die dreißig Jahre jünger war als man selbst und die der Kuckuck im Nest eines anderen Mannes war, Oliphant, und die einen so verschlagenen jungen Lieutenant zum Freund und Vertrauten hatte, einen Mann, der im Ruf stand, ein Herzensbrecher und Scharlatan zu sein.

Nacht für Nacht war er da, dieser Gillon Peters, saß an Fleur Cadells Bett, tupfte ihr die Stirn ab oder flößte ihr kleine Schlucke peruanischen Tee ein. Einmal hatte John James ihn zu seinem Entsetzen sogar dabei ertappt, wie er dem Mädchen die Füße wusch, eine Aufgabe, die nach allen Maßstäben der Schicklichkeit eine Kammerzofe hätte übernehmen müssen. Und als Fleurs Zustand sich so weit gebessert hatte, dass sie sich im Bett aufsetzen und die Welt um sich herum wahrnehmen konnte, war es Gillon Peters, der ihr versicherte, dass ihre empfindliche Haut keine Narben davongetragen habe und dass sie binnen einer oder zweier Wochen wieder putzmunter sein werde.

Es war nur allzu offenkundig, dass die Hingabe des Lieutenants an ihre Nichte Madelaine beeindruckte und dass er Fortschritte gemacht hatte, während er, John James Templeton, trotz all seiner Höflichkeit gescheitert war. So sehr er sich auch bemühte, er konnte Maddy nicht dazu verlocken, den Broughton Square zu verlassen, um in einer von Kerzenlicht erhellten Ecke bei *Horne's* mit ihm zu speisen oder auf eine Runde Whist bei *Fortune's* mit ihm zu kommen. Sie habe, so sagte Maddy, Angst vor einer Ansteckung. Um ihre Befürchtungen zu zerstreuen und Sorge um ihre Nichte zu demonstrieren, heckte er daher einen Plan aus. Er teilte Isabella seine Absichten in einem Brief mit, aber wegen der schlammigen Straßen konnte er keine Antwort von ihr erhalten, bevor er prächtig gekleidet und mit eiserner Entschlossenheit durch den Nieselregen fuhr, fest entschlossen, Madelaine und ihre Nichte einzuladen, ihn nach Craigiehall zu begleiten, sobald das Gericht seine Arbeit einstellte.

Bradley ließ ihn in die Halle ein. Nachdem der Butler ihm Mantel, Hut und Handschuhe abgenommen hatte, ging John James direkt auf die Treppe zu und wäre schon auf halbem Weg in den ersten Stock gewesen, hätte Bradley nicht gerufen: »Sir, Sir, Euer Lordschaft, hier entlang, wenn Sie so freundlich sein wollen. Mrs. Young erwartet Sie in der Bibliothek.«

»In der Bibliothek? Ist Lieutenant Peters bei ihr?«

»Lieutenant Peters ist bei Miss Fleur, Euer Lordschaft«, antwortete Bradley. »Ich habe Anweisung, Sie in die Bibliothek zu führen.«

»Also«, sagte John James, »dann führe mich halt in die Bibliothek.«

Als Bradley die Tür aufdrückte, sah Lord Tempelton als Erstes Madelaine, der das Licht, das hinter ihr durchs Fenster fiel, ungeachtet des grauen Nieselregens zusätzlich Glanz zu verleihen schien. Sie trug eine lange Schürze über einer offenen Robe, einen großen Hut, den sie sich in den Nacken geschoben hatte, und Schuhe – waren sie neu? – mit hohen italienischen Absätzen, die sie ein paar Zentimeter größer machten. Sie sah, so dachte John James, weniger königlich aus als vielmehr raubgierig. Einen Moment lang war er beinahe überwältigt von Furcht, einer Furcht, in die sich auf so subtile Weise Bewunderung mischte, dass er nicht mehr tun konnte, als ihren Namen zu stammeln. »Ma . . .Madelaine!«

»Ah, da sind Sie ja, Craigiehall«, erklang eine Stimme aus der Dunkelheit. »Maddy hat mir versichert, dass Sie rechtzeitig zum Essen erscheinen würden.«

»Er kommt zuverlässig jeden Abend her«, erklärte Madelaine. »Er war sehr freundlich und aufmerksam, Archie, und von unermüdlicher Loyalität gegenüber meiner armen Nichte.«

»Schön für ihn«, versetzte Sir Archie Oliphant. »Wenn du einem Richter der beiden Roben nicht mehr vertrauen kannst, wem dann?«

Sir Archie war hinter der Tür versteckt gewesen und hatte Madelaine anscheinend aus einem Manuskript vorgelesen. John James brauchte nicht länger als eine halbe Sekunde, um zu begreifen, dass eine vierte Partei sich in seine Beziehung mit Mrs. Young eingemischt hatte. Von jetzt an musste er sich also mit einem weiteren Rivalen um ihre Aufmerksamkeit abfinden.

»Fingal?«, fragte er.

»Aye«, rief Sir Archie. »Fingal ist zurückgekehrt.«

»Endlich fertig?«, erkundigte sich John James.

»Beinahe fertig«, antwortete Sir Archie. »Ein Federstrich hier, eine Kleinigkeit dort, eine Korrektur des Tonfalls, damit er perfekt zur Stimme meiner schönen Fremden passt.«

»Dann darf ich davon ausgehen, dass Sie aus London zurückgekehrt sind?«, hakte John James nach.

»Aus London? Nein, aus Irland, von der grünen Insel, Sir, wo ich auf den Felsen gewandelt bin, auf denen der kühne Cuchullain über die Moore getollt ist und wo Fingal und seine Liebste umhergeschweift sind.«

»Mit anderen Worten, in den Fußstapfen Ossians?«, meinte John James.

»Ossian, dieser Mythos, dieser Scharlatan. Nein, nein, Craigiehall, ich habe die Umwege gemieden, die James MacPherson genommen hat, um in Ossians Namen sein falsches Epos zusammenzuschustern. Ich bin in Quellen eingetaucht, die Ossian völlig unbekannt waren, oder vielmehr in Quellen, die dem skrupellosen MacPherson unbekannt waren. Ich habe die wahre Poesie enthüllt, die *vox populi* dieses heroischen Zeitalters, und ich wage zu behaupten, dass ich sie in Verse gefasst habe, wie man sie nicht mehr gehört hat, seit der Barde von Avon seinen Federkiel beiseitelegte.«

Oh, dachte John James, er ist völlig besessen von seinem letzten verdammten Theaterstück und zwanghafter und selbstherrlicher denn je. Von allen Dilettanten in einer Stadt voller Dilettanten war Sir Archie Oliphant bei Weitem der Schlimmste.

Er sah Maddy an, deren hochgezogene Augenbrauen Bände sprachen.

Sie, vermutete er, war bereits gelangweilt von dem anmaßenden Gentleman und seinen abgedroschenen Versen, von dem Preis, den sie für die italienischen Schuhe und all die anderen Annehmlichkeiten zahlen musste, mit denen ihr Gönner sie überhäuft hatte. Sie sah so schön aus, so stoisch, dass John James sich versucht fühlte, seine Karriere in den Wind zu schreiben, sie in die Arme zu reißen und geradewegs nach Gretna Green zu tragen.

»Möchten Sie einige Strophen hören?«, fragte Sir Archie eifrig.

»Was?« Archies Stimme hatte John James aus seiner Träumerei aufgeschreckt. »Nein – ich meine, ja. Ich würde mich geschmeichelt fühlen, in den Genuss einer solchen Darbietung zu kommen, alter Knabe, doch ich gestehe, dass ich nach dem Abendessen aufnahmefähiger wäre. Ich habe seit dem Frühstück nichts mehr zu mir genommen, und ein leerer Magen bedingt häufig auch einen leeren Kopf, meinen Sie nicht?«

»Abendessen?«, sagte Sir Archie. »Nun, ja, natürlich. Verzeihen Sie mir meine Nachlässigkeit. Ich war so lange fort, und da ist mir ganz entfallen, dass Sie auf meine Gastfreundschaft angewiesen sind. Kommen Sie, wir werden den jungen Mann von seiner Wache im Krankenzimmer herbeirufen und zusammen das Brot brechen. Dann sollen Sie hören, was ich aus der leidvollen Geschichte von Fingal und seiner schönen Geliebten, Nu-ala, gemacht habe.«

Das Manuskript noch immer an die Brust gedrückt, riss Sir Archie die Tür der Bibliothek auf und rief Bradley zu, er solle die Köchin und die Küchenmägde verständigen, während Maddy John James eine Hand auf den Ärmel legte und ihm ins Ohr flüsterte: »Ich weiß, mein Liebster, ich weiß«, was wohl als kleiner Trost für den langen, trüben Abend gedacht war, der vor ihm lag.

»Also«, sagte Hercules, »der kühne Sir Archie ist endlich zurückgekehrt, ja?«

»Voller Wind und Literatur«, bestätigte Grant. »Meinem Bruder zufolge sollen die Frau und das Mädchen für den Sommer nach Kingsley gebracht werden, wo sie Archie beim Einstudieren seines letzten Meisterwerks helfen sollen.«

»Ist das Mädchen genesen?«

»Ja. Oder wird bald wieder so gesund sein, dass es reisen kann«, antwortete Grant.

»Und Ihre Patientin zu Hause?«

»Jeannie ist auf dem Weg zur Genesung noch nicht so weit fortgeschritten.«

»Wird sie Narben davontragen?«, erkundigte sich Hercules.

»Graythorn sagt, nein.«

»Was hat Graythorn sonst noch zu sagen – über Lord Craigiehall zum Beispiel?«, wollte Hercules wissen.

»Er erzählt mir wenig«, erwiderte Grant. »Er ist Mediziner, und Sie wissen ja, wie eifersüchtig sie das ihnen anvertraute Wissen für sich behalten.«

Hercules lachte leise und schob sich eine weitere Auster in den Mund.

Sie nahmen ein zwangloses Abendessen in *Mouser's Taverne* ein. Da die Hitze jetzt kühlem Regen gewichen war, hatte man Hercules aus seinem Herrenhaus locken können, um den Fortgang seiner Fälle aus erster Hand zu verfolgen. Er hatte anscheinend keine Angst davor, sich mit Pocken anzustecken, und lachte über die Idee, ein Virus könne einen so ungesunden Körper wie den seinen bewohnen wollen.

»Dieses Stück von Oliphant«, fragte er. »Gibt es da nur eine einzige Rolle?«

»Nein, nein, im Herbst eilen Schauspieler aus London nach Norden, um ihren Beitrag zu der Vorstellung zu leisten.«

»Eine Privatvorstellung?«

»Nur für geladene Gäste.«

»Ach du meine Güte! Was gäbe ich nicht für eine Eintrittskarte zu diesem Debakel!«, bemerkte Hercules keuchend vor Gelächter. »Eine öffentliche Darbietung wird es wohl nicht geben?«

»Die gibt es niemals«, antwortete Grant. »Ich bin kein leidenschaftlicher Theatergänger, Hercules, aber ich entnehme den Berichten, dass sämtliche Meisterwerke Archies von den kritischen *cognoscenti* zerrissen wurden, woraufhin er sich stets für ungefähr ein Jahr zurückzieht, um seine Wunden zu lecken, bevor er einen weiteren Angriff auf die Unsterblichkeit unternimmt.«

»Diese kleinen Vorführungen müssen einen hübschen Batzen Geld kosten.«

»Davon bin ich überzeugt«, sagte Grant, »aber daran mangelt es Oliphant nicht. Seine Bankanteile bringen ihm in einem Monat wahrscheinlich mehr ein, als die meisten von uns in einem ganzen Jahr zu sehen bekommen. Und Oliphants Rückkehr hat zumindest meinen Schwiegervater davor bewahrt, sich allzu sehr zum Narren zu machen.«

»Ich habe gehört, dass er bei Gericht mit dem glasigen Blick eines Fasanenmännchens im Mai umherläuft«, bemerkte Hercules. »Ist er in diese Schauspielerin verliebt oder lediglich überwältigt von ihren körperlichen Reizen?«

»Der Unterschied dürfte da nicht allzu gravierend sein«, erwiderte Grant.

»Hat er sie schon in seinem Bett gehabt?«

»Nein.«

»Sind Sie sich da sicher?«

»So sicher ich nur sein kann. Mein Bruder war fast den ganzen Monat in Oliphants Haus, aber nicht einmal er kann sich sicher sein. Lady Valerie plant irgendeine Gemeinheit und hätte Craigiehall inzwischen übertrumpft, wäre sie nicht wegen der Pocken nach Kingsley geflüchtet.«

»Betrifft diese Gemeinheit den Verkauf von de Morvilles Kohlemine?«

»Es gibt keinen Hinweis darauf, dass die Oliphants auch nur von de Morvilles Existenz wissen. Haben Sie etwas Gegenteiliges gehört?«

»Kein Wort«, antwortete Hercules. »Die Dokumente sind fertig und genehmigt, und ich habe mein Honorar erhalten. Aber die Identität des Käufers bleibt ein Rätsel.«

»In der Grube in Ayrshire sind keine Veränderungen zu bemerken«, sagte Grant.

»Wer hat Ihnen das erzählt?«

»Hugh Littlejohn, Craigiehalls Aufseher. Er und ich haben in gewisser Weise Freundschaft geschlossen und korrespondieren ziemlich regelmäßig miteinander.«

»Sie hinterhältiger Hund«, versetzte Hercules. »Sie sind immer noch hinter dem Gut her, nicht wahr?«

»Es ist mein Recht, Hercules, oder vielmehr das Recht meiner Gattin.«

»Ist das der Grund, warum Sie sie geheiratet haben, wegen ihres ›Rechtes‹?«

»Ich hätte Charlotte auch geheiratet, wenn sie keinen Penny besessen hätte«, erklärte Grant.

»Sie Heuchler!«, bemerkte Hercules leutselig. »Ihre Mama – für die Sie, wie ich weiß, nichts als Respekt haben –, ihre Mama hätte es nicht erlaubt. Soll Craigiehalls Besitz ihr Lohn sein?«

»Im Gegensatz zu Buller oder Marsh oder irgendeinem der anderen großen Lords of Session habe ich keinen Hektar Boden, den ich mein Eigen nennen könnte.«

»Wohl wahr«, sagte Hercules. »Sie haben Ihr Geburtsrecht jedoch nicht gegen Linsensuppe verkauft, sondern gegen den Eintritt in einen ehrbaren Beruf. Nach allem, was man so sieht, werden Sie es in der Juristerei weit bringen.«

»Nicht ohne Land«, entgegnete Grant.

Ein Kellner brachte zwei Teller mit Steaks an den Tisch, außerdem eine Schale mit gekochten Zwiebeln. Hercules stopfte sich die Serviette in den Kragen und griff eifrig nach seinem Abendessen. Er spießte eine Zwiebel auf, bestreute sie mit Salz und füllte sein Glas, während er sprach: »Kommen Sie, Grant, heraus damit! Es gibt keine Geheimnisse zwischen uns.«

»Ich möchte nicht zusehen, wie Craigiehall in die Knie geht.«

»Der Mann, oder meinen Sie seinen Besitz?«

»Beides«, antwortete Grant. »Ich möchte nicht, dass mein Schwiegervater seine Karriere unrühmlich beendet. Und ich habe auch nicht den Wunsch zuzusehen, wie seine Ländereien an irgendeine intrigante Dirne aus London verscherbelt werden.«

»In diesem Punkt«, sagte Hercules, »sind wir einer Meinung. Darf ich jetzt bitte mein Steak essen?«

»Unbedingt«, erwiderte Grant großzügig. »Essen Sie nur.«

»Wann«, erkundigte sich Hercules, »werden Sie Charlotte zurückholen?«

»Sobald es in der Stadt sicher genug ist.«

»Vermissen Sie sie?«

»Ja.« Eine Gabel voller Fleisch war gerade auf halbem Weg zu seinem Mund, als Grant innehielt und mit größerem Nachdruck hinzufügte: »Bei Gott, Hercules, ich vermisse sie wirklich.«

Die sommerlichen Regenfälle waren für Charlotte ein einziges Elend. Ihre Schuhe waren ruiniert, ihre Röcke besudelt und eine Wäsche ihrer intimen Kleidungsstücke längst überfällig. Und es regnete weiter, ein feiner Nieselregen, Tag um Tag. Sie verrichtete in einem Zustand mürrischer Langeweile die kleinen Aufgaben, die Margo ihr zuwies, und wagte sich nur dann ins Freie, wenn es unbedingt nötig war.

Der alte Mann tat sein Bestes, um sie mit Geschichten über die jakobitischen Rebellionen und die Schlachten zu unterhalten, die er miterlebt hatte, obwohl er keine Waffen getragen hatte und kein Anhänger von Bonnie Prince Charlie gewesen war. Er erzählte auch von Margos Gatten, der jung gestorben war; er war in der letzten Furche des letzten Feldes hinter dem Pflug zusammengebrochen, das Handgelenk noch immer in den Zugriemen verheddert. Das Pferd war nach Hause gelaufen und hatte Pflug und Leichnam hinter sich hergezogen. Margo hatte ein halbes Jahr lang nicht eine Träne vergossen, bis sie an einem Sonntag im November auf dem Weg zur Kirche zusammengebrochen war und geweint und geheult und sich an die Brust geschlagen hatte. Man hatte sie zum Haus zurücktragen und einen Arzt rufen müssen. Wochenlang hatte sie stumm und krank in dem Bett gelegen, das sie mit ihrem Mann geteilt hatte, bis Roderick, damals noch ein halbwüchsiger Junge, ruhig und unsentimental mit ihr gesprochen hatte. Kurz darauf hatte Margo das Bett verlassen, ihr Kleid angezogen und war hinausgegangen, um das Vieh zu versorgen, das den Winter im Stall verbrachte.

Im folgenden Frühjahr war der junge Rechtsanwalt, Hercules Mackenzie, aus Edinburgh eingetroffen, niedergeworfen von einer Lungenentzündung. Margo hatte ihn gepflegt, wie sie ein kränkliches Kalb gepflegt hätte. Sie hatte ihn ins Leben zurückgeholt und auf diese Weise einen Gönner für ihren mittleren Sohn gewonnen.

Margo war früh an jenem Morgen mit dem Ponywagen aufgebrochen, um Käse an das Gasthaus in King's Park zu liefern und, so dachte Charlotte, mit den rauen, ungehobelten alten Soldaten, deren Gesellschaft sie so schätzte, zu trinken und zu streiten. Charlotte wärmte sich die Waden am Feuer und pulte Erbsen, während Duncan, ein Experte mit Nadel und Faden, zerbrochene Knöpfe an einem alten Lieblingsmantel ersetzte. Da kam der Wagen in den Hof gefahren, und ein oder zwei Sekunden später betrat Margo die Küche.

»Bei Gott, Liebes, du bist aber früh zu Hause«, bemerkte Duncan.

»Ich bin völlig durchnässt«, erwiderte Margo schaudernd. »Durchnässt bis auf die Knochen.«

Ihre Röcke waren schwarz vom Regen, und ihre Stiefel quietschten, als sie sich bückte, um sie zu öffnen. Das Haar hing ihr schlaff und wirr vom Kopf herab, und sie roch, so dachte

Charlotte unfreundlich, wie ein altes Schaf. Duncan brachte ein Handtuch herbei, dann kniete er sich vor seine Tochter auf den Boden und half ihr bei den Strümpfen.

»Du hättest bei diesem Wetter nicht ausfahren sollen, Liebling«, sagte er. »Sie hätten noch ein oder zwei Tage länger auf ihren Käse warten können. Frierst du?«

»Werd wieder in Ordnung sein, sobald ich mich aufgewärmt habe«, antwortete Margo. »Gott, wie weit bin ich denn gekommen, Daddy, wenn ich nicht ein paar Spritzer Sommerregen mehr vertragen kann?«

»Aye, Mädchen«, erwiderte Duncan. »Es ist das Alter, und so weit kommen wir alle.«

»Alter!«, rief Margo. »Pah! Ich bin nicht alt, jedenfalls nicht so alt wie du.«

»Was ist das?«, wollte Charlotte wissen. »Das Päckchen auf dem Tisch?«

»Oh, aye«, sagte Margo. »Das ist die Post.«

»Für mich?«, fragte Charlotte schrill. »Ein Brief für mich?«

Sie stellte die Schüssel auf den Herd, sprang auf und riss das in braunes Papier gewickelte kleine Paket vom Tisch. »Grant, es ist von Grant. Für mich, von Grant!«

Charlotte griff nach einem Messer und hackte auf das Päckchen ein. Heraus kamen nicht nur einer, sondern zwei Umschläge, beide versiegelt und gestempelt. Sie warf Grants Brief an Roderick zu dem zerfetzten Einwickelpapier auf den Tisch, riss ihren eigenen Brief auf und überflog schnell die Seiten.

Dann wedelte sie triumphierend mit dem Papier und rief: »Er kommt, um uns nach Hause zu holen! Er kommt, sobald die Gerichte nächste Woche schließen!« Und mit diesen Worten lief sie in den Innenhof hinaus, um die Neuigkeit ihrer Schwester mitzuteilen.

Es wäre, so dachte Nicola, entwürdigend gewesen, hätte man sie im Heu umhertollend gefunden wie das Pärchen auf einem der unschicklichen Drucke, die sie und Charlotte zufällig im Schaufenster von Mr. Higgins' Buchhandlung an der Ecke des Fleshmarket gesehen hatten. Charlotte hatte gekreischt und Entsetzen geheuchelt, war aber, wie Nicola sich erinnerte, nicht weitergeeilt, bevor sie den Druck genauestens studiert und errötend und schnaubend erklärt hatte, er sei ein Affront gegen die guten Sitten. Anschließend hatte sie darauf bestanden, in den dunklen kleinen Laden zu gehen. Sie wollte dem Besitzer sagen, was sie von ihm hielt, hatte sich jedoch gleichzeitig umgeschaut und nachgesehen, welche anderen schmutzigen Drucke er möglicherweise noch ausgestellt hatte.

Die Gerüchte, die sie von Charlotte gehört hatte, hatten in ihr einen gewissen Argwohn im Hinblick auf Rodericks Absichten geweckt, obwohl dieser Argwohn nicht groß genug war, dass sie sich das Vergnügen verwehrt hätte, sich ab und zu von ihm küssen zu lassen, wenn niemand zusah.

Sie liebte die Berührung seiner Lippen, den Druck seiner Hand in ihrem Kreuz, den sanften, kehligen Seufzer, den er ausstieß, wenn sie sich zurückzog, um Atem zu schöpfen. Er verlangte nicht mehr von ihr als das, obwohl er sie einmal in der Speisekammer umgedreht und an sich gedrückt hatte, sodass sie mit dem Rücken an ihn gelehnt dastand, und danach hatte er nicht ihren Mund, sondern ihren Hals geküsst, und selbst durch ihre Röcke hatte sie die befriedigende Festigkeit seiner Oberschenkel gespürt.

An diesem Nachmittag hielt Roderick sie nicht in den Armen. Sie spielten lediglich hinter den Holzpfosten, die den Heuboden stützten, das Kussspiel. Hennen gackerten auf dem irdenen Boden und pickten in dem feuchten Stroh, und der größere der beiden Hähne, Old Cookie, stolzierte arrogant umher, während er mit seinen leuchtenden, runden Augen nach etwas suchte, das er fressen oder besteigen konnte. Als Charlotte in die Scheune platzte, stoben die Hennen in alle Richtungen davon, und Cookie warf seine Würde über Bord, flatterte laut krähend auf und ab und schoss dann, Regen hin, Regen her, in den Innenhof hinaus.

Nicola strich sich die Röcke glatt und kämmte sich das Heu aus dem Haar, dann trat sie hinter dem Holzpfosten vor, zwang sich zu einem angespannten kleinen Lächeln und sagte: »Charlotte! Wie schön, dich zu sehen.«

»Wer versteckt sich denn dort hinten? Oh, muss ich das überhaupt fragen?«, bemerkte Charlotte, als Roderick sich zeigte, nicht im Mindesten beschämt. »Was machst du mit meiner Schwester?«

»Ratten fangen«, antwortete Roderick.

»Ratten fangen?«

»Wir verstopfen die Löcher im Boden, wo die Ratten hausen.«

»Papperlapapp!«, rief Charlotte. »Nun, ich habe Neuigkeiten, gute Neuigkeiten, und sie treffen wohl keinen Moment zu früh ein.« Sie hielt ihrer Schwester den Brief hin. »Grant kommt, sobald die Gerichte schließen, um uns zu holen.«

»Geht es Jeannie wieder gut?«, fragte Nicola.

»Gut genug anscheinend, um zu ihrer Familie nach Pennicuik geschickt zu werden, wo sie wieder zu Kräften kommen kann.«

»Besteht in der Stadt keine Ansteckungsgefahr mehr?«, wollte Roderick wissen.

»Wenn Grant der Meinung ist, dass wir gefahrlos nach Edinburgh zurückkehren können«, sagte Charlotte, »will ich nicht mit ihm darüber streiten. Ich habe mehr als genug vom Land. Edinburgh.« Charlotte blickte gen Himmel. »Denk nur, Nicola: unsere eigenen Betten, in denen wir schlafen können. Molly, die uns das Frühstück bringt. Oh, wie sehr ich mich danach sehne, Pflastersteine unter den Füßen zu haben und das liebe alte St. Giles, das mir über die Schulter späht!«

»Edinburgh im August ist tot«, versetzte Nicola.

»Woher willst du das wissen?«, gab Charlotte zurück. »Du warst noch nie im August in Edinburgh. Papa hat uns immer nach Craigiehall zurückgebracht.«

»Aus gutem Grund.« Nicola baute sich streitlustig vor ihrer Schwester auf, die Hände in die Hüften gestemmt, wie ein Fischweib aus Newhaven. »Ich komme nicht mit.«

»Was willst du denn dann tun?«, fragte Charlotte.

»Hierbleiben«, sagte Nicola. »Ich bin eingeladen worden, den Rest des Sommers auf Heatherbank zu verbringen.«

Charlotte fuhr zu Roderick herum. »Du Schuft! Mir meine Schwester zu stehlen, wenn ich sie brauche, damit sie sich in den letzten Wochen meiner Drangsal um mich kümmern kann.«

»Die letzten Wochen?«, wiederholte Nicola. »Du wirst erst zu Weihnachten werfen.«

»Werfen!«, rief Charlotte. »Werfen! Ist das die Sprache einer Dame? Außerdem wirst du keine Anstandsdame haben.«

»Mrs. Peters wird meine Anstandsdame sein«, unterbrach Nicola ihre Schwester.

Charlotte wedelte geistesabwesend mit den Händen. »Ich verstehe dich einfach nicht, Nicola. Willst du etwa eine Zigeunerin werden, schlafen, wo immer dein Kopf zu liegen kommt, und dein Essen aus einem Topf kratzen?«

»Mach dich nicht lächerlich, Charlotte. Ich werde nach Edinburgh zurückkehren und dir in den letzten Wochen deiner Schwangerschaft beistehen. Bis dahin bleibe ich lieber auf dem Land.«

»Hat dir dieser Bauer hier so sehr den Kopf verdreht, dass du deine Verpflichtungen deiner Familie gegenüber über Bord wirfst?«

»Dieser ›Bauer‹, wie du ihn nennst, ist dein Schwager.«

»Und was ist mit Gillon?«, entgegnete Charlotte. »Ich habe gedacht, dir würde etwas an ihm liegen?«

»Gillon liegt anscheinend nichts mehr an mir«, versetzte Nicola. »Wir haben ihn seit Wochen nicht gesehen. Außerdem ist er mir nicht so wichtig wie dir.«

»Darf ich dich daran erinnern«, sagte Charlotte mit dunkelroten Wangen, »dass ich eine glücklich verheiratete Frau bin, kein dummes kleines Mädchen ohne jedwede Aussichten, das sich müht, einen Ehemann zu finden.«

»Hältst du mich für so verzweifelt erpicht auf einen Gatten, dass ich mich an einen mittellosen Soldaten wegwerfen würde?«, fragte Nicola.

»Besser ein mittelloser Soldat als ein mittelloser Bauer«, erwiderte Charlotte.

»Soweit ich weiß, hat Nicola nicht die Absicht, sich an irgendjemanden wegzuwerfen«, meldete Roderick sich zu Wort. »Sie ist eingeladen worden, den Herbst hier zu verbringen, und wenn sie nicht andernorts benötigt wird, sehe ich keinen Grund, warum sie nicht tun sollte, was sie möchte.«

»Oh ja«, erwiderte Charlotte. »Lass sie tun, was sie möchte, doch verlass dich nicht darauf, dass ich sie zurücknehmen werde, wenn du ihren Ruf ruiniert hast!«

»Meinen Ruf ruiniert?«, fragte Nicola. »Welchen Ruf? Ich mag Lord Craigiehalls Tochter sein, aber niemand schert sich auch nur einen Deut um mich.«

»In diesem Punkt«, bemerkte Roderick, »befindest du dich im Irrtum, Nicola. Und du, Charlotte, magst eine hervorragende Frau für meinen Bruder abgeben, doch hier bist du bloß eine Last oder, um es anders auszudrücken, eine infernalische Nervensäge. Es wird höchste Zeit, dass du nach Edinburgh zurückkehrst, wo deine Tugenden besser zur Geltung kommen. Und nun verrate mir, war auch für mich ein Brief im Postpaket?«

Charlotte öffnete den Mund, starrte ihren Schwager einen Moment lang an und nickte dann.

»Wo ist der Brief?«, fragte Roderick.

»Im Haus. Auf dem Tisch.«

»Danke«, sagte Roderick und schritt mit einem knappen Nicken und einer schroffen kleinen Verbeugung hastig aus der Scheune.

Kapitel 17

Lord Craigiehall war nicht der erste Richter, der für eine Nacht ein Quartier im städtischen Wachhaus erhielt, noch war Madelaine Young die erste schöne Dame dort. Viele Jahre zuvor war der erlauchte Lord Buller im Burghers' Zimmer erwacht, einem der vier Räumlichkeiten des Wachhauses. Er hatte keine Erinnerung daran, wie er vom Union Club zu dem Gebäude neben dem Tolbooth gelangt war. Es war nicht ungewöhnlich, dass Lord Conways Tochter Barbara und ihre Magd nach einem ausgelassenen Abend die Nacht als Gäste in der Stadtwache verbrachten, allerdings waren ein junger Anwalt und ein williges Mädchen eine Sache, ein sechzig Jahre alter Richter beider Roben jedoch eine völlig andere.

Die Wachleute hatten belustigt Münzen geworfen, um zu entscheiden, ob Seine Lordschaft und die fremde Dame wie Turteltauben eingesperrt werden sollten oder ob es vergnüglicher werden würde, die beiden in der Common Hall ihren Rausch unter den Dieben, Huren und Gewohnheitstrinkern ausschlafen zu lassen, die ihnen in dieser Nacht ins Netz gegangen waren.

Am Ende siegte jedoch die Vernunft, nicht der Anstand, und als John James gegen halb sieben am Morgen die Augen öffnete, erblickte er als Erstes Madelaine, insbesondere ihren Kopf, der in seiner Armbeuge ruhte. Der Arm selbst hatte jedwedes Gefühl verloren, ein Verlust, für den John James mehr als reichlich entschädigt wurde durch das Gefühl in seinen Schläfen, wo es bei der leisesten Bewegung seiner Augäpfel pulsierte und heftig pochte, sowie in seiner Blase, die gewisse Ähnlichkeit mit einem Suppentopf hatte, der kurz vor dem Siedepunkt stand.

Sein nächster zusammenhängender Gedanke, wenn man ihn denn so nennen konnte, war der, dass er einen Schlaganfall erlitten haben müsse, ähnlich dem, der seinen Vater dahingerafft hatte, und dass er sich jetzt im Krankenhaus befand – was natürlich nicht erklärte, warum Maddy in seinen Armen ruhte oder warum das Bett, in dem sie lagen, bloß eine alte Strohmatratze war, die nach Erbrochenem stank.

Er mühte sich, eine gewisse Logik in die Situation zu bringen, aber die Anstrengung erwies sich als zu groß. Stattdessen begnügte er sich für einen Moment damit, die Züge der Frau zu bewundern, die so schön und heiter waren, während sie wie ein Engel schlief.

Dann richtete er sich plötzlich auf.

Maddy entglitt ihm und wäre um ein Haar von der Matratze auf den Boden gerollt, der nur Zentimeter entfernt war; ein gefliester Boden, hie und da befleckt mit abscheulichen Substanzen, in einem rechteckigen Raum ohne Fenster und Mobiliar, bis auf einen rostigen Eimer in der Nähe einer mit Eisennägeln beschlagenen Tür. Gott sei Dank waren keine anderen Bewohner in der Zelle, denn eine Zelle war es gewiss, und nachdem John James vorsichtig über seine Liebste hinweggekrochen war, erreichte er mit knapper Not den Eimer, bevor seine Blase platzte.

Er erleichterte sich auf Knien, denn sein Kopf war noch nicht klar genug, als dass John James hätte stehen können. Dann stieß er einen Seufzer aus und ein Stöhnen, und als er sich umschaute, sah er zu seinem Entsetzen, dass Madelaines Augen offen waren und dass sie jede seiner Bewegungen beobachtete.

»Guten Morgen, mein Liebling«, sagte sie ziemlich heiser. »Darf ich fragen, wo wir sind und warum du mich hierhergebracht hast?«

Immer noch in der Hocke, nestelte John James an seinem Hosenschlitz. Seine Strümpfe hingen ihm lose um die Knöchel. Die Knie seiner Hosen und die Ellbogen seines Mantels waren schlammverkrustet. Er griff sich an den Kopf und stellte fest, dass sowohl sein Hut als auch seine Perücke verschwunden und sein dünnes, graues Haar entblößt war.

»Ich nehme an«, meinte Madelaine, während sie sich zaghaft erhob, »dass wir uns nicht in deiner Wohnung befinden?«

»Wir sind wohl im städtischen Wachhaus«, sagte John James.

»Im Gefängnis?«, fragte Madelaine unerschrocken. »Wird man uns hängen, weil wir ein Paar sind? Ist die Liebe in Edinburgh ein Kapitalverbrechen?«

»Liebe?«

»Erinnerst du dich nicht?«

»Nein, ich – nein, ich erinnere mich nicht an viel.«

Madelaine erhob sich behutsam von der Matratze. Sie war seiner Einschätzung nach in keiner besseren Verfassung als er selbst, obwohl ihr Kopf anscheinend klarer war und ihr Gedächtnis tadellos funktionierte. Sie streckte einen schlanken Arm aus, er rutschte auf den Knien über die Steine, nahm ihn und stützte sie.

Sie war furchtbar zerzaust, ihre Unterröcke waren zerrissen, ihre Röcke befleckt, und auch ihre Strümpfe bildeten Falten um ihre Knöchel. Außerdem hatte sie ihren Hut und ihr Haarteil verloren, und ihr dunkles Haar fiel ihr in wilden kleinen Locken über die Stirn. Sie brachte jedoch ein Lächeln zustande, legte ihm einen Arm um die Schultern und küsste ihn auf den Kopf.

»Was für ein Mann du doch bist, Lord Craigiehall«, murmelte sie. »Mehr Mann, als ich je zuvor gehabt habe.« Dann löste sie sich von ihm, hob ihre Röcke und ging auf den Eimer zu, während John James wie ein wahrer Gentleman das Gesicht in der Matratze begrub und sich die Ohren zuhielt.

Es war nur ein Katzensprung vom Graddan's Court zu dem langen, niedrigen, hässlichen Gebäude mitten auf der High Street.

Grant war gerade im Begriff gewesen, nach Stirling aufzubrechen, als ein grinsender Hauptmann der Wache, mit besticktem Mantel, Hut und Säbel, in der Tür erschien und ihn davon in Kenntnis setzte, dass sich sein Schwiegervater und eine unbekannte Dame derzeit im Wachhaus in Gewahrsam befänden und dass Lord Craigiehall überaus dankbar wäre, wenn Mr. Peters unverzüglich vorbeischauen und ihm bei seiner Entlassung behilflich sein könnte.

»Hauptmann Struthers, nicht wahr?«, fragte Grant gelassen.

»Der bin ich, Sir, der bin ich.«

»Welches Verbrechen wird Lord Craigiehall zur Last gelegt, Hauptmann Struthers?«

»Kein Verbrechen, Mr. Peters, Sir, kein nennenswertes Vergehen. Er ist zur zweiten Wache auf dem Hang des Castle Hill in Begleitung einer Frau herumgestolpert, betrunken und nicht mehr Herr seiner Sinne. Der Laternenträger hat ihn erkannt und hielt es für klug, Seine Lordschaft zu seinem eigenen Schutz und zur Aufrechterhaltung der öffentlichen Ordnung ins Wachhaus zu bringen.«

»Hat er Widerstand geleistet?«

»War fügsam wie ein Lämmchen, Sir, hat lediglich über der Dame gelegen und geschlafen.«

Grant räusperte sich. »Ist die ... ah ... die Dame Ihnen bekannt?«

»Nein, Mr. Peters, Sir, ist keins von unseren unartigen Mädchen, dafür ist sie zu gut gekleidet. Sie war gerade noch klar genug im Kopf, um auf meinen Arm gestützt zum Wachhaus zu stolpern. Im Gegensatz zu Seiner Lordschaft, wie ich zu meinem Bedauern sagen muss, der viel zu tief ins Glas geschaut hatte, als dass man ihn hätte wecken können, und daher auf einem Brett getragen werden musste.«

»Wird man meinen Schwiegervater auf einem hölzernen Pferd durch die Old Town ziehen, damit er anderen als abschreckendes Beispiel dient?«, erkundigte sich Grant im Scherz.

Der Hauptmann, eine fröhliche Natur, lachte. »Nein, Mr. Peters, diese Art der Bestrafung ist in unserem aufgeklärten Zeitalter aus der Mode gekommen – eigentlich ein Jammer.«

»Allerdings, ein Jammer«, erwiderte Grant.

»Werden Sie jetzt mitkommen, Mr. Peters, Sir?«

»Das sollte ich wohl besser«, sagte Grant.

Die Tür des Gebäudes mit dem Schieferdach führte direkt auf die Straße hinaus. Es war nicht ungewöhnlich, dass sich Müßiggänger in der Nähe versammelten, um die armen Tröpfe auszulachen, die nach einer Nacht auf dem Boden des Wachhauses blinzelnd ins Tageslicht getaumelt kamen.

Manchmal lag ein bekümmerter Vater oder eine Mutter auf der Lauer, packte einen vom Wege abgekommenen Sohn und versetzte ihm eine Kopfnuss, bevor man ihn zur weiteren Bestrafung nach Hause führte, oder eine tränenüberströmte Ehefrau lungerte an der Tür herum und löste einen Ehemann aus, dessen mürrische Miene ihn als unverbesserlich auswies. Und überaus häufig stand ein pro Artikel honorierter Korrespondent für den *Courant* oder den *Mercury* in der Nähe, der sich auf jedes kleine Stückchen Tratsch stürzen würde, das ihm einen oder zwei Schillinge einbrächte.

Bedauerlicherweise war der Korrespondent an diesem strahlenden Augustmorgen ein Bursche namens Jack Cattenach, der unter dem Pseudonym »Zyklop« veröffentlichte.

Seine Kenntnis der höheren Gesellschaft befähigte ihn nicht nur, Lord Craigiehall zu identifizieren, sondern auch seine einigermaßen zerzauste Begleiterin, die Schauspielerin Madelaine Young, als die beiden hinter dem Anwalt Grant Peters ins Morgenlicht hinaustraten. In der Tür winkte ihnen zum Abschied ein gewisser ergrauter Hochländer nach, der ein gutes Schlückchen zu schätzen wusste, jedoch selten die Mittel dafür hatte. Besagter

Hochländer war im Allgemeinen bereit, Informationen gegen ein Pint Whisky einzutauschen, was, so fand Mr. Cattenach, ein vernünftiger Preis für einen sich zusammenbrauenden Skandal war.

Mr. Cattenach brauchte nicht lange, bis er in Erfahrung gebracht hatte, dass Lord Craigiehall am Ende einer weiteren Gerichtssaison die hübsche kleine Schauspielerin zu einem Abendessen *à deux* bei *Fortune's* ausgeführt hatte. Angestachelt von seiner Partnerin, hatte Seine Lordschaft anscheinend alle Vorsicht in den Wind geschlagen und sich eine große Menge Brandy gegönnt, während er in schneller Folge mehrere Runden mit hohen Einsätzen verloren hatte. Wie das Paar genau vom Kartentisch in das Gras von Castle Hill gelangt war, fand jedoch nicht einmal der neugierige »Zyklop« heraus, aber was dort geschehen war, konnte er sich nur allzu gut vorstellen.

In der Old Town herrschte emsiges Treiben. Die Gerichte hatten am vergangenen Vormittag geschlossen, und jene Richter, Anwälte, Writer und Schreiber, die nicht schon früher das Weite gesucht hatten, waren auf dem Weg zu ihren ländlichen Residenzen oder, und dies galt für die Geringeren unter ihnen, hielten auf den herbstlichen Rundreisen Ausschau nach Mandanten. Keine Droschke war zu bekommen, und selbst zu dieser frühen Stunde waren alle Sänften bereits besetzt.

»Haben Sie meine Kutsche nicht mitgebracht?«, krächzte Seine Lordschaft.

»Dafür hatte ich keine Zeit«, antwortete Grant. »Ich bin unverzüglich hergekommen. Es ist kein weiter Fußweg.«

»Weit genug, weit genug«, sagte Seine Lordschaft. »Mir ist nicht sehr danach zumute, in diesem traurigen Zustand in der Öffentlichkeit gesehen zu werden.«

Grant fühlte sich versucht, dem alten Narren zu sagen, dass er sich das in der vergangenen Nacht hätte überlegen sollen, aber er verspürte ein gewisses Mitgefühl für seinen Schwiegervater, der offensichtlich nicht nur unter den Unbilden des Alkohols litt, sondern auch unter einem schlechten Gewissen. Seine Lordschaft war jedoch anständig genug, der Frau seinen Arm zu reichen, und nach einigen schwankenden Schritten brachte er es fertig, die Schultern durchzudrücken, den Kopf zu heben und die kleine Menschenmenge anzufunkeln, als wäre sie und nicht er das Spektakel.

»Sie, Sir«, sagte die Frau, »sind Grant Peters, nicht wahr?«

»Der bin ich«, antwortete Grant kurz angebunden.

»Ich bin Madelaine Young.«

»Das hatte ich bereits vermutet«, bemerkte Grant.

Ungeachtet der Tatsache, dass sie aussah, als hätte man sie an den Fersen durch das Cowgate geschleift, war sie, wie er feststellte, genauso zierlich und hübsch, wie Gillon behauptet hatte. Einen flüchtigen Moment lang schaute er mit etwas anderem als Abscheu in ihre dunklen, leicht blutunterlaufenen Augen. In seinen Junggesellentagen hatte er viele hübsche Frauen bewundert, darunter ein oder zwei berühmte Schönheiten, aber keine, nicht eine einzige, konnte der englischen Schauspielerin im Hinblick auf den Charakter das Wasser reichen, womit er eigentlich ihre Verführungskunst meinte.

»Wir haben zu viel getrunken«, erklärte die Frau mit einem Schulterzucken. »Ich fürchte, die Schuld daran liegt bei mir. Ich war so lange ohne jede Unterhaltung im Haus eingesperrt, dass mich die Aufregung über meine wiedergefundene Freiheit jeglicher Klugheit beraubt hat.«

»Wie geht es Ihrer Nichte?«, erkundigte sich Grant.

»Ah, Gillon hat Ihnen von unserem Missgeschick erzählt, nicht wahr?«

»Ja. Wo ist er übrigens?«

»Er hat gestern Abend bei meiner Nichte gesessen. Inzwischen wird er zu Hause sein.«

Grant nickte und wandte sich an seinen Schwiegervater. »Sie

haben mich zu einem ungünstigen Zeitpunkt erwischt, Euer Lordschaft. Ich wollte gerade nach Stirlingham aufbrechen und Ihre Töchter vom Hof meines Bruders abholen.«

»Wirklich!«, sagte Seine Lordschaft.

»Mein Haus ist jedoch nur wenige Schritte entfernt. Wenn Sie wünschen, können Sie sich dort ausruhen und erfrischen, und ich werde Molly zu Crowell's Close schicken. Sie soll Ihren Kammerdiener verständigen, damit er Ihre Kutsche herbeibringt.«

»Nein«, entgegnete Seine Lordschaft. »Wenn du dich der Strapaze gewachsen fühlst, meine liebe Madelaine, werden wir gute Miene zum bösen Spiel machen und den Rest des Weges zu meinem Haus zu Fuß gehen.«

»Aber natürlich, John James«, sagte sie. »Ich hätte nichts gegen ein Frühstück. Die Luft hat mich erfrischt.«

»Oliphant wird es kaum erwarten können, dich zurückzubekommen«, bemerkte Seine Lordschaft. »Ich werde dich in meiner Kutsche nach Hause schicken.«

»Nach dem Frühstück?«

»Aye, nach dem Frühstück.«

Sie kuschelte sich eng an ihn, zierlich und erlesen selbst in ihrem mitgenommenen Zustand. Dann reckte sie den Hals und flüsterte ihm etwas ins vornehme Ohr, wobei der alte Knabe zusammenzuckte und ihm eine schwache Röte in die aschfahlen Wangen trat.

Er schloss die Augen und schüttelte den Kopf. »Nein, Madelaine, nein. Meine Cousine erwartet mich heute Abend. Ich darf nicht später als zehn Uhr aufbrechen.«

»Dann haben wir noch Zeit, reichlich Zeit, um unsere liebevollen *Adieus* auszutauschen.« Sie warf einen Blick auf Grant, damit er auch ja zuhörte. »Ich habe jedes Wort von dem, was ich heute Morgen gesagt habe, ehrlich gemeint, John James. Es war keine Lüge, keine müßige Schmeichelei.«

»Mag sein«, versetzte Seine Lordschaft schroff, »ich kann nicht.«

»Du kannst nicht?«, hakte Madelaine nach.

»Bleiben«, ergänzte Seine Lordschaft.

»Bist du nicht frei, noch etwas zu bleiben«, fragte Madelaine, »und sei es auch nur für ein kleines Weilchen? Es wird eine Ewigkeit dauern, bis wir wieder beisammen sind, eine unendliche Ewigkeit, denn wie du weißt, wird Archie mich in der großen Halle in Kingsley Verse rezitieren lassen, bis die Blätter braun werden und die Sonne kalt. Kannst du nicht nach Kingsley kommen?«

»Ich habe auf Craigiehall viel zu tun – zu viel zu tun.«

»Dann müssen wir uns trennen«, erwiderte Madelaine, »mit nicht mehr als einem Kuss und einem guten Frühstück, das mich über die Herbstmonate wärmt?«

»So sieht es aus«, sagte Seine Lordschaft, eine Spur zu barsch.

Nachdem er dann Grants Hand geschüttelt und ihm für seinen Beistand gedankt hatte, ging er auf den Lawnmarket hinaus, die verliebte englische Schönheit am Arm, während Grant ihm von der Tür von Graddan's Court nachdenklich hinterherschaute.

Gillon saß auf der obersten Stufe des Hauses in der New Town, neben sich Fleur, gut eingemummelt in einen Samtmantel. Er fütterte sie mit kleinen Keksstückchen wie einen Papagei, den man aus seinem Käfig geholt hatte.

Es war ein strahlender, milder Morgen mit einer Brise von Westen, die, so dachte Gillon, gewiss noch vor dem Abend weiteren Regen bringen würde. Er hätte nicht auf der Stufe unter der Haustür gesessen, wäre Bradley daheim gewesen. Aber der Butler war mit Sir Archie weggegangen und hatte einem Lakaien das Kommando über den Haushalt überlassen, der viel zu furchtsam war, um Lieutenant Peters zu befehlen, er solle aufhören, sich wie ein Vagabund zu benehmen, und ins Haus kommen.

Die Ausgrabung Fingals, dieses traurigen, gottähnlichen Kriegers, der in den trüben Zeiten der Prähistorie Schottland mit Irland vereint hatte, bedeutete Sir Archie Oliphant anscheinend mehr als seine Gattin, seine Familie, seine Freunde oder schlicht der Anstand. Am späten Abend hatte er einen Brief von einem Antiquar in Morven erhalten, der ihn in solche Erregung versetzt hatte, dass er seine Reisetasche gepackt, Bradley aus dem Bett gescheucht und Gillon hochtrabend Anweisung gegeben hatte, sich um die Damen zu kümmern. Noch bevor über Arthur's Seat die Morgendämmerung hereingebrochen war, hatte er sich daraufhin auf die Straße nach Norden begeben.

Gillon hatte natürlich keine Einwände dagegen, die Aufsicht über ein geräumiges Stadthaus übertragen zu bekommen. Er sah darin bloß eine gerechte Belohnung für die Stunden, die er sich um die kranke Fleur gekümmert hatte. Wirklich hatte er das seltsame kleine Geschöpf recht lieb gewonnen und von ihr eine Menge über Madelaine und ihr Leben in London erfahren, Informationen, die das Mädchen nicht preisgegeben hätte, wäre es nicht so benommen gewesen und Gillon gegenüber so vertrauensvoll.

Er brach ein weiteres Stück von dem süßen Keks ab.

»Weit aufmachen.« Gehorsam öffnete Fleur den Mund. Er legte ihr den Keks auf die Zunge und fuhr fort: »Du musst kauen, bevor du schluckst.«

»Ja, Gillon.« Sie kaute und schluckte.

Sie war, so dachte er, beinahe gesund genug zum Reisen. Als gestern Nachmittag Graythorn vorbeigeschaut hatte, hatte sie zur Unterhaltung des Arztes ein kurzes Stück auf dem Piano gespielt, und der Arzt hatte sowohl ihrer Darbietung als auch ihrer Genesung applaudiert. Aber obwohl sie Sir Archies Schützling war, seine »Entdeckung«, war der Gentleman nicht aus der Bibliothek gekommen, um ihrem Spiel zu lauschen, und hatte später beim Tee seine Verärgerung darüber kundgetan, dass »dieses lautstarke

Geklimper« ihn von seinen poetischen Bemühungen abgelenkt habe. Er hatte Maddy für ihre Gedankenlosigkeit bestraft, indem er sie in die Bibliothek geholt hatte, wo sie laut die jüngsten Beifügungen zu seinem Epos hatte vorlesen müssen, und er hatte ihr herzlich wenig Zeit zum Ankleiden und Richten des Haars gelassen, bevor Craigiehall sie zum Abendessen zu *Fortune's* entführen wollte.

»Warten wir darauf, dass Tante Madelaine nach Hause kommt?«

»Nein«, antwortete Gillon. »Wir genießen einfach den Sonnenschein.«

»Sie ist letzte Nacht nicht in ihrem Bett gewesen«, sagte Fleur. »War sie bei Ihnen?«

»Was?«, fragte Gillon. »Nein, bei mir war sie nicht.«

»Sie war mit Lord Craigiehall zusammen, nicht wahr?«

»Allerdings, das war sie – sie haben Karten gespielt.«

»Haben Sie nicht ebenfalls Karten gespielt?«

»Ich war nicht eingeladen«, antwortete Gillon. »Außerdem habe ich bis spät in die Nacht an deinem Bett gesessen, wenn du dich recht erinnerst, und dann – dann bin ich nach Hause gegangen.«

»Sind Sie heute Morgen so früh hergekommen, weil ich wieder krank bin?«

»Ich bin so früh hergekommen, weil Sir Archibald mich darum gebeten hat.«

»Ist Sir Archibald fortgegangen, um mit Lady Valerie zusammen zu sein?«, wollte Fleur wissen.

»Er ist zu einer Spritztour davongefahren – er will einen Bekannten im Hochland besuchen.«

»Ist das weit entfernt?«

»Ziemlich weit und sehr abgelegen«, antwortete Gillon. »Die Straßen sind größtenteils schlecht, und er wird mindestens eine Woche fort sein.«

»Dann bin ich wieder gesund, und er fährt mit uns zu Lady Valerie.«

»In sein Landhaus in Kingsley, ja.«

»Gibt es in seinem Haus in Kingsley ein Piano?«

»Ich nehme es an«, sagte Gillon.

»Waren Sie noch nicht dort?«

»Nein.«

»Kommen Sie nicht mit uns in dieses Haus in Kingsley?«

»Nein«, erwiderte Gillon. »Ich muss einige Dinge in Edinburgh erledigen.«

»Welche Dinge?«, fragte Fleur. »Was tun Sie eigentlich, Gillon?«

Die Wahrheit lautete, dass er keine andere Beschäftigung als das Glücksspiel hatte. Wenn er die Zeichen richtig deutete, würde die Aufgabe, mit der Lady Valerie ihn betraut hatte, bald vollbracht sein, und er würde im Haus der Oliphants nicht länger mehr willkommen sein. Er war gut genug für die zwielichtige Bemühung bezahlt worden, Craigiehall und Maddy zusammenzubringen und sie dann, paradoxerweise, voneinander fernzuhalten. Die Pflege Fleurs war eine unvorhergesehene Bürde gewesen. Er hatte die zusätzliche Pflicht jedoch keineswegs übel genommen, denn so war er in Maddys Nähe gewesen. Da Sir Archie jetzt fortgereist war und Lady Valerie wohl kaum in Bälde zurückkehren würde, könnte er dieses quälende Vergnügen vielleicht noch in die Länge ziehen, bis Sir Archie Maddy nach Kingsley entführte oder Seine Lordschaft genügend Mut aufbrachte, den Konventionen zu trotzen und sie nach Craigiehall zu bringen.

»Sie haben mir nicht geantwortet, Gillon«, sagte Fleur. »Womit beschäftigen Sie sich?«

»Was glaubst du denn, Mädchen?«

»Ich glaube, dass Sie gar nichts tun, wie Mr. Billington.«

»Der Freund deiner ... Mama?«

»Er ist auch mein Freund.«

»Nun«, erklärte Gillon, »ich habe nicht so viel Geld wie Mr. Billington.«

»Wenn Sie welches hätten, wäre Tante Maddy nicht ausgegangen, um mit Seiner Lordschaft Karten zu spielen«, meinte Fleur. »Sie wäre daheimgeblieben und hätte mit Ihnen Karten gespielt.«

»Ich verstehe«, erwiderte Gillon. »Tante Madelaine spielt nur mit wohlhabenden Herren Karten, nicht wahr?«

»Es sind nicht Karten, nicht nur Karten.«

Gillon wusste nur allzu genau, welche Spiele Madelaine mit wohlhabenden Herren spielte, aber es von diesem jämmerlichen Mädchen bestätigt zu hören, ärgerte ihn. Wie sehr er sich auch verstellen mochte, er hatte sich in Maddy verliebt und wusste, dass er sie bald verlieren würde.

Trostlos starrte er die Straße entlang zum Broughton Park hinüber.

Es war inzwischen ungefähr zehn Uhr. Madelaine war die ganze Nacht fort gewesen, was darauf schließen ließ, dass sie wahrscheinlich ihr Ziel und das Lady Valeries erreicht hatte. Sie hatte sich dem gelehrten Richter hingegeben oder ihn zumindest kompromittiert. Es wäre nur eine Frage der Zeit, bevor Craigiehall wegen seiner Indiskretion zur Rechenschaft gezogen würde und man ihn auf die eine oder andere Weise dafür bezahlen ließ.

»Schauen Sie«, sagte Fleur, »da kommt eine Kutsche.«

Gillon drehte den Kopf und sah zu, wie das Gefährt klappernd auf den Platz fuhr und vor ihnen stehen blieb. Es war kein Junge da, der die Tür öffnete, nur ein Lenker, der seinen Fahrgast offenbar nicht seiner Aufmerksamkeit für würdig erachtete und auf seinem Sitz verblieb.

Gillon erhob sich, trat aufs Pflaster, öffnete die Tür der Kutsche und fing Madelaine auf, die ihm beinahe in die Arme fiel.

Sie war zerzaust und arg gebeutelt und außerdem ohne Hut, aber durchaus frohen Mutes.

»Madelaine«, sagte Gillon, ohne sie loszulassen, »wo sind Sie gewesen?«

»Ich war … oh, eine Gefangene der Wache«, erklärte sie. »Wenn Sie es unbedingt wissen müssen – ich habe die Nacht mit unserem John James in einer Zelle verbracht.«

»In einer Zelle?«

»Auf der Wache, ja.«

»Also«, erwiderte Gillon leise, »ist nichts passiert?«

»Ah, es ist durchaus etwas passiert«, antwortete Maddy.

»Was?«, fragte Gillon. »Erzählen Sie es mir.«

Sie streckte die Hand aus und zauste ihm das Haar. »Ich werde Ihnen alles erzählen, mein liebster Freund, aber zuerst muss ich ein Bad nehmen. Fleur! Da bist du ja! Endlich hast du das Bett verlassen!« Und mit diesen Worten löste sie sich von dem Soldaten, nahm ihre Nichte an der Hand und führte sie, munter drauflosplappernd, hinauf in das Haus der Oliphants.

Gillon folgte ihnen niedergeschlagen.

Nicola befand sich gerade in einer Nische im hinteren Teil der Milchkammer und bediente die Kurbel des Butterfasses, als Charlotte sie aufspürte. Die Milch war dick und klumpig geworden, und bald würde sie den Zapfen am Boden des Fasses herausziehen und ein wenig der dünnen Buttermilch herauslaufen lassen, wie Roddy es ihr beigebracht hatte. Sie schwitzte auf höchst undamenhafte Weise und wechselte gelegentlich die Hand, mit der sie die Kurbel bediente, damit die Handflächen nicht wund wurden und um den Krampf aus den Unterarmen zu lösen.

»Schau dich nur an!«, sagte Charlotte. »Du bist zu seiner Sklavin geworden.«

»Unsinn!«, versetzte Nicola. »Aber schau *dich* an, gestiefelt und gespornt, als stünde die Kutsche bereits auf der Türschwelle. Hat Roderick dir nicht schon ein Dutzend Mal gesagt, dass Grant erst zum Einbruch der Nacht in Stirling eintreffen wird?«

»Vielleicht kommt er ja früher.«

»Er wird nicht früher kommen«, widersprach Nicola. »Wie sehr du es dir auch wünschen magst, du wirst ihn nicht vor Einbruch der Dunkelheit herbeiholen, und du kannst unmöglich vor morgen Vormittag nach Edinburgh aufbrechen. Natürlich könnte Grant beschließen, ein oder zwei Tage zu bleiben und ein wenig Zeit mit seiner Familie zu verbringen.«

»*Ich* bin seine Familie.«

»Du bist seine Frau«, sagte Nicola. »Seine Familie ist eine andere Angelegenheit.«

Charlotte packte ihre Schwester beim Arm. »Was bedeutet dir dieser Mann?«

»Roderick?« Nicola hörte auf zu kurbeln. »Er zeigt sich mir gegenüber aufmerksamer als alle Männer, die mir je zuvor begegnet sind.«

»Wie vielen Männern bist du denn schon begegnet?«, fragte Charlotte.

»Ist es meine Schuld, dass Papa uns nur dann erlaubt hat, junge Männer kennenzulernen, wenn er glaubte, sie könnten ihm von Nutzen sein?«, gab Nicola zurück. »Ist dir nicht der Gedanke gekommen, Charlotte, dass Roderick kein Interesse an Craigiehall hat, sondern dass er mich einfach mag?«

»Oh, du bist manchmal schlimmer als Papa«, erwiderte Charlotte. »Ich wünschte, du würdest mit nach Edinburgh kommen und dich um mich kümmern.«

»Du wirst Grant haben, der sich um dich kümmert, und außerdem Molly. Ich werde früh genug zum Graddan's Court zurückkehren, um dir während der letzten Wochen beizustehen. Ist dir wieder unwohl?«

»Was? Nein«, antwortete Charlotte. »Es geht mir so gut, wie man es nur erwarten kann.«

»Wenn du krank wirst, verspreche ich, sofort nach Edinburgh

zurückzukehren. In der Zwischenzeit genieße ich es, so zu tun, als wäre ich ein Mädchen vom Lande. Und welchen Schaden würde es anrichten, wenn ich zur Frau eines Bauern ausgebildet würde?«

»Welchen Schaden! Welchen Schaden!« Charlotte verdrehte verzweifelt die Augen. »Du bist Lord Craigiehalls Tochter. Wäsche waschen, Wasser holen und Schmutzeimer ausleeren ist nicht das, wozu du erzogen worden bist, Nicola! Was immer mit Papa und Craigiehall geschieht, Grant wird sicherstellen, dass du versorgt wirst.«

»Ich will nicht versorgt werden. Ich will mich selbst versorgen.«

»Aber so macht man das nicht.«

»Wie, bitte schön, macht man es dann?«

»Du musst einen Gatten finden.«

»Ohne Mitgift, ohne Einkommen und ohne Erbe?«, fragte Nicola.

»Besser ein zerlumpter Bauer als gar kein Mann, ist es so?«, sagte Charlotte.

»Roderick ist dein Schwager! Wie kannst du ihn so heruntermachen?«

»Du willst dich gar nicht selbst versorgen. Du willst, dass Roderick Peters dich versorgt. Nun, selbst schuld, wolltest es ja nicht anders!«, blaffte Charlotte und stolzierte, verärgert darüber, nicht ihren Willen bekommen zu haben, in den Innenhof hinaus und ließ Nicola mit dem Butterfass allein.

Kapitel 18

Sie verbrachten den Nachmittag im Broughton Park, schlenderten ein wenig umher und ruhten sich dann im Gras auf einer Decke aus, die Gillon aus einer Truhe in einem der Dachbodenräume gefischt hatte. Sie kehrten nicht zum Tee ins Haus zurück, aber Gillon ging zur Prince's Street in der Nähe des Theaters und holte ihnen von einem Verkaufsstand dort drei gebackene Äpfel und eine Tüte gezuckerter Mandeln. Sie aßen fröhlich die mit Honig bestrichenen Äpfel, leckten sich die klebrigen Lippen und wischten sich mit Gillons großem Taschentuch das Gesicht ab. Kurzum, sie vergnügten sich mit jener Art von Unfug, die Fleur erheiterte, obwohl hochnäsige Damen, die mit ihren Mägden vorbeikamen, über das unziemliche Schauspiel die Nase rümpften.

Maddy erzählte ihm alles über ihr Abenteuer mit John James, wie der mächtige Lord of Sessions seinen Verstand ebenso wie sein Bargeld verloren hatte, während er ihr tief in die Augen geschaut und sie ihm Glas um Glas mit feinem Brandy vollgeschenkt hatte. Sie ließ auch nicht unerwähnt, dass es sie all ihre List gekostet hatte, ihn vom Spieltisch weg und in die Nachtluft hinauszulocken, bevor er zusammenbrach; dass er hinter der Mauer über dem Hang an der Seite des Castle Hill auf sie gefallen war und sie zu Boden gedrückt hatte und wie erleichtert sie beim Auftauchen der Wache gewesen war, die sie nicht vor Seiner Lordschaft Verderbtheit, sondern vor dem unmittelbar bevorstehenden Erstickungstod bewahrt hatte.

Ohne Craigiehall und Oliphant um sich musste sie nicht länger eine Rolle spielen und konnte ausnahmsweise einmal ganz sie selbst sein. Sie brauchte sich nicht zu bemühen, bei Gillon in einem guten Licht zu erschienen, denn sie waren Seelenverwandte. Er mochte lachen und den spießigen Juristen verspotten, aber gerade er wusste, dass es Konzentration und nicht geringes Leiden erforderte, eine Täuschung so lange aufrechtzuerhalten, und dass sie ihre Würde teuer verkauft hatte. Außerdem war er ebenso zynisch wie sie und ließ sich nicht von bloßem Flirten täuschen; genauso wenig wiegte er sich in dem Glauben, sie liebe ihn.

Später am selben Abend entließ Madelaine die Dienstboten, sobald das Essen vorüber war. Fleur drohte am Tisch bereits einzunicken, denn ein Glas gespritzter Wein hatte sie, zusammen mit all der frischen Luft, die sie an diesem Tag genossen hatte, schläfrig gemacht.

Das Mädchen erhob keinen Protest, als Gillon sie in die Arme nahm und nach oben trug. Er legte sie aufs Bett und zog ihr die Schuhe aus. Sie sang leise vor sich hin, einen französischen Vers, und als er sie auf die Stirn küsste, schlang sie ihm schläfrig einen Arm um den Hals, zog ihn zu sich herab und küsste ihn auf die Lippen, dann schnurrte sie wie ein Kätzchen und schloss gehorsam die Augen.

Gillon ließ Maddy und Fleur allein und trat auf den Treppenabsatz hinaus. Er fühlte sich seltsam behaglich in dem riesigen, weit verzweigten Herrenhaus, ganz und gar nicht wie ein Eindringling. Er nahm einen Kerzenhalter vom Fenstersims und entzündete mit seinem Zündstein die Kerze, bevor er zur Kehre und dem langen Flur hinuntertappte, der in den Salon führte.

Die Schatten, die das Kerzenlicht auf die Wände warf, führten ihn weiter. Er öffnete eine Tür, fand sich in einem Ankleidezimmer wieder und durchquerte es, bis er in ein Schlafgemach gelangte. Das Bett war bis auf die Matratze abgezogen, die Vorhänge zum Waschen abgenommen. Er wusste nicht, wessen Schlafzimmer es war; es gehörte weder Archie noch Valerie. Im Raum befanden sich keine Tische und Stühle, auch nicht andere Kleinigkeiten, und als er mit der Hand über die Matratze strich, zogen seine Finger eine kleine Staubspur hinter sich her. Er kehrte zum Treppenabsatz zurück, stellte den Kerzenhalter auf eine Stufe und setzte sich, den Rücken ans Geländer gelehnt.

Ein Bein hatte er ausgestreckt, das andere hochgezogen wie ein Spielmann, und wartete auf Madelaine. Er wusste so sicher, dass sie kommen würde, wie er gewusst hatte, dass ein indianischer Späher aus dem Kiefernwäldchen bräche, das den Fluss verbarg, und dass er nicht zögern würde, den Indianer zu töten, ihm die Kehle mit einem Messer aufzuschlitzen oder ihm ein Schwert in den Bauch zu rammen, schnell und plötzlich, bevor sein Gewissen sich melden konnte.

Irgendwann hörte er, wie die Tür über ihm geöffnet und wieder geschlossen wurde.

Er schaute auf.

Sie trug weder Haube noch Strümpfe, nur ein Nachthemd aus Musselin ohne Leibchen oder Unterrock, ein dürftiges Ding, das in der Zugluft aus dem Flur um sie herum wehte, bis sie es im Schoß sammelte und, angelockt vom Kerzenlicht, die steile Treppe herunterkam und sich neben ihn stellte.

Er blieb, wo er war, auf dem Boden. »Schläft sie?«, fragte er.

»Tief und fest«, antwortete Madelaine.

Sie stand über ihm, barfuß und mit bloßen Waden, die Beine gespreizt. Dann stellte sie einen Fuß, gewölbt und anmutig wie der Fuß einer Tänzerin, auf seinen Oberschenkel. Ihre Zehen waren klein, mit blassen, sauber geschnittenen Nägeln. Die Ferse, ein wenig gebräunt, wo ihr Schuh die Haut aufgeschürft hatte, drückte sich in sein Fleisch. Im nächsten Moment umfing er ihren Knöchel und schob ihren Fuß weg. Er konnte jetzt ihre

Gestalt erkennen, Kurven und Mulden erleuchtet vom Kerzenlicht. Die Füße hatte sie links und rechts neben ihn gesetzt, sodass die schlanken Oberschenkel genau in seiner Sichtlinie waren.

Sie gab keinen Laut von sich bis auf ein leises Ausatmen, als er die Hände unter das Gewand schob, sie mit den Daumen spreizte und durch den Musselin küsste. Sein Mund glitt über das Fleisch unter dem Stoff, dann umfing er mit einer Hand von hinten ihren Oberschenkel, während er die andere zwischen ihre Beine schob, bis sie mit einem Seufzer an seine Schulter sank und er aufstand und sie hochhob, ihre Beine um seine Hüften geschlungen, bevor er sie ungeschickt in den verdunkelten Raum trug und die Tür hinter sich schloss.

Der Stab ragte über die Ohren des Ponys hinaus und ruckelte ein wenig auf dem gefurchten Pfad. Der Lichtkreis von der baumelnden Laterne ging hin und her, aber das Tier war es gewohnt, im Dunkeln zu laufen. Es fand sein eigenes Tempo, ignorierte das Schlagen des Zügels und das Klatschen der Peitsche auf seinem Hinterteil und zog den Wagen weiterhin im Schritttempo voran.

Grant, der neben seinem Bruder auf dem Kutschbock saß, bemerkte lachend: »Wie ich sehe, ist das hier eine Stute, deren Ausbildung dir missglückt ist.«

»Ja, das wird auch nichts mehr«, sagte Roddy. »Ein ausgepeitschtes Hinterteil ist ihr allemal lieber als eine gebrochene Fessel, was immerhin eine gewisse Vernunft beweist. Zumindest wird sie uns nicht in den Graben ziehen, wie es die alte Harriet so oft getan hat. Erinnerst du dich an die alte Harriet?«

»Nur allzu gut«, erwiderte Grant. »Ich habe die blauen Flecken immer noch.«

»Na ja, sie hat es dann einmal zu oft getan«, sagte Roddy. »Sie hätte Grandpa beinahe umgebracht, als sie zum Futtersack galoppieren wollte, und Mama hat sie schließlich als Hundefleisch verkauft.«

»Aber sie war alt.«

»Aye«, bestätigte Roddy. »Sie war alt.«

»Wann ist das passiert?«

»Oh, im Winter vor drei oder vier Jahren.«

»Das hast du mir gar nicht erzählt«, sagte Grant.

»Ich erzähle dir nicht alles«, bemerkte Roddy.

»Du warst schon immer ein heimlichtuerischer fieser Kerl«, gab Grant zurück. »Wenn überhaupt, so glaube ich, dass du im Laufe der Jahre noch schlimmer geworden bist.«

»Da spielst du wohl auf meine Beziehung zu Nicola an?«

»Indirekt, ja«, antwortete Grant. »Wie wirst du mit meiner entzückenden Schwägerin fertig oder, was vielleicht wichtiger ist, wie wird sie mit dir fertig?«

»Sie wird recht gut fertig.«

»Was anscheinend bedeutet, dass sie dir zu Füßen liegt?«, fragte Grant.

»Sie ist eine willige Arbeiterin, das muss ich ihr lassen, überhaupt nicht verwöhnt.«

»Im Gegensatz zu Charlotte, meinst du?«

»Nun, ja, aber es ist für keinen von uns eine Überraschung, dass Charlotte nicht gerade entzückt auf das Leben auf einem Bauernhof reagiert hat. Sie wird sich in deine Arme werfen, Grant, und dich nach diesem Monat unter primitiven Zeitgenossen umso mehr zu schätzen wissen.«

»Wird sie auch zu schätzen wissen, was ich ihr über das Benehmen ihres Vaters zu berichten habe und dass er eine Nacht in den Zellen der städtischen Wache zugebracht hat?«

»Diese Schauspielerin hat ihn offensichtlich vom Pfad der Tugend abgebracht. Was ist ihr Motiv?«

»Eine Heirat würde sich als Antwort anbieten, aber ich bin mir nicht ganz sicher, ob das der Fall ist. Die Beteiligung von Valerie Oliphant an all dem ist ziemlich verwirrend.«

»Ich kenne diese Leute nicht«, erwiderte Roddy.

»Natürlich nicht. Woher auch? Sie sind von deiner Wirklichkeit oder meiner so weit entfernt wie die Erde vom Mond. Ich habe den Verdacht, dass mein Schwiegervater Valerie Oliphant Geld schuldet.«

»Meinst du, er hat sich etwas von ihr geborgt?«

»Gut möglich, doch es dürfte sich wohl eher um eine offene Spielschuld handeln.«

»Weißt du«, begann Roddy, »die Tatsache, dass der alte Knabe das eine oder andere heimliche Laster hat, lässt ihn doch menschlicher erscheinen.«

»Oh, menschlich ist er durchaus«, sagte Grant. »Er ist stolz, habgierig und hat Angst vor dem Sterben, und hinter allem steckt die Sorge um seine Töchter.«

»So, wie er sie behandelt hat, sollte man das nicht meinen«, entgegnete Roddy.

»Sie sind nicht die geduldigen kleinen Kreaturen wie die Mädchen, mit denen er noch aufgewachsen ist. Sie haben ihren eigenen Kopf.«

»Kriegst du den alten Knaben langsam rum, Grant? Wirst du Craigiehall bekommen?«

»Ich bin optimistisch«, antwortete Grant.

»Aber was wirst du damit anstellen?«, fragte Roddy weiter. »Wie wirst du es verwalten?«

»Auf dem Gut gibt es einen Aufseher, einen relativ jungen Mann; er wird mich unterstützen.«

»Ich nehme an«, fuhr Roddy fort, »dass Seine Lordschaft nach Hause zurückgekehrt ist.«

»Aye, er ist sofort nach Ayrshire aufgebrochen. Er wird sich in

Edinburgh erst im Oktober wieder blicken lassen, wenn die Gerichte öffnen.« Mehrere Minuten lang beobachteten die Brüder den Tanz der Laterne auf dem Stab so aufmerksam, als handelte es sich dabei um ein Irrlicht, dann wollte Grant wissen: »Warum ist Nicola so entschlossen, auf Heatherbank zu bleiben?«

»Sie mag das einfache Leben«, erwiderte Roddy beiläufig.

»Ist sie in dich verliebt?«

»Vielleicht ein wenig.«

»Verdammt«, sagte Grant. »Ich muss mir um dich Sorgen machen.«

»Zuerst Gillon, jetzt ich«, erwiderte Roddy. »Was für ein Bedenkenträger du doch bist, Grant!«

»Hast du sie geküsst?«

»Ja.«

»Hast du …«

»Nein, natürlich nicht.«

»Hast du ihr von Marie erzählt?«

»Das würde Mutter mir niemals verzeihen«, antwortete Roderick.

»Mutter, jetzt gibst du Mutter die Schuld?«

»Ich gebe niemandem die Schuld«, sagte Roderick. »Und du solltest es auch nicht tun.«

»Keiner von uns ist ohne Schuld, nicht wahr?«, bemerkte Grant.

»Das ist wahr«, stimmte Roderick zu, und ob es der Ponystute nun gefiel oder nicht, er schlug ihr mit dem Zügel auf die Kuppe und drängte sie zum Trab.

Die Sonne war bereits hinter dem Moor untergegangen, bevor John James Salton House erreichte. Die obersten Schornsteine und Balustraden des hohen Turms, noch nass vom Regen, leuchteten im letzten Sonnenlicht für eine kurze Sekunde golden auf, bevor sie in der Abenddämmerung erloschen und kein Zeichen des Willkommens mehr blieb als eine Lampe, die im Fenster des Salons im ersten Stock flackerte.

Er hatte die erste Etappe der Reise verschlafen, und obwohl er nicht allzu erholt erwacht war, hatte er in einem Gasthaus in Peebles ein bescheidenes Mahl zu sich genommen und bei sich behalten, während Robertson sich um frische Pferde gekümmert hatte. Wie sein Diener hatte John James während der letzten holprigen Meilen den Kopf aus dem Kutschfenster gestreckt – nicht weil ihm unwohl gewesen wäre, sondern vielmehr, weil die Brise auf der Heide seine romantischen Ideen wegpustete, die um eine hübsche junge Schauspielerin kreisten, welche ihn vom rechten Weg abgebracht hatte. Er dankte seinen Sternen dafür, dass die Gerichtssaison zu Ende war, dass er während der Herbstmonate sicher auf Craigiehall sitzen würde und dass sämtliche Fetzchen eines Skandals sich in Luft aufgelöst haben würden, bevor die Gerichte wieder zusammentraten.

»Bist du dir sicher, Johnny?« Isabella scheuchte die Dienerin fort und zerteilte mit ihren eigenen schönen Händen die Hammelkeule. »Mir scheint, dass deine Indiskretion vielleicht nicht gar so schnell in Vergessenheit geraten wird.«

»Oh, Buller und Dunbar werden ein wenig nörgeln«, sagte John James, während er aus einer angeschlagenen Kristallkaraffe Wein einschenkte, »aber in der Wintersaison gibt es zu viel zu tun, und die Stadt bietet zu viele Ablenkungen, als dass der Dreck hängen bleiben würde.«

»Dreck?« Isabella schob ihm einen Teller hin. »Was für seltsame Ausdrücke du doch benutzt, John James!«

»Es ist lediglich eine Redensart.«

Die Köchin hatte das Fett vom Hammelfleisch abgeschnitten,

die Keule in Milch gekocht und mit einer Kapernsoße serviert. John James griff nach Gabel und Löffel und machte sich mit großem Appetit über sein Abendessen her, seine Serviette nach traditioneller Manier ins Wams geschoben.

»Eine Eintagsfliege«, bemerkte er kauend.

»Und Madelaine Young«, fragte seine Cousine, »ist sie ebenfalls eine Eintagsfliege?«

»Ein Irrtum«, antwortete John James. »Eine Fehleinschätzung.«

»Also«, forschte Isabella weiter, »wird es doch keine Hochzeit geben?«

»Eine feine Frau«, sagte John James. »Versteh mich nicht falsch, Isa, eine sehr feine Frau, doch nicht ›fein‹ genug nach unseren Maßstäben, wenn du verstehst, was ich meine.«

»Da bin ich mir nicht ganz sicher«, gab Isabella zurück.

Sie nahm einen kleinen Bissen, nippte an ihrem Wein und warf einen Blick auf die Dienerin, die in einer Ecke des Raumes auf einem Hocker saß und anscheinend schlief. Robertson war unten in der Küche, wo Dougie und die Köchin ihm vermutlich die ganze Geschichte entlockten, alle schmutzigen Einzelheiten, die Isabella erfahren würde, nachdem ihr Cousin Abschied genommen hatte.

»Versteh bitte nicht falsch, was ich gleich sagen werde«, begann John James, »doch Madelaine Young taugt mehr zur Mätresse als zur Ehefrau.«

»Du bist aber für eine Mätresse nicht zu haben, oder, Johnny?«

»Gewiss nicht.«

»Und du bist auch nicht länger für eine Gattin zu haben?«

Er seufzte und löffelte etwas Soße auf. »Es war, wollen wir sagen, ein Abenteuer – oh, also schön, eine Vernarrtheit –, doch jetzt ist es vorüber. Junge Frauen mit alten Männern.« Er schüttelte den Kopf. »Nein, eine solche Kombination bringt keiner der beteiligten Parteien dauerhaft Glück, fürchte ich.«

»Hast du dich bei Nicola entschuldigt?«, wollte seine Cousine wissen. »Wenn du deinen Willen durchgesetzt hättest, hättest du *sie* mit einem alten Mann verheiratet. Ich gehe davon aus, dass du aus dieser Eskapade etwas gelernt hast, John James.«

»Verdammt, Frau, es war dein Vorschlag! Willst du mir erzählen, du hättest das lediglich eingefädelt, um mir eine Lehre zu erteilen? Außerdem gibt es keine Parallele zwischen Nicola und mir. Ich wollte eine Ehefrau, die mir einen Sohn gebärt.«

»Und was wolltest du von Nicola – dass sie dir eine Kohlemine gebärt?«

Er lehnte sich zurück, wobei sein Stuhl knarrte, und tupfte sich mit seiner Serviette die Lippen ab. Er hatte, wie Isabella bemerkte, den Anstand, das Gesicht zu verziehen. »Aye«, sagte er. »Du hast ins Schwarze getroffen, Isa. Aber bei Gott, je älter du wirst, desto hinterlistiger wirst du. Ich mag die Kohlefelder verloren haben, doch ich habe nicht auch meine Töchter verloren, oder?«

»Nein, noch nicht«, entgegnete Isabella. »Verrate mir: Hat deine geistreiche kleine Schauspielerin dich enttäuscht? Ich habe noch nie gehört, dass die Vernarrtheit eines Gentlemans in eine hübsche junge Frau abgekühlt wäre, bevor er von ihr bekommen hatte, was er wollte. Hast du sie in deinem Bett gehabt?«

»Nein«, erklärte John James, dann fügte er hinzu: »Ja.«

»Was nun?«

»Kann sein, dass ich sie tatsächlich in meinem Bett hatte.«

»Kann Madelaine sich an das große Ereignis nicht erinnern?«

»Sie hat tatsächlich angedeutet, dass – ah – etwas passiert sei.«

»Oh, ich verstehe«, sagte Isabella. »Du hast den Rückzug angetreten, Johnny, nicht weil du von Mrs. Young enttäuscht warst, sondern weil sie von dir enttäuscht war.«

»Ich möchte dieses Thema nicht weiter erörtern.«

»Also schön«, erwiderte Isabella und widmete sich wieder ihrem Mahl.

»Allerdings ...«

»Ja?«

»Maddy hat nicht angedeutet, dass sie enttäuscht war«, erklärte John James selbstgefällig. »Eigentlich sogar genau das Gegenteil.«

»Du wolltest das Thema doch nicht weiter erörtern.«

»Ich will lediglich gewisse Tatsachen klarstellen.«

»Nun, das hast du jetzt ja getan«, sagte Isabella. »Also können wir das Thema beiseiteschieben.«

Einige Minuten lang aßen sie schweigend weiter.

Dann erkundigte sich Isabella: »Wie geht es diesem netten jungen Mann, Gillon Peters?«

»Ich habe keine Ahnung. Warum fragst du?«

»Er hat mich beeindruckt«, erwiderte Isabella.

»So sehr, dass du geglaubt hast, er könne mein Rivale sein«, gab John James zurück. »Du hast mir sogar geraten, um Maddys Zuneigung zu kämpfen.«

»Das wohl kaum«, widersprach Isabella. »Mir hat Madelaine Young gefallen. Ich fand sie charmant und geistreich – aber für dich ungeeignet.«

»Hast du mich darum gewarnt, vorsichtig zu sein?«

»Habe ich dich gewarnt?«, gab seine Cousine unschuldig zurück. »Ja, vielleicht habe ich es getan.«

»Du hast es ganz eindeutig getan«, erklärte John James. »Du hast mich einmal gefragt, was ich für ein Mann sei, wie ich mich selbst sehe. Nun, jetzt kann ich dir eine Antwort geben: Ich bin zuerst und vor allem Lord Craigiehall von Craigiehall. Ich kann mich nicht blind gegen diese Tatsache stellen, wie sehr ich mir auch etwas anderes wünschen mag. Aus Gehässigkeit eine Gattin zu suchen, stand einem Mann in meiner Position nicht gut zu Gesicht. Wenn ich meine Werbung um Madelaine Young fortgesetzt hätte, hätte mein Ruf gewiss gelitten, und meine Kollegen auf der Richterbank hätten meine Torheit genutzt, um mich in die Knie zu zwingen.«

»Wollen sie dich in die Knie zwingen?«

»Oh, die noblen Lords mögen als Gentlemen von großem Ernst erscheinen, Isa, aber glaube mir, sie sind so kleinlich wie Kinder in einem Klassenzimmer. Weil sie mich zu dem gemacht haben, was ich bin, glauben sie, mich ebenfalls brechen können, und dass es in diesem Fall ihre Autorität vergrößern und ihre Integrität beweisen würde.«

»Schuldest du ihnen Geld, Johnny?«

»Nein. Du bekommst deins schon noch, keine Angst.«

»Ich will es jetzt gar nicht haben«, entgegnete Isabella. »Wo ist Madelaine zurzeit?«

»Mit Oliphant nach Kingsley gereist.«

»Weiß Mrs. Young, dass du mit ihr gebrochen hast?«

»Wenn sie es nicht weiß, wird sie es bald genug erfahren«, antwortete John James. »Ich werde ihr schreiben und klarstellen, dass unsere Beziehung beendet ist.«

»Wird es dann vorüber sein?«

»Natürlich«, erklärte Seine Lordschaft. »Ein und für alle Mal.«

TEIL 4

EIN GEBROCHENES VERSPRECHEN

Kapitel 19

Schwere Regenfälle im Erntemonat waren das Übel, das jeder Bauer fürchtete. Mehr als einmal hatte Mr. Devlin in den vergangenen Jahren seine Gemeinde entlassen müssen, damit sie ihr Gewissen befragen konnten und, wenn sie es für richtig hielten, die Ernte an einem trockenen Sonntag einfuhren. Später hatte er dafür einen Verweis der Synode bekommen und auf einen Fall von Gnade und Notwendigkeit plädiert, ein Argument, das Mutter Peters natürlich unterstützt hatte. Margo Peters hatte nun mal so ihre eigene Art, mit dem Herrn und mit den Institutionen der Kirche umzugehen.

Am neunten Tag im September, einem Dienstag, verbreitete sich die Nachricht, dass der Hafer zum Mähen bereit sei. Jeder Mann, jede Frau und jedes Kind, mithin alle, die sich nicht um das Vieh kümmern mussten, versammelten sich an der Scheune und ritten oder gingen zu Tom Hadleys Feld, um die erste Ernte der Saison einzubringen. Der Tag war trocken und warm, aber nicht sonnig. Nicola fuhr in dem Wagen neben Mr. Ralston, der den Himmel musterte, als könnte seine Wachsamkeit den Regen fernhalten. Die Hadleys warteten am Gattertor, zusammen mit Marie. Ihr hübscher, dunkelhaariger Sohn sprang umher wie ein junger Hase, während Sensen, Sicheln und Rechen verteilt wurden, doch Nicola bemerkte, dass er Roderick aus dem Weg ging, und wenn Roddy mit Marie sprach, versteckte das Kind sich hinter den Röcken seiner Mutter oder verschwand im hüfthohen Hafer.

»Er mag Roderick anscheinend nicht besonders«, bemerkte Nicola scheinbar beiläufig.

»Wenn du Iain meinst, Mädchen«, erwiderte Duncan Ralston, »der würde schnurstracks zu Roddy oder auch zu mir gerannt kommen, wenn man ihn nur lassen würde.«

»Ihn nur lassen würde?«, fragte Nicola. »Wer lässt ihn denn nicht?«

»Sie – Marie –, und du kannst es ihr kaum verübeln.«

»Weil sie Roderick als ihren Herrn ansieht?«

»Sie unterwirft sich keinem Herrn«, sagte Duncan. »Sie ist ein wilder Geist, nur halb gezähmt. Ihre Eltern und ihr Bruder wussten nie, was sie mit ihr anfangen sollten.« Er zuckte die Schultern. »Nun, hier stehe ich und tratsche, obwohl Arbeit auf uns wartet.« Dann kletterte er vom Wagen und band das Pony an den Torpfosten, während Nicola, verwirrter denn je, davoneilte, um einen weiteren langen Tag auf dem Feld mit den Frauen zu verbringen.

»Wirst du in diesem Herbst nicht dein ganzes Gewicht in die Waagschale der Gerichte in den ländlichen Bezirken werfen?«, fragte Isabella. »Fürchtest du selbst da draußen den Spott?«

»Ich fürchte keinen Spott, Isa«, antwortete John James. »Hier auf Craigiehall gibt es zu viel zu tun. Ich muss dafür sorgen, dass die Ernte noch ertragreicher wird. Außerdem möchte ich lieber nicht mit Maynard den Vorsitz führen. Er wäre mein Begleiter auf der Rundreise und würde mich zweifellos ausfragen, und das möchte ich mir lieber ersparen. Ich habe mich bereit erklärt, gegen Ende des Monats in Dunbarton, Inverary und Glasgow zu präsidieren. Bis dahin ist Maynard nach Hause zurückgekehrt, und dann habe ich es mit Jackson zu tun. Ein durchaus netter Bursche, der mich nur wenig aufziehen wird.«

»Hast du die Briefe in der jüngsten Ausgabe des *Courant* gesehen?«

»Ja«, antwortete John James kurz angebunden.

»Es wird viel Wirbel darum gemacht, immer noch.«

»Verdammt, Frau, das weiß ich!«

»Betrachtest *du* das Parlamentsgebäude als einen Augiasstall, der dringend ausgemistet werden müsste?«, fragte Isabella. »Mr. Peck aus Carluke ist anscheinend dieser Meinung.«

»Was kümmert es mich, was Mr. Peck aus Carluke denkt?«, gab John James zurück. »Hör mal, Isabella, wenn du weiter an mir herumnörgelst, werde ich dich wieder nach Hause schicken.«

»Warum hast du mich überhaupt hergeholt, Johnny?«

Er antwortete ihr nicht sofort, streifte jedoch, wie sie bemerkte, auch ihren Arm nicht ab. Sie schlenderten über die Wiese vor dem Haus. Die Abendluft war kalt und frei von Insekten, und es lagen keine misstönenden Geräusche in der Luft, nur das Gurren der Holztauben und das Pulsieren des Meeres am Strand. Es war, so dachte sie, friedlich hier in Craigiehall, friedlich auf eine sanfte Art und Weise, ganz anders als die windgepeitschte Einsamkeit von Salton House.

»Ich ... ah ... ich mache mir Sorgen«, gab John James schließlich zu.

»Wieder Geld?«

»Nein«, erwiderte er. »Eine Herzensangelegenheit.«

»Hattest du nicht schon genug Herzensangelegenheiten?«

»Anscheinend nicht«, antwortete John James. »Ich habe einen Brief von Madelaine Young erhalten; eine Antwort auf meine Zeilen an sie.« Er räusperte sich. »Es scheint, als wollte sie sich nicht so leicht abschütteln lassen.«

»Wo ist sie?«

»Immer noch mit den Oliphants in Kingsley.«

»Wann wird sie nach Edinburgh zurückkehren?«

»Ich habe keine Ahnung«, sagte John James. »Vermutlich gegen Ende des Monats.« Er fischte einen Brief aus seiner Tasche, verfasst in einer kleinen, krakeligen Handschrift, die sich zunächst ausgeprägt nach rechts neigte und bis zum Ende der Seite beinahe völlig umgekippt war. »Hier«, sagte er und reichte ihr den Briefbogen. »Was hältst du davon?«

Sie las den Brief aufmerksam durch, dann blickte sie auf und fragte: »Bist du dir sicher, dass Madelaine Young das hier geschrieben hat?«

»Es ist ihre Unterschrift.«

»Bist du dir sicher?«

»Worauf willst du hinaus, Isa? Der Brief zeugt doch von einiger Bildung, oder?«

»Vielleicht von zu viel«, meinte Isabella. »Trotz der Schrift kommt es mir so vor, als wären diese Zeilen von einer älteren Hand verfasst worden, und zwar nicht in Hast, sondern sorgfältig durchdacht.«

»Das ist mir nicht aufgefallen«, gab John James zu. »Ist es ein Liebesbrief, Isa?«

»Oder ist es eine Drohung?«, sagte seine Cousine.

»Was hältst *du* davon?«, fragte er noch einmal.

»Ich glaube, liebster Johnny, eigentlich sollte es mich verärgern, dass du mich nicht um meiner Gesellschaft willen nach Craigiehall eingeladen hast, sondern um mich nach meiner Meinung zu einem Brief zu befragen, der überquillt von Anspielungen, die du selbst gar nicht siehst, weil du dafür blind bist.«

»Dann ist es eine Drohung?«

»Natürlich ist es eine Drohung.«

»Sie will mich nicht gehen lassen?«, hakte John James nach.

»Anscheinend nicht.«

»Sie möchte, dass ich sie heirate?«

»Nun, nun«, beruhigte ihn Isabella. »Lass dich nicht hinreißen! Oberflächlich betrachtet wird hier keine Heirat erwähnt.«

»Aber unter der Oberfläche ...«

Isabella hielt den Brief auf Hüfthöhe, denn in den letzten Monaten hatte ihre Sehkraft sich ein wenig verschlechtert, und sie hatte ihre Brille in ihrem Gepäck gelassen. Sie überflog die Seite und schaute auf eine Art und Weise auf das Papier, die Abscheu anzudeuten schien.

»Liebt sie mich?«, fragte John James.

»Falls sie es tut«, erwiderte Isabella, »kann ich mir nicht vorstellen, warum.« Dann fügte sie etwas nachsichtiger hinzu: »Ihr Brief, falls er denn von ihr stammt, ist ein Meisterwerk der Zweideutigkeit. Wenn du Punkt für Punkt darauf antwortest, John James, wird dich das nur tiefer in die Bredouille bringen.«

»Liebt sie mich nicht?«

»Liebe wird ebenso wenig erwähnt wie das Thema ›Heirat‹.«

»Was *bedeutet* der Brief dann, Isa? Und wie soll ich darauf reagieren?«

»Willst du diese Frau zur Gattin?«

»Nein«, erklärte John James nachdrücklich. »Nein, nein.«

»Oder zur Mätresse?«

»Schreibt sie …«

»Oder zur Mätresse?«

»Nein.«

»Dann darfst du unter keinen Umständen antworten.« Sie faltete den Brief zu einem kleinen, sauberen Quadrat zusammen und gab ihn zurück. »Du hast deine Absichten klargestellt. Wenn du weiterhin mit ihr korrespondierst, bringt dir das nur Scherereien. Ich bitte dich, Johnny, wie viele Male hast du erlebt, dass ein Mann aufgrund einiger weniger Worte gehängt wurde, die er überstürzt dem Papier anvertraut hat?«

»Hm«, sagte John James, »wenn nicht gehängt, so doch gewiss verurteilt.«

»Wenn du nicht antwortest, wird sie wissen, dass du sie abgeschrieben hast.«

»Und das habe ich doch, nicht wahr? Ich meine, sie abgeschrieben?«

»Ich muss dich da beim Wort nehmen, Johnny. Man kann nur hoffen, dass Madelaine Young vernünftig genug ist, dich ebenfalls abzuschreiben«, entgegnete Isabella. Dann ergriff sie abermals seinen Arm und führte ihren geplagten Cousin an der Verehelichungseiche vorbei zum Haus zurück.

Der Staub verursachte ihr Juckreiz, die Stoppeln hatten ihre Knöchel blutig gekratzt, und die Muskeln in ihren Schultern brannten wie Feuer, aber die Garben, die sie zu wenden geholfen hatte, ragten wie Wächter in den Abendhimmel empor, und wenn das Wetter hielt, würde das Ganze morgen von vorn beginnen, und sie würden McAllans Feld abernten.

Die Flasche zitterte in ihren Händen, doch das Bier hatte nie besser geschmeckt.

»Genug!«, sagte Marie. »Ich möchte nicht, dass Sie auf mich drauffallen.«

Lachend reichte Nicola die Flasche an die Magd weiter, die sie mit beiden Händen ergriff, an die Lippen hob und seltsame kleine Schlückchen nahm, die für eine angeblich so ungezügelte Frau zu geziert erschienen. Die Erntearbeiter machten sich auf den Heimweg. Von Roderick oder Duncan Ralston war nichts zu sehen, obwohl der alte Mann versprochen hatte, zurückzukommen und sie abzuholen. Nur mit Marie als Gesellschaft wartete sie am Tor.

»Wo ist dein Sohn?«, fragte Nicola.

»Mit seiner Oma reingegangen«, antwortete Marie. »Hat bestimmt inzwischen sein Abendbrot gegessen und liegt im Bett.«

»Bett«, seufzte Nicola. »Was für ein wunderbarer Gedanke!«

»Aye, Sie werden heute Nacht tief und fest schlafen, Miss

Nicola«, erwiderte Marie. »Aber morgen sieht die Sache anders aus. Dann können Sie von Glück sagen, wenn Sie noch kriechen können.«

»Hast du dich daran gewöhnt?«

»Woran?«, fragte Marie zurück. »An die Arbeit? Nein, daran gewöhnt man sich nie. Doch Gott hat mir dieses Schicksal zugeteilt, und daran lässt sich nichts ändern.« Sie nahm noch einen Schluck und gab Nicola die Flasche zurück. »Ich habe nie ein anderes Leben gekannt. Bin hier am Ende des Haferfelds zur Welt gekommen und niemals von Heatherbank weg gewesen.«

»Es gibt schlimmere Orte«, meinte Nicola.

»Woher kommen Sie eigentlich?«, wollte Marie mit einem leicht gereizten Unterton wissen.

Nicola zögerte. »Weißt du nicht, wo ich herkomme?«

»Doch, aus Ayrshire, die Tochter irgendeines Lairds – wie sie.«

»Wie wer?«, fragte Nicola.

»Die Frau, die Grant geheiratet hat, die, die auch hier war. Ihre Schwester«, sagte Marie. »Sie würde niemals eine Ehefrau für einen Bauern abgeben.«

»Charlotte mag auf dem Land aufgewachsen sein, aber sie zieht die Stadt bei Weitem vor.«

»Verwöhntes Miststück!«

Ein Stich des Ärgers über die Anmaßung der Frau durchzuckte Nicola, und sie fühlte sich versucht, Marie ins Gedächtnis zu rufen, dass es einer niederen Bauernmagd nicht zustand, ein Urteil über die Tochter eines Lords zu fällen.

In dem Bewusstsein, dass Marie sie beobachtete, trank sie noch einen Schluck Bier und wischte sich den Mund ab, bevor sie weitersprach. »Du musst die Peters-Jungen gut gekannt haben, als ihr alle noch Kinder wart«, bemerkte sie.

»Wir haben das Einmaleins zusammen gelernt, wenn Mr. Jamieson kam.«

»Kommt er immer noch?«

»Nein, er ist weg. Eine Frau hat jetzt den Unterricht übernommen.«

»In einer Schule im Dorf?«

»Bis ins Dorf müssen die Kinder nicht. Die Schule ist drüben bei Gleddon.«

»Wird Iain dorthingehen und das ABC lernen?«

»In einem Jahr, wenn er alt genug ist«, sagte Marie. »Wenn sie ihn wegschicken will, damit er mehr lernt, werd ich es nicht zulassen.«

»Wenn wer ihn wegschicken will?«, erkundigte sich Nicola.

»Margo Peters.«

»Wo soll sie ihn denn hinschicken?«

»Nach Stirling, auf die Akademie.«

»Macht man das hier mit den Jungen, ihnen eine Ausbildung geben?«, fragte Nicola. »Eine Ausbildung ist nichts Schlechtes, musst du wissen.«

»Nicht unsere Jungen«, sagte Marie. »Nur ihre Jungen, ihre kostbaren verdammten Jungen.«

»Warum sollte sie denn deinen Sohn nach Stirling schicken wollen ...«

»Miststück!«, zischte Marie boshaft, dann wurde ihr klar, dass sie bereits zu viel gesagt hatte, und sie stieß das Gattertor auf und trampelte ohne ein weiteres Wort über die Stoppeln davon.

Obwohl Charlotte in der süßen, frischen Luft von Heatherbank wenig Neigung gezeigt hatte, sich zu bewegen, widerstrebte es ihr in der nebligen Atmosphäre von Auld Reekie erheblich weniger, insbesondere, da sie sich auf Grants Arm stützen konnte und er ihr versprach, er würde ihr die New Town zeigen. Also hatten sich der Anwalt und seine korpulente Gattin an diesem trockenen, trüben Dienstagnachmittag auf den Weg gemacht. Sie waren zunächst über die Brücke und durch die bereits bebauten Abschnitte der Prince's Street geschlendert, und Grant hatte ihr dabei Vorträge über Vertragsrecht und Vertragskonditionen gehalten und erläutert, weswegen es vorteilhaft war abzuwarten, bis der Stadtrat und die Grundbesitzer ihre Dispute beigelegt und sich geeinigt hatten, was gebaut werden konnte und was nicht und wo es gebaut werden sollte.

Es war ein langweiliges Thema, obwohl Grant es so interessant wie möglich darstellte, und Charlotte blieb optimistisch, dass er sie zu einem Grundstück führen und erklären würde: »So, meine Liebe, dort werden wir unser Herrenhaus errichten.«

Das konnte Grant ihr natürlich nicht versprechen. Die Kluft zwischen Plan und Ausführung war größer als das North Loch, und ein paar Zäune und Reihen angestrichener Pfosten konnten kaum Charlottes Fantasie entzünden. Daher war sie durchaus zufrieden, als Grant ihr eine Birne brachte und sie drängte, sich für ein Weilchen in die Broughton Gardens zu setzen. Sie befanden sich in der Nähe des Hauses, in dem Papas Mätresse gewohnt hatte, bevor sie für den Sommer mit den Oliphants nach Norden gereist war.

Papas Fehltritt und die darauf folgenden Presseartikel hatten zu schier endlosen Gesprächen zwischen dem Anwalt und seiner Frau geführt, denn Grant war gut informiert und Charlottes Faszination anscheinend größer, als es für eine Frau in ihrem Zustand gesund erschien.

Ihr »Zustand« hatte jedoch positive Begleiterscheinungen, die weder Charlotte noch Grant hatten vorhersehen können. Eine seltsame Gier nach Geschlechtsverkehr hatte von Lord Craigiehalls älterer Tochter Besitz ergriffen, und Margo Peters' mittlerer Sohn ging keineswegs widerstrebend bis an seine Grenzen, um Forderungen zu erfüllen, die vor dem Frühstück begannen und lange nach Einbruch der Dunkelheit endeten, wenn der Stolz der Erschöpfung nicht mehr Herr wurde und seine Kerze völlig erloschen war.

Es war nur gut für Grant, dass sein Terminkalender in diesem September viele Lücken aufwies, denn während Charlottes Gestalt üppiger wurde, veränderte sich auch ihr Charakter entsprechend. Wirklich hätte er sie an jenem trüben Dienstagnachmittag mitten im Park nehmen können, denn ihre Küsse, feucht vom Birnensaft, ließen keinen Zweifel in ihm, dass ihr Blut wieder in Wallung geraten war und dass er sie, um seiner Gesundheit und seines Rufs willen, besser von dort hinauskomplimentierte.

Er eilte davon, um eine Kutsche zu suchen, die sie zu *Denholms Teestube* am unteren Ende des Canongate brachte, wo er Charlotte mit braunem Brot, frischer Apfelpastete und ungefähr einem Viertel vom besten indischen Tee versorgte, bevor er sie zu Fuß den langen Hügel hinauf nach Hause führte. Dabei hegte er die Hoffnung, dass die körperliche Betätigung vielleicht ein wenig von ihrer Energie verbrauchte, sodass ihm Zeit blieb, ein oder zwei Briefe zu schreiben oder vielleicht auch zu Abend zu essen, bevor ihn eine feixende Molly in das Boudoir ihrer Herrin rief.

Grant hatte natürlich vor seiner Heirat Frauen in seinem Bett gehabt, Landmädchen, deren Leidenschaft im Allgemeinen aus Furcht vor einer Schwangerschaft nicht so recht entflammen wollte. An einem herrlichen Winternachmittag hatte er auf einem Sofa die Tochter eines adeligen Mandanten umworben, deren Widerstreben, auch nur ein klein wenig von ihrer Tugend preiszugeben, seiner Eroberung zusätzliche Würze verliehen hatte. Seit seiner Heirat war er der langweiligen Charlotte jedoch treu geblieben, allerdings aus Gründen, die nicht gänzlich ehrenhaft waren. Aber jetzt, beinahe am Vorabend der Vaterschaft, entdeckte er, dass er eine Dirne geehelicht hatte, die sich, ohne Furcht vor Konsequenzen und geschützt durch ihren Ehering, dazu berechtigt fühlte, alles mit ihm zu tun, was ihr gefiel.

Als sie an den Luckenbooths vorbeikamen, zog sie ihn an sich, drückte ihm die Lippen aufs Ohr und flüsterte: »Was ist mit *diesem* Mädchen, Liebster, was würdest du mit einem drallen jungen Weibsbild wie der anfangen?«

»Hör auf damit, Charlotte, um Himmel willen, hör auf damit!«

»Hättest du nicht Lust, mit ihr einen ›Spaziergang‹ auf dem Castle Hill zu unternehmen?«

»Charlotte, was ist nur über dich gekommen?«

»Ich weiß doch, wie Männer sind – und was Männer mögen.«

»Das«, erwiderte Grant grimmig, »ist keine Entschuldigung.«

»Dr. Graythorn sagt, es ist nicht ungewöhnlich.«

»Du hast mit Graythorn über so was gesprochen?«

»Natürlich. Ich habe mir Sorgen gemacht, dass deine Mätzchen dem Baby schaden könnten. Dr. Graythorn sagt, nein. Dr. Graythorn ist ein sehr aufgeklärter Mensch. Er sagt, unser Kind ist gut geschützt und dass der weibliche Körper ...« Sie hielt inne, drückte abermals den Mund auf sein Ohr und murmelte: »Oh, schau, Grant, sieh sie dir an, das blonde Mädchen in dem grünen Kleid! Würde sie dir nicht gefallen?«

»Das ist nicht nur unziemlich«, bemerkte Grant und warf einen Blick auf die blonde junge Frau, die förmlich aus dem grünen Kleid herausquoll, »sondern geradezu obszön. Hast du etwa vor, Charlotte, mich in die Arme anderer Frauen zu treiben?«

»Du wirst sie mit anderen Augen ansehen, wenn ich fett bin und ein Baby an der Brust habe.«

»Nein, das werde ich nicht.«

»Doch! Ich weiß es einfach.«

»Was hast du gehört? Was hat man über mich erzählt?«

»Wenn mein Papa in seinem Alter seine Instinkte nicht beherrschen kann ...«

»Oh, Papa, ja?«, sagte Grant erleichtert. »Das Verhalten deines Vaters hat dich auf diese Idee gebracht, nicht wahr? Stellst du mich auf die Probe, Charlotte? Nun, sei versichert, dass ich nicht so bin wie dein Papa. Außerdem …«

»Außerdem?«

»Ich liebe dich.«

»Wirklich?«, fragte Charlotte.

»Wie kannst du daran zweifeln?«

»Es genügt nicht, es zu sagen. Du musst es beweisen.«

»Hattest du während dieser letzten Wochen nicht genug Beweise?«, entgegnete Grant.

»Spürst du es nicht?«, erwiderte Charlotte und umklammerte seinen Arm.

»Was soll ich spüren?«

»Die Zeit, die Zeit läuft uns davon. In einem Monat werde ich zu fett sein, um mit dir ins Bett zu passen, und zwei Monate darauf werde ich dir ein Kind gebären.«

»Die Geburt eines Kindes ist nicht das Ende der Welt, Charlotte.«

»Ich werde Mutter sein – und du wirst mich nicht länger lieben.«

»Um der Liebe Christi willen, Charlotte! Ich werde dich nur umso mehr lieben.«

»Was ist, wenn ich sterbe?«

»Du wirst nicht sterben. Du bist stark, so stark und gesund wie ein Pferd.«

»Ein Pferd, ja? Ist es das, was du in mir siehst, eine Zuchtstute?«

»Ich meinte …«

»Meine Mutter ist kurz nach Nicolas Geburt gestorben«, erklärte Charlotte.

»Du bist ebenso wenig deine Mutter, wie ich dein Vater bin.«

»Wirst du wieder heiraten?«, wollte sie wissen.

Er wusste nicht recht, ob sie ihn vielleicht nur neckte, obwohl sie im Gegensatz zu Nicola niemals geistreich genug gewesen war, das mit einigem Geschick zu tun. Ihre Frage überrumpelte ihn. Wenn er zugab, dass er aller Wahrscheinlichkeit nach wieder heiraten würde, dann würde sie ihm Vorwürfe machen; wenn er ihre Frage verneinte und erklärte, er werde für den Rest seiner Tage um sie trauern, würde sie ihn der Lüge bezichtigen.

Nicht zum ersten Mal kam ihm der Gedanke, dass Charlotte Geschichten über seine Verwegenheit gehört haben könnte, dass irgendjemand auf Heatherbank etwas ausgeplaudert haben könnte, möglicherweise aus Rache und aus Bosheit. Warum, überlegte er, konnte er mit großem Geschick Plädoyers für andere Männer halten und dann so sprachlos sein, wenn es um seine eigene Verteidigung ging?

»Wenn du sterben solltest, Charlotte«, sagte er, »was soll ich dann tun?«

»Du bist zu sehr Mann, um nicht wieder zu heiraten.«

»Ich werte das als Kompliment, aber nicht als echte Antwort.«

»Könntest du nicht Nicola heiraten?«

»Nein, könnte ich nicht – und ich würde es auch nicht wollen«, erklärte Grant.

»Wer würde sich um dich kümmern? Wer würde sich um unser Kind kümmern?«

»Wenn es so weit kommen sollte, was ich aber nicht glaube«, erwiderte Grant, »würde ich eine Amme einstellen, die sich um das Kleine kümmert.«

»Und was ist mit dir?«

Gott sei Dank konnten sie inzwischen Graddan's Court bereits sehen. Er fühlte sich versucht, schroff zu ihr zu sein, ihr zu sagen, dass sie sich all den Unfug über den Tod aus dem Kopf schlagen und stattdessen darüber nachdenken solle, was sie zu Abend essen und was sie nach dem Abendessen tun würden, doch er spürte, dass ihre Ängste tief verwurzelt waren und es grausam gewesen wäre, sie einfach abzutun.

»Charlotte«, begann er, »wovor hast du Angst?«

»Wenn ich sterben sollte«, sagte Charlotte, »würdest du dann tun, was Papa getan hat, und unser Kind in die Obhut einer bezahlten Dienerin geben und ihm keinerlei Zuneigung schenken?«

»Ich würde es immer im Auge behalten, Charlotte, das verspreche ich.«

»Und wenn es ein Mädchen ist, eine Tochter?«

»Ich würde sie umso mehr lieben«, erwiderte Grant, »denn sie würde mich immer an dich erinnern.«

»Oh!«, murmelte Charlotte. »Oh! Daran hatte ich gar nicht gedacht.«

»Nun, dann denk jetzt daran, Liebste«, bat Grant. »Und wenn wir in vierzig Jahren den Lawnmarket nach St. Giles hinunterwandern, eine Schar Enkelkinder im Schlepptau, werde ich dich an mein Versprechen erinnern, und wir werden über deine Torheit lachen.«

»Und es wird keine andere geben?«

»Keine«, bestätigte Grant.

»Oh, Grant«, sagte sie. »Ich habe solche Angst.«

»Wovor, mein liebstes Mädchen?«

»Vor allem«, erwiderte Charlotte und schickte kaum eine Stunde später eine grinsende Molly in sein Arbeitszimmer, die ihn von seinem Schreibtisch holen sollte.

Kapitel 20

Sir Ranald hatte ein kleines, aber feines Ensemble aus Spinett, Harfe und Gambe im Festsaal von Gleddon versammelt, und seine Damen waren herausgeputzt mit Gewändern aus Seide und die Herren mit Rüschen, sodass sie aussahen wie Salatköpfe in einem Ballsaal, der von tausend Kerzen erhellt wurde. Im Gutshaus des Großgrundbesitzers hingegen ehrte man die Ernte lediglich mit einem Korb voller Früchte und zwei oder drei Strohpuppen über den Türen.

Margo Peters' Erntedankfeier ging jedoch auf Traditionen zurück, die weit in die Vergangenheit reichten. Zwar führte sie ihre kleine Schar am letzten Sonntag im September in die Kirche, um Gott für die Fülle seiner Gaben zu danken, aber deshalb musste niemand auf die Feier tags zuvor verzichten, den Samstagabendtanz auf Heatherbank, wo das Bier in Strömen floss, die Tänze schnell und wild waren und mehr als eine Dienerin ihr Schicksal zwischen den Garbenhaufen fand, die den Viehhof umgaben.

Allein das Erscheinen von Habbie Gow und seinem Bruder Birnie auf einer Versammlung reichte aus, dass alle mit dem Fuß den Takt klopften, bevor auch nur ein Ton erklungen war oder die Musiker sich in Positur gestellt hatten. Der Abend war frisch und klar. Der Mond schien auf die Felder und versilberte die weiß getünchten Cottages, während Burschen und Mädchen, gewienert und geschrubbt, sich von ihren Gehöften auf den Weg begaben. Vier oder fünf alte Soldaten waren von Stirling herbeigekommen, um Habbie und seinem Bruder Gesellschaft zu leisten und sich so viel kostenlosen Schnaps einzuverleiben, wie sie nur vertragen konnten. Am kommenden Nachmittag würden sie mit trüben Augen aus dem Heuboden auftauchen und sich auf die Suche nach einem Nachtrunk und einer ruhigen Fahrt zurück zur Festung machen.

Gut versorgt war Habbie früh mit dabei. Er war selbst so rund wie das Fass, auf dem er saß; seine fetten Beine quollen schier aus seinen alten Regimentshosen, die dazu passenden Strümpfe spannten sich eng um seine massigen Waden, und sein Fuß, ein winziger Fuß in einem schwarzen Lederschuh, klopfte munter auf den Boden, während sein Bogen über die Saiten tanzte und die Klänge von *Glendoven's Farewell* in die frische Nachtluft stiegen. Sein Bruder Birnie, der Dudelsackpfeifer, wärmte den Sack und befeuchtete das Mundstück, während er zwischen Kuhstall und Scheune auf und ab stolzierte, bis Habbie *Glendoven's Farewell*« zu Ende gespielt hatte. Dann kam Birnie heraus, hievte die Pfeifen auf die Schulter, blies die Wangen auf und spielte mit solcher Leidenschaft *Jenny's Lost Amang the Clover*, dass sich bis nach Down alle Köpfe zu ihm hin drehten.

Die Melker hatte ihr Geschäft mit solchem Eifer erledigt, dass es den armen Kühen die Zitzen versengt hätte, wären die Männer nur eine Spur schneller gewesen. Fässer mit Ale und anderem Gerstensaft, Humpen, Tassen und Gläser standen auf den Tischen zwischen in Hammelfett gerösteten Kartoffeln, Pasteten, Käse und Brot und einem großen Kessel Suppe, die nach Mr. Ralstons Rezept zubereitet worden war. Roderick und die Jungen hatten die festesten Garben hereingeschleppt und an die Wände gelehnt, und da die Nacht schön und windstill war, hatten sie ums Haus herum große Teerfackeln aufgestellt und Laternen an Haken unter die Dachtraufen gehängt, die sie bei Einbruch der Dunkelheit eine nach der anderen anzündeten.

Als die ersten Pächter eintrafen, eilte Nicola nach oben und zog das Kleid an, das sie aus ihrem Gepäck hervorgewühlt hatte, ein grau gestreiftes Gewand mit leichten Unterröcken, und setzte den kecken kleinen Strohhut auf, den Margo für sie aufgestöbert hatte und der für einen ländlichen Tanz geeigneter war als eine Haube.

Der Dachboden war hell erleuchtet von den Laternen, und Nicolas Schatten tanzte zur Melodie des Geigespielers an der Wand. Obwohl Papa ihnen die Teilnahme an Bällen und Versammlungen verboten hatte, hatte Nana Aird Charlotte und Nicola viele Tanzschritte gelehrt, die ihr vertraut waren, und als Papa eines Nachmittags fort gewesen war, war ein wandernder Fiedler vorbeigekommen und hatte so begeistert aufgespielt, dass weder Nicola noch Mr. Littlejohn hatten widerstehen können und einen Strathspey getanzt hatten, obwohl ihnen beiden die Angelegenheit hinterher peinlich gewesen war.

Jetzt tanzte sie mit ihrem Schatten an der Wand und kramte alles aus ihrem Gedächtnis hervor, was ihre alte Kinderfrau sie gelehrt hatte, denn sie wollte sich nicht zum Narren machen und Roderick enttäuschen.

Sie hörte ein Klopfen an der Tür, schob den Riegel zurück und sah Roderick vor sich stehen. Er hatte den Kopf unter dem niedrigen Balken eingezogen, und unter dem geöffneten Mantel leuchtete das Hemd weiß wie Milch in dem trüben Licht des Treppenhauses. »Ma'm'selle«, sagte er. »Sind Sie bereit?«

»Das bin ich, M'sieur, das bin ich«, antwortete Nicola, ergriff seine Hand und ließ sich von ihm durch die Küche und hinaus in den Innenhof führen, wo sie sich dem fröhlichen Treiben zugesellten.

Es war bereits spät am Abend, als John James nach Craigiehall zurückkehrte. Er hatte die Rundreise durchs Hochland recht gut überstanden, denn er liebte die zerklüftete Landschaft Argylls und hatte die Gastfreundschaft Sir Andrew Aitchiesons genossen, der zu sehr Gentleman war, um die Artikel im *Courant* zu erwähnen. In Glasgow hatte es jedoch ganz anders ausgesehen. Die Gerichtsparade war so prachtvoll wie eh und je gewesen, aber die Menschenmenge auf der High Street hatte das eine oder andere Mal gepfiffen, und es hatte Buh-Rufe im Gerichtssaal gegeben, bis Sergeant Traynor und seine Wache die Missetäter ausfindig gemacht und hinausbefördert hatten.

Das öffentliche Dinner war ein noch größeres Martyrium gewesen, und zwar wegen der heimtückischen und recht impertinenten Fragen, die man John James gestellt hatte. Achtundsiebzig Fälle, bei denen es zum größten Teil um Diebstahl ging, hatten den größten Teil der Woche beansprucht, und wenn Jackson und er nicht die absurde Praxis aufgegeben hätten, Männern und Frauen, für die Diebstahl eine Lebensweise war, Predigten über christliche Tugenden zu halten, dann hätten die Prozesse noch erheblich länger gedauert. Erst am späten Freitagabend hatte das Gericht geschlossen, und nach einem Abendessen mit Sheriff McMenemy im Possil House hatte John James Robertson Weisung gegeben, seine Tasche zu packen und für sieben Uhr morgens die Kutsche zu bestellen. Am nächsten Morgen war er dann unter den besten Wünschen des Sheriffs nach Salton House aufgebrochen, um Isabella zu besuchen.

Zu seinem Erstaunen war sie nicht zu Hause gewesen. Der unbestechliche Dougie hatte behauptet, keine Ahnung zu haben, warum die Dame fortgegangen sei oder wann sie zurückkehren werde, und keine noch so großen Überredungskünste hatten dem mürrischen alten Halunken auch nur einen Hinweis darauf entlocken können, wohin sie gefahren sein könnte. John James war nicht übermäßig entsetzt gewesen, denn er hatte sich einreden können, dass Isabella nach Craigiehall gefahren sei und dort auf ihn warten würde, um ihn zu überraschen. »Mrs. McGrouther, Mrs. McGrouther«, rief er, als er in die Halle stolzierte. »Wo ist Mrs. Ballentine? Hat sie schon zu Abend gegessen?«

Die Haushälterin erschien oben an der Treppe, säuerlich wie immer.

»Nun?«, fragte John James munter. »Wo ist sie? Wo versteckt sie sich?«

»Mrs. Ballentine ist nicht hier, Euer Lordschaft.«

»Nicht hier?« John James sah sich um, als erwartete er, dass seine Haushälterin in den Streich eingeweiht sei. »Wo ist sie dann?«

»Da müssen Sie nicht mich fragen, Sir«, erwiderte Mrs. McGrouther.

»Ja, das stimmt wohl«, sagte John James und versuchte, seine Enttäuschung zu verbergen. »Wo sind meine Briefe?«

»Auf dem Tisch im Salon, Euer Lordschaft«, antwortete die Haushälterin. »Wollen Sie etwas essen?«

»Was? Ja, natürlich will ich etwas essen.«

Die Haushälterin verneigte sich und ging nach unten, um die Köchin aus ihrem Schlummer zu wecken, während John James sich auf den Weg in den Salon begab, wo er die Post durchsehen wollte, die sich während seiner Abwesenheit angesammelt hatte. Ein junger Lakai, der sich sein Wams zuknöpfte, schlüpfte vor ihm in den Raum und entzündete vier der acht Kerzen in dem Halter auf dem Tisch. Es war sehr still in dem großen Raum.

Die Vorhänge waren nicht zugezogen worden, und auf dem polierten Boden lagen Streifen hellen Mondlichts. John James setzte sich an den Tisch und stützte das Kinn in die Hand. Er trug noch immer seinen Mantel und roch nach der Straße. Robertson würde seine Taschen auspacken, heißes Wasser für den Krug holen und ihm Nachtgewand und Nachtmütze zurechtlegen, und das, dachte John James, war alles gut und schön, doch Robertson war keine richtige Gesellschaft, kein Verwandter.

Wie viele Male war er von langen Tagen auf der Straße zurückgekehrt, und Marion hatte ihn erwartet, ihr Lächeln sanft, ihre Freude darüber, ihn zu sehen, echt! Sie hatte ihm den staubigen Mantel abgenommen und einem Dienstboten übergeben, ebenso seinen Hut, und anschließend hatte sie ihn in die Arme genommen und für einen Moment den Kopf an seine Brust gebettet, und er hatte sich jedem anderen Mann auf Erden überlegen gefühlt, denn er hatte gewusst, dass er trotz all seiner Fehler geliebt wurde. In den letzten Jahren hatte er nicht viel an Marion gedacht, hatte sie nicht so sehr vermisst, wie er sie jetzt vermisste. Jamie war da gewesen, das kleine mutterlose Geschöpf; geduldig und schläfrig in seinem Nachtgewand wartete er auf die Rückkehr seines Vaters sowie darauf, dass Papa ihn auf den Arm nahm und ins Bett trug. Später dann die Mädchen: Mit ihnen war es nie ganz dasselbe gewesen, denn sie hatten niemals so bedingungslosen Eifer dabei gezeigt, ihn zu begrüßen, wenn er zu lange fortgeblieben war.

»Ist das dann alles, Euer Lordschaft?«, fragte der junge Lakai.

»Aye, das ist alles, Junge«, antwortete John James. Er riss sich zusammen, griff nach dem Korb mit Briefen und schaute sie durch, suchte nach einem Schreiben von Isabella, das vielleicht ihre Abwesenheit erklären würde.

Es fand sich jedoch keine Post von seiner Cousine in dem Korb, nur, wie erwartet, Briefe von seinen Kollegen am Richtertisch, Briefe, die überquollen von Siegeln und, zweifellos, Vorwürfen. Verborgen unter dem ganzen beruflichen Müll fanden sich zwei – nein, drei – an ihn adressierte Briefe in Madelaine Youngs kleiner, schräger Handschrift. Er schlitzte sie mit einem Messer auf und ordnete sie dem Datum nach auf dem Tisch. Dann legte er sich die Hände über die Ohren und begann zu lesen, und während er las, wich ihm das Blut aus den Wangen, und ein heftiges Schaudern überlief ihn. Er las jeden Brief einmal und dann noch einmal, dann erhob er sich, drückte die Blätter an die Brust und stürmte hinaus in die Halle.

»Robertson«, brüllte er. »Robertson!« Und als sein Kammerdiener oben an der Treppe erschien, rief er: »Schick einen Jungen in die Ställe; es sollen frische Pferde vor die Chaise gespannt werden, und dann soll der Kutscher die Chaise vorfahren.«

»Heute Abend, Euer Lordschaft?«, fragte Robertson erstaunt.

»Aye«, rief John James. »Wir brechen sofort nach Edinburgh auf.«

Um Mitternacht legte Habbie seine Fiedel beiseite, Birnie ließ die letzte Luft durch die Pfeifen entweichen, und bald würde der Tanz nur mehr der Erinnerung angehören. Was nach zwölf auf den Feldern und in den Hecken oder hinter dem Kuhstall geschah, kümmerte Margo nicht. Sie war auf dem Land geboren und groß geworden und hinreichend realistisch, um zu begreifen, dass die Grenze, die das samstägliche Treiben von dem sonntäglichen Gottesdienst trennte, bestenfalls dünn war und sich in der Nacht des Erntedankfestes ein wenig in Richtung Weltlichkeit verschieben konnte.

Nicola war zu gefangen von den wilden Reels, um auch nur einen Gedanken an den morgigen Tag zu verschwenden. Im Laufe des Abends schwand die Rücksicht der jungen Männer auf das vornehme Mädchen aus Edinburgh, und sie rissen sie, wie sie es mit allen Mädchen taten, von den Füßen und fingen sie wieder auf, und zwar so geschickt, wie sie ein springendes Lamm oder ein durchgegangenes Kälbchen aufgefangen hätten: Jamie McAllan, der junge Gibbie Crowe, die MacPhersons – und Roderick, immer wieder Roderick, seine Hände in ihren, sein Gesicht glänzend von Schweiß und diese Augen, arrogant und erheitert, wenn sie im Tanz zusammenkamen und er dafür sorgte, dass er ihr Partner war, wenn Habbie mit seinem Bogen klopfte, die Musik abbrach und das Küssen begann. Nachdem die kleinsten Kinder nach Hause gebracht worden waren und Whisky in glänzenden Krügen aufgetischt wurde, gerieten Gelächter, Klatschen und Küssen ein wenig außer Rand und Band. Habbie hatte seine liebe Not, die Reihen beisammenzuhalten, drei hier, vier dort, und sie für das »Peearie-Whup« aufzustellen, oder, als es auf Mitternacht zuging, den Kreis für »Babbity Bowster« zu erweitern, ein Spiel, das normalerweise auf Hochzeitsfeiern gespielt wurde.

Von Marie Hadley hatte Nicola nur wenig gesehen. Sie hatte am frühen Abend in einer Ecke mit ihrem kleinen Sohn gespielt und später Bier getrunken, einen Arm um Duncan Ralstons Taille gelegt, aber kein Mann, ob jung oder alt, umwarb sie, und als es ernsthaft ans Küssen gegangen war, hatte Marie sich in die Dunkelheit zurückgezogen, denn das Bier war ihr anscheinend lieber.

Nicola hatte den Tanz einmal auf einem Jahrmarkt in Kilmarnock gesehen, bei dem es hoch hergegangen war, und sie war jetzt genauso überschwänglich und kokett wie die Mädchen damals. Habbie strich einen langen Akkord, und das Klatschen und Singen begann.

»*Wha' learnt you tae dance,*
Babbity Bowster, Babbity Bowster,
Wha' learnt you tae dance,
Babbity Bowster Brawly.«

Tom Hadley kam in den Kreis stolziert und hob den Sack auf, der für ein Brautkissen stand. Er warf ihn sich über die Schulter und hüpfte munter durch den Ring, zwinkerte jedem Mädchen zu, an dem er vorbeikam, riss den Sack dann herunter und warf ihn einem hübschen Mädchen vor die Füße. Sie war nicht älter als fünfzehn, drückte sich die Hände auf den spärlichen Busen und kreischte, während ihre Freundinnen sie auf die Knie niederdrückten.

»My Meggie learnt me tae dance,
Babbity Bowster, Babbity Bowster,
My Meggie learnt me tae dance,
Babbity Bowster Brawly.«

Habbie kratzte mit dem Bogen über die Saiten und stieß einen Juchzer aus, während die kleine Meg, die auf dem Sack kniete, Tom den Mund zum Kuss darbot, und als ihre Lippen sich trafen, ertönte großes Jubelgeschrei.

Nachdem er sich erhoben hatte, bot der galante Tom der errötenden Meg den Arm, und sie tanzten gemeinsam um den Kreis, nur dass das Mädchen jetzt das »Kissen« trug und jeden Jungen, an dem es vorbeikam, mit einem Blick bedachte. Voller Ungeduld, endlich wieder einen Kuss zu bekommen, warf sie den Sack einem erschrockenen Ackerknecht vor die Füße und ließ sich, die Lippen erwartungsvoll geschürzt, auf die Knie fallen. Während die Zuschauer juchzten, klatschten und sangen, bekam die kleine Meggie ihren Kuss, auch wenn es ein unbeholfener war, und der Tanz ging weiter.

Niemand lud Marie Hadley ein, sich mit dazuzustellen, niemand kniete zu ihren Füßen nieder. Sie erschien völlig überraschend, schob sich in den Kreis, die Arme erhoben, während ihr das Haar wild um die Schultern peitschte. Sie stieß das Mädchen beiseite, das gerade an der Reihe war, zog ihr den Sack von der Schulter und hakte einen erstaunten jungen Mann unter. Da er nicht wusste, was er sonst tun sollte, ließ er zu, dass sie ihn hinter sich herzerrte, während das Klatschen und Singen langsam erstarb.

Als Marie den Sack Roderick vor die Füße warf, ließ Habbie seine Fiedel sinken. Die Augen offen, die Arme ausgebreitet wie eine Märtyrerin, kniete sie nieder, hob das Kinn und forderte Roddy heraus, seinerseits niederzuknien und sie zu küssen.

Nicola hörte ihn seufzen, dann ließ er sich vor der dunkelhaarigen Frau nieder, ergriff ihre Hände und sagte leise: »Marie. Oh, Marie.« Er küsste sie kurz auf den Mund, dann sprang er auf und bedeutete Habbie, mit dem Bogen einen einzigen lang gezogenen zittrigen Ton zu streichen. Es war das Zeichen, dass der Tanz vorüber und das Erntedankfest zu Ende war.

Auf dem Dachboden war es dunkel; das einzige Licht kam vom Mond, und das war nicht viel. Roderick öffnete die Tür und spähte hinein.

Nicola stützte sich auf einen Ellbogen. »Was willst du von mir?«

»Hast du geweint?«

»Nein«, antwortete Nicola. »Ich bin nur erschöpft.«

Sie hatte sich das Kleid heruntergerissen, die Schuhe von den Füßen geschleudert und ihre Strümpfe ausgezogen, jedoch vergessen, den kleinen Strohhut abzunehmen. Als Roderick zu ihr kam und sich auf die Bettkante setzte, zog sie an ihren Unterröcken, um ihre Keuschheit zu wahren. Er strich ihr mit der Fingerspitze über die Wange, und da zuckte sie zurück.

»Du hast doch geweint«, sagte er. »Warum, Nicola, warum?«

»Hast du nicht genug Hirn im Kopf, um zu wissen, warum?«

»Es geht um Marie, nicht wahr?«

»Warum musstest du sie küssen?«

»Ich wollte nicht, dass sie gedemütigt wird.«

»Sie hat sich selbst gedemütigt«, sagte Nicola. »Sie hatte kein Recht dazu.«

Er strich ihr abermals über die Wange und wollte den Arm um sie legen. »Doch«, widersprach er. »Sie hatte jedes Recht dazu.«

»Was bedeutet sie dir?«

»Sie ist eine Magd, Nicola, und ich bin kein schlechter Herr.«

»Erwartet sie dich auf dem Heuboden? Wirst du zu ihr gehen, nachdem du mit mir fertig bist?«

»Ihr Bruder hat sie nach Hause gebracht.«

»Du tust so, als wäre das gar nichts gewesen«, begehrte Nicola auf.

»Es war auch gar nichts«, erwiderte Roderick. »Sie hat sich zu viele Male zum Narren gemacht, als dass es noch eine Rolle spielen könnte.«

»Für mich spielt es eine Rolle.«

»Wirklich?«, fragte Roderick. »Warum spielt es für dich eine Rolle?«

»Weil ich – ich dachte ...«

Er streckte abermals die Hände nach ihr aus. Diesmal gab sie nach und lehnte sich an seinen Arm. Sie wartete darauf, dass er ihr seine Liebe gestand und sagte, dass Marie ihm nichts bedeute. Roderick entfernte die Nadel aus ihrem Haar, steckte sie in den Hut und legte ihn auf den Boden. Daraufhin zog er das Knie an und streckte sich neben ihr aus.

Er küsste sie aufs Ohr, dann auf den Hals und schließlich auf die nackte Schulter. Im nächsten Moment würde er eine Hand auf ihre Brust legen, und obwohl Nicola es erwartet und sich darauf vorbereitet hatte, wehrte sie sich jetzt. Es war nicht genug, ihn zu wollen. Er war zu zungenfertig, zu zärtlich und zu besorgt, tatsächlich zu gut, um wahr zu sein.

Sie wälzte sich von ihm weg und tastete mit den Füßen nach dem Boden. »Ich glaube, es wird Zeit, dass ich nach Hause fahre«, sagte sie.

»Ich habe gedacht, dir würde das Landleben gefallen?«

»Ich habe Charlotte versprochen, mich um sie zu kümmern, und ich halte meine Versprechen. Ich werde morgen nach Edinburgh reisen.«

»Morgen ist Sonntag.«

»Dann Montag, gleich Montag früh«, erwiderte Nicola. »Ich wäre dir sehr dankbar, wenn du veranlassen könntest, dass jemand mich nach Stirling bringt.«

Er stand auf, wobei er das breite Bett zwischen ihnen hielt. »All das«, sagte er, »wegen eines dummen Streichs.«

»War es ein Streich für Marie Hadley, als du ihr Kind gezeugt hast?«

»Das denkst du also, ja?«, fragte Roderick. »Also schön, Nicola, wenn du darauf bestehst fortzugehen, werde ich dafür sorgen, dass am Montagmorgen ein Wagen für dich bereitsteht.«

»Mehr hast du nicht zu sagen?«, erwiderte Nicola.

»Mehr will ich nicht sagen«, entgegnete Roderick, und ohne auch nur eine Verbeugung, geschweige denn eine Entschuldigung, riss er die Tür auf und lief die Treppe hinunter.

Kapitel 21

Hercules Mackenzie kehrte kurz nach vier Uhr nachmittags von einem Gottesdienst in der New Grey Friars' Church zurück. Seit er das erste Mal in Edinburgh angekommen war, hatte er in dieser Kirche gebetet, obwohl sie heutzutage von seiner Wohnung nicht mehr so bequem zu erreichen war wie früher. Draußen vor der Kirche hatte er noch ein Weilchen mit Mr. Austin, ebenfalls ein Writer, und dessen charmanter Gattin geplaudert, außerdem mit der Herzogin von Gordon, einer Mandantin, und ihrer hübschen Gesellschafterin Miss Wade, die jedoch eine Spur zu lebhaft für Hercules' Geschmack war. In Begleitung seines Kammerdieners war er anschließend zu Fuß nach Hause gegangen – sein wöchentlicher Verdauungsspaziergang. Dort wollte er ein leichtes Mahl zu sich nehmen und sich ein Nickerchen gönnen, bevor er sich in die Altstadt begab, um mit Lady Colquhoun zu Abend zu essen, die soeben vom Land zurückgekehrt war und zweifellos erpicht auf den neuesten Klatsch und Tratsch war.

Sobald seine Haushälterin jedoch die Tür öffnete, wusste Hercules, dass das Mittagessen würde warten müssen.

Er war Craigiehalls Kammerdiener noch nie begegnet, kannte daher den Mann nicht, der, in sich zusammengekrümmt wie ein Sandfloh, auf dem Stuhl vor dem Eingang zum Salon saß.

»Ist er das?«, erklang eine Stimme aus dem Salon. »Ist er endlich zurück?«

Die Salontür wurde mit solchem Nachdruck geöffnet, dass die Gemälde an den Wänden bebten. Der Mann auf dem Stuhl schreckte so heftig zusammen, dass er auf die Knie fiel, woraufhin er sich eilends wieder aufrappelte. »Sir, Sir, Euer Lordschaft, Sir . . .«, sagte er mit einer weinerlichen Stimme, die nicht von Alkohol, sondern von Erschöpfung geschwächt war.

Ohne die Verwirrung seines Dieners zu beachten, hob Craigiehall einen Arm und winkte. »Dank sei Gott, da sind Sie ja endlich, Mackenzie!«, rief er. »Ich bedarf dringend Ihrer Dienste.«

»Meiner Dienste?« Hercules war es durchaus gewohnt, mit verzweifelten Männern und ebensolchen Frauen zu tun zu haben, wenn auch selten an einem Sonntagnachmittag. »Geht es wieder um die Kohleminen in Ayrshire?«

»Was? Nein! Gott, nein!«, brüllte Craigiehall, dem es offenbar gleichgültig war, wer ihn hörte. »Ich werde verklagt, Mann, *verklagt.«*

Hercules schlüpfte aus seinem Mantel und überreichte ihn seiner Haushälterin. »Mit welcher Begründung?«, fragte er.

»Wegen eines gebrochenen Eheversprechens«, antwortete Craigiehall. »Wegen eines verdammten gebrochenen Eheversprechens.«

Und Hercules schürzte die Lippen und sagte: »Oha!«

Brandy beruhigte den gelehrten Richter ein wenig. Er sah, fand Hercules, wie ein verwundeter Reiher aus, ganz grau und zerzaust. Er humpelte nervös im Raum umher, während Hercules bequem in seinem Armsessel am Feuer saß und die Briefe durchlas, die Grund für den heftigen Anfall Lord Craigiehalls waren.

»Wie lange waren Sie unterwegs?«, fragte er.

»Tage«, antwortete Craigiehall. »Oder zumindest kommt es mir so vor.«

»Sie sind über Nacht aus Ayrshire hierhergefahren, nicht wahr?«

»Aye, Sir, das habe ich getan und aus gutem Grund«, sagte

Craigiehall. »Diese Frau … diese skrupellose Frau könnte jeden Moment zuschlagen.«

»Wann haben Sie das letzte Mal etwas gegessen?«, wollte Hercules wissen.

»Ich habe in Peebles ein wenig gekochte Milch und Toast zu mir genommen.«

»Dann müssen Sie bald etwas essen, oder der Hunger wird Sie am klaren Denken hindern, Hunger gepaart mit Schlafmangel.«

»Falls ich eines Rates in Belangen meiner Gesundheit bedürfen sollte«, erwiderte Craigiehall gereizt, »dann werde ich meinen Arzt konsultieren. Zu Ihnen bin ich gekommen …«

»Damit ich das Denken für Sie übernehme«, beendete Hercules seinen Satz.

Seine Lordschaft seufzte und setzte sich, das Brandyglas in der Hand, auf das gestreifte Sofa. »In all meinen Jahren als Diener des Gesetzes«, begann er, »habe ich niemals mit einem Fall zu tun gehabt, in dem es um ein gebrochenes Eheversprechen gegangen wäre.«

»Das haben nur die wenigsten von uns«, sagte Hercules. Bis vor Kurzem hatten sich die Kirchengerichte mit solchen Verfahren beschäftigt. »Gentlemen Ihres Ranges sind selten in solche schäbigen Auseinandersetzungen verwickelt. Die Schmerzen verschmähter Liebe scheinen sich auf die unteren Klassen zu beschränken oder, recht häufig, auf die Söhne von Kaufleuten und die Töchter von Geistlichen.«

»Haben Sie schon Mandanten in solchen Fällen vertreten?«

»Mehrere«, antwortete Hercules. »Nun, zwei, um genau zu sein. Es hat mich stets in Erstaunen versetzt, dass eine Dame – denn es ist unausweichlich eine Dame –, die vorgibt, eine reine Liebe ohne jedwede Hintergedanken für den Burschen zu hegen, der ihr den Laufpass gegeben hat, dass also eine Dame die Hilfe eines Gerichts bemüht, als besäße es Balsam für die Seele. Haben Sie ihr die Ehe versprochen?«

»Nicht so direkt.«

»Hatten Sie eine Verbindung mit der Frau?«

»Ich glaube – ja, vielleicht.«

»Wie oft?«

»Nur bei einem einzigen Anlass.«

»Hm«, sagte Hercules. »Bei einem Anlass, Sir, der auf die eine oder andere Weise zu einem Artikel im *Courant* geführt hat?«

»Und im *Mercury* und im *Scots Magazine*«, fügte Craigiehall düster hinzu.

»Also«, meinte Hercules, »die allseits vorherrschende Ansicht ist die, dass Sie fleischliche Kenntnis von Mrs. Madelaine Young haben, und selbst wenn Sie dies unter Eid leugnen, wird man es als Meineid erachten.«

»Sie hat mich verführt.«

»Zweifellos«, erwiderte Hercules. »Allerdings – falls, und ich sage es noch einmal, *falls* Mrs. Young töricht genug ist, Sie in den Gerichtssaal zu hetzen, wird ihr Ruf genau unter die Lupe genommen. Selbst wenn sie so hübsch ist, wie man sich erzählt, und den Geschworenen ihr süßestes Lächeln schenkt ...«

»Geschworene?«, fragte Craigiehall.

»Bedauerlicherweise hat sie das Recht auf eine Schwurgerichtsverhandlung«, erklärte Hercules. »Haben Sie denn Ihre Juristerei ganz vergessen, Sir?«

»In dieser Hinsicht anscheinend ja«, murmelte Craigiehall.

»Sollte das Gericht für Mrs. Young entscheiden, wird sie bestimmt um einige wenige Hundert Pfund reicher sein, denn es besteht keine fortwährende Verpflichtung, womit der Umstand gemeint ist, dass kein Kind im Spiel ist. Und nach dem bedauerlichen Zwischenfall auf dem Castle Hill«, fuhr Hercules fort, »haben Sie sich sofort von der Dame getrennt?«

»Ich habe sie zum Frühstück zu mir nach Hause genommen.«

»Hm«, schnaufte Hercules abermals. »Und dann haben Sie mit ihr gebrochen?«

»Genau genommen habe ich die Flucht ergriffen. Sie ist mit Archie Oliphant nach Kingsley aufgebrochen, und ich bin heim nach Ayrshire gefahren.«

»Wie haben Sie sich dann von ihr getrennt?«

Seine Lordschaft stieß ein verzweifeltes Stöhnen aus. »Per Brief.«

»Haben Sie in diesem Brief angedeutet, dass es zwischen Ihnen zu einer Vereinbarung gekommen ist, die eine Ehe betrifft?«

»Ich sehe, worauf Sie hinauswollen, Mr. Mackenzie«, erwiderte Seine Lordschaft. »So gering sind meine Kenntnisse des Ehegesetzes denn doch nicht. Ich hätte den Brief nicht schicken sollen. Der Brief selbst ist Beweis dafür, dass es das *Einvernehmen* über eine Ehe gab, die von beiden Parteien akzeptiert wurde, obwohl eine Heirat *per se* nirgends Erwähnung findet.«

»Der Brief, Ihr Brief, ist ihre Trumpfkarte«, sagte Hercules.

»Als unparteiischer Geschworener wäre ich mehr als geneigt, die Angelegenheit in diesem Licht zu betrachten«, gab Seine Lordschaft zu. »Die Frage, die der Anwalt der Dame aufwerfen wird, ist die: Wann genau ist es zu diesem Einvernehmen gekommen, und hätte die Klägerin, Mrs. Young, zugestimmt, mit mir – ah – in den frühen Morgenstunden einen Spaziergang auf dem Castle Hill zu unternehmen, wenn ich ihr nicht die Ehe versprochen hätte.«

»Ein Spaziergang auf dem Castle Hill, und sei es auch in den frühen Morgenstunden, ist kein Vergehen«, bemerkte Hercules. »Sie sind aber nicht ›spazieren gegangen‹, als die Stadtwache Sie entdeckte. Man wird den Wachmann als Zeugen gegen Sie aussagen lassen.«

»Dennoch steht ihre Klage auf schwachen Füßen, nicht wahr?«, fragte Lord Craigiehall.

»Auf außerordentlich schwachen«, bestätigte Hercules. »Trotzdem hat sie Ihnen gegenüber einen enormen Vorteil.«

»Und der wäre?«

»Sie hat, soweit ich höre, nicht das Geringste zu verlieren.«

»Und ich habe durchaus etwas zu verlieren«, sagte Craigiehall und nickte abermals.

»Dunbar lechzt bereits nach Ihrem Blut, und die ehrenwerten Gentlemen, die unser Justizsystem stützen, werden sich ihm anschließen, einfach um sauber zu bleiben«, erklärte Hercules. »Wenn die Frau, Madelaine Young, auch nur damit droht, Sie zu verklagen, werden Sie keine hinreichende Verteidigung haben, und Ihre Karriere wird ruiniert sein. Offensichtlich will sie Geld, damit sie den Mund hält, mehr Geld, als ihr ein Gericht jemals zusprechen würde.«

»Was soll ich Ihrer Meinung nach tun?«

»Verhandeln.«

»Ich könnte ihr einen förmlichen Heiratsantrag machen.«

»Gütiger Gott! Wollen Sie sie wirklich heiraten?«

Craigiehall schüttelte den Kopf. »Wahrscheinlich nicht.«

»*Wahrscheinlich nicht?*«

»Gewiss nicht.«

»Dann sollten Sie durch einen Mittelsmann schnell in Verhandlung mit der Dame treten.«

»Einen Mittelsmann?«

»Ihren Schwiegersohn vielleicht.«

»Grant? Nicht Grant Peters, nein.«

»Er ist einer der besten jungen Anwälte in Edinburgh. Gewiss können Sie darauf vertrauen, dass Grant Peters Sie vertritt und den Mund hält? Sie sind beschämt und verlegen, das ist verständlich«, fuhr Hercules fort. »Ich schlage jedoch vor, dass Sie Ihren Stolz beiseiteschieben, oder Sie laufen Gefahr, nicht nur Ihr hohes Amt zu verlieren, sondern auch Ihren Platz in der Gesellschaft. Ist es nicht besser, kleine Brötchen zu backen und Ihren Schwiegersohn zu bitten, Sie in dieser Krise zu unterstützen, als Ihre Karriere auf den Misthaufen zu werfen?«

»Aber Grant Peters, Grant Peters«, murmelte Seine Lordschaft.

»Beauftragen Sie ihn, mit der Witwe zu reden.«

»Bleibt mir eine andere Wahl?«

»Nein«, sagte Hercules entschieden. »Keine.«

Sobald sie den Tee eingenommen hatten und übereingekommen waren, was es zum Abendessen geben sollte, hatte Charlotte es sich auf dem Teppich bequem gemacht, den Kopf an Grants Knie gelehnt, und ihn überredet, ihr aus dem seltsamen Roman *Tristram Shandy* des verstorbenen Laurence Sterne vorzulesen. Grant hatte nämlich die Gabe, den anzüglichen Humor schmackhaft zu machen, auch ohne eine durchgängige Geschichte. Charlotte war wie gewöhnlich spärlich bekleidet und stellte ihre Brüste zur Schau, und Grant war sich vollauf im Klaren darüber, dass er, Sonntag hin, Sonntag her, in Bälde berufen werden würde, sich auf eine Art zu beweisen, die eher zu Rabelais als zu Sterne gepasst hätte.

Er hatte gerade den interessanten Abschnitt über »Nasen« erreicht, über deren Länge und Form, und Sterne gab sich, mit Shandys Stimme, große Mühe, dem Leser zu versichern, dass lediglich »Nasen« gemeint seien und nichts anderes, und Charlotte hatte eben kichernd begonnen, ihm die Kniehosen aufzuknöpfen, damit seine »Nase« frische Luft schnuppern konnte, als Molly an die Tür klopfte, sie aufriss und, bevor sie auch nur ein Wort hätte sagen können, rüde von John James Templeton beiseitegestoßen wurde.

»Papa!«, kreischte Charlotte und schlug sich die Arme vor die Brüste.

»Lord Craigiehall!« Grant war geistesgegenwärtig genug, seine Blöße mit dem Werk von Laurence Sterne zu bedecken, während er sich steif erhob. »Welchem Umstand verdanken wir das Vergnügen Ihrer …«

John James griff in seine Manteltasche, zog ein zerknülltes Papier heraus und warf es Grant hin. »Dem hier!«, sagte er. »Dem hier! Und nun, Peters, seien Sie so freundlich und ziehen Sie sich bitte an, denn ich habe Arbeit für Sie.«

»Am Sonntag, Sir?«, fragte Grant.

»Ja, verdammt«, brummte John James. »Der Teufel arbeitet sonntags, und wir müssen es anscheinend ebenfalls tun.«

Valerie Oliphant gehorchte den sonntäglichen Verhaltensregeln hinreichend, um ihre Karten unter Verschluss zu halten und Archie zu verbieten, laut aus seinem gesegneten Epos vorzulesen oder mit der armen, sitzen gelassenen Madelaine zu proben. Dieses Verbot galt vor dem langen, mühsamen Marsch zur St. Cuthbert's Church am entgegengesetzten Ende der Canal Street ebenso wie für die Zeit danach. Sie hegte die einigermaßen gerechtfertigte Furcht, dass sie bereits sämtliche Brücken zum himmlischen Vater abgebrochen hatte und dass er vielleicht nicht gar so nachsichtig sein würde, wie es ihr irdischer Vater gewesen war, oder gar so verständnisvoll für ihre Schwächen wie ihr lieber Gatte. Wenn zum Beispiel zu Besuch weilende Prediger in St. Cuthbert's gedankenlos den Schwefelgestank der Hölle beschworen, dann suchte Valerie Zuflucht im Gebet und wollte Gott auf komplizierte Weise davon überzeugen, dass alles seine Schuld sei, weil er ihr einen Partner aufgebürdet habe, den eine Sucht nach Literatur zu einem geschlechtslosen Wesen hatte werden lassen.

Fleur war völlig von den Pocken genesen, aber die Krankheit

hatte sie altern lassen oder vielmehr den Betrug unmöglich gemacht. Sie war offensichtlich kein Kind mehr, sondern eine zierlich gebaute Frau, deren rüschengeschmücktes, hochgeschlossenes Musselinkleidchen und törichtes Gekicher mittlerweile nur noch lächerlich wirkten.

Dem Admiral schien es nichts auszumachen.

Er war den Sommer über zwischen Whitehall und der Seething Lane gependelt und hatte im Namen der Admiralität über den Kauf von Bauholz verhandelt. Er hatte nicht mehr als eine Woche mit seinem offiziellen Gefolge auf See verbracht und wenig Zeit gehabt, seiner Liebe zum Theater oder halt auch der zu kleinen Mädchen zu frönen, bevor er nach Schottland zurückkehrte, um seine Pflichten als Inspektor der Marinewerft zu erfüllen.

Nun legte er verstohlen eine Hand zwischen Fleurs Knie und rieb mit den Knöcheln über den Musselin. Das Mädchen – die Frau – zuckte nicht mit der Wimper. Sie presste die Knie fest an seine Finger und plauderte mit Valerie weiter, als geschähe unter der Eiche nichts Unziemliches.

Die drei ältlichen Damen, aus denen die Dinnergesellschaft bestand, waren zusammen mit Sir Archie und Mrs. Madelaine Young damit beschäftigt, gebratenes Moorhuhn zu zerteilen und über die unmittelbar bevorstehende Ankunft von M. Didiers Schauspielern zu sprechen, ein Thema, das Archie lyrische Ergüsse entlockte, das Madelaine jedoch nicht im Mindesten zu fesseln schien. Sie dachte an Gillon Peters, den sie seit jenem heißen Tag im August, als Sir Archie endlich von seiner Reise zu den Altertümern zurückgekehrt war, nicht mehr zu Gesicht bekommen hatte. Es hatte keine Briefe von Gillon gegeben, und nicht einmal Valerie hatte ihr berichten können, zu welchem neuen Abenteuer ihr junger Soldat jetzt, da er mit ihr fertig war, aufgebrochen war.

Der säuerliche Brief von Lord Craigiehall war keine große

Überraschung gewesen. Lady Valerie und sie hatten gemeinsam eine Antwort verfasst. Und dann noch eine und schließlich eine dritte. Valerie hatte sich das Schweigen Seiner Lordschaft nicht weiter zu Herzen genommen, und Maddy, gelangweilt von Perthshire, von *Fingal* und dem ganzen törichten Plan, hätte die Angelegenheit gleichgültiger nicht sein können. Zu irgendeinem unbestimmten Zeitpunkt war ihr klar geworden, dass sie genauso düpiert worden war wie Seine Lordschaft und dass hinter Valerie Oliphants Unheilstifterei ein gnadenloses Spiel mit Macht, Wohlstand und Position von Menschen steckte, die in Valeries Augen weniger wert waren als sie selbst.

Ein Lakai mit einer kunstvollen, silbernen Schale voller eingelegter Birnen durchquerte das Speisezimmer. Hinter ihm spähte Bradley durch die Tür. Sir Archie, voll in Fahrt, bemerkte den Butler nicht; dann glitt Bradley durch den Raum, legte eine behandschuhte Hand auf die Lippen und flüsterte Sir Archie etwas ins Ohr.

Dieser blickte überrascht auf. »Hat nach wem gefragt?«

»Mrs. Young, Sir, Mrs. Madelaine Young.«

Herr und Diener funkelten Maddy an, als wäre sie verantwortlich für die Störung, dann warf Sir Archie sein Tuch beiseite und machte Anstalten, sich zu erheben.

»Ich werde mit ihm sprechen. Tatsächlich werde ich ihn wegschicken«, erklärte er.

»Wen denn, Liebster?«, fragte Valerie

»Peters. Peters wünscht, mit Madelaine zu sprechen.«

»Wo ist er?«

»Lungert anscheinend im Salon herum«, sagte Archie.

Madelaine ließ ihre Gabel fallen und schoss von ihrem Stuhl hoch. »Nein, wenn er mit mir sprechen will, dann soll es auch so sein«, und bevor irgendjemand sie aufhalten konnte, stürzte sie Hals über Kopf aus dem Speisezimmer.

Er trug einen Mantel und Stulpenstiefel und hielt seinen Hut in der Hand. Als sie den Raum betrat, drehte er sich um. Sie hörte sich sagen: »Oh, Sie sind es.«

»Es tut mir leid, wenn ich Sie enttäuscht habe«, erwiderte Grant.

»Ist Gillon etwas zugestoßen? Ist er ... ist er tot?«

»Tot?«, wiederholte Grant. »Himmel, nein! Nach meinem besten Wissen ist er lebendig und vermutlich putzmunter. Ich bin nicht Gillons wegen hergekommen.«

»Wo ist er? Wissen Sie es nicht?«

Grant schüttelte den Kopf. »Madam«, begann er, »ich habe seit der Schließung der Gerichte von meinem Bruder nichts gehört oder gesehen. Vermutlich ist er nach Newcastle oder York gereist, wo man in der Rennsaison eine gute Ernte einfahren kann, und wenn nicht auf den Bahnen, so doch in den umliegenden Gasthäusern.«

Maddy stieß den Atem aus, glättete ihre Röcke und setzte sich ein wenig zittrig auf einen der vergoldeten Stühle. Sie bedeutete Gillons Bruder, auf einem anderen Platz zu nehmen. Grant Peters legte die Schöße seines Mantels sorgfältig über die Knie und den Hut auf den Boden neben sich. Er war, dachte sie, ein methodischer Mann, nicht unbefangen wie Gillon.

»Also?«, fragte sie.

»Ich bin als Repräsentant von Lord Craigiehall hier.«

Madelaine zog die Stirn in Falten. »Sind Sie sein Anwalt?«

»Ich bin sein Schwiegersohn.«

»Und ein Anwalt?«

»Ja, ein Anwalt.«

»Sind Sie gekommen, um mich über die gesetzlichen Bestimmungen zu belehren, Sir?«, fragte Maddy.

»Ich bin nicht in beruflicher Eigenschaft hier«, sagte Grant und fügte dann hinzu: »Noch nicht.«

»Entnehme ich Ihrem Tonfall eine gewisse Drohung?«, erwiderte Maddy.

»Sie entnehmen ihm Bedauern darüber, dass Sie sich entschieden haben, in Ihre Beziehung zu Seiner Lordschaft mehr hineinzugeheimnissen als Freundschaft.«

»Wenn John James höflich genug gewesen wäre, auf meine Briefe zu antworten, hätten Sie keinen Grund gehabt, Lady Oliphants Abendgesellschaft zu stören.«

»Ihre Briefe«, erklärte Grant, »verdienten keine Antwort. Sie und ich, wir wissen beide, dass Ihre Briefe dazu gedacht waren, Antworten herauszulocken, die Ihnen als Beweis gegen Seine Lordschaft hätten dienen können.«

»Ich bedarf keines schriftlichen Beweises. Mein Wort ...«

»Ihr Wort?«, unterbrach Grant sie. »Seine Lordschaft kann sich nicht daran erinnern, Ihnen irgendetwas versprochen zu haben. Sie waren eine willige Partnerin in einer Sommerbekanntschaft, bis Sie die Grenze überschritten haben.«

»Er hat mir versprochen, mich zur Frau zu nehmen.«

»Bevor er Sie beglückt hat oder danach?«

»Sir!«, rief Maddy mit gespieltem Entsetzen. »Wie können Sie es wagen?«

»Vorher, nachher – oder überhaupt nicht?«, beharrte Grant.

»Bezeichnen Sie mich als Lügnerin?«

»Ich behaupte, dass Sie bluffen, Mrs. Young. Ist Ihnen vor oder nach der Veröffentlichung der Artikel im *Courant* wieder eingefallen, dass Seine Lordschaft Ihnen die Ehe angetragen hat? Es findet sich keine Notiz über eine bevorstehende Eheschließung in der Zeitung, ebenso wenig gibt es irgendeinen anderen schriftlichen Beweis dafür.«

»Ich habe Lord Craigiehalls Trennungsbrief«, sagte Madelaine. »Dieser Brief hat mir das Herz gebrochen und mich dazu getrieben, Entschädigung zu verlangen.«

»Ihnen das Herz gebrochen?«, wiederholte Grant. »Ich verstehe. Ist emotionale Betrübnis die Wurzel Ihrer Anklage gegen Seine Lordschaft, oder ist es der Verlust Ihres Rufes?«

»Beides.«

»Würde beides oder eines der beiden Dinge durch eine Heirat geheilt werden?«

»Heirat?«, wiederholte Madelaine.

»Seine Lordschaft ist keinerlei Zwängen unterworfen. Es steht ihm durchaus frei, Sie zu heiraten«, sagte Grant. »Sind Sie frei, ihn zu heiraten, Mrs. Young?«

»Ich habe nicht den Wunsch, ihn zu heiraten, Sir, nicht nachdem er klargestellt hat, dass ihm nichts an mir liegt.«

»Liegt Ihnen noch etwas an ihm?«

»Nein.«

»Doch lag Ihnen vor nicht mehr als sieben Wochen genug an ihm«, erwiderte Grant, »dass Sie sich auf seinen Antrag gestürzt haben.«

»Ich habe mich nicht darauf gestürzt«, widersprach Maddy.

»Nein. Sie haben auf dem Castle Hill unter ihm gelegen und sich von ihm beglücken lassen.«

»Nur weil er mich gebeten hatte, seine Frau zu werden.«

»Wo wurde der Antrag gemacht?«

»Beim Abendessen bei *Fortune's*.«

»Seine Lordschaft erinnert sich nicht daran, einen solchen Antrag gemacht zu haben«, sagte Grant.

»Er war zu betrunken, um sich daran zu erinnern.«

»Aber Sie«, wandte Grant leise ein, »waren nicht zu betrunken, um den Antrag anzunehmen.«

»Das ist korrekt.«

»Wenn Sie der Inbegriff der Nüchternheit waren, warum war Seine Lordschaft dann betrunken?«

»Das spielt wohl kaum eine Rolle, oder?«

»Ganz im Gegenteil, es spielt sogar eine große Rolle«, erwiderte Grant. »Es wird ein Punkt gegen Sie sein, wenn Sie darauf bestehen, mit der Angelegenheit vor Gericht zu ziehen.«

»Lady Valerie Oliphant wird für mich sprechen.«

»Ich habe nicht den geringsten Zweifel, dass sie das tun wird«, sagte Grant.

»Sir Archie ebenfalls.«

»Und mein Bruder, Gillon, vielleicht?«

»Ich bin mit Ihrem Bruder nicht gut bekannt«, entgegnete Maddy.

»Sie haben mit ihm Whist gespielt, nicht wahr?«

»Am Kartentisch gewinnt man nicht zwangsläufig Freunde.«

»Nun«, bemerkte Grant, »wir werden diese Angelegenheit auf sich beruhen lassen, zumindest für den Augenblick. Ich werde direkt zur Sache kommen: Wie viel wird es Lord Craigiehall kosten, damit Sie Ihre Drohung, ihn zu verklagen, fallen lassen?«

»Mein Ruf ist kein Gut, das man billig kaufen kann.«

»Ruf?«, fragte Grant. »Welcher Ruf?«

»Meine Karriere als Schauspielerin.«

»Es ist nicht Ihre Karriere, sondern die Seiner Lordschaft, die bedroht ist.«

Maddy legte den Kopf schräg und lächelte. »Genau.«

Grant sagte: »Wie viel?«

»Zehntausend Pfund.«

»Ungeheuerlich«, erklärte Grant entschieden. »Lord Craigiehall ist kein wohlhabender Mann. Sein Geld steckt in Ländereien – und er hat Schulden.«

»Dessen bin ich mir durchaus bewusst«, entgegnete Madelaine. »Er bezahlt seine Schulden nicht einmal bei alten Freunden wie Lady Valerie. Diese Überlegung zwingt mich dazu, eine solch große Summe zu verlangen und sie vor Gericht einzuklagen.«

»Wenn Sie ihn vor Gericht bringen, erreichen Sie damit überhaupt nichts«, entgegnete Grant. »Sie denken vielleicht, dass Seine Lordschaft auf Ihre Forderungen eingehen wird, weil Sie sein Podest erschüttert haben. Aber dem ist nicht so, Madam. Sie sind zu habgierig.«

»Wie lautet sein Angebot?«

»Fünfzehnhundert Pfund in bar für Ihr bindendes Versprechen, sich nicht noch einmal mit Seiner Lordschaft in Verbindung zu setzen.«

»Das ist nicht genug, nicht annähernd genug.«

»Es ist das Zehnfache dessen, was Sie erhalten würden, wenn der unwahrscheinliche Fall eintritt, dass ein Gericht zu Ihren Gunsten urteilt.«

»Es ist jedoch viel weniger, als ein Gericht mir als jährliche Rente zubilligen würde.«

»Machen Sie sich nicht lächerlich. Kein Gericht im Land wird Ihnen eine jährliche Rente zubilligen.«

»Ich meine, eine jährliche Rente für mein Kind«, sagte Madelaine.

»Ihr Kind! Wenn Sie dieses Mädchen meinen, dieses sogenannte Mündel ...«

Madelaine erhob sich anmutig und legte sich beide Hände auf den Bauch. »Ich meine das Kind, das Lord Craigiehall in meinen Schoß gepflanzt hat.«

»Was!« Grant stand ebenfalls auf. »Wollen Sie mir etwa erzählen, dass Sie schwanger sind?«

»Ich habe jeden Grund zu der Annahme«, antwortete Madelaine.

»Wie weit ist die Schwangerschaft fortgeschritten?«

»Sieben Wochen.«

»Sieben Wochen! Pah!«, sagte Grant. »Nach sieben Wochen lässt sich nichts beweisen.«

»Dann, Sir, werden wir einfach abwarten müssen, bis man es beweisen *kann.*«

»Erwarten Sie ehrlich von mir zu glauben, dass Craigiehall der Vater ist?«

»Wer könnte es sonst sein?«, erwiderte Madelaine und lächelte.

Kapitel 22

Es war noch nicht richtig hell, als sie Heatherbank verließen. Ein dichter weißer Nebel lag über den Wiesen, und Nicola war dankbar für ihr warmes Cape. Sie saß, die Kapuze ins Gesicht gezogen, neben Roderick und schaute weder nach links noch nach rechts, während der Wagen aus dem Hof rollte. Beim Frühstück hatte sie Mutter Peters für ihre Gastfreundschaft gedankt und Duncan Ralston auf die kratzige Wange geküsst, aber ihre Wut auf Roderick war nicht verraucht.

»Sie wird froh sein, dass sie mich los ist«, bemerkte Nicola.

»Wer?«, fragte Roderick.

»Marie Hadley. Wenn ich fort bin, wird sie dich wieder ganz für sich haben.«

Den Blick nach vorn gerichtet, wartete sie auf Rodericks Protest, aber er kam nicht. Also fuhren sie schweigend weiter, während die Sonne über die Hügel stieg und die Burg aus dem Nebel lockte.

»Hast du Geld für die Kutsche?«, erkundigte Roderick sich schließlich. »Ich werde dir etwas geben, wenn du es brauchst.«

»Ich habe Geld von Grant bekommen«, sagte Nicola.

»Nicola.« Er schob ihre Kapuze zurück. »Nicola, sieh mich an.«

»Was?«

»Wohin wirst du gehen? Was wirst du tun?«

»Nach Edinburgh natürlich. Dort werde ich mich um meine Schwester kümmern.«

»Und danach?«, fragte Roderick weiter.

»Darüber habe ich noch nicht nachgedacht.«

»Du kannst nirgendwohin, nicht wahr?«

In Craigiehall hatte sie einen Platz gehabt, eine Identität. Dort zumindest hatte sie hingehört. Ein halbes Jahr war verstrichen, seit sie allein in ihrem Zimmer in Craigiehall im Bett gelegen und von einem Ehemann geträumt hatte. Wie kindisch ihr dieser Traum jetzt erschien!

»Du wirst auf Heatherbank immer willkommen sein«, sagte er. »Hier wird es stets einen Platz für dich geben.«

»Im Kuhstall?«, fragte sie, um Unbeschwertheit bemüht.

»Du bist für mich keine zusätzliche Magd.«

»Nein, davon hast du ja bereits genug.«

»Ich habe dir gesagt, dass ich Geheimnisse habe, die ich nicht mit dir teilen kann.«

»Weil Marie Hadley dir nicht verzeiht?«, hakte Nicola nach.

»Marie verzeiht nicht so leicht«, erwiderte Roderick.

»Ich auch nicht, wie ich gemerkt habe.«

»Dann ist das eine harte Lektion, eine traurige Lektion.«

»Mag sein«, meinte Nicola, »doch sobald man sie erst einmal begriffen hat, kann man sie nicht wieder vergessen.«

»Willst du nicht versuchen, mir zu verzeihen?«

»Was soll ich dir verzeihen, Roderick?«

»Dass ich mich in dich verliebt habe«, sagte er.

»Liebe?«, fragte sie. »So nennst du das also? Ich weiß, dass du mich begehrst.«

»Ich kann es nicht leugnen, Nicola«, gab Roderick zu. »Allerdings begehre ich dich.«

»Aber ich kenne den Grund nicht.«

»Muss es einen Grund geben?«

»Ich habe in diesen letzten Monaten zu viel gesehen und gehört, um dir einfach zu vertrauen, Roderick. Jetzt gib deinem Pony die Zügel und bring mich zum King's Park. Auf mich wartet eine Kutsche.«

Resigniert schwang er die Peitsche und fuhr in schnellem Tempo auf Stirling zu.

Für die Jahreszeit war es ein untypisch warmer Nachmittag, als die Gentlemen sich an einem Ecktisch bei *Horne's* niederließen. Sie wollten über ihre Strategie diskutieren, ohne dass Schreiber oder Dienstboten dabei waren. Rasch waren sie sich über eine Sache einig: Sobald Craigiehalls Name auf der Verhandlungsliste erschien, würden wahr oder falsch, Schuld oder Unschuld keine Rolle mehr spielen. Allein die Verleumdung als solche würde den Richter in die Knie zwingen.

»Ich werde ihr keine zehn Pennys zahlen, geschweige denn zehntausend Pfund«, sagte John James. »Bis eine Bestätigung vorliegt, dass sie tatsächlich ein Kind erwartet.«

»Es ist unwahrscheinlich«, warf Grant ein, »dass sie sich untersuchen lässt.«

»Natürlich nicht«, gab ihm Hercules recht. »Sie setzt darauf, dass Seine Lordschaft hinreichend beunruhigt ist, um sie dafür zu bezahlen, dass sie ihre Sachen packt.«

»Welche Übereinkunft auch immer zwischen Oliphant und Madelaine besteht, er wird sie nicht daraus entlassen, bevor sie ihre Rolle in seinem verdammten Stück gespielt hat«, bemerkte Grant.

»Im Nachhinein ist klar, dass man Sie als Ziel ausgesucht hat, Sir.«

»Warum sollte Valerie so etwas tun?«

»Schulden Sie ihr nicht Geld?«, fragte Grant.

»Eine völlig nichtige Summe«, erwiderte sein Schwiegervater. »Vielleicht tausend Pfund.«

»Wohl kaum nichtig«, bemerkte Hercules. »Warum haben Sie Ihre Schulden bei ihr nicht beglichen?«

»Sie hat mich nicht bedrängt, und ich hatte andere Dinge im Kopf«, entgegnete John James. »Die Ernte ist eingeholt, und meine Pachtzahlungen sind fällig. Ich habe die Abholzrechte für einen Baumbestand verkauft. Im Notfall könnte ich wohl meine Schulden bei Valerie Oliphant bezahlen.«

»Können Sie es sich auch leisten, Madelaine Young auszuzahlen?«, wollte Hercules wissen.

»Ja, doch ich werde nicht höher als fünfzehnhundert Pfund gehen.«

Hercules rieb sich die Hände. »Dann müssen wir um jeden Preis ein Verfahren vermeiden.«

»Aber das Kind?«, sagte John James. »Was ist mit dem Kind?«

»Falls es eines gibt«, erwiderte Hercules, »was ich stark bezweifle, obliegt es Mrs. Young zu beweisen, dass sie in der Zeitspanne, zu der die Empfängnis stattgefunden hat, keine Beziehungen zu einem anderen Mann hatte.«

»Wird ihr Wort vor den Geschworenen bestehen?«, wollte John James wissen.

»Wir brauchen nicht zu beweisen, dass es tatsächlich eine Beziehung zu einem anderen Mann gegeben hat«, erklärte Hercules, »nur dass sie die Gelegenheit dazu hatte.«

»Sir Archie Oliphant hatte sie den ganzen Sommer bei sich«, meinte John James.

»Sir Archie ist seit langer Zeit impotent«, erklärte Hercules.

»Was?«, fragte John James. »Woher wissen Sie so etwas?«

Hercules tippte sich an die Nase. »Exklusives Wissen, wollen wir mal sagen. Lady Valerie wird kaum einen Eid darauf leisten wollen, dass ihr Ehemann außerstande ist, die Flagge zu heben, insbesondere, da sie als Zeugin aufgerufen werden wird, für Madelaine Young auszusagen. Nein, es muss einen anderen Kandidaten geben.«

»Den gibt es.« John James sah seinen Schwiegersohn an. »Es gibt einen anderen.«

»Oh!«, sagte Hercules. »Wen denn?«

»Er meint meinen Bruder«, erklärte Grant. »Meinen Bruder, Gillon.«

In der Wohnung am Graddan's Court herrschte beinahe Aufruhr, als Nicola lange nach zehn Uhr endlich eintraf. Nur Molly kam zur Begrüßung an die Tür, nahm sie gleich beiseite und teilte ihr mit, dass ihr Vater im Salon sei und dass er sich während des ganzen Abendessens mit Charlotte gestritten habe.

»Ist das Grant?«, rief Charlotte.

Nicola legte Cape und Haube ab, schüttelte sich den Staub von den Röcken und trat in den überhitzten Raum. »Nein«, sagte sie. »Ich bin es.«

»Oh!«, murmelte Charlotte ohne Überraschung oder Begeisterung. »Du bist zurück. Du hast vermutlich von Papas letztem Missgeschick gehört?«

»Ich habe nichts mehr gehört, seit der Artikel im *Courant* erschienen ist.«

Zu Nicolas Erstaunen breitete ihr Vater die Arme aus, und als sie näher trat, zog er sie an sich. Er saß auf einem der Stühle am Tisch, die Weste aufgeknöpft, das Halstuch gelockert, und wirkte unvorstellbar hager. »Du wirst doch zu mir stehen, meine Teuerste, nicht wahr?«, fragte er.

Sie dachte noch immer an Roderick und an den Sommer, der ihr zwischen den Fingern zerronnen war, und stellte, müde von der Reise, fest, dass sie im Augenblick keinen Sinn für das sentimentale Gehabe ihres Vaters hatte. »Hat man dich wieder auf die Wache gebracht?«

»Es wäre besser für uns alle gewesen, wenn man ihn gar nicht erst freigelassen hätte«, warf Charlotte ein. »Er hat uns alle zum Narren gemacht.«

Charlotte trug ein lockeres Gewand, das an ihrer Kehle begann und ihr glatt bis auf die Knie fiel. Sie hatte jedoch etwas Strahlendes an sich und verbreitete eine ungewöhnliche Aura von Selbstbewusstsein. Sie sprach, als befände ihr Vater sich gar nicht im Raum. »Anscheinend hatte er beschlossen zu heiraten, damit wir Craigiehall nicht erben. Er hatte sich jedoch für seine Werbung die falsche Frau ausgesucht, und jetzt behauptet sie, ein Kind zu erwarten, und verklagt Papa wegen eines gebrochenen Eheversprechens.«

»Erwartet sie denn ein Kind?«, fragte Nicola.

»Das bleibt ein Geheimnis«, antwortete Charlotte.

Nicola setzte sich. Sie konnte ihrem Vater nicht in die Augen sehen.

»Wenn wir zusammenhalten, dann wird es vielleicht nicht an die Öffentlichkeit dringen«, meinte John James.

»Warum sollten wir zusammenhalten?«, erwiderte Charlotte. »Du hast meine Wahl eines Ehemannes so sehr missbilligt, dass du nicht einmal zu meiner Hochzeit erschienen bist. Du hast versucht, die arme Nicola für einige Tonnen Kohle an diesen halb verwesten alten Mann zu verkaufen. Es ist ein Glück für dich, dass Grant nicht nachtragend ist, sonst hättest du jetzt keinen einzigen Freund mehr auf der Welt. Ich gehe sehr davon aus, dass du das nicht vergessen wirst, wenn Grant dich aus der Sache herausgepaukt hat. Wenn du so verzweifelt einen Erben haben wolltest, einen zweiten Jamie, hättest du vielleicht ein klein wenig mehr darauf achten sollen, was mit mir los ist. Mein Sohn, dein Enkelsohn, Papa, ehelich geboren und geschützt von den Gesetzen des Landes, wird bestimmt Craigiehall erben.«

»Moment mal«, schaltete Nicola sich ein. »Was ist mit mir? Papa, wer wird sich um mich kümmern?«

»Sobald ich diese Welt verlassen habe, wird Grant Peters für dein Wohlergehen verantwortlich sein. Er ist ein durchaus anständiger Kerl, dessen Wert ich falsch eingeschätzt habe. Meine Sorge um Craigiehalls Zukunft hat wohl meinen Blick getrübt.« Er strich über das sich lichtende Haar. »Es war nur allzu leicht, meine Schwäche auszunutzen. Diese Frau, Madelaine, war so überzeugend. Anfangs habe ich geglaubt, ihr würde wirklich an mir liegen, und sie würde eine gute Ehefrau abgeben.«

»Vernarrtheit«, sagte Charlotte, »ist ein teures Laster für einen alten Mann. Noch mehr Dummheiten deinerseits verkraften wir nicht, Papa! Nach allem, was Grant mir erzählt hat, wird es dich eine hübsche Summe kosten, sie loszuwerden.«

»Wo ist Grant eigentlich?«, erkundigte sich Nicola.

»Er hat sich auf die Suche nach seinem Bruder gemacht«, antwortete Charlotte. »Gillon ist anscheinend der Schlüssel zu Papas Verteidigung.«

»Gillon?«, wunderte sich Nicola. »Was hat Gillon damit zu tun?«

»Er wird schwören, dass er eine Beziehung zu dieser Frau hatte«, erklärte ihr Vater.

»Und, hatte er eine?«, hakte Nicola nach.

»Das spielt wohl kaum eine Rolle«, sagte Charlotte. »Gillon wird Dreh- und Angelpunkt in dem Fall sein, den Grant Mrs. Young präsentiert. Es soll sie davon abhalten, ihre Klage gegen Papa aufrechtzuerhalten.«

»Aber wird Gillon es tun?«, fragte Nicola.

»Für fünfhundert Pfund«, erwiderte Charlotte, »tut Gillon alles.«

Gillon war seit Anfang August nicht mehr in einem der Lokale gesehen worden, in denen er üblicherweise verkehrte, doch er hatte, so fand Grant heraus, für acht Wochen im Voraus die Miete für seine Wohnung bezahlt, was vermuten ließ, dass er vor Einbruch des Winters zurückkehren wollte. Nachdem Grant bei *Horne's* mit Somerville zu Abend gegessen hatte, entließ er seinen Schreiber und ging ein letztes Mal an Gillons Wohnhaus vorbei, bevor er sich für die Nacht zurückzog. Dort sah er zu seiner Überraschung eine Kerze im Fenster des Raumes im obersten Stockwerk flackern, lief mit rasendem Herzen die Treppe hinauf und warf sich gegen die Tür.

»Wer ist da?«

»Ich bin es, du Schuft! Grant.«

»Was willst du? Ich habe dir nichts zu sagen.«

»Mach die verdammte Tür auf, Gillon, oder ich trete sie ein!«

»Bist du allein?«

»Natürlich bin ich allein«, antwortete Grant. »Was ist los, bist du auf der Flucht?«

Die Tür wurde einen Spaltbreit geöffnet, und Gillon spähte heraus. Grant schob seinen Stiefel in die Öffnung und drückte mit der Schulter gegen das Holz. »Was ist los mit dir, Gillon?«, zischte er. »Warum gehst du uns aus dem Weg? Wovor hast du Angst?«

»Nicht vor dir«, erwiderte Gillon und drehte seinem Bruder den Rücken zu.

Grant betrat den Raum, der so modrig roch, dass ihm beinahe die Luft wegblieb. Im Kamin brannte kein Feuer, und nur eine einzige Kerze spendete Licht. Aus dem Rucksack auf dem Bett quollen Kleidungsstücke hervor; auf dem Tisch lagen ein Laib Brot, ein Stück Käse und, eingepackt in braunes Papier, ein Stück Fleisch, aus dem der Saft sickerte.

»Es ist eiskalt hier drin«, bemerkte Grant. »Hast du keine Kohle?«

»Ich bin gerade erst zurückgekehrt«, entgegnete Gillon. »Wirklich, erst vor wenigen Minuten – und da tauchst du schon auf und bedrängst mich! Ich war sechs Tage unterwegs, Grant, und ich falle gleich um vor Müdigkeit. Wenn du mir etwas zu sagen hast, sag es schnell.«

»Wo bist du gewesen? Lass uns damit anfangen.«

»In York – und anderswo.«

»Beim Pferderennen?«

»Heutzutage sind die Rennen allenfalls hingeschluderte, planlose Veranstaltungen. Ich würde nicht auf ein Pferd setzen, selbst wenn es von einem Franzosen geritten würde«, fuhr Gillon fort. »Wenn du es unbedingt wissen musst, ich war in London – und es war eine grässliche Reise.«

»Und jetzt stehst du ohne einen Penny da, vermute ich.«

»Ganz im Gegenteil«, widersprach Gillon. »Ich habe an den Tischen ein hübsches Sümmchen gewonnen. Ein sehr hübsches. Du siehst, es bringt nichts, voreilige Schlüsse zu ziehen.«

»Warum bist du dann überhaupt nach Hause gekommen, wenn es dir finanziell so gut geht?«

»Ich trage mich mit dem Gedanken, wieder zur Armee zu gehen«, antwortete Gillon. »Ich habe fast genug zusammen, dass ich mir ein anständiges Patent leisten kann, und mehr will ich überhaupt nicht.«

»Hast du deine Schauspielerin nicht vermisst, die englische Witwe?«

»Das ist es also«, sagte Gillon. »Das ist der Grund, warum du hier bist.« Er stellte den Rucksack auf den Boden und setzte sich aufs Bett. »Ist Maddy aus Kingsley zurückgekehrt? Hast du sie gesehen?«

»Ja.«

»Hat sie nach mir gefragt?«, erwiderte Gillon und schaute auf.

»Ich fürchte, sie hat andere Dinge im Kopf«, antwortete Grant.

»Hat Craigiehall sie doch bekommen?«

»Ist das der Plan gewesen?«, fragte Grant. »Craigiehall zu ködern?«

»Du wirst mir kaum glauben«, erwiderte Gillon, »aber ich habe nie so recht gewusst, worin genau der Plan bestand. Hat Craigiehall sie bekommen?«

»Nein, Seine Lordschaft hat mit ihr gebrochen. Die beiden sind niemals ein Traumpaar gewesen«, sagte Grant. »Tatsächlich steht deine Mrs. Young kurz davor, meinen Schwiegervater wegen eines gebrochenen Eheversprechens zu verklagen.«

»Damit wird sie niemals durchkommen«, bemerkte Gillon.

»Weißt du, unmöglich ist das nicht«, widersprach Grant.

»Wie viel verlangt sie?«

»Zehntausend.«

Gillon stieß einen Pfiff aus. »Ziemlich teuer für eine einzige Nacht der Torheit, vor allem wenn man zu berauscht war, um sie zu genießen.«

»Oder sich auch nur daran zu erinnern«, sagte Grant.

Gillon schlug sich aufs Knie. »Gut für Madelaine. Sie wird den alten Narren natürlich niemals überreden können, sich von den Zehntausend zu trennen, doch wenn sie ihr Blatt geschickt ausspielt, kriegt sie vielleicht zwei- oder sogar dreitausend, damit sie verschwindet.«

»Und das Baby ebenfalls?«, fragte Grant.

»Baby? Charlottes Baby? Was hat …«

»Madelaines Baby«, unterbrach Grant seinen Bruder. »Sie behauptet, sie wäre schwanger.«

Gillon blinzelte. »*Ist* sie schwanger?«

»Das weiß niemand so genau«, antwortete Grant. »Die Zeit wird es natürlich zeigen.«

»Sieben Wochen«, überlegte Gillon laut. »Höchstens acht.«

»Wann hattest du sie in deinem Bett?«, fragte Grant.

»Ich hatte sie überhaupt nicht in meinem Bett.«

»Bist du nicht dafür bezahlt worden, sie in dein Bett zu holen?«

»Nein.«

»Wärest du bereit, etwas anderes zu behaupten?«, wollte Grant wissen.

Gillon stand auf, zog sich mit dem Fuß einen Stuhl heran und setzte sich rittlings darauf. »Vor Gericht?«

»Nicht vor Gericht. Ich setze eine eidesstattliche Erklärung auf, und du unterschreibst sie. Die Erklärung lege ich dann Mrs. Young vor, zusammen mit anderen wesentlichen Tatsachen. Wenn wir beweisen, dass Craigiehall vielleicht nicht der Vater ist, ist ihre Glaubwürdigkeit erschüttert.«

»Werde ich als der Vater genannt?«

»Nein, nein«, sagte Grant. »Sie erhält eine vernünftige Summe, damit sie aus Edinburgh verschwindet, und damit ist die Angelegenheit erledigt.«

»Wie viel wird Maddy bekommen, damit sie Edinburgh verlässt?«

Grant zuckte die Schultern. »Fünfzehnhundert Pfund, mehr nicht. Wie viel kostet dein Patent?«

Gillon stieß ein leises Ächzen aus. »Oh, fünfhundert werden genügen, dann stecke ich wieder in einer Uniform«, antwortete er. »Ist das gerecht?«

»Wirst du es für fünfhundert Pfund tun?«, fragte Grant.

»Ja, werde ich«, erwiderte Gillon und schüttelte gerade nachdrücklich genug, um überzeugend zu sein, seinem Bruder die Hand.

Duncan Ralston hatte es genossen, zwei kultivierte junge Damen im Haus zu haben. Es hatte ihn gejuckt, Grants hochmütige Ehefrau aufzuziehen und sie ein wenig von ihrem hohen Ross herunterzuholen, damit sie ihren Gatten wieder etwas mehr schätzen lernte, obwohl Grant anscheinend durchaus imstande war, der Erbin den Kopf zurechtzurücken. Duncan war stolz auf das, was Grant aus sich gemacht hatte: Anwalt des Königs, vermählt mit der Tochter eines Lords und gut etabliert in der Edinburgher Gesellschaft, auch wenn es eine Gesellschaft war, für die er nie viel übrig gehabt hatte.

Als er mit dem Frühstück fertig war und das Geschirr mit dem Rest Wasser aus dem Kessel abgewaschen hatte, ging er in den Innenhof hinaus, um den Kessel an der Pumpe wieder aufzufüllen. Weil er den schweren Kessel nicht länger am Griff tragen konnte, hielt er ihn mit beiden Armen umfangen. Es war ein grauer, trockener Morgen, und in der Luft lag mehr als eine Andeutung von Winter. Er stützte sich auf die Pumpe, betrachtete die hügelige Landschaft und sammelte seine Kräfte, bevor er das kalte Eisen nehmen und Wasser aus der Quelle pumpen wollte, die sie weder im Winter noch im Sommer, weder bei Dürre noch bei Überschwemmung je im Stich gelassen hatte.

Als sein Enkel ihm eine Hand auf die Schulter legte, fuhr er zusammen. Roderick hatte den Jungen bei sich und hielt ihn am Arm fest. Duncan schaute auf das Kind mit seinen finsteren, wachsamen dunklen Augen und das glatte dunkle Haar hinab, das ihn als einen Peters auswies.

»Sie helfen drüben bei Hadley einer kalbenden Kuh«, sagte Roderick. »Machst du dem Jungen sein Abendbrot?«

»Ja«, versprach Duncan. »Ich werd ein Auge auf ihn haben.« Er hob den Jungen hoch, setzte ihn auf die Pumpe und hielt ihn dort fest.

»Was kannst du sehen, Iain? Verrate mir, kannst du die Burg sehen?«

»Nein, Mr. Ralston, keine Burg heute.«

»Kannst du Cathys Haus sehen?«

»Aye.«

»Dann wird uns das genügen müssen, nicht wahr?«

»Ja, Mr. Ralston«, antwortete der Junge ernst.

Die Knie an die Brust gezogen, ließ er sich von Duncan wieder herunterheben, stand still zwischen den beiden Männern und schaute von einem zum anderen.

»Sie hat offenbar den letzten Sonnenschein mitgenommen«, bemerkte Duncan.

»Das könnte man wohl sagen«, meinte Roderick. »Fühlst du dich kräftig genug, Wasser zu tragen?«

»Hältst du mich etwa für verweichlicht, nur weil ich eine Zeit lang ein Mädchen hatte, das mir geholfen hat?«, fragte Duncan zurück. »Übrigens, wo ist eigentlich deine Mutter?«

»Zur Mühle, Mehl holen«, erwiderte Roderick.

Duncan stellte den Kessel unter den Hahn, drückte den Griff herunter und setzte dadurch den primitiven Mechanismus in Gang. Iain trat eifrig heran, denn er hielt die Pumpe noch immer für ein magisches Instrument, das Wasser aus dem Nichts heraufbeschwören konnte.

»Was ist los, Roddy?«, fragte Duncan. »Was bedrückt dich? Ist es das Mädchen?«

»Ich kann nicht mehr viel länger auf Mams Zustimmung warten.« Roderick stieß den Griff der Pumpe hinab, und Wasser spritzte hervor. »Ich bin dreißig Jahre alt. Welche Hoffnung habe ich, eine Frau zu finden, die mich nehmen wird, belastet mit ...«

Duncan legte einen Finger auf die Lippen. »Wenn das Mädchen aus Edinburgh dein Blut so sehr in Wallung gebracht hat, hättest du dir vorher überlegen sollen, ob du sie auch noch ermutigst! Es war nicht klug, ein Mädchen zu umwerben, dessen Schwester die Ehefrau deines Bruders ist.«

»Er wird inzwischen diesen verdammten Besitz in Ayrshire an sich gebracht haben.«

»Ist es das Mädchen oder das Land, das dich anzieht?«

»Mir ist Craigiehall völlig egal.«

»Dann«, meinte Duncan, »ist es das Mädchen.«

»Aye, es ist das Mädchen.«

Der kleine Junge schob seine Hand in Duncans große, hob den Griff und drückte, so fest er konnte, auf Duncans Knöchel, woraufhin ein kurzer, scharfer Wasserstrahl hervorschoss. Er stieß einen Schrei des Entzückens aus und drückte abermals zu, wobei Duncan ihn geistesabwesend gewähren ließ.

»Es hat schon früher Mädchen gegeben«, bemerkte Duncan, »und es wird wieder welche geben, Roddy, doch deine Mutter wird dir nicht erlauben, dieses hier zu heiraten.«

»Grants wegen?«, fragte Roderick. »Meinst du etwa, er bleibt da stehen, wo er ist, nachdem er den Vater für sich gewonnen hat? Mutter wird bald haben, was sie will, nämlich einen Sohn und einen Enkelsohn, die mit der verdammten Oberschicht verbunden sind.«

»Aber du wirst Heatherbank haben«, rief Duncan ihm ins Gedächtnis. »Hast du dir das nicht immer gewünscht? Hast du Grant nicht deshalb den Vortritt gelassen?«

»Ich habe ihm nicht freiwillig den Vortritt gelassen«, wandte Roderick ein. »Was ist mir denn sonst übrig geblieben? Meinst du etwa, ich bin aus demselben Holz geschnitzt wie unser Gillon? Ich bin nicht davor weggelaufen, ich bin vor nichts weggelaufen.«

»Wenn Grant Herr auf Craigiehall ist ...«

»Wann wird das sein?«, fragte Roderick. »In zehn Jahren oder zwanzig? Dann wirst du nicht mehr da sein, doch ich werde hier sein und mich immer und immer wieder fragen, was aus meinem Leben geworden ist. Was ist dann mit Heatherbank? Wer wird sich um das Gut kümmern, wenn ich sterbe? Wird Grant es ebenfalls bekommen, damit seine Söhne damit spielen können?«

»Bei Gott!«, rief Duncan. »Du hast dich in Nicola Templeton verliebt?«

»Aye«, sagte Roderick. »Ich glaube, das habe ich vielleicht.«

Kapitel 23

Sir Archie Oliphant hatte keinerlei Gewissensbisse, die großen Erzählwerke der schottisch-irischen Geschichte zu verfälschen. Er hatte die gälische Poesie fast ebenso lange wie James McPherson studiert und beneidete ihn aufs das Heftigste um den Ruhm, den er mit der Veröffentlichung des *Ossian* eingeheimst hatte. Alle gebildeten Gentlemen landauf, landab bewunderten die Gedichte ebenso wie einige Damen, obwohl die Sammlung Archies Meinung nach ebenso unecht war wie König Arthurs Schwert oder Wallaces Nachthemd; beides Dinge, die jüngst in der College-Bibliothek ausgestellt worden waren.

Bei der bloßen Erwähnung von McPhersons Namen bekam Sir Archie Schaum vor den Mund wie einer von Cuchullains Hengsten und hielt weitschweifige Vorträge über McPhersons skrupellose Inbesitznahme von Quellenmaterial, das Archie von Rechts wegen für sein Eigentum hielt. Niemals kam es dem wohlhabenden Gelehrten in den Sinn, dass seine Stücke auf der Bühne nicht deswegen verlacht wurden, weil sie nicht authentisch gewesen wären, sondern wegen ihrer prätentiösen Metaphern und holprigen Verse.

Madelaine war den ganzen Sommer über Archies Versen ausgesetzt gewesen. Ungeachtet seiner Meinung von sich selbst war ihr genau klar, dass er kein Shakespeare oder Marlowe war und dass seine bombastischen Ansprachen und Wehklagen in der Manier griechischer Chorgesänge nicht die Spur Originalität enthielten. Sie behielt ihre Meinung natürlich für sich, lernte gehorsam ihren Text und passte sich der manieristischen Sprechweise an, die

Archie verlangte. Sie hatte ihn sogar zu einem Felsen hoch über dem Loch Tummel begleitet und Nu-alas schmerzensreiche Monologe in den Wind geheult, bis ihr die Kehle wehgetan hatte und in einem Umkreis von etlichen Meilen jedes Schaf angewidert davongaloppiert war.

Wenn Sir Archie gehofft hatte, dass M. Didier seine »Truppe« nach Edinburgh bringen würde, dann stand ihm eine herbe Enttäuschung bevor. M. Didier mochte Franzose sein, aber er war nicht dumm, und Händedruck hin, Händedruck her – die kleine Truppe, die der Direktor in diesem Oktober nach Norden schickte, rekrutierte sich aus den Reihen der ewigen Reservisten. Sie bestand aus vier untrainierten Kindern, einem Schauspieler mit zerfetzten Stimmbändern und zwei Schauspielerinnen mit so gewaltigem Übergewicht, dass sie kaum watscheln konnten, geschweige denn »schwanken wie Gräser in den Sümpfen von Morni« oder »glänzen wie schlanke Zauberstäbe rund um das Totenbett der Nu-ala.«

Doch Sir Archie war bester Laune, denn hier waren endlich die Instrumente, die sein Genie in die Welt hinausposaunen würden. Er hatte zu Ehren seiner Gäste ein Essen auftragen lassen, aber nachdem Valerie sich geweigert hatte, ihre Schlafzimmer vom Theaterpöbel verunreinigen zu lassen, hatte er sie in *Mannering's Hotel* einquartiert, das am unteren Ende der Prince's Street lag und vom Theater aus bequem zu erreichen war. Außerdem war es nicht weit entfernt vom Herrenhaus der Oliphants, in dessen Salon an diesem Abend die ersten Proben stattfinden würden.

Madelaine teilte weder Sir Archies Begeisterung noch Fleurs Aufregung. Sie fürchtete, dass einer der Londoner Schauspieler sie vielleicht wiedererkennen würde.

Die Ersten, die der Kutsche entstiegen, waren zwei füllige Damen, die ihre Blüte längst hinter sich hatten. Ihnen folgte ein hagerer, klappriger Mann, der sich mit einer knarrenden Verbeugung als Mr. Conn Cavendish vorstellte. M. Didier hatte ihm die Verantwortung für die Vorstellung übertragen, in der er auch den Kriegshelden spielen würde. Zu guter Letzt sprangen drei Jungen und ein mageres junges Mädchen heraus, die allesamt in der kühlen schottischen Luft zitterten. Als sie jedoch Madelaine vorgestellt wurden, zeigten sie nur einen leeren Gesichtsausdruck, denn ihr Name und erst recht ihr Ruf sagten ihnen gar nichts.

Die schlanken Zauberstäbe machten sich auf die Suche nach einem Wasserklosett, und es blieb Mr. Cavendish überlassen, Madelaine mit der schmeichelhaften Versicherung zu begrüßen, dass er zwar regelmäßig Monsieur Didier ihr Loblied hatte singen hören, dass er jedoch leider niemals das Vergnügen gehabt habe, sie auf der Bühne zu sehen. Fleur führte das magere junge Mädchen von der wartenden Chaise davon, während ein Lakai das Gepäck ablud. Die Jungen, die nicht wussten, was sie sonst tun sollten, wanderten hinter den Mädchen her wie Lämmer auf dem Weg zum Schlachter.

Sir Archie schien nicht weiter entsetzt über die bunt zusammengewürfelte Schar zu sein, und sobald es die Höflichkeit gestattete, drückte er Mr. Cavendish eine Kopie des Manuskripts in die Hand, die an diesem Morgen frisch vom Drucker gekommen war, und führte den Schauspieler zu dem wartenden Gefährt hinüber.

Und mit einem Seufzer der Erleichterung schloss sich Madelaine der kleinen Gruppe an.

Ein wenig atemlos blieb Charlotte stehen und stützte sich schwer auf Nicolas Arm; zu guter Letzt verlangten die Hügel von Edinburgh doch noch ihren Tribut. Molly trat vor und bot ihrer Herrin ebenfalls einen Arm, aber Charlotte schüttelte sie ab.

»Ich mag dick sein, aber ich bin keine Invalide, vielen Dank!«, sagte sie.

»Aye, dick sind Sie allerdings«, erwiderte Molly. »Dick genug, um ein Pärchen im Bauch zu tragen, wenn Sie mich fragen.«

In den vergangenen Tagen hatte Charlottes Leibesfülle sichtlich zugenommen. Ihr Zustand war jetzt zu offensichtlich, um ihn mit Umhängen und langen Mänteln kaschieren zu können, und Mollys Meinung nach wurde es höchste Zeit, dass die Dame dem Anstand Genüge tat und das Haus nicht mehr verließ. Charlotte wollte sich jedoch derart altmodischem Unfug nicht beugen und beharrte darauf, dass ein nachmittäglicher Spaziergang ihr guttue.

Da der junge Master Peters jetzt in ihr umhertollte, hatte sie mehrere Bahnen Seide gekauft, aus denen Babykleider angefertigt werden sollten. Bei einer Schneiderin in der Bridge Street hatte sie drei niedliche kleine Mützen erstanden und, noch ein wenig verfrüht, ein wollenes Leibchen sowie ein Paar Knabenschuhe, die in die Truhe kommen sollten für den Tag, an dem ihr Sohn kurze Hosen tragen würde. Sie war so überzeugt davon, dass das, was da gegen ihre Rippen trat, männlichen Geschlechts war, dass Nicola ihre Schwester nur mit Mühe davon abhalten konnte, ein bemaltes Schaukelpferd und ein Holzschwert zu kaufen, falls der Junge sich als Soldat erweisen sollte.

»Wo, wenn ich fragen darf, gehen wir eigentlich hin?«, wollte Molly wissen.

»Nirgendwohin«, antwortete Charlotte. »Einkaufen.«

»Einkaufen?«, wiederholte Molly. »Hier sind keine Läden.«

»Nun, ist doch ein Tapetenwechsel, nicht wahr?«, entgegnete Charlotte. »Sollen wir lieber wieder über die Brücke gehen und uns die Ausgrabungen in der New Town ansehen?«

»Davon habe ich inzwischen die Nase voll«, sagte Molly. »Außerdem ist die New Town inzwischen zu weit weg für Sie, Miss Charlotte, es sei denn, Sie mieten eine Sänfte.«

»Wie oft muss ich es dir noch sagen, Molly? Ich bin keine Invalide!«, entgegnete Charlotte. »Jetzt sei so gut und kehre um. Es wird schon bald dunkel, und wir müssen das Tageslicht ausnutzen.«

Molly schloss sich murrend den Schwestern an, während Charlotte den Hügel hinaufstapfte, und als sie den höchsten Punkt der Straße erreicht hatte, bog die werdende Mutter in eine Nebenstraße, die von hässlichen Wohnhäusern gesäumt wurde.

»Willst du etwa unangemeldet bei Gillon vorbeischauen?«, erkundigte Nicola sich leise.

»Oh!«, sagte Charlotte. »Wohnt Gillon hier?«

»Das weißt du doch sehr genau«, antwortete Nicola. »Es war unklug von Grant, das auszuplaudern, obwohl er vermutlich nicht davon ausgegangen ist, dass du dumm genug wärst, Gillon zu besuchen.«

»Ich habe nicht die Absicht, ihn zu besuchen«, widersprach Charlotte. »Unter den gegebenen Umständen wäre es nicht schicklich.«

»Unter welchen Umständen?«, sagte Nicola. »Unter seinen oder unter deinen?«

»Zumindest können wir gewiss sein, dass er gesund und munter ist«, erwiderte Charlotte. »Weißt du zufällig, ob das die Straße ist und wie weit weg ...«

»Nein, weiß ich nicht«, fauchte Nicola.

»Oh, na schön!«, meinte Charlotte. »Vielleicht begegnen wir ihm ja rein zufällig.«

»Es sei denn«, bemerkte Nicola im Scherz, »er ist bereits wieder bei seinem Regiment.«

»Dazu ist es bestimmt noch zu früh«, widersprach Charlotte. »So etwas braucht seine Zeit, nicht wahr? Ich meine, er würde doch nicht fortgehen, ohne sich von mir zu verabschieden, oder?«

»Ich habe schon vor langer Zeit aufgegeben, Spekulationen darüber anzustellen, was Gillon vielleicht tun würde«, entgegnete Nicola, »oder was überhaupt irgendeiner von Margo Peters' Söhnen vielleicht tun würde.«

»Ich darf doch davon ausgehen, dass du nicht meinen Mann meinst?«

Nicola wollte keinen Streit. Sie wusste nicht genau, warum Charlotte sie in diese schäbige Gegend gebracht hatte und welche Absichten sie im Hinblick auf Gillon Peters hegen mochte. Vielleicht war es ja nicht mehr als eine Laune. In den schäbigen Edinburgher Straßen, eingeengt von hohen Gebäuden, sehnte sie sich plötzlich nach Heatherbank zurück. Sie wollte sehen, wie der weiße Nebel vom Fluss aufstieg, die Kühe in den Stall wanderten und Roderick über den Pfad von der Wiese nach Hause kam. »Erwartest du heute Abend Papa zum Essen?«

»Habe ich das nicht erwähnt?«, fragte Charlotte. »Papa hat sich nach Craigiehall zurückgezogen. Hier kann er nichts mehr ausrichten, und Grant meinte, es wäre besser, wenn er für die nächsten Wochen nicht erreichbar wäre. Grant hat alles im Griff.«

»Ach ja?«, bemerkte Nicola.

»Was ist los mit dir, Nicola? Seit deiner Rückkehr vom Land bist du ausgesprochen mürrisch.«

»Ich mache mir Sorgen um Papa, das ist alles.«

»Dann fahr zu ihm«, entgegnete Charlotte. »Fahr nach Hause, nach Craigiehall, wenn du musst.«

»Ich dachte, du brauchst mich hier«, wandte Nicola ein.

»Ich habe Molly, die sich um mich kümmert, und Jeannie wird bald zurückkommen.«

»Hast du keine Angst mehr?«

»Angst? Angst wovor?«, fragte Charlotte. »Ich erfreue mich einer guten Gesundheit, und Dr. Graythorn wird mich besuchen, wenn es notwendig wird. Ich habe ein behagliches Haus, einen liebevollen Ehemann und alle Aufmerksamkeit, die ich mir wünschen kann. Wovor, bitte, soll ich Angst haben?«

Nicola schüttelte den Kopf. »Vor gar nichts, nehme ich an.«

Charlottes ungewohnter Optimismus beunruhigte sie. Noch einmal betrachtete sie die Straße mit den wackeligen alten Wohnhäusern. Sie fühlte sich leer, substanzlos, wie ein Phantom. Beinahe wünschte sie, dass Gillon seine unbeholfene Werbung wieder aufnehmen würde, auch ohne dass ein Anteil an Craigiehall seine Aufmerksamkeiten zu einer lohnenden Angelegenheit machen würde. Bevor dieser törichte Gedanke allerdings Wurzeln schlagen konnte, stieß sie ein angewidertes kleines Schnauben aus, griff nach Charlottes Arm und machte sich zur High Street auf, wo ihnen nichts zustoßen konnte.

In seiner Hast, eine Truppe englischer Schauspieler zusammenzustellen, war es Sir Archie nicht in den Sinn gekommen, dass Straßenkinder aus Bow oder fette Damen aus Southwark die Sprache, die zu *Fingal* passte, vielleicht nicht perfekt beherrschen würden. Er war von Madelaines stimmlicher Begabung verwöhnt – oder vielleicht getäuscht – worden. Sie hatte genug Verstand, um Vokale abzurunden, Konsonanten auszusprechen und am Ende ihrer Zeilen ein gewisses Beben einzufügen, damit sie sich, zumindest Archies Meinung nach, ziemlich genauso anhörte wie eine Bewohnerin der Orkneyinseln mit gebrochenem Herzen und so den Ansprüchen eines Publikums aus Lowlandern genügte.

Die drei Jungen, Charlie, Tom und Ben, würden den Ansprüchen jedoch niemals genügen, selbst wenn Sir Archie sie bis zum Jüngsten Tag proben ließe. Ihre Muttersprache war Cockney, und ihre schauspielerische Ausbildung hatte sich darauf beschränkt zu lernen, wie man über eine Bühne ging, ohne zu stolpern. Ben hatte sich jedoch selbst das Radschlagen beigebracht und stellte dies jetzt im ganzen Salon unter Beweis, bis Mr. Cavendish ihn am Kragen packte und zwang, damit aufzuhören.

Das magere Mädchen, Nancy, war von seiner Umgebung so überwältigt, dass es zuerst kein einziges Wort herausbrachte. Als man die Kleine endlich überredet hatte, einen klagenden Ausruf hervorzubringen, stieß sie eine Reihe von Kreischlauten aus, die so schrill waren, dass das Silber klirrte, das Kristall sang und Lady Valerie sich die Ohren zuhielt, alle Höflichkeit über Bord warf und nicht nur aus dem Salon flüchtete, sondern gleich aus dem Haus.

Den fetten Damen, Opal und Pearl – »Juwelen sind wir, Sir, seltene Juwelen« –, erging es kaum besser. Sie waren beide in *Macbeth* aufgetreten und hatten den Hochland-Dialekt hinreichend gemeistert, dass sie um einen Kessel tanzen und den alten Macbeth die Furcht Gottes lehren konnten. Leider war das jedoch himmelweit entfernt von dem lyrischen Gesang, der Melilcoma und Dersagrena abverlangt wurde, Nu-alas Kammerzofen.

Auf der anderen Seite hatte Mr. Conn Cavendish dem Wein allzu reichlich zugesprochen, sodass er jetzt hinreichend beschwipst war, um seine Rolle als Fingal mit düsterer Begeisterung und einem schweren irischen Akzent zu lesen, den er von seiner alten Ma übernommen hatte, die in Donegal geboren und aufgewachsen war.

Also war anscheinend noch nicht alles verloren.

Sir Archie hob seine Perücke vom Boden auf, glättete die Haarbüschel, die er sich beinahe ausgerissen hatte, und setzte seine Mietlinge auf goldene Stühle, damit sie einer von seiner Stardarstellerin, Madelaine Young, ordentlich gespielten Szene lauschen konnten.

Madelaine hatte sich gerade genug professionellen Stolz bewahrt, um ihre Niedergeschlagenheit abzuschütteln, und schlüpfte, nachdem sie Fleur zu sich gerufen hatte, in die Rolle der verstörten Prinzessin. Mit der jungen Frau ihr zu Füßen stürzte sie sich in den ersten von mehreren Monologen, in denen die einfältige Nu-ala den Tod Fingals durch die Hellebarden des römischen Kaisers Caraculla beklagte. Natürlich handelte es sich hierbei um eine Lüge, in Umlauf gebracht von dem schurkischen Hidallan, einem Rivalen um Nu-alas Hand, denn Fingal war im siebten Akt genauso wenig tot, wie er es im ersten gewesen war.

»Wie kurz erst ist's, dass ich gedacht, ich hätt gesehen ihn auf diesem fernen Felsen, strahlend«, begann Madelaine mit einer passenden Geste in Richtung der Prince's Street. »Wie Meteore glänzt' sein Sieg. Wie kurz erst ist's, dass sein Horn ertönt' über das weite aufgewühlte Meer. Es trennt uns wie der Tod die eine Seele von der andern. Ach, dass ich mit ihm im Tode auf den Ufern des Carun liegen könnte, dass meine kalten Tränen auf seiner männlichen Wange schmölzen und ...«

»Madelaine.«

Die Truppe aus London schaute zur Tür hinüber und fragte sich, ob die Störung Teil des Dramas war.

»Madelaine«, sagte Gillon. »Ich muss sofort mit dir sprechen.«

»Was!«, rief Sir Archie. »Sind Sie betrunken, Sir, dass Sie unsere private Theaterprobe stören? Bradley, Bradley, werfen Sie ihn hinaus, diesen ...«

»Aye, Sir.« Gillon trat in den Salon. »Ich bin, gestehe ich, ein wenig mitgenommen, denn Ihre Dame hat mir das Herz gebrochen.«

»Valerie? Was hat Valerie ...«

»Nicht Valerie«, sagte Gillon. »Madelaine.«

Er ging ein, zwei Schritte auf die Frau zu. Sie zog Fleur hoch und schob das Mädchen hinter sich, als fürchtete sie einen Angriff, denn die Waffe in Gillons Hand war kein Theaterdolch.

»Was haben Sie getan?«, rief Archie. »Haben Sie meinen Butler ermordet?«

Eine der fetten Damen kicherte, und das magere Mädchen sagte: »Oh-ah!«

»Ihr Butler ist auf die Straße hinausgelaufen und hat nach der Wache gerufen, man möge ihn retten«, gab Gillon zur Antwort. »Er braucht nicht gerettet zu werden, Sir. Ich erbitte nur einige Minuten der Zeit dieser Dame, dann werde ich sie wieder zurückbringen.«

»Sie sind ein Eindringling, Sir, ein Schurke«, erwiderte Archie. »Sie sollen sie nicht bekommen.«

Aber Madelaine war bereits auf den Lieutenant zugegangen. Sie berührte Archie am Arm und beruhigte ihn mit einem Kopfschütteln und einem seltsamen kleinen Lächeln. Dann schwebte sie, leicht wie eine Sommerbrise, zu Gillon hinüber, legte ihm einen Arm um die Taille, führte ihn aus dem Salon und zog die Tür hinter sich zu.

Eine geschlagene Minute lang rührte sich niemand, dann beugte Ben sich zu seinen Gefährten vor und flüsterte: »Wisst ihr was?«

»Was?«, fragte Charlie.

»Ich glaub, mir gefällt's hier.«

Sie gingen zur Treppe wie Liebende, die einem Maskenball entflohen, und stiegen sie Arm in Arm hinab.

»*Bist* du betrunken?«, wollte Madelaine wissen.

»Nein, ich bin genauso nüchtern wie du.«

»Warum dann der Dolch?«

»Meinst du etwa, ich wäre sonst durch die Haustür gekommen?«

Sie lachte. »Oh, du bist ein Filou, Gillon Peters, ein Narr. Willst du mich entführen?«

»Führst du mich etwa in Versuchung, Maddy?«, sagte Gillon. »Ich stecke auch so schon genug in der Tinte.«

Er blieb am Fuß der Treppe stehen und zeigte die Klinge zwei jungen Lakaien, die am Eingang des Küchenkorridors herumlungerten. »Ihr könnt eurem Herrn ausrichten, dass Mrs. Young spätestens in einer halben Stunde unversehrt zurückkehrt«, erklärte er, »und dass es für alle Betroffenen besser ist, wenn er die Wache nicht verständigt.« Dann zog er Madelaine, die er immer noch untergehakt hielt, zu einer Droschke, die in der feuchten Nachtluft wartete.

Es war Nacht geworden, lange bevor John James zu Hause ankam. Beim Pferdewechsel in Lanark hatte es großen Wirbel gegeben. Er hatte Robertson losgeschickt, das Problem mit dem Stallknecht zu regeln, der anscheinend keine Bezahlung für seine letzte Rechnung erhalten hatte und daher selbst einem noblen Lord keinen Kredit gewähren wollte. Tatsächlich ließ der Bursche sich erst erweichen, nachdem man ihm drei Guineen in die Hand gedrückt hatte, woraufhin John James und Robertson ohne einen Penny dagestanden hatten.

Kalt, hungrig und mit schmerzenden Knochen schleppte er sich zur Tür und zog am Glockenstrang. Hinter sich hörte er Robertson und den Kutscher murren, als wäre der Geist der Rebellion auf sie herabgestiegen. Er konnte es seinem Diener kaum verübeln, dass er verstimmt war, schließlich befand er sich selbst in einer sehr niedergeschlagenen Verfassung, erschöpft von all dem Hin und Her. Seinem Schwiegersohn war er allerdings zutiefst dankbar, dass er ihm die schmutzigen Verhandlungen für den Moment abgenommen hatte.

Gerade hatte er abermals die Hand nach dem eisernen Glockenzug ausgestreckt, da öffnete sich die Tür, und im hellen Kerzenlicht stand seine Cousine Isabella vor ihm.

»Du?«, fragte er. »Wo zum Teufel hast du gesteckt?«

»Ich war auf Reisen«, antwortete sie. »Hier, gib mir deinen Mantel.«

Sie half ihm, das schwere Kleidungsstück von den Schultern zu streifen, und reichte es einem Dienstboten, der in Begleitung von Mrs. McGrouther von unten hochgekommen war. Sie stellte sich auf die Zehenspitzen, nahm ihm den Hut vom Kopf, schüttelte ihn kurz aus und reichte ihn dem Lakaien.

»So!« Isabella strich ihm mit den Fingerspitzen über die Weste. »Das ist schon besser.« Dann legte sie zu John James' Überraschung die Arme um seine Taille, zog ihn an sich und bettete den Kopf an seiner Brust. »Armes Lämmchen«, sagte sie. »Armes Lämmchen.«

Mrs. McGrouther räusperte sich und erkundigte sich danach, was Seine Lordschaft essen wolle. Nachdem diese Angelegenheit geregelt war, begleitete John James Isabella in den kleinen Salon, in dem ein Feuer brannte und Gläser bereitstanden. Er ließ sich vor dem Feuer auf die Knie nieder und wärmte sich die Hände, während Isabella Brandy einschenkte.

»Woher hast du gewusst, dass ich nach Hause kommen würde?«, fragte er.

»Wohin hättest du sonst gehen sollen, um der Schande zu entfliehen?«

Er nippte an seinem Glas, drehte sich auf dem Absatz herum und schaute zu ihr auf. Sie trug ein hübsches offenes Gewand mit einem gefälteten Mieder und einer kleinen Schirmmütze, alles neu.

»Komm«, sagte sie. »Setz dich zu mir, Johnny. Ich kann es nicht ertragen, auf dich hinabzublicken.« Sie bot ihm die Hand und half ihm beim Aufstehen. »Bitte, nimm doch Platz, Liebster. Ich habe mehr Antworten zu geben, als du Fragen hast, und es dauert noch mindestens eine Stunde, bis das Abendessen fertig ist.«

Ihre gezierte Sprechweise erinnerte ihn an Tante Hankin. Er tastete nach dem Sessel, ließ sich hineinsinken, schlug die Beine übereinander und drückte das Brandyglas an die Brust. Isabella setzte sich auf einen geraden Holzstuhl.

»Zunächst«, begann sie, »will ich dir erzählen, wo ich gewesen bin. Ich war in London und Gloucester, um meine Kinder zu besuchen; Ariadne und Willie zuerst, dann Olivia, meine herzögliche Tochter. Ich habe meine verschiedenen Enkelkinder gesehen, fünf von sieben insgesamt. Sehr hübsch und höflich sind sie. Ariadnes Ältester befindet sich bereits auf der Grand Tour, und Willies Sohn bereitet sich auf ein Jurastudium in Leiden vor. Wie die Zeit doch dahinfliegt, nicht wahr?«

»Ganz recht, ganz recht«, sagte John James milde.

»Meine Kinder waren durchaus gastfreundlich, aber ich glaube, ich habe sie einigermaßen in Verlegenheit gebracht. Sie waren erleichtert, dass ich mich ihnen nicht aufdrängen und auf meine alten Tage Zuflucht bei ihnen suchen wollte.«

»So alt bist du noch nicht, meine Liebe, dass du einer Zuflucht bedarfst.«

»Ich bin dreiundsechzig, Johnny«, erwiderte seine Cousine. »Ich kann nicht glauben, dass meine Töchter Frauen sind, die sich der Lebensmitte nähern, und dass meine Enkelkinder, für die ich natürlich eine Fremde bin, bereits ihren Weg in der Welt machen. Ich hätte sie wahrscheinlich niemals mit Clarence gehen lassen sollen, denn ich habe sie verloren, und so herzlos es klingen mag, ich verspüre keinen besonderen Drang, sie wiederzufinden.«

»Verlorene Kinder«, sagte John James nickend. »Ja, traurig, traurig.«

Isabella starrte auf die Spitze ihrer Pantoffeln. »Salton House und das gesamte umliegende Land gehören mir, Johnny. Es ist frei von Hypotheken. Willie, der das Recht hat, gefragt zu werden, hat erklärt, er habe kein Interesse an dem Besitz, und er hat tatsächlich eine Verzichtserklärung abgegeben.«

John James fühlte sich versucht zu fragen, was das mit ihm zu tun habe, doch er hatte bei Gericht und außerhalb der Gerichte schon viele Einleitungsreden ertragen. Daher drängte er seine Cousine auch nicht, zur Sache zu kommen. Außerdem hatte er das seltsame, aber deutliche Gefühl, dass sie im Begriff stand, ihm etwas zu sagen, das er nicht hören wollte.

»Weißt du, wie ich von dem Gerichtsprozess erfahren habe, der deine Position als Richter bedroht?«, fuhr Isabella fort.

»Hmm«, erwiderte John James so beiläufig wie möglich. »Wie hast du davon erfahren?«

»Lady Valerie Oliphant hat mich darüber in Kenntnis gesetzt.«

»Lady Valerie?« Er richtete sich auf. »Was hat sie mit dir zu tun, Isa, oder vielmehr: Was hast du mit ihr zu tun?«

»Ich fürchte, mein Lieber, dass ich verantwortlich für deine üble Situation bin.«

»Nun ja, du hast mich beraten.«

»Ich habe mehr als das getan. Ich habe um deinetwillen an Lady Valerie geschrieben und sie gebeten, dir eine Braut zu suchen.«

»Du hast *was* getan?«

»Ich habe sie für deine Freundin gehalten.«

»Das habe ich ebenfalls getan«, sagte John James. »Anscheinend sind wir beide getäuscht worden. Sprich weiter!«

»Ich konnte unmöglich wissen, dass Valerie Oliphant die Gelegenheit beim Schopf packen und ein solches Unheil anrichten würde.« Isabella zog die Schultern in einem schaudernden kleinen Achselzucken hoch, wie ein Spatz auf einem Zweig. »Ich hätte mich nicht einmischen sollen. Bitte, Johnny, sag, dass du mir verzeihst! Ich fürchte, all die Jahre allein in Salton House haben meinen Verstand getrübt.«

»Schützt du Wahnsinn als Verteidigung vor, Isabella?«

»Wahnsinn – oder Liebe.«

»Liebe?«

Seine Cousine seufzte. »Ich kann es geradeso gut eingestehen, John James: Ich bin in dich verliebt, seit wir beide kurze Kleidchen getragen haben.«

»Die Zuneigung, die zwischen Mitgliedern einer Familie besteht, darf keinesfalls mit ... ah ... mit Liebe verwechselt werden«, entgegnete John James. »Warum hast du mir nichts von deinen Gefühlen erzählt?«

»Du hattest die Mädchen«, erwiderte Isabella, »ein Gut, um das du dich kümmern musstest, eine hohe Position in der Gesellschaft. Ich dachte ... ich dachte, du wärest glücklich.«

»Glücklich?«, fragte Seine Lordschaft. »Mein Gott, Isa! Ich war seit Jahren nicht mehr glücklich.«

»Als Charlotte davongelaufen und Nicola ihr gefolgt ist«, fuhr Isabella fort, »hatte ich gehofft, vielleicht deine Beraterin werden zu können, deine Vertraute, und dass du, wenn alles andere scheitern sollte, zu mir zurückkommen würdest. Gerade du kannst gewiss verstehen, was es bedeutet, alles auf eine Karte zu setzen.«

»Allerdings«, bestätigte John James. »Aber Isa, es war mein Glück, mit dem du gespielt hast, nicht nur dein eigenes.«

»Das weiß ich, Johnny. Jetzt weiß ich es. Wenn du wünschst, dass ich gehe ...«

»Ich wünsche nicht, dass du gehst«, sagte John James. »Du trägst nicht ganz allein die Schuld an meinem Missgeschick. Mein Absturz war längst überfällig.« Er erhob sich aus dem Sessel und drehte eine Runde durch den Salon, wobei seine Cousine ihn angstvoll beobachtete. »Warum habe ich dich wohl überhaupt um Rat gefragt? Ich bin zu dir gekommen, weil ich sonst nirgendwohin konnte. Du warst meine einzige Freundin, die einzige Person auf der Welt, an die ich mich wenden konnte, die einzige Person, die in mir keinen steifen, sturen Tyrannen sah. Du warst bereits meine Vertraute.«

»Aber ich habe dich verraten, ich habe dich im Stich gelassen.«

»Du hast mich nicht schlimmer im Stich gelassen, als ich meine Töchter im Stich gelassen habe. Du hast mir den Kopf zurechtgesetzt und mir eine wertvolle Lektion erteilt, dass Blut nämlich dicker ist als Wasser.« Er trat hinter sie und legte ihr eine Hand auf die Schulter. »Die Frage ist, was können wir mit vereinten Kräften tun, um zu retten, was von meinem Ruf und meiner Karriere noch zu retten ist?«

»Mit vereinten Kräften?«, wiederholte Isabella.

»Wie die Dinge liegen, müssen sowohl Valerie Oliphant als auch Madelaine Young ausgezahlt werden, und sei es auch nur, damit sie mich nicht vor Gericht zerren.«

»Dann zahle sie aus«, erklärte seine Cousine.

»Ich habe kein Geld; das heißt, ich habe keins in der Hand.«

Er spürte ihr Lachen mehr, als dass er es hörte, ein leises Beben der Schulter unter seinen Fingern, dann sprang sie auf, beugte sich über den Stuhl und umfasste seine beiden Hände, als wäre sie drauf und dran, eine Gavotte mit ihm zu tanzen.

»Nein, Liebster, nein«, sagte sie, »aber ich habe welches. Tatsächlich habe ich Unmengen an Geld.«

»Ich habe bereits genug von dir geborgt, Isa. Selbst unter den günstigsten Bedingungen bezweifle ich, jemals in der Lage zu sein, meine Schulden bei dir zu begleichen.«

»Oh, ja, Johnny«, versicherte seine Cousine. »Das wirst du, das wirst du.« Und dann stützte sie vorsichtig ein Knie auf den Stuhl, zog sich hoch und küsste ihn.

Die Droschke entfernte sich klappernd vom Herrenhaus der Oliphants, fuhr um die Ecke und erreichte jenen Bereich unfruchtbaren Bodens am alten Friedhof von St. Ninian's, wo Gillon sein Rendezvous mit Lady Valerie hatte. Auf sein Geheiß hin hielt das Gefährt vor den verschlossenen Toren. Mittlerweile hatte er sie nicht nur ein oder zwei Mal geküsst, sondern Dutzende Male, und Maddy, wild und atemlos, hätte sich ihm ohne Bedenken hingegeben, hätte er das gewollt.

Sobald die Droschke jedoch anhielt, schob Gillon Maddy von sich. »Nein«, sagte er. »Nein.«

»Warum nicht?«, fragte sie. »Hier kann uns niemand sehen, und der Fahrer wird nicht auf uns achten. Willst du mich denn nicht?«

»Verdammt, Maddy, natürlich will ich dich.«

»Wo bist du den ganzen Sommer gewesen? Ich habe in Kingsley nach dir Ausschau gehalten. Ich habe geglaubt, du würdest einen Vorwand finden, um zu mir zu kommen. Oh, Liebling, wie sehr ich dich vermisst habe!«

»Du hast mich vermisst, ja?«, fragte Gillon. »Aye, vielleicht hast du das tatsächlich. Aber nicht genug, dass du deine Pläne deswegen nicht in die Tat umgesetzt hättest.«

»Oh, ich bitte dich«, erwiderte Maddy und warf den Kopf in den Nacken. »Nach all der Mühe, die wir hatten, soll ich jetzt aufgeben? Du machst dir wohl Sorgen um deinen Bruder und bist plötzlich ehrlich geworden. Nein, nein, nein, Liebling. Das nehme ich dir nicht ab.«

»Ehrlichkeit hat nichts damit zu tun«, entgegnete Gillon. »Hör dir lieber an, was ich zu sagen habe, bevor du vor Gericht ziehst!«

»Wenn du die Drohungen meinst, die dein Anwaltsbruder ausgeheckt hat, so weiß ich aus zuverlässiger Quelle ...«

»Von Valerie Oliphant?«

»Von Lady Oliphant, ja – ich weiß aus zuverlässiger Quelle, dass John James jeden Penny ausspuckt, den ich von ihm verlange, um zu retten, was von seinem kostbaren Ruf noch zu retten ist.«

»Zehntausend, Maddy?«, fragte Gillon. »Der alte Teufel hat einiges an den Füßen, das weiß Gott, doch er kann nicht zehntausend Pfund aus dem Nichts heraufbeschwören.«

»Er kann es sich borgen.«

»Borgen? Von wem?«

»Sir Archie.«

»Was?«, rief Gillon. »Sir Archie wird Craigiehall Geld leihen, um dich auszuzahlen, dich und seine Frau? Also, das ist schlicht und einfach lächerlich. Wie will Sir Archie ein solches Darlehen absichern?«

»Indem er ein Pfandrecht auf Craigiehalls Besitz geltend macht.«

»Sir Archie hat kein Interesse daran, Land in Ayrshire zu erwerben, oder? Der Mann hat so viel Grundbesitz, dass er gar nicht weiß, was er damit anfangen soll.«

»Für einen Gentleman wie Archie Oliphant gibt es so etwas wie zu viel Grundbesitz nicht«, sagte Maddy. »Ich hatte schon früher mit Männern wie ihm zu tun, Gillon, Männern, für die Urkunden und Policen und – wie heißt das noch? – Erbgüter so nötig sind wie die Luft zum Atmen. Oliphant braucht sich um seinen Besitz nicht zu kümmern. Das erledigen seine Banker für ihn. Er nimmt die Zinsen und Provisionen ...«

»Und verschleudert alles an Menschen wie dich.«

Sie lachte. »Und wie dich, Gillon Peters. Hast du die Finger nicht auch in diesen Honigtopf gesteckt, sie abgeschleckt und nach mehr verlangt?«

Sie zuckte zusammen, als Gillons Faust auf das abgenutzte Polster krachte. »Ich hätte wissen müssen, dass hinter Valeries Einmischung mehr steckt, als auf den ersten Blick zu erkennen war«, fauchte er. »Nicht einmal Valerie Oliphant würde für zehntausend Pfund so weit gehen. Wahrscheinlich hatte Archie von Anfang an die Hand mit in der Sache.«

»Wahrscheinlich«, bestätigte Maddy. »Jetzt wirst du vermutlich nach Hause laufen und es deinem Bruder erzählen, nicht wahr?«

»Es spielt keine Rolle, was ich tue oder nicht«, erklärte Gillon. »Die Oliphants werden nicht damit durchkommen – und du auch nicht, Maddy.«

»Und wer soll mich aufhalten? Du?«

»Wenn du tatsächlich vor Gericht gehst, wird mein Bruder Zeugenaussagen vorlegen, dass Craigiehall nicht dein einziger Verehrer oder Liebhaber war.«

»Das wird er dann beweisen müssen, nicht wahr?«, bemerkte Maddy.

»Er wird auch Fleur in den Zeugenstand rufen und ihr alles über deine früheren Beziehungen entlocken, was er nur kann.«

»Fleur wird sich nicht einschüchtern lassen«, sagte Maddy.

»Im Kreuzverhör durch geschickte Anwälte? Das möchte ich bezweifeln.«

Maddy schwieg kurz, bevor sie wieder das Wort ergriff. »Was bietet er an?«

»Fünfzehnhundert Pfund.«

»Und für mein Kind?«

»Ein Kind, das bequemerweise verschwinden wird, nachdem du dein Geld bekommen hast, daran zweifle ich nicht«, erwiderte Gillon. »Es werden mindestens acht Wochen bis zum Beginn der Verhandlung verstreichen, wahrscheinlich mehr. Bis dahin wirst du deinen Zustand nicht mehr verbergen können.«

»Eine Verzögerung wird zu meinem Vorteil sein«, stellte Maddy fest.

»Bist du wirklich schwanger, Maddy?«

»Wirklich und wahrhaftig, ja.«

»Du lieber Gott!«, entfuhr es Gillon.

»Da! Siehst du?«, sagte Madelaine. »Ich mag nicht alle Karten in der Hand haben, doch ich habe einige Trümpfe.« Sie klopfte sich leicht auf den Bauch. »Hier drin.«

»Aber es ist nicht Craigiehalls Kind – es kann nicht sein Kind sein.«

»Wer will das mit Sicherheit sagen?«

»Es ist meins, nicht wahr?«, fragte Gillon.

»Das wird John James nicht wissen«, erwiderte Maddy. »Er mag Zweifel hegen, mag vielleicht eine große Zahl von Dienern aufbieten, die beweisen sollen, dass wir beide, du und ich, reichlich Gelegenheit hatten, ein Baby zu zeugen, aber nur zwei Menschen kennen die Wahrheit. Ich bin der eine, und du bist der andere, Gillon, und du wirst schweigen wie ein Grab.«

»Woher weißt du das so genau?«

»Weil du ein Teil des Ganzen bist, ein Teil des Betrugs.«

Im schwachen Schein des Lichts der Kutschenlaterne sah sie schöner aus denn je, dachte er. Er sehnte sich danach, sie in den Armen zu wiegen, sie zu küssen – sie zu küssen und sie zu beschützen. Er drückte sich in eine Ecke der Droschke, so weit weg von Maddy, wie der enge Raum es zuließ.

»Ich werde mein Geld bekommen«, erklärte sie. »Ich habe hart dafür gearbeitet.«

»Ich dachte ... ich dachte, du liebst mich.«

»Du wirst deinen Anteil bekommen, Gillon. Eine vernünftige Summe für deine Bemühungen.«

»Ich will meinen Anteil nicht«, sagte Gillon.

»Oh, du willst alles, ja?«

»Ich will dich.«

»Warum?«

»Weil wir aus demselben Holz geschnitzt sind, Maddy, und weil ich dich liebe.«

»Aber du hast kein Geld, Gillon.«

»Hör mal«, sagte er, »Craigiehall wird mir fünfhundert Pfund bezahlen, damit ich schwöre, dass wir beide ein Liebespaar waren. Er wird dir fünfzehnhundert Pfund zahlen, damit du ihn nicht verklagst.«

»Und seine Schulden bei Valerie Oliphant begleichen?«

»Ja, das ebenfalls, nehme ich an.«

»Zweitausend Pfund«, sagte Maddy. »Selbst wenn wir das in Guineen umrechnen, wird es ihn nicht in den Bankrott treiben, oder?«

»Das weiß ich nicht«, antwortete Gillon. »Nein, vielleicht nicht.«

»Dann werde ich Sir Archie enttäuschen.«

»Wer schert sich schon um Sir Archie?«, versetzte Gillon. »Er ist nicht der Vater deines Kindes.« Er hielt inne, dann fügte er boshaft hinzu: »Oder, Madelaine?«

»Sind das deine Neuigkeiten?«, erwiderte sie. »Dass du fünfhundert Pfund für die Erklärung bekommst, dass wir ein Liebespaar waren? Was ist, wenn ich es abstreite?«

»Das wäre ein Meineid«, antwortete Gillon. »Maddy, Kind hin oder her, du hast nichts gegen Craigiehall in der Hand. Gott weiß, Verhandlungen wegen eines gebrochenen Eheversprechens haben für alle kaum mehr als einen gewissen Unterhaltungswert, auch für die Rechtsanwälte und Richter.«

»Für alle bis auf die Betroffenen«, widersprach Madelaine. »Seine Lordschaft wird mich dafür bezahlen, dass ich den Mund halte und seine Posten und seinen Ruf rette.«

»Und er wird sein Gut verlieren.«

»Er kann sich natürlich vor Gericht meiner Anklage stellen, seinen kostbaren Besitz bewahren und alles andere verlieren.«

»Craigiehall ist alles, was er hat, um es an seine Kinder weiterzugeben.«

»Oh!«, rief Madelaine. »Späte Reue, späte Einsicht.«

»Bitte, Maddy«, sagte Gillon. »Lass uns aus diesem Schlamassel abschöpfen, was wir können, und zusammen weggehen – mit Fleur natürlich –, fort aus Edinburgh, fort aus Schottland.«

»Ich soll mit Ihnen davonlaufen, Lieutenant Peters?«, fragte Maddy. »Ich glaub's ja nicht!«

»Dann heirate mich«, sagte Gillon. »Heirate mich und gib unserem Kind einen Namen.«

Sie hatte den Anstand zu zögern, bevor sie mit einem Kopfschütteln erwiderte: »Nein, Liebling, nein. Jetzt bring mich zurück zu Sir Archies Haus, bevor er die Stadtwache und das halbe Regiment ausschickt, damit sie nach mir suchen.«

»Maddy ...«

»Ich muss ein Stück einstudieren. Ich muss proben.«

»Ist das dein letztes Wort, Madelaine?«

»Das ist es«, bestätigte sie. »Das ist es.« Und während sie die Tränen zurückhielt, sah sie zu, wie er aus der Droschke stieg, dem Kutscher schroff Anweisung erteilte, sie nach Hause zu bringen, und aus ihrem Leben spazierte. Wie sie glaubte, für immer.

Kapitel 24

Ein volles halbes Jahr war verstrichen, seit sie Gillon Peters zum ersten Mal gesehen hatte, der damals – wie jetzt – auf dem Bibliotheksstuhl gesessen hatte, das Kinn auf die Hand gestützt und einen habgierigen Glanz in diesen unendlich blauen Augen. Nicola war es, nicht Gillon, die sich in dieser Zeit am meisten verändert hatte. Sie ließ sich nicht länger blenden von seiner Galanterie und war auch nicht mehr belustigt über seine blumigen Komplimente. Auch war sie nicht mehr beeindruckt von Grants Autorität; er war viel zu gerissen und zu berechnend. Diese beiden Männer und ein weiterer hatten sie gelehrt, dass es nicht genügte, wenn eine junge Frau hübsch, geistreich und intelligent war. Sie musste darüber hinaus etwas ihr Eigen nennen können.

Charlotte knabberte eingelegte Walnüsse von einem Teller, den sie auf ihren Schoß gestellt hatte – oder was davon noch zu sehen war. In dem engen kleinen Raum vermischte sich der Geruch von Malzessig unangenehm mit dem Qualm der Zigarre, die Grant rauchte. Während Gillon seine Geschichte von Verlogenheit und Betrug erzählte, ließ Charlotte das Gesicht des Soldaten keinen Moment aus den Augen.

Die Faszination ihrer Schwester für Gillon Peters hatte etwas Ungesundes, beinahe Obszönes, fand Nicola, aber Grant blieb völlig ungerührt, wenn er es überhaupt bemerkte. Ihn beunruhigten mehr Gillons Bericht über sein Treffen mit Madelaine Young und die Neuigkeit, dass Sir Archie Oliphant seine Hand nach Craigiehall ausgestreckt hatte.

»Also«, sagte Grant, »die Frau wird weder gesundem Menschenverstand noch dem Angebot eines gerechten Preises für ihr Stillschweigen zugänglich sein?«

»Sie wollte keinen Zentimeter weichen«, bestätigte Gillon. »Jedenfalls nicht mir gegenüber.«

»Ich werde ihr in den nächsten ein oder zwei Tagen ein förmlicheres Angebot unterbreiten«, erklärte Grant. »Ich habe deine unterschriebene und beeidete Erklärung und einen Entwurf, wie wir die Anklage erwidern, wenn sie darauf besteht.«

»Ich verstehe nicht«, mischte sich Charlotte ein und wischte sich das Kinn am Ärmel ab. »Willst du damit sagen, Gillon, dass du und diese Frau tatsächlich … du weißt schon?«

»Ich werde beschwören, dass wir es getan haben, meine Liebe«, antwortete Gillon, »und sei es auch nur, um den Grund und Boden deines Vaters für deine Kinder zu retten.«

»Aber hast du's getan oder nicht?« Charlotte ließ nicht locker.

»Oh, na schön: Ich hab's getan.«

»Wie konntest du, Gillon, wie konntest du nur?«

»Mit Leichtigkeit, könnte ich mir vorstellen«, warf Grant ein.

»Hat es wenigstens Spaß mit ihr gemacht?«, wollte Charlotte wissen.

»Was ist, wenn's so war, verdammt?«, gab Gillon zurück. »Ich bin kein Eunuch, Charlotte, und ich bin auch nicht dein Gatte, Gott sei dafür gedankt. Überleg mal Folgendes, meine Süße: Ich habe mit Madelaine Young getan, was ich tun musste, und es war nicht schwieriger, als vorzugeben, dass ich den Boden anbete, auf den du den Fuß gesetzt hast.«

Nicola hatte Gillon noch nie so wütend gesehen. Er umklammerte die Kante des Lesepults, und einen Moment lang schien es, als würde er es vielleicht umwerfen. Sie sah, wie Grant sich auf seinem Stuhl zusammenkauerte, bevor beide Männer zu ihrer Erleichterung ihre Selbstbeherrschung zurückgewannen. »Damals wusste ich nicht«, fuhr Gillon immer noch wutschnaubend fort, »dass Oliphant es auf den Besitz in Ayrshire abgesehen hatte.«

»Steckst du mit all diesen Leuten unter einer Decke, Grant?«, hörte Nicola sich sagen. »War es von Anfang an deine Absicht, den Besitz meines Vaters für die Familie Peters zu sichern? Ist das der Grund, warum nicht ein einziges Mitglied deiner Familie an eurem Hochzeitstag aufgetaucht ist? Wer hat die Idee ausgebrütet? Warst du es, Grant, oder war es deine Mutter, die verflixte heilige Margo?«

»Lass mich da bitte außen vor, Nicola, wenn du so freundlich sein willst«, entgegnete Grant.

»Hat Mr. Mackenzie es so eingefädelt, dass du meinen Vater kennengelernt hast, einen Gentleman mit Ländereien und guten Verbindungen und, was das Wichtigste von allem für deine Zwecke war, zwei unverheirateten Töchtern und keinem männlichen Erben?«, fragte Nicola weiter. »Und du, Gillon, wurdest du dazu überredet, mich zu umwerben, nur damit der Besitz auch dann nicht gänzlich verloren gehen würde, wenn etwas schiefging?«

»Die Werbung um dich geht allein auf meine Kappe«, antwortete Gillon. »Grant hat sie missbilligt, und meine gute alte Mutter, Gott segne sie, wusste nichts davon.«

»Und Roderick?«, hakte Nicola nach.

»Roderick?«, wiederholten Gillon und Grant wie aus einem Mund.

»War er eure Trumpfkarte?«

Die Brüder sahen einander an, und für den Bruchteil einer Sekunde war Nicola beinahe davon überzeugt, dass ihre Verwirrung echt war.

»Hat Roderick dich verführt?«, wollte Gillon wissen.

»Nein«, gab Nicola errötend zur Antwort.

»Ich verstehe nicht«, bemerkte Charlotte plötzlich, »was die Keuschheit meiner Schwester mit meinem Erbe zu tun hat oder welche Rolle diese Bauern dabei spielen müssen. Du bist der einzige Betrüger hier, Gillon Peters. Du bist der einzige Verräter.« Sie hob abrupt die Stimme. »Warum hast du versucht, uns zu ruinieren?«

»Des Geldes wegen, meine Liebe«, sagte Gillon. »Des Geldes wegen. Ist das nicht stets der Antrieb für alles, was wir tun, ob wir nun Margo Peters' Söhne oder Templetons Töchter sind? Wir sind habgierig, Charlotte, unvernünftig habgierig. Es würde uns allen recht geschehen, wenn Maddy den alten Knaben tatsächlich heiraten und alles für sich fordern würde.«

»Craigiehall gehört mir«, rief Charlotte, »es gehört von Rechts wegen mir, und ich werde es bekommen, alles, für meine Kinder.«

»Natürlich wirst du das, meine Liebe.« Grant erhob sich und trat neben seine Frau. Sie schwitzte heftig, und ein wenig Walnuss-Speichel lief ihr übers Kinn auf den Busen. Grant holte ein Taschentuch heraus und wischte das Rinnsal sanft weg. »Wenn Oliphant seinen Willen bekommt, Liebste«, sagte er leise, »gibt es kein Erbe mehr für dich. Für ihn spielt es keine Rolle, dass Madelaine ein Kind erwartet.«

Charlotte schlug den Arm ihres Mannes weg. »Papa hat mit ihr ein Kind gezeugt?«

»Papa hat nichts Dergleichen getan«, warf Gillon ein. »Das Kind ist von mir.«

»Wirst du es verschachern, um Charlottes Erbe zu schützen, Gillon?«, fragte Nicola. »Ist Geld alles, was für dich zählt?«

Er schwang ein Bein über die Armlehne des Stuhls und stand auf. Er sah Nicola an, antwortete ihr jedoch nicht. »Ich habe getan, was du von mir verlangt hast, Grant, und ich erwarte die Bezahlung. Ich darf doch davon ausgehen, dass Craigiehall dein Versprechen wahr machen und ein Scheck für mich kommen wird, bevor der Monat zu Ende ist?«

»Ich werde dafür sorgen«, versicherte ihm Grant. »Wo wirst du in der Zwischenzeit zu finden sein?«

»In meiner Wohnung«, erwiderte Gillon. »Bis zum Ende des Monats.«

»Und wo dann?«, fragte Charlotte.

»Wo immer das Regiment mich hinschickt«, antwortete er und verließ mit einer förmlichen Verbeugung vor seiner Schwägerin und einem Nicken in Nicolas Richtung den Salon.

Und Charlotte klammerte sich an ihren Mann und brach in Tränen aus.

»Nun, nun, Margo«, sagte Duncan Ralston, dessen Stimme gedämpft unter einer Decke hervorkam, »du musst dich nicht aufregen. Es ist bloß eine Erkältung, die mir auf die Brust geschlagen ist.«

»In deinem Alter, Daddy, reicht eine kleine Erkältung aus, um dich dahinzuraffen«, erwiderte Margo. »Hör auf zu streiten und hol einmal tief Luft.«

Er trug ein Flanellnachthemd und Wollsocken. Um seine Schultern war eine Decke gewickelt, und eine weitere hing über seinem Kopf. Er beugte sich über das Becken und atmete gehorsam ein, während Margo vorsichtig kochendes Wasser in die Mischung nachgoss.

Der beißende Gestank des Balsams erfüllte die Küche.

Einer der Hunde erhob sich mit zuckender Nase hastig vom Fußboden unter dem Tisch und tappte in den kleinen Salon hinüber. Roderick war versucht, ihm zu folgen, und hielt sich den Ärmel vor die Nase, bis die erste Welle des Kräuterdampfs sich verflüchtigte. Er wollte den Zustand seines Großvaters jedoch nicht auf die leichte Schulter nehmen, denn der alte Mann hatte eine unruhige Nacht hinter sich und den ganzen Tag zitternd und hustend vorm Feuer gehockt.

»Wenn das nicht bis morgen besser ist«, erklärte Margo, »dann schicke ich nach Dr. Petrie, ob es dir gefällt oder nicht.«

»Er wird dich eine hübsche Stange Geld kosten«, bemerkte Duncan.

»Billiger als eine Beerdigung«, versetzte Margo und benutzte abermals den Kessel.

Das Feuer war geschürt worden, damit Duncan warm blieb und sein Fieber ausschwitzen konnte. In die Ritzen der Tür waren Säcke gestopft worden, um jeden Luftzug zu vermeiden, und die Atmosphäre in der Küche war drückend heiß. Roderick freute sich nicht auf eine weitere schlaflose Nacht Seite an Seite mit seinem Großvater in dem engen Hinterzimmer, aber wenn er den Vorschlag machte, in einem der Betten auf dem Dachboden zu schlafen, würde seine Mutter ihn der Selbstsucht bezichtigen.

Sie hatte ein heiliges Grauen davor, dass ihr Daddy allein sterben könnte oder dass er überhaupt sterben könnte. Bei der Aussicht auf den Tod ihres hochbetagten Vaters lösten sich sämtliche ihrer christlichen Gewissheiten in Luft auf. So alt und geschwächt er sein mochte, er war noch immer der Fels, an den sie sich klammerte, der Mann, dem sie Rede und Antwort stand und dessen Billigung ihr wichtiger war als alles andere. Margo hatte ihre Söhne im Wesentlichen deshalb so unerbittlich angetrieben, weil sie ihrem Daddy beweisen wollte, dass sie, bloß die Tochter, zwei Mal der Mann war, der er selbst war.

Roderick fragte sich, was aus seiner Mutter werden würde, wenn ihr Vater tot war. Wenn ihre sorgfältig ausgearbeiteten Pläne sich in Luft auflösten, würde er sie dann im Alter pflegen müssen? Würde er zu gegebener Zeit da sitzen, wo Duncan jetzt saß, in sich zusammengesunken und zitternd? Und wer würde für ihn sorgen, wenn er alt war; Grant oder Grants Kinder oder Maries Sohn, wenn er erwachsen war, oder bloß eine Dienstmagd, irgendein schmuddeliges Mädchen, dem sein Anblick zuwider war?

»Ich habe eine Henne geschlachtet«, sagte Margo. »Du wirst morgen einen schönen Teller Suppe bekommen. Das wird deinen Appetit anregen.«

»Ich hatte heute schon einen schönen Teller Suppe«, murmelte Duncan.

»Och, du hast überhaupt nichts gegessen. Du hast nur an dem Brot geknabbert.«

»Ich trinke vor dem Schlafengehen eine Schale Tee.«

»Dann gebe ich ein wenig Whisky hinein«, entschied Margo.

»Whisky? Es ist Luft, die ich brauche.«

»Du tust, was man dir sagt, Daddy!« Margo gab ihm einen leichten Klaps durch die Decke. »Löst der Dampf deine verstopften Atemwege noch nicht?«

Duncan hustete, statt Antwort zu geben, ein nasses, rasselndes Geräusch, und warf die Decke von sich. Er wich vor seiner Tochter zurück, legte die Hände um den Mund und spie Schleim mitten ins Feuer. Die Anstrengung ermüdete ihn. Er lehnte sich zurück, legte den Kopf an die Seite des Kamins und tupfte sich mit dem Handrücken Schweiß von der Stirn.

»Hast du Schmerzen in der Brust?«, wollte Margo wissen.

»Nein, nein«, antwortete er. »Es ist jetzt leichter. Ich werde jedoch ins Bett gehen. Roddy, würdest du mir helfen?«

»Ja.« Roderick hievte sich von seinem Stuhl hoch, legte einen Arm um seinen Großvater und stützte ihn. »Soll ich dich tragen?«

»Ich bin kein Säugling, mein Sohn«, sagte Duncan. »Ich brauche lediglich deinen Arm.«

Das Bett war gelüftet worden, die feuchten Laken waren gewechselt, und über dem einzigen Stuhl im Raum hing ein sauberes Nachthemd. Roderick entzündete die Talgkerze, während

Duncan sich auf die Bettkante setzte. Er hob die Beine, damit Roderick ihm die Strümpfe ausziehen konnte, dann hob er auch die Arme, während sein Enkelsohn das Nachthemd wechselte.

Roderick versuchte, die runzeligen Oberschenkel des alten Mannes nicht anzusehen, ebenso wenig wie den vorspringenden Bauch und die eingefallene Brust, denn die Gebrechen des Alters machten ihm Angst. Er zog dem alten Mann das Nachthemd über den Kopf und verbarg dabei seine Verlegenheit. Dann half er seinem Großvater, die Beine ins Bett zu schwingen, aber Duncan sagte mit einem rauen Ächzen:

»Es geht mir nicht so schlecht, wie ich aussehe, Roddy. Es ist immer noch ein wenig Saft übrig.« Dann schlüpfte er unter die Decke und zog sie sich bis zum Hals hoch. »Nun, mein Sohn, schließ die Tür und setz dich für ein Weilchen zu mir.« Er hielt inne, hustete in seine Faust und fuhr dann fort: »Hast du schon an das Mädchen geschrieben, an Nicola?«

Roderick schüttelte den Kopf. »Was habe ich ihr zu sagen?«

»Sag ihr, dass du sie liebst!«

»Das kann ich nur tun, wenn ich mein Versprechen breche.«

»Dann brich es«, erwiderte Duncan.

»Ich kann nicht.«

Duncan stützte sich auf einen Ellbogen und verzog das Gesicht, als bereitete ihm selbst diese kleine Bewegung Schmerzen. »Hast du nicht schon genug für Margo getan?«, fragte er. »Glaubst du, Grant hätte mehr getan, hätte es besser gemacht? Hättest du eine Frau wie Charlotte Templeton geheiratet, nur deiner Mutter zuliebe?«

»Nein, keinem zuliebe.«

»Dann nimm eine Frau, die zu dir passt.«

»Es gibt nur eine Einzige ...«, begann Roderick.

»Und der Weg zu dieser Frau ist dir wegen eines Versprechens versperrt, oder zumindest glaubst du das«, sagte der alte Mann.

»Wenn diese Angelegenheit in Edinburgh sich für Grant zum Besten entwickelt und Charlotte dem Richter einen Enkelsohn präsentiert, ist deine Schuld beglichen. Sag es ihr, Roddy, sag dem Mädchen die Wahrheit und warte ab, was sie daraus macht.«

Seine Stimme verklang, und um Atem ringend wälzte er sich auf den Rücken und ließ den Kopf ins Polster fallen.

»An deinen Worten ist etwas dran«, räumte Roderick ein. »Aber was habe ich einer Frau wie Nicola Templeton zu bieten?«

»Nicht weniger, als sie dir zu bieten hat.«

»Und was ist das?«, fragte Roddy.

»Mehr als genug, um zurechtzukommen«, antwortete Duncan, dann schnalzte er angesichts der Verwirrung seines Enkelsohns leise mit der Zunge, schloss die Augen und gab vor, eingeschlafen zu sein.

Der Wind vom Forth war schneidend und drang durch die Schichten der verschiedenen edlen Stoffe, in die Hercules sich eingehüllt hatte. Er war nicht allzu erfreut darüber, von seinem knisternden Feuer und seinem gut gepolsterten Sessel fortgeholt worden zu sein, denn in der Regel suchten seine Mandanten ihn auf oder wandten sich an einen seiner Sekretäre. Nicht um Lord Craigiehall einen Gefallen zu tun oder sich einige zusätzliche Guineen zu verdienen, hatte er die Annehmlichkeiten seines Hauses verlassen, sondern um seinen Freund Grant Peters zu unterstützen und, obwohl er es nicht zugegeben hätte, um mit eigenen Augen die *femme fatale* zu sehen, die Craigiehall in eine Falle gelockt hatte, die jeder vernünftige junge Anwalt aus einer Meile Entfernung hätte riechen können.

Der Butler ließ Grant und ihn in Oliphants Haus ein, und ein Lakai führte sie in die Bibliothek. Sir Archie stand mit dem Rücken zum Kamin. Vier weitere Personen saßen um ihn herum und lauschten nicht gerade verzückt dem Geschwafel des Poeten-Bankiers über sein verflixtes Stück.

Hercules erkannte Lady Valerie; ihre hohe Frisur, auf der ein Kopfschmuck aus Perlen und Gaze prangte, verriet sie. Die jüngere Frau an ihrer Seite hielt er für die Schauspielerin. Sie war nicht ganz so frisch, wie er vermutet hatte, aber mit einem schönen Mund und Augen, die mithilfe von ein wenig Kerzenlicht und einem Glas Wein sehr gut das Herz eines Steins hätten erweichen können. Das dritte weibliche Wesen war hübsch und ebenfalls modisch gewandet, obwohl sie Hercules' Schätzung nach bereits jenseits der sechzig war.

Dann erhob sich ein Mann aus den Tiefen eines Sessels, und Hercules warf alles gute Benehmen über Bord und rief: »Dunbar! Was in Gottes Namen tun Sie hier?«

»Ich bin hier, um für Gerechtigkeit zu sorgen, Sir«, beschied ihm der Lord Advocate. »Um die Interessen meines Freundes zu wahren.«

»Ihres Freundes?«, fragte Hercules. »Welches Freundes?«

Und Sir Archie antwortete mit bescheidenem Lächeln: »*Moi.*«

John James schlief bis spät in den Morgen hinein. Isabella war nach Edinburgh gefahren, wo sie seine Interessen vertreten wollte. Sie war die perfekte Gesandte, da sie weder Freundin noch Feindin von Lady Valerie Oliphant war. Er hatte sich erboten, sie zu begleiten, doch sie hatte darauf bestanden, dass er in Ayrshire blieb, bis die Angelegenheit geregelt war und er zu seinen Pflichten bei Gericht zurückkehren konnte. Vielleicht nicht im Triumph, aber doch zumindest ohne Furcht, von der öffentlichen Meinung an den Pranger gestellt und von seinen Kollegen geteert und gefedert zu werden. Er hatte ihr anstelle einer Zofe Robertson mitgegeben und ihr sein Stadthaus zur Verfügung gestellt, was unter den gegebenen Umständen das Mindeste war, was er tun konnte.

Das Meer war wie eine Platte Blech, auf die eine steife, ablandige Brise einhämmerte. Große, blaugraue Wolkenmassen brodelten über den Gipfeln von Arran. John James wusste, dass es draußen kalt sein würde und dass er sich besser in Wolle und Tweed einhüllen sollte, bevor er die Pächter der Reihe nach aufsuchte. Vor nicht allzu langer Zeit hätte er einfach ein Lederwams übergestreift, wäre in seine hohen Wasserstiefel geschlüpft und mit bloßer Brust quer über die Felder galoppiert, aber jetzt, nun ja, jetzt war er nicht mehr so jung und hatte seine Liebe zu hartem Wetter und seinen Stolz darauf, ihm die Stirn zu bieten, verloren.

Er köpfte ein zweites Ei, schenkte sich Kaffee nach und sammelte seine Kräfte für die Anstrengung des Ankleidens. Es waren Jahre verstrichen, seit er sich ohne Robertsons Hilfe angezogen hatte. John James hätte nach einem Jungen schicken können, doch er fühlte sich an diesem Morgen seltsam unabhängig, und der Gedanke, in Truhen und Schränken zu stöbern, war neu und recht reizvoll. Er verzehrte das Ei und schaute, die Kaffeetasse in der Hand, aus dem Schlafzimmerfenster, denn er frühstückte zwanglos im oberen Stockwerk, was er seit Marions Tod nicht mehr getan hatte.

Als es an der Tür klopfte, rief er: »Herein!«, und zu seiner Überraschung trat Hugh Littlejohn, den Hut in der Hand, in den Raum.

»Wie spät ist es?«, fragte John James.

»Zehn, Sir, einige wenige Minuten danach.«

»Habe ich nicht gesagt, dass ich dich um elf an der Kreuzung in Kirkton treffen würde?«

»Das haben Sie, Sir, doch ich habe Neuigkeiten, und ich dachte, dass Sie sie hören wollen.«

»Neuigkeiten, welche Neuigkeiten sind das, Littlejohn?«

»Es geht um die Kohlegrube, Euer Lordschaft.«

John James richtete sich auf. »Was ist damit?«

»Auf de Morvilles Land legen zwanzig Männer Geleise.«

»Geleise?«, fragte John James.

»Hölzerne Gleise, Sir, vom Beginn des Aushubs.«

»Zwanzig Männer, sagst du? Meine Güte! Wer mag das bezahlen?«

»Ich dachte, Sie würden sofort davon erfahren wollen, Sir.«

»Oh, das will ich, das will ich.« John James schob seinen Stuhl zurück. »Das muss ich selbst sehen. Komm in einer halben Stunde zu den Ställen. Nein, sagen wir, in zwanzig Minuten.«

»Soll ich die Chaise für Sie anspannen lassen, Euer Lordschaft?«

»Nein, verdammt«, antwortete John James aufgeregt. »Die Knechte sollen den Hengst satteln.« Und ohne sich darum zu scheren, dass sein Aufseher sich noch im Raum befand, streifte er seinen Morgenmantel und das Nachthemd ab, stolzierte mit bloßem Hinterteil in sein Ankleidezimmer und suchte nach den Wasserstiefeln und dem Wams.

»Lady Ballentine«, sagte Grant, »es ist mir ein Vergnügen, Ihre Bekanntschaft zu machen. Ich habe von meiner Frau und ihrer Schwester schon viel von Ihnen gehört.«

»Ich bin nicht Lady Ballentine«, erwiderte Isabella recht freundlich. »Ich bin schlicht und einfach Mistress Ballentine; der Titel ist mit meinem Gatten gestorben. Ich habe auch von Ihnen viel gehört, Mr. Peters.«

»Und nicht alles war positiv, könnte ich mir vorstellen«, meinte Grant.

»Nein«, gab die Frau zu, »nicht alles.«

»Darf ich fragen, was Sie hier tun?«, erkundigte Grant sich.

»Sie sind sehr direkt, Mr. Peters«, entgegnete Mrs. Ballentine.

»Beleidigend direkt«, bemerkte Lady Valerie. »Ich bin ebenfalls verwirrt, dass Lord Craigiehall es nicht für nötig befunden hat, seinen Anwalt darüber in Kenntnis zu setzen, dass Sie Seine Lordschaft bei der Zusammenkunft heute Morgen als Beobachter vertreten würden.«

»Vielleicht ist der Brief verloren gegangen«, meinte Isabella.

»Ja«, sagte Lady Valerie mit dünner Stimme, »das muss es sein.«

»Und Sie, Hercules«, meldete Dunbar sich zu Wort, »sind Sie ebenfalls als ein Beobachter hier?«

»Nein, ich bin nicht aus Gründen des Profits hier«, widersprach Hercules Mackenzie.

»Soll ich das so verstehen«, fuhr Dunbar fort, »dass Sie bei der Formulierung von Craigiehalls Angebot an diese junge Dame die Hand im Spiel hatten?«

»Was die monetären Bedingungen betrifft, hatte ich nichts zu sagen, falls Sie das meinen.« Hercules trat vor und stellte sich neben Madelaine Youngs Stuhl, bis sie ihm ohne Widerstreben die Hand bot. »Madam«, sagte er. »Es ist mir eine Ehre.«

»Warum, Sir«, erwiderte Ihre Ladyschaft, »ist es Ihnen eine Ehre, wenn Sie doch hier sind, um unseren Gast seines Rechts zu berauben?«

Hercules zuckte nicht mit der Wimper. »Es ist mir eine Ehre, Lady Oliphant, eine Frau von solch exquisiter Schönheit kennenzulernen, ob sie nun Klägerin oder Angeklagte ist.«

»Sie ist keins von beidem«, sagte Dunbar, »noch nicht.«

»Ich bitte Sie«, unterbrach Sir Archie das Gespräch und klatschte in die Hände, als führte er eine Probe durch. »Nehmen Sie doch Platz, meine Herren. Wir sollten in aller Eile zum Kern der Angelegenheit vordringen. Ich werde anderswo erwartet.«

»Sehr schön«, meinte Grant. »Wir werden mit der Erklärung beginnen.«

Er holte zwei Bögen Kanzleipapier aus der Tasche und reichte sie Madelaine Young. Sie gab sie an Lady Valerie weiter, ohne auch nur einen Blick darauf zu werfen. Lady Valerie hielt die Papiere um Armeslänge vor sich, musterte die winzige Handschrift und reichte die Bögen dann an Dunbar weiter.

Der Lord Advocate beugte sich über die Dokumente, wie ein Hund sich vielleicht über einen Knochen beugen mochte, bewegte beim Lesen ein wenig die Lippen und blickte dann auf. »Sie haben mir hier Ihre Causa gegeben, Peters. Ist das klug?«

»Ich habe Ihnen nicht meine Causa gegeben, Sir«, widersprach Grant. »Ich habe Ihnen eine Vorstellung davon gegeben, wie ich meinen Mandanten gegen den Vorwurf eines gebrochenen Eheversprechens verteidigen würde. Ich habe keine Zeugen benannt, mit einer Ausnahme, denn dieser eine reicht gewiss aus, dass Mrs. Young die Angelegenheit nicht weiter verfolgen möchte.«

»Ihr Bruder«, sagte Dunbar. »Was für ein Zufall!«

»Mein Bruder wurde von Lady Oliphant zu diesem Abenteuer eingeladen. Insofern ist es kein Zufall. Man muss die Frage stellen, ob Lady Oliphant und ihr Gatte meinen Bruder ausgewählt haben, um eine Bekanntschaft mit Lord Craigiehall in die Wege zu leiten, weil er mein Bruder war oder aus anderen, weniger annehmbaren Gründen.«

»Sie sind jetzt nicht im Parlamentsgebäude, Peters«, erklärte Dunbar. »Rhetorik ist überflüssig. Ihr Bruder stellt die Behauptung auf, dass er und Mrs. Young in ebendiesem Haus bei verschiedenen Gelegenheiten intim waren, während Sir Archibald und Lady Oliphant abwesend waren. Mein Mandant ...«

»Ihr Mandant, Dunbar?«, fiel Hercules ihm ins Wort. »Ich finde es erstaunlich, dass der Lord Advocate von Schottland sich dazu herablässt, einen Fall wegen eines gebrochenen Eheversprechens zu vertreten. Hat die Sache schon weitere Kreise gezogen?«

»Nein, hat sie nicht«, erwiderte Dunbar mit finsterer Miene.

»Wir sind hier, um zu verhindern, dass es so weit kommt, nicht wahr, Sir?«, fragte Grant.

»Unter der Voraussetzung, dass zehntausend Pfund gezahlt werden«, erklärte Sir Archie gut gelaunt. »Nun, Gentlemen, warum kommen wir nicht zum Kern der Sache? Ist Craigiehall bereit, das Geld zu zahlen, oder nicht?«

»Ist er nicht«, sagte Grant.

»Oho«, meldete Isabella Ballentine sich zu Wort, »ist er durchaus.«

»Pardon?«, fragte Sir Archie.

»Wenn zehntausend Pfund meinen Cousin von allen weiteren Verpflichtungen befreien und sicherstellen, dass Mrs. Youngs Behauptung, sei sie nun wahr oder falsch, nicht an die Öffentlichkeit gelangt«, erklärte Isabella Ballentine, »werde ich zehntausend Pfund bis zum ersten November garantieren.«

»Nein, nein«, platzte Sir Archie heraus, »das können Sie nicht!«

»Warum nicht, Sir? Was soll mich daran hindern?«, wollte Isabella wissen.

»Sie haben keine zehntausend Pfund«, warf Lady Valerie ein.

»Haben Sie zehntausend Pfund, Mrs. Ballentine?«, fragte Hercules.

»Allerdings, Sir, die habe ich«, antwortete Isabella. »Ich habe eine Hypothek auf Salton House aufgenommen, meinen Besitz, und zwar eine Summe, die das, was Mrs. Young fordert, erheblich übersteigt.«

»Ihren Besitz?«, fragte Sir Archie. »Wer in Gottes Namen würde Geld auf dieses Ödland leihen?«

»Sie, Sir«, erwiderte Isabella, »oder vielmehr Ihre Bank.«

»Ha!« Hercules schlug sich auf seine fetten Oberschenkel. »Sie hat Ihnen einen lahmen Esel verkauft, Archie, und Sie waren zu blind, es zu erkennen.«

»Ich werde es verhindern«, sagte Sir Archie. »Bei Gott, das werde ich.«

»Zu spät«, stellte Isabella fest. »Die Dokumente sind besiegelt. Sie oder vielmehr Ihre Direktoren haben mir ein Darlehen auf meinen Besitz gewährt, der nach meinem Tod in Ihre Hände fallen wird, es sei denn, das Darlehen wird zuzüglich sechs Prozent Zinsen zurückgezahlt, bevor dieses unglückliche Ereignis eintritt. Andernfalls werden Salton House und all meine Ländereien Ihrer Bank gehören – und viel Freude damit.«

»Meine Direktoren haben Ihnen kein Geld geliehen, um Craigiehalls Schulden zu bezahlen«, erwiderte Sir Archie. »Ich meine, bei Gott, warum wurde ich nicht hinzugezogen?«

»Weil«, zischte Lady Valerie, »du den Kopf so tief in Fingals Hinterteil gesteckt hattest, dass du seit Monaten an keiner Direktionssitzung mehr teilgenommen hast.«

»Nun, nun, nun«, sagte Hercules. »Anscheinend hat Lord Craigiehall in dieser lieben Dame eine Retterin gefunden. Wenn also Salton House hypothekarisch belastet ist und sie die korrekten Dokumente besitzt – woran ich keinen Zweifel habe –, dann wird Mrs. Young ihre zehntausend Pfund bekommen. Sie, Sir Archie, werden einen weiteren Besitz erworben haben, den Sie dem Hort der Banken hinzufügen können, obwohl es kein Besitz ist, an den Sie Ihr Herz hängen würden – und Lord Craigiehalls Name wird ein und für alle Mal reingewaschen sein.«

»Mrs. Young«, fragte Grant, »wollen Sie die Summe von zehntausend Pfund bis zum ersten Tag des Novembers entgegennehmen und als Gegenleistung dafür die Drohung eines Prozesses zurückziehen, die Frage der Vaterschaft ruhen lassen und in allen

Belangen, die Lord Craigiehalls Beziehung zu Ihnen betrifft, absolutes Stillschweigen bewahren?«

Madelaine zögerte, dann antwortete sie: »Ja.«

»Sie werden diesbezüglich ein Dokument unterzeichnen müssen.«

»Das werde ich tun.«

»Dann wäre die Angelegenheit geregelt«, sagte Grant mit einem Nicken.

»Moment mal«, schaltete Dunbar sich ein. »Ich wüsste gern, wie Mrs. Ballentine sich den Direktoren präsentiert hat und wie die Schätzung des Salton'schen Besitzes bewerkstelligt wurde. Kein Banker oder Geldverleiher würde eine solche Summe bereitstellen, um eine Schuld abzubezahlen, die noch gar nicht entstanden ist.«

»Ich habe einen sehr gewitzten Anwalt, Sir«, erwiderte Isabella. »Da seine Kanzlei sich jedoch in der Provinz befindet, bezweifle ich, dass Sie ihm schon einmal begegnet sind.«

Grant legte sich eine Hand an die Stirn und schloss die Augen. »Bunting«, murmelte er. »Walter Bunting.«

Isabella lachte. »Ebender.«

»Dann sind Sie also die Käuferin von de Morvilles Kohlegrube«, sagte Hercules. »Sie haben Buntings Familiengeschäft erworben und sich hinter dem Namen der Westmore Company versteckt. Sie haben sogar mich damit beauftragt, den Kaufvertrag auszuarbeiten. Aber Sie haben die Grube gekauft, bevor Lord Craigiehall überhaupt einen Blick auf Mrs. Young geworfen hatte. Nun, das nenne ich Voraussicht.«

»Leider bin ich kein Orakel. Die Kohlegruben waren als Geschenk gedacht.«

»Als Geschenk? Für wen?«, wollte Lady Valerie wissen.

»Für meinen Cousin natürlich. John James Templeton – meinen zukünftigen Gatten.«

»Ihr Gatte?«, fragte Lady Valerie.

»Mein zukünftiger Gatte«, sagte Isabella. »Ich habe den Ehevertrag dabei, unterzeichnet und bezeugt, falls Sie ihn sehen möchten. Wir werden um Weihnachten herum vermählt.«

»Und Charlotte und Nicola, meine Frau und ihre Schwester«, wollte Grant wissen, »was wird aus ihnen?«

»Sie werden bekommen, was sie verdienen«, erklärte Isabella.

Kapitel 25

Charlotte trampelte durch den Salon, um den Tisch herum und an der Kommode zurück, fuchtelte mit den Armen, dass das Geschirr klapperte, stieß gegen Stühle und schimpfte lautstark: »Betrogen! Betrogen von meiner eigenen Tante.«

»Isabella ist nicht unsere Tante«, bemerkte Nicola.

»Wir haben sie immer Tante genannt.«

»Nur aus Bequemlichkeit«, sagte Nicola.

»Dann eben von unserem eigenen Fleisch und Blut. Um ein Erbe betrogen von dieser … dieser Eremitin, dieser alten Vettel! Wie lange hat sie schon Ränke geschmiedet, damit Papa ihr ins Garn geht? Sag es mir, Grant!«

»Ich habe keine Ahnung, meine Liebe. Ich kenne die Frau kaum«, erwiderte er.

»Du hättest es dir zur Aufgabe machen sollen, die Frau kennenzulernen«, brauste Charlotte auf und knuffte ihn gegen die Schulter. »Wenn du bei deinen Nachforschungen beim Verkauf dieses Grundstücks de Morvilles gründlicher gewesen wärest, hättest du sie vielleicht daran hindern können, Papa in ihre Fänge zu locken.«

»Ich weiß nicht so recht, ob er allzu sehr gelockt werden musste«, wandte Nicola ein. »Papa hatte Isabella schon immer sehr gern.«

»Sie hat diese andere Frau, die Schauspielerin, als Sündenbock benutzt«, entgegnete Charlotte.

»Du meinst wohl als Lockvogel«, sagte Grant.

»Ich weiß, was ich meine«, fauchte Charlotte.

Sie folgten ihr mit Blicken, wie sie dem Ball bei einem Federballspiel gefolgt wären, nur dass Charlotte erheblich schwerer war. Molly, die Köchin und Jeannie, inzwischen wieder genesen und zurückgekehrt, waren so klug, sich in der Küche zu verstecken.

»Wird Isabella alles bekommen?«, fragte Charlotte.

»Ich hatte keine Gelegenheit, Einblick in den Ehevertrag zu nehmen«, erklärte Grant. »Als Erbinnen werdet ihr jedoch einen gewissen Schutz genießen. Ich wage zu vermuten, dass Seine Lordschaft ihr einen Teil der Erträge auf unbegrenzte Dauer überschrieben hat.«

»Wie viel?«, wollte Charlotte wissen. »Tausende, Millionen ...«

»Charlotte«, meinte Nicola. »Bitte, setz dich. Mir wird ganz schwindelig, wenn ich dir nur zuschaue.«

»Ich werde mich setzen, wenn ich es will«, erklärte Charlotte, ließ sich jedoch trotzdem auf einen Stuhl fallen und stützte die Ellbogen auf den Tisch. »Besser?«

»Viel besser«, antwortete Nicola. »Verrate mir, Grant, was geschehen ist, nachdem Tante Isabella ihre Erklärung abgegeben hat?«

Grant zuckte die Schultern. »Hercules und ich haben uns verabschiedet. Es gab nichts mehr zu sagen. Obwohl es nicht unser Werk war – damit war die Angelegenheit geregelt.«

»Aber warum hat Isabella diese Frau, Lady Oliphant, überhaupt in die Angelegenheit hineingezogen? Warum hat sie Papa in die Arme einer anderen getrieben, wenn sie ihn für sich selbst haben wollte?«, fragte Charlotte. »Warum hat sie de Morvilles Kohlegrube als Mitgift gekauft und Papa dann überredet, sich woanders nach einer Braut umzuschauen?«

»Ihre Vorgehensweise scheint ein wenig unlogisch zu sein, das gebe ich zu«, erwiderte Grant.

»Sie hat es natürlich aus Bosheit uns gegenüber getan«, stellte Charlotte fest. »Sie hat unseren Streit mit Vater ausgenutzt, Nicola. Es ist alles deine Schuld. Wärst du nicht davongelaufen, wäre nichts von all dem geschehen.«

»Meine Schuld?«, begehrte Nicola auf. »Du warst diejenige, die ...«

Grant schaltete sich ein. »Darf ich darauf hinweisen, dass Isabella Ballentine ihren eigenen Besitz verpfändet hat, um den Ruf eures Vaters zu retten und seine Schulden zu bezahlen? Was sie auch durch diese Ehe gewinnt, ihr Opfer wird es nicht aufwiegen.«

»Und du erfreust dich endlich Papas Gunst, Grant«, bemerkte Nicola. »Reicht dir das nicht, Charlotte? Ich bin froh, dass es so gekommen ist. Papa wird mit Tante Isabella glücklich sein und mit untadeligem Ruf ins Grab gehen. Beim Gedanken daran, was deine Mutter, Grant, und deine Brüder getrieben haben, beim Gedanken an all diese Habgier, um das Land meines Vaters in die Hände zu bekommen ... also, ich bin die ganze Angelegenheit herzlich leid.«

»Meine Mutter? Was hat meine Mutter damit zu tun?«, wollte Grant erschrocken wissen. »Was hat sie über mich gesagt?«

»Nichts«, antwortete Nicola ihm. »Oh, die Peters sind gut darin, ihre Geheimnisse zu hüten, sind so gut darin, sich zu verstellen, aber sie – und du – ihr seid nicht besser als mein Papa!«

»Ich weiß nicht, was du meinst«, entgegnete Grant.

»Sie sind genauso gierig und berechnend wie jeder Gentleman mit Landbesitz, genauso entschlossen, gesellschaftlich aufzusteigen, indem sie über ihren Stand heiraten.« Sie erhob sich. »Ich werde hier nicht gebraucht. Ich werde jetzt nirgendwo mehr gebraucht. Ich habe dir nichts mehr zu sagen, Charlotte, oder dir, Grant Peters. Ich werde Ende des Monats nach Craigiehall zurückkehren und hoffe, dass Tante Isabella mich aufnimmt und willkommen heißt, denn es scheint, dass ich nirgendwo sonst willkommen bin.«

»Und was soll ich tun?«, fragte Charlotte. »Wer wird sich um mich kümmern?«

»Ich natürlich«, versicherte Grant, dann sprang er auf und rief: »Nicola, Nicola, komm zurück und erkläre, was du meinst, bitte!«

Aber Nicola war bereits in ihr Zimmer geflohen.

Es war ein langer Tag gewesen, ein sehr langer Tag. Sir Archie hatte darauf bestanden, Fleur und sie von der stürmischen Szene in den Broughton Gardens wegzuholen und Zuflucht hinter den prächtigen Säulen des Theatre Royal zu nehmen. Er hatte dessen Bühne für einen Nachmittag gemietet, um sein zusammengestoppeltes kleines Stück mit seiner zusammengestoppelten kleinen Truppe zu proben.

Später im Monat würden sechs weibliche Mitglieder der Edinburgh Choral Society zum Ensemble stoßen, aber Mr. Abercrombies Werkstatt an der Canongate hatte die ersten Kulissen geliefert, und Charly, Tom und Ben hatten eine glückliche Stunde damit verbracht, über die Pappmachéfelsen zu springen und an der wackeligen Kiefer zu rütteln. Der nüchterne und eifrige Mr. Cavendish hatte versucht, eine Stelle zu finden, von wo aus er seine Stimme erschallen lassen konnte und hoffentlich auch gehört wurde, und Opal und Pearl hatten, Juwelen, die sie waren, ihre Auftritte geprobt.

Während eines gemeinsamen Abendessens bei *Mannering's* – Sir Archie wagte nicht, nach Hause zu gehen – hatten Fleur und Madelaine etwas zu viel Claret getrunken, und als sie dann in Sir Archies Kielwasser zu den Broughton Gardens zurückgekehrt waren, hatten sie zur Melodie von *Cock up your Beaver* Verse aus dem vierten Akt des *Fingal* gesungen, was Sir Archie ganz und gar nicht gefallen hatte.

Lady Valerie hatte nicht hinter der Tür gelauert. Bradley zufolge hatte sie mit Lord Dunbar zu Mittag gespeist und war dann für ein Abendessen und ein Kartenspiel zu *Fortune's* gegangen. Sir Archie hatte sich prompt in die Bibliothek zurückgezogen, um Veränderungen an seinem dramatischen Epos vorzunehmen, und Madelaine und Fleur waren zu Bett gegangen.

Leicht beschwipst lagen sie nebeneinander und starrten das Schattenmuster an der Decke an, welches das Kerzenlicht warf, dann legte Fleur Madelaine eine Hand auf den Bauch.

»Ist er da drin?«, fragte sie. »Kann ich ihn fühlen?«

»Oh, er ist da drin, Liebling, aber er ist noch zu klein, um sich jetzt schon zu regen.«

»Bist du glücklich, Tante Maddy?«

Madelaine seufzte. »Ich sollte wohl glücklich sein.«

»Zehntausend Pfund«, sagte Fleur. »Wir werden reich sein. Werden wir nach Hause zurückkehren, nach London, du und ich und das Baby, und ein entzückendes Haus mieten, und wird Mr. Billington uns besuchen kommen?«

»Nein, ich glaube nicht, dass Mr. Billington uns besuchen kommt«, erwiderte Maddy.

Fleur legte den Kopf dicht neben den ihrer Tante. »Warum bist du nicht glücklich? War unser Aufenthalt in Edinburgh nicht erfolgreich? Willst du kein Baby bekommen, das du nach London mitnimmst?«

»Das ist es nicht, Fleur. Schlaf jetzt bitte!«

»Bin ich es? Langweile ich dich? Ich brauche nicht mit dir zu gehen, Tante Maddy. Der Admiral hat gesagt, dass er mich in Edinburgh behalten wird, wenn ich das will. Ich werde für ihn Piano spielen und mit einer eigenen Zofe in schönen Zimmern leben.«

»Bis er deiner müde wird, Liebling.«

»Ich würde dafür sorgen, dass er meiner nicht müde wird, und wenn er stirbt – denn er ist alt, nicht wahr? –, dann werde ich all sein Geld haben, und ich werde reich sein, wie du.«

»Fleur ...«

»Ich bin immer noch hübsch, oder? Die Pocken haben keine Narben hinterlassen?«

»Nein, du bist immer noch hübsch.«

»Ich glaube jedoch, dass ich mit dir nach London komme und mich um das Baby kümmere, während du am Theater bist. Ich werde seine Mama sein, seine Schwester und seine Tante, alles auf einmal. Was meinst du, wird er mich lieb haben?«

»Davon bin ich überzeugt«, antwortete Maddy. »Es könnte natürlich ein Mädchen werden.«

»Dann werde ich ihr beibringen, wie man Piano spielt, und wir werden Duette für dich spielen, wenn du alt bist.« Sie hielt inne. »Warum bist du nicht glücklich, Tante Maddy? Bist du traurig wegen Lord Craigiehall? Bist du traurig, weil er diese alte Frau zur Gemahlin nimmt und nicht dich?«

»Sie wird ihm eine sehr gute Ehefrau sein«, sagte Maddy.

»Sie hat uns zehntausend Pfund gegeben.« Fleur kicherte leise. »Zehntausend Pfund, damit er sie heiratet und nicht dich. Wie dumm!«

»Es ist nicht dumm, Fleur«, widersprach Madelaine. »Sie liebt ihn.«

»Ich würde für keinen Mann zehntausend Pfund weggeben, auch wenn er mich liebt«, erklärte Fleur. »Du etwa, Tante Maddy?«

»Schlaf jetzt, Liebling.«

»Würdest du es tun?«

»Schlaf jetzt, Fleur, bitte.«

»Bist du meinetwegen wütend?«

»Nein, ich bin müde, das ist alles, sehr müde.«

»Das bin ich auch«, sagte Fleur, dann küsste sie ihre Tante auf die Wange, wünschte ihr eine gute Nacht und kuschelte sich zu Madelaines Erleichterung an ihre Seite.

Zuerst hielt sie ihn für tot. Er lag mit dem Gesicht nach unten auf dem Schreibtisch. Seine Perücke war heruntergefallen, ein Arm hing schlaff herab, und der andere lag unter seiner Wange, sodass sie seinen Mund nicht sehen konnte. Das silberne, kurz geschnittene Haar glänzte im Licht, und ein Ohr ragte rosig und wächsern empor wie das eines Schweins oder Lamms. Sie schloss die Tür zur Bibliothek und stand einen langen Moment mit pochendem Herzen da, dann schnüffelte er zu ihrer Enttäuschung, seufzte und kratzte sich die Nase.

Sie glättete die Röcke ihres weißen Musselinkleides und schob sich in einer hässlichen Geste eine Hand zwischen die Schenkel, um die Liebesbotschaft abzutupfen, die der junge Mann, den sie in ihre Kutsche gelockt hatte, dort hinterlassen hatte. Sie wusste nur, dass sein Name Collins lautete; er war ein Rechtsanwalt vom Land, der sein Glück nicht fassen konnte und dessen Dienste eine gute Entschädigung für ihre Verluste am Kartentisch gewesen waren. Sie strich sich noch einmal über ihre Röcke und überprüfte die vier Stoffknöpfe ihrer Weste, denn der junge Master Collins war recht grob mit ihr umgesprungen, sobald sie ihn von der Leine gelassen hatte. Sie wickelte ihren Turban ab, ließ ihn auf den Teppich fallen und fauchte dann schroff den Namen ihres Mannes. »Archie!« Sie trat an den Schreibtisch, packte sein Ohr fest zwischen Finger und Daumen und zog daran. »Archie, wach auf! Ich möchte mit dir sprechen.«

Verschlafen öffnete der Poeten-Bankier ein Auge. »Uh!«

»Bist du betrunken?«

»Uh! Nein!«, murmelte er. Er rieb sich die Stirn und riss sich so weit zusammen, dass er seine Gattin erkannte. Obwohl Valerie es nicht wissen konnte, war sie in diesem Moment für ihn die ideale Verkörperung der Nu-ala. Mit ihrem Haar, das ihr locker über die Schultern fiel, und den Augen voller grüblerischer Leidenschaft personifizierte sie aufs Vollkommenste »Die Freude der Trauer«, auch wenn sie ein wenig zu alt und – Archie blinzelte – mehr als nur ein wenig zerzaust war.

»Die Probe ist gut gelaufen, meine Liebe, ja, sehr gut, so gut, wie man es angesichts der Schwierigkeiten erwarten konnte«, berichtete er. »Madelaine hat sich bereit erklärt, bei uns zu bleiben, bis sie ihre Rolle gespielt hat. Ist das nicht die denkbar beste Neuigkeit?«

»Ist es das?« Valerie stützte sich auf den Schreibtisch und brachte ihre Nase auf gleiche Höhe wie die ihres Mannes. »Träumst du noch?«

»Ich bin wach, hellwach, das versichere ich dir.« Archie strich zum Beweis Papiere auf seinem Schreibtisch zusammen. »Wirklich, nachdem ich mich jetzt erfrischt habe, muss ich an meine Arbeit zurückkehren ...«

»Zehntausend Pfund für eine einzige Vorstellung, Archie?«, bemerkte Valerie sarkastisch. »Oh, ja, du hast jedes Recht, mit dir zufrieden zu sein. Was ist das für ein Dämon, der von dir Besitz ergriffen hat und dich dazu verleitet, deine Verantwortung und das Geschäft zu vernachlässigen, das Fleisch in unseren Magen bringt, und mich, deine Ehefrau, wie eine Leiche am Galgen hängen zu lassen.«

»Nun, ich würde nicht so weit gehen ...«

»Mein Gott, Archibald!«, sagte Valerie. »Interessierst du dich denn nur noch für diese schrecklichen Stücke, die du schreibst? Hat die Literatur dich neben deiner Manneskraft auch noch des Verstandes beraubt? Ich wäre bereit, dir zu verzeihen, wenn du diese englische Schauspielerin begehrt und hinter meinem Rücken vernascht hättest.«

»Das habe ich nicht. Ich schwöre es, Valerie, das habe ich nicht!«

»Weiß ich doch«, erwiderte Valerie. »Dir sind Frauen und Geld völlig egal. Ich begreife einfach nicht, was dich dazu treibt, Hunderte – nein, Tausende – von Pfund für diese dummen privaten Theatervorstellungen zu vergeuden.«

»Ich möchte anerkannt werden«, erwiderte Archie.

»Du bist einer der wohlhabendsten Männer in Schottland«, sagte Valerie. »Man schätzt dich wegen deines Scharfsinns – obwohl ich mir nicht vorstellen kann, warum – und ...«

»Ich bin ein Künstler«, unterbrach Archie sie. »Ein großer Künstler.«

»Also!«, rief Valerie.

»In meiner Seele, in meinem tiefsten Innern, Liebste, bin ich ein wahrer Poet.« Archie ergriff ihre Hand. »Wer wird sich in kommenden Zeitaltern an einen bloßen Denker erinnern, wie wohlhabend er auch gewesen sein mag? Es sind Poeten, Künstler, deren Namen von der Nachwelt vergoldet werden, die unsterblich werden.«

»Ist es das, was du willst, Archie – Unsterblichkeit?«

»Um die Wahrheit zu sagen, ich würde mich damit begnügen, dass *Fingal's Rückkehr* professionell aufgeführt wird und Lob und Anerkennung einer breiten Öffentlichkeit erfährt.«

»Dieser Pöbel«, schnaubte Valerie.

»Pöbel oder nicht«, entgegnete Archie, »ich bin ihr Vorbild. Ich werde sie zur Glorie der uralten Vergangenheit Schottlands führen und ihnen zeigen, weswegen unsere Nation einst so groß geworden ist. Mit einem Wort, ich werde sie aufklären.«

»Ob es ihnen gefällt oder nicht«, bemerkte Valerie.

»Aye, spotte nur, Liebes, aber eines Tages, eines Tages werde ich mein Publikum haben, und ich werde als das erkannt werden, was ich bin.«

»Und was ist das?«

»Ein Genie«, antwortete Archie nüchtern.

»Und dann wirst du aufhören?«

»Ja, Liebes«, erklärte Archie. »Dann werde ich meinen Federkiel beiseitelegen, mich zufrieden zur Ruhe setzen und meine Lorbeeren genießen.«

»Versprichst du es?«, fragte Valerie. »Schwörst du es?«

»Das tue ich«, sagte Sir Archie aufrichtig und ohne einen Gedanken an all den Ärger, den seine Antwort vielleicht verursachen würde. »Das tue ich, mein Liebes, ich schwöre es.«

Nicola schmollte, und Charlotte war zu halsstarrig, um sie zu beschwichtigen. Sie hatte keine Ahnung, was Nicola gegen sie und insbesondere gegen Grant hatte. Ein Wort mit Molly hätte Licht darauf geworfen, weshalb Nicola so unglücklich war. Molly war jedoch niemals Charlottes Vertraute gewesen, und die Dienerin war nicht so kühn, von sich aus von Nicolas gebrochenem Herzen zu berichten, zumal Charlotte eine solche Erklärung natürlich mit Verachtung aufgenommen hätte.

Kurz nachdem Grant gegangen war, begegneten die Schwestern einander im Flur. Sie tauschten bloß ein Nicken aus statt eines Morgengrußes, bevor Nicola ins Speisezimmer entfloh und Charlotte, noch immer im Morgenmantel, in ihr Schlafzimmer zurückkehrte und mit ein wenig mehr Nachdruck als nötig die Tür schloss.

Es war ein wilder, windiger Tag; eigentlich kein Tag, an dem eine zierliche Dame eines gewissen Alters Morgenbesuche abstattete.

Aber Isabella Ballentine war an »bewegtes« Wetter gewöhnt und fand nichts dabei, einzig mit Robertson als Unterstützung vom Stadthaus ihres Cousins in Crowell's Close aus den regengepeitschten Lawnmarket hinunterzuschlendern. Das Ersteigen der Treppe hingegen war eine andere Geschichte. Isabella musste während des Aufstiegs mehrmals innehalten, um wieder zu Atem zu kommen, wobei sie sich an Robertsons Brust lehnte.

»Molly«, sagte der Kammerdiener, als sich die Tür zu der Wohnung der Peters' öffnete.

»Du bist es, wirklich? Ist Seine Lordschaft zurück?«

»Nein«, antwortete Robertson. »Ich diene heute Mrs. Ballentine.«

»Das tust du jetzt, ja?«, fragte Molly.

»Allerdings«, erklärte Isabella. »Ich bin hergekommen, um mit meinen ... um mit den Mädchen zu sprechen.«

»Treten Sie ein«, erwiderte Molly, »und ich seh mal nach, ob sie mit Ihnen sprechen wollen.«

»Oh«, sagte Isabella. »Das werden sie ganz bestimmt wollen.« Und gestützt auf ihren zeitweiligen Diener, betrat sie die Höhle des Löwen.

Zuerst hatte Charlotte Verstand genug, um höflich zu der Frau zu sein, die bald ihre Stiefmutter sein würde. Sie hatte sich über »Tante« Isabellas Besuche auf Craigiehall immer gefreut, denn die alte, schlecht gekleidete kleine Frau war niemals unnahbar gewesen und hatte Nicola und sie behandelt, als teilten sie ein Geheimnis, obwohl Charlotte nie entdeckt hatte, was für ein Geheimnis das genau war. Außerdem erinnerte sie sich daran, wie freundlich Tante Isabella zu Papa gewesen war, als Jamie im Sterben gelegen hatte. Nach Jamies Tod hatte Papa sich jedoch in sein Schneckenhaus verkrochen, und Tante Isabella war immer seltener zu

Besuch gekommen. Seit ihrer letzten Begegnung waren vier Jahre oder mehr verstrichen.

Nicola wurde aus dem Speisezimmer gerufen, Tee bestellt und getrunken, und allgemeine Floskeln über das schreckliche Wetter und Charlottes Gesundheit wurden ausgetauscht, bevor Isabella mit einem entschuldigenden Lächeln sagte: »Ich glaube, wir sollten besser darüber reden.«

»Das glaube ich auch«, bestätigte Nicola. »Vielleicht wäre der Augenblick günstig, um dir zu gratulieren, Tante Isabella, obwohl eure Ankündigung uns alle überrascht hat.«

»Es war eine Eingebung des Augenblicks, meine Liebe«, erklärte Isabella. »Ich hege seit vielen, vielen Jahren eine Zuneigung zu eurem Vater, und jetzt, da er allein ist ...«

»Er ist nicht allein«, unterbrach Charlotte sie. »Er hat uns.«

»Jetzt, da er allein ist«, beharrte Isabella, »schien es mir vernünftig, ihn daran zu erinnern, dass wir einander immer gemocht haben und dass eine Heirat ...«

»Du hast ihn gekauft«, fiel Charlotte ihr ins Wort, »geradeso wie du dir einen Schoßhund oder ein Paar Pantoffeln kaufen würdest. Nachdem du ihn derart verpflichtet hattest, blieb Papa keine andere Wahl, als dich zu heiraten, also sprich bitte nicht von Liebe.«

»Liebst du ihn?«, fragte Nicola.

»Natürlich liebe ich ihn. Ich habe ihn immer geliebt«, antwortete Isabella.

»Warum hast du ihn dann nicht geheiratet?«, wollte Charlotte hitzig wissen.

»Er hat eure Mutter mir vorgezogen.«

»Ist das also deine Rache?«, hakte Charlotte nach.

»Warum sollte ich mich an eurem Vater rächen?«

»Weil er meine Mutter dir vorgezogen hat.«

»Charlotte«, sagte Isabella, »wenn du glaubst, ich hätte mein

Leben darauf verwandt, Vergeltung zu planen, dann befindest du dich absolut im Irrtum. Ich missgönne deinem Vater seine Jahre des Glücks mit Marion nicht. Ich bedaure nur, dass es so wenige waren. Das Leben folgt keinen präzisen Mustern. Ist dir das inzwischen noch nicht klar geworden? Ich habe nicht die Absicht, dir oder Nicola die Zuneigung deines Vaters oder euer Erbe zu stehlen. Ich bin dreiundsechzig Jahre alt, und nach den Bedingungen des Ehevertrags, den euer Vater aufgesetzt hat, habe ich kein Anrecht auf Craigiehall. Wenn John James vor mir vor seinen Schöpfer tritt, dann werde ich nach Salton zurückkehren, zu Trauer und Einsamkeit. Ich werde mich weder dir oder Nicola aufdrängen, noch werde ich einen einzigen Hektar oder einen Penny eures Erbes verlangen.«

»Oh!«, erwiderte Charlotte kleinlaut. »Oh! Ah, ja. Was ist mit den Kohlegruben?«

»Sie sind an Craigiehall gebunden«, erklärte Isabella. »Ich habe mir jedoch die Freiheit genommen, in Verbesserungen zu investieren, die uns allen zugutekommen.«

»Oh!«, murmelte Charlotte abermals. »Oh, das ist sehr großzügig von dir, Tante Isabella, außerordentlich großzügig. Mein Mann wird sich freuen.«

Isabella nickte, dann drehte sie sich auf ihrem Stuhl um und richtete das Wort an Nicola. »Schau dich nur an«, sagte sie. »Ganz klein bist du geworden! Glaubst du etwa, ich hätte dich den Hunden vorgeworfen, meine Liebe? Du wirst einen Anteil am Besitz deines Vaters bekommen, denn das will das Gesetz so, wie ich gehört habe.«

»Wer hat dir das erzählt? Mr. Bunting?«, fragte Nicola.

»Mr. Bunting ist ein durch und durch unangenehmer Bursche, da gebe ich dir recht«, stellte Isabella fest, »aber er besitzt eine bäuerliche Art von Takt, die sich als nützlich erwiesen hat und auch weiterhin nützlich sein wird. Ich heirate deinen Vater aus Liebe, das ist die Wahrheit, doch ich habe nicht die Absicht, meinen Verstand zusammen mit meinem Brautstrauß in den Fluss zu werfen. Es war Bunting, der die Hypothek bei Oliphants Bank arrangiert hat. Er hat die Direktoren in Sir Archie Oliphants Abwesenheit davon überzeugt, dass mein baufälliges altes Haus und die Meilen windgepeitschten Moores mehr wert seien, als ich dafür verlangt habe. Um es einfach auszudrücken, er hat die Schätzer hinters Licht geführt.«

»Weiß mein Vater, was du getan hast?«, erkundigte sich Nicola.

»Noch nicht. Ich werde es ihm zum richtigen Zeitpunkt sagen, obwohl er bestimmt inzwischen die Arbeiten auf de Morvilles Feld – auf unserem Feld, meine Lieben, seinem Feld – begutachtet und zweifellos über die Identität des Besitzers nachgegrübelt hat.«

Nicola beugte sich vor. »Wie genau hat Mr. Bunting die Schätzer hinters Licht geführt, und warum hast du die Westmore Coal and Mineral Company gekauft? Hast du es wirklich nur getan, um dich dahinter zu verstecken, Tante Isabella, oder verbirgst du jetzt etwas vor uns?«

Isabella lachte. »Wie klug du bist, meine Liebe, wie scharfsinnig! In dieser Hinsicht schlägst du nach deinem Vater. Wirklich, wenn du als Junge geboren worden wärest oder wenn die schottischen Lords aufgeklärt genug wären, um Frauen in der Juristerei zuzulassen, hättest du eine wunderbare Anwältin abgegeben.«

»Ich danke dir für das Kompliment, aber es beantwortet meine Frage nicht.«

»Mr. Buntings schäbige kleine Firma ist der erste Schritt, nur der erste Schritt«, erklärte Isabella. »Man könnte sagen, ein guter Ort, um anzufangen.«

»Um was anzufangen?«, fragte Charlotte.

»Was Mr. Bunting vor den Schätzern verborgen hat«, sagte Isabella, »ist das, was unter dem Boden auf Salton Moore liegt.«

»Und was ist das?«, erkundigte Nicola sich.

»Kohle«, erwiderte Isabella. »Kohle in nicht allzu großer Tiefe. Ich brauche lediglich einen Mann, der die Firma für mich leitet, und wir werden alle reich sein.«

»Einen Mann?«, hakte Charlotte nach. »Was für eine Art Mann meinst du?«

»Einen Mann wie John James«, sagte Isabella. »Einen Mann genau wie euren Papa.«

Jack Cattenach, alias »Zyklop«, erreichte den Hafen von Leith in einer Mietkutsche lange vor der festgelegten Stunde. Daher blieb ihm reichlich Zeit, drei Gläser Rum herunterzukippen und an einer Schweinshaxe zu nagen. Er hockte an einem Tisch vor dem salzverkrusteten Fenster des *Hackston's Hole*. Es war, wie der Name andeutete, eine verfallene und deprimierende Schnapsbude und verströmte den Charme eines Lazaretts. An diesem regengepeitschten Vormittag hielt sich keine Menschenseele in dem Lokal auf, bis auf Hackston, den ältlichen, halb blinden Besitzer.

Jack rieb mit einer fettigen Faust über das Glas und spähte hinaus auf die gewundene kleine Nebenstraße, die keinen Blick aufs Meer bot, jedoch ironischerweise gewaltige Mengen an Gischt vom hinteren Ende der Hafenmauer anzuziehen schien. Es überraschte ihn, dass die Dame überhaupt von *Hackston's Hole* gehört hatte, ganz zu schweigen davon, dass sie es für ein Treffen ausgesucht hatte, wo doch das berühmte *Nine-Headed Eel* nur einen Katzensprung entfernt war. Er hatte jedoch im Laufe der Jahre mit zu vielen Blaublütigen zu tun gehabt und sie ausspioniert, um wahrhaft erstaunt zu sein, und war eher fasziniert von dem Motiv hinter der Bitte der Dame um eine private Zusammenkunft als besorgt über ihre Wahl des Treffpunkts.

Er hatte gerade zum dritten Mal seine Uhr hervorgeholt – die Dame verspätete sich natürlich, aber Frauen ihres Rangs waren niemals pünktlich –, als ein Gefährt klappernd in die Nebenstraße gefahren kam und vor dem Fenster hielt. Es war keine vergoldete, vierspännige Kutsche oder auch nur eine hübsche zweispännige Chaise, sondern eine von Edinburghs Mietdroschken, genauso eine wie jene, die ihn vom Hof hinter dem Standesamt zum Hafen hinabgebracht hatte.

Weil ihn die schiere Gewalt des Windes auf seinen Sitz drückte, stieg der Kutscher nicht herab und half seinem Passagier auch nicht beim Aussteigen. Sie kam allein, ohne Lakaien oder Magd, und trat mit einer Anmut, die Jack Cattenach nur bewundern konnte, über die Pfützen draußen vor dem *Hole* hinweg. Für eine Frau, die sich nicht länger in der Blüte ihrer Jugend befand, sah sie prachtvoll aus in ihrem schwarzen Samtumhang, der sie umwogte, und der fest am Hals verschnürten Kapuze, die das ganze Gesicht bis auf ihre Nasenspitze verbarg. Jetzt reichte sie dem Fahrer sein Geld hinauf und gab ihm wohl Anweisungen, dann drehte sie sich um und betrat ohne Zögern die Taverne.

Jack rappelte sich hoch. »Lady Oliphant«, begrüßte er sie mit einer tiefen Verbeugung. »Es ist mir ein Vergnügen.«

»Darauf möchte ich wetten«, sagte Lady Valerie. »Oder es wird noch ein Vergnügen für Sie sein.«

»Darf ich Ihnen eine Erfrischung anbieten?«

Sie sah sich mit hoch erhobener Nase im Raum um.

»Der Rum ist beinahe trinkbar«, erklärte Jack.

»Dann Rum«, erwiderte Ihre Ladyschaft.

Nach wie vor in Umhang und mit fest geschlossener Kapuze setzte sie sich an den Tisch, und als das Glas vor ihr erschien, wischte sie mit ihren Handschuhen den Rand ab und kippte den Inhalt in einem Zug hinunter, eine Leistung, dachte Jack, die ihr den Beifall jedes kräftigen Schauermanns eingebracht hätte.

Aus dem Augenwinkel sah er die Droschke zurückkommen. Jetzt stand sie in Richtung Edinburgh auf der Nebenstraße. Er sah zu, wie der Fahrer den Futterbeutel hervorholte und ihn dem Pferd unter die Nase band, und war nicht im Mindesten überrascht, als Ihre Ladyschaft sagte: »Ich werde nur so lange bei Ihnen bleiben, wie es dauert, das Tier ausruhen zu lassen, denn man darf uns nicht zusammen sehen.«

»Natürlich nicht, Euer Ladyschaft«, pflichtete Jack ihr bei. »Darf ich fragen ...«

Sie schaute quer durch den Raum zu dem alten, halb blinden Hackston hinüber, dann beugte sie sich über den Tisch und kam Jack so nahe, dass er den Rum in ihrem Atem riechen konnte.

»Wie viel Feuer steckt noch in dem Skandal um Craigiehall?«, fragte sie. »Oder ist es bloß noch Glut und Asche?«

»Nein, da ist immer noch ein Funke«, antwortete Jack. »Und wo ein Funke ist, Euer Ladyschaft, ist Feuer genug, um eine Flamme zu entfachen.«

»Können Sie das? Können Sie eine Flamme entfachen?«

»Nun«, erwiderte Jack vorsichtig, »das hängt davon ab.«

»Wovon hängt es ab?«, wollte Lady Valerie wissen.

»Davon, was Sie zu berichten haben«, gab Jack Cattenach zurück. »Etwas Frisches, etwas Köstliches vielleicht?«

»Oh, allerdings«, sagte Lady Valerie mit einer kleinen Grimasse. »Etwas sehr Frisches und sehr Köstliches. Haben Sie ihren Stift und ein Notizbuch zur Hand?«

»In der Tat, das habe ich«, antwortete der einäugige Riese und förderte mit schwungvoller Gebärde die Werkzeuge seines boshaften Gewerbes zutage.

In Daniel Hornes gesunden Lokalitäten in der Old Town von Edinburgh war es beinahe so still wie in der Schnapsbude in

Leith. Viele Mitglieder der juristischen Bruderschaft arbeiteten noch immer an den Bezirksgerichten, und die anderen hockten, wie Grant vermutete, in ihren Räumlichkeiten und warteten ungeduldig auf die Eröffnung der Sitzungen in einigen Wochen. Er hatte mehr Grund als die meisten anderen, dem abscheulichen Wetter zu trotzen. Charlotte und ihre Schwester gingen einander immer wieder an die Kehle, und ihm stand der Sinn nicht danach, den Streit schlichten zu müssen. Der Ausgang von Craigiehalls Tändeleien mit der Schauspielerin war ganz in seinem Sinne. Er betrachtete Isabella Ballentine nicht als große Bedrohung. Eigentlich bewunderte er die Frau sogar und sah in ihr einen mäßigenden Einfluss auf seinen steifen Schwiegervater, denn sie mochte Charlotte und Nicola und würde für ein gewisses Maß an Harmonie in der Familie sorgen.

Unmittelbar vor ihm lagen eine kleine Sache – es handelte sich um den Verfall eines Pachtanspruchs – und eine weitere, noch kleinere Angelegenheit, bei der es darum ging, dass ein Mitglied der städtischen Wache ein Pferd verletzt hatte. Was Grant jedoch täglich größere Sorgen bereitete, war ein Diebstahl von zwölf Schafen, ein Verfahren, in dem er im November vor dem High Court den Angeklagten zu verteidigen hätte.

In der Zwischenzeit war er an diesem frühen Nachmittag bei *Horne's* in Einklang mit sich selbst. Der Regen klatschte gegen die Fenster, ein munteres Feuer erhellte den leeren Raum, und aus den Küchen wehte der Duft von Essen. Er widmete sich der Lektüre der Voruntersuchungsberichte, während er darauf wartete, dass Somerville mit der Tagespost aus dem Büro auf der anderen Seite der Stadt zurückkehren würde.

Es war natürlich zu schön, um von Dauer zu sein. Als Gillon, schwarz vom Regen und außer Atem, in den Raum gestolpert kam, seufzte Grant: »Was gibt es jetzt schon wieder?«

»Ich hatte gehofft, dich hier zu finden.« Gillon warf Mantel und Hut beiseite und verspritzte dabei Wasser in alle Richtungen. »Als Nächstes hätte ich es an Graddan's Court versucht. Sei es, wie es sei, ich habe dich gefunden, Gott sei Dank! Hast du von Roderick gehört?«

Grant runzelte die Stirn. »Nein«, antwortete er. »Ich habe diese Woche keinen Brief bekommen. Was ist passiert? Ist was mit Mutter?«

»Grandpa.«

»Tot?«

»Noch nicht, aber wie es scheint, nähert er sich sehr schnell seiner Stunde.«

Gillon tastete in seiner Weste herum und zog einen Brief hervor, mit Bleistift auf grobem Papier geschrieben und fast so nass wie der Überbringer. Grant nahm ihn Gillon behutsam aus den Fingern, breitete ihn auf dem Tisch aus und drückte ihn mit der Faust flach.

»Du bist es«, sagte Gillon. »Er will dich sehen.«

»Wer hat das geschrieben?«, fragte Grant.

»Bist du blind, Mann?«, erwiderte Gillon. »Es ist Grandpas Handschrift. Seine letzten Worte vielleicht, sein Letzter Wille.«

»Es ist kein Letzter Wille«, widersprach Grant. »Es ist überhaupt nichts Rechtes.«

»Was erwartest du von einem Sterbenden«, bemerkte Gillon, »ein zehnseitiges Traktat mit lateinischen Fußnoten? Verdammt, Grant, er will vor seinem Dahinscheiden deine hässliche Visage sehen. Ich kann mir nicht vorstellen, warum, doch so ist es.« Er stach mit dem Finger auf das Papier ein und zerknitterte es dabei. »Da. Sieh selbst.«

»Ja«, sagte Grant. »Ich sehe.« Er blickte auf. »Warum hat Grandpa den Brief an dich geschickt und nicht an mich? Roderick hat meine Postanschrift. Und überhaupt – warum hat Roderick mir nicht selbst Bescheid gegeben?«

»Ich habe keine Ahnung«, erwiderte Gillon. »Der Brief ist vor etwa einer Stunde an meine Tür gebracht worden, also hat Großvater offensichtlich einen Boten bezahlt. Er hat keine Uhrzeit und auch kein Datum notiert, aber man kann davon ausgehen, dass der Brief nicht später als gestern geschrieben und abgeschickt wurde. Nach allem, was wir wissen, könnte Grandpa bereits tot sein.«

»Aber warum du?«, wiederholte Grant. »Schon gut, wir sollten besser so bald wie möglich aufbrechen.«

»Du wirst Stirling heute Nacht nicht mehr erreichen, nicht bei diesem Wetter.«

»Bei keinem Wetter«, pflichtete Grant ihm bei. »Wir könnten aber noch die Nachmittagskutsche nach Linlithgow erwischen und gleich morgen früh den Flyer nach King's Park. Dort können wir Pferde mieten.«

»Wir?«, sagte Gillon. »Er fragt nicht nach mir, er fragt nur nach dir.«

»Stell dich nicht so an, Gillon! Natürlich müssen wir zusammen hin.«

»Nein«, entgegnete Gillon. »Er hatte noch nie etwas für mich übrig. Ich bin in seinen Augen das schwarze Schaf, was eine Ironie ist, findest du nicht auch? Selbst wenn er nach mir gefragt hätte, so kann ich doch nicht fahren. Ich muss in Edinburgh bleiben.«

»Warum?«

»Um mich um Maddy zu kümmern.«

Grant schnaubte. »Maddy kann sich bestimmt um sich selbst kümmern.«

»Sie könnte mich brauchen.«

»Mit zehntausend Pfund in ihrer Börse bezweifle ich das«, sagte Grant.

»Zehntausend Pfund.« Gillons Augen wurden groß. »Mein

Gott! Willst du mir etwa erzählen, dass Craigiehall die Angelegenheit außergerichtlich beigelegt hat?«

»Seine Cousine hat sie für ihn beigelegt. Es ist eine lange Geschichte, Gillon. Lassen wir es dabei bewenden, dass deine Liebste jetzt eine wohlhabende Frau ist und dich nicht mehr braucht.«

»Was wird aus dem Baby?«

»Das ist nicht meine Sorge, noch sollte es deine sein«, entgegnete Grant. »Man hat sich auf eine Regelung verständigt, und du wirst deine fünfhundert Pfund sehr bald erhalten, in bar, wenn du möchtest.«

»Zum Teufel mit dem Bargeld!«, ereiferte sich Gillon. »Ich gebe keinen roten Heller auf mein Honorar.«

»Schlag dir Maddy aus dem Kopf, Gillon«, riet Grant ihm sanft. »Sie ist nichts für dich. Jetzt, da sie Geld hat, bezweifle ich, dass du sie jemals wiedersehen wirst. Komm, Mann, reiß dich zusammen und kümmere dich um das, was als Nächstes ansteht! Ich lasse eine Tasche packen und treffe dich in einer halben Stunde bei Mannering's Hof. Wenn Großvater dahinscheidet, bevor wir dort ankommen, wird Mutter uns brauchen – uns beide –, um sie zu trösten.«

Gillon stieß den Stuhl zurück, griff sich Mantel und Hut und stellte sich vor seinen Bruder wie der Soldat, der er einst gewesen war. »Nein, Grant«, erklärte er. »Ich habe genug für Mutter getan. Ich bin kein Experte, wenn es darum geht, jemandem Trost zu spenden. Trotz allem, was du sagst, werde ich hier nach wie vor gebraucht. Und nun will ich dich nicht länger aufhalten.« Und bevor Grant es verhindern konnte, lief er die Treppe hinunter und ließ den feuchten kleinen Brief zurück.

Kapitel 26

Eine dünne Schicht aus nassem Schnee bedeckte die Gipfel der Hügel, ein früher Vorbote des Winters. Der Pfad, der von Stirling aus durch die Ebene führte, war schlammig, und Grant wagte es nicht, das gemietete Pferd zu heftig anzutreiben. Er ließ das Tier traben, lenkte es um die tiefsten Furchen herum und nahm, wo es möglich war, Abkürzungen über Wiesen, damit das Pferd es leichter hatte. Er war vor Sonnenaufgang aufgebrochen, denn die Kutsche hatte Linlithgow um halb sechs verlassen, und jetzt, kurz nach zwei Uhr am Nachmittag, kam endlich Heatherbank in Sicht.

Er war wie ein Kutscher mit einem alten Mantel mit zwei Capes und einem Paar kräftiger Wasserstiefel gekleidet; den Hut hatte er sich mit einem Halstuch am Kopf festgebunden. Während er das Pferd auf das weiß getünchte Bauernhaus zugaloppieren ließ, den Wind im Rücken und Hagelkörner im Gesicht, bereitete er sich innerlich darauf vor, dass sein Großvater in die Erde gebettet und sein langes Leben mit einer Totenwache geziemend gefeiert würde. Er würde jedoch nur für ein oder zwei Tage bleiben und dann wieder abreisen, denn Roderick würde sich um Mutter kümmern, wie er es immer getan hatte.

Grant ritt in den Innenhof und zügelte das Pferd.

Ein Mädchen, das er nicht kannte, spähte von der Tür des Kuhstalls zu ihm herüber, und ein halbwüchsiger Junge, einer von Cathys Söhnen, belud gerade einen Handkarren mit frischen Rüben. Von Roderick oder seiner Mutter war nichts zu sehen. Die Tür des Cottages war geschlossen. Im Fenster zeigte sich kein

Licht, bis auf einen schwachen Schimmer vom Feuer. Alles war ruhig, still und feierlich, und in diesem Moment wusste er, dass sein Großvater dahingeschieden war.

Er saß ab, hielt das Pferd am Zügel fest und löste seine Tasche. »Du da«, sagte er zu dem Jungen, der ihn mit offenem Mund anstarrte, »führ ihn zu Mr. McCullum hinüber und sorg dafür, dass er trocken gerieben wird und Wasser und Futter bekommt.« Er schüttelte ungeduldig die Zügel, bis der Junge ihm gehorchte, dann trat er, seine Tasche über der Schulter, durch die Tür des Cottages, hielt kurz inne und atmete einmal tief durch, bevor er den Riegel beiseiteschob und hineinging.

»Du bist es also selbst, ja?«, bemerkte Duncan Ralston. »Das ging ja ziemlich schnell. Ich hatte dich nicht vor morgen früh erwartet.«

Der alte Mann war allein in der Küche. Er war jedoch weder mit einem Nachthemd bekleidet noch mit einem Totenhemd, sondern trug über einem Flanellhemd ein dickes, wollenes Kleidungsstück, das wie ein Kettenpanzer aussah, sowie ausgebeulte Kniehosen und schien nicht nur lebendig zu sein, sondern vor Gesundheit nur so zu strotzen. Er hackte Zwiebeln am Tisch, und eine riesige Pfanne mit Fleisch, das an der Seite des Feuers köchelte, erfüllte den Raum mit einem köstlichen Duft, bei dem Grant das Wasser im Mund zusammenlief.

Er ließ seine Tasche auf den Boden fallen und sagte trocken: »Aye, Grandpa, du hast, wie ich sehe, sogar noch Banquos Geist übertroffen, denn der war niemals so rücksichtsvoll, für seinen Gast zu kochen.«

»Hamlets Vater auch nicht«, erwiderte Duncan. »Wenn du Hunger hast – es sind Brot und Käse da, um die Zeit zu überbrücken.«

»Den habe ich.« Grant schlüpfte aus Mantel und Cape und hängte beides über einen Stuhl am Kamin. »Es geht doch nichts über einen harten Ritt durch das Strath bei grässlichem Wetter, um den Appetit anzuregen. Warum bist du nicht tot?«

»Margo wollte es nicht zulassen.«

»Warst du überhaupt krank?«

»Eine Erkältung, die mir auf die Brust geschlagen ist, mehr nicht.«

»Huh!«, sagte Grant. »Ich hätte es mir denken können, dass du etwas im Schilde führst, da der Brief in deiner Handschrift geschrieben war. Warum hast du ihn an Gillon geschickt und nicht an mich? Übrigens, er war ziemlich gekränkt, weil du ihn nicht zu deiner Totenwache eingeladen hast.«

»Ich habe den Brief an Gillon geschickt, weil ich wusste, dass er dir Beine machen würde.«

»Ich darf wohl davon ausgehen«, Grant zog seine Stiefel aus, »dass weder Roderick noch Mutter wissen, dass du mich hergerufen hast? Was ist los? Warum willst du mit mir sprechen? Geht es um den Jungen?«

»Iain?« Duncan schüttelte den Kopf. »Nein, nein, mit dem Jungen ist alles in Ordnung. In dieser Hinsicht brauchst du keine Angst zu haben. Marie dagegen war ziemlich hart gegen den armen Roderick, seit dieses hübsche Mädel aus Edinburgh schmollend abgereist ist.«

»Du meinst Nicola?«

»Aye, Nicola«, bestätigte Duncan Ralston.

»Was erwartest du von mir?«, fragte Grant. »Ich habe keinen Einfluss auf Marie Hadley, und ich kann mich nicht einmischen.«

Duncan stellte einen Teller vor ihn hin, dann ein Brett mit frischem Käse, der in Stücke geschnitten war. Eine Butterschale und ein halber Laib Brot folgten, dann kamen eine Teetasse, Messer und ein Löffel auf den Tisch. Grant sah dem alten Mann beim Tischdecken zu. Er bewegte sich langsam, zeigte jedoch keine Anzeichen von Schwäche an Geist oder Körper.

»Wo ist Roderick?«

»Falkirk«, antwortete Duncan. »Verkauft Kälber.«

»Und Mutter?«

»Im Dorf, auf Besuch bei Mrs. Bryant. Sie wird lange vor dem Melken zurück sein, obwohl wir im Moment nur vier Kühe haben, die Milch geben.«

Grant streckte die Beine unter dem Tisch aus. »Verdammt, Grandpa, warum hast du mich hergeholt?«

»Ich will, dass du es ihr sagst.«

»Wem soll ich was sagen?«

»Dem Mädchen, Nicola.«

»Was soll ich ihr sagen?«

»Die Wahrheit.«

»Ich verstehe«, erwiderte Grant. »Darf ich fragen, warum du dich nach all diesen Jahren in etwas einmischst, das lange vorüber und erledigt ist?«

»Es ist keine Einmischung, Sohn, und es ist nicht vorüber und erledigt«, entgegnete Duncan. »Roderick hat sich in deine Schwägerin verliebt, und sie hat sich, soweit ich das erkennen kann, in ihn verliebt.«

»Hast du mich den ganzen Weg von Edinburgh kommen lassen, nur um den Kuppler zu spielen?«

»Das Mädchen hält Marie Hadleys Jungen für Roddys Sohn.«

»Warum«, fragte Grant, »klärst du sie in diesem Fall nicht über ihren Irrtum auf?«

»Roddy hat dir etwas versprochen, Grant. Er hat geholfen, deinen Ruf zu wahren, damit du deine Erbin heiraten konntest. Er hat niemals auch nur ein Sterbenswörtchen verlauten lassen und wird es auch jetzt nicht tun, obwohl es ihn seine einzige wahre Liebe kosten wird.«

»Seine einzige wahre Liebe«, wiederholte Grant. »Was für ein Unsinn! Er will Nicola, das ist alles. Ich kann nicht behaupten, dass ich ihm einen Vorwurf daraus mache. Wäre ich nicht verheiratet, würde ich sie selbst wollen. Sobald er sie gehabt hat, wird er von seiner Verliebtheit kuriert sein.«

»So wie du von Marie Hadley kuriert warst.«

»Ich war niemals in Marie verliebt.«

»Du hast ihr die Ehe versprochen.«

»Ich war zu jung und wusste es nicht besser. Außerdem hat Mutter der Sache bald einen Riegel vorgeschoben. Eine Bauernmagd war nichts für mich, nein, nicht wenn ich dazu geschaffen war, ein Gentleman zu sein.«

»Hättest du Marie Hadley geheiratet, wenn Margo nicht gewesen wäre?«

Grant zögerte, dann antwortete er mit einem Kopfschütteln: »Nein.«

»Du hast einen Sohn, Grant, einen prächtigen, stämmigen kleinen Burschen, der seinen Vater nicht kennt. Marie hat viel zu viel Angst vor Margo, um jemals zuzugeben, dass du es warst, nicht Roderick, der ihren Jungen gezeugt hat.«

»Ich habe getan, was von mir verlangt wurde«, erwiderte Grant, »was von mir erwartet wurde.«

»Und was dir am besten passte«, bemerkte Duncan.

»Was willst du von mir?«, fragte Grant. »Soll Roderick Nicola Templeton heiraten, damit die Familie Peters Craigiehall auch wirklich bekommt? Hat Mutter dir diese Idee in den Kopf gesetzt? Steckt sie hinter der ganzen Angelegenheit?«

»Nein, nein«, entgegnete Duncan. »Ich bin es, dem du Rede und Antwort stehen musst.«

»Was genau willst du von mir? Dass ich bei meiner Frau ein volles Geständnis ablege?«

»Du sollst es nicht deiner Frau erzählen. Du sollst es Nicola sagen.«

»Wird sie es Charlotte denn nicht weitererzählen?«

»Wenn Nicola ihre Schwester liebt, dann wird sie nichts sagen; dein Geheimnis wird sicher sein.«

»Soll Roderick es ihr erzählen!«

»Das wird er nicht tun«, erwiderte Duncan. »Um Rodericks willen, sag du es ihr!«

»Um der Familiensammlung eine weitere passende Ehefrau beizufügen, meinst du?«

»Denke darüber, was du willst, Sohn«, meinte Duncan. »Wirst du es tun?«

Und Grant erwiderte nach einer langen Pause: »Vielleicht.«

Einzig jene abgehärteten Leute, die dringend etwas in Ayrshire zu erledigen hatten, stiegen an diesem frühen Morgen in den Flyer. Das Fahrzeug war für Geschwindigkeit gebaut, nicht für Stabilität, und im Laufe eines Jahres hatte es vier ernste Unfälle gegeben, zwei Tote und eine Anzahl geringfügigerer Zwischenfälle, darunter gebrochene Räder und verkrüppelte Pferde. Daher war es keine Überraschung, dass im Innern des Flyers nur zwei Passagiere saßen und niemand auf dem Dach, denn jeder mit einer Unze Verstand hatte seine Reise entweder verschoben oder die lange, langsame Route in einer der großen, barkassenähnlichen Kutschen gewählt, die weniger anfällig für Seitenwinde und glatte Straßen waren.

Nicola brauchte nicht lange, um zu begreifen, dass sie nur deshalb Leib und Leben in dem leichtgewichtigen Gefährt aufs Spiel setzten, weil es für ihre Tante ein weiteres Abenteuer war. Entfacht worden war die Begeisterung Isabellas für neue Erfahrungen von den allzu langen, einsamen Stunden der Abgeschiedenheit in Salton House. Außerdem war Nicola vom Scharfblick ihrer Tante beeindruckt, denn die Frau hatte Robertsons klägliches Angebot, sie zu begleiten, abgelehnt. Sie wusste nämlich genau, dass der

Kammerdiener ihres Cousins nicht der weltbeste Reisende war und wahrscheinlich acht oder zehn Stunden lang furchtbar mit der Übelkeit zu kämpfen hätte und darum beten würde, dass der Tod ihn erlösen möge.

»Ich werde dich als Gesellschaft mitnehmen, Nicola«, hatte Isabella verkündet. »Das wird genügen.«

Wenn Nicola sich über die Gefahren im Klaren war, die eine Reise bei einem Wetter mit sich brachte, das jede Jolle und jeden Logger von Yarmouth bis nach Cape Wrath dazu getrieben hatte, Zuflucht zu suchen, so ließ sie sich nichts anmerken. Sie wollte viel zu sehr von Graddan's Court wegkommen, um das Angebot ihrer Tante zu einer Fahrt nach Craigiehall abzulehnen. Außerdem wollte sie selbst sehen, welche Veränderungen der Sommer und die Aussicht auf die Ehe bei ihrem Vater bewirkt hatten. Sie folgte Isabella Ballentine in das Fahrzeug, klammerte sich an die Riemen, die von der Decke hingen, und fuhr ohne Bedenken mitten in den Sturm hinein.

Erst nach dem ersten schnellen Pferdewechsel in Peebles – zehn Minuten, nicht mehr – besserte das Wetter sich ein wenig, und die Damen konnten miteinander reden, ohne schreien zu müssen.

»Morgen«, sagte Isabella, »wird das Wetter hoffentlich besser werden. Dann können wir Johnny zur Kohlegrube begleiten und uns an seiner Überraschung weiden, wenn ich ihm die Eigentumsurkunden überreiche. Meinst du, er wird sich freuen?«

»Natürlich«, erwiderte Nicola. »Er wird entzückt sein.«

»Männer!«, bemerkte Isabella. »Land ist alles, woran sie jemals denken. Liebe – selbst die intime Liebe – ist für sie nichts gegen den Besitz von einigen Hektar guten Weidelandes. Wenn es nicht Land ist, dann ist es eine Stellung und die Macht, die mit der Stellung einhergeht.« Sie legte Nicola einen Arm um die Taille und zog sie näher zu sich. »Er wird jedoch auch entzückt sein, dich zu sehen, meine Liebe.«

»Hast du mich deshalb eingeladen, dich zu begleiten?«, fragte Nicola, »Damit mein Vater sich freut und eine noch höhere Meinung von dir bekommt, als er ohnehin schon hat?«

»Oh, nein«, widersprach Isabella. »Johnny hat ganz und gar keine hohe Meinung von mir. Er ist in mich verliebt, auf seine Art und Weise, aber er begegnet mir mit einem gewissen Argwohn; er weiß, dass ich nicht von ihm abhängig bin.«

»Bist du darauf bedacht, ihn von dir abhängig zu machen?«, wollte Nicola wissen.

Isabella lachte. »Ganz gewiss, doch er wird's nie erfahren. Er wird meine Kohlefelder selbst verwalten, denn davon versteht er etwas. Er wird glauben, dass er mich vor meinem Elend in Salton House ›gerettet‹ hat, und mich beeindrucken wollen, indem er meinen Besitz in Schuss bringt, in dem er, wie du weißt, ein verschwendetes Vermögen sieht. Ich glaube bald, er sieht auch in mir ein verschwendetes Vermögen.«

»Ich frage mich, was er von mir denken mag«, bemerkte Nicola. »Schließlich weiß ich, dass er mich nicht liebt.«

»Natürlich liebt er dich.«

»Er hat mehr von mir und Charlotte erwartet.«

»Ihr seid nicht seine Kühe, Nicola. Es gibt neue Gesetze, neue Einstellungen, die junge Damen von einer solchen Tyrannei befreien, wie sie mein Vater über mich ausgeübt hat.«

»Ich fühle mich nicht befreit«, wandte Nicola ein. »Ich fühle mich ...«

»Was? Sag es mir!«

»Verloren, wenn du es unbedingt wissen musst.«

»Verloren, weil es keinen Mann für dich gibt?«, hakte Isabella nach. »Du hast Zeit, meine Liebe, du hast jede Menge Zeit, dein Herz zu verschenken.«

Nicola hielt inne, dann sagte sie: »Es gibt da einen Mann, einen Bauern.«

»Grant Peters' Bruder?«

»Ja – Roderick.«

»Liebst du ihn?«

»Ja.«

»Liebt er dich?«, fragte Isabella.

»Er will mich, das weiß ich, aber ...«

»Ist er verheiratet?«

»Er hat eine Art ›Ehefrau‹, eine Bauernmagd – und ein Kind.«

»Aha!«, murmelte Isabella.

»Du darfst Papa nichts davon erzählen. Versprich es mir, bitte!«

»Es wird kein Wort über meine Lippen kommen«, sagte Isabella. »Hältst du es jedoch für eine unverzeihliche Sünde, mit einer Magd ein Kind zu zeugen? Dein Bauer wäre nicht der erste und wird zweifellos nicht der letzte Gentleman sein, der wilden Hafer aussät. Ich, also ich, ich würde darin kein Hindernis für eine glückliche Ehe sehen.«

»Er wird sie nicht fortschicken.«

»Was in meinen Augen ein gewisses Maß an Verantwortung zeigt.«

»Er wird es nicht zugeben.«

»Was zugeben? Dass er dich liebt?«

»Nein«, entgegnete Nicola ein wenig ungeduldig. »Er wird nicht zugeben, dass er ihr Geliebter war und dass der Junge sein Sohn ist. Sein Geheimnis, das überhaupt kein Geheimnis ist, hat alle Gefühle zwischen uns erstickt. Wie kann ich ihm verzeihen, wenn er sich weigert einzugestehen, dass es etwas zu verzeihen gibt?«

»Erfreut er sich immer noch ... ähm ... ihrer Gunst?«

»Das weiß ich nicht. Nein, ich glaube nicht. Trotzdem, ich vertraue ihm nicht.«

»Ist dein Bauer ungestüm?«

»Wenn überhaupt, dann ist er vorsichtig«, sagte Nicola. »Mutig, aber vorsichtig.«

»Vorsichtig, wie der Gatte deiner Schwester?«

»Ganz und gar nicht wie Grant, nicht ... nicht kalt.«

»Siehst du so Grant Peters?«

»Kalt und berechnend, ja.«

Isabella schaute einen Moment lang aus dem Fenster. Das Glas war von Schlamm gestreift und fleckig vom letzten Regenguss, aber sie konnte anscheinend genug von der trostlosen Landschaft sehen, dass ihre Aufmerksamkeit vorübergehend gefesselt war.

Schließlich sagte sie: »Es gibt in jeder Ehe Vorzüge, die niemand außer der Ehefrau und ihrem Mann sehen können. Selbst die Kinder aus solchen Verbindungen können oft nicht verstehen, was solche Männer und Frauen zusammenhält. Meiner Meinung nach, meine Liebe, sind Grant Peters und Charlotte genau ein solches Paar, unvollkommen in vielerlei Hinsicht, zusammen jedoch perfekt. Dein Vater und deine Mutter waren ebenfalls ein solches Paar, während mein Mann und ich nie zusammengepasst haben. Kannst du dich denn als Ehefrau eines Bauern sehen, Nicola, verheiratet mit einem Burschen, der deinem eigenen Eingeständnis nach verantwortungsvoll, mutig und vorsichtig ist?«

»Mein Vater wird Roderick nicht billigen.«

»Johnny hat in der Angelegenheit nichts zu sagen. Wenn du dich verloren hast, dann liegt es an dir, dich wiederzufinden, obwohl ich dir raten würde, nicht so lange zu zaudern wie ich.«

»Oder gar so verschlagen zu sein?«, fragte Nicola.

»Oder gar so verschlagen zu sein«, stimmte Isabella ihr zu und zog das arme, verwirrte, liebeskranke Kind abermals besänftigend an sich.

Grants Vorwand für seinen Besuch auf Heatherbank war mehr als dürftig. Er habe sich, so behauptete er, um die Gesundheit seines

Großvaters gesorgt und die Gelegenheit genutzt, von Stirling herzureiten, wo er geschäftlich etwas zu erledigen gehabt habe. Seine Mutter hatte diese ziemlich durchsichtige Geschichte vielleicht geschluckt, aber Roderick eindeutig nicht. Nach dem Gebet nach dem Abendessen verlor er keine Zeit, Grant in den kleinen hinteren Salon zu führen, angeblich um ihm die Buchführung des letzten Quartals zu zeigen.

Nachdem die Tür geschlossen und eine Flasche Whisky geöffnet worden war, fiel er gleich über seinen Bruder her. »Ist es wahr, was du sagst? Ist Craigiehall aus dem Schneider?«

»Warum sollte ich dich anlügen?«, fragte Grant.

»Ich habe geglaubt, du hättest dir die Geschichte vielleicht ausgedacht, um Mutter zu beschwichtigen.«

»Nein, es ist die Wahrheit, jedes Wort. Und was mehr ist, Mrs. Ballentine hat Charlotte versprochen, dass sie keinen Anspruch auf den Besitz erheben wird, dass nach dem Tod des Richters Charlotte und ich Craigiehall erben werden.«

»Und Nicola?«, wollte Roderick wissen. »Was ist mit ihr?«

»Sie erhält ihren gesetzlichen Anteil«, entgegnete Grant.

»Die Hälfte?«

»Nun«, meinte Grant, »das hängt davon ab, wie lange Seine Lordschaft lebt und wie viele Kinder Charlotte zur Welt bringt. Ich bin jedoch nicht von Edinburgh hergereist, um dir Neuigkeiten zu übermitteln, die ich auch in einem Brief hätte schreiben können. Großvater hat nach mir geschickt. Der alte Teufel hat mir weismachen wollen, mit ihm gehe es zu Ende.«

»Ich hab mir so was in der Art gedacht«, erwiderte Roderick.

»Er ist offenbar ganz wild darauf, dich mit Nicola Templeton zu verheiraten.«

»Nicola will nichts mit mir zu tun haben.«

»Die Beweislage liegt anders«, meinte Grant. »Sie hat seit ihrer Rückkehr nach Graddan's Court Trübsal geblasen, ihre Schwester angefaucht und sich ganz allgemein benommen wie ein liebeskrankes Kind.«

»Sie ist kein Kind, Grant«, bemerkte Roderick.

»Nein«, sagte Grant, »davon gehe ich auch nicht aus. Sie ist bloß reif für die Ehe und wird sich sogar mit einem grobschlächtigen Bauern begnügen, der nicht mehr als einige Hundert Hektar sein Eigen nennen kann. Gott weiß, Roddy, Nicola ist ein leckeres Häppchen. Du könntest dich glücklich schätzen, sie zu bekommen.«

»Ich kann sie nicht bekommen.«

»Wegen deines Versprechens, meine Indiskretion geheim zu halten? Ah, Roddy, du bist so ehrenhaft, dass es schon an Dummheit grenzt! Um Gottes willen, Mann, sag Nicola die Wahrheit! Wenn sie es Charlotte erzählt, werde ich schon damit fertig.«

»Nicola wird mir nicht glauben. Sie hält uns alle für geborene Lügner wie Gillon.«

»Würde sie mir glauben?«, fragte Grant.

Roderick stützte sich mit dem Ellbogen auf den Tisch und spielte mit dem Glas Whisky, das Grant ihm eingeschenkt hatte. Er ließ die dunkelbraune Flüssigkeit kreisen und musterte sie so eingehend wie eine Wahrsagerin ihre Kugel.

Schließlich wollte er wissen: »Würdest du das für mich tun?«

»Habe ich das nicht gerade gesagt?«, antwortete Grant. »Sobald Nicola die Wahrheit kennt, wird sie sich dir in die Arme werfen, davon bin ich überzeugt. Wie dem auch sei, ich habe dir mein Angebot unterbreitet. Ich werde morgen in aller Frühe abreisen, denn ich habe derzeit mehrere Fälle und muss mich auf die Eröffnung der Gerichte vorbereiten. Ich habe mein Angebot gemacht und werde keine Zeit mehr mit dem Versuch vergeuden, meine Vergangenheit mit deiner Zukunft auszusöhnen.«

»Wann wirst du mit Nicola sprechen?«

»Bald, sehr bald.«

»Und dann?«, fragte Roderick.

»Und dann liegt es bei dir«, sagte Grant.

Feuchte, braune Blätter hafteten an der Chaise, und der Staub aus der Öffnung der Grube klebte in dichten Wolken aneinander, wie Blutflecken auf einer Decke. Hugh Littlejohn war frühzeitig eingetroffen und hatte sein Pferd an einer Birke am Waldrand festgebunden. Am Fuß des Hangs markierte eine zerbrochene Trockensteinmauer die Grenze zwischen Lord Craigiehalls Land und dem von Sir Charles de Morville. Von de Morville oder seinen Söhnen war weit und breit nichts zu sehen, und die Gruppe von Männern, die den Eingang des Tunnels abstützten, arbeitete unter der Aufsicht von zwei weiteren Männern mit hohen Hüten und schlammbespritzter Reitkleidung.

Dahinter, in der Nähe des Flusses, standen vier Gebäude in der Form von Iglus, überzogen mit vom Wetter gegerbter Leinwand. Aus den eisernen Schornsteinen, die durch die Planen ragten, quoll Rauch, und der Geruch nach gebratenem Schinken, den die letzten Reste des gestrigen Sturms herüberwehten, war so stark, dass John James angewidert die Nase rümpfte.

Die Chaise war zu sperrig und passte daher nicht durch die Bäume, und John James bahnte sich, mit Isabella am einen Arm und Nicola am anderen, einen Weg den Hügel hinab zu seinem Aufseher.

»Was hast du Neues über die Besitzer erfahren?«, fragte John James.

»Nichts, Sir«, antwortete Hugh Littlejohn.

»Was hältst du davon?«

»Es ist seltsam, Sir, aber wenn Sie eine Peilung vornehmen, werden Sie erkennen, dass sie Ziel auf unser Gattertor nehmen.«

Seine Lordschaft hielt mit einer Hand seinen Hut fest und

beschattete mit der anderen die Augen, während er zu dem einzigen Tor hinüberspähte, das sein Land mit dem von de Morville verband. Das Tor war nicht nur geöffnet worden, sondern man hatte es auch entfernt und einen mannshohen Stapel Bauholz daneben abgeladen.

Er knurrte und sah wieder zu Littlejohn hinüber. »Hast du ihnen das erlaubt?«

»Nein, Euer Lordschaft. Man hat mich überhaupt nicht danach gefragt.«

»Dann«, rief John James, »habe ich ihn, wer immer er sein mag! Mein Land ist mein Land, verdammte Kohle hin oder her! Was ist das für ein Mann, der einem anderen ein Stück von seinem Besitz stehlen würde, ohne eine Entschädigung?«

»Nur ein Narr oder ein Tyrann«, sagte Isabella und stieß Nicola in die Seite.

»Ja, Papa«, fiel ihre Nichte ein, »oder jemand, der die Gesetze nicht kennt.«

»Der die Gesetze *und* die guten Sitten nicht kennt«, warf Isabella ein. »Was muss dieser neue Besitzer für ein ungehobelter Bursche sein!«

»Nun.« John James stemmte die Hände in die Hüften. »Nun, Littlejohn, jetzt haben wir unseren Vorwand, und bei Gott, ich werde ohne weiteren Verzug meine Antwort bekommen. Mach Dampf und folge mir! Wir werden bald herausfinden, welcher Teufel, der genügend Geld hat, um es zu verbrennen, sich Zugang zu meinem Gattertor verschafft hat.«

»Sei vorsichtig, Papa!«, sagte Nicola.

»Ja, John James«, erklärte Isabella. »Schließlich könnte er bewaffnet sein.«

»Bewaffnet?« Seine Lordschaft fuhr herum. »Bewaffnet womit?«

»Damit«, erwiderte Isabella strahlend. Sie zeigte ihm das Päckchen mit der Besitzurkunde, sauber zusammengebunden mit einem Seidenband.

Mit finsterer Miene schaute John James zwischen seinem Aufseher und seiner Tochter hin und her, während seine Cousine ihm mit einem breiten Lächeln das Päckchen hinhielt. Schließlich nahm er es entgegen, löste die Bänder und umklammerte die Dokumente fest mit beiden Händen, während er die verschnörkelte Schrift eine halbe Minute lang studierte, bevor er verwirrt aufblickte.

»Isa«, sagte er, »was um alles in der Welt ist das denn?«

»Meine Mitgift, Johnny«, antwortete Isabella, dann warf sie sich ihm kichernd wie ein Schulmädchen in die Arme.

Kapitel 27

Mr. Cattenachs Berichterstattung zeigte weniger künstlerische Begabung als kunsthandwerkliches Geschick. Die Journale, für die er schrieb, waren keine obszönen Skandalblätter wie *The Rambler's Magazine* oder der *Ponton*. In *The Edinburgh Courant* gab es keine schlüpfrigen Witze, und der moralische Tonfall von *The Mercury* galt als untadelig. Trotzdem waren genügend Frauen in Gutshäusern auf dem Land oder in stickigen Wohnungen in der Stadt weggesperrt, die sich nach einem kleinen Skandal sehnten, dass Mr. Cattenachs Berichte über schmutzige Vorgänge unter den Hochwohlgeborenen sehr wohl die Druckerschwärze wert waren.

Dank dem »Zyklopen« erfuhr die Öffentlichkeit zunächst, dass Sir Archie Oliphant ein weiteres Versdrama verfasst hatte. Dank dem »Zyklopen« wurde die Öffentlichkeit darauf hingewiesen, dass die »gefeierte Londoner Schauspielerin« Mrs. Madelaine Young bei einer privaten Aufführung des Werkes auftreten würde. Dank einem delikaten Hinweis durch den »Zyklopen« erfuhr die Welt von dem ›interessanten Zustand‹ Madelaines, nicht ohne die weniger delikate Erinnerung daran, dass ein bekannter Richter seine Bank gerade lange genug verlassen habe, um mit der werdenden Mutter eine mehr als oberflächliche Beziehung einzugehen.

So rieben sich während der ersten Oktobertage Stück um Stück, Bröckchen um Bröckchen von Tatsachen und Mutmaßungen aneinander und ergaben schließlich einen Funken, der den Tratsch hell auflodern ließ.

»Erwähnt er *Fingal,* Liebste? Was sagt er über *Fingal?«* Sir Archie griff nach der Zeitung, die seine Frau ihm hastig entriss. »Hat Macpherson schon eine Replik veröffentlicht?«

»Nein, nein«, antwortete Valerie. »Das Interesse an deinem neuen Werk ist jedoch so groß, dass alle sich um eine Einladung reißen. Es ist, so schreibt der ›Zyklop‹ – ich will dir seine Worte zitieren – ›das Ereignis der Saison, auf das alle ganz begierig warten.‹ Freut dich das, Archie?«

»Allerdings, allerdings!«

Am Tisch bei *Horne's* herrschte weniger Begeisterung.

»Verleumdung«, erklärte Grant. »Ohne Zweifel – Verleumdung.«

Hercules schüttelte den Kopf. »Cattenach ist zu geschickt, um in diese Falle zu tappen. Er weiß, dass wir ihm falsche Berichterstattung nicht nachweisen können, insbesondere, da er nur wenige Namen nennt.«

»Aber gewiss hat Madelaine gegen die Vereinbarung verstoßen?«

»Madelaine hat nichts verraten«, entgegnete Hercules seinem Schützling. »Der Artikel zitiert sie nicht. Cattenachs Informationen stammen aus anderen Quellen.«

»Sie meinen Lady Oliphant?«

»Natürlich meine ich sie«, sagte Hercules.

Etwas weiter die High Street hinauf, in den Gemächern des Lord Advocate auf dem Parliament Square, genossen Dunbar, Buller und Marsh ein Abendessen, das ein Speisehaus geliefert hatte. Es war durchsetzt von vielen Trinksprüchen auf den Niedergang ihres lüsternen Kollegen Craigiehall, des Weiteren auf die nachfolgende Ernennung von Lord Bullers Schwiegersohn zum Richter, dessen Zeit, so waren sich alle Anwesenden einig, jetzt gekommen war.

In Leith schüttelte der etwas mitgenommene Gillon die Zeitung und versuchte, Lucky Findlater klarzumachen, dass er und nicht der erlauchte Craigiehall der Erzeuger des Kindes der Schauspielerin sei, während zwei der verrufenen Dandys der Edinburgher Gesellschaft seine Behauptung lautstark bejubelten und ihn bedrängten, nach oben zu kommen und mit ihnen Karten zu spielen, bevor er zu betrunken wäre, um das Blatt festzuhalten.

Am Graddan's Court bekam die arme Molly die größte Wucht von Charlottes Ärger ab und bedauerte bitterlich, dass Nicola sie zurückgelassen hatte, damit sie sich um ihre Schwester kümmerte, während Nicola und Isabella fern im Süden die Köpfe über einem Teller mit gebackenem Käse zusammensteckten und überlegten, wer von ihnen beiden Papa die Nachricht von der jüngsten Verleumdung überbringen sollte. Der Lord war den ganzen Tag über fort gewesen und hatte die Errichtung eines Schachtes überwacht.

Fleur saß in dem vergoldeten Salon der Oliphants am Piano und übte die Akkorde, die das Zusammentreffen zwischen Fingal und dem römischen General, gespielt von Conn Cavendish und dem jungen Tom, anzeigen würden. In einer Ecke beschworen Pearl und Ruby die Muse und intonierten leise ihren Dialog. Ben – Ossian – stand auf den Händen und schnitt dem Schurken des Stückes, seinem Freund Charlie, Grimassen. Am Fenster waren Madelaine und Sir Archie in eine heftige Debatte über Jack Cattenachs jüngste Enthüllungen verstrickt.

»Das Theater wird vom Parkett bis zur Galerie gefüllt ein«, sagte Sir Archie. »Ich könnte Einladungen zu einem Stückpreis von zehn Guineen verschicken und das Gebäude bis zu den Dachsparren vollstopfen. Ich habe tatsächlich ein Gerücht gehört, dass die Besitzer des Royal erwägen, die Premiere von *Braganza* mit Mrs. Buckley und Mrs. Yates zu verschieben, um damit drei öffentliche Vorführungen meines *Fingal* zu ermöglichen –

natürlich mit Erlaubnis –, mit Ihnen in der Hauptrolle. Glauben Sie etwa, ich verzichte auf ein Publikum, weil Sie plötzlich schamhaft geworden sind?«

»Sie wollen allein mich angaffen, Sir«, entgegnete Madelaine. »Sind Sie so blind, dass Sie nicht sehen können, wie belanglos Ihr Stück ist? Soll ich meinen Bauch entblößen, damit die öffentliche Neugier gestillt wird und die Schweine auf ihre Kosten kommen?«

»Es ist meine Chance, endlich Anerkennung zu finden, Madelaine. Der Grund interessiert mich nicht im Geringsten.«

»Weil Lady Valerie eine Indiskretion begangen hat«, sagte Maddy. »Ihr ist es völlig gleichgültig, wenn ich nackt vor den Leuten dastehe und sie mich verspotten.«

»Was zählt es denn, weswegen die Leute in Scharen herbeiströmen? Sie werden gleichermaßen über Ihre Darbietung wie auch über meine Verse entzückt sein. Haben Sie etwa zu wenig dafür bekommen?«

»Bisher habe ich überhaupt noch kein Geld bekommen.«

»Mrs. Ballentines Scheck wird bald eintreffen. Das verspreche ich Ihnen.«

»Ihr Versprechen – was ist das wert?«

»Pscht, jetzt, pscht! Keine Tränen, bitte, bitte!«

»Tränen, Sir?« Maddy reckte das Kinn vor und blinzelte. »Ich habe genug Tränen vergossen, um einen See zu füllen. Ich werde keine weiteren mehr vergießen, nicht für Sie noch für *Fingal*. Sobald ich meine Vorstellung gegeben habe, werde ich mein Honorar nehmen und aus diesem verwünschten Land fliehen.«

»Und die Truppe im Stich lassen?«

»Zum Teufel mit der Truppe«, sagte Madelaine. »Und zum Teufel auch mit Ihnen, Sir!«

»Madelaine«, rief Sir Archie, »werden Sie uns denn wirklich einfach so hängen lassen?«

»Ich werde übers Meer gehen, wenn Sie es unbedingt wissen müssen.«

»Und dann zurückkehren?«

»Ja«, sagte Madelaine und biss sich auf die Unterlippe, »dann werde ich wie Fingal zurückkehren.«

John James reagierte deutlich gelassener auf die Artikel des »Zyklopen«, als Nicola oder Isabella erwartet hatten. Er war so beschäftigt mit der Frage, wie man dem Boden Kohle abringen konnte, dass er nur wenig Zeit hatte, sich über etwas anderes den Kopf zu zerbrechen. Er war vor dem Frühstück verschwunden und kehrte erst beim letzten Licht ins Haus zurück. Als im *Courant* die letzten Schmierereien Cattenachs erschienen, seufzte er lediglich und sagte, ganz gleich, wie groß die Verlockung auch sein mochte, er werde keine Minute früher nach Edinburgh zurückkehren, als die Lords of Council es von ihm verlangten. John James hatte die beiden Herren Galle und Gibson engagiert, die Herren mit Gehrock und hohen Hüten. Sie sollten mit einigen Arbeitern nach Salton fahren und einige Erkundungsschächte anlegen, bevor Frost und Schnee kamen.

Er brachte sogar einen Kalender an den Esstisch mit und zählte, die Gabel in der einen Hand, das Buch in der anderen, die Tage bis Weihnachten ab, leider nicht in der freudigen Erwartung, Ehemann oder Großvater zu werden, sondern um die Möglichkeiten zu berechnen, Kohle in großen Mengen aus dem Feld in Ayrshire für den Wintermarkt zu holen. Nicola begriff, dass ihn eine neue Leidenschaft gepackt hielt, doch weder sie noch Isabella grollten ihm wegen seines Eifers, denn er hatte seine Zurückhaltung abgelegt, tänzelte und scharwenzelte durch den Salon und stahl sich Küsse von seiner zukünftigen Braut, wann immer ihn die Laune überkam, und das geschah ziemlich häufig.

Das große Haus auf Craigiehall stand leuchtend und warm in der herbstlichen Düsternis, denn Isabella Ballentine hatte nicht vergessen, wie man ein Haus führte, damit es darin behaglich war. Sie überwachte die Haushaltsausgaben und schikanierte die Dienstboten, einschließlich Mrs. McGrouthers, und gewann schon bald die Freundschaft Robertsons, der zu guter Letzt aus Edinburgh zurückgekehrt war. Dies gelang ihr, weil sie das Ankleidezimmer Seiner Lordschaft durchwühlte und ein dickes Bündel abgenutzter und aus der Mode gekommener Kleidungsstücke ins Armenhaus von Kirkton schickte.

Bei alldem ging Nicola ihr zur Hand, denn eines Tages, so sagte Isabella, werde Nicola einen eigenen Haushalt führen müssen, und es wäre nur gut, wenn sie lernte, das auch richtig zu machen.

Nicola redete ihrer Tante die Idee nicht aus, dass sie einen Gentleman heiraten könnte. Sie verlor kein Wort über Heatherbank oder Roderick Peters, obwohl der Ort und die Person immer in ihren Gedanken waren. Aber sie verbrachte mehr Zeit, als Isabella gefiel, mit Hugh Littlejohn. Sie inspizierte das Vieh auf den Pachthöfen und stellte Fragen, die für die Tochter eines Lairds vielleicht etwas zu sachkundig und handfest waren.

Als Grant Peters an einem feuchten Nachmittag wie aus heiterem Himmel auftauchte, vermutete Nicola, dass ihr Schwager die Reise aus Edinburgh nach Craigiehall unternommen hatte, weil er Angelegenheiten mit ihrem Vater besprechen wollte. Sie war daher mehr als nur ein wenig überrascht, als er Tante Isabella um Erlaubnis bat, vor der Rückkehr Seiner Lordschaft mit Nicola sprechen zu dürfen. Alles war seltsam förmlich, Grants Benehmen steif und kalt. Seine Beteuerungen, Charlotte erfreue sich bester Gesundheit, zerstreuten Nicolas Ängste nicht, dass er der Überbringer schlimmer Nachrichten sein könnte.

Sobald sich die Tür zum Salon hinter ihnen geschlossen hatte, überfiel sie ihn mit der Frage: »Ist Roderick krank?«

»Krank?«, wiederholte Grant. »Nein, soweit ich weiß, ist er kerngesund.«

»Will er dann heiraten? Ist es das, was du mir erzählen willst?«

»Er braucht gewiss eine Ehefrau«, sagte Grant.

»Dann wird er also heiraten?« Nicola zupfte am Ärmel ihres Schwagers. »Ist sie es, ist es Marie Hadley?«

»Nein, Nicola, es ist weder eine bäuerliche Werbung noch ein bäuerliches Verlöbnis. Ich sollte dir vielleicht sagen, dass ich nicht freiwillig hier bin und überhaupt nicht hier wäre, hätte man mir nicht eine Pflicht auferlegt.«

»Wer hat dir eine Pflicht auferlegt? Roderick?«

»Setz dich bitte!«, forderte Grant sie auf. »Ich finde es irritierend dazustehen, als wollten wir gleich lostanzen.«

»Ich werde mich setzen«, erwiderte Nicola, »aber nur, wenn du mir sagst, was ...«

Er fasste sie an den Schultern, lenkte sie zu einem Sessel und drückte sie darauf hinab. »Du bist beinahe so halsstarrig wie deine Schwester. Sei jetzt still und hör dir an, was ich zu sagen habe!«

Es war fast dunkel im Salon. Im Kamin brannte kein Feuer, und Nicola konnte ihren und Grants Atem in der Luft sehen. »Ich bitte dich, mir wahrheitsgemäß und ohne Ausflüchte zu antworten«, begann er. »Liebst du meinen Bruder, Roderick?«

»Ich weiß es nicht.«

»Nein«, erwiderte Grant streng, »das gilt nicht.«

»Hast du nicht angedeutet, dass die Angelegenheit dich und mich betrifft, nicht Roderick?«, fragte Nicola. »Wenn das der Fall ist, warum willst du dann wissen ...«

»Meine Güte!«, entfuhr es Grant. »Komm mir nicht mit Haarspaltereien! Würdest du nun meinen Bruder als Verehrer akzeptieren oder nicht?«

»Hat Roderick dich geschickt? Bist du in seinem Auftrag hier?«

»Nicola, antworte mir!«

»Ja«, hörte sie sich sagen. »Ja – aber nicht ohne Bedingungen.«

Er trat einen Schritt zurück, verschränkte die Arme vor der Brust, schaute zu der Stuckdecke empor und gestand dann: »Das Kind ist von mir, nicht von Roderick.«

»Maries Kind?«

»Ja, Maries Kind.«

Ein kleiner Laut, ein Aufkeuchen oder ein Schluchzen, entrang sich ihr. »Warum hat er mir das nicht gesagt?«

»Er hat es dir nicht gesagt, weil er vor langer Zeit etwas versprochen hat«, antwortete Grant. »Ein Versprechen gegeben hat, das jetzt überflüssig geworden ist.«

»Weiß Charlotte, was du getan hast?«

»Gewiss nicht«, erwiderte Grant.

»Erwartest du von mir, dass ich es ihr nicht erzähle?«

»Ich hoffe auf deine Diskretion.«

»Ist er der Einzige?«

»Was?«, fragte Grant verwirrt. »Wenn du Iain meinst, ja, er ist der Einzige.«

»Hast du sie geliebt – Marie Hadley, meine ich?«

»Nein.«

»Hast du ihr die Ehe versprochen?«

»Auch das nicht«, sagte Grant. »Ich habe ihr kein Versprechen gegeben; sie hat um keines gebeten. Meine Entschuldigung – meine einzige Entschuldigung – ist die, dass ich zu jung und zu heißblütig war, um an die Konsequenzen zu denken.«

»Und deine Mutter hat es vertuscht?«

»Sie wollte nicht zulassen, dass ich meine Chancen auf ein Vorwärtskommen in der Gesellschaft so vergeuden würde. Marie wäre ganz offensichtlich keine passende Ehefrau für einen Anwalt gewesen. Du siehst also, Roderick hat dich nicht getäuscht. Ich habe dich getäuscht. Er steckte lediglich mit mir unter einer Decke.«

»Charlotte weiß nichts von alldem?«, hakte Nicola nach.

Er schüttelte den Kopf. »Nichts.«

Nicola stand auf. »Ist das wieder einer der Tricks deiner Mutter, Grant? Soll ich zum Wohl der Familie Peters geködert werden wie Charlotte? Ich bin wenig oder gar nichts wert, musst du wissen. Sobald dein Kind – dein ehelich geborenes Kind – auf der Welt ist, werde ich noch weniger wert sein.«

»Für *mich* bist du nichts wert, Nicola, das ist wahr«, entgegnete Grant, »aber mein Bruder hat sich anscheinend in dich verliebt.«

»Hat er das?«

»Bedauerlicherweise, ja«, sagte Grant. »Ich stelle dir noch einmal diese Frage: Liebst du ihn genug, um in Erwägung zu ziehen, seine Frau zu werden?«

Mit einem gepressten kleinen Lächeln gab Nicola zur Antwort: »Wenn Roderick den Mumm hat, mich persönlich zu fragen, werde ich ihm eine Antwort geben, aber nicht früher, Grant, und gewiss nicht über dich.«

»Vertraust du mir nicht, Nicola?«

»Nicht mehr, als du mir vertraust«, erklärte Nicola. Sie verbarg ihr Jubelgefühl, dankte ihm für seine Aufmerksamkeit und führte ihn eilends in den Flur hinaus.

Isabella hatte ihre liebe Not, John James daran zu hindern, dass er eine Batterie von Kieferfackeln entzünden ließ und seinen Schwiegersohn in die Dunkelheit hinausführte, damit er sich die Kohlevorkommen aus erster Hand anschauen konnte. Das Gespräch beim Abendessen wurde nicht von Lord Craigiehalls beschädigtem Ruf beherrscht, sondern von Kohle, Kohle im Boden, Kohle auf Halde und der Möglichkeit, die elende kleine

Bude der Westmore Company an den Ufern des Clyde für die Verwaltung einer wesentlich höheren Fördermenge zu vergrößern.

Der eigentliche Sinn und Zweck von Grants Besuch ging in dem allgemeinen Durcheinander unter, denn im weiteren Verlauf des Abends wurde Grant schnell in die ehrgeizigen Expansionspläne seines Schwiegervaters mit einbezogen und stürzte sich kopfüber in eine Debatte über Tonnagen, Transportmöglichkeiten und über die Frage, wie man am besten Mr. Buntings Vater und Bruder beschäftigen könnte und ob man sie überhaupt beschäftigen sollte.

Als es dann um Pläne, Gutachten und den Kauf neuer Maschinen ging, verlor Isabella keine Zeit, die Gentlemen in die Bibliothek abzuschieben, wo sie ihren Brandy trinken und nach Herzenslust über Papieren brüten konnten. Dann befahl sie einer Dienerin, Tee im Salon zu servieren, wo sie endlich mit Nicola allein sein und in Erfahrung bringen konnte, was genau Grant von dem Mädchen gewollt hatte.

»Es ist eine private Angelegenheit, Tante Isabella«, erklärte Nicola ihr.

»Eine Herzensangelegenheit, meine Liebe?«

»Ja.«

»Geht es auch um einen Heiratsantrag?«

»Vielleicht.«

»Du tust sehr schüchtern«, beklagte Isabella sich, »und das steht dir überhaupt nicht.«

»Bin ich nicht alt genug für eigene Geheimnisse?«, versetzte Nicola.

»Du spielst ein Spiel mit mir, und du tust zu schüchtern – und zu selbstgefällig –, um es sehr gut zu spielen. Schau dich doch an! Deine Wangen, gerötet vor – was? – nicht Verlegenheit, möchte ich wetten. Soll ich es dir aus der Nase ziehen?«

»Ja«, sagte Nicola. »Zieh es mir aus der Nase – wenn du kannst.«

Isabella legte sich nachdenklich einen Finger an die Wange. »Der Antrag, wenn es ein Antrag ist, kann nicht von Mr. Grant Peters kommen, der bereits verheiratet ist. Er muss von jemandem kommen, der in einer engen Beziehung zu Grant Peters steht. Ein Verwandter vielleicht?«

»Vielleicht.«

»Gillon? Eine Frau könnte einen schlimmeren Mann heiraten als Gillon. Er sieht sehr gut aus und ...«

»Nicht Gillon.«

»Dann«, überlegte Isabella weiter, »kann ich daraus nur den Schluss ziehen, dass dein Geschmack in Richtung Landwirtschaft tendiert und dass es der Bauer ist ...«

»Roderick.«

»Ja, Roderick ... dem du den Kopf verdreht hast.« Isabella hielt inne. »Doch jetzt im Ernst, Nicola: Hat Grant Peters für seinen bäuerlichen Bruder mit dir gesprochen?«

»Ja«, bestätigte Nicola.

»Er ist nicht wohlhabend, dieser Bauer.«

»Nein, das ist er nicht«, sagte Nicola, »aber er ist auch nicht arm.«

»Dein Vater wird eine solche Verbindung nicht gutheißen, das weißt du.«

»Ich bezweifle, dass Papa sich darum scheren wird«, meinte Nicola. »Du hast Papa gegeben, was er will, und er braucht mich nicht mehr. Wahrscheinlich ist er sogar froh, wenn er mich loswird.«

»Du bist sehr hart gegen ihn, Nicola.«

»Mit einigem Grund, meinst du nicht auch?«, gab Nicola zurück. »Außerdem hat mir Roderick Peters noch keinen Antrag gemacht. Grant hat lediglich das Terrain sondiert. Ich habe ihm erklärt, ich würde einen solchen Antrag nur in Erwägung ziehen, wenn er direkt von Roderick kommt, wenn er also persönlich erscheint.«

»Weiß er, wo du zu finden bist?«, fragte Isabella.

»Wenn er mich liebt«, antwortete Nicola, »wird er mich finden.«

Kapitel 28

Man hatte keine Kosten und Mühen gescheut, damit *Fingals Rückkehr* ein Erfolg würde. Sir Archie hatte bei einem angesehenen Maler ein Hintergrundprospekt in Auftrag gegeben, dazu einen Felsen aus Pappmaché sowie eine nachgemachte Kiefer für die Kulissen. Er wandte die neueste Beleuchtungstechnik an und bedeckte die allzu sichtbaren Rampenlichter mit farbigen Seidenschirmen. Außerdem verwandte er größte Sorgfalt auf die Kostüme; schließlich sollte ihm Macpherson oder irgendein anderer Pseudo-Historiker in diesem Punkt keinen Fehler nachweisen können. Die Gewänder wurden sorgfältig zurechtgeschnitten und gefärbt, und die Pappkartonrüstung, die Tom über Kopf und Brust trug, war eine exakte Kopie nach Munros maßgeblichem Werk über das Römische Reich.

In musikalischer Hinsicht fiel das Stück etwas dahinter zurück, was sogar Sir Archie zugeben musste. Er war außerstande gewesen, eine passende Komposition für ein Kammermusikensemble oder ein Orchester zu bekommen, und hatte sich daher mit einem Choral aus acht Tönen begnügt, nicht unähnlich einem gregorianischen Choral. Hinzu kämen mehrere Tonkaskaden, die Fleur immer dann auf einem Piano in den Seitenkulissen spielen würde, wenn sie sich nicht gerade auf der Bühne an Nu-alas Bein klammerte. Außerdem gab es eine Trommel, eine sehr große Trommel, die Ben – als Ossian – mit sich herumschleppte und auf der er, wie es Heldendichter anscheinend gern taten, langsam trommelte, wenn er das Totengeläut für heldische Charaktere anstimmte, und rasch, wenn er ihre Wiederauferstehung verkünden wollte.

All diese Theaterangelegenheiten handhabte Sir Archie, indem er in alle Richtungen Guineen ausstreute. Aber es war dem »Zyklopen« in Zusammenarbeit mit der unermüdlichen Lady Valerie zu verdanken, dass das Versdrama zu einer Sensation geriet, denn niemals in der Geschichte der Lobhudelei hatte ein Feldzug der Anspielungen so gut funktioniert. Tatsächlich so gut, dass einige Leute davon überzeugt waren, Lord Craigiehall werde auf der Bühne erscheinen und seine entzückende Angebetete küssen. Andere waren der Meinung, Oliphant habe eine Satire verfasst und Fingal solle den Prince of Wales darstellen und Mrs. Young, Gott segne sie, die berüchtigte Mrs. Fitzherbert, die der Prinz trotz aller Verbote geehelicht und zu der er insgeheim entgegen dem Gesetz und dem Befehl des Königs zurückgekehrt war.

Auf dem Gelände der Universität brachen hitzige Debatten über die Interpretation eines Stückes aus, das noch niemand gesehen hatte, und am Sonntag vor der Premiere des *Fingal* bezichtigten mehrere wenig bedeutende Geistliche Sir Archie und das Stück rundheraus der Gotteslästerung.

Die begehrten Einladungen wurden eine Woche vor der Vorstellung verschickt.

Nestoren der Edinburgher Gesellschaft weinten in ihre Teetassen, wenn sie keine erhielten. Herzöge und Earls versuchten ebenso wie fette Kaufleute und wohlhabende Händler, sich einfallsreich und hinterhältig den Zutritt zu erkaufen. Gentlemen vom Lande, die nicht das geringste Interesse am Theater hatten, verbrachten viel Zeit damit, Stadträte und Magistrate zu umwerben, die vielleicht Einfluss auf Sir Archie hatten. Und bei Sir Archies Bank ging eine Unzahl von Anträgen auf eine Kontoeröffnung ein, in der kühnen Hoffnung, dass eine Eintrittskarte fürs Theatre Royal vielleicht mit zum Soldbuch gehören würde.

Sowohl durch Bestechung als auch durch Schmeichelei war es

Hercules Mackenzie gelungen, der ältlichen Lady Wyville ihre Eintrittskarte abzuschwatzen. Wie der Writer ausdrücklich anführte, hatte sie sich seit sechs Monaten nicht mehr von ihrem Krankenbett erhoben und konnte unmöglich erwarten, dass man ihre Sänfte drei Treppen hinauf in die Galerie für die Lakaien tragen würde, wo sie auf einer Holzbank ohne Rückenlehne um Platz zum Atmen kämpfen müsste. Die erbärmliche alte Vettel ergab sich schließlich der Vernunft, berechnete ihrem Anwalt zwanzig Guineen für die gedruckte Einladungskarte und schickte ihn gackernd und mit einem Fluch seiner Wege.

Tief in Ayrshire schien die fiebrige Erregung von Edinburghs *literati* weit entfernt zu sein, obwohl sowohl Nicola als auch Isabella wussten, dass Lord Craigiehall in die Hauptstadt zurückkehren würde und den Lords of Council wegen seines Verhaltens Rede und Antwort würde stehen müssen, bevor die Gerichte im November eröffneten. Hätten die Lords of Council den großen Lord Craigiehall jedoch an einem Tag gesehen, wenn er von den Kohleminen zurückkam, hätten sie sich größere Sorgen um seinen Verstand gemacht als um sein Verhalten, denn er hatte jede geheuchelte Würde abgeworfen und tauchte wie ein gewöhnlicher Arbeiter mit schlammverkrusteter Kleidung wieder im Hause auf.

»Ho, Isa«, rief er dann, während er durch den Flur sprang. »Komm, fülle den Becher und bring mir Wein, denn ich hab mir heute mein Gläschen verdient, bei Gott, das hab ich!«

Gebadet und mit frischen Kleidern, aber mit ungebremster Energie, erschien er dann im Salon, küsste seine Zukünftige und seine Tochter und verkündete, das Glas in der Hand, die Höhe eines Flözes oder die Tiefe, die seine Grubenarbeiter erreicht hatten, während seine Damen ihm geduldig zuhörten.

An diesem Abend jedoch war die Lebhaftigkeit Seiner Lordschaft getrübt von Ärger. Er schritt mit einer Karte samt ihrem Umschlag in den Salon, wobei er damit herumwedelte.

»Eine Unverschämtheit!«, rief er. »Eine Unverschämtheit und Dreistigkeit!«

»Was?«, fragte Isabella und richtete sich auf. »Hat man dich entlassen?«

»Entlassen?«, sagte John James. »Nein, Ihre Lordschaften haben nicht die Macht, mich ohne eine Anhörung zu entlassen, ohne mehrere Anhörungen, um genau zu sein. Ich bin nicht entlassen worden. Man hat mir eine Loge bei Oliphants infernalischem Stück zugedacht.«

»Oh!«, erwiderte Isabella. »Ich gehe also davon aus, dass wir nicht hingehen?«

»Hingehen? Nein, nicht für tausend Pfund. Willst *du* hingehen, meine Liebe?«

»Schon verlockend«, antwortete Isabella, »aber wohl kaum klug.«

»Wer hat die Eintrittskarte geschickt?«, erkundigte sich Nicola. »War es zufällig Mrs. Young?«

»Mrs. Young?«, wiederholte John James. »Hm, auf die Idee bin ich überhaupt nicht gekommen.«

»Wenn du Mrs. Young auf der Bühne sehen möchtest, hätte ich dafür Verständnis«, bemerkte Isabella.

»Ich möchte Mrs. Young nicht auf der Bühne sehen«, erklärte John James. »Ich möchte Madelaine Young überhaupt nie mehr wiedersehen. Wenn ich mich nicht irre, steckt Valerie Oliphant hinter der Einladung. Was für ein Triumph für sie, was für eine Bestätigung ihrer Verleumdungen, wenn ich, Lord Craigiehall, sabbernd wie ein Welpe in einer Seitenloge auftauchen würde, in voller Sicht des Publikums.«

»Sensationen über Sensationen, ja«, sagte Isabella leise.

»Schau her, das ist es, was ich von Oliphants Einladung halte«, rief John James und warf die Karte in den Kamin – aus dem Isabella sie diskret wieder herausholen konnte, bevor sie in Flammen aufging.

»Eine Heirat«, erklärte Margo, »ist kein Schritt, den man leichtfertig tut.«

Ihr Vater ließ ein Stöhnen hören. »Fällt dir denn gar nichts Originelleres ein, was du zu dem Jungen sagen könntest? Das Arrangement, das du vor all jenen Jahren mit deinem Mann getroffen hattest, war leichtfertig genug.«

»Aye, aber ich war auch nicht dreißig Jahre alt.«

»Du warst siebzehn und wahnsinnig verliebt in den Burschen«, rief Duncan ihr ins Gedächtnis. »Wenn ich dir im Wege gestanden hätte, wärst du einfach in der Nacht des ersten Vollmonds mit deinem dummen Bauernjungen davongelaufen. Habe ich nicht recht?«

Margo hatte den Anstand zu lachen. »Stimmt, nur dass ich nicht bis zum ersten Vollmond gewartet hätte.«

»Außerdem«, bemerkte Duncan, »hat das Mädchen Roddy noch nicht sein Jawort gegeben.«

»Nicola wird eine Menge zu bedenken haben«, meinte Margo. »Craigiehall wird sich dagegen sträuben, sie einem Bauern zu überlassen, daher wird sie zunächst ihren Daddy für die Idee gewinnen müssen.«

»Nein, nein«, widersprach Duncan. »So funktioniert das nicht, Margo. Sie wird unseren Roderick auf den Knien sehen wollen.«

»Unser Roderick beugt vor niemandem das Knie«, sagte Margo.

»Dann sollte er es besser lernen«, erwiderte Duncan. »Für uns ist es ja gut und schön, hier behaglich am Feuer zu sitzen. Miss Nicola Templeton ist vielleicht nicht so leicht zufriedenzustellen. Sie ist die Tochter eines Lairds und hat das Recht, mehr zu erwarten, als wir ihr bieten können.«

»Dann liebt sie ihn also nicht? War Marie Hadley nur ein Vorwand?«

»In der Liebe gibt es keine Gewissheiten, Mädchen«, erklärte Duncan. »Nicola ist jetzt wieder bei ihrer Familie, hat Grant erzählt, und es würde mich nicht überraschen, wenn sie Bedenken hätte.«

»Hat Roderick Bedenken?«, fragte Margo.

»Er ist vorsichtig, das ist alles, vorsichtig und ängstlich.«

»Ängstlich? Unser Roderick hat Angst?«

»Angst davor, dass sie ihn abweist«, sagte Duncan.

»Nach all den Opfern, die Grant gebracht hat?«

»Das war kein Opfer«, versetzte Duncan. »Grant war durchaus froh, es sich von der Seele zu reden. Er hat jetzt keine Verpflichtungen mehr, Margo, nicht dir gegenüber, nicht mir gegenüber und auch nicht Roderick gegenüber. Nach dem, was er uns in seinem letzten Brief mitgeteilt hat, segelt er frisch und wohlgemut unter Craigiehalls Flagge, und niemand wird ihn aufhalten können. Nicht mehr lange, und du nimmst den Tee mit Lords und Ladys ein, keine Bange.«

»Das war niemals mein Ziel«, stellte Margo fest. »Ich will nichts für mich selbst.«

»Nur für die Jungen, aye, immer für die Jungen«, sagte Duncan. »Wenn Mutterliebe nicht Egoismus in Reinkultur ist, Margo, dann weiß ich es auch nicht. Nun, du hast dein Bestes für sie getan, und die meisten deiner Pflanzen tragen Früchte. Du hast ein Recht, mit dir zufrieden zu sein und dich ein wenig in Stolz zu suhlen.«

»Und du, Daddy«, entgegnete Margo, »bist du nicht stolz auf mich?«

»Seit der Sekunde deiner Geburt«, antwortete Duncan Ralston.

John James war ein wenig schockiert, als Isabella in sein Schlafzimmer kam. Sie trug einen dünnen, mit Rosen und Vergissmeinnicht bestickten seidenen Morgenmantel über einem schlichten

Leinennachthemd und ein zierliches kleines Häubchen, wie Löwenzahn.

»Ah, du liest noch«, sagte sie. »Ich habe das Licht unter der Tür gesehen und gewusst, dass du noch nicht schläfst.«

Sie trat ans Bett, setzte sich auf die Kante der Matratze und streifte ihre Pantoffeln ab. John James drückte sein Buch – Mandevilles *Bienenfabel* – an die Brust und ließ sich tiefer unter die Bettdecke gleiten. Seine Knie ragten wie zwei große Steinbrocken empor, und er war verlegen wie ein Junge, dessen Stimme noch nicht ganz gebrochen war.

Er räusperte sich. »Isa, was willst du?«

»Darf ich mich neben dich legen?«

»Ich glaube nicht, dass das ... äh ... schicklich wäre.«

»Ich habe nicht gemeint, ob ich ›bei dir liegen‹ darf«, erklärte Isabella. »Ich meine, ob ich mich neben dich legen darf, Johnny. Das Bett ist hoch, und meine Füße reichen nicht ganz bis zum Teppich hinunter.«

»Dann leg dich neben mich, wenn es denn sein muss.« Er seufzte. »Frierst du nicht?«

»Nicht mehr als du.« Sie schwang sich weiter aufs Bett und tippte ihm mit dem Zeigefinger auf die Nase. »Ich werde dich auftauen, mein Lieber. In dieser Hinsicht brauchst du keine Bange zu haben – aber erst wenn wir verheiratet sind.«

John James lehnte sich gegen das Polster, legte das Buch beiseite und schlang zaghaft einen langen Arm um die Schultern seiner Cousine. »Ich friere nicht so sehr, wie du dir vorstellst, Isa, aber ... du meine Güte, du bist wirklich sehr schön, weißt du das?«

»Vielleicht bei Kerzenschein«, sagte Isabella, »aber nicht bei hellem Tageslicht.«

Er küsste sie auf die Wange und zog sie näher zu sich. »Bei jedem Licht«, erklärte er und fügte dann schroff hinzu: »Also, was bekümmert dich so sehr, dass du wagst, mitten in der Nacht das Schlafgemach eines alten Schwerenöters zu betreten?«

»Alter Schwerenöter, also wirklich!« Sie tippte ihm wieder gegen die Nase. »Nicola wird uns nicht nach Edinburgh begleiten.«

»Oh! Darf ich fragen, warum?«

»Sie will lieber hier in Craigiehall warten.«

»Warten worauf?«

»Auf ihren Liebsten.«

»Hat Nicola einen Liebsten?«, wollte John James wissen.

»Dann wartet sie eben auf ihren Beau, den Mann, der sie zu seiner Ehefrau machen wird.«

»Der Bauer, Grants Bruder?«

»Ja.« Isabella musterte ängstlich sein strenges Profil. »Warum höre ich kein Murren, kein Knurren oder ein Brüllen des Protestes?«

»Welchen Sinn hätte es zu protestieren?«, erwiderte John James. »Wenn Nicola sich entschieden hat – und du auf ihrer Seite bist –, dann habe ich in der Angelegenheit nichts zu sagen. Wird er ihr ein guter Ehemann sein?«

»Nicola denkt das anscheinend.«

»Dann hat sie meinen Segen.«

»Ist das Gleichgültigkeit, John James? Tust du sie einfach so ab?«

»Gewiss nicht.« Er stützte sich auf eine Hüfte. »Aber sag mir, warum kann sie uns nicht nach Edinburgh begleiten und sich von diesem Bauern dort einen Antrag machen lassen, sodass wir uns alle gleichzeitig auf ihn stürzen können?«

»Aus ebendiesem Grund, mein Lieber«, entgegnete Isabella. »Wie die Dinge liegen, wirst du in dieser Saison in Edinburgh mehr als genug zu tun haben.«

»Du meinst den Rat?«

»Und Charlotte.«

»Ach, ja, und Charlotte«, sagte John James. »Es gibt keine Chance auf eine Flucht vor den Verantwortungen der Vaterschaft.«

»Keine«, bekräftigte Isabella und schlüpfte aus dem Bett. »Also, darf Nicola auf Craigiehall bleiben und darauf warten, dass ihr Schicksal zu ihr kommt?«

»Ihr Schicksal?«, wiederholte John James. »Ich bin mir nicht sicher, ob ich ans Schicksal glaube.«

»Du glaubst an mich, nicht wahr?«, fragte Isabella.

Und John James antwortete: »*Touché.*«

Kapitel 29

Aufstände waren in den Zitadellen der Kultur von Glasgow etwas Alltägliches, denn die Bürger dieser Stadt waren ebenso berühmt für ungehobelte Manieren wie für kritischen Scharfblick. Es waren jedoch einige Jahre vergangen, seit es zum letzten Mal auf den Stufen des Theaters von Edinburgh zu Gewalttätigkeiten gekommen war, denn bei fünf Schilling für das Parkett und drei Schilling für die Galerien mussten sich die unfeineren Elemente der Gesellschaft anderswo ihr Vergnügen suchen.

Im Theatre Royal gab es jedoch nicht nur Verbeugungen und Knickse. Der Erwerb einer Eintrittskarte garantierte keinen Sitzplatz, und vornehme Damen schickten ihre Diener voraus, die sich durch die Menschenmengen kämpften, um einen Platz für sie zu reservieren. Kavaliere und junge Gentlemen, darunter Anwälte und ihre Sekretäre, teilten sich bisweilen eine Loge oder (da Schlangestehen unbekannt war) unternahmen einen Sturmangriff auf die Türen. Auf diese Weise gelang es ihnen ohne zusätzliche Kosten – bis auf Flüche und gelegentlich eine blutige Nase –, die besten Plätze zu ergattern, von wo aus sie lüstern gafften, johlten und alle möglichen Beleidigungen zur Bühne hinüberschrien, falls die Aufführung ihnen nicht gefiel, was sehr häufig der Fall war.

Maddy war einen feindseligen Empfang gewohnt; die Londoner waren nicht kultivierter als ihre nördlichen Vettern, und ein guter Ruf war kein Schutz gegen einen Eimer voller Schmutzwasser. Aber am heutigen Abend war sie zuversichtlich, ungeschoren davonzukommen. Schließlich handelte es sich um ein geladenes Publikum, dem es wohl reichen würde, sie und ihren ›delikaten

Zustand‹ zu begaffen, ganz zu schweigen von Pearls und Opals mächtiger Oberweite.

Um halb vier wurden anstelle eines Mittagessens Fleischpasteten serviert. Mittlerweile konnte man auf der Bühne den Aufruhr von draußen hören. Ben und Charlie rannten die Treppe hinauf, spähten durch ein Fenster und kehrten mit der Nachricht zurück, dass sich bereits eine Menschenmenge von mehreren Hundert Personen auf dem Shakespeare Square eingefunden habe. Da erbleichte Sir Archie. Er setzte sich auf den Pappmachéfelsen, stützte den Kopf in die Hände und wiegte sich leise stöhnend hin und her. Er war sich vollauf darüber im Klaren, dass Erfolg so wenig zu kontrollieren war wie ein durchgegangenes Pferd. Würde er jedoch die Stadtwache herbeirufen, würde ihm das Aufführungsrecht entzogen, und damit wären seine Hoffnungen zunichte, *Fingal* der breiten Öffentlichkeit zu präsentieren.

Conn und seine Brandyflasche boten Trost, und Sir Archie, als echter alter Hase, zog sich schließlich die Strümpfe hoch, zupfte seine Weste zurecht und riss sich zusammen. Er schickte das Ensemble in die Garderoben und begab sich auf die Suche nach dem Direktor, Mr. Jackson. Wie sich herausstellte, hatte dieser bereits einen Mann in die Burg entsandt, um ein bewaffnetes Einsatzkommando des zweiundvierzigsten Regiments herbeizurufen. Die Soldaten sollten die Ordnung wiederherstellen und das Theater unter das Kommando des Militärs stellen. Sir Archie weinte an Mr. Jacksons Schulter, versprach ewige Dankbarkeit und das Erstaufführungsrecht für jedes Stück, das er in der Zukunft noch verfassen würde, ein Angebot, das Mr. Jackson ohne ein sichtbares Zeichen von Bedauern annahm.

Major Lomax war genauso erpicht darauf wie alle anderen, die *fille libre* zu sehen, die die Leidenschaft des alten Craigiehall geweckt hatte, und da er sich im Besitz einer Eintrittskarte befand, hatte er den Pöbel zurückgescheucht und die Türen des Royal erreicht, bevor um halb sechs die ersten Kutschen eintrafen und die Großen und Mächtigen sich unter den Säulen versammelten.

Um zehn vor sechs marschierte Jack Cattenach, ein Notizbuch in der Hand und sein gegenwärtiges Liebchen, ein vollbusiges, achtzehn Jahre altes Austernmädchen, am Arm, großspurig durch die Allee der Bajonette. Er begrüßte Lady Valerie Oliphant wie eine lange verschollene Cousine und folgte ihrer Gruppe ins Theater, eine halbe Stunde bevor der brandneue Vorhang sich hob und Sir Archies Stück seine Premiere feierte.

Gillon erreichte den Shakespeare Square zu Fuß. Das Theater strahlte wie ein großer Hochzeitskuchen, und sämtliche Fenster waren erleuchtet. Es war ein trockener Abend, kühl, aber ohne Wind. Er trug einen Zweispitz und ein loses Reitgewand mit breitem Revers und tiefen Taschen. Beim Anblick der Soldaten, die den Portikus bewachten, stutzte er einen Moment lang, dann kämpfte er sich kühn mit den Ellbogen durch die gaffende Menge und präsentierte sich Sergeant McKellor, dem er gut bekannt war.

»Bei Gott, Lieutenant Peters, Sie sind es selbst?«

»Ich bin es, McKellor. Ich will mit eigenen Augen sehen, was es mit diesem Wirbel auf sich hat.«

»Keine Eintrittskarte, kein Einlass«, erklärte der Sergeant. »Tut mir leid, aber so ist es eben.«

Gillon holte die Karte aus seinem Mantel und hielt sie dem Sergeant zur Begutachtung hin.

»Eine reservierte Loge, ja?«, fragte Sergeant McKellor. »Sir, Sie erfreuen sich aber großer Gunst.«

»Freunde an hohen Stellen«, sagte Gillon.

»Platz machen, Platz machen«, rief der Sergeant und räumte

mit der flachen Seite seines Schwertes einen Weg für Gillon frei. »Viel Spaß bei der Vorstellung, Sir.«

»Danke. Den werde ich haben, davon bin ich überzeugt.«

Erleichtert schloss Gillon sich dem Gedränge von Lords, Ladys und Gentlemen an, die durch die Türen ins Vestibül quollen. Er wurde bedrängt und angerempelt und von einer oder zwei Ladys mit hochgezogener Braue beäugt, während er sich durch die Eingangshalle zu der Treppe schlängelte, die in das Halbrund der ersten Galerie führte und wo es bereits von plappernden Menschen nur so wimmelte. Der Geruch von Puder und Pomade, Gesichtsfarbe und Parfüm war ebenso klebrig wie Süßigkeiten, als Gillon sich einen Weg durch Rüschen, Volants und Schleppen bahnte und bewusst jeden Blick mied.

Er entdeckte mehrere bekannte Gesichter in der Menge, nicht zuletzt den Admiral, den drei junge, mit Entermessern bewaffnete Marineoffiziere eskortierten. Zum Glück war der Admiral vollauf damit beschäftigt, den Busen der jüngsten Tochter der Marchioness of Tulibarton zu begaffen, und bemerkte daher Gillon nicht, als er vorbeischlüpfte. Er entdeckte bald den Vorhang vor der reservierten Loge, schob ihn vorsichtig zurück und betrachtete die drei steil hintereinander angeordneten Bänke, die zu der geschwungenen Balustrade führten. Darunter befanden sich fast zum Greifen nahe der Rand der Bühne und eine Reihe von Rampenlichtern.

Während er reglos neben dem Vorhang stand, schaute Gillon auf das Publikum unten hinab. Er zog den Vorhang zu, ging die Loge ganz hinab und neigte den Kopf wie zum Gebet. Dann drückte er die Knie fest gegen das Geländer, zog hinten aus dem Gürtel eine Steinschlosspistole und legte sie vor sich auf den Boden.

Ein wenig schwitzend holte er aus seiner Seitentasche eine dumme kleine Taschenpistole, eigentlich ein Damenspielzeug und lediglich als Vorsichtsmaßnahme gedacht, aber mit genug Durchschlagskraft, einen Mann auf eine Entfernung von zehn Metern niederzuschießen. Auch diese Waffe legte er auf den Boden, dann angelte er aus seiner Tasche den Beutel mit Schwarzpulver sowie zwei Päckchen Bleikugeln, das eine in Papier gewickelt, das andere in Stoff. Er legte beide an den Fuß der Bank, nahm seinen Hut ab und breitete ihn über die Pistolen, bevor er die Füße spreizte, um nicht auf das Pulver zu treten. Anschließend blickte er wieder auf, um seine Position zu überprüfen und die Entfernung abzuschätzen. Ihm war zumute wie in jener Nacht in der Barkasse am Ufer des Acushnet, kurz bevor das Regiment die Boote der Freibeuter in New Plymouth angegriffen hatte: voller grimmiger Erregung und Entschlossenheit zu tun, was von ihm verlangt wurde, ungeachtet des Preises.

Er stieß den Atem aus, tupfte sich mit seinem Taschentuch die Stirn ab, setzte die Ellbogen auf das Geländer des Balkons und wartete darauf, dass das Stück begann.

Sie kamen drei Tage, bevor John James vor den Lords of Council erscheinen sollte, in die Stadt, eine Woche vor der Eröffnung der Gerichte. In Salton House hatten sie die Reise unterbrochen, wo vier erfahrene Arbeiter am westlichen Rand des Besitzes mit den Grabungen begonnen und bereits kleine Menge Kohle führendes Gestein aus der Erde geholt hatten. Mr. Galle war jetzt davon überzeugt, dass Mrs. Ballentine mit ihrer Annahme, dicht unter der Oberfläche lägen mehrere größere Flöze, recht gehabt hatte. Mr. Galle, ein Gentleman von Bildung, speiste an diesem Abend in Salton House, und die beiden Männer debattierten bis spät in die Nacht über die beste Finanzierung des Abbaus, während Isabella, die am nächsten Tag viel zu tun hatte, frühzeitig zu Bett ging.

Es war ein kalter, trockener und windstiller Nachmittag, als die Kutsche in Edinburgh einrollte und Seine Lordschaft sowie seine zukünftige Frau Quartier am Crowell's Close bezogen. Nicola blieb wie eine Jungfer in einem Turm in Ayrshire zurück, aber Grant und Charlotte waren zum Abendessen eingeladen worden. Isabella verbrachte einige Zeit mit der Köchin in der Küche, während John James, dem es an Schlaf mangelte, im Salon in einem Sessel am Feuer döste. Er war nur halb wach, als Isabella ihn auf die Stirn küsste und davon in Kenntnis setzte, dass sie eine dringende Angelegenheit zu erledigen habe, jedoch rechtzeitig zurück sein werde, um ihre Gäste zu begrüßen.

»Eine Angelegenheit?« John James richtete sich auf. »Was für eine Angelegenheit?«

»Es ist das Beste, wenn du keine Fragen stellst.« Isabella legte ihm einen Finger auf die Lippen. »Es gibt gewisse Dinge, die eine Braut nicht mit ihrem zukünftigen Ehemann zu diskutieren wünscht, und erste Anproben sind eines davon.«

»Erste Anproben? Ah, ich verstehe. Kann die Schneiderin nicht hierherkommen?«

»Und die Überraschung verderben?«, gab Isabella zurück. »Ich werde höchstens ein oder zwei Stunden fort sein.«

»Ein oder zwei Stunden«, sagte John James. »Wie spät ist es jetzt?«

»Kurz nach sechs«, antwortete Isabella.

»Du wirst doch nicht zufällig in dieses verflixte Stück gehen?«

»Ich habe keine Einladung«, erwiderte Isabella.

»Das ist keine Antwort.«

»Nein, Liebster«, sagte die Frau. »Ich werde nicht in dieses verflixte Stück gehen.« Und bevor er sie weiter befragen konnte, ließ sie ihn in seinem Sessel am Feuer zurück und machte sich wenige Minuten später in einer Chaise auf den Weg in die New Town.

Conn Cavendish war der Erste auf der Bühne. Seinen Auftritt kündigte eine Salve von Akkorden auf Fleurs Piano sowie ein drängendes Getrommel seitens Benjamins an, der, bekleidet mit einer Fellweste, einem breiten Gürtel und einem knielangen Unterhemd, dem Häuptling auf die Bühne folgte. Im Publikum breitete sich eine erwartungsvolle Stille aus, nur durchbrochen vom Lärm der Nachzügler, die sich an der Brüstung hinter dem Parkett drängten.

Unter Aufbietung seiner gesamten Stimmkraft begann Conn die endlose Einführung, mit der Archie die tragische Geschichte von Fingal, Nu-ala und dem verräterischen Hidallan befrachtet hatte. Zuerst schien das Publikum verzückt zu sein von der Qualität der Verse und der Wucht der Erzählung, aber Maddy, die aus den Kulissen zuschaute, merkte schnell, dass Conns quasi-irischer Singsang nicht weiter als bis zur vierten Reihe trug und dass die Theaterbesucher eher verwirrt als vereinnahmt waren. Ihr Magen krampfte sich zusammen, und Galle stieg ihr die Kehle hoch. Sie klammerte sich haltsuchend an Opal, drehte den Kopf und übergab sich heftig. Flüssigkeit spritzte auf die Bretter und auf Charlie-Hidallans Beinkleider.

Charlie stieß einen gedämpften Fluch aus und vollführte einen Satz rückwärts, war jedoch geistesgegenwärtig genug, um auf sein Stichwort hin auf die Bühne zu springen und zu brüllen: »Gern, aber es ist wahr, Mylord. Einzig in Strömen von Blut findet der Krieger seine Ruhe. Worin die Freiheit, die wir uns errungen, begrenzt ist vom Schmerz wie in einem Bergfried, dessen Tore und Fenster verriegelt sind und dessen Freiheit weggesperrt ist wie die verkohlten Geheimnisse des Herzens.« Er schüttelte das linke Bein aus und dann das rechte, um sich der Überreste von Madelaines Abendessen zu entledigen, schlug Conn so heftig auf die Schulter, dass der alte Bursche ins Wanken geriet, und bat Fingal fortzufahren, »seine Schlachtenpläne und all die nötigen

Listen zu enthüllen, um diesen schurkischen Römer, Caracalla, niederzuwerfen, der danach trachtet, die Welt zu erobern.«

»*Römer?*«, rief ein Pedant von der Galerie. »*Was haben die Römer denn damit zu tun?*« Und bekam sogleich eine Ohrfeige und den Rat, er solle den Mund halten.

Pearl brachte Wasser herbei, und Opal riss sich einen Streifen Stoff von ihrem Rock. Sir Archie, rot wie eine Vogelbeere, ballte die Fäuste und verfluchte das nörgelnde Schwein, das es gewagt hatte, seine Recherche anzuzweifeln, während die Zofen Maddy sanft Mund und Stirn abtupften.

»Geht es dir gut genug, dass du weitermachen kannst?«, zischte Opal.

»Ja«, murmelte Madelaine zittrig. »Ja, ich werde ... ich werde irgendwie zurechtkommen.«

Sie kauerten sich zusammen, Nu-ala und ihre rundlichen Dienerinnen, und folgten dem Faden von Fingals Rede und Hidallans Gegenrede und warteten auf das Stichwort, das sie, als es dann tatsächlich kam, überraschte wie immer.

Fleur überspielte die Lücke mit vier klagenden Akkorden, und Charlie wiederholte auf der Bühne laut seinen Satz, als wäre dieses Element bewusst eingefügt worden, um die Spannung zu erhöhen. »Seht, mein guter Lord, hier kommt Eure Verlobte, Nuala, mit ihrem getreuen Gefolge. Durch Wind und Regen mühen sie sich, Euch zu begrüßen.«

Mit wehenden graugrünen Schals stolzierte Maddy hinaus auf die gewaltige, unübersichtliche Bühne. Aus dem Augenwinkel erhaschte sie einen Blick auf das Meer aus Gesichtern im Parkett und auf den Galerien, und sie erschienen ihr wie eine monströse, gefrorene Welle. Aufkeuchen und Gemurmel waren durchsetzt von sporadischem Jubel, als hätte sie bereits durch ihr bloßes Erscheinen die Billigung der Bestie gefunden.

Sie richtete den Blick auf Conn, und während Pearl und Opal

hinter ihr hertrabten, um mit ihr Schritt zu halten, lief sie über die Bretter, warf die Hände mit geheucheltem Entsetzen in die Höhe und rief aus: »Wie, Herr, treffe ich Euch an, gebunden in Leder und glänzende Bronze, erglüht von der Sehnsucht, Krieg zu führen? Soll Krieg das ewige Thema unseres Liebesgesangs sein, geschrieben mit Blut auf Euren Schild?«

Pearl und Opel stöhnten in gebrochenem Gälisch, und Madelaine wandte sich mit einem wunderbar schwingenden, wenn auch beschmutzten Gewand dem Publikum zu, erklärte ihm Nualas Kummer und verschaffte der gaffenden Horde gleichzeitig einen langen Blick auf ihren Bauch, der zu aller Enttäuschung flach war wie ein ungesäuertes Brot.

»*Schande!*«, kam ein durchdringender Ruf aus dem Parkett. »*Schande über Sie, Sie Scharlatan! Fünfzehn Guineen für diese Farce! Wo ist der Papa? Zeigen Sie uns den Papa!*«

Der Aufruhr fand so weit hinten statt, dass er Madelaine nicht in ihrer Konzentration störte. Sie hob die Stimme, schloss die Augen und stellte sich vor, sie sei allein auf einem trostlosen Felsen in Pearthshire und heule ihre Zeilen Schafen und Hirten vor. Ihre flehentlichen Bitten an Fingal, sie nicht zu verlassen, waren so herzzerreißend, dass sie die Aufmerksamkeit des Publikums für eine kleine Weile fesseln konnten.

Nun beschwor Maddy oder vielmehr Nu-ala die Götter, Fingals hartes Kriegerherz zu erweichen. Sie öffnete die Augen und blickte auf, zuerst nach links, dann nach rechts, als wäre sie sich nicht sicher, in welcher Ecke des Himmels die Götter sich vielleicht verbargen.

Sie entdeckte Valerie und den Admiral in einer Loge mit drei jungen Männern in betressten Uniformen, dazu drei junge Frauen – Valeries verheiratete Töchter – und Bradley. Bradley, der sich mit einem schauerlich lüsternen Ausdruck auf den hochmütigen Zügen vorbeugte. Sie drehte sich weiter, und in der Loge direkt über ihrem Kopf erblickte sie Gillon, allein und ohne Hut, Gillon, ihren tapferen Soldaten, der sie gewiss erretten würde, wenn alles völlig danebenging.

Die alte Steinschlosspistole mit dem herzförmigen Griff besaß er schon ein halbes Leben lang. Er konnte sie sogar im Dunkeln in zwanzig Sekunden schussbereit machen. Die kleine Waffe, die ihn acht Pfund gekostet hatte, beanspruchte mehr Zeit, denn er war nicht an ihre Größe gewöhnt, und da er nervös war, verschüttete er bei seinem ersten Versuch Pulver aus der Zündpfanne. Er verlor jedoch nicht den Kopf und arbeitete weiter mit den Waffen auf seinem Schoß, dicht an die Balustrade gedrückt. Gillon wusste, dass er jetzt beobachtet wurde, nicht nur von neugierigen Leuten in der Galerie, sondern auch von Valerie und ihren Gefährten.

Die Tatsache, dass er allein in der Loge war wie ein großer Würdenträger, hatte für Aufmerksamkeit gesorgt, und als das Treiben auf der Bühne erlahmte – Fingals endloser Abschied –, drehten sich allzu viele Köpfe in seine Richtung, und allzu viel Getuschel wurde laut, denn die *cognoscenti* waren bereits zu dem Schluss gekommen, dass er in ebenjener Loge saß, in der Lord Craigiehall hätte sitzen sollen oder können, wäre es nach dem Wunschdenken der Menge gegangen. Außerdem war Mrs. Madelaine Young trotz ihrer Professionalität von der Mitte der Bühne abgeirrt, hatte das Ensemble mit sich gezogen und schien ausschließlich für den gut aussehenden, ernsten Fremden zu spielen.

Sir Archie, der aus den Kulissen zuschaute, war natürlich fuchsteufelswild. Als am Ende des zweiten Akts – erst der zweite Akt, mein Gott! – der Vorhang fiel, packte er Maddy an der Schulter und hätte sie geschüttelt wie ein Kind, wären Conn und Tom nicht dazwischengegangen.

»Was tut dieser Wahnsinnige hier?«, tobte Sir Archie. »Er war nicht eingeladen.«

»Er ist hier, um mich zu beschützen«, antwortete Maddy sehr gelassen.

»Sie wovor zu beschützen?«, fragte Archie.

»Zum einen vor Ihnen und Ihren abscheulichen Versen«, sagte Maddy.

»Wer ist das?«, meldete Fleur sich zu Wort. »Ist es Gillon?«

»Ja, meine Liebe, es ist Gillon«, bestätigte Maddy.

Fleur klatschte in die Hände und lachte. »Er ist gekommen. Er ist gekommen! Ich habe gewusst, dass er uns nicht im Stich lassen würde.«

»Wovon reden Sie eigentlich, Madelaine?«, fragte Sir Archie, dann sprang er zur Seite, als der Vorhang hochgezogen wurde und ihn beinahe umgeworfen hätte.

Die weiblichen Chorsänger machten sich daran, die Szene für die kommende Schlacht vorzubereiten, während Nu-ala und Hidallan, die aus unerklärten Gründen anscheinend das Boot verpasst hatten, sich auf die Liebesszene vorbereiteten, in der Hidallans abscheulicher Verrat an seinem Herrn Fingal enthüllt werden würde.

Die Engelsstimmen von der Chorgemeinschaft kamen nicht gut bei einem Publikum an, das sich bereits betrogen fühlte. Sir Archies Choral ging beinahe unter in dem allgemeinen Gemurre und den unziemlichen Pfiffen und groben Bemerkungen, die die Zuschauer in den Galerien zum Lachen reizten.

»Wer ist das? Wer sind diese Banausen? Was passiert mit meinem Stück?«, jammerte Sir Archie.

Die Chorsängerinnen, mehrere davon in Tränen aufgelöst, huschten in die Sicherheit der Kulissen, und Charlie zerrte Maddy – an deren Röcke sich Fleur klammerte – auf die Bühne, als von der Galerie die erste Hand voll Kupfermünzen herabregnete.

Gillon umfasste die Steinschlosspistole fester, deren herzförmigen Griff angenehm in seiner Hand lag. Er steckte den Beutel ein, die Kugelpäckchen und die hübsche kleine Taschenpistole und schob sich nach vorn, bis seine Brust auf der Balustrade ruhte. Er war ganz ruhig, sogar ein wenig erheitert, während vier oder fünf Zuschauer im Parkett aufsprangen und die Seide von den Rampenlichtern rissen. Es zischte, Flammen schossen hoch, und es entstand sogar kurzzeitig eine leichte Panik, bevor die Flammen sich zu blauem Rauch auflösten und Hidallan und Nu-ala hustend mit der kleinen Fleur Tauziehen spielten.

In der Loge an der breiten Seite des Theaters zog die Leibwache des Admirals ihre Messer, eine nervöse junge Frau in der Theaterloge über Gillon schrie, und die Hälfte des geladenen Publikums aus wohlerzogenen Damen und Herren hastete auf die Türen zu, während die andere Hälfte, weniger vornehm, Fächer, Pennys, Kissen, Orangenschalen und Apfelgehäuse auf die Bühne warf.

Gillon stieg auf die Balustrade vor der Loge, wobei er die Pistole wie ein Duellant nach oben hielt, dann zielte er auf den Saum des Vorhangs über der Vorbühne und drückte ab.

Es folgte ein Aufblitzen und ein kurzes, scharfes Knacken.

Er sah den Vorhang erzittern, sprang mit der Pistole in der Hand von der Loge auf die Bühne und landete unbeholfen auf einem Knie.

Die Menschen liefen in alle Richtungen. Sie kreischten und schrien, und als Bänke herausgerissen und umgeworfen wurden, herrschte ein Lärm wie auf einem Schiff, das an den Felsen zerschellte. Major Lomax brüllte aus Leibeskräften, und der Admiral und Valerie, ihre Töchter und Bradley hinter sich, stiegen die Stufen in der Loge hinauf, um zum Ausgang zu gelangen. Mr. Jackson flehte Sir Archie an, er solle den Vorhang herunterlassen, der anscheinend tödlich verletzt war und auf halber Höhe klemmte.

Maddy hielt Gillon die Hand hin und zog ihn hoch.

»Nun, Mrs. Young«, fragte er, »was jetzt?«

»Hast du mein Geld?«

»Ja«, antwortete Gillon.

»Dann lass uns gehen«, sagte Maddy.

»Und wir sollten uns beeilen«, meinte Fleur und lief Hand in Hand mit ihrer Tante wie der Wind in die Requisitenkammer und zu der kleinen Tür, die von dort auf die Straße hinausführte.

Isabella Ballentine hielt die Tür eines der beiden Wagen offen, die an den Toren des Friedhofs von St. Ninian's warteten. Es war weniger still als gewöhnlich auf der Nebenstraße, denn Theatergänger waren unerwartet aus dem Theater geströmt, weit vor dem letzten Vorhang, und auf dem Shakespeare Square waren nur wenige Kutschen und noch weniger Diener, die ihren Herren sagen konnten, was sie tun sollten.

»Hier«, rief sie. »Hier herein! Hier sind Mäntel und Decken, um Sie warm zu halten, und mein Diener, Dougie, hat nicht vergessen, wie man ein frisches Paar Pferde antreibt. Er bringt Sie mit der Kutsche nach Leith, und dort können Sie mit der Morgenflut an Bord eines Schiffs nach Hull gehen, und dann ...« Sie sah Gillon an. »Ich darf doch davon ausgehen, dass Sie alles so arrangiert haben, wie ich erbeten hatte?«

»Ja«, antwortete Gillon. »Holland. Bis Gras über die Sache gewachsen ist.«

»Haben Sie jemanden erschossen?«, fragte Isabella.

»Nein.«

»Dann gibt es nichts, worüber viel Gras wachsen müsste.«

»Mein Geld?«, erinnerte Maddy.

»Gillon hat die Bankschecks«, versicherte Isabella. »Sie können sie der Schottischen Bank in Amsterdam vorlegen oder, wenn Sie wollen, in London. Ich versichere Ihnen, dass sie ohne Fragen eingelöst werden.«

»Haben wir genug Geld für die Reise?«, wollte Maddy wissen.

»Gillon hat mehr als genug Bargeld dabei«, erklärte Isabella. »Jetzt steigen Sie bitte ein, bevor man uns sieht.«

Fleur kletterte in die Chaise, gefolgt von Maddy. Madelaine drehte sich jedoch um, bevor Gillon nachgekommen wäre, und fragte: »Wie kann ich Ihnen danken, Mrs. Ballentine? Ich weiß nicht, warum Sie das für mich tun.«

»Nicht für Sie, meine Liebe«, berichtigte Isabella. »Für mich selbst. Mir ist es viel lieber, wenn Sie weit weg von Edinburgh sind, so weit weg von Schottland und meinem Cousin Johnny wie möglich. Mit einem Wort, ich will Sie loswerden.«

Maddy lachte. »Und mich nie wiedersehen?«

»Genau.«

»Nun, ich hoffe nur, dass der alte Knabe Sie glücklich macht.«

»Er würde nichts anderes wagen«, bemerkte Gillon, und als etliche Raufbolde um die Ecke kamen, küsste er Isabella auf die Wange, sprang in die Chaise und schloss die Tür.

Als Dougie den Pferden die Peitsche gab und das Gefährt wendete, lehnte Gillon sich aus dem Fenster und rief: »Sagen Sie Charlotte ...«, aber Isabella war bereits verschwunden.

»Aha, da bist du ja wieder, Liebste«, bemerkte John James. »Ist die Anprobe gut gelaufen?«

»Sehr gut, danke«, erwiderte Isabella. »Ich habe heute Abend nur den Stoff ausgewählt.«

»Und welchen Stoff«, fragte Charlotte, »hast du ausgewählt?«

»Nun«, antwortete Isabella, »das werde ich nicht verraten.«

»Mir kannst du es doch erzählen«, sagte Charlotte. »Kann man mir nicht trauen?«

»Natürlich kann man das, meine Liebe«, versicherte Grant, dann nahm er seinen Schwiegervater am Arm und führte ihn weg vom Kamin in eine Ecke des Salons, damit die Damen ihre törichten Geheimnisse austauschen konnten, ohne belauscht zu werden.

»Nun?«, drängte Charlotte gespannt.

»Satin«, flüsterte Isabella.

»Weißen Satin?«, hakte Charlotte nach.

»Weiß und silbern, wie es meinem Alter ansteht«, antwortete Isabella, dann machte sie sich ziemlich zittrig auf die Suche nach einem Brandy, der ihre zerrütteten Nerven beruhigen sollte.

Kapitel 30

Die Nachricht, die Nicola aus Edinburgh erhielt, war keineswegs veraltet. Regelmäßige Briefe von Charlotte ergänzten die blumigen Artikel, die Mr. Jack Cattenach im Anschluss an das große Theaterdebakel für den *Courant* verfasste, mit Hintergrundinformationen. Der »Zyklop« hatte sogar die Kühnheit, eine Kritik über den Teil von *Fingals Rückkehr* zu bringen, der der versuchten Ermordung des Stückeschreibers, Sir Archibald Oliphant, vorausgegangen war. Sir Archibald selbst war, wie Jack berichtete, am Morgen nach der Vorstellung von Edinburgh zu seinem Landsitz gereist und hatte durch seine Frau erklären lassen, er beabsichtige, den Winter in Italien zu verbringen, wo er das Leben von Lorenzo de' Medici als Quelle für ein künftiges Versdrama erforschen wollte.

Der im Theatre Royal abgefeuerte Schuss hatte, so schien es, den Korrespondenten des *Courant* nur um Haaresbreite verfehlt, obwohl die gleiche Behauptung die Hälfte der Zuschauer an jenem Abend aufstellten. Es herrschte beträchtliche Uneinigkeit, ob die Person, die die Pistole abgefeuert hatte, Sir Archibald hatte treffen wollen oder sich lediglich von der Reaktion auf das Stück hatte mitreißen lassen.

Die Person war bald als ein ehemaliger Lieutenant des Hochlandregiments identifiziert worden, ein Bruder des Anwalts Grant Peters, der das Theater nicht durch List, sondern mit einer Einladung betreten hatte. Mitglieder des Ensembles hatten vor ihrer Abreise nach London Gerüchte über eine Entführung rasch im Keim erstickt. Sie beharrten darauf, dass Madelaine Young und ihre Nichte, Fleur Cadell, das Theater aus freien Stücken verlassen hätten, obwohl niemandem bekannt war, wohin das Trio gegangen war.

Da Mr. Cattenach nun nicht der Typ war, der sich eine Gelegenheit entgehen ließ, die öffentliche Faszination von den Hohen und Mächtigen auszuschlachten, gab er sich alle Mühe, aus dem Rätsel eine Verschwörung zu machen, in die Craigiehall, die Oliphants und Madelaine Young mit Lieutenant Gillon Peters verstrickt waren, obwohl ihm die entscheidende Rolle von Isabella Ballentine in diesem Gewirr von Ereignissen unbekannt war. Die Theorie einer Verschwörung verdichtete sich, als kaum eine Woche später der Lordpräsident des College of Justice eine kurze Erklärung abgab, in der es hieß, John James Templeton von Craigiehall habe darum ersucht, sich vor Beginn der Wintersaison als Richter zurückziehen zu dürfen. Er wolle sich um die Interessen seiner Besitztümer kümmern. Diesem Ersuchen hätten die Senatoren des College of Justice mit Bedauern entsprochen.

Der Narr, schrieb Charlotte, *hat dreizehnhundert Pfund im Jahr zum Fenster hinausgeworfen, um einer Laune zu folgen. Ich wette, dahinter steckt Tante Ballentine. Hätten* wir *ihm dazu geraten, hätte Papa seine Roben kaum abgegeben. Was ist aus dem Mann geworden? Was wird aus ihm werden? Isabella sagt, er sei glücklich wie ein Schuljunge und klug gewesen, den Sprung zu tun, bevor man ihn dazu zwingen konnte. Ich verstehe beim besten Willen nicht, wie Papa in einem Parlament von Würstchen wie Lord Buller zugrunde gerichtet werden konnte, der, wie Grant mir erzählt, in Kürze seinen Schwiegersohn als denjenigen empfehlen wird, der in Papas Fußstapfen treten soll. Und wo steckt Gillon? Warum haben wir nichts von Gillon gehört?*

Darauf hatte Nicola keine Antwort, und sie hatte dazu auch keine besondere Meinung. Sie schrieb eine kurze Erwiderung auf Charlottes Wehklagen, denn sie war durchaus interessiert am Ausgang der Entscheidung ihres Vaters, sich von der Juristerei zurückzuziehen, obwohl die Angelegenheit sie nicht ganz und gar überraschte. Impulsivität war wie eine Weihnachtsrose spät im Leben ihres Vaters aufgeblüht, aber sein sprunghaftes Verhalten in den letzten Monaten erklärte den Zug zur Launenhaftigkeit, den auch sie und Charlotte besaßen, und entschuldigte ihn zumindest ein bisschen. Blut, so hätte Gillon es ausdrücken können, lässt sich nicht verleugnen.

In jenen kurzen, grauen Tagen, während der Herbst langsam in den Winter überging, brütete sie über den Zeitschriften und Journalen, die Charlotte ihr schickte, und sie las sämtliche Briefe ihrer Schwester immer wieder durch. Sie dachte jedoch nicht an Gillon oder an Grant, und sie dachte auch nicht viel an Papa. Als wäre sie in ein Zeitalter der Hexerei zurückgeglitten und könnte ihn allein durch geistigen Magnetismus nach Craigiehall ziehen, konzentrierten sich ihre Gedanken ganz auf Roderick Peters und darauf, dass er zu ihr kommen sollte.

Grant ist sehr beschäftigt mit seinen Anweisungen, schrieb Charlotte. *Er befürchtet, dass seine Kanzlei leiden wird, weil Papa sich aus der Juristerei zurückgezogen hat. Mr. Mackenzie versichert ihm, dass das nicht der Fall ist. Papa erzählte mir, dass er sein Stadthaus noch nicht aufgeben wird, denn die Pacht läuft noch über einige Jahre. Wir haben hier nicht genug Räume, um eine Amme unterzubringen. Ich weiß, Grant trägt sich mit dem Gedanken, Crowell's Close zu übernehmen, obwohl er sich vollauf darüber im Klaren ist, dass ich die New Town vorziehen würde. Ich werde nicht, wie Papa vorschlägt, nach Craigiehall gehen, wenn die Gerichte nicht tagen, obwohl Grant unbedingt mehr da-*

rüber lernen möchte, wie man unser Anwesen verwaltet und Kohle aus dem Boden holt. Ich habe ihm unmissverständlich klargemacht, dass ich nicht zulassen werde, dass unsere Kinder wie Bauern großgezogen werden. Schließlich ist uns das auch nicht gut bekommen, wie du mir sicher beipflichten wirst. Mir geht es gut, auch wenn ich sehr dick bin, und Isabella macht so viel Wirbel um mich, wie Molly es zulässt.

Nicola verließ nur selten das Gelände rund ums Haus. Sie sprach mit Mr. Littlejohn über Viehverkäufe und die Qualität des Winterfutters auf den Pachthöfen, und sie nahm sich ein Beispiel an Margo Peters und hieß arme Reisende an der Küchentür willkommen, wo sie ihnen (ungeachtet der heftigen Vorwürfe von Mrs. McGrouthers) etwas zu essen und ein oder zwei Schillinge aus der Haushaltskasse gab.

Eines Morgens Mitte November begleitete sie Hugh Littlejohn, um sich die Fortschritte der Arbeiten auf de Morvilles Feld anzusehen, aber noch während sie mit Mr. Gibson sprach und das lange Gefälle hinunterspähte, brannte sie darauf, nach Hause zurückzukehren, falls Roderick die Auffahrt herunterkam. Der Gedanke, sie könnte nicht da sein, um ihn zu begrüßen, war ihr unerträglich.

Papa, schrieb Charlotte, *ist mit dem Schiff nach Fifeshire gefahren. Dort will er sich einen neuen Apparat ansehen, der angeblich mit einer dampfbetriebenen Maschine Kohle schaufeln kann. Zu meinem Entsetzen hat Grant seine Petitionen in Mr. Somervilles Hände übergeben und begleitet Papa, um diesen wundersamen Apparat mit eigenen Augen zu betrachten. Wenn das Wetter es zulässt, kehren sie am Freitag zurück. Isabella ist mit den Hochzeitsvorbereitungen beschäftigt. Es wird eine bescheidene Zeremonie werden, obwohl Papa sich etwas anderes wünscht. Die Hoch-*

zeit wird in der neuen Kapelle von St. Giles zu früher Morgenstunde in der ersten Dezemberwoche stattfinden, an einem Donnerstag, bevor Papa und sie endgültig nach Craigiehall zurückkehren. Isabella hat angedeutet, sie hofft, dass du ihre Brautjungfer sein wirst, und sie wird dir deswegen in Kürze schreiben. Mr. Mackenzie und Dr. Graythorn werden als Trauzeugen teilnehmen. Grant wird Brautführer sein. Ist es nicht seltsam, dass ein Schwiegersohn Brautführer bei der Hochzeit seines eigenen Schwiegervaters sein kann? Aber diese Angelegenheit ist insgesamt recht unkonventionell, und ich begreife sie einfach nicht.

Ein Tag folgte auf den anderen. Das Wetter blieb ruhig und kalt. Nicola frühstückte allein, aß früh zum Mittag, ließ den Tee aus und speiste abends im leeren Esszimmer, wo sie alle Kerzen entzündete und ein zusätzliches Gedeck auflegte, falls Roderick spät erscheinen sollte und hungrig wäre. Sie ging in dem Zimmer zu Bett, das sie sich einst mit Charlotte geteilt hatte, und lag wach unter den Decken. Dann starrte sie in die Dunkelheit und versuchte, sich an ihre Überzeugung zu klammern, dass sie nicht mehr allzu lange allein liegen würde, dass ihr Wille und Rodericks Liebe ihn gewiss herführen würden und dass diese süßen Sommerversprechen jetzt, da es keine Geheimnisse mehr zwischen ihnen gab, bald in Erfüllung gingen.

Schau an!, schrieb Charlotte. *Es scheint, dass Gillon in Amsterdam ist. Er hat die Frau, diese Mrs. Young, bei sich und das Mädchen ebenfalls. Das Klima und die Sprache in Holland gefallen ihnen nicht, und sie werden bald nach London fahren. Sie haben die Gelder, die Isabella versprochen hat, erhalten und leiden keine Not. Die erstaunliche Nachricht erreichte uns über Roderick Peters, der einen Brief von Gillon bekommen hat, und da er um unsere Sorge wusste, ist er nach Edinburgh gereist, um Grant die*

Nachricht zu übermitteln. Viel unergründlicher ist mir, warum Gillon nicht mir geschrieben hat. Allem Anschein nach hat die Schauspielerin ihn in ihrem Netz gefangen, so wie sie es bei Papa gemacht hat. Da sie jetzt ein Vermögen ihr Eigen nennt, wird sie Gillon gewiss loswerden wollen, sobald sie ihn abschütteln kann. Was er dann tut, wage ich mir nicht auszumalen. Ich hoffe doch, dass er nicht wieder zur Armee zurückkehrt und uns in einem fremden Krieg verloren geht.

Nicolas erster Impuls war, eine Tasche zu packen, eine Kutsche vorfahren zu lassen und sofort nach Edinburgh aufzubrechen.

Charlottes Brief war jedoch ein oder zwei Tage unterwegs gewesen, und Roderick hatte den Graddan's Court inzwischen gewiss verlassen. Außerdem hatte sie sich fest vorgenommen, dass Roderick zu ihr kommen müsse, und es wäre töricht gewesen, einer Laune nachzugeben. Wie typisch für Charlotte, nichts weiter über ihn zu schreiben, sondern ausführlich über Gillon!

Es lag, so dachte Nicola, eine gewisse Romantik in dem, was Gillon getan und wie er die englische Schauspielerin erobert hatte, aber sie beneidete die beiden nicht um ihre Abenteuer. Sie sehnte sich nach einer Beziehung der anderen Art, nicht nach einer leichtfertigen Existenz, die von einer Katastrophe in die nächste schlitterte, sondern nach einem geregelten, tief verwurzelten Leben und stillen, befriedigenden Leidenschaften, bei denen trockenes Wetter und eine sichere Ernte mehr bedeuteten als die Narrheiten der Mode oder die Meinungen Gleichgestellter.

Es war gegen halb vier am Nachmittag, aber es dämmerte bereits, und die Kerzen würden bald entzündet werden. Sie hatte sich gerade mit ihrem Papier, den Federkielen und dem Tintenfass in den Salon zurückgezogen und wollte Charlotte schreiben, als Hugh Littlejohn am Fenster auftauchte.

Verwundert schaute sie den Aufseher an, der gegen die Scheibe klopfte, sie heranwinkte und dann mit breitem Grinsen beiseitetrat.

Nicola ging zum Fenster und schaute über die Wiesen zur Einfahrt und zu den Toren hinüber, die im schwindenden Licht kaum mehr zu erkennen waren. Es war alles so still, so ruhig, und nicht die leiseste Brise bewegte die Blätter auf dem Boden oder an den Ästen der Eichen. Einen Moment lang traute sie ihren Augen nicht, denn was sie sah, war genau das, was sie sich vorgestellt hatte; Roderick mit einem Rucksack über der Schulter und einem in den Nacken geschobenen Hut, Roderick, der die Einfahrt zum Haus herabkam. Sie hob eine Hand und rieb an der Scheibe, als wollte sie das Bild auslöschen und die Realität zurückholen, dann eilte sie mit einem kleinen Freudenschrei aus dem Salon in die Halle und riss die Haustür auf.

Sie küssten sich noch im Freien, sie küssten sich in der Halle und küssten sich wieder im Salon. Es war Nicola gleichgültig, wer sie sah, ob die Dienstboten vielleicht tratschen würden und ob Mrs. McGrouther knurrend ihrer Missbilligung Ausdruck verleihen würde. Sie war endlich frei von Craigiehall, frei von Zwängen und Heucheleien. Schon bald würde sie in einer anderen Welt leben, nicht länger ein Stück Vieh, ein Besitz, um den man feilschen konnte. Sie würde frei sein und ein Leben ihrer Wahl mit dem Mann führen, der sie erwählt hatte.

Wie geziert es schien, wie pedantisch, mit ihm im Salon zu sitzen und Tee zu trinken, während jedes Wort, jede Geste beladen war mit Intimität! Nicola schwebte in einer kleinen Blase des Begehrens und fürchtete halb ihre eigenen unmäßigen Sehnsüchte. Sie hatte keine Angst vor Roderick oder dem, was er mit ihr machen würde. Sie vertraute ihm, wie sie keinem anderen Mann je vertraut hatte. In einem Monat oder früher würden sie und Roderick verheiratet sein, und sie würden nicht hier in Craigiehall heiraten, sondern in der Kirche auf dem Hügel, von wo aus man einen Blick auf die fruchtbare Ebene von Stirling hatte und das kleine Stück Land, das Fleckchen für ihre Romanze, für ihr Abenteuer.

Wenn Papa sie für eigensinnig und Charlotte sie für verrückt hielte – wäre das wichtig? Keinen Deut. Und dennoch verspürte sie in sich einen seltsamen Hauch von Loyalität, nicht ihrem Vater oder Craigiehall gegenüber, sondern gegenüber ihrer eigenen kurzen Geschichte und den Geschichten, die der ihren vorangegangen waren, ein Schuldgefühl gegenüber den ehrgeizigen Schuften, die ihr vorausgegangen waren und die sie schon bald hinter sich lassen würde, sodass Grant, Charlotte und deren Kinder über sie rätseln und ihnen verzeihen würden.

Schließlich stellte Roderick seine Teetasse beiseite, erhob sich, räusperte sich und sagte: »Nicola, da du jetzt weißt, dass es kein Hindernis gibt ...«

Sie stand ebenfalls auf, ging zu ihm und legte ihm einen Finger auf die Lippen. »Nein«, antwortete sie. »Nein, Liebster, nicht hier.«

»Wo dann?«, wollte er wissen.

»Wirst du mir einen Gefallen tun? Wirst du tun, worum ich bitte?«

Er lachte und schüttelte den Kopf. »Die Eiche?«, fragte er. »Die berühmte Templeton-Eiche? Erwartest du von mir, dass ich in Grants Fußstapfen trete?«

»Das ganz bestimmt nicht.« Nicola fasste ihn am Arm und führte ihn in die Halle. »Ich will nicht dazu gedrängt werden, mitten in der Nacht in aller Eile einen Antrag anzunehmen. Wenn du mich liebst, dann wirst du es mit Anstand tun.«

»Gemäß der Tradition?«

»Genau«, sagte Nicola.

»Und dir jede Gelegenheit geben, deine Meinung zu ändern?«, fragte Roderick.

»Jede nur denkbare Gelegenheit.«

»Dann müssen wir, Dunkelheit hin, Dunkelheit her, sofort zu der Eiche gehen«, erklärte Roderick, »denn ich habe ohnehin schon zu lange gewartet.«

Nicola befahl einem Lakaien, eine Laterne und einen Umhang zu holen, dann ging sie Hand in Hand mit Roderick über die toten, nassen Blätter zu dem riesigen Baum, unter dem drei Generationen Templetons ihre Ehegelübde abgelegt hatten. Sie stellte die Laterne ins Gras zwischen das Unkraut und die Eicheln, lehnte sich an den knorrigen alten Baumstamm und sah zu, wie Roderick seinen Hut beiseitewarf und vor ihr niederkniete.

»Miss Templeton«, sagte er, »Nicola, erklärst du dich bereit, meine Frau zu werden?«

»Ich habe keine Mitgift und nur wenige Aussichten auf ein Erbe, Sir«, erwiderte sie.

»Verdammt, Frau, willst du mich heiraten?«

Und Nicola antwortete sehr nüchtern: »Ja.«

»Katie Fforde schreibt romantische Märchen, die das Herz erwärmen«

COSMOPOLITAN

Katie Fforde
EINE LIEBE IN
DEN HIGHLANDS
Roman
Aus dem Englischen
von Michaela Link
448 Seiten
ISBN 978-3-404-27047-7

Nach einem heftigen Streit mit ihrem Freund fährt Jenny nach Schottland, um dort für einen ihrer Klienten einen Spinnereibetrieb auf Vordermann zu bringen. Der Aufenthalt auf dem Land entpuppt sich schon bald als ziemlich nervenaufreibend. Jenny hat alle Hände voll zu tun und ihre Begegnungen mit dem arrogant wirkenden Ross Grant sorgen regelmäßig für Turbulenzen. Und doch fühlt sie sich auf seltsame Weise zu ihm hingezogen …

Eine Erzählung von Mord, verlorener Unschuld und der Kraft der Freundschaft

Lesley Pearse
DENN DUNKEL IST
DEIN HERZ
Roman
Aus dem Englischen
von Hans Link
496 Seiten
ISBN 978-3-404-16557-5

Seit fast dreißig Jahren haben sie sich nicht mehr gesehen: Beth und Susan, die in ihrer Kindheit eine innige Freundschaft verband. Als sie einander nun, als erwachsene Frauen, plötzlich wieder gegenüberstehen, ist Susan des zweifachen Mordes angeklagt – und Beth ihre Pflichtverteidigerin. Wie konnte aus dem fröhlichen Mädchen von einst bloß eine kaltblütige Mörderin werden? Doch nicht nur Susans Vergangenheit birgt viele Rätsel. Beth weiß, dass auch sie sich ihren eigenen Traumata endlich stellen muss, um die Freundschaft zu retten – und um ihr eigenes Glück zu finden.

Bastei Lübbe Taschenbuch